唐宋词选注

唐圭璋　潘君昭　曹济平　选注

北京出版集团公司
北京十月文艺出版社

前　言

词是古代诗歌园地中的一枝奇葩。它与《诗经》《楚辞》、汉乐府一样，都是来自民间乐歌，徒歌，与音乐有着密切关系。关于词的起源，历来多数说法都强调它体裁为长短句这一特点，而忽视其产生的社会原因和特定的音乐因素。事实上，词的起源是与出现于隋代的“新声（即燕乐）”分不开的。隋代是南北统一的时代，三百多年分裂局面的结束，促进了当时封建经济的发展。又因雕版印刷的发明、图书典籍的搜集整理，特别是经学、史学、文学、绘画、音乐的南北交流融合，使文化方面也逐步进入新的阶段，到唐代而大放异彩。上面所说的“新声”，即是以隋唐时中原一带新起的民间音乐为主，还融合了少数民族和外来的音乐。王灼《碧鸡漫志》卷一说：“盖隋以来，今之所谓曲子者渐兴，至唐稍盛。”这里所说的“曲子”，即是隋代的“新声”，写下来是一些乐谱，而配合“曲子”的歌辞就叫作“词”，从文学角度来看，这“词”就是新起的诗歌样式。

到盛唐时，新的曲子不断出现，“而总谓之燕乐，声辞繁杂，不可胜纪。”（《乐府诗集》卷七十九）所谓“燕

（与‘宴’通）乐”，是由于经常在宴会上演出而得名。唐崔令钦《教坊记》中保存了三百多个曲名，不过是其中的一部分，但已可以看出当时流行的盛况，可惜那些歌辞已丧失殆尽。流传至今的《敦煌词》，主要是唐代民间作品，虽仅一百六十多首，但其中内容丰富，有小令也有慢词（相当于小令的长调）。由此还可看到早期民间词在形式上的一些特点：词调是既有单调，亦有双调；句中有衬字、字数不等；句末叶韵不定等等。

文人词产生的时期大约是在初唐晚期，那时民间词已广泛流传。但目前所见到的早期文人词为数很少，仅唐玄宗的《好时光》，李白的《菩萨蛮》《忆秦娥》，张志和的《渔父》，韦应物的《调笑》，还有白居易、刘禹锡的《忆江南》等数首。这些文人词往往是本有曲调，由声定词，也即根据已有乐曲的曲拍谱写新词。刘禹锡《忆江南》词在题目上即明确注出：“依《忆江南》曲拍为句。”但当时文人大抵视词为小道，虽有制作，往往不予保存，因此能流传下来的也就寥寥无几了。

文人词到了晚唐、五代，有了明显的发展，也日趋成熟。今存唐五代词约一千一百多首。其中花间词人的作品占五百首。五代时赵崇祚编《花间集》，以晚唐温庭筠为首，西蜀词人为主，形成了以“花间”为名的词派。作品多是文人学士酒边樽前的小唱，内容多闺情离愁，反映面不广；作为艳词，它们曾对宋词产生不小的影响。

花间词派的鼻祖温庭筠，是致力于填词的第一人，善写闺情，内容与南朝宫体相似；艺术上则多用曲折的笔调、华丽的辞藻，精雕细琢，蹙金组绣，自有独到之处。他以流行于当时的《菩萨蛮》曲调，配上十四首歌词，抒写艳情闲愁，这是典型的艳词，而他也被视为风格“深美闳约”的艳词代表作家。韦庄也是著名的花间词人，但他的词主要以白描见长，内容除闺情外，还抒写个人的乡愁旅思，语言明白，音节响亮。在花间词之外还有南唐词，主要指冯延巳、李璟和李煜这三人的作品。南唐地处江南，他们的词风也与花间词有所不同，特别是李煜，他降宋以后所写的词感慨极深，并纯以白描取胜，艺术造诣很高，且富有个性特色。周济说：“飞卿，严妆也；端己，淡妆也；后主，则粗服乱头矣。”（《介存斋论词杂著》）概括地道出了唐五代三大词人的风格。

五代是小国割据的乱离之世，这时的文人词正处于渐趋成熟的转变阶段，其中不乏佳作，而无论是金碧满眼的花间词，还是明白如话的李煜词，都对宋词产生了极大的影响。

词发展到宋代，出现了百花争妍、千峰竞秀的盛况，真是异军突起，华彩纷呈，使宋词显示出强烈的艺术魅力，而与唐诗、元曲相映成辉。收录在《全宋词》中的词人共一千三百三十多家，词作共一万九千九百余首。自然，宋词的发展也有着它本身特定的历史背景和社会条件。

北宋王朝结束了五代十国分裂的形势，由于全国统一，社会生产力得到恢复和发展。当时农业、手工业的发展，特别是矿业、造船业、纺织业、煮盐业以及采茶、酿酒业的日益兴盛，又促使商业经济愈趋繁荣。雕版和活字版印刷术的使用，对文化传播更是起着直接的影响。宋初颁布了标准的度量衡器，改革了币制，整顿了税制，还改进了以首都汴京为中心的水陆交通网，使之成为“八方争凑，万国咸通”（《东京梦华录》）的政治、经济和文化的中心。宋王朝为了巩固封建统治，还提倡纲常名教、等级名分，命窦仪裁定《三礼图》，和岘订正“雅乐”，企图利用礼乐以维持帝王尊严。同时还企图利用娱乐消弭反抗，对于流行于民间的“俗乐”亦在留意搜求，并不予以排斥。

当时民间的娱乐，可称是多种多样，勾栏瓦肆，演出多种技艺，茶坊酒楼，竞唱各样新声。汴京本是五代时的旧都，曲子词在那时就已甚为流行，花间派词人和凝就被称为“曲子相公”。宋初，这种新起的曲子和词不仅盛行于民间，连文人学士、达官贵人甚至帝王都深好此道，宋太宗本人不仅爱听，而且还自制“新声”。宋初在削平各割据小国后，不但俘虏其国主、收取其财富，同时还获得大批技艺高超的乐工歌伎，“四方执艺之精者皆在籍中”。（《文献通考·乐考》）他们集中到京师，呈献来自各地民间的精湛技艺，并与汴京的艺人交往切磋，这对各种乐曲的创作、提高和传播起着很大的作用。新创作的乐曲和原有的旧曲又都需要新词，除了民间无名氏的制作外，还有文人参加这一工作。《避暑录话》记载了柳永“善为歌辞，教坊乐工每得新腔，必求永为辞，始行于世，于是声传一时”。许多达官文士也经常在宴会之上和休暇之时写作新词。宋词，就在这种特定的社会条件下不断发展着。

宋初的词人如王禹偁、潘阆和林逋等词作不多，主要是自然清秀的小令。此后范仲淹的词气魄较大，但只寥寥几首。晏殊与欧阳修并称，他们的小令继承了花间派婉丽、南唐词疏朗的词风。另一方面，这时柳永的慢词正风行天下，他的词接受了民间词的影响而又能吸收前代诗歌的精华。他制作了很多篇幅较长又谐和音律的“新词”，他的“新词”内容比较多样，善用铺叙手法，语言通俗流畅，深受市民大众的欢迎。他的慢词有的描叙帝都的壮丽、城市的繁华；有的抒写羁旅行役和自然景物；还有的是描写歌伎生活以及他与歌伎之间的情意。他的词作不仅继承了敦煌曲子“俗”的一面，还接受了花间词特别是韦庄词以“情”见长的一面。由于柳词能在继承唐五代词特别是民间词的基础上，对慢词的内容和形式都有所发展和创新，因而这种篇章结构比较繁复的“新词”，配上曲折动听的“新腔”，在当时就已获得了“凡有井水饮处，即能歌柳词”（《避暑录话》）的广大声誉和“好之者以为无以复加”（《酒边词序》）的社会效果。《乐府余论》指出柳永词“一时动听，散布四方，东坡、少游辈继起，慢词遂盛”。这是指柳永慢词突破了唐五代一般小令艳词的格式而受到大众欢迎，影响所及，相继涌现出不少令、慢兼长，各有特色的优秀词人。苏轼之外，还有秦观、贺铸、周邦彦等，他们都在不同程度上受到柳词影响而又能各具特色，自成一家。

尽管柳永词的成就和影响如此之大，但当时号称“留意儒雅，务本向道”的宋仁宗却对柳永“好为淫冶讴歌之曲，传播四方”（《能改斋漫录》）的行径深感不满，因而在进士考试时将他斥落，其他达官贵人如晏殊等亦对他谤辱交加。这种情况对文人词的发展起着一定影响。“其后欧、苏诸公继出，文格一变，至为歌辞，体制高雅。柳氏之作，殆不复称于文士之口，然流俗好之自若也。”（《却扫篇》）从这里可以看出北宋文人词转变的趋向，而这又是和社会环境分不开的。

在苏轼以前，文人词是以柳永为主，苏词的出现改变了这一状况：“及眉山苏氏，一洗绮罗香泽之态，摆脱绸缪宛转之度，使人登高望远，举首高歌……于是花间为皂隶，而柳氏为舆台矣。”（《酒边词序》）这是从打破艳词藩篱、扩大内容的角度来评价苏词。苏轼对柳词虽有所继承，但又以其为艳词而予以贬斥，并以自己的创作来改变艳词风靡一时的情况，使词的发展进入新的局面。

苏词最大的特点在于扩大了词的反映面。在他的词中，并没有完全摒除剪红刻翠的描绘，但更引人注目而影响极大的是那些爱国忧民、怀古思今、言志咏物以及山水景色等方面的内容。在他笔下，不仅有文人、歌伎，还出现了老农、村妇、渔夫、弄潮儿等各种人物。苏轼论画，赞赏“性与画会，始作活水”的蒲永昇，因其所画湖滩水石“作输泻跳蹙之势、汹汹欲崩屋也。”（《书蒲永昇画后》）苏词的代表作《念奴娇》就能以画活水的笔法形容江涛：“大江东去，浪淘尽，千古风流人物……乱石穿空，惊涛拍岸，卷起千堆雪。”体现出他自己所说“诗中有画，画中有诗”的境界。这又正是他幕士所说要“关西大汉，执铁板”（《吹剑录》）来引吭高歌的那种豪迈之作。他那广阔的创作视野、丰富的想象力和自如地驾驭语言的能力，使他的词作倾荡磊落如天风海雨，自具一格，为宋词发展开辟了广阔的道路。

但在当时，很多人却仍是以受柳永词影响较大的秦观词为“当行本色”，而以苏词为“虽极天下之工，要非本色”（《后山诗话》）的“别派”，这是从形式特别是音律方面来看问题。所谓苏词的“不协音律”，这个问题昔人多讨论及之，实际上也只能从苏词重内容而“不喜剪裁以就声律”（《历代诗余》引陆游说）来解释，而不应以此贬低苏词的价值。苏轼是豪放词派的开创者，在当时就有不少人追随其后，如黄庭坚、晁补之、叶梦得等人的词风都接近苏词。及到南宋时，由于时代的感召而涌现出不少爱国词人，豪放词派更发扬光大，蔚为大观，成为宋词的主流。

秦观被后人称为“婉约之宗”，亦即是婉约词派的代表人物。他接受花间词、南唐词的影响，继晏殊、欧阳修、柳永、晏几道等词人之后，展衍绮丽的小令而作长调，并善于用柔笔抒情，语言工致而切合音律，深得一唱三叹的妙谛，这大概也是公认的婉约派的特色吧。少游词以“婉美”“妍丽”见长；值得注意的是其还有“含蓄”的一面，周辉称毛滂词“语尽而意不尽，意尽而情不尽，何酷似乎少游也”。（《清波杂志》）这即是认为少游词以情见长而又余味不尽。他的《八六子》写别恨，张炎对之极口称誉：“离情当如此作，全在情景交炼，得言外意。”（《词源》）所谓“情景交炼，得言外意”，也是情韵兼胜的意思。

婉约派词人的词风亦各有不同，如秦观和贺铸都是小令和慢词并出，而贺铸却擅长用健笔，语言驱使温（庭筠）、李（商隐），词风深婉丽密。张耒曾指出他词风的富于变化：“方回乐府妙绝一世，盛丽如游金、张之堂，妖冶如揽嫱、施之袪，幽索如屈、宋，悲壮如苏、李。”（《东山词序》）但总的说来，他的词仍以婉约为主。

周邦彦是婉约派中“集大成”的词人，他的词亦渊源于柳永而变化更多，魄力更雄厚。他是大晟府乐官，知音律，讲四声，创新调。语言疏密并用而又含蓄顿挫，作品符合“雅词”的要求，而在艺术上更有独到的造诣。继起的婉约派女词人李清照有《词论》，为唐（北）宋词做了小结，她以协音律、重典雅来品评词人，仅周邦彦的词未受指摘。从这里也可以看出，北宋词虽经苏轼开辟途径，但数量远较豪放派词人为多的婉约派词人却仍沿着花间、南唐路子，以秦观为正宗，到周邦彦更直接从柳永词推进，兼采众长，加强音乐性，形成沉郁顿挫的词风，影响南宋姜夔、吴文英诸家。清代周济《宋四家词选》以周邦彦为极则，建立常州词派，可说是源远而流长了。

词发展到南宋初年，在金兵入侵、民族矛盾异常尖锐的特定历史条件下，出现了很多继承豪放词风的爱国词人。如李纲是力主抗战的重臣，他在《苏武令》中说：“燕然即须平扫，拥精兵十万，横行沙漠，奉迎天表。”充满同仇敌忾的气概。赵鼎因主战遭贬逐，他的《花心动》借景抒情，忧念时局：“西北欃枪未灭，千里乡关，梦遥吴越。”宋高宗赵构信任奸佞，杀岳飞，订和议，词人张元幹对此直接表示不满：“天意从来高难问，况人情、老易悲难诉。”（《贺新郎》）胡铨曾愤怒地将秦桧比之为豺狼：“欲驾巾车归去，有豺狼当辙。”（《好事近》）张孝祥主张北伐，所作词很多反映了爱国思想，而以《六州歌头》为最有名。陆游以诗著名，他的词也不乏“气吞残虏”（《谢池春》）的爱国豪情。其后辛弃疾更以郁勃悲壮的歌词反映出感慨国事、有志难伸的心情。他与苏轼成为豪放词派的两大家而被并称为“苏辛”。

辛词内容丰富，有的词回忆自己少年时的英雄事迹，淋漓痛快而又感慨无穷：“马作的卢飞快，弓如霹雳弦惊。了却君王天下事，赢得身前身后名。可怜白发生。”（《破阵子》）有的词伤时感世，纯用比兴，委婉曲折而寄托很深："长门事，准拟佳期又误。蛾眉曾有人妒。千金纵买相如赋，脉脉此情谁诉。"（《摸鱼儿》）而"啼鸟还知如许恨，料不啼、清泪长啼血。谁共我，醉明月？"（《贺新郎》）借古人离别发抒胸中块垒，真是长歌当哭，忠愤满怀。又如"松冈避暑，茅檐避雨，闲来闲去几度。醉扶怪石看飞泉，又却是前回醒处。"（《鹊桥仙》）是他遭谗退居林泉以后所作，似乎了不经意，闲适自然。辛词风格多样：长调多驰骋奔放，有"横绝六合，扫空万古"（刘克庄《辛稼轩集序》）的气势；小令或绵丽蕴蓄，有所寓寄；或生动活泼，反映农村风光。他又善于将大量古文、古诗融入词中，还引用了大量口语入词。表现手法亦是多种多样，如比兴、拟人、暗示、对照等等，运用巧妙而无斧凿痕。《四库全书总目提要》称"其词慷慨纵横，有不可一世之概，于倚声家为变调"。虽然肯定了辛词豪放的词风，但其所谓"变调"，与苏词之为"别派"是一个意思，仍没有从内容方面指出辛词的价值。

豪放词派中的辛派词人有陈亮、杨炎正、刘过、戴复古、刘克庄、陈人杰、刘辰翁和文天祥等人，他们的作品很多家国之感、豪迈之音，读来令人感奋，堪称为豪放词派的后劲。

南宋时，除了辛派爱国词人外，词坛上还应提出姜夔（白石）和吴文英（梦窗）两家。他们的词在内容上多写个人身世恋情，范围比较狭窄，但艺术上却各有所长。姜夔深通音律，多自度腔，词作今传有旁谱的唯有他一人。他的词所用语言能与音乐密切配合而又凝练、灵动、响亮，在章法结构上则是小令蕴藉、大篇开合而又着重结尾，这很多是吸收了清真词的长处。还有那咏物见志、想象丰富的比兴手法，不仅多所寄托，虚处传神，而且还意在言外，余韵无穷，形成了独特的艺术风格。

对于白石词风的评价，一般都根据张炎《词源》中的说法，将他的词比之为“野云孤飞，去留无迹”，并提出“清空”两字，以概括其风格特色，且以姜夔为“清空”一派的代表作家。张炎这个评语，对以后的词论影响极大。清代浙派词人崇奉白石词，将南宋有名词人全都列入“清空”一派，这也不尽符合事实。

张炎贬低吴文英词，斥之为“质实”、为“凝涩晦昧”。事实上姜、吴两家前者上承“揭响入云”的韦庄、李煜等人，后者渊源于“深美闳约”的温庭筠、贺铸等人，两家又都自立门户，各有不同。尹焕说：“求词于吾宋者，前有清真，后有梦窗。”（《花庵词选》引）吴文英的词确实深受清真词影响，他提出“音律欲其协”“下字欲其雅”。词风工致丽密，也有胜处；只是由于过分雕琢，不免有晦涩、堆砌的地方，使人难以理解。他也有一些疏快的词作，如《风入松》《祝英台近》《八声甘州》等，或情韵俱胜，或怀古伤今，都是为人称道的佳作。此外《莺啼序》共四叠，脉络分明而又绵丽深远，亦是名篇。追随他的词人有周密、王沂孙等。清代常州词派将他和辛（弃疾）、周（邦彦）、王（沂孙）三人同列，评价很高，从而开启了晚清研究梦窗词的风气。

在社会主义现代化建设的新时期中，为了繁荣文学艺术事业和满足广大读者的需要，在“百花齐放，百家争鸣”这个马克思主义方针的指引下，我们进行了本书的选注工作。关于篇目的挑选，我们注意了内容题材的丰富多样，着重选注了以下内容的词作：一是反映爱国思想、人民苦难以及对腐朽集团的揭露；二是抒发个人身世之感和羁旅行役之苦；三是描绘祖国山水景色、农村风貌和都市繁华；四是抒写男女恋情和离愁别恨。同时，注意到精湛的艺术技巧有助于作品内容的完美表达，在选目时结合词的本身发展过程，对于能体现流派特点和作家风格特色的代表作品一概入选，并在说明中给予较为详细的介绍。

全书共选词四百二十九首，作者一百一十一人。其中唐五代词共八十一首，作者十九人；宋词共三百四十八首，作者九十二人。

由于本书是古典文学普及读物，在每首词的说明部分，主要着眼于广大读者在内容理解和艺术鉴赏方面的需要。在注释部分，注意参考各种旧注而不拘泥于旧注；力求对字、词、句做出准确而扼要的解释；典故出处的介绍和说明以能清楚地表达词意为目的，力求避免烦琐和牵强附会。对地名、官职等亦都酌情做了注释。词中标点一律根据《全宋词》，即叶韵处用句号，句用逗号，读用顿号，以便于读者对格律的了解。

本书所选作家，宋词部分排列次序全部根据《全宋词》，重要作家的词作，基本上按写作年代编排，其他都按《全宋词》中的次序。词作原文除少数例外，其余一律根据《全宋词》。

本书由唐圭璋教授主编，确定选目，审阅全稿；潘君昭同志评注了大部分的篇目，并执笔撰写《前言》；曹济平同志评注了一小部分的篇目。全书体例的统一工作由潘君昭、曹济平担任。

由于我们的水平有限，加上时间仓促，在选目和评注等方面都可能存在着一些缺点和错误，诚恳地期待着读者的批评和指正！

1982年4月

目　录

唐五代部分

宋代部分

唐五代部分

无名氏（十五首）

这里所选无名氏作品十五首，除《柘枝引》《鱼游春水》外，都是“敦煌曲子词”。

“敦煌曲子词”是保存在甘肃敦煌莫高窟内约二万五千个卷子中的一部分，发现于一八九九年（清光绪二十五年）。其中大部分是唐五代无名氏的作品。王重民所辑的《敦煌曲子词集》中共录词一百六十一首。任二北《敦煌曲校录》所收范围较大，分“普通杂曲”“定格联章”和“大曲”三类，除王集所收一百六十一首之外，又增加了三百八十首。

“敦煌曲子词”所反映的内容极其丰富：有边地将士忠贞卫国的壮语、闺中妇女思念征夫的悲叹；也有关于男女真挚恋情和妓女悲惨遭遇的描叙；有的刻绘了失意仕途的文人、浪迹江湖的隐士以及外出经商的商人；甚至还有医生的汤头歌诀、佛徒的宗教礼赞等等。这些词形象地说明了当时社会许多生活现实；所运用的语言朴直而又生动，很多是民间口语；在格律上具有民间词的一些特点，主要在于合乐能唱，所用字句声韵也比较自由。

《敦煌曲子词集》中卷为《云谣集杂曲子》，这是最早的民间词集（结集于后梁末即九二二年），共收词三十首，词调十三支，有小令也有长调，除“内家娇”外，其他调名都见于唐代崔令钦的《教坊记·曲名表》。

望江南

天上月，遥望似一团银。夜久更阑风渐紧①，为奴吹散月边云。照见负心人②。

【说明】

民间词善于使用比喻，这里用白银比喻月亮，很形象地说明了月儿的皎洁明亮。夜深、更残、风紧，一个弃妇长立月下，满怀对负心人的怨恨。这种弃妇的悲诉在封建时代有其广泛的社会意义。这首词第二句多一“似”字，当是歌唱时的衬字。

【注释】

①更阑：即更残，夜深之意。

②负：原作“附”。

望江南

莫攀我，攀我大心偏①。我是曲江临池柳②，这人折去那人攀③。恩爱一时间④。

【说明】

敦煌词中有的以同情的态度来描写都市里妓女的不幸遭遇，这些内容应予肯定。本词写妓女以繁华的曲江池畔之柳自比，并以柳枝随时被人攀折丢弃，反映她受人欺凌、玩弄而又控诉无门的苦痛心情。

【注释】

①大：即“太”。

②曲江池：是唐代京城长安的游览胜地，在城的东南角。临池柳：即池畔之柳。妓女常以被人攀折的柳枝自比。如唐代小说《柳氏传》记妓女柳氏答文士韩翊的诗道：“杨柳枝，芳菲节，可恨年年赠离别。一叶随风忽报秋，纵使君来岂堪折。”也是以柳枝自比。

③这：原作“者”。

④一时间：指时间的短暂。

长相思

旅客在江西[①]。富贵世间稀。终日红楼上[②]，□□舞著棋。　频频满酌醉如泥[③]。轻轻更换金卮[④]。尽日贪欢逐乐[⑤]，此是富不归。

【说明】

唐代都市中商业繁盛，诗歌、小说中很多描叙商贾行旅之事，这在敦煌词中亦有反映。《长相思》三首分别描绘了三个久居异地、不归故乡的客商。第一首写在外暴利致富的客商，整天饮酒作乐，不想回乡。第二首写经商失败，孤身无钱，想回故乡而不可得。第三首写流落在外，染病身亡，到死不得回乡。三首词概括地反映了封建社会里富商和小商的不同遭遇。

【注释】

①旅：原作“侣”。

②红楼：这里指市民游宴的歌楼舞榭。段成式《酉阳杂俎》“长乐坊安国寺”条：“红楼，睿宗在藩时舞榭。”

③酌（zhuó浊）：饮酒。全句是说接连不断地饮着满杯的酒，直到烂醉如泥。

④卮（zhī之）：本是古代盛酒器，后来泛指酒杯。

⑤贪欢逐乐：指在娼家酒楼追欢买笑。乐：原作“业”。

长相思

哀客在江西[①]。寂寞自家知[②]。尘土满面上，终日被人欺。　朝朝立在市门西。风吹泪□双垂。遥望家乡长短[③]，此是贫不归。

【注释】

①哀客：哀苦无告的客商。

②寂寞：形容哀客的落拓孤单。

③长短：即远近。全句是说哀客举目远望，估量回乡路途的远近，苦于无钱不能成行。

长相思

作客在江西。得病卧毫厘[①]。还往观消息，看看似别离[②]。　村人曳在道傍西[③]。耶娘父母不知[④]。□上剟排书字[⑤]，此是死不归。

【注释】

①亳厘：原为很小的量词，用在此处，疑有奄奄一息之意。

②还往：一作“往还”，作“朋友”解。见任二北《敦煌曲初探》。这两句是说朋友来探问病情，见他病重，似将永别人间。

③曳（yè业）：拖。这句说客商死后，村人将尸体拖到西头大路边。

④耶娘：即父母。“耶”同“爷”。

⑤剟（duō多）排：疑即灵牌。书字：在上面写字（指客商名姓）。

菩萨蛮

敦煌古往出神将[1]。感得诸蕃遥钦仰。效节望龙庭[2]。麟台早有名[3]。　只恨隔蕃部。情恳难申吐。早晚灭狼蕃[4]。一齐拜圣颜。

【说明】

这首词约作于唐德宗时。从代宗广德二年（七六四）到德宗建中元年（七八〇），河西陇右诸州自西而东被吐蕃攻陷，只有沙州独保，但敦煌入长安的道路已被阻断。本词上片写镇守敦煌的将军威望极高，功劳卓著。下片写由于东边诸州被吐蕃攻陷而无法入朝，以及切盼道路畅通、早日入朝的心情。

中唐诗人张籍在凉州陷于吐蕃六十年后作《凉州词》，诗中指斥守将挟边防自重，不思收复敦煌一带土地："边将皆承主恩泽，无人解道取凉州。"这种感慨可与本词所反映的敦煌一带人民思念唐王朝的心情相互对照。

【注释】

①古往：古来。

②效节：为国尽忠节。龙庭：即朝廷。全句是说一心效忠于唐王朝。

③麟台：即麒麟阁。汉高祖时萧何建造了麒麟阁，汉宣帝曾将功臣十一人的像画在阁上，后代就将麒麟阁作为皇帝褒赞臣子功勋之处的代称。

④早晚：迟早，不久。狼蕃：指吐蕃，唐时西部少数民族。

菩萨蛮

枕前发尽千般愿。要休且待青山烂①。水面秤锤浮②。直待黄河彻底枯。　白日参辰现③。北斗回南面。休即未能休。且待三更见日头④。

【说明】

这里用六件不可能发生的事作比喻，说明分离之万万不可能。语言率直，态度坚决。反映出这对青年男女情意的深厚，也体现了民间作品坦率而刚健的风格，这是和汉乐府《上邪》一脉相承的。

【注释】

①休：罢休，双方断绝关系。

②秤锤：原作"秤塠"。

③参（shēn申）辰：两星名。参星在西方，辰星（即商星）在东方，参、辰在晚间不能并见，白天更看不到。

④最后两句承上面五件不可能实现之事而来，意思是说：即使"青山烂""秤锤浮""黄河枯""白日见星""北斗移南"，我还是不肯休，除非等到半夜见太阳，才有休的可能。实际上还是决不肯休。即：同"则"。日头：原作"月头"。

鹊踏枝（即蝶恋花）

叵耐灵鹊多谩语。送喜何曾有凭据。几度飞来活捉取。锁上金笼休共语①。　比拟好心来送喜。谁知锁我在金笼里。欲他征夫早归来。腾身却放我向青云里②。

【说明】

古代有“灵鹊报喜”的说法，敦煌词亦说“正见庭前双鹊喜，君在塞外远征回”。（《阿曹婆》）此外也提到“鹊语虚消息”（《菩萨蛮》），这又与本词的“灵鹊多谩语”相似。

词中女主角渴望征人早日返家的急切心情，是通过埋怨灵鹊虚报喜讯来表现的。由于运用拟人化和对话等手法，写来活泼生动而又含意丰富。

【注释】

①叵（pǒ笸）耐：不可耐，可恶。灵鹊：民间以闻鹊声为喜兆，称之为“灵鹊报喜”。见《开元天宝遗事》。谩语：言过其实。上片（词的分段称为分片。多数词为上下两片组成，慢词也有多到三、四片的。）是写少妇埋怨灵鹊报喜不准，捉来锁进金笼。

②比（bì必）拟：刚打算。下片是灵鹊答话，说我好心好意打算送喜信给你，就被你捉住；并要求快快打开金笼，以便直上青云，前去探听征夫消息。

浣溪沙

五里竿头风欲平[①]。张帆举棹觉船轻[②]。柔橹不施停却棹[③]，是船行。　满眼风波多陕灼[④]，看山恰似走来迎。子细看山山不动，是船行。

【说明】

词中写山似迎面而来，其实山并不动，而是船在开行。这种写法是民间诗词所常用的，后人多所学习。如宋代陈与义的《襄邑道中》："飞花两岸照船红，百里榆堤半日风。卧看满天云不动，不知云与我俱东。"是说云彩看似静止，其实云在往东移动，船也正在向东驶行。

【注释】

①竿：即"相风竿"，竖在船上预测风向（又名"风信鸡""樯乌"），顶上刻作鸟形。全句说船行五里以后从相风竿头看出风速在减小，风势逐渐缓和。

②张帆：原作"长风"。棹（zhào赵）：船上的桨。

③施：使用。却：助词，这里用来加重语意。这句说橹桨都不用而船仍在开行。橹：原作"虏"。

④陕灼：疑即"闪烁"，形容水波的闪动。

浣溪沙

浪打轻船雨打篷。遥看□下有渔翁。蓑笠不收船不系，任□□[1]。　即问渔翁何所有[2]，一壶清酒一竿风。山月与鸥长作伴，五湖中。

【说明】

这首词咏渔翁生涯，词中写以清酒自遣、与山月鸥鸟做伴，显示了消闲自在的乐趣。

【注释】

①任□□：疑为“任西东”。

②即问：借问，试问。全句是问渔翁身边有些什么，下句就是回答。

浣溪沙

倦却诗书上钓船①。身被蓑笠执渔竿②。棹向碧波深处去③，几重滩。　不是从前为钓者，盖缘时世厌良贤。所以将身岩薮下，不朝天④。

【说明】

本词作者是怀才不遇的文人，由于无人识拔而放下诗书，拿起钓鱼竿。流连于碧波之上，徜徉于峰岩之间，过着隐士的生活。

【注释】

①倦却：厌倦。却是助词。

②被：即“披”。蓑笠：原作“莎笠”。

③棹：划桨。这里“棹”作动词用。

④盖缘：因为，由于。盖是发语词，无义。厌：压制。这四句是说以前我并不是钓者，只是由于朝廷压制贤才，所以才出没于山水之间，不去做官。

生查子

三尺龙泉剑[①]，匣里无人见[②]。落雁一张弓[③]，百支金花箭。　为国竭忠贞，苦处曾征战。未望立功勋，后见君王面[④]。

【说明】

这里描写身藏三尺利剑、百支金箭的守边志士，赞颂他们艰苦作战、为国立功的雄心壮志。

【注释】

①龙泉剑：传说有人用龙泉县的水铸成宝剑，剑化龙飞去，因而称为“龙泉剑”。（见《太平寰宇记》）《晋书·张华传》记，晋张华看到天上有紫气，问雷焕是什么原因，雷焕说是

宝剑之气。后来雷焕在丰城（在今江西）的监狱屋基下掘得双剑，上刻文字，一名“龙泉”，一名“太阿”。这里泛指贵重的宝剑。

②匣：原作“侠”。

③落雁一张弓：即一张落雁弓。落雁弓：见《国语·魏语》：“更盈侍魏王，见一雁过，曰：‘臣能遥弓而落雁。’乃弯弓向雁，雁即落。”两句是说战士除了匣中利剑外，还有精良的弓箭。落雁前原有一“金”字，疑衍文。

④两句是说并非为了建立个人功勋，而是指望由于曾经艰苦作战、为国争光而被朝廷召见。

捣练子

孟姜女，杞梁妻。一去燕山更不归①。造得寒衣无人送，不免自家送征衣。　长城路，实难行。乳酪山下雪氛氛②。吃酒则为隔饭病，愿身强健早还归。

【说明】

孟姜女的故事，最早见于《左传·襄公二十三年》的记载，记的是齐国勇士杞良战死，杞良妻曾得到齐君的慰问，这件事较秦始皇筑长城要早三百多年。西汉末刘向的《列女传》中，出现了杞良妻“哭夫于城，城为之崩”。以后在流传过程中逐渐演变为孟姜女万里寻夫的故事。

如晚唐皮日休的《卒妻怨》中也提到“处处鲁人髽（zhuā抓），家家杞妇哀”。本词写杞梁到燕山戍守，一去不回，孟姜女长途跋涉，历尽艰辛，万里送寒衣。这里反映了民间对劳役的不满。

【注释】

①孟姜女：即杞梁妻。燕山：燕然山，即今蒙古国赛因诺颜部境内的杭爱山。东汉车骑将军窦宪等追击北单于，登燕然山，刻石纪功而回。见《后汉书·窦融列传》。

②乳酪山：疑指祁连山。《凉州记》：“祁连山……山中冬温夏凉，宜牧牛。乳酪良好。”（《太平御览》五十引）

柘枝引

将军奉命即须行。塞外领强兵。闻道烽烟动，腰间宝剑匣中鸣。

【说明】

本词见《乐府诗集》卷五十六，唐无名氏作。词中写敌兵侵犯，边陲升起烽烟，将军奉朝廷之命带领军队开赴边疆。“宝剑匣中鸣”，是形容将军切盼为国破敌的心情。

鱼游春水

秦楼东风里[1]，燕子还来寻旧垒[2]。余寒犹峭[3]，红日薄侵罗绮[4]。嫩草方抽碧玉茵[5]，媚柳轻窣黄金缕[6]。莺啭上林，鱼游春水。　几曲栏杆遍倚。又是一番新桃李[7]。佳人应怪归迟，梅妆泪洗[8]。凤箫声绝沈孤雁[9]，望断清波无双鲤[10]。云山万重，寸心千里[11]。

【说明】

本词见宋胡仔《苕溪渔隐丛话后集》卷三十九引《古今词话》，认为“此唐人语也”。从词的本身来看，不是民间作品，而是文人的手笔。

上片写燕儿呢喃、嫩草细柳，加上莺啭鱼游，描绘出秦楼佳人所望见的春景。下片写佳人倚遍栏杆，望断清波，不见爱人来书，不由触景伤情，以泪洗面。

【注释】

①秦楼：秦穆公之女弄玉所住之楼名“秦楼”，亦名“凤楼”。这里泛指女子的妆楼。

②旧垒：即旧巢。

③峭：尖厉。这句是说春寒料峭。徐积《杨柳枝》诗："清明前后峭寒时，好把香绵闲抖擞。"

④薄侵：入侵。这句是说阳光照在丝绸衣服上面。

⑤茵：垫子、褥子、毯子的通称。这句是形容正在发芽的嫩草看上去就像色如碧玉的毯子。

⑥窣（sū苏）：突然钻（长）出来。这句指柳树抽出黄金色的枝条。冯延巳《鹊踏枝》词："杨柳风轻，展尽黄金缕。"

⑦这两句是说倚遍了曲折的栏杆，只见桃李争艳，一番新春景象。

⑧梅妆：即梅花妆。"宋武帝女寿阳公主人日卧于含章殿檐下。梅花落公主额上，成五出花，拂之不去……宫女奇其异，竞效之。今梅花妆是也。"（《太平御览·时序部》引《杂五行书》）。这两句是说佳人怨恨爱人迟迟不归，以泪洗面。

⑨凤箫：即排箫。《风俗通·声音》："《尚书》舜作《箫韶》九成，凤凰来仪，其形参差，象凤之翼。"沈：隐没。孤雁：古时有"雁足传书"之说，见《汉书·李广苏建传》。这句是说听不见箫声、看不到雁儿（意为收不到爱人书信）。

⑩双鲤：书信的代称。古乐府《饮马长城窟行》："客从远方来，遗我双鲤鱼；呼童烹鲤鱼，中有尺素书。"这句是说水里看不到鲤鱼（也指收不到爱人书信）。

⑪这两句是说两人相隔云山千万重，远望千里，使人见景而伤心。《楚辞·招魂》："目极千里兮伤春心。"

李　白（二首）

李白（七〇一——七六二），字太白。先世在隋末流徙于中亚，他诞生在碎叶城（今吉尔吉斯斯坦境内），五岁时随父入蜀，在绵州彰明县（今四川江油市）度过了青年时代。二十五岁时离家出蜀，“仗剑去国，辞亲远游，南穷苍梧，东涉溟海。”（《上安州裴长史书》）后来又北上太原，西入京师，由于不屑“摧眉折腰事权贵”而遭到谗毁，在京不到两年便被皇帝“赐金放还”。以后长期漂泊在外。安史之乱起，李白参加永王李璘幕府，永王李璘被击败后，他亦受牵连入狱并长流夜郎（今贵州遵义市附近），后遇赦得还，不久死于当涂（今安徽当涂县）。

李白是唐代浪漫主义大诗人，他对乐府民歌多所学习。对当时流行的曲子词亦有制作，流传至今的有《菩萨蛮》和《忆秦娥》。宋代黄昇认为这两首词是“百代词曲之祖”（《唐宋诸贤绝妙词选》）。

菩萨蛮

平林漠漠烟如织[①]。寒山一带伤心碧[②]。暝色入高楼[③]。有人楼上愁。　玉阶空伫立[④]。宿鸟归飞急。何处是归程。长亭更短亭[⑤]。

【说明】

这首词大约作于唐玄宗开元、天宝年间。北宋文莹（神宗时人）的《湘山野录》就认为是李白所作："此词不知何人写于鼎州沧水驿楼，复不知何人所撰，魏道辅泰见而爱之，后至长沙，得《古风集》于曾子宣（名布，曾巩弟）内翰家，乃知太白所作。"这话是可信的。

上片自远而近，从暮霭笼罩的平林、暗碧的寒山，写到暮色中独倚高楼的游子。下片由近及远，写游子凝视投宿的飞鸟，想到自己前途茫茫，望着伸向天边的大道，心里比觅枝栖宿的飞鸟还要着急。

李白一生长期漂泊各地，本词是他流浪生涯的体会。语言明快自然。

【注释】

①漠漠：形容雾气。烟如织：指暮霭很浓密。这句是说在高楼远望平野，林立的树丛被苍茫的暮色所笼罩。

②这句是说远处的寒山，也呈现出使人凄然神伤的碧色。

③暝色：暮色。

④玉阶：白石砌成的台阶。

⑤亭：一名“官亭”，设在大道上，便利旅客休息；各亭之间距离不一，所以有“长亭”“短亭”之称。庾信《哀江南赋》：“十里五里，长亭短亭。”

忆秦娥

箫声咽。秦娥梦断秦楼月[①]。秦楼月。年年柳色，霸陵伤别[②]。　乐游原上清秋节。咸阳古道音尘绝[③]。音尘绝。西风残照，汉家陵阙[④]。

【说明】

北宋词人李之仪有《忆秦娥》（用太白韵）：“清溪咽。霜风洗出山头月。山头月。迎得云归，还送云别。　不知今是何时节。凌歊望断音尘绝。音尘绝。帆来帆去，天际双阙。”这首“用太白韵”的和词证明了《忆秦娥》原词在北宋时已很受注意，并公认它是李白的作品。

本词上片从箫声月色引出对折柳送别的回忆，这是秦娥的春愁。下片从清秋节的游乐转到别后的音讯断绝，这是秦娥的秋思。结末两句显得声调悲凉，境界阔大，历来受人称赏。

【注释】

①咽：形容箫声凄凉。秦娥：长安是古秦地，秦娥泛指长安女子。两句暗用箫史教秦穆公女弄玉吹箫，引来凤凰的典故（见《列仙传》）。说秦娥月夜梦醒，箫声在耳，却不见爱人。

②霸陵：在长安东郊，是汉文帝的陵墓，附近有霸桥，汉唐人送旅人东行，到此折柳道别。这三句是说秦娥在月下回忆当年和爱人在霸陵桥边折柳分别。

③乐游原：在长安城东南郊，地势很高，登上可望全城，是游览胜地。咸阳：秦朝京城所在地，在长安西北，汉帝诸陵，都在长安与咸阳之间。音尘绝：即音信隔绝。这两句是说清秋节登高游览的日子到了，而爱人却杳无音信。

④残照：夕阳。陵阙：陵是帝王的坟墓。阙是宫殿门外的“观”。崔豹《古今注》：“阙，观也。古每门树两观于其前，所以标表宫门也。其上可居，登之则可远观，故谓之‘观’。”这两句是以苍凉的景色来渲染人物的离愁别恨。

白居易（三首）

白居易（七七二—八四六），字乐天，号香山居士，下邽（今陕西渭南市）人。出身于官僚家庭，青年时代长期漂泊各地。唐德宗贞元十六年（八〇〇）以第四名进士及第。此后曾任校书郎、盩厔（zhōu zhì周至）县尉，翰林学士等官职。由于他反对苛政、反对宦官藩镇，以诗歌指斥权贵，终于遭受迫害，被贬为江州司马。以后一直担任京师和地方的官职。晚年官位较高，政治热情也随之减退。

白居易是中唐大诗人，他继承了我国民间文学的优良传统，写过许多通俗易懂的诗歌。在民间词的影响下，他也写了一些格调清新的小词，流传很广。

忆江南[1]

江南好，风景旧曾谙[2]。日出江花红胜火，春来江水绿如蓝[3]。能不忆江南？

【说明】

这是一首充满生命力的春日赞歌。作者以如画之笔描绘出江南春景，在人们记忆中留下难忘的印象。那如火如荼的春花，澄碧温莹的春水，不仅唤起人们对江南湖光山色的向往，更引起大家对祖国河山和美好事物的无限热爱。

【注释】

①《忆江南》亦名《望江南》。《乐府杂录》说：“《望江南》本名《谢秋娘》，李德裕镇浙西，为妾谢秋娘所制。后改为《望江南》。

②谙（ān安）：熟悉。这句说江南景色是作者以往就十分熟悉的。

③蓝：蓼科植物，叶子可做青绿染料。如：意为“胜过”。绿如蓝：是说比“蓝”还要绿。

忆江南

江南忆，最忆是杭州。山寺月中寻桂子①，郡亭枕上看潮头②。何日更重游。

【说明】

这首词写江南之秋。作者对秋日杭州的回忆集中于两件事：一是在天竺寺、灵隐寺赏月，想象桂子从月中桂树落下；一是在郡亭看潮，观赏那连山喷雪的江涛。由于景色动人，难以忘怀，因此在别后仍然兴起重游的念头。

【注释】

①山寺：指杭州天竺寺、灵隐寺。桂子：实即桂花。传说这两个寺在古代每年中秋都有月中桂子从空中落下。见作者《东城桂》和《留题天竺、灵隐两寺》诗自注。宋之问《灵隐寺》也有“桂子月中落，天香云外飘”的诗句。

②郡亭：指杭州郡守官署内的亭，名“虚白”。看潮头：浙江流到杭州东南处称“钱塘江”，再向东北入海，海口潮水称为“浙江潮”，到阴历八月中旬蔚为奇观。

长相思

汴水流[①]。泗水流[②]。流到瓜洲古渡头[③]。吴山点点愁。
思悠悠。恨悠悠。恨到归时方始休。月明人倚楼。

【说明】

看到汴水、泗水在面前流过，但不能把相思之情带到江南，自己的离情别意像流水般悠长，一直要到双双倚楼望月之时，愁恨才会休止。

【注释】

①汴水：古汴河，旧从河南经徐州会合泗水流入淮河。《通典·州郡七》："汴渠在河南河阴县南二百五十步，今名通济渠。隋炀帝开导，西通河洛，南达江淮。"

②泗水：旧从山东泗水县流经徐州，南入淮水。《水经注·淮水》："又东北至下邳淮阴县（今江苏淮安市淮阴区）西，泗水从西北来流注之。"

③瓜洲：镇名，在今江苏扬州市邗江区南郊，与镇江市隔江斜对。唐张祜有《题金陵渡》诗："金陵津渡小山楼，一宿行人自可愁。潮落夜江斜月里，两三星火是瓜洲。"唐时称京口（今镇江）亦曰金陵。

刘禹锡（一首）

刘禹锡（七七二—八四二），字梦得，洛阳人，曾因参加王叔文集团被贬到当时的边远地区。他是中唐著名诗人，与白居易齐名，称“刘白”。两人都很注意民间歌曲，对于流行的民间词不仅喜爱，而且还能谱写新词，互相唱和，在文人词的发展中起着一定的作用。

忆江南 和乐天春词、依《忆江南》曲拍为句。

春去也，多谢洛阳人。弱柳从风疑举袂①，丛兰裛露似霑巾②。独坐亦含嚬③。

【说明】

词中用拟人手法，描写一位洛阳少女借垂柳、丛兰表达送春、惜春之情。在那位少女的眼中，柳丝随风，似举袖作别，丛兰沾露，像泪湿罗巾，而春光也就随之消逝了。百花萎谢，春意阑珊，这也就是她独坐含颦的原因。

【注释】

①袂（mèi妹）：衣袖。

②裛（yì益）露：露珠沾聚在花上。裛：沾湿。

③嚬：同“颦”，皱眉，忧愁不乐的样子。

张志和（一首）

张志和，字子同，金华（今浙江金华市）人。唐肃宗时因事贬官，赦还后退隐江湖，自号“烟波钓徒”。

渔歌子

西塞山前白鹭飞①。桃花流水鳜鱼肥②。青箬笠③，绿蓑衣。斜风细雨不须归。

【说明】

词中渔翁头戴箬笠，身穿蓑衣，在斜风细雨中欣赏山前白鹭、桃花流水。这种隐士生涯是作者退居后的写照，也是当时许多文人欣羡的对象，因此出现许多和作，甚至流传到日本；嵯峨天皇有“拟张志和《渔父》五首”，题为“杂言渔歌”（《经国集》），并命朝臣滋野贞主奉和五首。

【注释】

①西塞山：在浙江湖州市吴兴区西面。

②鳜（guì桂）鱼：大口细鳞、淡黄而带浅褐色的鱼。

③箬笠：竹篾和箬叶编成的斗笠。

王　建（一首）

王建，字仲初，颍川（今河南许昌市）人。唐代宗大历时进士，曾任渭南尉，后任陕州司马。王建与张籍都以写反映现实生活的乐府诗闻名于时。另外，他还有一百首专咏宫中生活的诗，名“宫词”。

调笑令

团扇[①]。团扇。美人病来遮面。玉颜憔悴三年。谁复商量管弦[②]。弦管。弦管。春草昭阳路断[③]。

【说明】

唐人诗中很多写宫怨，反映了幽闭深宫的宫女内心的苦痛，从侧面揭露了封建帝王的残酷荒淫。本词咏团扇，是借秋扇见捐比喻宫人横遭弃绝后的怨苦。

【注释】

①团扇：汉成帝妃子班婕妤失宠，住在长信宫，据说她曾因愁怨而写了一首咏扇的诗："新裂齐纨素，鲜洁如霜雪。裁为合欢扇，团团似明月。出入君怀袖，动摇微风发。常恐秋节至，凉飚夺炎热。弃捐箧笥中，恩情中道绝。"（本诗实系汉乐府中无名氏的《怨歌行》古辞）唐代王昌龄亦有《长信怨》诗："奉帚平明金殿开，暂将团扇共徘徊。玉颜不及寒鸦色，犹带昭阳日影来。"后人的咏扇诗，很多是写宫怨，或以秋扇见捐比喻旧时妇女的不幸遭遇。

②管弦：管乐器（箫等）和弦乐器（琴瑟等）。商量：理会的意思。这两句是写宫人失宠，形容憔悴，乐器也搁置起来了。

③昭阳：汉宫殿名。成帝时赵飞燕之妹得宠，住昭阳宫。后遂用来代表得宠者的住所。这句是写失宠者住处冷落，通到昭阳宫去的路上长满春草，不能通行，比喻不可能重新得宠。

温庭筠（八首）

温庭筠（八一二？—？），本名岐，字飞卿，太原祁（今山西祁县）人。过去记载指出他极有才情，但却由于傲视权贵而失意场屋，以至屡试不第。曾做过隋县尉、方城尉和国子助教。

温庭筠诗和李商隐齐名，词则与韦庄并称。《旧唐书·文苑传》称他“能逐弦吹之音为侧艳之词”，是指他精通音乐。他还能向民间词学习，写下大量流行于市井歌场的文人词。其内容多写闺怨离愁，语言秾丽，用字严格而又讲究声律。他的十四首《菩萨蛮》，是风行一时的典型艳词，另外他也善于以淡笔抒柔情，如《望江南》等词就以白描见长。

五代时后蜀赵崇祚编《花间集》，以温庭筠为首，收词六十六首。他的词风对于其他花间词人有着显著影响，故被称为“花间鼻祖”。在词的发展道路上，温庭筠是致力于填词的第一人，也是促使文人词走向成熟阶段的重要作家。

温词的主要缺点是内容不出闺情范围，语言过分雕琢以致隐晦不明，这对后代的词人起着不良的影响。

菩萨蛮

小山重叠金明灭[①]。鬓云欲度香腮雪[②]。懒起画蛾眉。弄妆梳洗迟。　照花前后镜[③]。花面交相映[④]。新帖绣罗襦[⑤]。双双金鹧鸪[⑥]。

【说明】

《菩萨蛮》十四首，当时传唱极盛，很能说明温词的风格特色。这里选两首。

本词通篇写闺怨。首句写阳光明灭、绣屏掩映，以见环境的富丽。次句写鬓丝缭乱，以见人未起身的容态。三、四两句主要叙事，画眉、梳洗都是事，然“懒”字、“迟”字则兼写人的情态。“照花”两句，承上片而来，说明梳洗停当，簪花为饰，愈增艳丽。末两句点出在更换新衣时，忽见衣上有鹧鸪双双，不禁兴起无限孤独之感。显得意在言外，余味不尽。

为了与音乐密切配合，温词用平仄四声、双声迭韵等都很严格。如本词“照花前后镜。花面交相映”两句，竟用五个响亮的去声字，又正当在换头之处，歌唱时就显得跌宕飞动、曲折多姿。

【注释】

①小山：指屏风。金明灭：金色的阳光照在屏风上，忽亮忽暗，闪烁不定。

②鬓云：乌黑如云的鬓发。度：遮过。这句是写鬓发几乎遮住雪白的脸腮，形容睡起时头发的蓬乱。

③这句是指梳妆时对镜簪花，用前后双镜。

④这句是说在前镜、后镜中看到人面与花交映生姿的情况。

⑤帖：通“贴”，即贴金。绣罗襦：绣花的罗袄。

⑥金鹧鸪：指罗袄上有金箔贴成的鹧鸪花纹。

菩萨蛮

宝函钿雀金鸂鶒①。沉香阁上吴山碧②。杨柳又如丝。驿桥春雨时③。　画楼音信断。芳草江南岸④。鸾镜与花枝，此情谁得知⑤。

【说明】

先铺叙枕边有坠钗，是少妇初起的画面。接着写登楼遥望，寓情于景，像“杨柳又如丝，驿桥春雨时”，又是充满离恨的画面。下片借民歌中的谐音双关语（“枝”和“知”）来暗示由于对镜思念音信断绝的爱人而生出的苦闷心情。这些描写都是含蓄、委婉地曲折道来，体现出温词独具的艺术特征。

【注释】

①宝函：华美的枕头。钿雀：金钗。鸂鶒（xìchì西赤）：水鸟名。两者都是枕头上的装饰。

②沉香阁：用沉香木造成的楼阁。沉香：泛指贵重的木材。这句是说住在沉香阁上的女子看到吴山青了，春天来了。

③驿：古时供传递公文的人或来往官员暂住、换马的处所。这两句说看到山转青，柳垂丝，不禁回想起从前和爱人在驿桥分别的一幕。

④芳草：《楚辞·招隐士》：“王孙游兮不归，春草生兮萋萋。”是说看到芳草，就联想到王孙（指爱人）还未回来。后代采用这种写法的作品很多。宋代林逋有《点绛唇》，亦是咏春草抒别情。末三句说：“王孙去。萋萋无数。南北东西路。”这里两句也写她在楼上看见岸边春草萋萋，想起爱人远出不归，音问断绝。

⑤鸾镜：妆镜。刘敬叔《异苑》：“罽（jì计）宾王有鸾，三年不鸣。夫人曰：‘闻鸾见影则鸣。’乃悬镜照之，冲霄一奋而绝。故后世称为鸾镜。”这两句是说相思之情无人理解，只有眼前的妆镜和花枝知道。（“枝”和“知”是谐音双关语）

梦江南

千万恨，恨极在天涯[1]。山月不知心里事，水风空落眼前花。摇曳碧云斜。

【说明】

自然界的山水风月，本来都与离愁别恨无关，但在思妇眼中，却成了埋怨的对象，由此也就衬托出别情之深。

【注释】

①天涯：指远在天涯的爱人。

梦江南

梳洗罢，独倚望江楼。过尽千帆皆不是，斜晖脉脉水悠悠[1]。肠断白蘋洲[2]。

【说明】

午睡醒来，略事梳洗，即倚楼盼望人归。“千帆”形容船只之多，“皆不是”形容失望之甚，结末两句写悠悠江水带走了夕阳余晖，使她空自怅望，黯然神伤。

【注释】

①脉脉：含情欲吐。这里用来形容夕阳余晖使人留恋。

②白蘋洲：江中小土堆，附近长满白蘋。这里是指送别的地方。全句的意思是说，看到送别的地方，真使人肝肠断裂。

更漏子

玉炉香，红蜡泪。偏照画堂秋思①。眉翠薄②，鬓云残③。夜长衾枕寒④。　梧桐树。三更雨。不道离情正苦⑤。一叶叶，一声声。空阶滴到明⑥。

【说明】

宋胡仔对本词特别称赏：“庭筠工于造语，极为绮靡，《花间集》可见矣。《更漏子》（玉炉香）一首尤佳。”（《苕溪渔隐丛话后集》卷十七）语言的流利自然，不假雕饰，确是本词的特色。

通篇写秋思。上片以玉炉红蜡，寂寞画堂，烘托出夜长不寐的人物形象。下片从秋雨梧桐，抒离愁别苦。“空阶滴到明”与上片“夜长衾枕寒”互相呼应，且又起着点题的作用。语言疏朗，作意深刻，显然是受了民歌的影响。

【注释】

①这三句写画堂中的静景。指炉香、烛泪偏偏照出屋里凄清的情景，照着满怀愁思的女子。

②眉翠：即翠眉。眉翠薄是指画过的双眉颜色褪去。

③鬓云残：形容鬓发零乱。

④衾（qīn侵）：被子。

⑤不道：不理会。这三句是说雨滴梧桐，不理会听者的愁思。

⑥这三句是以雨滴梧叶引人愁思来形容离情之苦。“空阶滴到明”是说夜长不寐，卧听雨声，并且又与“秋思”联系起来。

南歌子

一

手里金鹦鹉，胸前绣凤凰①。偷眼暗形相②。不如从嫁与③，作鸳鸯。

二

懒拂鸳鸯枕，休缝翡翠裙④。罗帐罢炉熏⑤。近来心更切，为思君。

【说明】

这两首《南歌子》语意大胆直率，前一首表示决心嫁给自己所爱的对象，第二首说明相思之深。词中女子的口吻，与民间词的人物很相近，与温词主要作品中含蓄委婉的特色不同，当是民间词的仿作。两首词辞藻都很华丽，但其中使用了口语，为的是能更形象地表达出人物的思想活动。

【注释】

①这两句写女主角手中拿着金鹦鹉，穿着胸前绣有凤凰的衣服。

②暗形相：仔细窥视、打量。

③从嫁与：就这样嫁给他。

④翡翠：鸟名。翡翠裙：指绣着翡翠鸟的裙子。

⑤炉熏：指用炉烟来熏衣服和帐子等物。全句说罗帐已停止熏香。“懒拂”“休缝”“罢熏”，都是用来说明无心料理枕帐裙饰等琐事。

河传

湖上。闲望。雨潇潇。烟浦花桥路遥。谢娘翠蛾愁不消①。终朝。梦魂迷晚潮②。　荡子天涯归棹远③。春已晚。莺语空肠断。若耶溪。溪水西④。柳堤。不闻郎马嘶⑤。

【说明】

全词写江上烟雨迷离之景，荡子春晚不归、思妇无限惆怅之情。在句法上是二、三、五、六、七各种句式都有，长短参差不齐，且又换韵频繁，曲折尽情。在复杂的组织结构中显示出人物思想的起伏跃动和音乐声律方面变化多端、抑扬宛转，令人有悲管清瑟、促节繁音的感觉。

【注释】

①谢娘：即谢秋娘，唐代歌伎名，后泛指歌伎。翠蛾：翠眉。这五句是说谢娘闲望湖上雨景，听着潇潇雨声，只见远处的水边桥旁烟雾迷蒙，使她愁恨难消。

②终朝：从早到晚。这两句是说谢娘整天愁思，甚至在梦中也萦绕着（分别时的）晚潮声。

③棹：这里泛指船。这句是说荡子浪迹天涯，他的归舟还离此很远。

④若耶溪：水名，相传越国西施曾在若耶溪（今浙江绍兴市东南）浣纱。这里泛指上文谢娘的住处。

⑤末二句是指谢娘空自在柳堤等待，不见荡子归来。

皇甫松（二首）

皇甫松，字子奇，睦州（今浙江建德市）人。唐古文家皇甫湜之子。《花间集》称他为“皇甫先辈”，录其词十二首。

梦江南

兰烬落[①]，屏上暗红蕉[②]。闲梦江南梅熟日，夜船吹笛雨萧萧。人语驿边桥。

【说明】

烛光渐暗，画屏逐渐模糊，这时作者亦进入了梦乡。他梦到江南，那是初夏的潇潇雨夜，船中飘出的笛声，驿桥边的人语声，这种种都是那样的熟悉。虽然写梦境，却也反映出对江南的忆恋。

【注释】

①兰烬：指烛花。

②红蕉：屏风上所画的美人蕉。全句是说，由于灯光转暗，画上的美人蕉亦看不清楚了。

摘得新

酌一卮[①]。须教玉笛吹。锦筵红蜡烛，莫来迟。繁红一夜经风雨[②]，是空枝。

【说明】

盛宴上红烛高烧，主人为来客斟上美酒，命吹玉笛，劝人不要错过良辰。这与李白《将进酒》中“人生得意须尽欢，莫使金樽空对月”意思相近。末两句写满树繁花，经过一夜狂风骤雨，落红遍地，只剩一树空枝。这也是说好景难留，良时不再，与上面及时行乐的词意相呼应。

【注释】

①酌（zhuó浊）：斟酒。卮（zhī支）：盛酒器。

②繁红：指树上盛开的红花。

韦　庄（十首）

韦庄（八三六—九一〇），字端己，京兆杜陵（今陕西西安市）人。他是没落官僚家庭的子弟，身世孤贫而才敏过人。唐昭宗乾宁元年（八九四）进士及第，任校书郎、左补阙（门下省谏官）等官职。六十六岁时到四川，节度使（管辖数州的地方军政长官）王建任其为掌书记。唐亡，王建自立为蜀帝，以韦庄为宰相。

黄巢起义入长安时（八八〇），韦庄正在城中。他的长诗《秦妇吟》即是描写起义军入城时的情况，全诗的主要倾向是反映战争给人民带来的苦难。此后军阀混战，他长期流寓在河南、江苏、浙江、江西、湖南和湖北等地，各地的山水风物和民歌曾给他难忘的印象，并对他的小词产生很大的影响。

韦庄是继温庭筠之后开创新风气的词人，他打破了以雕琢艳丽为词的特色的看法，改用白描手法抒写个人情感，得疏朗秀美之致。他虽名列花间，词风却迥异于温词及花间其他词作。他的词作对南唐李煜词及宋代一些词人起过较大的影响。有《浣花集》，词散佚甚多。《花间集》收他的词四十八首。

菩萨蛮

红楼别夜堪惆怅[①]。香灯半卷流苏帐[②]。残月出门时。美人和泪辞。　琵琶金翠羽[③]。弦上黄莺语[④]。劝我早还家。绿窗人似花[⑤]。

【说明】

这里写作者浪迹江南一带时思乡怀人的惆怅心情。上片是回忆别离之夜，爱人和泪送行的情景。下片写客地思归，听到琵琶乐声，想起离家时爱人的叮咛，也想到这时她正倚窗远望，在等候自己归家。

韦庄有《江外思乡》诗，亦是抒异乡怀人之思，可以参看："年年春日异乡悲，杜曲黄莺可得知？更被夕阳江岸上，断肠烟柳一丝丝。"

【注释】

①红楼：即朱门，指富贵之家。别夜：离别之夜。

②流苏：以五彩毛羽或丝绸做成的须带，称流苏。“苏”即“穗子”。这句是说灯光映照着半卷的挂有流苏的帐子（指人未入睡）。

③金翠羽：本指美人的金钗，这里用来代表歌女。这句是写在他乡听歌女弹琵琶。

④黄莺语：指琵琶的乐声。白居易《琵琶行》：“间关莺语花底滑。”这句是说琵琶弦上弹出莺啼般的音乐声。

⑤这两句是说“黄莺语”使他联想起爱人临别时叮咛他早日返家，现在她恐怕正在盼望着吧。

菩萨蛮

人人尽说江南好。游人只合江南老①。春水碧于天。画船听雨眠。　垆边人似月。皓腕凝霜雪②。未老莫还乡。还乡须断肠③。

【说明】

本词采用了传统的白描手法，抒写出春日的所见所思。他所见的是“春水碧于天”的江南之春，然而这幅春景却触动起他无限的乡愁；词人笔下的春景是那样的清朗明媚，而心情却是那样的忧郁感伤，这里不用曲笔，不假修饰，只以朴素自然的语言来写景叙情，巧妙地刻绘出在特定环境之下具有个性特征的人物内心活动，从而突出了“春日游子”的“思乡怀人”的心情，达到了词人抒情的创作目的。前面两用“江南”，后面两用“还乡”，完全是民歌形式。

【注释】

①只合：只应。

②垆：旧时酒店用土砌成放酒瓮卖酒的地方。《史记·司马相如列传》载司马相如妻卓文君长得很美，曾当垆卖酒：“买一酒舍沽酒，而令文君当垆。”皓腕凝霜雪，形容双臂洁白如雪。这两句是说酒店当垆女子长得洁白明媚。

③这两句是说家乡（中原一带）乱离，如果看到那种残破情况，一定会目击心伤。

菩萨蛮

如今却忆江南乐。当时年少春衫薄。骑马倚斜桥。满楼红袖招①。　翠屏金屈曲②。醉入花丛宿③。此度见花枝。白头誓不归。

【说明】

本词追忆作者当年在江南的冶游生活。这种以“醉入花丛宿”为乐的心情，反映出封建文人追求享乐的消极颓废的生活和思想。

【注释】

①红袖：指妓女。

②翠屏：翠色的屏风。屈曲：即屈戍，指屏风上的绞链或合页。这里以翠屏代表娼家。

③花丛：指娼家。这是指年少时的冶游。

④花枝：指妓女。这两句是说要是此次能去江南冶游，那就再也不回家乡了。

菩萨蛮

劝君今夜须沉醉。罇前莫话明朝事①。珍重主人心。酒深情亦深。　须愁春漏短②。莫诉金杯满。遇酒且呵呵。人生能几何。

【说明】

《古诗十九首·驱车上东门》说：“年命如朝露，人生忽如寄……不如饮美酒，被服纨与素。”诗中反映的人生如寄、及时行乐的颓废思想，在本词中有充分发挥。

在《遣兴》诗中，作者亦因自伤身世而叹患人事无常：“如幻如泡影，多愁多病身。”这些都是他对社会现实和自身遭遇的消极反映。

【注释】

①罇：樽的异体字。樽是酒器。这两句是主人劝酒之辞。

②漏：古代滴水以计时的器具。

菩萨蛮

洛阳城里春光好①。洛阳才子他乡老。柳暗魏王堤。此时心转迷②。　桃花春水渌。水上鸳鸯浴③。凝恨对残晖。忆君君不知。

【说明】

作者曾在洛阳寓居过，作为洛阳才子，如今漂泊异乡，想到当年“魏王堤畔草如烟，有客伤时独扣舷”（《中渡晚眺》），不禁黯然神伤。目前正是春晚，看到水上鸳鸯，怀念起久别的爱人，恐怕她亦正在为相思所苦吧。

【注释】

①韦庄四十七岁春离长安到洛阳，次年离开。

②魏王堤：是洛阳游览胜地。唐时洛水流过洛阳皇城端门，经尚善、旌善二坊之北，向南流注成池，太宗贞观中赐魏王泰，名魏王池，有堤与洛水相隔。这两句是说在他乡想起当年洛阳魏王堤的春色，很有感触。

③渌：水清貌。这两句是指在他乡见到的春日景物。

荷叶杯

绝代佳人难得[①]。倾国。花下见无期。一双愁黛远山眉[②]。不忍更思惟。　闲掩翠屏金凤。残梦。帘幕画堂空[③]。碧天无路信难通。惆怅旧房栊[④]。

【说明】

先写佳人别后，再见无期。次记人去堂空，音问难通，只有在梦中才得相会。在人物的刻画上，是用“一双愁黛远山眉”来代替整体，又从愁黛联想到别离给予她的痛苦。

【注释】

①绝代佳人：指当年花下相会的女子。杜甫有《佳人》诗：“绝代有佳人，幽居在空谷。”

②黛：本为画眉用的颜料，引申为眉毛的代称。这里愁黛即远山眉（画成远山样的眉毛）。《赵飞燕外传》："女弟合德入宫为薄眉，号远山黛。"

③金凤：指画在屏风上的金凤凰。这三句是说她的形象曾在梦中出现，醒来只见人去堂空。

④这两句是说两人无法通信，在她的旧居徘徊，真有不胜怅惘之感。

荷叶杯

记得那年花下。深夜。初识谢娘时①。水堂西面画帘垂②。携手暗相期。　惆怅晓莺残月。相别。从此隔音尘③。如今俱是异乡人，相见更无因④。

【说明】

全词情景逼真，语淡而悲。先叙当年花下初见，次记晓莺残月相别，再写如今天各一方，无由相见。娓娓道来，抒发了词人内心无限忆念之情。可以说是"深衷浅貌，短语长情"。（陆时雍《古诗镜》）

【注释】

①谢娘：指歌女。

②水堂：临水的房屋。

③隔音尘：即音尘隔，音信断绝。这三句是说自从那天清晨两人分别以后，就此音讯不通。

④无因：无有因由。这两句是说现在两人都远走他乡，要想再见是更没有机会了。

思帝乡

春日游。杏花吹满头。陌上谁家年少足风流。妾拟将身嫁与①、一生休②。纵被无情弃③，不能羞④。

【说明】

本词以女子口吻表达出坦率的恋情，与敦煌词《菩萨蛮》（枕前发尽千般愿）相比，可以看出本词是民间词的拟作。清代贺裳说："小词以含蓄为佳，亦有作决绝语而妙者。"（《皱水轩词筌》）而这种对封建礼教表示反抗的"决绝语"，却正是民间词的特色。

【注释】

①嫁与：嫁给他。

②一生休：这一生就这样算了。

③无情：指无情义之人。这句是说纵使被薄幸郎所抛弃。

④不能羞：不以为羞。

女冠子

四月十七。正是去年今日。别君时。忍泪佯低面[1]，含羞半敛眉[2]。　不知魂已断，空有梦相随。除却天边月，没人知。

女冠子

昨夜夜半。枕上分明梦见。语多时。依旧桃花面，频低柳叶眉。　半羞还半喜，欲去又依依。觉来知是梦，不胜悲[3]。

【说明】

这两首词都是直抒其情，一气呵成，以“明白吐露”见长。

第一首写少女通过梦境追忆去年今日离别时节的依依之情。接着描叙梦醒以后的思绪，诉述了深蕴心头、无人得知的相思之情。

第二首写少女在爱人梦中出现的情态，两人情话绵绵，难分难舍。接着写爱人梦醒以后的悲思。

王国维《人间词话》卷上指出："韦端己之词，骨秀也。"这是说韦庄词不用大量辞藻，不一味刻画实景实物，而是要求词意连贯，上下一气，显得脉络分明、层次清楚。所谓"骨秀"，也即指此而言。

【注释】

①佯（yáng羊）：故意。这句是说她故意低下头来，不让人看到脸上的泪痕。

②敛（liǎn脸）：严肃庄重。半敛眉：指半蹙着眉头，表示矜持。

③不胜（shēng生）：禁不起。

牛　峤（二首）

牛峤，字松卿，一字延峰。陇西（今甘肃）人。唐宰相牛僧孺的后代，唐僖宗乾符五年（八七八）登进士第，历任拾遗（谏官）、补阙、校书郎等官职。后在前蜀官至给事中。《花间集》载他的词三十一首。

梦江南

衔泥燕，飞到画堂前。占得杏梁安稳处[1]，体轻唯有主人怜。堪羡好因缘[2]。

梦江南

红绣被，两两间鸳鸯[3]。不是鸟中偏爱你，为缘交颈睡南塘[4]。全胜薄情郎。

【说明】

第一首写双双飞燕，衔泥筑巢，成就美好姻缘，受到主人羡慕。这里羡他双燕，也即自伤薄命，不如双双燕子，咏燕实即指人。南宋史达祖有《双双燕》，极写燕子的姿影丰神，但却没有较深的含意，不像本词由燕及人，抒发了女主角的身世之感，写得蕴藉而有风致。

第二首借红绣被上的鸳鸯都是成双作对，反衬出女主角被薄情郎遗弃后的怨恨心情，语言极其通俗流利。

【注释】

①杏梁：用杏树为材料做成的屋梁。这句是说燕子在屋梁上做个新巢，双双安稳栖息。

②堪羡：可羡。

③这句是指红绣被上所绣的是雌雄相间，配对成双的鸳鸯。

④为缘：为字无义；缘：因为。

牛希济（一首）

牛希济，前蜀王衍时官翰林学士。前蜀亡，降于后唐。《花间集》收他的词十一首。

生查子

春山烟欲收，天淡星稀少。残月脸边明，别泪临清晓①。　语已多，情未了。回首犹重道。记得绿罗裙，处处怜芳草②。

【说明】

这里写一对爱人分别的场面。上片把别情与景色融和在一起。下片是临别嘱咐，末两句把自然界景物与人事联系起来，从而产生了婉转缠绵的新意境。

【注释】

①这两句是写天刚破晓，两人在屋前执手道别，残月的光照着半个脸儿，惜别的泪珠在晶莹地闪烁。

②这两句发挥了想象的作用，以罗裙颜色如同碧草而触景生情，怜芳草只是为了暗示对爱人的忆恋。

欧阳炯（三首）

欧阳炯（八九五—九七一），益州（今四川成都市）人。在前蜀、后蜀都曾做过官。后降宋，官散骑常侍（皇帝顾问）。他曾为《花间集》作序，集中收他的词十七首。

南乡子

画舸停桡。槿花篱外竹横桥[①]。水上游人沙上女。回顾。笑指芭蕉林里住。

南乡子

岸远沙平。日斜归路晚霞明。孔雀自怜金翠尾②。临水。认得行人惊不起。

南乡子

路入南中。桄榔叶暗蓼花红③。两岸人家微雨后。收红豆④。树底纤纤抬素手⑤。

【说明】

这三首词描绘了南方风光。这里有住着人家的芭蕉林，也有顾影自怜的孔雀，还有微雨过后收取红豆的女子。写来如同一幅幅活动的图画。

【注释】

①舸（gě葛）：大船。桡：桨。这两句是说大船停靠在槿花林外的竹桥边。

②自怜：自喜。这句写孔雀临水照影，欣赏它自己的闪金翠尾。

③桄（guāng光）榔：南方常绿高大乔木。叶暗：桄榔树叶为羽状复叶，长得很稠密，叶下有须，花小，子如青珠。

④红豆：是相思树所结的种子。古时用来表示爱情和相思。王维有《相思》诗："红豆生南国，春来发几枝。愿君多采撷，此物最相思。"

⑤纤纤：形容手很美好。《古诗十九首》："娥娥红粉妆，纤纤出素手。"

顾　夐（一首）

顾夐（xiòng诇），前蜀时官至刺史，后蜀时官至太尉。他曾写过一首有名的艳词《醉公子》："漠漠秋云澹。红藕香侵槛。枕倚小山屏。金铺向晚扃。　睡起横波慢。独望情何限！衰柳数声蝉。魂销似去年。"《花间集》收他的词共五十五首之多。

诉衷情

永夜抛人何处去[1]，绝来音。香阁掩。眉敛[2]。月将沉。争忍不相寻[3]。怨孤衾[4]。换我心。为你心。始知相忆深。

【说明】

这是对情人失约不来的怨语，两用问句（何处去？争忍不相寻？）表示她内心激动的情绪。全词用口语，用白描，质朴直率，与绮媚宛转的花间词风大异其趣。前人认为“换我心，为你心，始知相忆深”是“透骨情语”，“已开柳七一派”，实际上这说明了顾敻与北宋柳永都接受了民间词的影响。

【注释】

①永夜：即长夜。

②这两句是说她眉间露出沉着的神情，在帘垂门闭的屋子里等候。

③月将沉：月将落。争忍：怎么忍心。不相寻：不寻思。这两句是说等候了一整夜，怎么能够不怨恨情人的负心。

④孤衾：意思是指独眠。

鹿虔扆（一首）

鹿虔扆（yǐ以），后蜀时登进士第，官至检校太尉，加太保。《花间集》收他的词六首。

临江仙

金锁重门荒苑静，绮窗愁对秋空[①]。翠华一去寂无踪[②]。玉楼歌吹，声断已随风[③]。　烟月不知人事改，夜阑还照深宫[④]。藕花相向野塘中[⑤]。暗伤亡国，清露泣香红。

【说明】

《乐府纪闻》说鹿虔扆“国亡，不仕，词多感慨之音”。这首词也是写亡国之恨的。所谓“国”，当是指亡于九二五年的前蜀（后蜀亡于九六五年）。上片写宫苑荒凉，王室覆亡，昔日繁华已经消逝。下片叹息月光依旧，人事已非，只有野塘荷花，清露滴滴，似乎因国亡而暗自伤心。作者通过曲折的笔法，抒发了自己的故国之思。

【注释】

①金锁重门：指重重宫门都上了锁。杜甫《哀江头》说："江头宫殿锁千门，细柳新蒲为谁绿？"苑：帝王的园林。绮窗：有镂空花纹的窗子。这两句是说宫门锁闭，禁苑荒废，暗示国已亡。

②翠华：帝王仪仗中用翠色鸟羽装饰的旗子。这里用作帝王的代称。寂无踪：了无踪影。

③玉楼：指宫殿。歌吹：歌声和音乐声。这两句是说宫中的歌吹之声都已随风飘逝。

④夜阑：夜深。

⑤相向：相对。

李　珣（六首）

李珣，字德润，梓州（今四川三台县）人。他是前蜀秀才。有《琼瑶集》不传。《花间集》录他的词三十七首。

巫山一段云

古庙依青嶂①，行宫枕碧流②。水声山色锁妆楼③。往事思悠悠。　云雨朝还暮④，烟花春复秋⑤。啼猿何必近孤舟。行客自多愁⑥。

【说明】

本词内容与调名相合，写的是巫山景色：古庙靠山，行宫傍水；听到水声，见到山色。由眼前景物联想起悠悠往事：楚国神女，朝云暮雨，景物更换，几经春秋。想到这里，即使不必听到猿啼，也就足以使旅客生愁了。

通首怀古，而伤今之意也隐然言外。

【注释】

①古庙：指巫山下供奉神女的祠庙。作者在另一首《巫山一段云》中说："有客经巫峡，停桡向水湄……西风回首不胜悲。暮雨洒空祠。"陆游《入蜀记》卷六说："过巫山凝真观，谒妙用真人祠。真人即世所谓巫山神女也。祠正对巫山，峰峦上入霄汉，山脚直插江中……然十二峰者，不可悉见，所见八九峰，惟神女峰最为纤丽奇峭……庙后，山半有石坛，平旷……坛上观十二峰，宛如屏障。"青嶂：即十二峰。嶂是屏障样的山峰。

②行宫：是帝王外出时居住的宫室，这里指楚细腰宫遗址。《入蜀记》卷六："早抵巫山县……游楚故离宫，俗谓之细腰宫。有一池，亦当时宫中燕游之地，今湮没略尽矣。三面皆荒山，南望江山奇丽。"离宫本为帝王正宫以外的宫室。行宫亦包括在离宫的范围之内。枕：指行宫靠水而筑。碧流：指宫边的池水。

③妆楼：细腰宫中宫妃住的寝楼。全句是说行宫的旧妆楼好像幽闭在水声山色之中，暗喻当年行宫中宫女被幽闭的苦痛。

④这句写传说中的神女。宋玉《高唐赋》说神女"居巫山之阳"，"朝为行云，暮为行雨。"

⑤烟花：泛指自然界景物。

⑥啼猿：巫山一带多猿。《入蜀记》卷六："每八月十五夜月明时，有丝竹之音，往来峰顶，山猿皆鸣，达旦方渐止。"这两句是说何必等到凄哀的猿声来引起悲思呢？孤舟中旅客的愁恨本来已经够多的了。

南乡子

乘彩舫[1]，过莲塘。棹歌惊起睡鸳鸯[2]。游女带香偎伴笑[3]。争窈窕。竞折团荷遮晚照[4]。

南乡子

倾绿蚁，泛红螺[5]。闲邀女伴簇笙歌[6]。避暑信船轻浪里[7]。闲游戏。夹岸荔枝红蘸水[8]。

南乡子

渔市散，渡船稀。越南云树望中微。行客待潮天欲暮。送春浦。愁听猩猩啼瘴雨[9]。

南乡子

相见处，晚晴天。刺桐花下越台前[⑩]。暗里回眸深属意[⑪]。遗双翠。骑象背人先过水[⑫]。

【说明】

李珣有《南乡子》十七首，内容与欧阳炯所作相同，都是受民歌影响写成的。这里选四首。

在离家万里、日暮思乡的远客眼中，出现了一幅幅南方的风俗画。这里有采莲游女笑折荷叶遮阳光避生人的神态，也有在两岸荔枝红熟的江上泛舟游乐的情景，还有古老的越王台前，那遗物留情的骑象少女的神情，都写得形象生动而又富于地方色彩。

【注释】

①彩舫：结彩的小船。

②棹（zhào赵）：摇船的用具。棹歌：少女们摇船时唱的曲子。

③偎伴：偎靠着游伴。

④窈窕：姿态美好。这两句是说少女们争着折下荷叶遮住夕阳，这是写她们发现陌生人时的情态。

⑤绿蚁：古时的酒（即米酒）新酿成未过滤时，面上浮着米渣，稍呈淡绿色，称为“绿蚁”。这里即酒的泛称。白居易《问刘十九》诗：“绿蚁新醅酒，红泥小火炉。”泛：漫出来。红螺：红色的螺壳酒杯。这两句是说红螺酒杯里的绿酒已倒得满了出来。

⑥簇：簇拥。笙歌：指乐器。这句指邀集女伴乘船饮酒，奏乐唱歌。

⑦信：随意。这句是说为了消除炎热而让船随波行进。

⑧蘸（zhàn站）：东西浸入水中。这句是说两岸荔枝红熟，累累下垂到水中。

⑨瘴：南方山林间湿热蒸郁致人疾病的气。瘴雨：瘴气所结聚而成的雨。

⑩刺桐：落叶乔木，枝上有黑色棘刺。花有橙红、紫红等色。越台：即越王台（今广州市北越秀山上）。汉代南越王赵佗所筑。

⑪属（zhǔ主）意：留情。

⑫双翠：一双翠羽，指头饰。这两句是说少女与情人相会，装作无心落下双翠，背着人骑象先渡水过去了。写少女的内心活动和活泼举动，很细致。

河传

去去。何处。迢迢巴楚[①]。山水相连。朝云暮雨。依旧十二峰前。猿声到客船。　愁肠岂异丁香结[②]。因离别。故国音书绝[3]。想佳人花下，对明月春风，恨应同。

【说明】

写离情闺怨而不用艳语。上片写从巴山到楚水，以十二峰下的猿啼来衬托客愁。下片从音书断绝，愁肠百结，遥想到闺中佳人，以两地相思之情相同作结。

【注释】

①迢迢：远貌。巴：泛指蜀地，作者为蜀人。楚：泛指作者要去的南方。

②丁香结：丁香的花蕾。“结”也有含苞不吐之意。这里用来比喻愁肠百结。李商隐《代赠》诗：“芭蕉不展丁香结，同向春风各自愁。”

③故国：指作者的故乡四川。

和　凝（一首）

和凝（八九八—九五五），字成绩。在梁、唐、晋、汉、周五代都做过官。他擅长写短歌艳曲，被称为“曲子相公”。词集名《香奁集》，贵显后嫁名为韩偓所作（此为一说）。《花间集》收他的词二十首。

春光好

蘋叶软，杏花明。画船轻。双浴鸳鸯出绿汀[①]。棹歌声。　春水无风无浪，春天半雨半晴。红粉相随南浦晚，几含情[②]。

【说明】

本词写得色泽鲜明，气氛活跃。在碧波荡漾的春水上，画船轻轻滑动，鸳鸯双双出水，眼前青萍红杏，耳边歌声嘹亮。傍晚时水边出现的送别场面，更为这幅春景添上浓艳的一笔。

【注释】

①汀（tīng厅）：水中或水边的平地。

②红粉：指女子。南浦：浦本指水边。江淹《别赋》："送君南浦，伤如之何。"后泛指送别之处。这两句是说傍晚水边，含情脉脉的女子正在和爱人道别。

孙光宪（四首）

孙光宪，字孟文，自号葆光子。贵平（今四川仁寿县东北）人。唐末为陵州判官（节度使幕僚），后仕于荆南（即南平国），入宋后为黄州刺史。他著作很多，但多散佚。现存《北梦琐言》一书，《花间集》收他的词六十首。

浣溪沙

蓼岸风多橘柚香。江边一望楚天长。片帆烟际闪孤光[①]。 目送征鸿飞杳杳[②]，思随流水去茫茫[③]。兰红波碧忆潇湘[④]。

【说明】

上片写橘柚飘香，远帆闪光，水随天去，一望无边，这是江上秋光。下片是在江边看到飞鸿流水，想起南方潇、湘一带美丽的景致，更禁不住悠然神往。

【注释】

①这句是说远望烟雾渺茫的江上，闪动着孤帆的帆影。

②杳杳（yǎo咬）：幽远。这句是说眼看着鸿雁向高远的地方飞去。

③思（sì四）：思绪。

④兰：兰草。江淹《别赋》："见红兰之受露。"潇湘：潇水和湘水，在今湖南。

渔歌子

泛流萤，明又灭。夜凉水冷东湾阔。风浩浩①，笛寥寥②，万顷金波澄澈③。　杜若洲④，香郁烈。一声宿雁霜时节。经雪水⑤，过松江⑥，尽属侬家日月。

【说明】

这是秋季下霜的夜晚，泛舟经过霅水、松江的情景。水边洲上，传来杜若的香气和宿雁的叫声。水上风波浩淼，笛声隐约，流萤明灭，放眼四顾，但觉天地万物，都入我胸怀。与张志和的《渔歌子》相比，本词曲调已较繁复，画面较为辽阔，境界亦显得高远。

【注释】

①浩浩：广大的样子。

②寥寥：稀疏。

③金波：指月光。《汉书·郊祀志》："月穆穆兮金波。"

④杜若：香草名。

⑤霅（zhà诈）水：即霅溪，在浙江吴兴县，东北流入太湖。

⑥松江：即吴淞江，一名松陵江，在今江苏境内，是太湖最大的支脉。

谒金门

留不得。留得也应无益。白纻春衫如雪色①。扬州初去日②。　轻别离。甘抛掷③。江上满帆风疾。却羡彩鸳三十六④。孤鸾还一只⑤。

【说明】

本词写别离。上片写作者白纻春衫，江头初别，心情是那样的沉重。下片写江上风疾，船行如飞，自己单身只影，如同孤鸾，不禁羡慕起那些亲密相伴犹如鸳鸯的情侣。

【注释】

①纻：同“纻”，苎麻。

②扬州：今江苏扬州市。

③甘抛掷：甘愿撇开。

④鸳：鸳鸯的省称，这里以鸳鸯比喻情侣。三十六：形容鸳鸯之多。

⑤鸾：凤一类的鸟。孤鸾：比喻失伴的人。

风流子

茅舍槿篱溪曲①。鸡犬自南自北。菰叶长②，水葓开③，门外春波涨绿。听织。声促。轧轧鸣梭穿屋。④

【说明】

这里所描写的是水乡农家。在长满菰叶和葓菜的水边、小溪的转弯角上，小小茅屋的四周围着槿树作篱笆。屋外鸡犬来往觅食，屋内传出了轧轧的纺织声。虽然没有出现人物，但却传出了农家忙碌的气氛。

【注释】

①槿篱：密栽槿树作为篱笆。

②菰（gū姑）：多年生草本，生于浅水，高五六尺，春天

生新芽，嫩茎名茭白，花浅紫色，秋天结实如米，称菰米。

③水蕻（hóng宏）：即蕻菜，茎中空，又名空心菜。

④轧轧（yà亚）：纺织声。

冯延巳（五首）

冯延巳（九〇三—九六〇），字正中，广陵（今江苏扬州市）人。南唐中主时，官至中书侍郎左仆射同平章事（宰相）。他的词对宋初江西词人起过影响。词集名《阳春集》。

蝶恋花

几日行云何处去①。忘却归来②，不道春将暮③。百草千花寒食路。香车系在谁家树④。　泪眼倚楼频独语。双燕来时，陌上相逢否⑤。撩乱春愁如柳絮。依依梦里无寻处⑥。

【说明】

这首词写少妇埋怨荡子游冶无度，久出不归。她只好倚楼怅望，含泪独语，看到燕子飞来，也要打听一下。春愁撩人，到梦里还找不到他的踪影。以后欧阳修的《蝶恋花》（庭院深深深几许）内容与本词相同，但含意更深，字句更为凝练。

【注释】

①行云：本指神女。楚襄王游高唐，梦见神女。神女说她自己“旦为朝云，暮为行雨”。见宋玉《高唐赋》。这里的行云，引申为冶游的荡子。

②忘却：忘掉。

③不道：不管，不觉。

④百草千花：这里以花草比喻妓女。寒食：节名。《荆楚岁时记》：“冬至后一百五日，即有疾风甚雨，谓之寒食，禁火三日。”《武林旧事·祭扫》：“清明前三日为寒食节。”古代民间这天不生火做饭，须冷食。居民都在这天出城祭扫坟墓和游春。这两句是说在寒食节游春的路上，荡子的车系在哪家（指妓女）的树上？

⑤陌上：路上。这句是说少妇问楼前双燕，可曾在路上遇到荡子。

⑥依依梦里：南唐张泌有《寄人》诗：“别梦依依到谢家，小廊回合曲阑斜。多情只有春庭月，犹为离人照落花。”是说在梦中见到了爱人。这句亦是写梦中，但久别的荡子即使在梦里也不见影踪。

采桑子

花前失却游春侣[①]，独自寻芳。满目悲凉。纵有笙歌亦断肠[②]。　林间戏蝶帘间燕，各自双双。忍更思量[③]。绿树青苔半夕阳[④]。

【说明】

全词写失去情侣以后，满怀悲思，触景神伤，即使是笙歌悠扬，蝶飞燕舞，亦不能安慰他失侣的苦痛。南宋周紫芝《鹧鸪天》末二句说："如今风雨西楼夜，不听清歌也泪垂。"则是更深一层的写法。

【注释】

①游春侣：春游的伴侣，指歌女。

②纵有：纵使有。笙歌：指赏心悦耳的音乐声。全句是说即使有动听的音乐也只能使他更加伤心。

③忍更思量：怎么忍心再去想两人同游的往事。

④全句以景物的静寂来反映人物内心的沉痛。

长命女

春日宴。绿酒一杯歌一遍[①]。再拜陈三愿。一愿郎君千岁，二愿妾身常健。三愿如同梁上燕。岁岁长相见。

【说明】

李端有《新月》诗："开帘见新月，即便下阶拜。细语人不闻，北风吹裙带。"这是拜新月、愿团圆。本词则是祝酒陈三愿，带有民歌情调。末两句以梁燕双栖暗喻夫妻团圆，语意含蓄而形象却很鲜明。

【注释】

①绿酒：即"绿蚁"。见李珣《南乡子》注⑤，第68页。

清平乐

雨晴烟晚。绿水新池满。双燕飞来垂柳院。小阁画帘高卷。　黄昏独倚朱阑。西南新月眉弯。砌下落花风起[1]，罗衣特地春寒[2]。

【说明】

上片写傍晚新晴，池涨绿水，双燕拂柳，画帘高卷，这是景。下片写倚阑望月，因风吹罗衣而感到春寒料峭，这里由春寒反映出孤寂的心情。

【注释】

①砌：台阶。

②特地：特别。这句是说晚风吹来，由于衣单而特别感到春寒袭人。

谒金门

风乍起[1]。吹皱一池春水。闲引鸳鸯芳径里。手挼红杏蕊[2]。　斗鸭阑干独倚[3]。碧玉搔头斜坠[4]。终日望君君不至。举头闻鹊喜[5]。

【说明】

开头两句能从春水涟漪联系到心潮波动，引起各种联想，因此成为传诵一时的名句。马令《南唐书》卷二十一记载当时中主李璟曾戏问冯延巳："吹皱一池春水，干卿何事（关你什么事）？"冯答道："未如陛下'小楼吹彻玉笙寒'。"

这里写人物种种活动是为了突出她的"望君君不至"的心情。池水皱碧使她心头撩乱不安，"闲引""手摇""独倚""斜坠"，刻画出她外表安宁实则烦闷不堪的神态。最后写出她整日盼望、终于失望以及听到鹊声又生希望的一系列内心活动，可说细致入神。

【注释】

①乍：忽然。

②挼（ruó挪）：用手摩弄搓揉。

③斗鸭阑干：《三国志·吴书·陆逊传》："时建昌侯虑于堂前作斗鸭栏，颇施小巧。"古时民间有以鸭相斗为戏，众人围而观之。

④搔头：簪。斜坠：往下斜。形容无心梳妆。

⑤鹊喜：古时有灵鹊报喜之说，敦煌诗亦说："正见庭前双鹊喜，君在塞外远征回。"（《阿曹婆》）

李　璟（二首）

李璟（九一六—九六一），初名景通，南唐烈祖李昪的长子。习惯上称南唐中主。由于受到北周的威胁，将国都从金陵迁到南昌。在位十九年。

摊破浣溪沙

菡萏香销翠叶残[①]。西风愁起绿波间。还与韶光共憔悴[②]，不堪看。　细雨梦回鸡塞远[③]，小楼吹彻玉笙寒[④]。多少泪珠何限恨，倚阑干。

【说明】

这是一首悲秋怀人之作。上片对景抒情。下片思念征人。“细雨”两句从小楼到塞外，从梦中到梦醒，写得意境阔大，不同于一般的闺怨，因此受到王安石的称赏。王国维指出“菡萏香销”两句“大有‘众芳芜秽，美人迟暮’之感”。（《人间词话》卷上）则又认为其中有所寄托，评价也很高。

【注释】

①菡萏（hàn dàn汉淡）：荷花。

②韶光：美好的时光。

③鸡塞：即鸡鹿塞。《汉书·匈奴传》：“送单于出朔方鸡鹿塞。”颜师古注：“在朔方窳浑县西北。”（今内蒙古磴口县西北）这里泛指塞外。这句是说梦中去极远的边塞寻找爱人，醒来只见细雨迷蒙，不胜怅惘。

④这句是说小楼中整夜回荡着凄清的乐声。

摊破浣溪沙

手卷真珠上玉钩①。依前春恨锁重楼②。风里落花谁是主，思悠悠。　青鸟不传云外信③，丁香空结雨中愁④。回首绿波三楚暮⑤，接天流。

【说明】

本词写春恨。重楼锁愁，落花无主，绿波接天，引起卷帘远望的女子无限离恨。远方爱人音问不至，心头愁闷无计消除。由远而近的暮色更加深了她的愁思。

【注释】

①真珠：即珍珠帘。

②依前：依然，依旧。

③青鸟：指传信的使者。《山海经·大荒西经》说："西有王母之山……有三青鸟，赤首黑目。"郭璞注："皆西王母所使也。"

④丁香：常绿乔木。夏季开花，子黑色，作香料用。丁香结：见李珣《河传》注②，第69页。

⑤三楚：原指西楚、南楚、东楚。这里泛指江南之地。

李　煜（十二首）

李煜（九三七—九七八），字重光，李璟第六子，习惯上称为南唐后主。五代时的南唐战乱较少，农业生产恢复和发展较快，但因统治者沉湎于宴安逸乐，致使库藏空竭、国势危殆。李煜是这个偏安朝廷的最末一个国君，他精于书画，谙于音律，在文学方面具有特出的才能。在政治上他是既不甘心屈辱地应命入朝北宋，束手为阶下之囚，但也不能励精图治，谋划抵御之策，反而听信谗言，诛杀了敢于直言进谏的潘佑、李平等人。对于压境的强邻北宋，则不惜称臣纳贡，以求偏安一方，他的日常生活，可说是穷奢极欲、纵情声色。在其前期词中，就充分反映了这个封建帝王荒淫腐朽的生活和颓废的思想意识。

公元九七五年，南唐被北宋所灭，李煜肉袒出降，接着被押送到汴京（今河南开封市）。宋太祖赵匡胤因李煜曾守城拒降，便封他为“违命侯”。他的行动受人监视，且时刻有被夺去生命的危险。环境和身份的急剧转交，极为深刻地影响了李煜的思想和性格，使他产生了悔恨、怨痛、想挣扎而又无能为力的内心苦闷。这在他的后期词中有着充分的表现。他降宋以后，对于往日的豪华生活仍不能忘情，在留恋之余还发出人生如梦的感叹，这种思想无疑是消极而且应该批判的。但他那种不满降后处境的愤激情绪，客观上又反映了统治者对待降王所用手段的阴险残酷（李煜在被俘三年后被毒死），反映了封建王朝更替时演出的某些悲剧内容，具有一定的认识作用。

李煜词的特色是既无典故又不假饰绘，做到直抒胸臆，纯任自然。春花秋月，是古人常叙的离情；由于作者在运用白描手法方面有着卓越的能力，善于用朴素自然，流走如珠的语言来写美景、抒离情，还借此表达复杂矛盾的精神面貌，显示出一定的概括意义，从而使作品达到抒情诗表现法则的较高要求，使人读起来容易上口而又不易遗忘。

在语言运用和结构艺术方面，李煜词所起的作用不仅有助于词这一新文体的成长，而且还对宋代晏殊、欧阳修、张先、柳永、苏轼、秦观和李清照等词人起过一定影响。李煜词今存三十多首，南宋人辑过他和李璟的词，名为《南唐二主词》。

虞美人

春花秋月何时了[①]。往事知多少。小楼昨夜又东风。故国不堪回首月明中[②]。　雕阑玉砌应犹在[③]。只是朱颜改[④]。问君能有几多愁。恰似一江春水向东流[⑤]。

【说明】

本词是李煜被俘以后幽囚汴京时所作。过去记载说他“归朝（指北宋王朝）后，郁郁不乐，见于词语”。（王铚《默记》）这种“郁郁不乐”的情绪，在本词中就有明显的反映。然而，这不过是亡国之君的哀叹。词中，作者把万千身世之感凝聚成一个“愁”字，其含义也是消极的。

这首词在艺术上的特色是能以快速的调子，刻绘出词人悲恨相续的心理活动。通篇以问起，以答结；由问天、问人而到自问，通过激动的音调，将词人心灵上的波涛起伏和忧思难平一直贯到结尾；并以“恰似一江春水向东流”这一形象性的概括来总收全篇，使这首小词进入“语尽意不尽”的艺术境界。

善于用虚字传神，是本词的另一特色，如“只是朱颜改”的“只是”，能加强表明作者降宋以后的“物是人非”的“怅恨之感”。至于末两句中的“问君”和“恰似”，则是假托问答，以加倍突出这个“愁”字，从而又使全词达到前后呼应，流走自如的地步。

【注释】

①何时了：什么时候了结。

②故国：指南唐。全句是说作者幽囚北地，在月明之夜倚楼远望，多少故国之思涌上心头，实在不堪回想。

③雕阑玉砌：即雕花的阑干和玉石砌成的台阶，这里泛指南唐宫殿。全句是说旧日南唐的宫殿，大概依然如故。作者在另一首《浪淘沙》中也说：“想得玉楼瑶殿影，空照秦淮。”可以参看。

④朱颜改：暗指亡国。朱颜：即红颜，年轻的容颜。

⑤这两句是以水喻愁，也即是以水流无尽期比喻愁多无边际。这种以山或水来喻愁的写法，在李煜以前和以后都有。《鹤林玉露》卷七说：“诗家有以山喻愁者……赵嘏诗：‘夕阳楼上山重迭，未抵闲愁一倍多’是也。有以水喻愁者，李颀曰：‘请量东海水，看取浅深愁。’李后主云：‘……’贺方回云：‘试问闲愁都几许。一川烟草，满城风絮，梅子黄时雨。’盖以三者比愁之多也，尤为新奇，兼兴中有比，意味更长。”

子夜歌

人生愁恨何能免。销魂独我情何限[1]。故国梦重归。觉来双泪垂。　高楼谁与上。长记秋晴望。往事已成空。还如一梦中。

【说明】

上下片都说到梦。上片写梦归故国，但事实上国破家亡，已不可能重归，这就是醒后愁恨满怀、黯然魂消的原因所在。下片写如今独上高楼，望断天涯，不堪回首忆当年，真有往事如梦之感。这里用梦来暗示对囚居生活的不满。

【注释】

①销魂：销，亦作“消”。销魂是说人受到刺激后若有所失，好像魂将离体。形容悲痛愁苦的心情。江淹《别赋》：“黯然销魂者，唯别而已矣。”

望江南

多少恨，昨夜梦魂中。还似旧时游上苑①，车如流水马如龙②。花月正春风。

【说明】

本词叙述了作者梦中所见和梦醒以后的感受。作为一个亡国之君，李煜并没有掩饰自己对故国的怀恋；当然，他所思念的只是往日豪华的帝王生活。由此他不仅对导致自己失国的所作所为抱着无穷悔恨，并且还对目前忍辱偷生的处境流露出难以忍受的情绪。这种不满情绪的表露，后来成了他遭到北宋统治者杀害的主要因素。

【注释】

①上苑：帝王游乐的园林。这里指南唐的御花园。

②车如流水马如龙：即车水马龙。形容车马来往不停，十分繁华热闹。见《后汉书·马后纪》："前过濯龙门上，见外家问起居者，车如流水，马如游龙。"

清平乐

别来春半。触目愁肠断。砌下落梅如雪乱。拂了一身还满。　雁来音信无凭①。路遥归梦难成。离恨恰如春草，更行更远还生。

【说明】

这是一幅落梅如雪、芳草萋萋的春景。起首疏疏几笔，写出词人满怀愁思，伫立石阶，然后以落梅的“拂了一身还满”和纷飞如乱雪来烘托他的思远人、念故国的缭乱心情；接着更以春草的“更行更远还生”渲染出深长的离恨别愁。通过客观环境的烘托渲染，词人的内心世界是在逐步趋向清晰明朗。词人自身的形象塑造过程，也是先外貌再内心，在抒情性极强的景色描绘中，令人感到这一形象的鲜明、生动。

【注释】

①这句是说北雁南归，没有带来音书，因此得不到故人消息。《汉书·李广苏建传》载“雁足传书”事：汉苏武出使匈奴，被扣留，宁死不投降，匈奴把他放在北海牧羊，而对汉使者

说苏武已死，后来汉使者得知苏武未死，便故意说：“汉天子在上林苑射雁，雁足上系信，说苏武未死。”匈奴才将苏武遣回汉朝。

乌夜啼（即相见欢）

林花谢了春红。太匆匆。无奈朝来寒雨晚来风。胭脂泪。相留醉。几时重①。自是人生长恨水长东。

【说明】

这是一支伤春小曲，寒雨晚风催使着春花凋零，春光流逝。这种因春色渐老而引起的怅触，一经与闪烁在泪光杯影中的伤离之情结合，就迸发出意味深长的哀音：“自是人生长恨水长东。”人生长恨是词人身世之叹，水长东是客观自然现象，当两者联系在一起时，出现了富于概括意义的境界，从而使这首词获得较高的艺术效果。结末三字句作小顿，接着九字句又大开，更显得一往奔放，淋漓尽致。

【注释】

①胭脂泪：指女子的眼泪。这三句是说因惜别而流泪，相互劝饮到沉醉，此次别后何时才能够再相会呢？

捣练子令

深院静，小庭空。断续寒砧断续风[①]。无奈夜长人不寐，数声和月到帘栊。

【说明】

杨慎《词品》指出："词名捣练子，即咏捣练，乃唐词本体也。"在寂静的月夜里，持续不断的捣练声随着寒风飘来，使作者心潮起伏、愁思难平，这是以咏捣练来反映自己的不安心情。

【注释】

①砧：捣衣石。古代将绢（生丝织成）用木杵在石上捣软成为熟绢以便裁制衣服。

望江梅

闲梦远，南国正芳春。船上管弦江面绿[①]，满城飞絮混轻尘[②]。忙杀看花人。

望江梅

闲梦远，南国正清秋。千里江山寒色远，芦花深处泊孤舟。笛在月明楼。

【说明】

这两首词都是词人被俘到汴京后所写。前一首回忆南国之春。江面碧波荡漾，船上乐声悠扬，城中车马纷纷，看花人来往络绎不绝，真是满江春光、满城春色，一派繁盛景象。后一首回忆南国之秋，千里江山，孤舟夜泊，月下闻笛，这又是何等清幽的画面。而这些美好的回忆，犹如逝去的旧梦，已是一去不复返了。

【注释】

①管弦：见王建《调笑令》注②，第30页。

②轻尘：指车马过后尘土飞起。全句是说满城柳絮在轻尘中翻飞。

虞美人

风回小院庭芜绿[1]。柳眼春相续[2]。凭阑半日独无言。依旧竹声新月似当年。　笙歌未散尊罍在[3]。池面冰初解。烛明香暗画堂深。满鬓清霜残雪思难任[4]。

【说明】

春风吹绿庭院草树，眼前竹声新月一似当年，而人事已非，这使作者触景伤情，不胜感慨。“笙歌”三句实写当年玉楼画堂、美酒清歌的盛宴。末句仍然回到目前，以作者自己衰老的形象突出“往事只堪哀”的感受，这又与明媚的春光形成鲜明对照。

【注释】

①芜：丛生的草。

②柳眼：早春时初生的柳芽。李商隐《二月二日》：“花须柳眼各无赖，紫蝶黄蜂俱有情。”这句承上句而来，庭草渐绿，嫩柳又黄，形容春光相续。

③尊罍（léi雷）：尊，酒杯；罍：酒器，形状像壶，小口、广肩、深腹、圈足、有盖，肩部有两个环耳，腹下并有一鼻可系。

④清霜残雪：形容鬓发苍白，如同霜雪。难任：难以承担。

这句是说由于难以承当这国亡身俘虏的深忧，致使自己鬓发苍苍，衰老不堪。

浪淘沙

帘外雨潺潺[①]。春意阑珊[②]。罗衾不耐五更寒。梦里不知身是客，一饷贪欢[③]。　独自莫凭栏。无限江山。别时容易见时难[④]。流水落花春去也，天上人间。

【说明】

本词与《乌夜啼》《虞美人》，向来被认为是李煜词的代表作。比较起来，本词的基调最为低沉，情绪最为颓伤。它以强烈的艺术魅力感染着读者，同时散发出消极的因素。

这是一首气息奄奄的哀歌。帘外，是暮春夜雨；帘内，是被寒雨惊醒的词人。那潺潺不停的雨声，像在惋惜春天的归去，也像在叹息词人不幸的遭遇。只有在梦里，才能暂时忘却自己是个失去自由的囚徒，还可以重温一下旧日的欢乐。可是当醒来以后，一切都显得那样惨淡，甚至使他对凭阑远望也感到犹豫，为的是怕引起痛苦的回忆；想当年国破家亡，被俘北上，匆匆一别，从此就不可能重返故国了。流水落花，带走了春光，也带走了词人的希望。失落在梦里的过去，不可能在现实中出现，分别以后，各处一方，犹如人间天上，再相会将在何年何月呢？

《西清诗话》云："南唐李后主归朝后，每怀江国，且念嫔妾散落，郁郁不自聊，尝作长短句云……含思凄惋，未几下世。"说明了李煜写作本词时心情的沉重。生活的重压在销蚀着他的生命，同时也激起他思想上不满而又无力反抗的意识，使他在发出"别时容易见时难"的叹息后，透露出无法抑制的悲哀，而让那如泣如诉的音调，奏出了悲剧式的尾声。

【注释】

①潺潺（chán蝉）：小雨滴水的声音。

②阑珊：残尽。指春光即将逝去。

③饷（xiǎng想）：通"晌"。一晌：即一会儿。

④《颜氏家训·风操》："别易会难。"曹丕《燕歌行》："别日何易会日难。"

破阵子

四十年来家国①，三千里地山河。凤阁龙楼连霄汉②，玉树琼枝作烟萝③，几曾识干戈④。　一旦归为臣虏⑤，沈腰潘鬓消磨[6]。最是仓皇辞庙日[7]，教坊犹奏别离歌[8]，垂泪对宫娥。

【说明】

上片回忆昔年身为南唐之主，宫室园林极其华美，未尝得知战乱为何物。下片叙述降宋以后，过着“日夕只以泪洗面”的生活，因而折磨得鬓发斑白，腰围瘦损，受辱日甚，感慨极深。最后几句是指自己在城破之日，身着白衫纱帽，奉表纳降、匆促拜辞宗庙的一幕；在他看来，这是最大的悲剧。苏轼《东坡志林》却指出他应该在老百姓面前承担起失国的罪责：“后主既为樊若水所卖，举国与人。故当恸哭于九庙之外，谢其民而后行，顾乃挥泪宫娥，听教坊离曲哉。”这一批评还是很恰当的。

【注释】

①四十年：南唐自公元九三七年立国，至公元九七五年被北宋所灭，共三十八年；此四十年系其成数。

②凤阁龙楼：指宫内楼阁。霄汉：霄指云霄；汉是天河，两字连用指高空。这句是说宫中楼阁高耸入云。

③玉树琼枝：用珍宝制成的树，这里指珍贵的树木。萝：即“莪”，蒿属，是一种野草。烟萝：蔓生的莪蒿。这句是指宫苑里珍贵的树木被看作野草一般。

④干戈：古代兵器的通称，引申指战争。

⑤这句是说一朝降宋称臣，成为俘虏。

⑥沈腰：据《南史·沈约传》称：沈约有志台司，而帝终不用，乃求外出，又不见许，遂以书陈情于徐勉，言己老病，百日数旬，革带常应移孔。后世因以“沈腰”为腰围减损的代称。潘鬓：潘岳《秋兴赋序》：“余春秋三十二，始见二毛。”又《秋兴赋》：“斑鬓发以承弁兮。”后世因以“潘鬓”作为鬓发斑白的代词。

⑦庙：指宗庙，古代帝王诸侯祭祀祖宗的处所。这句是说尤其难忘的是被俘后仓促到宗庙告辞的日子。

⑧教坊：管理宫廷音乐的官署。

相见欢

无言独上西楼。月如钩。寂寞梧桐深院锁清秋。　剪不断。理还乱。是离愁。别是一般滋味在心头。

【说明】

画面上的秋景，只有一钩眉月，几株梧桐。而孤独者的形象，就在这种凄冷的气氛中显现出来。冷落的秋景引起他的无限愁思，而“剪不断，理还乱”，则又把他那种难以表明的离愁具体化了。

宋代部分

王禹偁（一首）

王禹偁（九五四——〇〇一），字元之，钜野（今山东巨野县）人。宋太宗太平兴国八年（九八三）进士，做过右拾遗（中书省谏官）、知制诰（草拟皇帝诏令的官吏）和翰林学士。在朝敢于直言讽谏，因此屡受贬谪，终于死在贬地黄州齐安（今湖北黄冈市）。他是宋初著名的文学家，诗文风格清丽平易。著作有《小畜集》。词今存仅一首。

点绛唇感兴

雨恨云愁，江南依旧称佳丽①。水村渔市。一缕孤烟细②。　天际征鸿，遥认行如缀③。平生事。此时凝睇④。谁会凭栏意⑤。

【说明】

宋初文人词流传到现在的为数不多。这些文人大都遭受贬谪，或浪迹江湖，所作小词秀淡自然，与秾丽的花间词大异其趣。王禹偁的作品以诗文为主，在仅存的这首小词中，他描绘了江南水乡的景色，抒写出游子的客愁，写得委婉细致。词末透露作者的怀才不遇之感，不同于一般的艳词。

【注释】

①雨恨云愁：是写江南一带细雨蒙蒙，云雾迷漫，使人感到愁闷。佳丽：指景色的秀美。谢朓《入朝曲》有“江南佳丽地，金陵帝王州”之句。这两句是说作者远客异乡，又值阴雨，心情十分忧郁，遥望水乡景色，却依然十分美丽。

②这句描写水乡人家的炊烟。

③行（háng杭）如缀：指群雁在空中排列整齐，一行连一行地飞过。缀：接连不断。

④凝睇（dì地）：凝视。睇：斜视貌。

⑤这句是说有谁理解我凭着栏杆远眺时的内心活动呢（指无一人赏识自己的政治抱负）。

寇　准（一首）

寇准（九六一—一〇二三），字平仲，华州下邽（今陕西渭南市）人。宋太宗时进士，真宗时官至宰相，封莱国公。后被谗遭贬，迁徙到雷州（今广东雷州市）等地。著有《巴东集》。

踏莎行

春色将阑①，莺声渐老②。红英落尽青梅小。画堂人静雨濛濛，屏山半掩余香袅③。　密约沉沉④，离情杳杳⑤。菱花尘满慵将照⑥。倚楼无语欲销魂，长空黯淡连芳草⑦。

【说明】

寇准词留存到今天的四首，都是伤时惜别之作，而且写得情致缠绵。本词即景写闲情，上片是描绘暮春季节，微雨蒙蒙、寂寥无人的景象。下片写两人别后音问不通，闺中少妇倚楼远望，只见芳草连天，灰云蔽空，心中更觉忧郁愁苦。《四库提要》称寇准的诗作“含思凄惋，绰有晚唐之致”。“含思凄惋”，亦可用来评他的词。

【注释】

①阑：晚、尽之意。这句是说春光即将逝去。

②这句是指黄莺的鸣声也不像初春时候那么清脆动听。

③屏山：即屏风。袅：指炉烟缭绕上升。

④沉沉：这里意为长久。这句是说二人私下所订的约会遥遥无实现之期。

⑤杳（yǎo咬）杳：幽远。这句指分别之后深藏内心、缠绵不断的相思情意。

⑥菱花：指镜子。古时用铜镜，镜背经常铸成菱形图案。慵将照：懒得拿起（镜子）来照。将：就是“拿”。

⑦销魂：见李煜《子夜歌》注①，第90页。这两句描写闺中少妇独自靠在高楼上远眺，但见春草遍地，一直延伸到灰蒙蒙的天边，想到不知何日才能和爱人相会，其悲苦之情，难以用语言表达。

潘　阆（四首）

潘阆（？——〇〇九），字逍遥，大名（今河北大名县）人。曾在京师卖药。宋太宗时，由于能作诗而被推荐，赐进士。曾几次受到贬谪。真宗时任滁州（今安徽滁州市）参军（州府中分科办事的官吏）。

潘阆以诗著名，当时文人如寇准、王禹偁、林逋等都与他有交往。著有《逍遥集》，词以《酒泉子》五首流传最盛。今传有《逍遥词》十首，见王鹏运《四印斋所刻词》。

酒泉子

长忆钱塘①，不是人寰是天上②。万家掩映翠微间③。处处水潺潺。　异花四季当窗放。出入分明在屏障④。别来隋柳几经秋⑤。何日得重游。

【说明】

本词是写别后的怀念。作者笔下的杭州是家家绿树，处处流水，花开四季，峰峦青翠，真是人间天上。末句指出还想旧地重游，也即是说胜地美景，令人恋恋不舍，难以忘怀。

【注释】

①钱塘：今浙江杭州市。

②人寰：人间。

③翠微：本指山色青翠，这里就指山。全句是说许多人家在群山的绿丛中若隐若现。

④屏障：指山峰。这句是说进出都可清楚地看到屋前屋后的青山。

⑤隋柳：隋炀帝开通济渠，沿河筑堤种柳，后来经常称柳为隋柳。这句是说分别已好几年了。

酒泉子

长忆西湖，尽日凭栏楼上望。三三两两钓鱼舟。岛屿[①]正清秋。　笛声依约芦花里[②]。白鸟成行忽惊起。别来闲整钓鱼竿。思入水云寒。

【说明】

本词是作者回忆中的西湖风光：那是秋天的湖上，凭栏远眺，只见渔船在徜徉，小岛上的树叶正在凋谢黄落。芦苇丛里扬起了笛声，使白鸟都惊飞起来。这样的景色勾起作者退隐湖上的念头。

宋杨湜《古今词话》说："石曼卿见此词，使画工彩绘之，作小景图。"这是指潘阆歌咏杭州山水之美的词作受到后人的爱赏。

【注释】

①屿（yǔ雨）：指湖上的小土堆。

②依约：隐隐约约。

酒泉子

长忆孤山，山在湖心如黛簇①。僧房四面向湖开。轻棹去还来。　芰荷香喷连云阁②。阁上清声檐下铎③。别来尘土污人衣。空役梦魂飞④。

【说明】

这首词先写孤山的位置和姿态，再写山上的僧寺，四面临湖；又从水上荷香联系到佛阁檐下的铃铎清音，用来衬托环境的清幽，同时也道出作者魂牵梦萦、不能忘怀的正是这种静寂的境界。

【注释】

①黛簇：形容山峰如同眉峰簇聚。黛：本指山色，这里指山。

②芰（jì计）荷：出水的荷花。

③铎（duó夺）：大铃的一种。

④役：动词，差使。这两句是说离开孤山后风尘仆仆于旅途之中，徒然使梦魂飞越关山（指只是在梦中重游孤山）。

酒泉子

长忆观潮，满郭人争江上望①，来疑沧海尽成空②。万面鼓声中③。　弄潮儿向涛头立。手把红旗旗不湿④。别来几向梦中看。梦觉尚心寒。

【说明】

怒潮山立的浙江大潮，是历来文人歌咏的题材。李白《横江词》中已有“浙江八月何如此？涛似连山喷雪来”之句。本词描绘江潮涌来时涛声如雷、沧海成空的壮观，还颂扬了手拿红旗，敢于迎着汹涌怒潮而“向涛头立”的弄潮儿。在离开杭州后，这种场面还几次入梦，甚至梦醒后仍使他目眩神迷，胆战心摇。

本词词风与五代柔靡的篇章迥然不同，读后使人感到气魄雄伟，胸襟开阔。

【注释】

①郭：城外的城叫郭，泛言之则城与郭没有什么分别。

②沧海：苍海，苍青色的海水。沧：同苍。这句是说海涛来时高过万丈，海水都像被吸干了。

③万面鼓声：形容潮来时的澎湃之声，如同擂动了千万面大鼓。苏轼亦有“万人鼓噪慑吴侬”（《八月十五日看潮五绝》）之句，形容涛声如万人鼓噪进军。

④弄潮儿：善于游泳的少年。这两句是说弄潮儿手持彩旗，出没于高过山头的波涛之中，表演各种技巧而旗不沾湿。

林　逋（一首）

林逋（九六七——一〇二八），字君复，钱塘人。长期隐居在西湖的孤山。死后谥“和靖先生”。他是有名的诗人。名句“疏影横斜水清浅，暗香浮动月黄昏”（《山园小梅》），咏梅得其神态风致。有《和靖集》。

相思令

吴山青[1]。越山青[2]。两岸青山相对迎。争忍有离情[3]。　君泪盈[4]。妾泪盈。罗带同心结未成[5]。江边潮已平[6]。

【说明】

这首小词寄离情别意于山容水态之中，颇具民谣风味。先写来时满怀喜悦，两岸青山亦像在相对迎客。哪知匆匆相见，好事难谐，潮来船开，只好垂泪道别。

【注释】

①吴山：泛指钱塘江北岸的山。这里古代属吴国。

②越山：泛指钱塘江以南，绍兴市以北的山。这里古代属越国。

③争忍：怎么忍心。

④泪盈：两眼含泪、盈盈欲滴。

⑤这句是说要把罗带打个同心结而未成功（暗喻婚事不成）。

⑥潮已平：潮水已涨到与岸相齐，表示船将开行。

范仲淹（三首）

范仲淹(九八九—一〇五二)，字希文，吴县（今江苏苏州市）人。宋真宗时进士。仁宗时曾与韩琦同拒西夏。在参知政事(副宰相)任上提出过改革政治的措施。死后谥“文正”。他能以边塞风光入词，开宋代豪放词的先河。有《范文正公全集》。

苏幕遮 怀旧

碧云天，黄叶地。秋色连波，波上寒烟翠。山映斜阳天接水①。芳草无情，更在斜阳外②。　黯乡魂，追旅思③。夜夜除非，好梦留人睡④。明月楼高休独倚。酒入愁肠，化作相思泪。

【说明】

碧云、黄叶、翠烟，是运用色泽来渲染夕阳下的秋景，借以加深印象。乡魂、旅思、愁肠、相思泪，用来映衬出触景生情、夜不能寐的客子离恨。这里秋景的动人适足以反衬出客愁的深长。

有人认为这首诗主要是“丽语”“柔情”，但也有人提出其中有寄托，如张惠言就说：“此去国之情。”黄蓼园更提出以芳草喻小人的说法，则未免牵强。

【注释】

①这句描写斜阳照山、秋波连天。

②这两句是说夕阳照不到远在山那边的(无情的)芳草。

③黯（àn暗）：形容心情的忧郁。旅思（sì四）：指客中的情思。这两句是说浓重的乡思使美景为之黯然失色。往事的追忆引起了羁旅的愁怀。

④以上两句是说，每天晚上只有回乡的好梦才能使自己睡得安稳。

渔家傲 秋思

塞下秋来风景异。衡阳雁去无留意①。四面边声连角起②。千嶂里。长烟落日孤城闭③。　浊酒一杯家万里。燕然未勒归无计④。羌管悠悠霜满地⑤。人不寐。

将军白发征夫泪[6]。

【说明】

这是作者防守边地的生活经历的概括。先写雁去秋来的边地风光，是长烟落日，边声四起，千山重叠，孤城深闭，笔调极其雄放。接着自恨功业未成，发出怀乡的叹息，并以低沉的调子作结。魏泰《东轩笔录》卷十一指出，欧阳修称这首词是“穷塞主之词”。还说：“范文正公守边日，作《渔家傲》乐歌数阕，皆以‘塞下秋来’为首句。”

【注释】

①塞（sài赛）下：指边地的关口。风景异：指景物与江南一带不同。衡阳雁：指南归之雁。湖南衡阳市南衡山七十二峰之首名回雁峰，相传雁到此不再飞，遇春就北回。柳宗元《春日过衡州》诗亦说：“正见峰头回雁时。”这两句是说边地孤城秋天的景色与江南不同，只见雁儿不停地向衡阳那个方向飞去。

②边声：边地的角声、马鸣声等等。角：古时军中乐器，长五尺，形如竹筒，本细末大。见《宋书·乐志》。古代军中以吹角来表示昏晓。这句是说黄昏时军中号角一吹，周围的边声也随之而起。

③嶂：屏障一样并列的山峰。长烟：这里指暮霭。这两句是说这个孤城处在重叠的山峰环抱之中，当夕阳西下，暮霭四至时，城门就关上了。

④燕然：见无名氏《捣练子》注①，第14页。未勒：没有（战胜敌人）刻石纪功。这两句是说举起酒杯，想到离家万里，

至今功名未就，不能早作归计。

⑤羌管：羌笛。“羌”是西北少数民族。悠悠：形容笛声悠扬。

⑥这两句是说身在孤城，夜里不能入睡，所想的是，为了守边而延期归家，致使将军头白，征夫泪下。

御街行 秋日怀旧

纷纷坠叶飘香砌①。夜寂静、寒声碎②。真珠帘卷玉楼空③，天淡银河垂地。年年今夜，月华如练，长是人千里④。　愁肠已断无由醉⑤。酒未到，先成泪。残灯明灭枕头攲⑥，谙尽孤眠滋味⑦。都来此事⑧，眉间心上，无计相回避。

【说明】

这是一首写秋夜离人相思的词。历来评词者都认为本词能情景两到。上片主要写景，而情也寓于其中。下片全部抒情。末三句一往情深，李清照的“此情无计可消除，才下眉头，却上心头”（《一剪梅》）即从这里脱胎。

【注释】

①香砌：砌是台阶，因上有落花，所以称为香砌。这句是

说黄叶纷纷飘到有落花的台阶上面。

②寒声碎：寒风吹动落叶，发出细碎的声音。

③真珠帘、玉楼：形容楼阁的华美。真珠：即珍珠。全句是说帘卷楼空，人去无踪。

④练：素色的绸。这三句是说月光皎洁，年年今夜都是这样，但两人却一直是相隔千里，不得会面。

⑤无由：无从。

⑥攲（yǐ以）：通“倚”，倾斜的样子。全句是说灯油将尽，灯光忽明忽暗，人斜靠在枕上，不能入睡。

⑦谙（ān安）：熟悉。

⑧都来：即算来。王闿运说：“‘都来’即‘算来’也。因此处宜平，故用‘都’字。”（《湘绮楼词选》）

柳　永（六首）

柳永（九八〇——〇五三），原名三变，后改名为永，字耆卿，福建崇安（今福建武夷山市）人。父亲柳宜，从南唐入宋做官。柳永少年时代在汴京，与“狂朋怪侣”过着“暮宴朝欢”的日子。他又“好为淫冶讴歌之曲，传播四方”。（《能改斋漫录》）他在考试落第后曾写了一首《鹤冲天》词，词中坦率地道出由于落第而产生的不满情绪，因此被宋仁宗斥落，由是失意潦倒。直到景祐元年（一〇三四年）才登进士第。此后曾任睦州（今浙江淳安县）推官（府属官吏），还做过定海（今浙江舟山市）晓峰盐场盐官，所作《鬻海歌》一诗，极写滨海盐民生活的困苦，并揭露了官僚地主和奸商对盐民的残酷剥削。他的官位终于屯田员外郎（工部屯田司的助理官吏），世称“柳屯田”，死于润州（今江苏镇江市）。

柳永有词集名《乐章集》，收词二百多首。其中十之七八是慢词，这些慢词很多是应教坊乐工之请而作，也即是为了配乐传唱，所配的是“因旧曲，创新声”（《宋史·乐志》）的“新腔”。这些新腔从音乐上看，有抑扬顿挫、曼声多腔的特点；从歌辞来看，能做到构思完密、层次井然而又铺叙委婉，能将叙事、写景、抒情很好地结合起来。这些也就是写作慢词的具体要求。慢词在柳永手里达到了很高的成就。

柳永词的内容大约可分为以下几类：一是抒写自身羁旅行役以及离愁别恨；二是描写祖国山川形胜，都市风光；也还有一些庸俗无聊色情低级的作品。由于他生活在都市里巷之中，又极注意从民间词吸收营养，因此所作词有的与敦煌《云谣集》十分接近，有的还有很多创新的地方。在语言方面注意较多地使用明白自然的通俗语言。

柳永词在当时影响极大，“凡有井水处，即能歌柳词”。（《避暑录话》）这主要是指教坊歌伎到处传唱的情形而言，而学士文人仍对之采取排斥的态度。事实上，由于柳永善于向民间词学习并且获得了很大的成就，因而在文人词的发展道路上，无论是内容、词体扩大和语言运用等方面，柳词都曾对苏轼、秦观、周邦彦直至辛弃疾、吴文英等词人起着很大的影响。

雨霖铃

寒蝉凄切。对长亭晚，骤雨初歇①。都门帐饮无绪②，留恋处、兰舟催发③。执手相看泪眼，竟无语凝噎④。念去去、千里烟波，暮霭沉沉楚天阔⑤。　多情自古伤离别。更那堪、冷落清秋节⑥。今宵酒醒何处，杨柳岸、晓风残月。此去经年⑦，应是良辰、好景虚设。便纵有、千种风情，更与何人说⑧。

【说明】

柳永一生失意仕途，到处漂泊，他自己说：“念荡子、终日驱驱，争觉乡关转迢递。”（《定风波》）汴京是他逗留时间较长的地方，其他如西安、扬州、杭州、苏州等都是他足迹曾到之地。因此他的词作中很多是关于这方面的描叙。

本词上片是写临别时的情景，着力处在“别”字。苍茫暮色、凄切蝉声，用来构成气氛，暗示心情。而饮酒饯别、执手相看，则是将“别”字形象化。下片概括了“秋江伤离”的场面。“今宵”两句，融情入景而又达到情景交融的地步，是历来传诵的名句。最后四句能照应前面词意且又总结了全词。

【注释】

①长亭：旅途中的驿站。骤雨：阵雨。这两句是说傍晚时分，阵雨刚停，两人来到长亭告别。

②都门帐饮：在京师城门外搭帐幕设宴送行。无绪：即无情无绪，无精打采。

③兰舟：泛指质地精良的船只。

④凝噎：喉中气塞，说不出话来。这两句是说两人执手道别，泪眼相看，竟然伤心得连一句话都说不出来。

⑤暮霭沉沉：傍晚时候，云气浓厚，天色显得阴沉沉的。楚天：楚地的天空。战国的楚，在今鄂、湘、江、浙一带，这里泛指南方的天空。

⑥清秋节：金风送爽的清秋时节。

⑦经年：一年又一年。

⑧风情：风流情意。这两句是说分别后自己独在异乡，即使怀着无数风流情意，又去向哪一个诉说呢？

采莲令

月华收[①]，云淡霜天曙。西征客、此时情苦。翠娥执手送临歧[②]，轧轧开朱户[③]。千娇面、盈盈伫立[④]，无言有泪，断肠争忍回顾。　一叶兰舟，便恁急桨凌波去[⑤]。

贪行色、岂知离绪[6]。万般方寸，但饮恨，脉脉同谁语[7]。更回首、重城[8]不见，寒江天外，隐隐两三烟树。

【说明】

这首词表现了柳词铺叙展衍、层次分明而又曲折婉转的特色，叙事、写景、抒情三者自然融合。先写月落天晓，作者（即西征客）为离情所苦，再写翠娥开门送他到岔路口，两人默默无言，垂泪而别，使他不忍回顾。下片写船行如飞，想到行前匆匆，尚未真正领略别恨；如今独坐静思，方觉千言万语，无人可诉，深深体会到离别之苦。回头远望，爱人居住的城市已消失不见，唯有江天茫茫，烟树两三，这时作者怀人的心情，也就可以想见了。

【注释】

①月华收：指月亮落下，天色将晓。

②翠娥：即下文的“千娇面”，西征客所恋的女子。临歧：岔路旁。

③轧轧（yà亚）：开门声。户：本指单扇的门。

④盈盈：轻盈的姿态。伫立：久立。

⑤便恁：就这样。这句是说作者上船以后就这样加速划桨随波而去。

⑥行色：行旅出发前后的情状、气派。全句是说临行前急着上路，哪知离愁如此之深。这是为了衬托别后相思之深而故作

抑笔。

⑦方寸：指心。饮恨：抱恨。脉脉：含情欲吐。这三句是说满怀别情，向谁去倾诉呢？

⑧重城：指城郭（外城）重叠。《说苑·指武》："单（田单）以五里之城，十里之郭，复齐之国，何为攻翟不能下？"

凤栖梧（即蝶恋花）

伫倚危楼风细细[①]。望极春愁，黯黯生天际[②]。草色烟光残照里。无言谁会凭栏意。　拟把疏狂图一醉[③]。对酒当歌[④]，强乐还无味[⑤]。衣带渐宽终不悔[⑥]。为伊消得人憔悴[⑦]。

【说明】

这是一首怀人的词。为了自己所思念的人，即使身体不断消瘦下去也不后悔。贺裳《皱水轩词筌》指出韦庄的"陌上谁家年少足风流，妾拟将身嫁与一生休。纵被无情弃，不能羞"（《思帝乡》）是"作决绝语而妙者"。而本词末二句语意亦是从韦词中来，不过语气较为和婉。王国维《人间词话》谈到"古今之成大事业、大学问者，必经过三种之境界"，以"衣带渐宽终不悔，为伊消得人憔悴"为第二境，是说这首词形象地概括了这种锲而不舍的执着态度。

【注释】

①危楼：高楼。

②黯黯：迷蒙不明。这两句是说极目远望，天边迷蒙一片，春愁也随之而生。

③拟把：打算。疏狂：粗疏狂放，不合时宜。这句是说打算痛饮一番，来发泄自己的满腹牢愁。

④对酒当歌：曹操《短歌行》："对酒当歌，人生几何？"

⑤强（qiǎng抢）：勉强。强乐：强颜欢笑。

⑥衣带渐宽：指人逐渐消瘦。《古诗》："相去日已远，衣带日已缓。"

⑦消得：禁得起，值得。

夜半乐

冻云黯淡天气①，扁舟一叶，乘兴离江渚。渡万壑千岩，越溪深处②。怒涛渐息，樵风乍起③，更闻商旅相呼。片帆高举。泛画鹢、翩翩过南浦④。　望中酒旆闪闪⑤，一簇烟村，数行霜树。残日下，渔人鸣榔归去⑥。败荷零落，衰杨掩映，岸边两两三三，浣沙游女。避行客、含羞笑相语。　到此因念，绣阁轻抛⑦，浪萍难驻⑧。叹后约丁宁竟何据⑨。惨离怀、空恨岁晚归期阻。凝泪眼、杳杳神京路。断鸿声远长天暮⑩。

【说明】

这是一首一百四十四字的长调。作者使用了大开大合之笔，充分表现出这一体制的特点。第一片概括地叙述他乘舟南下时的经历。第二片摘取途中一个场面，描绘了秋日傍晚的江南渔村，其中有鸣榔归去的渔夫，也有含羞笑语的浣纱女。第三片写离乡去国（指京师），归期难定，作者萍踪难驻的惆怅心情，也就跃然纸上。

【注释】

①这句是说天气寒冷晦暗，灰云凝结不开。

②越溪：春秋时越国美女浣纱的若耶溪（今浙江绍兴市南）。这里是泛指。这两句是说乘船经过千山万壑，来到溪流尽头的江上。

③樵风：山林中刮起的风。

④画鹢：鸟名，形状像鹭而大。古时在船头上画鹢鸟的头使江神惧怕，后人就把船称为画鹢。翩（piān篇）：船行轻疾貌。全句是说作者所乘的船很轻快地驶过南浦。

⑤酒旆（pèi配）：酒旗，平时挂在酒店之外。

⑥鸣榔（láng郎）：渔夫捉鱼时用长木条（榔）四面敲船，使鱼吃惊而围在一起，这样便易于捕捉。

⑦绣阁：指女子的住房。

⑧浪萍：随着波浪漂转的浮萍。这句说作者在外流浪，像浮萍一样不易定居。

⑨丁宁：即叮咛，一再嘱咐。这句是叹息分别时一再约定的后会之期究竟还有什么根据（指作者不能如期践约）。

⑩神京：指汴京。断鸿：孤鸿。相传鸿雁能传书信，见《汉书·李广苏建传》。这两句是说作者含泪遥望悠远的京师大道，只见长空日暮，远处传来孤鸿的叫声，心中为岁末不归，音问断绝而感到十分难过。

望海潮

东南形胜[1]，三吴都会[2]，钱塘自古繁华。烟柳画桥，风帘翠幕[3]，参差十万人家[4]。云树绕堤沙[5]。怒涛卷霜雪[6]，天堑无涯[7]。市列珠玑[8]，户盈罗绮竞豪奢。　重湖叠巘清嘉[9]。有三秋桂子，十里荷花。羌管弄晴[10]，菱歌泛夜[11]，嬉嬉钓叟莲娃[12]。千骑拥高牙[13]。乘醉听箫鼓，吟赏烟霞[14]。异日图将好景[15]，归去凤池夸[16]。

【说明】

《望海潮》词调首见于柳永《乐章集》，这个调名应是从钱塘作为繁华都会、观潮胜地而来。罗大经《鹤林玉露》丙编卷一指出："孙何帅钱塘，柳耆卿作《望海潮》词赠之。"柳永自己也在本词末尾说出了要歌咏钱塘好景的写作意图。而宋仁宗时钱塘繁盛的景象，钱塘江大潮的壮观，西湖秀美的景色，都能在词中形象地描绘出来，这是本词很大的特色。

【注释】

①形胜：形势冲要的地点。

②三吴：指吴兴郡、吴郡、会稽郡。见《水经注·浙水》。钱塘旧属吴郡。关于三吴，历来说法不一，大约不出江苏南部、浙江北部一带地区。三，原作“江”。

③风帘翠幕：阻风的竹帘和绿色的帷幕。

④参差：这里形容依山建造的房屋，高低不齐。《西湖老人繁胜录》：“回头看城内山上，人家层层叠叠，观宇楼台参差如花落仙宫。”

⑤这句是说绕着沙石江堤耸立着行行高树。

⑥霜雪：指雪白的浪花。

⑦堑（qiàn欠）：壕沟。天堑：天然的沟，这里形容地势的险要。《南史·孔范传》：“隋师将济江，群官请为备防……范奏曰：‘长江天堑，古来限隔，虏军岂能飞渡？’”这句是说钱塘江江面宽阔、形势雄伟。

⑧珠玑：泛指珍贵的珠宝饰物。玑：不圆的珠。

⑨重湖：西湖中有白堤、苏堤，把湖面分成外湖、里湖，所以称为重湖。叠巘（yǎn眼）：重叠的山峰。清嘉：形容湖山的秀美。

⑩羌管：羌笛。全句说晴天湖上笛声悠扬。

⑪菱歌：采菱曲。全句是说月夜湖上，传出一片采菱歌声。

⑫钓叟：渔翁。莲娃：采莲女。

⑬骑（jì计）：骑马的卫士。千骑：泛指随从之多。高牙：

以象牙做旗杆装饰的高大军旗。这句是说长官出巡时卫队声势之盛。

⑭烟霞：指山水风景。

⑮异日：他日。图将：描画出来。

⑯凤池：即凤凰池。本是皇帝禁苑中的池沼名。魏晋时中书省地近宫禁，掌管政治机要，故称“凤凰池”。后来凡是中书省机要位置也称“凤凰池”。这里凤池泛指朝廷。

八声甘州

对潇潇[1]、暮雨洒江天，一番洗清秋[2]。渐霜风凄紧，关河冷落[3]，残照当楼。是处红衰翠减[4]，苒苒物华休[5]。惟有长江水，无语东流。　不忍登高临远，望故乡渺邈[6]，归思难收。叹年来踪迹，何事苦淹留[7]。想佳人、妆楼颙望[8]，误几回、天际识归舟[9]。争知我、倚栏杆处，正恁凝愁[10]。

【说明】

本词抒写离人愁绪，调子苍凉激越，共用了八个韵脚，所以名《八声甘州》。

作者善于用“领字”生发句意，上片先用去声“对”字领起开头两句，以烘托暮雨潇潇的江上清秋，接着又以去声“渐”字承上启下，“渐霜风”三句气象阔大，深得苏轼称赏，认为“唐人佳处，不过如此”。（《侯鲭录》卷七）下片以“望”字兴起思乡之情，又以“叹”字转到自身处境，最后从“想”字生发出对方（佳人）妆楼遥盼的情景，并用来对照自己的乡愁。

【注释】

①潇潇：形容雨势急骤。

②这句是说经过一番风雨，洗出一片秋光。

③关河：指旅途经过的关口和航道。

④是处：到处。红衰翠减：花落叶少。

⑤苒苒（rǎn染）：同“荏苒”，指光阴流逝。物华：美好的景物。

⑥渺邈（miǎo秒）：遥远。

⑦淹留：久留。

⑧颙（yóng）望：举头凝望。

⑨天际识归舟：谢朓《之宣城郡出新林浦向板桥》诗：“天际识归舟，云中辨江树。”全句说他好几次错把远远驶来的船只看作是爱人的归舟。

⑩争：怎。恁：如此。这两句设想爱人怎么会知道我也正倚着栏杆，怀着如此深沉的乡愁在思念她呢？

张　先（五首）

张先（九九〇——〇七八），字子野，湖州（今浙江湖州市）人。他登进士第较柳永早四年，二人创作活动的时间大致相同。稍后的晁无咎说："子野与耆卿齐名，而时以子野不及耆卿。然子野韵高，是耆卿所乏处。"（《能改斋漫录》卷十六）前二句是从慢词的角度谈到张先的作品无论在组织结构以及语言运用方面都远远不及柳词，后面二句主要指张先的小令以"韵高"受到文人的赞赏。晚年往来于杭州、吴兴一带，与苏轼等人有交往。

张先年龄虽长于晏殊、欧阳修，但仍然接受他们的影响，尤以晏欧一派的小令擅长。他善于锻炼字句，如《一丛花令》有"不如桃杏，犹解嫁东风"之句，被欧阳修称为"桃杏嫁东风郎中"。（《过庭录》）宋祁又称他为"'云破月来花弄影'郎中"。（《渔隐丛话》引《遁斋闲览》）

张先本来以诗为专长，苏轼指出："子野诗笔老，歌词妙乃其余事。"（《子野词跋》）这与柳永专攻慢词又有不同。有《安陆集》一卷。

一丛花令

伤高怀远几时穷[①]。无物似情浓[②]。离愁正引千丝乱，更东陌、飞絮濛濛[③]。嘶骑渐遥，征尘不断，何处认郎踪[④]。　双鸳池沼水溶溶。南北小桡通[⑤]。梯横画阁黄昏后，又还是、斜月帘栊[⑥]。沈恨细思，不如桃杏，犹解嫁东风[⑦]。

【说明】

这首词写闺怨，写离愁，用桃杏喻人，以无情比有情，设想新颖。《过庭录》说："子野郎中《一丛花》词云：'沈恨细思，不如桃杏，犹解嫁东风。'一时盛传。"

在章法结构上，采用倒叙法，上片写别后愁怀，下片是回忆当年。最后三句借羡慕桃杏犹解嫁东风，叹息人不如物，则其内心的别恨之深，也就非常明显了。

【注释】

①穷：穷尽，即了结。全句是说登高楼、望远人，触目伤

神。这样的别恨何时能够了结？高：一作“春”。

②这句是说没有什么东西比离情更为浓郁。

③引：招致。千丝：指游丝，即蜘蛛和小虫所吐的丝。陌：田间小路。濛濛：微雨，这里形容杨花乱飞。这两句是说放眼远望，所见到的只是游丝乱转，杨花纷飞，无不引起自己的离愁别恨。愁：一作“心”；引：一作“恁”；东：一作“南”。

④骑（jì计）：名词。嘶骑，嘶叫的马。征尘：旅途风尘。这三句是说爱人骑马踏上旅途，越行越远，到哪里去找他的踪迹呢？

⑤桡（ráo饶）：船桨。这里引申为船。溶溶：形容水的流动。这两句是说这个宽阔的池沼上有小船来往于南北两岸。这是回忆当日两人约会的情景。桡：一作“桥”。

⑥斜月帘栊：斜月的光辉照上了帘子和窗棂。斜，一作“新”。

⑦这三句是说仔细想来，还不如桃杏还能在东风的吹拂下竞吐芳华，不虚度美好的青春。这是反映幽闺独居的怨恨之情。东：一作“春”。

天仙子 时为嘉禾小倅[①]，以病眠不赴府会

水调数声持酒听[②]。午醉醒来愁未醒。送春春去几时回，临晚镜。伤流景[③]。往事后期空记省[④]。　沙上并禽池上暝[⑤]。云破月来花弄影[⑥]。重重帘幕密遮灯，风不定。人初静。明日落红应满径[⑦]。

【说明】

这是文人送春之词。上片自伤身世，又惜年光如流，后事难知。下片以沙鸟双栖、花影婆娑，显出环境冷落，暗寓惜别之意，并从飘风落花归结到送春本题。

“云破月来花弄影”，描绘了云散月出，花枝在月光下摇曳弄影的景致，用以衬托作者伤春又兼伤别的寂寞心情。《后山诗话》说：“尚书郎张先善著词，有云‘云破月来花弄影’，‘帘压卷花影’，‘堕轻絮无影’，世称诵之，谓之‘张三影’。”从这里也可以看出张先词的主要风格特色。

【注释】

①嘉禾小倅（cuì脆）：嘉禾，宋代郡名，即秀州。宋仁宗庆历元年（一〇四一）张先年五十二岁，任嘉禾（今浙江嘉兴市）判官。倅：副职。这里指判官，是知州掌管文书的佐吏。

②水调：本是隋代民间曲子，到唐代极为流行。盛唐王昌龄有《听流人水调子》诗。晚唐罗隐有《席上歌水调》诗。

③流景：似水流年。这两句是说，揽镜自伤衰老，叹息年华如水般逝去。

④省（xǐng醒）：悟，明白。全句是说空自记住后约，即后会无期的意思。

⑤并禽：成双作对的鸟。暝：这里与眠同义。全句是说沙滩上鸟儿成对地眠宿。

⑥陆游《入蜀记》说：“赴郡集于倅廨中，坐花月亭，

有小碑，乃张先子野‘云破月来花弄影’乐章，云得句于此亭也。”廨（xiè泻）：官署。

⑦落红：落花。

渔家傲和程公辟赠别[①]

巴子城头青草暮[②]。巴山重迭相逢处[③]。燕子占巢花脱树[④]。杯且举。瞿塘水阔舟难渡[⑤]。　天外吴门清霅路[⑥]。君家正在吴门住。赠我柳枝情几许。春满缕[⑦]。为君将入江南去[⑧]。

【说明】

这首离歌模仿民歌手法，从长江头写到长江尾。先写与程公辟相会在巴山重叠之处，相别在瞿塘水阔之地。再叙自己将回江南，当为家住吴门的程公辟带回巴山春色（指来词所云对方折柳送别）。词意回转如环，情致缠绵动人。

【注释】

①程公辟：名师孟。曾提点夔路刑狱（主管一路司法、刑狱和监察的长官）。

②巴子：今重庆市巴南区。周时为巴子国。张先六十三

岁时以屯田员外郎知渝州（今重庆市一带）。巴子在渝州之附近。

③巴山：东汉末刘璋在四川置巴郡（今重庆市巴南区）、巴东（今重庆市奉节县）、巴西（今四川阆中市）三郡，合称“三巴”。三巴都可以称巴山。这里的巴山指巴子一带。

④占巢：相传燕子在立春后清明前从南方飞回北方，进入旧巢。花脱树：指花开后花瓣从树上落下来。这句点明两人相会的时间。

⑤瞿塘：即瞿塘峡，在重庆市奉节县东南，为三峡之首，长江流经其中，是水路出川的门户。《太平寰宇记·夔州》：“瞿塘峡在州东一里，古西陵峡也；连崖千丈，奔流电激，舟人为之恐惧。”这句写二人在瞿塘峡边饮酒道别。

⑥吴门：今江苏苏州市。清霅（zhá扎）：指霅溪（今浙江湖州市吴兴区南）。这句说我所要去的苏州和霅溪远在天外。

⑦春满缕：指刚折下的柳枝，春意盎然。

⑧将：持，拿。这句是说当替你把柳枝带到江南去。

木兰花 乙卯吴兴寒食①

龙头舴艋吴儿竞②。笱柱秋千游女并③。芳洲拾翠暮忘归④，秀野踏青来不定⑤。　行云去后遥山暝⑥。已放笙歌池院静⑦。中庭月色正清明，无数杨花过无影⑧。

【说明】

作者写作本词时已是八十五岁高龄，但仍然兴致勃勃地描绘出一幅寒食节的风俗画：先写清明时节，吴儿乘着龙舟竞渡，游女来到郊外踏青，打秋千的，斗百草的，无不兴高采烈，直到傍晚还不想回去，这是动景。再写寒食节之夜，游女已经散尽，歌声已经停止。只见月色清明，杨花纷飞，反映作者在热闹的一天过后恬静的心境。这是静景，一昼一夜，一动一静，把寒食节的景和作者的情交代得十分清楚。

【注释】

①乙卯：宋神宗熙宁八年（一〇七五）。寒食：清明节前三日（冬至后一百五日）。旧时这天是出城扫墓和游春的日子。

②龙头舴艋（zé měng责猛）：样子像蚱蜢的轻快小龙船。宋代寒食节、清明节有龙舟竞渡的风俗。

③笱柱秋千：竹子做的秋千架。游女并：游女面对面地打着秋千。

④拾翠：指游女在郊野采集百草。

⑤秀野：秀美的郊外。谢灵运《入彭蠡湖口》诗有“春晚绿野秀”之句。踏青：旧时称春游郊野为踏青。来不定：来往不停。

⑥行云去后：浮云散尽。暗喻游女散去。

⑦放：停止。

⑧这两句是形容在清莹的月色下，杨花无声无影地飘过，以此反映出作者恬静的襟怀。

青门引 春思

乍暖[1]还轻冷。风雨晚来方定。庭轩寂寞近清明，残花中酒，又是去年病[2]。　楼头画角风吹醒[3]。入夜重门静。那堪更被明月，隔墙送过秋千影。

【说明】

这是一首春天怀人之作。从气候的忽冷忽暖，风雨时至，联系到人的思想活动。不说酒意被角声所惊而渐消，却说是被风吹醒。《蓼园词选》说："角声而曰'风吹醒'，'醒'字极尖刻。"又说："末句那堪送影，真是描神之笔。"这是说入晚月明人静，只见隔墙送来秋千之影，由此而可以想及白天那个打秋千的人儿，从而点明了他醉酒的原因。

【注释】

①乍暖：天气骤然热起来。

②中酒：喝醉了酒。《汉书·樊郦滕灌傅靳周传》："项羽既飨，军士中（zhòng众）酒。"这两句是说花已残、人已醉，去年此时犯的老病（指喝醉酒）又复发了。

③画角：军中乐器。以竹木或皮革制成，亦有用铜制者，因外面加上彩绘，故称画角。

晏　殊（七首）

晏殊（九九一—一〇五五），字同叔，抚州临川（今江西抚州市）人。七岁能写文章，十多岁时以神童召试，赐同进士出身。宋仁宗时官至宰相。范仲淹、韩琦、欧阳修等都出自他的门下。他很早就进入仕途，过着“花团锦簇”的贵人生活，词作内容大都是吟风弄月、离愁别恨，没有什么现实意义。

晏殊词主要为应歌而作，因此很注意字句的音韵节奏。像“重头歌韵响琤琮，入破舞腰红乱旋。”（《木兰花》）上句形容歌唱的韵律，下句描写舞蹈的姿态。“重头”“入破”是音乐上的词语，即所谓“弦管家语”（刘攽《贡父诗话》）；“琤琮”双声，表示琴声，“乱旋”迭韵，形容舞姿。

晏殊词有时也能反映出较深的含意，如“昨夜西风凋碧树，独上高楼，望尽天涯路”（《蝶恋花》）是写西风落叶、众芳芜秽，词人独自登楼望远的心境，意味深长，引人深思。词集名《珠玉词》。

浣溪沙

一曲新词酒一杯。去年天气旧亭台①。夕阳西下几时回。 无可奈何花落去，似曾相识燕归来②。小园香径独徘徊。

【说明】

本词内容只是一般文人的伤春之感，其中“无可奈何”两句，由于经过苦心构思，显得清新流利，对仗工巧，情致缠绵，音调谐婉，因而受人称赏。晏殊自己对这两句也很欣赏，所以在《示张寺丞王校勘》七言律中又将它们用作腹联（第五、六两句）。明代杨慎《词品》认为“‘无可奈何’两语工丽，天然奇偶”。

【注释】

①全句是指这次宴会的天气与去年此时相同，池沼台榭也依然如旧。

②前人认为诗词写作都是“虚处难工”，这里“无可奈何”对“似曾相识”，却以虚语显工巧。王士祯谈诗、词，曲分界，就举“无可奈何”两句，认为一定是词而绝非香奁诗（艳诗），而“良辰美景奈何天，赏心乐事谁家院”（《牡丹亭》）

则又定非草堂词，见《花草蒙拾》。

浣溪沙

小阁重帘有燕过。晚花红片落庭莎[1]。曲栏杆影入凉波[2]。　一霎好风生翠幕，几回疏雨滴园荷。酒醒人敞得愁多。

【说明】

这首词景中见情，以花、草、风、雨衬托酒醒人散后的怅惘之情。在艺术上亦有其特色，一是注意色泽，如“红片”“翠幕”；二是注重声音，如帘、落、栏、凉，花、红、好、回、荷，都是双声字（即声母相同），“落庭莎”“入凉波”“得愁多”又都是“仄平平”。

【注释】

①庭莎（suō缩）：庭中的莎草。

②这句是说斜阳把栏杆的影子投在绿波之中。

浣溪沙

一向年光有限身[①]。等闲离别易消魂[②]。酒筵歌席莫辞频。　满目山河空念远，落花风雨更伤春。不如怜取眼前人[③]。

【说明】

这是宴会上即兴之作。下片首两句虽然仍是念远伤春，但气度较大，从放眼河山到风雨惜别，引出眼前人，并与上片别宴离歌前后呼应。

【注释】

①一向：即一晌，一会儿。

②等闲：平常。

③怜取眼前人：元稹《会真记》记崔莺莺诗：“还将旧来意，怜取眼前人。”

踏莎行

祖席离歌[1]，长亭别宴[2]。香尘已隔犹回面[3]。居人匹马映林嘶，行人去棹依波转[4]。　画阁魂消，高楼目断[5]。斜阳只送平波远。无穷无尽是离愁，天涯地角寻思遍[6]。

【说明】

先写送行时饮别酒唱离歌，再写临别依依，欲行又回头。“居人”两句是对句，从马嘶不行、船转不前，衬托出别情之深。接着写别后登楼，只见斜阳平波，引出无限愁思。王世贞认为“‘斜阳只送平波远’……淡语之有致者也。”（《艺苑卮言》）这是说作者使用的语言虽然平易，而含意却很深远。

【注释】

①祖席：古代出行时祭祀路神叫“祖”。后来称设宴饯别的所在为“祖席”。

②长亭：旅途中的驿站。

③香尘：地上落花很多，尘土都带有香气，因称香尘。

④棹：同“櫂”，划船的桨。长的叫櫂，短的叫楫。

⑤这两句是说“居人”在楼阁之上遥念“行人”。

⑥寻思：不断思索。这两句是说从连接到天边的水波，引出无边无际的离愁，而有“思绕天涯”的感觉。

踏莎行

小径红稀[①]，芳郊绿遍[②]。高台树色阴阴见[③]。春风不解禁杨花，濛濛乱扑行人面。 翠叶藏莺，朱帘隔燕[④]。炉香静逐游丝转。一场愁梦酒醒时，斜阳却照深深院。

【说明】

张惠言《词选》指出：“此词亦有所兴。”《蓼园词选》亦认为本词所写的花、叶、高台、杨花、东风等都有所寄托。其实本词主要是通过写景来引出最后两句，亦即暮春傍晚、酒醒梦回，只见斜阳深院而不见伊人的惆怅心情。

【注释】

①红稀：花儿稀少。红：指花。

②绿遍：绿草长满郊外。

③阴阴见（xiàn现）：暗暗显露。

④这两句是说莺燕都深藏不见。这里的莺燕暗喻“伊人”。

山亭柳赠歌者

家住西秦[①]。赌博艺随身。花柳上，斗尖新[②]。偶学念奴声调[③]，有时高遏行云[④]。蜀锦缠头无数[⑤]，不负辛勤。　数年来往咸京道[⑥]，残杯冷炙谩消魂[⑦]。衷肠事[⑧]，托何人。若有知音见采[⑨]，不辞遍唱阳春[⑩]。一曲当筵落泪，重掩罗巾[⑪]。

【说明】

词中抒写都市中年老色衰的歌女的沦落之悲，有一定的现实意义。

上片描绘歌女歌喉嘹亮的盛年，下片叙述了她沦落天涯的暮年，并对她的不幸遭际表示了同情。全篇以叙事为主，与《珠玉词》其他作品有所不同。

【注释】

①西秦：秦亡后，项羽三分关中之地，称为三秦，其中西秦在咸阳以西，即今陕西中部西境之地。曹植《侍太子坐》诗："歌者出西秦。"

②花柳：指妓女。尖新：新颖别致。斗尖新：争奇斗胜。

③念奴：唐玄宗时歌伎之名。元稹《连昌宫词》自注：

“念奴，天宝中名倡，善歌。”

④高遏行云：形容歌声嘹亮，高入云霄，把浮动着的云也阻住了。《列子·汤问》：“薛谭学讴于秦青，未穷青之伎，自谓尽之；遂辞归。秦青弗止，饯于郊衢，抚节悲歌，声震林木，响遏行云。”遏（è饿）：阻止。

⑤蜀锦：四川所出产的丝织品。缠头：赠给歌舞者和伎女的锦帛或财物。全句是说由于歌声美妙，收到很多蜀锦一类的赏赐。

⑥咸京：秦建都咸阳，故称咸京，在今陕西咸阳市。

⑦残杯冷炙：吃残的剩酒和冷肉。炙（zhì至）：烤肉。杜甫《奉赠韦左丞丈二十二韵》：“残杯与冷炙，到处潜悲辛。”谩：徒然。消魂：这里指黯然神伤。全句是说这种侍候人的卖唱生涯使她饱尝人世的艰辛。

⑧衷肠：衷情。

⑨知音：知己朋友。这里指能欣赏她歌声的人。《列子·汤问》：“伯牙善鼓琴，钟子期善听。伯牙鼓琴，志在登高山，钟子期曰：‘善哉，峨峨兮若泰山。’志在流水，曰：‘善哉，洋洋兮若江河。”后来就称了解自己的朋友为知音。见采：赏识之意。

⑩阳春：古代楚国歌曲名，是较为高级的音乐。见《文选·宋玉对楚王问》：“客有歌于郢中者，其始曰《下里》《巴人》，国中属而和者数千人……其为《阳春》《白雪》，国中属而和者不过数十人。”这句是说愿为知音到处歌唱高级的曲子（暗指她年华老大，不大有人要听她的歌唱）。

⑪这两句形容歌者一曲唱罢，抚今思昔，不胜伤感，同时也表达了作者对她的同情。

破阵子 春景

燕子来时新社[①]，梨花落后清明。池上碧苔三四点，叶底黄鹂一两声。日长飞絮轻。　巧笑东邻女伴，采桑径里逢迎[②]。疑怪昨宵春梦好[③]，元是今朝斗草赢[④]。笑从双脸生。

【说明】

清明时节，梨花初落飞絮飘，燕子双飞黄鹂啭，采桑少女踏青斗草，巧笑相语，特别是“疑怪”两句，描绘出少女斗草时的心情，十分活泼生动。

【注释】

①新社：即春社，指立春后第五个戊日，是祭祀土地神的日子。这句是说燕子在春社时飞来。南宋杨万里《春晴怀故园海棠》诗中也有“一年过社燕方回”之句。

②径：小路。逢迎：彼此问候嬉戏。

③疑怪：怪道。

④元是：原来是。斗草：妇女在春天采百草为游戏。梁宗懔《荆楚岁时记》：“五月五日，四民并踏百草，又有斗百草之戏。”

宋　祁（一首）

宋祁（九九八——〇六一），字子京，安州安陆（今湖北安陆市）人，徙居开封雍丘（今河南杞县）。宋仁宗天圣二年（一〇二四），与兄宋庠同举进士，时号大小宋。历任知制诰、工部尚书、翰林学士承旨（首席学士）等官，死后谥“景文”。赵万里辑其词共六首。

玉楼春 春景

东城渐觉春光好。縠皱波纹迎客棹[①]。绿杨烟外晓寒轻，红杏枝头春意闹。　浮生长恨欢娱少[②]。肯爱千金轻一笑[③]。为君持酒劝斜阳，且向花间留晚照[④]。

【说明】

宋祁由于“红杏枝头春意闹”一句而被称为“红杏尚书”。王国维认为这句“著一‘闹’字而境界全出”。（《人间词话》）也即指出春色的生动景象是由一“闹”字表达出来的。至于说浮生欢乐少而要以千金买得一笑，则是作为贵官的宋祁那种消极颓废思想的反映。

【注释】

①縠（hú胡）：皱纱一类的丝织品。縠皱波纹：波纹粼粼，好似起皱的縠纱。客棹：指游船。

②浮生：飘浮不定的一生。

③肯爱：岂肯吝惜，即不吝惜。这句是说不惜以千金买一笑。

④这两句亦是及时行乐之意。

欧阳修（十二首）

欧阳修（一〇〇七—一〇七二），字永叔，晚号醉翁，又号六一居士。江西庐陵（今江西吉安市）人。他幼年丧父，由寡母教养成人。开始做谏官，有一定的政治见地。后来做参知政事。宋仁宗嘉祐二年（一〇五七年），他做主考官时，能推行他的诗文革新的主张，并能识拔人才，苏洵父子及曾巩、王安石都出其门下。晚年反对王安石变法，思想趋向保守。

欧阳修在诗文创作方面有着突出的成就，至于词，在他是“吟咏之余，溢为词章”。（罗泌《欧阳修近体乐府跋》）他的词内容包括的方面较广，除写景、抒情，还有直接向民间词学习的鼓子词，也还有专写艳情、为歌伎传唱而作的慢词。

欧词受冯延巳影响较大，刘熙载《艺概》：“冯延巳词，晏同叔得其俊，欧阳修得其深。”这话是不错的。如《蝶恋花》（庭院深深深几许）就亦见于冯延巳集中。从具体词作来看，是晏、欧齐名，并都以小令见长，词风又都接近南唐，特别是接受李煜的明白如话与宛转天成的特色。但在内容的深度与广度上，欧词却较晏殊为胜，如他的述怀、咏史之作，已经不是花间、南唐的词风所能牢笼，而是在开辟新的疆土。所谓“疏隽开子瞻”（冯煦《六十一家词选例言》）也即指此而言。所作除全集外，有《六一词》。

采桑子

春深雨过西湖好①，百卉争妍②。蝶乱蜂喧。晴日催花暖欲然③。　兰桡画舸悠悠去④，疑是神仙。返照波间。水阔风高飏管弦⑤。

【说明】

《采桑子》十三首，是作者晚年退居颍州时所作。前面有作为序言的《西湖念语》，其中以“闲人”自居，指出“况西湖之胜概，擅东颍之佳名”，从而引起他的游兴，“并游或结于良朋，乘兴有时而独往”。作者在流连山水，兴尽归来后，还能“因翻旧阕之辞，写以新声之调”，留下了这十三首曲子词。其中十首专咏西湖，末了三首抒写自身感慨。这里选了第二、三、四、六、八共五首。

本词写暮春晴日的西湖风光。雨后放晴，湖边繁花争妍斗胜，蜂蝶喧闹飞舞；湖上兰舟徜徉，悠悠远去；风过处，水面上传来阵阵乐曲的清音。这里所谓的“神仙”，就是作者自己的写照。

【注释】

①西湖：在今安徽阜阳市西北。三里长、十里广，是颍河会合诸水汇流之处。

②卉（huì会）：草的总称。这里的“百卉”泛指“花卉”。

③然：“燃”的本字。这句是说阳光暖烘烘地催着花儿开放。

④兰桡：木兰树做成的船桨。画舸：画船。

⑤飏（yáng羊）：同“扬”。

采桑子

画船载酒西湖好，急管繁弦①。玉盏催传②。稳泛平波任醉眠。　行云却在行舟下，空水澄鲜③。俯仰留连。疑是湖中别有天。

【说明】

上片描绘载酒游湖时船中丝竹齐奏、酒杯频传的热闹气氛。下片写出酒后醉眠船上，俯视湖中，但见行云在船下浮动，使人疑惑湖中别有一番天地。这里形容湖水的清澈，是颇为形象的。

【注释】

①急管：指管乐之声的急促。繁弦：指弦乐声的繁杂。

②玉盏：酒杯。

③空水：是说湖水清澈得似乎了无一物，可以一望无阻地见到湖底。澄鲜：形容湖水的莹洁明澈。

采桑子

群芳过后西湖好，狼籍残红①。飞絮濛濛。垂柳阑干尽日风。　笙歌散尽游人去，始觉春空。垂下帘栊②。双燕归来细雨中。

【说明】

这里描画出一幅残春景象。西湖上花时已过，游人稀少；柳絮漫天，细雨霏霏。而翩翩双燕，软语呢喃，则反衬出作者“始觉春空”的寂寞之感。

【注释】

①狼籍：同“狼藉”，散乱错杂的样子。

②帘栊：窗外的帘子。

采桑子

清明上巳[1]西湖好，满目繁华。争道谁家。绿柳朱轮走钿车[2]。 游人日暮相将去[3]，醒醉喧哗。路转堤斜。直到城头总是花。

【说明】

这是清明节游湖的盛况。特别着重描绘日暮回城时喧哗熙攘的情景。不说游人摘花归去，而只说从堤岸到城头“总是花”。这样更突出了清明游春的主题。

【注释】

①上巳：农历三月三日。

②朱轮：漆着红色的轮子。钿车：嵌上金丝花纹作为装饰的车子。这句是说装着朱轮的钿车在绿柳之下驶过。

③相将：相随。

采桑子

天容水色西湖好，云物俱鲜①。鸥鹭闲眠②。应惯寻常听管弦。 风清月白偏宜夜，一片琼田③。谁羡骖鸾④。人在舟中便是仙。

【说明】

上片是写西湖静景，天光云影、鸥鹭安眠，这是何等闲适。但“应惯寻常听管弦”句，却点出这里原是丝竹之声不断的游乐胜地。下片是写西湖之夜。月白风清，平波万顷，泛舟其上，真有飘飘欲仙之感。

【注释】

①云物：云是形容“天容”，物指水上景物。

②这句是说鸥鹭听惯游船上奏乐的声音，照常睡眠。

③琼田：指月光照在水上，一片皎洁，像琼玉铺成的田地。

④骖（cān餐）鸾：乘鸾仙去。骖：在此义与动词“乘”同。鸾：鸟名，似凤凰。

诉衷情眉意

清晨帘幕卷轻霜。呵手试梅妆[①]。都缘自有离恨[②]，故画作远山长[③]。 思往事，惜流芳[④]。易成伤。拟歌先敛，欲笑还颦[⑤]，最断人肠。

【说明】

小题目是眉意，内容写离恨。有离恨才把双眉画成远山那样长，这样也就点明了题目的含意。

【注释】

①呵手：因初寒轻霜，而呵手取暖。梅妆：即梅花妆。见无名氏《鱼游春水》注⑧，第16页。

②都缘：都因。

③见韦庄《荷叶杯》注②，第49页。

④流芳：即流光，也即似水流年之意。

⑤敛和颦都是形容眉头微蹙时的神情。敛表示庄重，颦表示愁闷。

踏莎行

候馆梅残[1]，溪桥柳细。草薰风暖摇征辔[2]。离愁渐远渐无穷，迢迢不断如春水。　寸寸柔肠，盈盈粉泪。楼高莫近危阑倚。平芜尽处是春山[3]，行人更在春山外[4]。

【说明】

这首词表现出欧词深婉的一面，这是欧词中具有代表性的一首。

上片写行人。由写景到抒情（离愁），又从抒情到写景。“迢迢不断如春水”是在写景的同时，以流不断的春水隐喻诉不完的离愁。李煜的“离恨恰如春草，更行更远还生”（《清平乐》）是以春草喻离愁，但欧词则显得更为婉转。

下片写闺人。是由近及远，从思妇楼头到山外行人。杨慎《词品》指出石曼卿的“水尽天不尽，人在天尽头”，与本词末二句有异曲同工之妙，都是抒写远望天边，不见行人的别恨。

【注释】

①候馆：都市中接待宾客的馆舍。《周礼·地官·遗人》："市有候馆。"郑注："候馆，楼可以观望者也。"

②薰（xūn勋）：香气。一作"芳"。江淹《别赋》："闺中风暖，陌上草薰。"征辔（pèi配）：辔本义为缰绳，这里代表坐骑。征辔即行人的坐骑。

③平芜：平坦的草地。

④行人：即闺中思妇的爱人。

生查子

去年元夜时[1]，花市灯如昼。月上柳梢头，人约黄昏后。　今年元夜时，月与灯依旧。不见去年人，泪满春衫袖。

【说明】

上片回忆去年灯节，用灯好、月明、人团圆反映出自己欣悦的心情。"月上"两句，用圆月象征两人的爱情，一向传诵人口。

下片描写今年灯节，灯、月依旧，只是人事已非，因此触目伤怀，不胜悲痛。

《词品》卷二将本词误作朱淑真词。后人也往往沿误。

【注释】

①元夜：即上元节之夜（阴历正月十五），也叫“元宵”。唐代以来元夜有观灯的风俗，所以又叫“灯节”。

南歌子

凤髻金泥带①，龙纹玉掌梳②。走来窗下笑相扶。爱道画眉深浅、入时无③。　弄笔偎人久，描花试手初④。等闲妨了绣功夫⑤。笑问双鸳鸯字、怎生书⑥。

【说明】

这首词不仅刻绘出女子的头饰，还描写了她活泼的姿态、神情和语言。通过她的问话，又细腻地表现出这位新嫁娘的心理活动。

【注释】

①凤髻：梳成凤凰式的发髻。金泥带：用金色颜料描过的带子，束在凤髻上。

②龙纹玉掌梳：手掌形的玉梳，上面雕着龙纹。

③唐朱庆余《近试上张水部》诗：“洞房昨夜停红烛，待

晓堂前拜舅姑。妆罢低声问夫婿，画眉深浅入时无？”入时：合于时式。无：同“么”，疑问语气词。

④试手初：初次试试自己（描花）的手段。

⑤等闲：轻易，随便。

⑥怎生：怎样，如何。书：书写。

浣溪沙

湖上朱桥响画轮[①]。溶溶春水浸春云。碧琉璃滑净无尘[②]。 当路游丝萦醉客[③]，隔花啼鸟唤行人。日斜归去奈何春。

【说明】

上片以作者自我为主，写他在车中俯视湖水，只见浮云荡漾于碧净的溶溶春水之中，令人心旷神怡。

下片以客观景物为主，写游丝萦客、啼鸟唤人都极其生动。末句道出自己对湖上春光的留恋，也即无可奈何的惜别之情。

【注释】

①这句是说作者乘坐的车子经过湖上的朱桥（指装有红色栏杆的桥）。

②碧琉璃：指湖面绿净光滑如碧色琉璃。韩愈《合江亭》诗有“绿净不可唾”，亦是形容水色清碧滑净。

③萦（yíng迎）：缠绕，引申为牵绊。这句是说路上当空垂下的游丝绕住醉客（作者）。

阮郎归

南园春早踏青时。风和闻马嘶①。青梅如豆柳如眉。日长蝴蝶飞。　花露重，草烟低②。人家帘幕垂。秋千慵困解罗衣③。画堂双燕栖。

【说明】

这是写女子踏青时所闻所见，以及打罢秋千之后四周静寂的环境。这首词颇能表现欧词和婉的风格。

【注释】

①这句是说日丽风和，游人车马很多，因此听到马叫声。

②这句是说草地上低低地蒙上一层薄雾。

③秋千慵困：指打罢秋千感到倦困。

蝶恋花

庭院深深深几许①。杨柳堆烟，帘幕无重数。玉勒雕鞍游冶处②。楼高不见章台路③。 雨横风狂三月暮④。门掩黄昏，无计留春住。泪眼问花花不语。乱红飞过秋千去⑤。

【说明】

这首词的着眼点，并不是单纯的景色描绘和外貌的刻画，而是借暮春黄昏、雨骤风狂，透露出楼头思妇的内心苦闷。语言十分流利，语意逐步深入。毛先舒对此有所分析："因花而有泪，此一层意也。因泪而问花，此一层意也。花竟不语，此一层意也。不但不语，且又乱落，飞过秋千，此一层意也。"（《古今词论》引）从这里可以看出作者善于以形象的语言抒写感情上的各种变化，虽然不出闺情范围，但情韵已较花间词为胜。

【注释】

①这句连用三叠字，为李清照所赞许："欧阳公作《蝶恋花》，有'深深深几许'之句。予酷爱之，用其语作'庭院深

深’数阕，其声即《临江仙》也。”（《临江仙》并序）几许：多少。

②玉勒：玉制的马衔。雕鞍：精雕的马鞍。玉勒雕鞍：泛指华美的马车。

③章台路：汉长安章台下有章台街。《汉书·赵尹韩张两王传》说张敞无威仪，罢朝以后，常走马过章台街。唐许尧佐有《章台柳传》，记妓女柳氏事。后来因以章台为歌伎聚居之地。

④雨横（hèng）风狂：雨势头猛，风刮得凶。

⑤乱红：指落花。

王安石（三首）

王安石（一〇二一—一〇八六），字介甫，江西临川（今江西抚州市）人。宋神宗时任宰相并实行变法。晚年退居金陵。在文学方面，王安石主张内容应为政治服务，因此反对宋初一味追求诗歌形式的“西昆体”的作品，并写下不少反映现实的诗歌。他并不以词著名，但《桂枝香》（金陵怀古）一词，历来评价甚高。词集名《临川先生歌曲》。

桂枝香

登临送目[1]。正故国晚秋[2]，天气初肃[3]。千里澄江似练[4]，翠峰如簇[5]。归帆去棹残阳里，背西风、酒旗斜矗[6]。彩舟云淡，星河鹭起[7]，画图难足[8]。　念往昔、繁华竞逐。叹门外楼头，悲恨相续[9]。千古凭高，对此漫嗟荣辱⑩。六朝旧事随流水，但寒烟衰草凝绿⑪。至今商女，时时犹唱，后庭遗曲⑫。

【说明】

本词先写金陵晚秋，用“画图难足”四字概括出澄江翠峰、归帆去棹等等景物，把“登临送目”的内容发挥无遗。下片写旧朝往事，则主要是不满与谴责，较之一般的怀古诗词，立意较高较新。

据说当时寄调《桂枝香》作金陵怀古词的有三十多家，而以王安石这首为“绝唱”。苏轼对本词亦颇为赞赏，并叹道：“此老乃野狐精也。”（杨湜《古今词话》）

【注释】

①登临送目：登山临水，眺望远近景物。

②故国：指金陵（今江苏南京市），即六朝旧都建业。

③肃：肃杀。这句是说气候开始高爽肃杀。

④澄江似练：谢朓《晚登三山还望京邑》诗：“余霞散成绮，澄江静如练。”练：白绸。这句是说千里长江好像一条白色的绸带。

⑤簇（cù促）：聚集，引申为簇聚之物（如山峰）。

⑥斜矗（chù触）：斜竖着。

⑦星河：银河。这里借指长江。这两句是写作者登高眺望长江，只见远处的彩舟如被轻云缭绕，江上的白鹭飞向青天。

⑧这句是说金陵的晚秋景色是难以用图画充分表现出来的。

⑨门外楼头：唐杜牧《台城曲》诗：“门外韩擒虎，楼头

张丽华。”（台城在今南京）是说隋将韩擒虎已攻到宫门外，而陈后主（叔宝）还和妃子张丽华等在楼头作乐。这两句是写六朝国破家亡，悲恨不断。

⑩谩嗟荣辱：徒然感叹历朝的盛（荣）衰（辱）。

⑪六朝旧事：窦巩有《南游感兴》诗："伤心欲问前朝事，惟见江流去不回。日暮东风春草绿，鹧鸪飞上越王台。"此两句用其意。

⑫商女：酒楼茶坊的歌女。后庭遗曲：指陈后主所作的艳曲《玉树后庭花》。《隋书·五行志》："祯明初，后主作新歌，词甚哀怨，令后宫美人习而歌之。其辞曰：'玉树后庭花，花开不复久。'"后人把此曲看成亡国之音。杜牧《泊秦淮》诗："商女不知亡国恨，隔江犹唱《后庭花》。"这三句用杜牧诗意表达出作者的兴亡之感。唱：原作"歌"。

南乡子

自古帝王州①。郁郁葱葱佳气浮②。四百年来成一梦③，堪愁。晋代衣冠成古丘④。　绕水恣行游⑤。上尽层城更上楼⑥。往事悠悠君莫问，回头。槛外长江空自流⑦。

【说明】

王安石晚年罢居金陵时，由于政治上受到压抑，从而"遣情世外，其悲壮即寓闲淡之中"。（吴之振《宋诗钞》）在他的那些看似“闲淡”的诗词中，实际上还蕴蓄着郁勃难排之情。

在本词中，作者把六朝的兴废看成“一梦”，而对自身所经历的“往事”又觉得不值一问，这种人生如梦、世事如流水的思想看来似乎很消极，实际上，在这种思想后面包含着较为复杂的心情，作者是以闲游排遣退居后的孤寂之感，借咏史抒发出对现实的不满。

【注释】

①帝王州：三国时吴国孙权，东晋司马睿，南朝宋、齐、梁、陈都曾在金陵建都，所以称为“帝王州”。

②这句是形容金陵一带山水环绕、树木森蔚，一片葱茏繁茂的景象。陶渊明《饮酒二十首》之五：“山气日夕佳，飞鸟相与还。”

③四百年：金陵作为六朝帝都共三百二十二年，又五代南唐在此建都三十八年，总共三百六十年。这里是指约数而言。

④这句是说东晋的士大夫都成为一堆黄土，意思是说当年王朝的著名人物都已成为历史陈迹。本句出自李白《凤凰台》诗。

⑤恣行游：尽情地绕着江边闲行游赏。

⑥本句与“欲穷千里目，更上一层楼”（王之涣《登鹳雀楼》之意相近。

⑦本句与上面“往事悠悠”相呼应，有世事如流水之意。出自王勃《滕王阁序》。

浪淘沙令

伊吕两衰翁[①]。历遍穷通[②]。一为钓叟一耕佣[③]。若使当时身不遇，老了英雄。　汤武偶相逢。风虎云龙[④]。兴王只在笑谈中[⑤]。直至如今千载后，谁与争功[⑥]。

【说明】

在《诉衷情》（练巾藜杖白云间）中，王安石曾说自己“达如周召，穷似丘轲”，以周公、召公、孔丘、孟轲自比。在本词中，又颂赞伊尹、吕望的遭遇明君，得成兴邦大业。这里他一方面强调“英雄遭遇及时”，另外也着重明君能识拔贤才。与此同时，作者也流露出自己在政治革新遭到失败后的寂寞之感。

【注释】

①伊吕：伊，即伊尹。传说他本是奴隶，后为有莘氏女的陪嫁奴仆，汤任用他攻灭夏桀，成为商朝的开国功臣。吕：即吕尚，或称太公望，姜姓，通称姜太公。《史记·齐太公世家》说他：“盖尝穷困，年老矣，以鱼钓奸（干求）周西伯（文王）。”后因辅佐周文王、武王灭商有功，封于齐，为周朝齐国的始祖。

②穷：指处境困窘。通：指处境顺利。全句是说两人经历了种种失意潦倒和得意发达的不同遭逢。

③钓叟：钓鱼老翁，即吕望。耕佣：指曾为奴隶的伊尹。

④汤：即成汤，商朝的建立者。武：即周武王姬发，周朝的建立者。风虎云龙：《易·乾·文言》说："云从龙，风从虎，圣人作而万物睹。"本意是说龙起生云，虎啸生风，同类的事物相互感应。后来用以比喻君主得到贤臣，臣子遇到明君。两句是说汤、武这样的明君得与伊、吕这样的贤臣相遇合，正如龙起生云、虎啸生风。

⑤这句是说君臣谈笑自如（指双方推心置腹），兴起一方，成帝王之业。

⑥这两句是说两人辅佐君主，建功立业，直到现在没有人对他们的功劳表示怀疑。

晏几道（七首）

晏几道，字叔原，号小山。晏殊幼子。他生长于富贵之家，自己官职很小（曾监颍昌许田镇）。宋徽宗崇宁四年（一一〇五）间，为开封府推官。由于生平遭遇变故较大，因此在作品中经常流露出颓伤没落的感喟。陈振孙说："叔原词在诸名胜中独可追步花间，高处或过之。"（《直斋书录解题》）其实他的词接受南唐白描影响而又兼花间之长，这与晏、欧是有所不同的。

周济论小晏词说："晏氏父子，仍步温韦，小晏精力尤胜。"（《介存斋论词杂著》）温庭筠词精雕细琢，用色浓艳的特点，在小晏手里有所继承，如"舞低杨柳楼心月，歌尽桃花扇底风"（《鹧鸪天》）两句不仅对仗工整，而且字面浓丽，声音响亮，可说是小令当行。他的词集名《小山词》。

临江仙

梦后楼台高锁，酒醒帘幕低垂。去年春恨却来时[1]。落花人独立，微雨燕双飞[2]。　记得小蘋初见[3]，两重心字罗衣[4]。琵琶弦上说相思[5]。当时明月在，曾照彩云归[6]。

【说明】

这首词是晏几道的代表之作。

起首两句，写梦后酒醒，但见楼锁帘垂，暗示去年此时楼台大开、帘幕高卷的热闹情景，为下面“春恨”做好伏笔。“去年”句承上启下，写人去楼空，怅恨不已，因而引出往事的追忆。落花微雨是“春”，人独立而见燕双飞，是托出“恨”字。

下片追想初见小蘋，留下很深印象。琵琶惯弹别曲，明月曾照彩云，这是见物思人，反衬出目前月在人不见的孤寂之感、相思之情。全词表现了曲折深婉的风格。

【注释】

①全句是回忆去年此时的欢乐，如今回想起来，空遗无限怅恨。却来：又来。

②两句套用五代翁宏《春残》诗："又是春残也，如何出翠帏。落花人独立，微雨燕双飞。"

③小蘋：歌女名。

④心字罗衣：指衣领屈曲如心字。见沈雄《古今词话》。一说指心字香，范成大《骖鸾录》说番禺人有"心字香"，用素馨、茉莉、沉香等加工制成。

⑤这句指小蘋弹琵琶时所传出的相思之情。可与韦庄"弦上黄莺语"（《菩萨蛮》）对看。

⑥彩云：指小蘋。两句说当时照见小蘋归去的明月还在，而人却已不在了。李白《宫中行乐词》八首之一："只愁歌舞散，化作彩云归。"

蝶恋花

醉别西楼醒不记。春梦秋云①，聚散真容易。斜月半窗还少睡。画屏闲展吴山翠②。　衣上酒痕诗里字。点点行行，总是凄凉意。红烛自怜无好计。夜寒空替人垂泪③。

【说明】

用拟人化的写法，从红烛无法留人、为惜别而流泪，反映出自己别后的凄凉心情，设想是比较新颖的。

【注释】

①春梦秋云：指时间短暂，去后无迹。原为白居易《花非花》词中的两句：“来如春梦不多时，去似秋云无觅处。”

②这两句写夜里酒醒，只见斜月半窗，映照着屏风上的翠峰，心头感慨万千，难以入睡。

③杜牧《赠别》诗有“蜡烛有心还惜别，替人垂泪到天明”之句，与此两句意思相近。

鹧鸪天

彩袖殷勤捧玉钟①。当年拚却醉颜红②。舞低杨柳楼心月，歌尽桃花扇底风③。　从别后，忆相逢。几回魂梦与君同。今宵剩把银釭照，犹恐相逢是梦中④。

【说明】

本词写别后重逢。上片描绘在酒宴上重逢。“舞低”两句，造句炼字，工致华美，先是形容舞姿的曼妙，后是说明歌喉的嘹亮；点出自己当年甘心“醉颜红”，就是由于这位歌女伎艺的高超，则目前自己的心情，也就不言而喻。

下片先写别后回忆初逢，几次梦中相见，疑以为真；再写今宵重逢，转疑是梦，笔法回环宛转。“剩把”“犹恐”，是故作曲折，疑真为梦，而由银灯证明这次并非梦境，由此充分反映出两人又惊又喜的心情。

【注释】

①玉钟：玉酒杯。这句是说穿着彩色舞衣的歌女捧着玉杯殷勤地劝酒。

②拚（pàn判）却：甘愿。

③这两句形容舞姿歌喉。上句描写舞腰愈弯愈低，使她感到挂在柳梢、照到楼中的月儿也在随着下沉。下句歌喉愈来愈高而急促，使她觉得拿在手中的桃花扇也跟不上那快速的节拍了。

④银釭（gōng工）：银制的灯。全句是说今晚拿着银灯照了又照。最后两句化用杜甫《羌村》诗："夜阑更秉烛，相对如梦寐。"

玉楼春

东风又作无情计。艳粉娇红吹满地[①]。碧楼帘影不遮愁[②]，还似去年今日意。　谁知错管春残事。到处登临曾费泪[③]。此时金盏直须深[④]，看尽落花能几醉[⑤]。

【说明】

通篇写落花。上片开头先怨东风无情，"又"字表示怨深愁极。次叙残花吹落满地。再写隔帘可见花谢花飞，这是以落花为“春愁”的化身。接着回想去年今日的情景。“还似”从首句“又”字引出。

下片承“去年”而来，不说春去须惜，反以惜春为“错管”，以登临下泪为多费。末两句表面上说要及时行乐，趁花未落尽之前，饮酒赏花，恣情消遣，由此表达作者深蕴心底的沉痛之情。

本词宛转沉着，词风与李煜接近。

【注释】

①艳粉娇红：指落花。

②全句是说人在楼中，隔帘可以看见飞花零乱，见落花就引起愁思，所以说“不遮愁”。

③这两句是说不该在登临游赏时为春残花落而伤心下泪。

④琖：同“盏”，即浅而小的杯子。直须：就要。

⑤这句是说要在花未落尽之前尽情玩赏，还能有几次痛饮呢？

阮郎归

旧香残粉似当初。人情恨不如。一春犹有数行书。秋来书更疏[①]。　衾凤冷，枕鸳孤[②]。愁肠待酒舒[③]。梦魂纵有也成虚。那堪和梦无。

【说明】

先恨人情不及过去；从春到秋，书信逐渐减少。再怨入夜愁怀难解；梦魂本是虚无之物，哪堪连梦也不做一个。前后照应，层层深入，这也就是他胜过父亲晏殊的地方。

【注释】

①疏：稀少。

②这两句是写房中绣被鸳枕形同虚设，实际上是指自己寂寞凄凉之感。

③这句是说愁肠百结，只等用酒来排解。

阮郎归

天边金掌露成霜①。云随雁字②长。绿杯红袖称重阳③。人情似故乡④。　兰佩紫，菊簪黄。殷勤理旧狂⑤。欲将沉醉换悲凉。清歌莫断肠。

【说明】

这是自抒怀抱之作，由重阳佳节引出身世感喟。

上片首二句写秋景。“天边金掌露成霜”，除“露”字外，六字都是阳声，发音嘹亮。“绿杯”句由景物转到人事，说自己本来并不留情于绿杯红袖，因此地人情近似故乡，为应付佳节而寻欢作乐。

换头（即下片的开头，又叫“过片”）以一阴两阳声对一阳两阴声。“殷勤”句，五字有三层意思：“殷勤”一层，“理”一层，“狂”一层。曲曲道出内心深衷。“欲将”句，说明佳节作乐，意在摆脱孤寂，结果是不可能，因此狂态又发作了，这是上句的注脚。末句写听歌肠断，“莫”字是自作劝解之语，不尽之意，在于言外。

【注释】

①金掌：即仙人掌。汉武帝在建章宫立铜柱，高二十丈，上有仙人掌、承露盘。《文选·班固〈西都赋〉》：“抗仙掌以承露，擢双立之金茎。”张铣注：“抗，举也。金茎，铜柱也。作仙人掌以举盘于其上。”露成霜：露水遇到寒流凝结成霜。《诗经·蒹葭》：“蒹葭苍苍，白露为霜。”

②雁字：雁群飞行时排列成人字、一字等形状，故称雁字。

③绿杯：指酒杯。红袖：指歌女。称：案“称”原作“趁”，改从陆贻典、黄仪、毛扆校本《小山词》。

④人情：指社会上人们之间交往的情谊。

⑤狂：况周颐认为“狂”是指“一肚皮不合时宜”（《蕙风词话》）。全句是说自己又满腹牢愁而故态复萌。

思远人

红叶黄花秋意晚，千里念行客。飞云过尽，归鸿无信，何处寄书得①。　泪弹不尽临窗滴。就砚旋研墨②。渐写到别来，此情深处，红笺为无色。

【说明】

本词写闺怨。开头即景起兴，因秋深而怀念远方的爱人。遥望长空，云去雁归，不见来信，虽欲寄书而不知其处。下片是写临窗写信，因无处寄信而弹泪，泪滴入砚而就砚研墨，接着在红笺上写信，写到别后情深处，墨中纸上，情和泪混合一起；这里不说红笺因泪而淡，反以红笺为无色来形容情意之深，这也是透过一层的写法。

【注释】

①得：句末助词。全句是说写好的信寄到哪里去呢？

②就：随手。旋：旋即，不久。

王　观（一首）

王观，字通叟，如皋（今江苏如皋市）人。宋仁宗嘉祐二年（一〇五七）进士。曾著《扬州赋》《芍药谱》。有《冠柳集》，不传，今有赵万里辑本。

卜算子 送鲍浩然之浙东

水是眼波横，山是眉峰聚①。欲问行人去那边，眉眼盈盈处②。　才始送春归，又送君归去。若到江南赶上春，千万和春住。

【说明】

上片以眼波和眉峰来形容水和山，显得十分灵动。这里是以眉眼盈盈之处来显示浙东山水的清秀，下片写这里正当暮春，送客又兼送春，末两句祝愿友人与春同住，构思十分新颖。

【注释】

①眼波横：形容眼神流动如横流的水波。李白《长相思》诗："昔时横波目，今作流泪泉。"眉峰：形容眉弯如山峰。《西京杂记》卷二："文君姣好，眉色如望远山。"聚：指双眉蹙皱状如双峰相并。这两句是说水是横流的眼波，山是蹙皱的眉峰。

②盈盈：脉脉含情。这两句是说先问行人到哪里去？回答是要到山水明秀的地方去。

张舜民（一首）

张舜民，字芸叟，邠州（今陕西彬州市）人。宋英宗治平二年（一〇六五）进士，哲宗时为监察御史（御史台属官，掌监察、执法），徽宗朝任吏部侍郎，被指为元祐党人而贬到商州（今陕西商洛市商州区），自号浮休居士，又号矴斋。有《画墁集》，今传本从《永乐大典》辑出。

卖花声 题岳阳楼[①]

木叶下君山[②]。空水漫漫[③]。十分斟酒敛芳颜[④]。不是渭城西去客，休唱阳关[⑤]。　醉袖抚危栏。天淡云闲。何人此路得生还[⑥]。回首夕阳红尽处，应是长安[⑦]。

【说明】

本词是作者被贬往南方经过岳阳楼时的登临之作。

岳阳楼历来极多题咏。因为它是通到西南的必经之地，“北通巫峡，南极潇湘，迁客骚人，多会于此”。（范仲淹《岳阳楼记》）这首词道出贬谪边远的迁客逐臣失意慨恨的心情，颇有代表性。

作者怕听离歌，却说自己“不是西去客”，要歌女“休唱《阳关》”。至于“何人此路得生还”，则更道出他被贬往南方途中的悲愤之情。

【注释】

①岳阳楼：在湖南岳阳城西门，下临洞庭湖，唐初张说所建，宋仁宗时，滕子京贬官岳州，曾重修岳阳楼。

②君山：在洞庭湖中，正对岳阳楼。形状像十二个螺髻。《楚辞·九歌·湘夫人》：“洞庭波兮木叶下。”下：落下。

③空水漫漫：水连长空，漫无际涯。

④敛芳颜：即敛容，正容，表示肃敬。全句是说歌女正容上前，把酒斟满。

⑤渭城：王维《送元二使安西》：“渭城朝雨浥轻尘，客舍青青柳色新。劝君更尽一杯酒，西出阳关无故人。”阳关：郭茂倩《乐府诗集·近代曲辞》有王维《渭城曲》，并有小序：“渭城，一曰阳关，王维之所作也。本送人使安西诗，后遂被于歌……白居易《对酒诗》云：‘相逢且莫推辞醉，听唱阳关第四声。’阳关第四声，即‘劝君更尽一杯酒，西出阳关无故人’也。”这两句是说自己不是在渭城出发西去的旅人，不必唱起

《阳关》曲来送行。这话是说给前来斟酒的歌女听的。实际上是怕听了离歌以后，更加深自己的愁思。

⑥此路：指被贬逐去南方之路。全句是诘问谁能活着从这条路上回来？言外之意是生还者极少。黄庭坚有诗："投荒万死鬓毛斑，生出瞿塘滟滪关。未到江南先一笑，岳阳楼上对君山。"（《雨中登岳阳楼望君山》）是写贬官能够万幸生还的欣悦之情。

⑦长安：这里借指汴京。白居易有《题岳阳楼》诗："夕阳红处是长安。"

苏　轼（二十七首）

苏轼（一〇三七——一〇一），字子瞻，自号东坡居士。眉州眉山（今四川眉山市）人。宋仁宗嘉祐二年中进士，受到欧阳修的赏识。王安石变法，苏轼表示反对，随即出任杭州、密州（今山东诸城市）、徐州等处地方官，又因写诗被指为“谤讪”朝政，在湖州被捕入狱，即所谓“乌台诗案”；接着被贬到黄州（今湖北黄冈市）。哲宗时召回为翰林学士。绍圣初年，新党再度执政，苏轼又被贬到惠州（今广东惠州市），后远徙到昌化（今海南昌江县）。徽宗立，赦还，死于常州。

在宋代文人词的发展道路上，苏轼的词作起着革新的作用。其主要成就是能在内容上突破传统束缚，“一洗绮罗香泽之态，摆脱宛转绸缪之度。”（胡寅《酒边词序》）在扩大题材的过程中，做到“无意不可入，无事不可言”，（刘熙载《艺概》）但又能表现出自己鲜明的个性特征。正因为如此，苏词内容的丰富，题材的多样，远远超过以往的词人。

现存的三百多首苏词中，既有忧国忧民、伤时感世的作品，如《江城子》（密州出猎）《浣溪沙》（万顷风涛不记苏）等；又有咏史怀古、抒发襟怀的篇章，如《念奴娇》（赤壁怀古）一词就是以怀古为题，借此抒写他的报国之志，不遇之感，向来被认为是他的代表之作。还应特别指出的是，苏词中有一些反映农村风光的小词，如在徐州时写了五首《浣溪沙》，记叙了他在农村的所见所闻。在他以前的词人，绝大多数生活圈子狭小，笔触离不开罗幌绮筵，苏轼却能把创作视野扩展到农村方面。南宋辛弃疾在退居上饶时，也曾写下不少以农村为题材的词作，在这方面，苏轼的农村词起着一定的倡导作用。苏词中还有不少是惜别怀人之作，但与一般文人词不同的是，其中不作缠绵悱恻的绮语，而是通过自然景色，抒写自身襟抱，或以此念旧思远。当然苏词并不完全是摒弃婉丽纤媚的格调，像《蝶恋花》中的“枝上柳绵吹又少，天涯何处无芳草”，写得宛转而多风致。又如《水龙吟》（次韵章质夫杨花词），则更是缠绵多感，被认为是咏物词中的最工者。

由于政治上的坎坷不平，宦海中的升降浮沉，苏轼受庄子及禅宗影响较深，所以在苏词豪放爽朗的基调中不时出现虚无旷达、超凡脱俗的成分，至于那些谈禅论道的词，如“水垢何曾相受，细看两俱无有。寄语揩背人，尽日劳君挥肘。轻手。轻手，居士本来无垢。”（《如梦令》）更形象地反映出他世界观中消极遁世的一面。

苏轼重视词作内容，不仅表现在他着意扩大题材、开拓疆宇上，还反映在他作词时“不喜剪裁以就声律”，即重视内容，力图不受声律束缚，以及通过清新有致的小序，从另一角度解释内容。

尽管苏轼通过他的词作“指出向上一路，新天下耳目”，（王灼《碧鸡漫志》）但在当时的词坛上，苏词仍被不少人目之为“别派”，与“当行本色”的柳永词不同。如陈师道就认为：“子瞻以诗为词，如教坊雷大使舞，虽极天下之工，要非本色。”（《后山诗话》）事实上，苏轼是“豪放”词派的开创者，他那注重内容而又爽朗磊落的词风，为文人词开辟了一条广阔的道路，在当时就出现不少苏轼的追随者。王灼指出：“晁无咎、黄鲁直皆学东坡，韵制得七八。”（《碧鸡漫志》）晁补之、黄庭坚是苏门学士，此外还有南渡之际的叶梦得、向子諲、陈与义等。特别是在南宋，通过许多爱国志士，主要是辛弃疾的创作实践，豪放词派已成为宋词发展中的主流，闪耀着爱国主义的光芒。从这方面来讲，苏轼对宋词的开疆拓宇是起着积极作用的。

苏轼的诗、文、词和书法都有名于世。有《东坡词》，存词三百多首。

醉落魄离京口作[1]

轻云微月。二更酒醒船初发。孤城回望苍烟合[2]。记得歌时，不记归时节[3]。　巾偏扇坠藤床滑，觉来幽梦无人说。此生飘荡何时歇。家在西南，常作东南别[4]。

【说明】

本词作于熙宁七年（一〇七四），这时苏轼在杭州通判任上。上年冬，他因事到镇江，至本年六月方回杭州。在这段期间，他经常来镇江、丹阳与常州一带，本词就是他某次离开镇江时作于长江舟中的。

上片先点明时间、地点，再写自己酒醒以后的追忆。下片是半夜梦回，四顾寂然，思乡念家之情，油然而生，从而对这种经常作客的生涯表示了倦意。

将本词与柳永《雨霖铃》中“今宵酒醒何处，杨柳岸，晓风残月”相比，同样都是写江上舟中酒醒梦回，但前者是对家人的思念，后者系对情人的眷恋，两词各自表现出不同的风格特色。

【注释】

①京口：今江苏镇江市。

②孤城：指京口。这句形容孤城笼罩在夜雾之中。

③这两句是说刚才宴会上的笙歌之声犹历历在耳，但以后怎样告别回到船上就记不起来了。这里形容自己醉归情况。

④这两句是说自己老家在四川，但因游宦在东南一带，而生活很不安定，所以说是“东南别”。

少年游 润州作[1]

去年相送，余杭门外[2]，飞雪似杨花。今年春尽，杨花似雪，犹不见还家。　对酒卷帘邀明月[3]，风露透窗纱。恰似姮娥怜双燕[4]，分明照，画梁斜。

【说明】

作者自从熙宁四年（一〇七一）冬来杭州以后，经常来往于江南各地。熙宁六年冬，他自杭州至镇江，到次年春尚迟留未归，有感而写了本词。

上片说去年离家是在飞雪似杨花的冬天，到杨花似飞雪的今年春暮还没有返家的消息。这样就把眼前的杨花和去年的雪花联系起来。

下片写对酒邀月，月光却偏偏照着稳栖画梁的双燕，借此衬托出作者久居客地的孤寂凄凉之情。

【注释】

①润州：今江苏镇江市。

②余杭门：宋代杭州城北三座城门之一。

③这句是写月下独饮。李白《月下独酌》诗："举杯邀明月，对影成三人。"

④姮（héng恒）娥：即"嫦娥"。传说她是后羿的妻子，她偷服了"不死之药"而飞升，成为月神。

虞美人

湖山信是东南美①。一望弥千里②。使君能得几回来③。便使尊前醉倒、且徘徊。　沙河塘里灯初上④。水调谁家唱⑤。夜阑风静欲归时。惟有一江明月、碧琉璃⑥。

【说明】

据《本事集》说，熙宁七年秋，杭州太守陈襄（述古）将罢任，离杭之前，宴客于有美堂，苏轼即席赋此词（这时苏轼任通判，是陈的属吏）。

本词所描绘的东南湖山之美，是从月明水净的夜景中显示，而作者自己一无杂虑的澄澈心境也通过明静的夜景表现出来。杜甫《渼陂行》有“波涛万顷堆琉璃”之句，可见用琉璃形容水面的莹澈是文人所习用的。

【注释】

①嘉祐初年，学士梅挚任杭州太守，临行时宋仁宗作诗送行，开头两句是“地有湖山美，东南第一州”。梅挚到任后，筑“有美堂”于吴山上，欧阳修曾为作记。信是：确实是。

②弥（mí迷）：满，遍。这句是说作者在吴山上登高望远，只见平野千里，美不胜收。

③使君：汉时称州牧为使君，后世用来称州郡长官，这里是指陈襄。

④沙河塘：在杭州城南，是热闹繁华之地。

⑤水调：本为隋代民间曲子，到唐代极为流行。

⑥这句是以碧琉璃形容月光映照之下的江水。

南乡子 送述古

回首乱山横。不见居人只见城。谁似临平山上塔①，亭亭。迎客西来送客行。　归路晚风清。一枕初寒梦不成。今夜残灯斜照处，荧荧②。秋雨晴时泪不晴。

【说明】

本词作于熙宁七年七月，这时陈襄将移任南都（今河南商丘市）太守，作者写词送行。

以临平山上的高塔，来象征别后自己伫立远望的形象，再以秋雨也有晴时来和自己的别泪不干做比较，二人友谊的深厚，可以想见。

【注释】

①临平山：在杭州东北。

②荧荧：光亮貌，这里指泪珠被灯光所照时闪闪发光。

江城子

十年生死两茫茫①。不思量。自难忘。千里孤坟②，无处话凄凉。纵使相逢应不识，尘满面，鬓如霜③。　夜来幽梦忽还乡。小轩窗。正梳妆。相顾无言④，惟有泪千行。料得年年断肠处，明月夜，短松冈⑤。

【说明】

这是悼亡之作。熙宁八年（一〇七五）写于密州（今山东诸城市）。

潘岳《悼亡诗》第一首有“寝息何时忘，沉忧日盈积”之句。“何时忘”与“自难忘”，都是形容死别之苦，忆念之深。

梦中还乡重逢，无言相对，这是借梦境说明相思之切。最后归结到月下孤坟，又反映出“无处话凄凉”的苦衷。

【注释】

①苏轼《亡妻王氏墓志铭》：“治平二年（一〇六五）五月丁亥，赵郡苏轼之妻卒于京师，其明年，葬于眉之东北彭山县安镇乡可龙里。”作者写本词时，离王氏之死刚好十年。茫茫：不明貌，指两人生死相隔已有十年。

②千里孤坟：指王氏葬在四川，与自己相隔几千里。

③这两句是说十年来自己风尘满面，两鬓斑白，衰老得很快。

④轩：指有窗槛的小室。小轩窗：小室的窗前。这四句是写梦境。

⑤短松冈：种着小松树的山冈。即王氏孤坟。

江城子 猎词①

老夫聊发少年狂②。左牵黄。右擎苍③。锦帽貂裘④，千骑卷平冈⑤。为报倾城随太守⑥，亲射虎，看孙郎⑦。 酒酣胸胆尚开张⑧。鬓微霜。又何妨。持节云中，何日遣冯唐⑨。会挽雕弓如满月⑩，西北望，射天狼⑪。

【说明】

本词是熙宁八年作者在山东密州任上所作。上片先写大队人马出猎的盛况，并以勇搏猛虎的东吴孙权自比，说明自己年富力强，正当有为之时。下片以汉文帝时的冯唐自比，希望朝廷加以录用，俾能为国效力，建树功勋。全词充满昂扬振奋的情调和强烈的同仇敌忾之心。

在这首小词中，反映出意义重大的主题，能突破传统上以词为"艳科"、只能作为文章余事的看法，是值得予以重视的。

【注释】

①傅藻《东坡纪年录》："乙卯（一〇七五），冬，祭常山回，与同官习射放鹰作。"

②老夫：作者自称。聊：姑且。

③这两句是说左手牵黄狗，右臂举苍鹰，准备出猎。《梁书·张充传》："值充出猎，左手臂鹰，右手牵狗。"

④锦帽：锦蒙帽。貂裘：貂鼠裘。

⑤千骑（jì计）：形容随从乘骑之多。卷平冈：卷起平冈上的尘土。指千骑过处，卷起一片尘沙。

⑥为报：为了酬答。倾城：全城的人。太守：指一州的行政长官，宋代以"太守"为"知州"的别称。

⑦作者自比孙权，要亲自去射虎。《三国志·吴书·吴主

传》：“（建安）二十三年十月，权将如吴，亲乘马射虎于庱亭。马为虎所伤，权投以双戟，虎却废，常从张世击以戈，获之。”孙郎：即孙权。

⑧这句是说饮酒尽量，胸怀胆气都很豪壮。

⑨持节：拿着符节。云中：汉代郡名。今内蒙古托克托县及山西西北一部分地区。冯唐：汉文帝时人。当时魏尚任云中太守，因事获罪，冯唐向文帝陈述魏尚阻击匈奴有功，不应因报功时虚报了杀敌数字而治他的罪。文帝便派冯唐“持节”去赦免魏尚的罪，并恢复他云中太守的职务，还任命冯唐为车骑都尉。见《史记·张释之冯唐列传》。王勃《滕王阁序》亦有“冯唐易老，李广难封”之句。这里作者是以冯唐自比。

⑩会：将要。雕弓：雕着花纹的弓。满月：弓本为半月形，尽量拉开成为满月形。

⑪天狼：星名。《楚辞·九歌·东君》：“举长矢兮射天狼。”王逸注：“天狼，星名，以喻贪残。”《晋书·天文志》：“狼一星在井东（星）南，为野将，主侵掠。”这里以天狼喻西夏。

望江南 暮春①

春未老，风细柳斜斜。试上超然台上看，半壕春水一城花②。烟雨暗千家。　寒食后，酒醒却咨嗟③。休对故人思故国④，且将新火试新茶⑤。诗酒趁年华。

【说明】

这是熙宁九年（一〇七六）春作者在山东密州任上所作。苏轼在密州修葺了超然台，经常登临游息。他的《超然台记》，是一篇很好的散文。

超然台筑在城上，因此登台能眺望到金城。词中先写寒食清明时全城一片烟雨迷蒙的景象，引入愁思，从而过渡到下片的酒醒咨嗟，反映了自己思乡的心情。

【注释】

①望江南：一般为单词，这首是双调。

②壕：城壕。城下水沟。

③咨嗟：叹息之辞。

④故国：指故乡、故园。

⑤新火：旧时寒食节不举火，节后举火称新火。新茶：指“雨前茶”“明前茶”。

水调歌头

丙辰中秋，欢饮达旦，大醉。作此篇，兼怀子由[①]。

明月几时有，把酒问青天[②]。不知天上宫阙[③]，今夕是何年。我欲乘风归去[④]，又恐琼楼玉宇[⑤]，高处不胜寒。起舞弄清影，何似在人间[6]。 转朱阁，低绮户，照无眠[7]。不应有恨，何事长向别时圆[8]。人有悲欢离合，月有阴晴圆缺，此事古难全。但愿人长久，千里共婵娟[9]。

【说明】

这是熙宁九年中秋夜通宵欢饮后所作。上片从问月转到赏月，由向往月宫到月下起舞；有人间天上，此乐相同之感。下片从赏月回到问月，由月难长圆到人难常好；有天上人间、此恨无穷之叹。最后以乐观旷达的祝愿作结。

本词即景抒情，借问天问月抒发个人怀抱。以浪漫主义的手法，通过想象设问，展现中秋月宫夐绝尘寰的奇景。再从景物的自然更迭到人事的流转变迁，以自然境界的澄澈辽阔反映出作者思想境界的开朗旷达。语言洗却柔靡，脱除陈套，是历来中秋词中意境最高、流传最广的一首。

【注释】

①子由：即苏辙（字子由）。苏轼之弟，这时在齐州（今山东济南市）。

②这两句是从李白《把酒问月》诗中化出：“青天有月来几时，我今停杯一问之。”

③天上宫阙：指月宫。“明皇游月宫，见榜曰‘广寒清虚之府’。”（《天宝遗事》）

④乘风：见《列子·黄帝篇》："列子乘风而归……随风东西……竟不知风乘我耶？我乘风耶？"

⑤琼楼玉宇：即月宫。《酉阳杂俎》前集卷二："翟天师名乾祐，峡中人……曾于江岸，与弟子数十人玩月。或曰：'此中竟何有？'翟笑曰：'可随我指观。'弟子中两人见月规半天，琼楼金阙满焉。数息间，不复见。"

⑥"起舞"句用李白诗意："我歌月徘徊，我舞影零乱。"（《月下独酌》）这两句是说月下起舞、身影零乱，想想月宫高寒，还不如在人间吧。

⑦绮（qǐ起）。这三句是说月光移动，转过了朱红的楼阁，又低低地照进了雕花的窗户，照到了那个不眠的人（作者自己）。

⑧这两句是说月儿不应该这样无情，为什么老是在人们分离的时候团圆呢？

⑨婵娟：美好的姿态，这里形容月亮。谢庄《月赋》："美人迈兮音尘绝，隔千里兮共明月。"这两句祝愿人常健好，千里共此明月清辉。

浣溪沙 徐门石潭谢雨道上作五首

照日深红暖见鱼。连溪绿暗晚藏乌[①]。黄童白叟聚睢盱[②]。　麋鹿逢人虽未惯，猿猱闻鼓不须呼。归家说与采桑姑。

【说明】

《浣溪沙》五首（包括以下四首），作于元丰元年（一〇七八）。苏轼在上一年四月调任徐州太守，到秋天黄河决口，情势十分危急，他亲自率领军民修筑护城长堤，昼夜不懈，保全了一城的生命财物。次年（一〇七九）又值春旱，灾情很重，地方官照例要向天求雨，下了雨，又要谢雨。当时求雨和谢雨的地方是在徐州城东二十里的石潭。这五首词就是作者在谢雨途中所作。

本词写途中日暖溪碧的景色。还写了村中鱼鸟猿鹿及扶老携幼出来观看热闹的场面。

【注释】

①这两句是说红日照在溪中，游鱼历历可见，两岸绿树中栖息着乌鸦。

②黄童白叟：黄发的小儿和白发的老翁。睢（suī虽）：仰目。盱（xū虚）：张目。聚睢盱：即聚观之意。

浣溪沙

旋抹红妆看使君[1]。三三五五棘篱门。相挨踏破蒨罗裙[2]。　老幼扶携收麦社[3]，乌鸢翔舞赛神村[4]。道逢醉叟卧黄昏。

【说明】

上片写乡村妇女匆忙打扮一下就出来看太守经过此地，她们三五成群，站在棘篱门边，由于互相挤挤挨挨，争着要看使君，以致把红罗裙子也踏破了。

下片写老翁幼童，都高兴地来看迎神赛会，一片欢乐景象。乌鸢盘旋觅食，使节日气氛更为浓厚。

【注释】

①旋（xuàn眩）：临时急就。抹红妆：涂脂粉。使君：即太守。全句是说妇女匆匆打扮一番，就出来看太守经过。

②蒨（qiàn欠）：同“茜”。茜草的红汁可作染料。蒨罗裙：即红罗裙。

③收麦社：收了麦子后要祭神。社：祭祀社神（土地神）。

④赛神村：正在祭神的村子。赛：指谢神的祭礼。乌鸢在祭神的村子上面盘旋，想去吃那些祭食。

浣溪沙

麻叶层层苘叶光[1]。谁家煮茧一村香。隔篱娇语络丝娘[2]。 垂白杖藜抬醉眼[3]，捋青捣麨软饥肠[4]。问言豆叶几时黄。

【说明】

原野上麻叶萦叶闪闪发光，一片雨后欣欣向荣的景象。走进村子，闻到煮茧的香味，又看到缫丝蚕娘在篱边笑语。在这种活跃气氛的感染下，作者也停住脚步，与捋青充饥的老爷爷谈谈本年的年成。

【注释】

①萦（qǐng请）："苘"的古写，同"苘"。苘麻：一年生草本植物，叶似麻而薄。

②络丝娘：本为虫名，即纺织娘；这里是指正在笑语的缫丝妇女。

③垂白：指须发将白。杖藜：拿着拐杖。杖，作动词用。藜：一年生草本植物；以藜茎所作的杖称藜杖。

④捋（luō）青：脱取青麦子。麨（chǎo炒）：干粮。捣麨：把炒麦捣成粉。软：苏轼《发广州》诗："三杯软饱后，一枕黑甜余。"自注："浙人谓饮酒为软饱，俗谓睡为黑甜。"软饥肠：饱肚肠。

浣溪沙

簌簌衣巾落枣花[1]。村南村北响缫车[2]。牛衣古柳卖黄瓜[3]。　酒困路长惟欲睡，日高人渴漫思茶[4]。敲门试问野人家。

【注释】

①簌（sù速）簌：花落声。这句倒装，应该是枣花簌簌地落在衣巾上。

②缫（sāo骚）：同“缲”。缫车：即缲丝车。

③牛衣：蓑衣之类，这里指穿牛衣的人。曾季狸《艇斋诗话》：“东坡在徐州作长短句云：‘半依古柳卖黄瓜’，今印本作‘牛衣古柳卖黄瓜’，非是。予尝见东坡墨迹作‘半依’，乃知‘牛’字误也。”

④漫：随意。这句是说在烈日下口很渴，想随便去哪儿找点水喝。

浣溪沙

软草平莎过雨新[①]。轻沙走马路无尘。何时收拾耦耕[②]身。　日暖桑麻光似泼[③]，风来蒿艾气如薰[④]。使君元是此中人[⑤]。

【注释】

①莎（suō梭）：莎草。

②耦耕：两人二耜并耕。《论语·微子》：“长沮、桀溺，耦而耕。”这句是说自己想结束仕宦生涯，躬耕于田亩之间。

③光似泼：像被泼过水似的发出光亮。

④薰：艾草的香气。

⑤使君：作者自称。元是：即原是、本是。此中人：指农民。

西江月 平山堂[①]

三过平山堂下，半生弹指声中[②]。十年不见老仙翁[③]，壁上龙飞蛇动。　欲吊文章太守，仍歌杨柳春风[④]。休言万事转头空，未转头时是梦[⑤]。

【说明】

本词作于宋神宗元丰二年四月，作者已两次来过此地，这次从徐州到湖州赴任，经过扬州，三度来到平山堂下。堂是欧阳修所建，壁上他的墨迹犹存，写得笔势腾扬，龙飞蛇舞；但翁已逝去，徒然令人低徊凭吊。

苏轼是欧阳修在宋仁宗嘉祐二年任主考官时亲手识拔的“奇才”，并说“老夫亦须放他出一头地”。那时苏轼才二十一岁；时隔二十多年，想起这位革新文坛的主将、自己尊重的前辈，内心仍然充满着敬佩之情和知遇之感。

【注释】

①平山堂：欧阳修在扬州任地方官时所建。《舆地纪胜》说堂“在大明寺侧，负堂而望，江南诸山，拱列檐下，故名”。

②半生：古人以人生百年为长寿。苏轼时年四十二岁，已到中年，故认为前半生已经过去。弹指：比喻时间短暂。佛经说二十念为一瞬，二十瞬为一弹指，见《翻译名义集·时分》。这句是说自己的半生很快就过去了。

③十年不见：苏轼于熙宁四年（一〇七一）见欧阳修于汝阴，（次年欧阳修去世）到作本词时不满十年，说十年是指其成数。老仙翁：即欧阳修。

④文章太守：欧阳修自称，他有《朝中措》词，是因饯别将赴扬州任地方官的刘原父而作，原词如下：“平山栏槛倚晴空，山色有无中。手种堂前垂柳，别来几度春风？　文章太守，挥毫万字，一饮千钟。行乐直须年少，尊前看取衰翁。”这

两句是说要在堂前欧公手植的杨柳之下，作歌悼念欧公，感谢他对自己的培育和教诲。

⑤转头：指死去。末两句用白居易“百年随手过，万事转头空”诗意，而更进一层说不仅死后万事都空，即使活在世上也如一场大梦。作者在另一首《西江月》黄州中秋中亦说：“世事一场大梦，人生几度新凉。”

浣溪沙

万顷风涛不记苏①。雪晴江上麦千车。但令人饱我愁无②。　翠袖倚风萦柳絮。绛唇得酒烂樱珠③。尊前呵手镊霜须④。

【说明】

本词作于元丰三年冬，这时苏轼贬来黄州不到一年，适逢天下大雪，便写了几首《浣溪沙》，本词是其中之一。词中表示出对“雪兆丰年”的欣喜，“但令人饱我愁无”，是与杜甫“安得广厦千万间，大庇天下寒士俱欢颜”（《茅屋为秋风所破歌》）同一胸怀。说明恶劣的处境并没有使他悲观绝望。

【注释】

①苏：即江苏苏州市。旧注云："公有薄田在苏，今岁为风涛荡尽。"（傅幹注坡词残本）这句是指自己在苏州的田地被风潮扫荡但却并不介意。

②这两句想象黄州一带由于大雪而明年将获得"麦千车"的大丰收，而"人饱"将使"我愁"消除；说明自己的"愁"是对国计民生的忧念。

③翠袖：指穿翠绿农裳的歌女。绛唇：红唇。樱珠：樱桃。这两句是说歌女的舞袖上萦绕着随风飘来如同柳絮般的雪花，当她举杯饮酒时双唇好似烂熟的红樱桃。

④镊（niè聂）：拔除。霜须：白须。

满江红 寄鄂州朱使君寿昌

江汉西来[①]，高楼下、葡萄深碧[②]。犹自带、岷峨云浪[③]，锦江春色[④]。君是南山遗爱守[⑤]，我为剑外思归客[⑥]。对此间、风物岂无情[⑦]，殷勤说。　江表传[⑧]，君休读。狂处士[⑨]，真堪惜。空洲对鹦鹉，苇花萧瑟。不独笑书生争底事[⑩]，曹公黄祖俱飘忽[⑪]。愿使君、还赋谪仙诗[⑫]，追黄鹤[⑬]。

【说明】

宋神宗元丰三年（一〇八〇）春，苏轼被贬来到黄州，这时他实际上是个被看管的罪人，思想状态显得非常复杂，对于自身的不幸遭遇，他表现得安时处顺、旷达为怀，但有时仍不免趋向于消极出世。本词是写给当时的鄂州（今湖北武汉市）太守朱寿昌的，当是在黄州所作。他另有一首雪中怀念朱寿昌的《江城子》词，写于元丰四年十二月。

上片从长江、汉水的雪浪、碧涛，引出自己的万里乡思。下片接上片末两句句意，对狂处士祢衡的被害深表悼惜。接着笔锋一转，不独笑祢衡使气骂座的无补于事，亦讥刺曹操、黄祖等人只能称雄一时，最后借李白诗意宣泄自己内心的郁愤和人生如梦的消极思想。

【注释】

①西来：对鄂州来说，长江从西南来，汉水从西北来，这里统称西来。

②高楼：据本词末句看，是指武昌之西黄鹤矶头的黄鹤楼。葡萄深碧：写水色。作者《南乡子》："认得岷峨春雪浪，初来，万顷葡萄涨绿醅。"李白《襄阳歌》说："遥看汉水鸭头绿，恰似葡萄新酦醅。"

③这句是说岷山、峨眉山上的积雪，在夏天融化，流入长江。李白诗："江带岷峨雪。"（《经乱离后天恩流夜郎忆旧游书怀赠江夏韦太守良宰》）

④锦江：在四川，流入长江，是岷江支流。全句用杜甫《登楼》诗："锦江春色来天地。"

⑤南山：即陕西终南山。遗爱：地方官去任时，称颂他有

好的政绩，美之曰“遗爱”。朱寿昌曾任陕州（终南山区）通判。通判亦称通守。

⑥剑外：即剑南（剑门山以南），四川的别称。杜甫《闻官军收河南河北》诗说“剑外忽传收蓟北”，是以京师长安为中心，将四川作为剑外，唐时在此置剑南道。作者是蜀人，故自称剑外思归客。

⑦风物：风土人物。

⑧江表传：书名，已不存。在陈寿《三国志》中还可间接看到它的一些内容，是汉末群雄割据和三国时吴国的人物事迹。

⑨狂处士：指祢衡，他字正平，汉末平原人。少时有才学而又恃才傲物。孔融几次将他推荐给曹操，因受歧视而大骂曹操，被送到荆州刺史刘表处，亦不肯容纳，又被送到江夏（今湖北汉阳），为江夏太守黄祖所杀。处士：指有才德而不出来做官的人。

⑩鹦鹉洲：祢衡写过一篇《鹦鹉赋》。衡死后，葬在汉阳西南的沙洲上，后人因称此洲为鹦鹉洲。这两句惋惜祢衡已死，如今鹦鹉洲上，只见苇花在风中摇曳，发出瑟瑟之声。底事：何事。

⑪飘忽：指时光易逝，人事无常。这句说忌才的曹操、黄祖都飘然逝去。曹操曾封为魏公，故称为曹公。

⑫使君：指朱寿昌。谪仙：指李白。唐贺知章看到李白文章，叹道：“子，谪仙人也。”（见《新唐书·李白传》）

⑬追黄鹤：李白《赠韦使君》诗说：“我且为君槌碎黄鹤楼，君亦为我倒却鹦鹉洲。赤壁争雄如梦里，且须歌舞宽离忧。”追，胜过，赶上。全句是说要朱寿昌写诗超过李白的这首“黄鹤诗”。

西江月

公自序云：春夜[1]蕲水[2]中过酒家饮。酒醉，乘月[3]至一溪桥上，解鞍曲肱[4]少休。及觉，已晓。乱山葱茏[5]，不谓尘世也[6]。书此词桥柱。

照野渺渺浅浪[7]，横空隐隐层霄[8]。障泥未解玉骢骄[9]。我欲醉眠芳草。　可惜一溪明月，莫教踏破琼瑶[10]。解鞍攲枕绿杨桥[11]。杜宇一声春晓[12]。

【说明】

词中有小序，始自苏轼。本词小序写得韵致极佳，所叙述的内容又为词意做了补充。作者夜饮后醉卧溪桥之上，醒后留恋于山光水色，这种澄澈清静的境界，反映出他贬居黄州以后复杂的思想动态的一个方面，而小序的短短数语，能帮助我们了解词人的创作思想。

【注释】

①春夜：作者写作本词是在元丰五年（一〇八二）三月。

②蕲（qí齐）水：水名，发源于湖北蕲春县。

③乘月：趁着月色。

④曲肱（gōng工）：弯起胳膊。全句是说把马鞍解下，自己弯起胳膊当枕头，稍事休息。

⑤葱茏：形容山上树木很茂盛，一片郁郁葱葱。

⑥谓：以为。这句是说以为这里不是人间了。

⑦沵沵：水盛貌。全句是说月光映照着平野上水波泛荡的小河。

⑧层霄：层云。全句是说层层云气隐约地横在天空中。

⑨障泥：即马鞯。用锦或布做成，垫在马鞍下，垂于马腹两旁以挡尘土。晋代王济（武子）有一次骑马外出，马身上披着华美的障泥，遇到前面有水，马不肯涉水过去，王济说它必定是爱惜障泥，命人把障泥解去，就渡过去了。见《世说新语》。玉骢（cōng匆）：青白色的马。这两句是写自己醉中从马上下来，准备稍息，而马儿也在不耐烦地等着替它卸鞍（这里障泥系泛指）。这是写醉眠之前。

⑩琼瑶：本指美玉，这里借喻水光月色。

⑪这句是说解下马鞍当枕头，斜靠在桥上。这是写醉眠桥上。

⑫杜宇：相传周初蜀国君主望帝（名杜宇）死后魂魄化为鸟，名杜鹃，亦名子鹃、子规等。杜鹃鸣声凄厉，使旅客听了，更加思归，因此又称为思归鸟。

定风波

公旧序云：三月七日[①]，沙湖道中遇雨[②]。雨具先去[③]，同行皆狼狈，余独不觉。已而遂晴，故作此词。

莫听穿林打叶声。何妨吟啸且徐行[4]。竹杖芒鞋轻胜马[5]。谁怕。一蓑烟雨任平生[6]。　料峭春风吹酒醒[7]。微冷。山头斜照却相迎。回首向来萧瑟处[8]。归去。也无风雨也无晴。

【说明】

雨打竹叶，春寒料峭，作者却吟啸徐行、坦然处之。这不仅是对待大自然变化，也是对待人生，特别是对待贬谪生涯的态度。所谓“一蓑烟雨任平生”，也即此意。雨后放晴，山头夕照相迎，“也无风雨也无晴”，又写出他心头平静的境地。

【注释】

①本词作于元丰五年（一〇八二）三月七日。

②沙湖：在黄冈东南三十里。

③雨具：指拿雨具的仆人。

④吟啸：意态潇散，表示不在乎。《晋书·阮籍传》：“登山临水，啸咏自若。”

⑤芒鞋：草鞋。

⑥这句是说披着蓑衣，任凭风吹雨打，照样往来自如。（说的是自然界的气候，实际是指政治空气。）

⑦料峭：形容风寒。

⑧萧瑟处：指刚才遇雨时经过的木叶萧瑟作响的所在。

浣溪沙

游蕲水清泉寺。专临兰溪，溪水西流[①]。

山下兰芽短浸溪。松间沙路净无泥。萧萧暮雨子规啼。 谁道人生无再少[②]，门前流水尚能西。休将白发唱黄鸡[③]。

【说明】

李白《江上吟》诗中说："功名富贵若长在，汉水亦应西北流。"古诗又有"花有重开日，人无再少年"之句。汉水，与许多河道一样一直是向东南流的，人也不能返老还童。说"西北流""再少年"，都意味着绝对不可能。作者在这里意外地发现兰溪水竟是向西流的，不禁大笑。"谁道""尚能"，是用反问、驳斥来勉励自己，末句反映出作者贬谪期间乐观奋发的一面。

【注释】

①蕲水：今湖北蕲水县。清泉寺：在蕲水城外二里许。作者在《志林》中说："清泉寺……下临兰溪，溪水西流。"

②无再少：不可能重又青春年少。

③白居易《醉歌示妓人商玲珑》诗中有"谁道使君不解歌，听唱黄鸡与白日。黄鸡催晓丑时鸣，白日催年酉时没"之句，是说良时不再、红颜易老，作者反用其意，借以自勉。

洞仙歌

公自序云：仆七岁时见眉山老尼，姓朱，忘其名，年九十余，自言：尝随其师入蜀主孟昶宫中①。一日大热，蜀主与花蕊夫人夜起避暑摩诃池上②，作一词③。朱具能记之。今四十年，朱已死，人无知此词者。但记其首两句，暇日寻味，岂《洞仙歌令》乎，乃为足之④。

冰肌玉骨，自清凉无汗。水殿风来暗香满⑤。绣帘开、一点明月窥人，人未寝、欹枕钗横鬓乱。　起来携素手⑥，庭户无声，时见疏星渡河汉⑦。试问夜如何，夜已三更，金波淡⑧、玉绳低转⑨。但屈指、西风几时来，又不道⑩、流年暗中偷换。

【说明】

作者在小序中指出本词起首两句传说是蜀主孟昶所作，从"乃为足之"这句话来看，词的其他部分都是苏轼所写。

从小序来看，本词是咏后蜀宫中逸事。从内容来看，则已超出咏史范围，通过自然界季节的变化，流年的暗换，透露出人事无常的思想。

【注释】

①孟昶（chǎng厂）：五代时后蜀后主，在位三十一年（九三五—九六五），知音律，能填词，后被宋所灭。

②花蕊夫人：孟昶的妃子，姓徐，别号花蕊夫人。摩诃：梵语。音译为摩诃，意译则兼有大、多、美好等义。摩诃池在孟蜀的宣华苑中。

③作一词：《漫叟诗话》认为孟昶曾作《玉楼春》词："冰肌玉骨清无汗，水殿风来暗香满。绣帘一点月窥人，欹枕钗横云鬓乱。起来琼户启无声，时见疏星渡河汉。屈指西风几时来？只恐流年暗中换。"实际上，小序中所说孟昶所作之词并未流传下来，苏轼说他只记住其首两句。

④足之：补足它。

⑤水殿：临水的便殿。王昌龄《西宫夜怨》："芙蓉不及美人妆，水殿风来珠翠香。"这三句写花蕊夫人以及她的住所。

⑥素手：指女子的手。《古诗十九首》："娥娥红粉妆，纤纤出素手。"

⑦河汉：银河。

⑧金波：月光。《汉书·郊祀志》："月穆穆以金波。"淡：言月光不像刚才那么明亮。

⑨玉绳：星名，在北斗七星中玉衡之北的两星。低转：位置低落了一些。

⑩不道：不觉得。

念奴娇赤壁怀古[①]

大江东去，浪淘尽、千古风流人物[②]。故垒西边[③]。人道是，三国周郎赤壁[④]。乱石穿空[⑤]，惊涛拍岸，卷起千堆雪[⑥]。江山如画，一时多少豪杰。　遥想公瑾当年，小乔初嫁了[⑦]，雄姿英发[⑧]。羽扇纶巾，谈笑间[⑨]，强虏灰飞烟灭[⑩]。故国神游[⑪]，多情应笑我，早生华发[⑫]。人生如梦，一樽还酹江月[⑬]。

【说明】

本词作于元丰五年（一〇八二）七月，是苏词的代表之作，通过本词可以了解其主要风格特征。全词以怀古为题，借此抒写自己的胸襟抱负，亦即他的报国之志，不遇之感。一开始就显得气势阔大，从奔腾而逝的江流，想到古往今来的英雄人物；再从人到地，点出眼前江边，也即那传说中的古战场赤壁。接着写山，是巉岩峭壁；写水，是冲飙怒潮。山水相激，浪飞涛涌。月光下的千里江山，峰奇波谲，使人联想起当年赤壁鏖兵时多少龙腾虎跃的豪杰。在此不仅照应了起首的“英雄人物”，又为周瑜出场埋下了伏笔。

下片“遥想”两字，是承上片而来，接着形象地赞颂了这位力主抗敌的东吴将军。周瑜的卓越识见是与作者向来强调抵御北方之敌的思想相一致的，周瑜的丰功伟业又是作者心向往之而无法企及的。词意至此，盘旋而下，由古及今，从人到己，道出心中不可抑制的怅恨之情，思想亦由开朗转入低沉，终于迸发出无可奈何的感喟，散放着人生如梦的消极思想。

本词艺术上的主要特点是善于使用联想、衬托、对照等手法进行概括，开头就借助壮阔奇伟的江山，使人产生联想，引出势崩山川的赤壁之战以及鏖战过程中的许多豪杰，用来衬托周瑜的英雄气概，并以此对照自身的失意沦落。从内容上看，诸如写景、咏史，到抒情、言志，无不反映出作者创作视野的广阔，想象力的纵横驰骋，题材含义的丰富。作者又善于挥洒自如地驾驭艺术语言，以富于个性特征的笔触点染山水、抒绘情性，构成雄浑豪放的艺术风格。这种风格经过作者自己和后起词人不断的创作实践，终于形成与婉约词派相抗衡的豪放词派，并且对宋词的发展起着深远的影响。

【注释】

①赤壁：东汉末年东吴周瑜大败曹操的地方，即“赤壁之战”的战场。一说在今湖北赤壁市。赤壁本是山名，峙立于长江南岸的江边，山岩石壁呈赭红色，故名赤壁。苏轼所游的是黄

冈城外靠长江北岸的赤鼻矶。他本是借眼前之景，抒怀古之情，不必实指其地。本词上片“人道是，三国周郎赤壁”一语，就表明是虚指。作者另外还有《赤壁赋》，也是结合三国史事写成的。

②大江：即长江。浪淘尽：大浪淘沙，使沧海变为桑田。白居易《浪淘沙》词：“白浪茫茫与海连，平沙浩浩四无边。暮去朝来淘不住，遂令东海变桑田。”这两句是说江水东流，江浪淘沙，沧海变为桑田，英雄化为异物。

③故垒：旧时的营垒。

④周郎：即周瑜，字公瑾，为吴将时年仅二十四岁，吴人称他周郎。他是孙（权）刘（备）联军的东吴主帅，指挥赤壁战役，获得胜利，所以说是“周郎赤壁”。见《三国志·吴书·周瑜鲁肃吕蒙传》。

⑤乱石穿空：指石壁陡峭，插入天空。

⑥千堆雪：浪涛重叠地飞卷而上。李煜《渔父》：“浪花有意千重雪。”

⑦小乔：即小桥，桥玄有两女，大桥嫁孙策，小桥嫁周瑜，事在建安三年。赤壁之战在建安十三年，说“初嫁”，是用以渲染英雄美人的佳话而为全词增色。

⑧英发：英俊勃发。《三国志·吴书·周瑜鲁肃吕蒙传》记孙权与陆逊议论周瑜、鲁肃和吕蒙，他说“公瑾雄烈，胆略兼人”。又说吕蒙“可以次于公瑾，但言议英发，不及之耳”。

⑨纶（guān官）巾：丝帛做成的便帽。这句是写周瑜穿便服指挥作战，与下句“谈笑间”起配合作用。

⑩强虏：强大的敌人，指曹操。这句是说周瑜谈笑风生，出其不意地运用火攻，使敌人溃败，如灰飞烟灭。李白有《赤壁歌》：“二龙争斗决雌雄，赤壁楼船扫地空。烈火初张燕云海，周瑜于此破曹公。”

⑪这句是说周瑜神游于三国时的战场。

⑫华发：花白的头发。

⑬酹（lèi泪）：把酒浇在地上祭奠。

临江仙

夜饮东坡醒复醉[1]，归来仿佛三更。家童鼻息已雷鸣。敲门都不应，倚杖听江声。　长恨此身非我有[2]，何时忘却营营[3]。夜阑风静縠纹平[4]。小舟从此逝，江海寄余生。

【说明】

《避暑录话》记载了本词的写作经过和影响，有助于我们对苏轼贬谪生活和思想活动的了解："子瞻在黄州，与数客饮江上，夜归，江面际天，风露浩然，有当其意，乃作歌词……翌日喧传子瞻夜作此词，挂冠服江边，拏舟长啸去矣！郡守徐君猷闻之惊且惧，以为州失罪人，急命驾往谒，则子瞻鼻鼾如雷犹未兴也。"

上片写醉后归来。"倚杖听江声"，是从大自然的音响（天籁）之中理解到人生的真谛。亦即要求摆脱束缚，获得自由。

下片要“忘却营营”，但只能找一条消极的道路，这是作者思想的消极面。传说最后两句，曾惊动了朝廷，可见作者的消极思想，是现实社会对他的压抑所造成的。

【注释】

①东坡：本来是黄州的营地，原为一片荒地（约数十亩），苏轼来黄州的次年（元丰四年）在这里经营开垦之事，因仰慕唐代大诗人白居易在四川忠州东坡垦地种花的事迹，就把这块地取名为东坡，建筑了一所“雪堂”，并以这个地名作为自己的别号。据《苏诗总案》：“壬戌（元丰五年）九月，雪堂夜饮，醉归临皋作。”临皋是苏轼在黄州的寓所，面向长江，本词就是写他秋夜醉归临皋的情景。

②身非我有：《庄子·知北游》：“舜问乎丞曰：‘道可得而有乎？’曰：‘汝身非汝有也，汝何得有夫道？’舜曰：‘吾身非吾有也，孰有之哉？’曰：‘是天地之委形也。’”认为人身得之于自然，这是道家思想。这里苏轼借此暗示自己对被看管的不幸处境的不满。

③营营：原意为往来不停。引申为名利之争。《庄子·庚桑楚》：“无使汝思虑营营。”

④縠纹：见宋祁《玉楼春》注①，第147页。

卜算子 黄州定慧院寓居作

缺月挂疏桐，漏断人初静[①]。时见幽人独往来，缥缈孤鸿影[2]。 惊起却回头，有恨无人省[3]。拣尽寒枝不肯栖[4]，寂寞沙洲冷。

【说明】

黄鲁直跋云：东坡道人在黄州时作，语意高妙，似非吃烟火食人语。非胸中有万卷书，笔下无一点尘俗气，孰能至是。

本词亦是元丰五年秋所作。先写（幽人）在月夜人静之际独自徘徊，犹如翩翩鸿影。接着刻画孤鸿形象，这也是作者的内心自白，“惊起”两句，既写孤鸿神态，又诉述了无人理解自己的苦衷。“拣尽”句表达了不肯随俗浮沉的高洁品格。词意含蓄而语气坚定。

《蓼园词选》说：“此东坡自写在黄州之寂寞耳，初从人说起，言如孤鸿之冷落；下专就鸿说，语语双关，格奇而语隽。”亦承认是有所寄托之作。

【注释】

①漏：漏壶，古代计时器。用铜壶盛水，水从壶中漏出，水浅而露出箭上度数，从而知道时刻。夜深壶水已少，听不到滴漏声，故称漏断，也即夜深之意。

②缥缈：隐隐约约。形容孤鸿的影子。

③省（xǐng醒）：理解。

④这句反映作者不肯轻易随声附和的孤傲品格，《苕溪渔隐丛话》指出：“鸿雁未尝栖宿树枝，唯在田野苇丛间，此亦

语病也。”其实这本是作者借雁述志之语，着重在“不肯栖”三字。

满庭芳

公旧序云：元丰七年四月一日，余将去黄移汝，留别雪堂邻里二三君子[①]。会李仲览自江东来别[②]，遂书以遗之[③]。

归去来兮，吾归何处，万里家在岷峨[④]。百年强半，来日苦无多[⑤]。坐见黄州再闰[⑥]，儿童尽、楚语吴歌[⑦]。山中友，鸡豚社酒，相劝老东坡[⑧]。　云何。当此去，人生底事，来往如梭[⑨]。待闲看，秋风洛水清波[⑩]。好在堂前细柳，应念我、莫剪柔柯[⑪]。仍传语，江南父老，时与晒渔蓑[⑫]。

【说明】

苏轼因“乌台诗案”被贬到黄州四年多，这时将要离此去汝州，想到离家万里，年已半百，又不禁发出“归去来兮，吾归何处”的感慨。在黄州，交了不少“山中友”，孩子也都熟悉了这儿的风土语言，真是舍不得离开。接着写对雪堂前细柳的怀恋，对江南父老的托付，都是表示出自己贬居后的思想情况。词中曲折地道出他被贬来黄后曾无可奈何地拟作久居之计；几年来逐渐熟悉了当地的风土人情，转而在离开时又产生了恋恋之情。他就是怀着这种复杂的思想感情离开黄州的。

【注释】

①作者于这时奉调为汝州（今河南汝州市）团练副使。

②会：正当。李仲览：名翔。这时他奉杨元素之命来看苏轼。

③遗（wèi未）：赠送。

④岷峨：指四川的岷山与峨眉山。

⑤韩愈《除官赴阙至江州寄鄂岳李大夫》诗："年皆过半百，来日苦无多。"强半：大半。这年作者刚五十岁。苦：甚、极之意。无多：不长。

⑥元丰三年二月作者被贬至黄州，到这时已四年多，其间元丰三年闰九月，六年闰六月，所以称再闰。坐见：白白地看着，即空过了。

⑦楚语吴歌：指黄州一带方言。这里古代属楚国。这句是说小孩子已不讲四川话而习惯于用当地方言。

⑧社酒：指春秋两次祭祀土地神所用的酒。老：作动词用。东坡：指苏轼在黄州所开垦的那块荒地。这三句是说当地父老们拿了鸡、猪肉和酒来送行，并且劝他还回来终老于东坡。

⑨底事：什么事。如梭：像梭子般不断地来往。

⑩秋风洛水：西晋张翰是苏州人，在京城洛阳做官时，因见西风吹起而想到家乡的菰菜（即茭白、莼）羹（即莼菜羹）和鲈鱼脍正好上市，说道："人生所贵在于能舒适如意，怎能为了求

得名望和爵禄而羁绊在千里之外做官呢？”便弃官而归。事见刘义庆《世说新语·识鉴》。这句与开首两句呼应，表示想退隐还乡。

⑪好在：问候辞。柔柯：细枝，指细柳条。这两句是希望爱护自己栽的那棵细柳。

⑫江南：黄冈在长江以北；江南，指武昌一带。末两句是希望附近父老们不要忘记他，自己也想能回来退隐江湖之上。

水龙吟 次韵章质夫杨花词①

似花还似非花，也无人惜从教坠②。抛家傍路，思量却是，无情有思③。萦损柔肠④，困酣娇眼，欲开还闭⑤。梦随风万里，寻郎去处，又还被、莺呼起⑥。　不恨此花飞尽，恨西园、落红难缀⑦。晓来雨过，遗踪何在⑧，一池萍碎⑨。春色三分，二分尘土，一分流水⑩。细看来，不是杨花，点点是离人泪⑪。

【说明】

本词是和作。咏物拟人，缠绵多态。词中刻画了一个思妇的形象。萦损柔肠、困酣娇眼、随风万里、寻郎去处，是写杨花，亦是写思妇，可说是遗貌而得其神。而杨花飞尽化作“离人泪”，更生动地写出她候人不归所产生的幽怨。王国维认为“咏物自以东坡《水龙吟》为最工”。就是由于能以杨花喻人，在对杨花的描绘过程中完成对人物形象的塑造。这比章质夫的闺怨词要高一层。

【注释】

①依照别人来词的用韵而作词答和（hè），连次序也相同的叫“次韵”或“步韵”。章质夫：名楶（zhì治），苏轼的友人。他的原词是：“燕忙莺懒花残，正堤上、柳花飘坠。轻飞点画青林，谁道全无才思。闲趁游丝，静临深院，日长门闭。傍珠帘散漫，垂垂欲下，依前被、风扶起。 兰帐玉人睡觉，怪春衣、雪沾琼缀。绣床渐满，香毬无数，才圆却碎。时见蜂儿，仰粘轻粉，鱼吞池水。望章台路杳，金鞍游荡，有盈盈泪。”元祐二年正月章楶在京，四月离京，写作此词应在四月之前，这时苏轼正任翰林学士，和词当亦作于此时。

②这句是说无人爱惜杨花，任凭它飘上坠下。本词的“杨花”即章词中的“柳花”，即“柳絮”。

③有思（sì四）：有意。这两句是说杨花从枝上落在路边，看似无情，其实却是落花有意。

④萦：回绕。这句是说辗转思念愁坏了柔肠（指细而柔的柳枝）。

⑤困酣：困倦得很。这两句是说困倦得眼睛想睁开又闭上了（指细长的柳叶）。

⑥这三句用唐金昌绪《春怨》诗意：“打起黄莺儿，莫教枝上啼。啼时惊妾梦，不得到辽西。”上片用拟人手法，既写杨花又写人。

⑦落红：落花。缀：连系。这里以落花作为陪衬。

⑧遗踪：遗下的踪迹，指雨后的杨花。

⑨萍碎：苏轼旧注说：“杨花落水为浮萍，验之信然。”

实际上杨花落入池中，只是看起来像浮萍一样。

⑩春色：指杨花。二分尘土，应上面“抛家傍路”，指杨花有三分之二落在路旁。一分流水，指杨花有三分之一浮在水面。

⑪离人泪：唐人诗：“君看陌上梅花红，尽是离人眼中血。”此用其意。按《水龙吟》末三句的句式本为五、四、四，本词有所变化，为三、四、六。

浣溪沙春情

道字娇讹苦未成①。未应春阁梦多情。朝来何事绿鬟倾②。　彩索身轻长趁燕③，红窗睡重不闻莺④。困人天气近清明。

【说明】

这首词写一个活泼多情的少女，词风婉丽。《皱水轩词筌》指出了这一点：“苏子瞻有铜琶铁板之讥，然其《浣溪沙》（春情）曰：‘彩索身轻常趁燕，红窗睡重不闻莺。’如此风调，令十七八女郎歌之，岂在‘晓风残月’之下。”认为苏轼也有与柳永“晓风残月”相似的作品，这是指苏词以豪放为主，也兼有婉约之处。

【注释】

①讹：错误。这里指咬字不清。这句是说少女爱娇，讲话时咬字不清。李白诗有“道字不正娇唱歌”之句。

②鬟（huán还）：指环形发髻。这句指她早起发髻蓬松。

③彩索：秋千架上的绳索。趁燕：指女子打秋千时，身如飞燕。

④睡重：沉睡。

蝶恋花 春景

花褪残红青杏小①。燕子飞时，绿水人家绕。枝上柳绵吹又少②。天涯何处无芳草。　墙里秋千墙外道。墙外行人，墙里佳人笑。笑渐不闻声渐悄。多情却被无情恼③。

【说明】

本词是伤春之作。不过，作者还借“何无芳草（知音）”以自慰自勉。“多情却被无情恼”，也不仅仅局限于对“佳人”的相思。王士祯所说的“枝上柳绵，恐屯田缘情绮靡，未必能过”。（《花草蒙拾》）指出本词与风格婉约的柳永词不相上下。

【注释】

①褪（tuì退）：减色。

②柳绵：指柳絮。

③宋魏庆之《诗人玉屑》评价此句说："益行人多情，佳人无情耳……"

李之仪（一首）

李之仪，字端叔，沧州无棣（今山东无棣县）人。宋神宗时进士。哲宗时曾任枢密院编修官。徽宗朝因文章得罪，被贬到太平州（今安徽当涂县）。他的词以小令见长，毛晋《姑溪词跋》说他“小令更长于淡语、景语、情语”。可以看出他的词风。有《姑溪居士文集》。

卜算子

我住长江头，君住长江尾。日日思君不见君，共饮长江水。　此水几时休，此恨何时已。只愿君心似我心，定不负相思意。

【说明】

相思不得相见，此恨长于此水，只能祝愿君心永似我心，彼此不负相思情意。语极平常，而设想却很别致，可以说深得民歌风味，正是以情语见长。

舒　亶（一首）

舒亶（dǎn胆）（一〇四一——一一〇三），字信道，号懒堂，明州慈溪（今浙江慈溪市）人。宋英宗治平二年进士。神宗时做过知制诰、御史中丞。徽宗时任龙图阁待制。有集，不传。

虞美人 寄公度[①]

芙蓉落尽天涵水。日暮沧波起[②]。背飞双燕贴云寒[③]。独向小楼东畔、倚栏看。　浮生只合尊前老[④]。雪满长安道[⑤]。故人早晚上高台。赠我江南春色、一枝梅[⑥]。

【说明】

上片写当年所见的江南景色是花落燕飞、春色无际。

下片写眼前雪满长安，想见江南春景而不可得，只能期待从故人寄来的梅枝上见到江南春色。

【注释】

①公度：不是黄公度。此公度生平不详。

②芙蓉：指荷花。这两句是形容日落以后，水天相连，波上寒雾四起的苍茫景象。

③寒：言其高远。这句是指双燕相背向云边飞去。

④浮生只合尊前老：句式与韦庄“游人只合江南老”（《菩萨蛮》）相同。尊：即酒器。这句是指借酒以消磨光阴。

⑤这句是说目前大雪把来长安的道路都堵住了。

⑥故人：这两句用陆凯寄范晔诗意。《荆州记》说：“陆凯与范晔相善，自江南寄梅花一枝诣长安与晔。赠诗曰：‘折梅逢驿使，寄与陇头人。江南无所有，聊赠一枝春。’”

黄庭坚（三首）

黄庭坚（一〇四五——一〇五），字鲁直，自号山谷道人，晚年号涪翁，洪州分宁（今江西修水县）人。宋英宗治平四年进士。登第后任叶县尉。神宗元丰元年他写信给苏轼表示敬仰之情，苏轼复了信，两人从此缔交。在北宋新旧党争中，他两次被贬，最后死于宜州（今广西宜山市）贬所。

黄庭坚的诗与苏轼齐名，是江西诗派的主要人物。词与秦观齐名，而词风却完全不同。他少年时多作艳词，晚年时词风接近苏轼词。著有《山谷词》。

念奴娇

八月十七日，同诸甥待月。有客孙彦立者，善吹笛，有名酒酌之[①]。

断虹霁雨[2]，净秋空、山染修眉新绿[3]。桂影扶疏，谁便道、今夕清辉不足[4]。万里青天，姮娥何处，驾此一轮玉[5]。寒光零乱，为谁偏照醽醁[6]。　年少从我追游，晚凉幽径，绕张园森木[7]。共倒金荷家万里，难得尊前相属[8]。老子平生，江南江北，最爱临风曲[9]。孙郎微笑，坐来声喷霜竹[10]。

【说明】

《苕溪渔隐丛话后集》指出："山谷云……或以为可继东坡赤壁之歌云。"可见本词亦是以豪迈见长。其内容是借秋夜饮酒赏月和听孙郎吹笛，抒写出作者从黔州（今重庆市彭水县）再贬到戎州（今四川宜宾市）时的旷达胸襟。

【注释】

①汲古阁本《山谷词》题作"八月十八日，同诸生步自永安城楼，过张宽夫园，待月。偶有名酒，因以金荷酌众客。客有孙彦立，善吹笛。援笔作乐府长短句，文不加点。"金荷：形状如荷叶的金酒杯。

②断虹：虹彩消失。霁雨：雨止。

③这句是说雨后青山像是染过新绿的长眉。

④桂影扶疏：指月亮中的桂树影子显得枝叶很茂密。这两句是指月亮中的桂树影子如此清晰，谁能说今夜月光不明亮？

⑤姮娥：即嫦娥。这三句问嫦娥是在哪一处驾起这轮明月缓缓升起。

⑥寒光：指月光。醽醁（líng lù灵律）：美酒名。

⑦年少：指小序中的“诸甥”。追：追随。森木：繁茂的树木。这三句是写凉风微拂的秋夜，诸甥跟着自己，在张园里树木森蔚的小路上漫步绕行。

⑧尊前相属（zhǔ主）：举杯祝酒。这两句是写家在万里之外的座客都将酒倒在荷叶状的金酒杯中，为良时难得而举杯祝酒。

⑨老子：作者自称。这三句是说自己平生浪迹大江南北，最惬意的是临风听笛。暗示对宦途风波、贬处僻壤并不介怀。

⑩孙郎：指孙彦立。坐来：登时。霜竹：寒笛。因笛子是用竹子做的。声喷霜竹：乐声从笛子中迸发出来。这乐声也即上句所说的“临风曲”。

水调歌头游览

瑶草一何碧[①]，春入武陵溪[②]。溪上桃花无数，花上有黄鹂。我欲穿花寻路，直入白云深处，浩气展虹霓[③]。只恐花深里，红露湿人衣。　坐玉石，倚玉枕，拂金徽[④]。谪仙何处[⑤]，无人伴我白螺杯[⑥]。我为灵芝仙草[⑦]，不为朱唇丹脸[⑧]，长啸亦何为。醉舞下山去，明月逐人归[⑨]。

【说明】

作者在某些诗词中善于表露自己的思想境界，如“黄流不解涴明月，碧树为我生凉秋”（《汴岸置酒赠黄十七》）反映出他的品格和襟抱。本词所写的桃源仙境，也是作者所追求的境界。他仰慕李白，自比芝草，表明决不肯一为富贵功名而丢弃本来面目。

【注释】

①瑶草：仙草。一何：何其，多么。

②武陵溪：指桃源仙境。见陶渊明《桃花源记》。武陵：在今湖南常德市一带。

③浩气：浩然之气。虹霓：主虹称“虹”，副虹称“霓”。这句是说从彩虹中展现出浩然正气。

④金徽：指琴徽，系琴弦的绳。《汉书·扬雄传》：“今夫弦者，高张急徽。”

⑤谪仙：指李白。

⑥白螺杯：用白螺壳制成的酒杯。张籍《流杯渠》诗：“渌酒白螺杯，随流去复回。”

⑦灵芝：亦称“木灵芝”或“灵草”。古人认为服食灵芝可以长生。这句作者自比灵芝，是用来说明自己的操守。

⑧朱唇丹脸：指热衷名利的俗子。

⑨李白《下终南山过斛斯山人宿置酒》：“暮从碧山下，山月随人归……长歌吟松风，曲尽河星稀。我醉君复乐，陶然共忘机。”这两句用李白诗意，表明作者仰慕李白蔑视权贵的品格，并要陶然于酒觞之中。

清平乐

春归何处。寂寞无行路[1]。若有人知春去处。唤取归来同住。　春无踪迹谁知。除非问取黄鹂[2]。百啭无人能解，因风飞过蔷薇[3]。

【说明】

本词内容是送春而无伤春气息，与王观《卜算子》（别意）的“若到江南赶上春，千万和春住”有相似之处。两词同是写留春不住，而黄词更多含蓄，最后以黄鹂百啭暗示春光已逝，良时难再。

【注释】

①这两句是说，春归的道路是无迹可循的。

②问取：问。这两句是说，只有黄鹂可能知道春天的踪迹。

③因风：随风。

时　彦（一首）

时彦（？——一〇七），字邦彦，开封（今河南开封市）人。宋神宗元丰二年（一〇七九）进士第一。累官至吏部尚书。曾任开封尹。

青门饮寄宠人①

胡马嘶风②，汉旗翻雪③，彤云又吐④，一竿残照⑤。古木连空，乱山无数，行尽暮沙衰草⑥。星斗横幽馆⑦，夜无眠、灯花空老⑧。雾浓香鸭⑨，冰凝泪烛，霜天难晓。　长记小妆才了，一杯未尽，离怀多少⑩。醉里秋波⑪，梦中朝雨，都是醒时烦恼。料有牵情处，忍思量、耳边曾道⑫。甚时跃马归来，认得迎门轻笑⑬。

【说明】

先展开一幅朔漠风光，这是作者所处的实境。再记起醉梦中的情景，这是作者想象的幻境。

本词写景细致，抒情细腻，用别后的客里愁怀衬托别前的难舍难分，写得活泼而又多变化。

【注释】

①宠人：指爱妾。

②嘶风：迎风嘶叫。

③汉旗：指北宋王朝的旗帜。

④彤云：红霞。这句是写傍晚日落时西天涌上红霞。

⑤竿：竹竿。这句是指夕阳距离地面仅一竿之远，即将沉落于地平线之下。

⑥古木：古树。这三句是写旅途景象。

⑦幽馆：幽静的客舍。这句是写在客舍中抬头只见星斗横空。

⑧这句是说夜间失眠，只见灯花结了又结，懒得去剪掉它。

⑨香鸭：鸭形的熏香炉子。这句是写香炉中升起浓浓的烟雾。

⑩小妆：随意梳妆。这三句回忆两人饮酒道别，愁怀难遣。

⑪秋波：美女的眼睛。

⑫牵情：恋恋不舍。忍思量（liáng良）：忍不住想念。

⑬甚时：何时。这二句是说，临行前她低声道，当他跃马归来之日，自己将欣然迎接。

秦　观（十首）

秦观（一〇四九——一〇〇），字太虚，后改字少游。江苏高邮（今江苏高邮市）人。宋神宗元丰八年进士。哲宗元祐初年，经由苏轼推荐任秘书省正字、国史院编修官。绍圣初年，因与苏轼等交往获罪，先后被贬到郴州（今湖南郴州市）、雷州（今广东海康县）等地。元符三年受命放还，走到藤州（今广西藤县）去世。有《淮海居士长短句》三卷。

秦观的诗，王安石一见就以为清新似鲍（照）谢（朓），其中有的还能反映出人民的疾苦、官吏的凶残，如《田居四首》。他还擅长写赋，苏轼看到他的《黄楼赋》后，认为他有屈（原）宋（玉）之才。

秦观的词，远绍南唐，近受柳永影响；以长调抒写柔情，“语工而入律”。（叶梦得《避暑录话》）女词人李清照曾指出：“词别是一家，知之者少，后晏叔原、贺方回、秦少游、黄鲁直出，始能知之。”（李清照《词论》）可见秦观、贺铸，是被认为属于“当行”的词人。

由于身遭贬逐、飘零异乡，秦观词自伤身世的气氛很浓，如“便做春江都是泪，流不尽，许多愁。”（《江城子》）“春去也，飞红万点愁如海。”（《千秋岁》）都突出了一个“愁”字。他的词亦颇受民间乐曲影响，如十首《调笑令》，每首咏一古代美女故事，每首之前又都有一首诗，这便是宋代歌舞相兼的“传踏体”。这种体裁和这类故事都是当时民间甚为流行的。另外，他的词中也有一些留恋欢场的作品，如赠陶心儿的《南歌子》，这类词反映出当时文人庸俗的一面。

望海潮

梅英疏淡①，冰澌溶泄②，东风暗换年华③。金谷俊游④，铜驼巷陌⑤，新晴细履平沙⑥。长记误随车⑦。正絮翻蝶舞，芳思交加⑧。柳下桃蹊⑨，乱分春色到人家。　西园夜饮鸣笳⑩。有华灯碍月⑪，飞盖妨花⑫。兰苑未空⑬，行人渐老⑭，重来是事堪嗟⑮。烟暝酒旗斜。但倚楼极目⑯，时见栖鸦。无奈归心⑰，暗随流水到天涯。

【说明】

这首词是借洛阳对重游汴京西园的追忆。其中细致地描绘了在桃李芬芳、絮翻蝶舞的春日里，自己郊游时的一次艳遇。还记叙了在胜地西园的一次繁华的夜宴。对于自己目前的处境，只用“东风暗换年华”“重来是事堪嗟”的虚笔点出自身郁郁不得志、欲归又不可得的苦闷心情。

上片先点出这是初春时节重来旧地，追怀往事。“金谷”三句，实写当年漫游汴京名胜。“长记”二字，展开回忆，从飞絮蒙蒙、落红片片那种迷离的春色中叙说“误随车”的过程，“乱分春色到人家”，不仅写景，也是写作者发现“误随车”后的心情。这是春日郊游。

下片写春夜游园，“西园”三句记述了一次豪华的夜宴。“碍”字“妨”字，是化静为动。“兰苑”三句，承上转下，且与上片“暗换”遥相呼应。“烟暝”两句，写重游此地，但见一片萧条，不禁百感交集，这是上面“堪嗟”两字的具体说明。末句是无可奈何之语，写思乡之情，油然而生，但亦只能寄情于流水，又可见他怅惘之深。

【注释】

①梅英：即梅花。疏淡：数量渐少，颜色渐淡。

②冰：案“冰”宋本作“水”，此从校本《淮海词》。澌（sī思）：流冰。

③这句是说初春的东风送走了冰雪的严冬。《札记·月令》，“东风解冻。”

④金谷：即金谷园，在洛阳（今河南洛阳市）城西，晋时石崇所建。这句说金谷园是雅游的胜地。

⑤铜驼：古时在王宫门外放置铜铸骆驼。陆机《洛阳记》："洛阳有铜驼街。汉铸铜驼二枚，在宫南四会道相对。"（《太平御览》卷一五八《州郡部》四引）巷陌：街道。这句是指两旁置有铜驼的街道。徐陵《洛阳道》诗："东门向金马，南陌接铜驼。"

⑥履：本指鞋子，这里名词作动词，意为行走。这句是说初春晴日在郊外绿草未生的平野上散步。

⑦误随车：错跟上别人家女眷的车子。韩愈《嘲少年》："只知闲信马，不觉误随车。"

⑧芳思：春色引起的情思。交加：杂乱纷多貌。

⑨蹊（xī西）：小路。柳下桃蹊，是飞絮落红飘聚之处，也是"春色"之所在。见《史记·李将军列传》："桃李不言，下自成蹊。"

⑩西园：曹操在邺都（今河南临漳县）建铜雀园，又名西园，经常在此宴集宾客。见曹植《公宴》诗："清夜游西园，飞盖相追随。"本词的西园是指汴京的城西金明池、琼林苑。鸣笳：吹起了胡笳。笳：边地管乐器。

⑪这句是说华美明亮的灯光使月光为之减色。

⑫盖：指车篷。《考工记·轮人》："轮人为盖。"这里借指为车子。飞盖：形容车子行驶得很快。妨：阻碍。这句是说车子飞快地来往，阻碍了人们欣赏花木的视线。

⑬兰苑：美丽的花园，这里指西园。

⑭行人：作者自指。

⑮是事：事事。嗟：感叹声。

⑯极目：放眼望去。

⑰无奈：无可奈何。

八六子

倚危亭。恨如芳草，萋萋刬尽还生①。念柳外青骢别后②，水边红袂分时③，怆然暗惊④。　无端天与娉婷⑤。夜月一帘幽梦，春风十里柔情⑥。怎奈向⑦、欢娱渐随流水，素弦声断，翠绡香减⑧，那堪片片飞花弄晚，蒙蒙残雨笼晴。正销凝⑨。黄鹂又啼数声。

【说明】

张炎对本词评价很高，指出：“离情当如此作，全在情景交炼，得言外意。”（《词源》卷下）作者先以连绵不断的春草来比喻不可抑止的离愁，从而使人体会“怆然暗惊”的含义。接着又以“夜月”“幽梦”“春风”“柔情”来比拟所恋念的佳人。然而往事如流水，佳人难再逢，正当飞花残雨撩人情思之际，又传来黄鹂的鸣声，这又暗示出相思之意的无法断绝。

【注释】

①刬（chǎn产）：光着。刬尽：全部芟除掉。李煜《清平乐》：“离恨恰如春草，更行更远还生。”这两句亦是说离恨如芳草，除之还生，生之不绝。

②骢（cōng匆）：青白色的马。青骢：借指骑青马的人。

③袂（mèi妹）：衣袖。红袂：借指穿红衣的女子。

④怆然：伤悲。

⑤无端：无缘无故。娉婷：美好，也指美人。这句是天生丽质的意思。

⑥这两句是形容美人的绰约风姿。

⑦怎奈向：怎奈，奈何之意。向，语助词。

⑧弦：琴弦。素弦：即指琴。绡：薄纱。这两句是指别后无心弹琴修饰。

⑨销凝：因伤感而凝思出神。

满庭芳

山抹微云，天粘衰草①，画角声断谯门②。暂停征棹③，聊共引离尊④。多少蓬莱旧事，空回首、烟霭纷纷。斜阳外，寒鸦万点，流水绕孤村⑤。　销魂。当此际，香囊暗解⑥，罗带轻分⑦。谩赢得、青楼薄幸名存⑧。此去何时见也，襟袖上，空惹啼痕。伤情处，高城望断，灯火已黄昏⑨。

【说明】

本词抒写别情，并以此寄托自身不遇之感。

上片先写看见微云飘过山头，衰草粘住远天，接着又是听见嘹晓的号角声。由此引出离别的场面，这时词人的无限思绪正如暮霭中似隐若现的江山，可说是往事如烟，徒劳空想。“斜阳外”三句，一向为人所传诵。这是说极目远望，但见寒鸦孤村，加深了别时的凄凉况味。

下片“销魂”两句，暗示离别。接着以物赠别，不胜依依。“谩赢得”两句，用杜牧诗意，点明了对方的身份。“此去何时见也”，是设问而得不到答复，只有空添泪痕。最后三句，写别后远望高城，只见灯火黄昏，不见所思之人，这是以景总结题意。

这首词在当时极为风行，苏轼亦爱赏它，称秦观为“山抹微云君”，并指出此词受柳永影响，“不意别后，公却学柳七作词”。（黄昇《花庵词选》）但本词感伤气氛较浓，从音乐上说是从容不迫、气度安详；不是急管繁弦般的快速，也并非哀丝豪竹般的高亢。写来不着力，不使气，语言工整而又平易自然，颇能代表秦观词的风格。

【注释】

①“抹”字、“粘”字，历来称誉其“工”。如《词林纪事》引钮琇云：“少游词‘山抹微云，天粘衰草’，其用意在‘抹’字，‘粘’字；况庾阐赋：‘浪势粘天’；张祜诗：‘草色粘天鷓鸪恨’。俱有来历。”

②画角：见张先《青门引》注③，第136页。谯门：即谯楼。古代建筑在城门上的高楼，用来瞭望敌人。下为门，上为楼。亦称为鼓楼，曹昭《格古要论》卷五：“世之鼓楼曰谯

楼。”

③征棹：远行的船。

④引：引取。引离尊：指饯别时连续不停地举杯相嘱。

⑤蓬莱旧事：指过去的恋爱往事。《苕溪渔隐丛话》引《艺苑雌黄》：“程公辟守会稽（今浙江绍兴市），少游客焉，馆之蓬莱阁；一日，席上有所悦，自尔眷眷不能忘情，因赋长短句。所谓‘多少蓬莱旧事，空回首、烟霭纷纷’也。”又说：“予在临安，见平江梅知录隋炀帝诗云：寒鸦千万点，流水绕孤村’。少游用此语也。”

⑥这句是说自己暗暗解下佩戴的香囊作为别后纪念。古代男子有佩戴香囊的风气。繁钦《定情诗》：“何以致叩叩，香囊系肘后。”

⑦这句是说对方轻轻解开罗带打成的同心结表示分别。林逋《长相思》词：“罗带同心结未成。”

⑧谩：空，徒然。青楼：即妓院。杜牧《遣怀》诗：“十年一觉扬州梦，赢得青楼薄幸名。”

⑨这三句是写回头远望，不见高城，更看不到城中之人。《艇斋诗话》说：“少游词：‘高城望断，灯火已黄昏。’用欧阳詹诗云：‘高城已不见，况复城中人？’《初发太原途中寄太原所思》。”

江城子

西城杨柳弄春柔。动离忧。泪难收[①]。犹记多情，曾为系归舟。碧野朱桥当日事，人不见，水空流。　韶华不为少年留[2]。恨悠悠。几时休。飞絮落花时候、一登楼。便做春江都是泪，流不尽，许多愁。

【说明】

从弄春柔、系归舟的杨柳，联系到两人在绿野的桥上相会的“当日事”，产生目前“人不见”的离恨。再从年华老去而产生无穷愁恨，“便做”三句，是反用李后主“问君能有几多愁，恰似一江春水向东流”词意，借以显出自己离愁的深长。

【注释】

①这三句是写看见早春柳丝轻袅，触动自己的离恨，因而泪流不止。

②韶华：美好的青春。

鹊桥仙[1]

纤云弄巧[2]，飞星传恨[3]，银汉迢迢暗度[4]。金风玉露一相逢[5]，便胜却、人间无数。　柔情似水，佳期如梦，忍顾鹊桥归路[6]。两情若是久长时，又岂在、朝朝暮暮。

【说明】

本词上片是七夕所见所思，从星汉迢迢联系到天长地久，写得活泼灵动，情高意深。下片想象牛郎织女七夕相会，难舍难分。末两句点题，认为两情久长与否并不在于朝暮相会。含义较一般歌颂爱情的作品要深刻得多。

【注释】

①这首词写七夕牛郎织女相会之事。宗懔《荆楚岁时记》："七月七日世谓织女牵牛聚会之日，是夕陈瓜果于庭中，以乞巧。"

②这句是说纤薄的云彩，变化多端，做弄出许多细巧的花样。

③飞星：指牵牛、织女两星。这句是说牵牛、织女两星怅恨终年不得相会。

④银汉：银河。迢迢（tiáo条）：遥远貌。这句是说他们渡过迢迢的银河相会。

⑤金风：秋风，秋天在五行中属金。玉露：秋露。李密《淮阳感秋》："金风飏初节，玉露凋晚林。"这句是说他们七夕相会。

⑥忍顾：怎么忍心回顾。鹊桥：传说喜鹊在天河上搭成长桥。这句是说相逢匆匆，即将分别，不忍从鹊桥回去。

踏莎行

雾失楼台，月迷津渡①。桃源望断无寻处②。可堪孤馆闭春寒③，杜鹃声里斜阳暮。 驿寄梅花④，鱼传尺素⑤。砌成此恨无重数⑥。郴江幸自绕郴山，为谁流下潇湘去⑦？

【说明】

这是作者四十九岁即被贬到郴州（今湖南郴州市）次年所作。他两年前所写《千秋岁》的末句“春去也，飞红万点愁如海”，道出他遭贬逐后苦闷的心情。如今处境愈趋艰危，他的心情也日趋沉重。本词传达了他凄楚难言的隐衷。

月下迷雾，桃源不见，是写夜景，也是暗示“避世仙境”之不可得。其中寓有作者身世之感。“孤馆”两句点出自己的客旅愁思，是景中见情。

寄梅花，传尺素，是想诉述自身的不幸和相思的情意。下面不说此情难寄，却道此恨无重数；不说山川阻挡归路，偏说郴江本自绕郴山；末句以问作结，其实郴江流向潇湘，是自然趋势，迁客沿江而下，是走上归途，都是令人易于理解的事；而用“为谁”设问，则又暗示出前途的黯淡，赦归的不可能。

本词写得层次分明，上下两片开头都是平叙，第三句一顿。前后的末两句是最着力之处。在组织结构上与慢词的做法相似。

【注释】

①这两句写春夜，楼台在雾中消失了，月色朦胧，渡口也迷失不见了。

②这句是说切盼能生活在“桃源”之中，但苦于无法找到。

③可堪：哪堪。

④驿寄梅花：即陆凯寄赠梅花事。见舒亶《虞美人》注⑥，第228页。

⑤鱼传尺素：古乐府：“客从远方来，遗我双鲤鱼，呼儿烹鲤鱼，中有尺素书。”尺素本指一尺左右的素绸，用来写信，后就称书信为“尺素”。

⑥砌：堆积。无重数：数不尽。

⑦郴江：在郴州，下流会耒水，北流入湘江。幸自：本自。为谁：为什么。潇湘：潇水和湘水，是湖南二水名。潇水流到零陵入湘江。《诗人玉屑》卷二十一引《冷斋夜话》云：“东坡绝爱其尾两句，自书于扇曰：‘少游已矣，虽万人何赎！’”汲古阁本此词附注：“释天隐注《三体唐诗》，谓此两句实自‘沅湘日夜东流去，不为愁人住少时’变化。”

浣溪沙

漠漠轻寒上小楼[①]。晓阴无赖似穷秋[②]。淡烟流水画屏幽。　自在飞花轻似梦，无边丝雨细如愁。宝帘闲挂小银钩。

【说明】

上片以屏风上所画的淡烟流水衬托出清晨轻寒似秋。下片“自在”两句，细致地勾勒眼前幽景。用“梦”和“愁”形容飞花、丝雨，显得空灵无比。末句体现出作者闲适的心情。

【注释】

①漠漠：密密布满。

②无赖：犹无奈，无可如何。

如梦令

遥夜沉沉如水①。风紧驿亭深闭②。梦破鼠窥灯③，霜送晓寒侵被④。无寐。无寐⑤。门外马嘶人起。

【说明】

秦观自四十六岁被贬到病逝途中，这六年多的时间是在各地流徙，贬所也愈来愈远。本词该是流徙途中所作。内容写驿舍夜宿的情景。“鼠窥灯”，写醒后所见。“寒侵被”，写醒后的感觉。而“马嘶人起”，则意味着一天的旅途奔波又将开始。

【注释】

①遥夜：长夜。沉沉：犹深沉。这句是说长夜像水一样深沉，是极言夜深人静。

②驿亭：旅途歇宿的处所。

③梦破：梦醒。窥：在隐僻处偷看。

④这句是写夜间霜重，清晨气温降低，致使人感到被子单薄抵不住寒气。

⑤无寐：睡不着。

阮郎归

湘天风雨破寒初[①]。深沉庭院虚。丽谯吹罢小单于[②]。迢迢清夜徂[③]。　乡梦断，旅魂孤。峥嵘岁又除[④]。衡阳犹有雁传书。郴阳和雁无[⑤]。

【说明】

秦观贬在郴州共一年多。本词是他在郴州岁暮时所作。

除夕寒夜闻曲，加深客地寂寞之感。久贬在外，音书都无，连做梦也会不到亲人，自身的孤独况味，可以想见。在衡阳还见得到雁儿（传说雁能传书），而郴州却连雁儿也没有一只，又托哪个传递消息呢？这里暗示自己离乡日益遥远，处境也更加危苦，并且照应到起首的听风听雨，表明愁怀的难以排遣。

冯煦《宋六十一家词选例言》说："淮海（秦观）、小山（晏几道），真古之伤心人也。其淡语皆有味，浅语皆有致，求之两宋词人，实罕其匹。"试看"衡阳犹有雁传书。郴阳和雁无"，两句不说自己贬谪远地以来音问断绝、度日如年，而只从南来的雁儿，从这里连雁儿也不来的情况，委婉曲折地透露出他内心难以言传的苦痛，语虽浅淡，而含蕴很深，可说是余味不尽，余韵无穷。

【注释】

①湘天：湘，本为水名，亦是湖南的简称。这里湘天指郴州的天气。这句是说风雨交加的天气意味着由冷转暖的开端。

②丽谯：绘有彩纹的城门楼。小单（chán蝉）于：唐曲名。这句是说城门楼上有人刚吹罢《小单于》曲子。

③迢迢：长久貌。徂（cú殂）：过去。这句是说长夜刚刚过去。

④峥嵘：这里指寒气凛冽。罗隐《雪霁》诗："南山雪乍晴，寒气转峥嵘。"岁又除：年终。

⑤和雁无：连雁也没有。

满庭芳[1]

晓色云开，春随人意，骤雨才过还晴[2]。古台芳榭[3]，飞燕蹴红英。舞困榆钱自落[4]，秋千外、绿水桥平。东风里，朱门映柳，低按小秦筝。　多情。行乐处，珠钿翠盖，玉辔红缨[5]。渐酒空金榼[6]，花困蓬瀛[7]。豆蔻梢头旧恨，十年梦、屈指堪惊[8]。凭栏久，疏烟淡日，寂寞下芜城[9]。

【说明】

本词写恋情，是从景色的转换来衬托感情的变化。描绘物态尤为细致，如写飞燕灵活，用红英陪衬；不说东风吹下榆钱，偏道榆钱舞困自落；绿水桥平，朱门映柳，是打秋千、按秦筝的背景。这样，一个轻盈的少女形象就自然地显现了。“多情。行乐处”，反映出两人春日游乐时的情意，也是与“春随人意”相对照呼应。“酒空”“花困”，表示环境转换，人事全非。由旧恨春梦引出凭阑怅望，并以疏烟淡日反映作者孤寂的心情。

【注释】

①宋本《淮海集词》注：“此词正少游所作，人传王观撰，非也。”

②这三句是写清晨骤雨才过，阳光冲破云层，春色极其宜人。

③榭：临水的楼阁。

④舞困：形容串串榆钱随风摇落。

⑤珠钿翠盖：指用珠宝装饰车身、翠羽做车篷的车子。玉辔红缨：指配备着华美的缰绳和彩带的马匹。这是指两人游乐时乘坐的车子。

⑥金榼（kē科）：金制盛酒器。

⑦蓬瀛：本指仙境蓬莱和瀛洲。这里借指歌伎住处。这句是借花喻人，指歌伎遭遇不幸。

⑧屈指：扳指头计算。这三句隐括杜牧诗意：“娉娉袅袅

十三余，豆蔻梢头二月初”（《赠别》）；“十年一觉扬州梦，赢得青楼薄幸名”。（《遣怀》）写旧日恋情，如同一梦，而光阴迅速，物是人非，令人触目惊心。

⑨芜城：即今江苏扬州市。南朝宋竟陵王作乱后，城邑荒芜，鲍照作《芜城赋》凭吊。

贺　铸（十一首）

贺铸（一〇五二——一二五），字方回，原籍山阴（今浙江绍兴市），生长于卫州（今河南卫辉市），是北宋王室的外戚。在少年时，他侠气喷薄，慷慨激昂而且留意国事，对于权倾一时的贵要，亦敢于加以抨诋，这种思想，在他的词作中有所表露。另一方面，他又博学强记，曾遍读唐人遗集，笔端驱使温（庭筠）、李（商隐），但却没有从科举走入仕途，只是为衣食所迫，担任过一些吏职，还曾做过武弁。后经李清臣等人的推荐，才得转入文官，做过泗州（今安徽泗县）通判。晚年退居苏州横塘，自号庆湖遗老。词集名《东山寓声乐府》。

贺铸生活的时代，处在宋初老辈词人相继去世、后起之秀正纷露光芒的时候。贺铸与苏轼、秦观等人交游，词风也深受影响。总的说来，还是以浓丽婉约为其词作的主要风格特色，而又有豪放的一面。

被历来文人认为贺词婉丽风格代表之作的是《青玉案》

《天香》《石州引》等几首，尤以前者为最有名。另外，如《六州歌头》《小梅花》等则是受苏词影响。他还有一些受民歌影响的小词，写得也很出色。

鹧鸪天

重过阊门万事非[1]。同来何事不同归。梧桐半死清霜后[2]，头白鸳鸯失伴飞。 原上草，露初晞[3]。旧栖新垄两依依[4]。空床卧听南窗雨，谁复挑灯夜补衣。

【说明】

这是一首悼亡词，其中充满着对亡妻低徊怀念的感情。开始就说“万事非”，写出不堪回首的慨恨。作者还拣取了“挑灯夜补衣”这一场面来说明亡妻日夜辛劳、甘于过清苦的生活。这样，作者失伴之后的悼念之情，就因为有现实生活做基础而显得真挚感人。

【注释】

①阊门：苏州的西城门。

②梧桐半死：枚乘《七发》：“龙门之桐……其根半死半生。”白居易《为薛台悼亡》：“半死梧桐老病身。”这句是用

梧桐半死半生来比喻自己丧偶。

③原上草，露初晞（xī西）：指死亡。晞：干掉。古乐府《薤露》："薤上露，何易晞！露晞明朝更复落，人死一去何时归？"薤（xiè泻）：草名。《薤露》：古挽歌名。

④旧栖：指以前两人同住的寓居。垄：指坟墓。

捣练子

收锦字，下鸳机①。净拂床砧夜捣衣②。马上少年今健否③，过瓜时见雁南飞④。

【说明】

以闺情来反映征戍之苦，在唐人诗中为数不少，尤以李白最为擅长；但这样的内容，在文人词中还是少见的。贺铸所处的时代，正当北宋王朝北方边患频起，这几首反映征戍的词作虽然不脱文人气息，但那种充满民歌情味而又以清婉见长的格调，却给人以深刻的印象。

【注释】

①锦字：用锦织成的字。旧时指妻子寄给丈夫的书信。窦滔妻苏氏织锦为《回文璇玑图》诗以赠远方丈夫之事，见《晋书·窦滔妻苏氏传》。这两句是说收起织好的锦字回文诗，走下

了雕着鸳字的织机。

②床砧（zhēn针）：砧是指捣衣石，床即支撑捣衣石的架子。捣衣：古代生丝织成的绢，质地挺硬，裁制成衣服前需拿木杵在石上捶软，所以天将寒冷时家家都在捣衣准备过冬。如李白《子夜吴歌》："长安一片月，万户捣衣声。秋风吹不尽，总是玉关情。何日平胡虏，良人罢远征。"此句就是写妇女夜间捣衣，准备送给在关外远戍的丈夫。

③马上少年：指征人，即织妇的丈夫。

④瓜时：瓜代的时候。指征人服役期满换人来接替。见《左传·庄公八年》："齐侯使连称、管至父戍葵丘，瓜时而往，曰：'及瓜而代。'"这句是说瓜代的时候已经过了（服役期满），却只见雁儿南归，不见征人回来。

捣练子

砧面莹，杵声齐[1]。捣就征衣泪墨题[2]。寄到玉关应万里，戍人犹在玉关西[3]。

【注释】

①杵（chǔ楚）：捶衣的木槌。这两句是说捣衣石的面上光滑莹洁，捣衣时木槌的声音响成一片。

②捣就：捣成。泪墨题：用滴下的泪水磨墨写信，题上征人姓名。

③玉关：即玉门关。戍人：即征戍边地的军人。这两句是

说将征衣寄到玉门关就有万里之远，何况征人的戍地还在玉门关之西更为遥远的地方呢。这里玉门关是虚指，极言其远。

捣练子

斜月下，北风前。万杵千砧捣欲穿。不为捣衣勤不睡，破除今夜夜如年①。

【注释】

①这两句是深入一层的说法，说不是由于赶着捣衣而不睡，捣衣是因为夜长如年，难以入睡，这样就反衬出对远方征人情意的深挚。

捣练子

边堠远①，置邮稀②。附与征衣衬铁衣③。连夜不妨频梦见，过年惟望得书归④。

【注释】

①边堠（hòu后）：边境上瞭望敌情的土堡。

②置邮：驿站。马递为置，步递为邮。

③附与：附给。这句是说书信之外还附上御寒冬衣衬在军衣里面。

④这两句是说征人回乡既已不可能，只好指望多多在梦中相见，只盼望开春后能接到征人来信。

生查子

西津海鹘舟[①]，径度沧江雨[②]。双艣本无情[③]，鸦轧如人语[④]。　挥金陌上郎[⑤]，化石山头妇[⑥]。何物系君心，三岁扶床女[⑦]。

【说明】

望夫化石是广为流传的民间传说。作者借此对许多妇女的不幸遭遇表示了同情。上片写别时情景，不说自己有千言万语要倾诉，却说双橹如在作人语。下片写别时的叮咛，先说只恐你成为挥金如土的负心人，而我却宁作望夫之石。最后想以三岁小女来维系丈夫的爱情。

【注释】

①津：渡口。海鹘（hú胡）：鸟名，即海东青，雕的一种。海鹘舟：指一种快船，行驶时迅速如鹘。

②径度：径直地度过。本句是说快船在江上冒雨疾驶而来。

③双艣：即双橹。

④鸦轧：即轧轧（yà），象声词。此处指摇橹声。

⑤挥金：挥金如土。陌上郎：指对爱情不忠实的丈夫。这里用《秋胡行》的典故，《秋胡行》一名《陌上桑》，写的是鲁国秋胡外出做官五年，在归家途中见一女子采桑于陌上，便用金子来引诱她，被她所拒，归家后方知该女即是相别五年的妻子。刘向《列女传》记载了此事。

⑥化石山头妇：古代很多地方有女子久等其夫不归，因而化为石头的传说。刘义庆《幽明录》："武昌阳新县北山上有望夫石，状如人立。相传昔有贞妇，其夫从役，远赴国难。妇携弱子，饯送此山，立望夫而化为立石，因以为名焉。"其他如江西、安徽等地都有望夫石或望夫台。这是以望夫石来说明自己的态度。

⑦这两句是说你该不会忘掉你亲生的小女儿吧。

小梅花

缚虎手。悬河口[①]。车如鸡栖马如狗[②]。白纶巾。扑黄尘[③]。不知我辈可是蓬蒿人[④]。衰兰送客咸阳道。天若有情天亦老[⑤]。作雷颠，不论钱[⑥]。谁问旗亭，美酒斗十千[⑦]。　酌大斗。更为寿。青鬓常青古无有。笑嫣然。舞翩然。当垆秦女，十五语如弦[⑧]。遗音能记秋风曲。事去千年犹恨促[9]。揽流光。系扶桑[10]。争奈愁来，一日却为长[11]。

【说明】

本词用健笔发挥胸中块垒，由于自己才能出众而又遭遇不时，心头涌起失意沉沦之恨，只好借美酒销愁，以歌舞排遣。

贺铸善于采用前人诗句入词，这在本词尤为特出。

【注释】

①缚虎手：手能缚虎，形容勇力过人。悬河口：口若悬河，指说话滔滔不绝。《晋书·郭象传》："太尉王衍每云：'听象（郭象）语如悬河泻水，注而不竭。'"这两句是指有能力、有才干。

②这是说因穷困而嫉恶如仇，像后汉朱震那样的人只有破车疲马。《后汉书·陈王列传》记载说，朱震检举济阴太守单匡和其兄中常侍单超。当时谣谚说：车如鸡栖（鸡窝）马如狗，嫉恶如风朱伯厚（震字伯厚）。李贺《开愁歌》有："衣如飞鹑马如狗。"

③这两句是说戴着白丝巾，仆仆奔走于风尘之中。

④这句用李白诗句："仰天大笑出门去，我辈岂是蓬蒿人！"（《南陵别儿童入京》）蓬蒿人：草野之人。指世人不识贤才，而贤才终将脱颖而出。

⑤这两句是李贺《金铜仙人辞汉歌》原句，是说铜人离开时咸阳道上只有衰兰送客，十分凄凉冷落。天若有情，天也会

老，人就更不用说了。

⑥颠：即疯癫，狂放不羁。雷颠：指后汉雷义。《后汉书·独行列传》载雷义曾助人免于死罪，并始终不接受罪者的二斤酬金。后回乡，被荐举为秀才，刺史不准他辞让，“义遂阳狂被发走，不应命。”这两句是说要效法雷义，不把钱财、官位放在心上。

⑦旗亭：市楼。斗十千：用王维《少年行》诗：“新丰美酒斗十千。”李白《行路难》诗：“金樽清酒斗十千，玉盘珍羞值万钱。”斗：酒器。斗酒值十千文，指酒极名贵。

⑧当垆秦女：用辛延年《羽林郎》诗：“胡姬年十五，春日独当垆。”语如弦：韦庄词《菩萨蛮》：“琵琶金翠羽，弦上黄莺语。”这里指胡姬的笑语像琵琶弦上的乐声。

⑨遗音：遗留下的歌曲。秋风曲：指汉武帝《秋风辞》，结尾有“欢乐极兮哀情多，少壮几时兮奈老何”的句子。意思是感叹欢乐不长，人生苦短。

⑩扶桑：神话中的树，太阳在这里出来。这里扶桑就是指太阳，系扶桑即要留住时光，与“揽流光”是一个意思。

⑪争奈：怎奈。这句是指愁恨来时即使一天也挨不过去，全句用反跌手法，结束上文。

青玉案

凌波不过横塘路。但目送、芳尘去[①]。锦瑟年华谁与度[②]。月桥花院，琐窗[③]朱户。只有春知处。　飞云冉冉蘅皋暮[4]。彩笔新题断肠句[5]。若问闲情都几许[6]。一川烟草，满城风絮[7]。梅子黄时雨。

【说明】

《中吴纪闻》说贺铸“有小筑在盘门之南十余里，地名横塘，方回往来其间，常作《青玉案》词云”。本词问世后被誉为“绝唱”，作者且因此获得了“贺梅子”的称号。“贺方回尝作《青玉案》词，有‘梅子黄时雨’之句，人皆服其工，士大夫谓之‘贺梅子’。”（周紫芝《竹坡诗话》）

全篇以华瞻的词藻抒写“望美人兮不来”的“闲愁”。上片写美人去后，月桥花院、琐窗朱户，都不见其踪迹；怅惘之余，有虚度年华之感。“只有春知处”，是将希望寄托于姗姗来迟之春天身上。下片写春日迟暮，望而不来。希望渐少，闲愁愈深，终于发出“都几许”的疑问。结末三句，都是春来横塘路上的景物，又都足以引起“锦瑟华年”的喟叹。“一川烟草”，是二三月间，“满城风絮”，是三四月间，“梅子黄时雨”，是四五月间，总之是写闲愁之多以及时间之长，使得“谁与度”的含意更为耐人寻味。

黄庭坚十分称赏本词，曾说“解道江南断肠句，只今惟有贺方回。”（《寄方回》）又叶梦得《贺铸传》中亦指出：“建中靖国间。黄庭坚鲁直自黔中还，得其‘江南梅子'之句，以为似谢玄晖。"王直方《直方诗话》说本词曾使贺铸获得很高的声誉："贺方回初作《青玉案》词，遂知名。"（《诗话总龟》九引）至于结末几句，历来众口交誉，主要是写景而能融景入情。刘熙载认为"其末句好处全在'试问'句呼起，及与上'一川'两句并用耳，或以方回有'贺梅子'之称，专赏此句误矣。"（《艺概》）这是说作者善于使用问句以引出下文，写景仍然为了抒愁情，且立意新奇，能兴起人们无限想象。

【注释】

①凌波：形容女子走路轻盈。曹植《洛神赋》："凌波微步，罗袜生尘。"横塘：在苏州西南十里，上有桥，桥上有亭，景色清幽。南接越来溪，通石湖。尘：本指踪迹。芳尘连用，指美人。两句写别情。叙述自己目送美人远去，以后不再经过横塘来相会。

②锦瑟：绘着彩色花纹的瑟。《周礼·乐器图》："饰以宝玉者曰宝瑟，绘文如锦曰锦瑟。"李商隐《锦瑟》诗："锦瑟无端五十弦，一弦一柱思华年。"锦瑟华年，是指美好的青春时代。谁与度：即"与谁度"，和哪个一起度过。

③琐窗：雕绘着连环形花纹的窗子。《后汉书·梁统列传》："窗牖皆有绮疏青琐。"

④冉冉：流动貌。蘅皋：长着香草的沼泽。曹植《洛神赋》："尔乃税驾乎蘅皋。"

⑤彩笔：南朝江淹曾梦见郭璞向他索取笔，江从怀中取出五色笔还他，后来作诗就无美句。见《南史·江淹传》。这句是说因美人不至而提笔抒怀，空有肠断魂销之句。

⑥都几许：共有多少。

⑦一川：一片平原。风絮：随风飞舞的柳絮。

减字浣溪沙

楼角初销一缕霞。淡黄杨柳暗栖鸦。玉人和月摘梅花。　笑捻粉香归洞户[①]，更垂帘幕护窗纱。东风寒似夜来些[②]。

【说明】

本词通篇写景，不作情语，而却能寄情于言外。

首句写黄昏时天际一缕晚霞正在消逝。次句指出初春淡黄杨柳中有乌鸦栖息其中。接着形容美人月下采摘梅花。下片又写她含笑回房，随即在房中垂下帘幕，使它挡住窗纱。末句夜风拂寒，和前面人物“归洞户”“垂帘幕”的活动相照应，并道出她对春夜的感受。

《苕溪渔隐丛话》称赏其“淡黄杨柳暗栖鸦”之句，认为“写景咏物，可谓造微入妙”。杨慎《词品》也说：“此词句句绮丽，字字清新，当时赏之以为《花间》《兰畹》不及，信然。”其实，这首词的风格仍然不出花间范围。

【注释】

①洞户：室与室之间相通的门户。

②些（xiē）：语助词。《楚辞·招魂》："魂兮归来，去君之恒干，何为乎四方些？"洪兴祖补注："凡禁咒句尾皆称些，乃楚人旧俗。"这句是说初春时入夜东风劲吹，带来寒意。

六州歌头

少年侠气，交结五都雄①。肝胆洞②。毛发耸③。立谈中④。死生同。一诺千金重⑤。推翘勇。矜豪纵⑥。轻盖拥。联飞鞚⑦。斗城东⑧。轰饮酒垆⑨，春色浮寒瓮⑩。吸海垂虹⑪。闲呼鹰嗾犬⑫，白羽摘雕弓⑬。狡穴俄空⑭。乐匆匆。 似黄粱梦⑮。辞丹凤。明月共。漾孤篷⑯。官冗从⑰。怀倥偬⑱。落尘笼⑲。簿书丛⑳。鹖弁如云众。供粗用。忽奇功㉑。笳鼓动㉒。渔阳弄㉓。思悲翁㉔。不请长缨，系取天骄种。剑吼西风㉕。恨登山临水，手寄七弦桐。目送归鸿㉖。

【说明】

程俱在《贺方回诗序》里说："方回少时，侠气盖一座，驰马走狗，饮酒如长鲸……方回仪观甚伟，如羽人剑客。"可见本词是作者自我形象的刻画。

上片是追忆少年时结交游侠，彼此肝胆相照，死生与共。一起痛饮酒家，以骑射为乐。下片叹往事似梦，如今失意沦落，职位卑微，虽然边境有事而仍请缨无路，词中充满慷慨激愤的情绪，词风与苏轼词接近。

【注释】

①五都：汉代以洛阳、邯郸、临淄、宛、成都为五都。唐代以长安、洛阳、凤翔、江陵、太原为五都。这里借指宋代的大都市。

②肝胆洞：肝胆相照。洞：洞悉。

③毛发耸：形容豪侠气概。

④立谈中：立：即刻。谈中：谈言微中，指语言隐约曲折但切中事理，可以解决争执纠纷。《史记·滑稽列传》："谈言微中，亦可以解纷。"

⑤一诺千金：指说话很有信用。《史记·季布栾布列传》："得黄金百斤，不如得季布一诺。"

⑥翘：特出。矜：自以为能。这两句是说自己被视为有特出的勇敢，又以豪放不羁傲视于人。

⑦轻盖拥：即拥轻盖。盖：指车盖，这里借指车子。鞚：有嚼口的马络头，这里借指快马。这两句形容车马随从很盛。

⑧斗城：本指汉代旧京，这里借指北宋汴京。《三辅黄图》："长安故城，汉之旧都，高祖七年，方修长乐宫成，自栎阳徙居此城，本秦离宫也。初置长安城，本狭小，至惠帝更筑之……城南为南斗形，北为北斗形，至今人呼汉旧京为斗城。"

⑨轰饮：狂饮。这句是说许多少年聚在酒店里狂饮。

⑩寒瓮（wèng）：指酒坛。

⑪吸海：像长鲸吸取海水那样饮酒。程俱《贺方回诗序》说贺铸："饮酒如长鲸。"杜甫《饮中八仙歌》："饮如长鲸吸百川。"陆游《醉歌》："方我吸酒时，江山入胸中。"意思与此相近。垂虹：像垂虹那样饮酒。见刘敬叔《异苑》卷一："晋义熙初，晋陵薛愿，有虹饮其釜澳，须臾噏响便竭，愿辇酒灌之，随投随涸。"

⑫嗾（sǒu叟）：使狗声，即唤狗。

⑬白羽：箭名。全句是说摘下雕弓射箭。

⑭狡穴：狡兔的巢穴有三个。《战国策·齐策》："狡兔有三窟。"俄空：不久就被猎取一空。

⑮黄粱梦：回忆少年时生活真像黄粱一梦。唐沈既济有《枕中记》，叙述卢生在邯郸客店遇到道士给他一枕，他睡在枕上做梦历尽荣华富贵，醒来道士还在身边，客店主人蒸的黄粱还没有熟。

⑯丹凤：唐代长安宫阙有丹凤门。这里泛指京师。沈佺期《独不见》："丹凤城南秋夜长。"漾：荡漾。孤篷：指小船。这四句是说离开京城后在月下泛舟江上，过隐居生活；回思往事，像做了一场梦。

⑰官冗从：指"从官"的职务很繁杂。贺铸曾做过右班殿值（武官名），是"从官"，即帝王的侍从。《汉书·元帝纪》："令从官给事宫司马中者，得为大父母、父母、兄弟通籍。"颜师古注："从官，亲近天子常侍从者皆是也。"

⑱倥偬（kǒng zǒng孔总）：事情繁多。

⑲尘笼：与"尘网"意思相同。这里指仕途。

⑳簿书：官署中的文书簿册。丛：堆集。

㉑鹖弁（è biàn饿变）：管杂务的武职。鹖弁：本指武官所戴的冠，以二鹖尾竖在左右，故名。见《后汉书·舆服志》。这三句是说武职的官很多，但只做些普通杂事，没有建立功业的机

会。

㉒笳鼓动：笳声、鼓声都是军乐，这里用来表示战争。

㉓渔阳弄：指祢衡所作的《渔阳参挝》鼓曲。参挝（zhuā抓）：是击鼓之法。见《后汉书·文苑列传》《世说新语·言语》。参挝亦作“掺挝”。弄：指小曲。

㉔思悲翁：汉《铙歌十八曲》之一。这里借以指战曲。

㉕请缨：投军报国。缨：绳子。《汉书·严朱吾丘主父徐严终王贾传》：“军自请，愿受长缨，必羁南越王而致之阙下。”天骄种：指边地民族的统治者。天骄是“天之骄子”的略语。汉匈奴单于自称“天之骄子”，见《汉书·匈奴传》。这三句是说不能为国效力，俘获侵略者，连宝剑也在西风里怒吼起来。

㉖桐：指用桐木制的琴。目送归鸿：嵇康《赠秀才入军》诗：“目送归鸿，手挥五弦。”这两句是说望着远去的归鸿，弹起七弦琴，借此寄托自己不遇之感。

石州引

薄雨初寒，斜照弄晴，春意空阔。长亭柳色才黄，远客一枝先折。烟横水际，映带几点归鸿，东风销尽龙沙雪[①]。还记出关来，恰而今时节。　将发。画楼芳酒，红泪清歌，顿成轻别。已是经年，杳杳音尘多绝。欲知方寸[②]，共有几许新愁，芭蕉不展丁香结[③]。枉望断天涯，两厌厌风月[④]。

【说明】

上片先写目前景物，用薄雨初晴点出空阔的春意；长亭柳色是春意所在，已被远客折下。归鸿是写雁归人不归；龙沙雪消，东风又起，足见自身羁留之久。“犹一记”一转，从而今时节想到前次出关，两者景物相同，见景生情，别恨也由此而来。

下片仍从“犹记”展开，追叙出关之前的芳酒清歌。“顿成轻别”点出“愁”从“别”字而来。“回首经年”以下叙别情，并与“犹记”二字相呼应。“欲知方寸”五句，用“共有几许”设问，以“芭蕉不展丁香结”作为回答，一气呵成。结末两句，写两地相思，即同向春风各自愁之意。

张炎说：“贺方回、吴梦窗，皆善于炼字面，多从温庭筠、李长吉诗中来。”（《词源》）王灼也谈到贺铸写作本词时再三推敲，力求精工，“贺方回《石州慢》，予见其稿，‘风色收寒，云影弄晴。’改作‘薄雨收寒，斜照弄晴。’又‘冰垂玉箸，向午滴沥檐楹，泥融消尽墙阴雪。’改作‘烟横水际，映带几点归鸿，东风消尽龙沙雪。’”（《碧鸡漫志》）

【注释】

①龙沙：指塞外。

②方寸：指心。

③丁香结：丁香花蕾丛生，比喻人的愁思不解。李商隐《代赠》诗："芭蕉不展丁香结，同向春风各自愁。"

④厌厌（yān烟）：同"恹恹"，烦恼、愁苦。这句是说两地相思，触景生情。

晁补之（一首）

晁补之（一〇五三——一一一〇），字无咎，济州钜野（今山东巨野县）人。宋神宗元丰二年（一〇七九）进士。曾任秘书省正字、著作郎。后受贬谪降官，有词集名《琴趣外篇》。

王灼指出："晁无咎、黄鲁直（庭坚）皆学东坡，韵制得七八。"（《碧鸡漫志》）晁、黄都是苏门学士，而晁无咎的词风更接近于倾荡磊落的东坡词。

摸鱼儿 东皋寓居[①]

买陂塘[②]、旋栽杨柳，依稀淮岸湘浦[③]。东皋嘉雨新痕涨，沙觜鹭来鸥聚[④]。堪爱处。最好是、一川夜月光流渚。无人独舞。任翠幄张天[⑤]，柔茵藉地[⑥]，酒尽未能去。　青绫被，莫忆金闺故步。儒冠曾把身误⑦。弓刀千骑成何事⑧，荒了邵平瓜圃⑨。君试觑。满青镜、星星鬓影今如许⑩。功名浪语⑪。便似得班超，封侯万里，归计恐迟暮⑫。

【说明】

作者在遭贬谪后退居故乡时，曾修葺了东山的“归去来园”。本词不仅写出园中景色，还叹恨自己为功名而耽误了隐居生涯。作者的“儒冠误身”“功名浪语”，都是经过宦海风波以后的愤激之词，并不是一味消极。

【注释】

①东皋：东山，在作者家乡。作者在东山修葺了“归去来园”，供自己退隐游息。其中建有楼堂亭观。

②陂（bēi悲）塘：池塘。

③依稀：仿佛。这两句是说在池塘边栽上杨柳，看过去好似淮水、湘水一带，风光极为秀美。

④沙觜：沙嘴。指突出在水中的沙洲。

⑤翠幄（wò沃）：绿色的帐幕，这里指杨柳。这句是说绿柳遮天。

⑥柔茵：软草。这句是说软草满地。

⑦青绫被：汉代制度规定，尚书郎值夜班，官供新青缣白绫被或锦被。这里用来代表做官时的物质享受。金闺：金马门的别称。江淹《别赋》：“金闺之诸彦。”李善注：“金闺，金马门也。”这里泛指朝廷。儒冠：指读书人。杜甫《奉赠韦左丈

二十二韵》："纨绔不饿死，儒冠多误身。"这三句是说不要恋恋过去的仕宦生涯，读书做官是耽误了自己。

⑧弓刀千骑（jì计）：指地方官手下佩带武器的卫队。这句是说自己曾做过地方官，但仍一事无成。

⑨邵平：秦时人，曾被封为东陵侯。秦亡，在长安城东种瓜，瓜有五色，味很甜美。世称东陵瓜。这句是说自己过去因做官而使田园荒芜。

⑩觑（qù去）：细看。青镜：青铜镜。这句是说细看镜中鬓发已经如此花白。

⑪功名浪语：所谓"功名"不过是一句废话。

⑫班超：曾出使西域，因功封定远侯，在西域三十多年，七十岁才回到京师洛阳，不久就去世。见《后汉书·班梁列传》。这三句是说即使像班超那样能立功于万里之外，被封为定远侯，但回来后不久就死去，说明他的"归计"已是太迟了。

周邦彦（十四首）

周邦彦（一〇五七——一二一），字美成，自号清真居士，钱塘（今浙江杭州市）人。宋神宗元丰初年曾到汴京献《汴都赋》万余言，因此被召为太学正（国子监学官），此后一直在京师及各地担任官职。徽宗朝曾在“大晟府（音乐机关）”中任提举官。他博览群书，精通音律，当时与万俟咏、田为等一起讨论古音、审定古调、创制新词，被称为“集大成”的词人。所作词集名《片玉词》，有宋人陈元龙的注。

宋词发展到秦观、贺铸、周邦彦等人，能展衍绮丽婉约的小令而作慢词。周词直接从柳永的慢词推进一步，以浑成精工、谐合音律为主要特点，在内容方面大多不出艳词范围，但在篇章结构上做到严密而有层次，又很讲究用字、使典，还善于融化前人诗句。他的怀古和写景咏物之词则能有所寄托而不作泛叙，如《西河》（金陵怀古）是吊古伤今而以咏史出之。小词《苏幕遮》（咏荷花），慢词《六丑》

（落花咏蔷薇），都写得生动活泼，自然出色。

自从晚唐温庭筠翻制新曲，注意四声，晏殊、柳永等继之，到周邦彦不仅对字句精雕细琢，更严格注意四声，《宋史·本传》说他“词韵清蔚”，这是与他讲究声律分不开的。这种词风对南宋姜夔、吴文英、周密、张炎、王沂孙诸家影响很大。清代张惠言辑《词选》，倡常州词派，周济继起，他在《宋四家词选目录序论》中指出要以清真词为极则：“问涂碧山（王沂孙）、历梦窗（吴文英）、稼轩（辛弃疾），以还清真之浑化。”直到晚清，精研清真词的人还是不少。

南宋的方千里、杨泽民，有和清真全词各一卷，又有陈允平的《西麓继周集》，也是全和周词，但这些都是依照周词四声填写而成，纯为形式主义的东西。

瑞龙吟

章台路①。还见褪粉梅梢②，试花桃树③。愔愔坊陌人家④，定巢燕子，归来旧处。　黯凝伫⑤，因念个人痴小⑥，乍窥门户⑦。侵晨浅约宫黄⑧，障风映袖⑨，盈盈笑语。　前度刘郎重到⑩，访邻寻里，同时歌舞。惟有旧家秋娘，声价如故⑪。吟笺赋笔⑫，犹记燕台句⑬。

知谁伴，名园露饮[14]，东城闲步。事与孤鸿去[15]。探春尽是，伤离意绪。官柳低金缕。归骑晚、纤纤池塘飞雨[16]。断肠院落，一帘风絮。

【说明】

历来认为本词是周邦彦的代表作。实际上它的内容不出“侧艳”范围，即周济所谓：“不过桃花人面，旧曲翻新耳。”（《宋四家词选》）但它比一般艳词更讲究语言、格律和音韵。

全词共三迭。第一迭写作者春日重游章台旧地。以“还见”引起睹物思人的无穷感慨。末两句是说燕子已回旧居，而自己却欲归旧处而不可得，只能徘徊于章台故路。

第二迭由黯然神伤转入追念旧日恋人。描写当初相见时的情况，声音笑貌，勾勒得十分细致。

第三迭写旧时邻里尚在，而恋人已经远去；往事历历，不胜怅恨。“事与孤鸿去”三句，点出主题；以下就说到归途，寓情于景，通过凄迷的春景，来衬托作者伤离意绪。

【注释】

①章台路：见欧阳修《蝶恋花》注③，第161页。

②褪粉梅梢：指枝头梅花凋落。

③试花：花刚开叫试花。张籍《新桃行》：“植之三年

余，今年初试花。”

④愔（yīn因）愔：安静的样子。坊陌：坊，市街村里的通称，这里指街坊、市街。陌：街道。《后汉书·袁绍刘表列传》：“士无贵贱，与之抗礼，辎軿柴毂，填接街陌。”坊陌即街陌。

⑤凝伫（zhù住）：有所思虑、期待而立着不动。

⑥个人：那人。

⑦乍：初。窥门户：在门缝中窥看。

⑧浅约宫黄：轻施黄粉。宫黄指宫女用来涂眉的黄粉。梁简文帝《美女篇》：“约黄能效月。”后蜀张泌《浣溪沙》词：“依约残眉理旧黄。”

⑨障风：以扇挡风。映袖：以袖照面。李商隐《柳枝》五首序：“明日余比马出其巷，柳枝丫鬟毕妆，抱立扇下，风障一袖。”

⑩刘郎：即唐诗人刘禹锡，他于宪宗元和年间从贬地被召回长安，三游玄都观，不见旧日盛况，只见兔葵燕麦，动摇春风，因借此题诗讽刺朝政，作《再游玄都观》绝句：“种桃道士知何处？前度刘郎今又来。”这里作者借刘禹锡诗，说明自己是旧地重游。

⑪秋娘：即杜秋娘。唐金陵歌伎，曾入宫，暮年沦落金陵（这里金陵指今江苏镇江市）。杜牧有《杜秋娘诗》，并有序。这四句是说不见作者旧时恋人，访求当年与她同时的歌女，只有“旧家秋娘”还仍然声价很高。

⑫吟笺赋笔：吟诗赋词的纸笔。

⑬燕台句：唐李商隐《赠柳枝》诗：“长吟远下燕台句，惟有花香染未消。”（陈元龙注引）这里指作者当时赠给恋人的诗句。

⑭露饮：露顶饮酒。陈元龙注引《笔谈》记石曼卿露顶而饮。

⑮事与孤鸿去：指人事的变迁。杜牧《题安州浮云寺楼寄湖州张郎中》诗："恨如春草多，事与孤鸿去。"

⑯纤纤：细微貌。

解连环

怨怀无托。嗟情人断绝，信音辽邈[1]。信妙手、能解连环[2]，似风散雨收，雾轻云薄。燕子楼空，暗尘锁、一床弦索[3]。想移根换叶。尽是旧时，手种红药。　汀洲渐生杜若[4]。料舟依岸曲，人在天角。谩记得、当日音书，把闲语闲言，待总烧却[5]。水驿春回，望寄我、江南梅萼[6]。拚今生[7]，对花对酒，为伊泪落。

【说明】

起首三句点明作词本意，是情人音信断绝，自己怨怀无处寄托。接着先以难于解开的玉连环来引出恋情。但坚如连环尚能解开，与之相比，则恋情就像风雨云雾那样易于消逝。下面以关盼盼燕子楼典故说明人去楼空，是与首句"怨怀无托"相照应。但人虽去而手栽之花木还在，这里有余情不断之意。换头从红药联想到水边杜若，遥想昔日乘舟远去，如今人在天涯海角。"谩记得"三句，是宣泄相思深意，并非真拟焚稿，所以才有寄我梅萼的期待。然而希望终于落空，只能借酒遣愁，为伊憔悴。

【注释】

①辽邈（miǎo秒）：遥远。

②解连环：秦始皇派人将玉连环送给齐国的君王后，要她把连环解开。齐后拿椎将连环击破，说："谨以解矣。"见《战国策·齐策》。

③燕子楼空：燕子楼相传是唐代张建封在徐州时所筑，张娶了歌伎关盼盼为妾，让她住在燕子楼上。张死后，盼盼居此楼十多年不嫁。见白居易《燕子楼诗序》。弦索：本义为乐器上的弦，这里泛指琵琶等乐器。苏轼《永遇乐》词中有"燕子楼空，佳人何在？空锁楼中燕。"这两句是说楼上佳人已经远去，她所弹的乐器上已经满是灰尘。

④汀洲：水边平地。杜若：香草名。《楚辞·九歌·湘夫人》："搴汀洲兮杜若。"

⑤谩：徒然。这三句说要把她当年的来信烧掉，免得看到它们引起烦恼。

⑥江南梅萼：见舒亶《虞美人》注⑥，第228页。这三句是说当春回大地时，希望能从水路的驿站寄给我江南梅花，从而使我得到慰安。

⑦拚：不顾惜。

瑞鹤仙

悄郊原带郭[1]。行路永，客去车尘漠漠[2]。斜阳映山落。敛余红、犹恋孤城栏角[3]。凌波步弱。过短亭、何用素约[4]。有流莺劝我，重解绣鞍，缓引春酌[5]。　不记归时早暮，上马谁扶，醒眠朱阁[6]。惊飙动幕[7]。扶残醉，绕红药。叹西园、已是花深无地，东风何事又恶。任流光过却[8]。犹喜洞天自乐[9]。

【说明】

王明清《挥麈录》和《玉照新志》都认为本词是作者梦中所作。周济《宋四家词选》指出这是追叙送客之后的遭遇。从词意看，后说比较切合。本词开头就是追叙昨日在城郊送客，再记傍晚进城途中的景致，然后描绘在亭中休息时饮酒到沉醉不知一切，醒来发现已经身卧家中。“扶残醉”是点睛之笔，说明从开头到“醒眠朱阁”都是醒后追叙，这是本词结构方面的特色。

【注释】

①这句是说郊外原野连着外城。四顾悄然无人。

②永：长。行路永：指客人的车子渐渐远去。漠漠：形容车子过去时灰尘弥漫空中。这两句是写送客时所见。

③敛：收敛。这两句是写夕阳将余晖映照在山上并在缓缓下沉，但还依依不舍地照着孤城的栏杆角。这两句是写入城路上所见。

④凌波：见贺铸《青玉案》注①，第264页。短亭：见李白《菩萨蛮》注⑤，第19页。素约：预先约好。这两句是说由于同行歌伎中途疲劳而临时到驿亭休息。

⑤流莺：指亭中歌女。重解绣鞍：重新解开马鞍，即马儿不再上路。酌：饮酒，引申为酒的代称。这两句是说亭中歌女劝酒。

⑥朱阁：此处指作者卧室。这三句是写昨晚大醉，醒来已身在家中，记不起归来的时间，也记不起是谁扶自己上马的。

⑦惊飙（biāo标）：暴风。这句指暴风吹动帘幕，应放在“东风”句后面解释。

⑧过却：过了。

⑨洞天：本指神仙所居的洞府，引申为别有天地。这句是说自己精神上别有寄托，怡然自喜。

满庭芳

风老莺雏[①]，雨肥梅子[②]，午阴嘉树清园[③]。地卑山近，衣润费炉烟[④]。人静乌鸢自乐[⑤]，小桥外，新绿溅溅[⑥]。凭栏久，黄芦苦竹，拟泛九江船[⑦]。　年年。

如社燕[8]，飘流瀚海[9]，来寄修椽[10]。且莫思身外，长近尊前[11]。憔悴江南倦客[12]，不堪听、急管繁弦。歌筵畔，先安簟枕，容我醉时眠[13]。

【说明】

这首词的特色是“含蓄”。陈廷焯指出：“乌鸢虽乐，社燕自苦，九江之船，卒未尝泛。此中有多少说不出处，或是依人之苦，或有患失之心，但说得虽哀怨却不激烈，沉郁顿挫中别饶蕴藉。后人为词好作尽头语，令人一览无余，有何趣味？”梁启超亦认为本词“最颓唐语，最含蓄”。

这是周邦彦元祐八年（一〇九三）在溧水（今江苏南京市溧水区）任上所作。上片写景，观察细致入微。如“费”字不仅点出“衣润”，还关联到“地卑、山近、雨多”，至于莺雏、梅子、嘉树、乌鸢、小桥等，都是倚栏所见，以着力道出“静”字，将羁旅愁情融入景中。过变直抒胸臆。“年年。如社燕”十三字，以社燕自比，形容自身行踪唯定。“莫思身外”写愁怀难遣，“长近尊前”想借酒自慰。“憔悴”句一转，指出听歌闻乐，徒添烦恼。结末以“醉眠”暗示倦客心情，词意蕴藉而余味不尽。

【注释】

①风老莺雏：幼莺在春日的和风里长大了。

②雨肥梅子：梅子受到雨水滋润而结得硕大。杜甫《陪郑广文游何将军山林》诗：“绿垂风折笋，红绽雨肥梅。”

③这句是说中午时，阳光正照下的树影显得清晰圆正。刘禹锡《昼居池上亭独吟》诗：“日午树阴正。”

④炉烟：为衣服熏香、去除潮气。

⑤人静乌鸢自乐：《片玉集》陈元龙注：“杜甫诗：‘人静乌鸢乐。’”乌鸢：即乌鸦。

⑥溅溅（jiān）：流水声。《木兰诗》：“不闻爷娘唤女声，但闻黄河流水鸣溅溅。”

⑦黄芦苦竹：白居易《琵琶行》：“住近湓江地低湿，黄芦苦竹绕宅生。”这两句是以唐代白居易贬谪江州（今江西九江市）时的处境、心情和自己目前的景况相比。

⑧社燕：燕子是候鸟，当春社时节往北飞，秋社时节南下，故称社燕。

⑨瀚海：指沙漠。

⑩修椽（chuán船）：长椽子。安在梁上支撑屋面和瓦片的长木条。这句是说燕子在椽子上寄寓（筑巢）。

⑪莫思身外：杜甫《绝句漫兴九首》之四：“莫思身外无穷事，且尽生前有限杯。”这句是说自己不考虑身外事（指功名利禄）。

⑫倦客：倦于在他乡作客。

⑬簟（diàn店）：竹席子。这两句接“不堪听”而来，以“醉眠”表示安于目前处境，亦即以含蓄的语言结束。

苏幕遮

燎沉香[①]，消溽暑[②]。鸟雀呼晴，侵晓窥檐语[③]。叶上初阳干宿雨。水面清圆，一一风荷举。　故乡遥，何日去。家住吴门[④]，久作长安旅[⑤]。五月渔郎相忆否。小楫轻舟，梦入芙蓉浦[⑥]。

【说明】

本词上片写客居他乡，夏日清晨，雨后雀噪初晴。“叶上”三句，先描绘朝阳之下，荷叶的光润清亮。再刻画风过处水上荷花一一飘举的绰约姿态。王国维称之为“此真能得荷之神理者”。（《人间词话》）下片追忆江南故乡、故人，又不知自己何日方能归去，只好在梦中乘小舟重游旧地了。

【注释】

①燎（liǎo）沉香：燎：小火烧炙；沉香：香名，用薰香科植物做成。这句是说在房中焚起沉香。

②溽（yù入）暑：盛夏湿热天气。

③侵晓：即破晓，天刚亮。

④吴门：古代吴国（包括浙江北部）建都于吴（今江苏苏

州市）。吴门为其别名。

⑤长安：借指北宋汴京。

⑥芙蓉浦：长着荷花的水边。芙蓉：指荷花。

少年游

并刀如水[①]，吴盐胜雪[②]，纤手破新橙[③]。锦幄初温[④]，兽香不断[⑤]，相对坐调笙。 低声问、向谁行宿[⑥]，城上已三更。马滑霜浓，不如休去[⑦]，直是少人行[⑧]。

【说明】

张端义《贵耳集》说本词是记叙宋徽宗在妓女李师师家的情事："道君（徽宗）幸李师师家，偶周邦彦先在焉，知道君至，遂匿床下。道君自携新橙一颗，云江南初进来，遂与师师谑语，邦彦悉闻之，隐括成《少年游》云。"这当是传闻之言，不足为信。

上片描绘室内情景：破新橙，焚兽香，坐吹笙。这是实写。下片想象室外情景：已三更，马蹄滑，霜又浓，少人行。前者用实物烘托室内温馨气氛，后者以语言渲染室外寒冷景象，从而传达出这对恋人难舍难分的心情。

【注释】

①并刀：并州出产的剪刀。如水：形容剪刀的锋利。

②吴盐：吴地所出产的洁白细盐。李白《梁园吟》：“吴盐如花皎如雪。”

③纤手：纤细的手。破：剖开。

④幄：帐。

⑤兽香：兽形香炉中升起的细烟。

⑥谁行（háng杭）：谁那里。

⑦休：罢休。

⑧直是：就是。

花犯梅花

粉墙低，梅花照眼，依然旧风味。露痕轻缀。疑净洗铅华，无限佳丽①。去年胜赏曾孤倚。冰盘同燕喜②。更可惜，雪中高树，香篝熏素被③。　今年对花最匆匆，相逢似有恨，依依愁悴④。吟望久，青苔上、旋看飞坠⑤。相将见、翠丸荐酒⑥，人正在、空江烟浪里。但梦想、一枝潇洒，黄昏斜照水⑦。

【说明】

本词是借咏梅感叹自己萍踪无定、离合无常。上片从眼前写起，即梅花盛开、风情如旧，忆及去年独赏雪中素梅的雅兴。下片仍从今年写起，人将远行，梅花亦似惜别而坠落。待到梅子熟时，自己身在江上，只能遥想潇洒扶疏的梅影，通篇写得纡徐反复，真可说“圆美流转如弹丸”。

【注释】

①铅华：擦脸的粉。曹植《洛神赋》：“芳泽无加，铅华不御。”李善注：“铅华，粉也。”这三句是说梅花上面留有露水痕迹，像是洗尽脂粉，显得丽质天生。

②冰盘：果盘。燕：通“宴”。这句用韩愈“冰盘夏荐碧实脆”诗意，指喜得梅子以进酒。

③篝（gōu沟）：熏笼。这句比喻梅花如篝雪如被。

④悴（cuì脆）：忧也。这两句是指梅花似亦知别恨而含愁。

⑤旋看飞坠：屡屡看梅花飘飞坠在青苔上面。

⑥相将：行将。翠丸：梅子。

⑦潇洒：凄清之意。黄昏斜照水，用林逋“疏影横斜水清浅，暗香浮动月黄昏”诗句。

六丑 蔷薇谢后作

正单衣试酒，恨客里、光阴虚掷。愿春暂留，春归如过翼[①]。一去无迹。为问花何在[②]，夜来风雨，葬楚宫倾国[③]。钗钿堕处遗香泽[④]。乱点桃蹊，轻翻柳陌[⑤]。多情为谁追惜。但蜂媒蝶使，时叩窗隔[⑥]。　东园岑寂[⑦]。渐蒙笼暗碧[⑧]。静绕珍丛底[⑨]，成叹息。长条故惹行客。似牵衣待话，别情无极[⑩]。残英小、强簪巾帻[⑪]。终不似一朵，钗头颤袅，向人欹侧[⑫]。漂流处、莫趁潮汐[⑬]。恐断红、尚有相思字，何由见得[⑭]。

【说明】

《六丑》是周邦彦创制的新调。周密《浩然斋雅谈》说："（宋徽宗）问《六丑》之义，莫能对。召邦彦问之，对曰：'此犯六调，皆声之美者，然绝难歌。'"可见本词在音律上的要求很高而又极其动听。

本词是一首咏物词，主要是借花谢寄托作者身世之感。在结构方面亦显得颇具匠心：上片通过两个问句领起下文。"为问"句反衬客子无家，"多情"句暗喻无人怜惜。这是因人及花。下片承上而来，并由花到人，以"成叹息"一语概括出三件事，即"牵衣待话""强簪巾帻"和"落花难见"。最后以问句作结，且与上片照应。是惜花兼以自叹，从而又进一步表达了题意。

【注释】

①春归：即花谢的代替语。翼：鸟的翅膀，这里用来指鸟。陈元龙注引杜甫《夜》："村墟过翼稀。"这句是说春天的

逝去如鸟儿飞过那样迅速。

②为问：就是“问”。“为”字无义，是助词。

③楚宫倾国：指落花。这是以古代楚王宫里的美人比喻蔷薇花。倾国：即美女。见汉《李延年歌》：“北方有佳人，绝世而独立。一顾倾人城，再顾倾人国。”这两句是说蔷薇在夜间被风雨摧残以至零落成尘土。

④钗钿：即首饰，这里指飘落在地上的花瓣。全句是说花瓣散落，狼藉满地。

⑤桃蹊、柳陌：指桃树、柳树下面的小路。这两句是描写花谢以后翻飞散落的景象。

⑥蜂媒蝶使：蜂和蝶经常在花丛中飞舞，故被认为是花儿的媒人和使者。时叩窗隔：指繁花凋落后，蜂蝶时常轻叩窗子，像是在寻觅，又像在惋惜。窗隔：即窗棂（líng凌），指窗户上雕花的格子。这三句是说有哪个多情者来惋惜蔷薇的凋落呢？只不过是些蜂蝶罢了。这是用问句指出落花犹有蜂蝶慰藉，而人却还不如落花。

⑦岑寂：即静寂。这句是指繁花落尽以后，花园里由一片暗碧代替了万紫千红。

⑧蒙笼暗碧：茂密的绿叶，像是笼罩上幽暗的轻雾。

⑨珍丛：指蔷薇花丛。全句是说花瓣掉在花丛之下。

⑩这三句用拟人法，写蔷薇有刺，像是故意勾住人的衣服，恋恋不舍，别情无限。

⑪强（qiǎng抢）簪巾帻（zé则）：勉强把残花插在帽上。

⑫攲（jī机）侧：倾斜。这三句是承上面句意，说残花终究不及插在头上的那枝摇曳多姿的花儿那样惹人喜爱。

⑬潮：早潮。汐：晚潮。这句是说希望花儿不要随着潮水流走。

⑭断红：唐卢渥到长安应试，偶然从御沟中拾得宫中飘流

出来的一枚红叶，叶上题诗道："流水何太急？深宫竟日闲。殷勤谢红叶，好去到人间。"卢渥后来娶遣放出来的宫女为妻，发现她原来就是题诗在红叶上的人。事见范摅《云溪友议·题红怨》。何由见得：即何由得见，亦即几时重见。这两句是用上有题诗的红叶比喻落花，唯恐落花随水流走，使自己的相思之情无从表达。红：原作"鸿"，从《阳春白雪》卷一。

兰陵王 柳

柳阴直。烟里丝丝弄碧①。隋堤上②，曾见几番，拂水飘绵送行色。登临望故国③。谁识。京华倦客④。长亭路，年去岁来⑤，应折柔条过千尺。　闲寻旧踪迹。又酒趁哀弦⑥，灯照离席。梨花榆火催寒食⑦。愁一箭风快，半篙波暖，回头迢递便数驿⑧。望人在天北⑨。　凄恻。恨堆积。渐别浦萦回⑩，津堠岑寂⑪。斜阳冉冉春无极⑫。念月榭携手，露桥闻笛⑬。沉思前事，似梦里。泪暗滴。

【说明】

本词以柳为题，是托物起兴，抒写别情。

毛开《樵隐笔录》说："（宋高宗）绍兴初，都下盛行周清真《兰陵王慢》，西楼南瓦皆歌之，谓之《渭城三叠》。以周词凡三换头，至末段声尤激越，唯教坊老笛师能倚之以节歌者。”可见这是一首流行的送别之歌，而以声调激越为音乐上的特色。

第一段起首直接点题。“隋堤上”三句是送客见柳，与后面“长亭路”三句写折柳送客相呼应；用来突出“登临望故国”的那个“京华倦客”的形象。全段描写都切合“柳”字。而“送行色”三字又生发出下面两段的词意。

第二段“闲寻”承“登临”而来。“旧踪迹”指旧事，“哀弦”“离席”则是今情，然后再以寒食节令点明时间。“愁”字以下，放笔写船行如飞，直到相望而不能相见。“望人在天北”，写遥望伫立码头的送行者，这是代船中行客设想之词，其实船已远去，分别之处的人和景物都在视线之外了。

第三段“渐别浦”两句，从“愁一箭风快”四句而来，所愁的是“风快、舟快、路远、人远”，是“寓愁”的实写。“斜阳”句写景而又融情入景。“月榭”两句，就是下面“前事”的实写。结末两句与首段倦客淹留京华之苦遥遥挽合，息息相通，且又不着痕迹。

本词音节短促、笔力奇崛。在章法上首段写景，第二、三两段分述别时感想和别后愁怀。咏柳而不说柳，但所用“寒食、别浦、津堠、斜阳、月榭、露桥”，都仍与柳有关，并没有离题，且能由虚入实，情景交融而又韵味无穷。

【注释】

①两句形容堤上柳树成行，投下的柳荫连成一直线；笼罩在轻雾里的柳条，随风袅舞，闪弄它娇嫩的碧色。

②隋堤：隋代开通济渠，沿渠两岸筑堤，后来就称之为隋堤。

③故国：指作者旧游之地。

④京华：即京城，这里指汴京。杜甫《奉赠韦左丞丈二十二韵》："骑驴十三载，旅食京华春。"倦客：作者三次入京师，先后共留居十余年，所以说是倦客。

⑤年去岁来：年复一年。

⑥哀弦：哀怨的琴声。弦是琴的代称。

⑦梨花：《东京梦华录·清明节》："但一百五日最盛……缓入都门，斜阳御柳，醉归院落，明月梨花。"榆火：旧俗自冬至之后一百五日为寒食节，后二日为清明节。寒食节前后共三日，民间禁火不举炊。清明日取榆柳作柴煮食物，名为换新火。

⑧半篙：指撑船的竹篙经常有一半没入水中。迢递：遥远。这三句是说箭也似的顺风船快得使人发愁，回头望望，一下已驶过了好几个驿站。

⑨望人在天北：这里的"人"指送行的人。这句是指船中旅客凝视水天相接的北岸，似乎看到了送行者惆怅的形象。

⑩这句是说送别的水滨只有水波在旋绕，意思是指船去人远。

⑪津堠（hòu后）：码头上瞭望和歇宿的地方。这句也是说人去后码头一带十分静寂。

⑫这句是说斜阳缓缓西沉，引起无限春愁。

⑬月榭、露桥：泛指两人昔日夜游时的华美场所，贺铸《青玉案》："锦瑟年华谁与度，月桥花院，琐窗朱户。"月桥、花院、琐窗、朱户亦是泛指佳人居住的处所；月、花等都是形容之词，极言小桥、院落、窗户制造得精致华丽。

西河 金陵

佳丽地[1]。南朝盛事谁记[2]。山围故国绕清江，髻鬟对起[3]。怒涛寂寞打孤城，风樯遥度天际[4]。　断崖树，犹倒倚。莫愁艇子曾系[5]。空余旧踪郁苍苍，雾沉半垒[6]。夜深月过女墙[7]来，赏心东望淮水[8]。　酒旗戏鼓甚处市[9]。想依稀、王谢邻里[10]。燕子不知何世。入寻常、巷陌[11]人家，相对如说兴亡，斜阳里。

【说明】

周邦彦的怀古、咏物词，都是有所寄托，不作泛语。本词亦是咏史之作。其中隐括古乐府及唐刘禹锡所作《石头城》《乌衣巷》诗意而成。

首段“佳丽地”，点出金陵，“南朝盛事”，点出怀古。“山围”等句，用《石头城》诗意，叙述金陵的山川形胜：“山围故国周遭在，潮打孤城寂寞回。淮水东边旧时月，夜深还过女墙来。”

第二段主要以古乐府《莫愁乐》点出古迹：“莫愁在何处，住在石城西。艇子打两桨，催送莫愁来。”在雾夜的断崖旁边凭吊古迹，月下莫愁系艇的旧迹仍在，而人事已非。

第三段将《乌衣巷》诗句融化入词，原诗是："朱雀桥边野草花，乌衣巷口夕阳斜。旧时王谢堂前燕，飞入寻常百姓家。"又从眼前景物如酒旗戏鼓、寻常巷陌和日暮双燕等等，引起对金陵故都中朝代更替的无限兴亡之感，从而表达出咏史的题意。

【注释】

①佳丽地：即金陵（今江苏南京市）。

②南朝：指宋、齐、梁、陈四朝，都在建康（即金陵）建都。

③故国：即故都，指金陵。髻鬟：指山峰。这两句是说长江两岸环绕着对起的山峰。

④风樯：张着风帆的船。樯本是船上的桅杆。这句是说只见帆船顺风驶向远远的天边。

⑤莫愁本不在金陵，但宋时已有莫愁在金陵的传说，所以本词也说倚在断崖下的倒挂老树曾经系过莫愁的小船。

⑥这句是说夜雾沉沉，遮没了营垒的一半。

⑦女墙：城上带有垛口或射孔的蔽身小墙，俗称城墙垛。

⑧赏心：指赏心亭。《景定建康志》："赏心亭在（城西）下水门城上，下临秦淮；尽观览之胜。"亭是宋丁谓所建。淮水：秦淮河。

⑨酒旗：挂有酒招的酒店。戏鼓：演戏场所。甚处：何处。

⑩王谢：指东晋时王姓、谢姓两大望族，都住在乌衣巷。全句是说这里仿佛是王、谢两家比邻而居的乌衣巷。

⑪寻常巷陌：平常的街道。这两句是说燕子不知道人事的变迁，仍然飞进了昔年是高门大宅而今已成为寻常街巷的房屋中。

蝶恋花 秋思

月皎惊乌栖不定①。更漏将残，辘轳牵金井②。唤起两眸清炯炯③。泪花落枕红绵冷④。　执手霜风吹鬓影。去意徊徨，别意愁难听⑤。楼上阑干横斗柄⑥。露寒人远鸡相应⑦。

【说明】

月光明亮而惊起了乌鸦，乌鸦因栖息不定而啼，这里暗示人亦睡不稳。井边的汲水声更是扰人清梦，这些都是写别前。两人执手相别后，但见北斗横斜，只闻晨鸡啼声，此时行客已经远去，再见又无因由，伫立而望，内心的凄楚更是无法表达。

【注释】

①这句是说月色皎洁明亮，使乌鸦以为天晓而栖息不定。

②辘轳：即井上的滑车，是用来转动吊水桶上的绳子。案“辘轳”原作“辘轳”，此从吴讷本《片玉集》。这两句是说天将亮时，井上有人来吊水，辘轳转动水桶绳子，发出响声。

③炯炯：眼光凝注、神情惊讶，这句是说忽然被人唤起，睁大眼睛，形同痴人。

④红绵：装在枕头里的丝绵。这句是说因惜别而落泪，使得枕头里的丝绵，又湿又冷。

⑤徊徨：彷徨、犹疑不定的样子。这三句写清晨握手分别时，秋风吹动双鬓，行人欲行又止，多少离情别意，即使说出来也因过分愁苦而听不下去。

⑥阑干：横斜貌。乐府《善哉行》："月落参横，北斗阑干。"横斗柄：指北斗星的柄横斜低移。

⑦这句是说等到行人已经去远方始感到清晨露寒，而晨鸡此起彼落的啼声更触发起室迩人远的忧思。

玉楼春

桃溪不作从容住①。秋藕绝来无续处②。当时相候赤栏桥③，今日独寻黄叶路。　烟中列岫青无数④。雁背夕阳红欲暮⑤。人如风后入江云，情似雨余黏地絮。

【说明】

本词上片先借刘阮上天台事引出当年一段艳遇。三、四两句是对一、二两句进行解释，以昔日之相会与今日之独寻对比，从而反映出两种不同的心情。

下片先写景，再抒情。《白雨斋词话》说："美成词有似拙实工者，如《玉楼春》结句云：'人如风后入江云，情似雨余黏地絮。’上言人不能留，下言情不能已。呆作两譬，别饶姿态，却不病其板，不病其纤，此中消息难言。”所谓人如风后之云，指留不住，亦即不作从容住之意。而情似黏地之絮，形容情意缠绵，反衬绝来无续处的苦闷。

“烟中”两句，是以写景联系上下文。“雁背夕阳红欲暮”，通过雁背将傍晚景色渲染得十分生动，成为传诵人口的名句。

【注释】

①桃溪：传说在东汉明帝永平年间，浙江剡县人刘晨、阮肇同入天台山采药，遇见二女子，邀至家，留住半年。山上有桃树，山下有一大溪。山中气候草木常如春时，及还乡，子孙已历七世。见《太平御览》引刘义庆《幽明录》及《太平广记》引《神仙记》。

②这句是以秋藕丝断后不能再连喻人别后无法重逢。

③赤栏桥：赤色栏杆的桥。温庭筠《杨柳枝》：“宜春苑外最长条，闲袅春风伴舞腰；正是玉人肠断处，一渠春水赤栏桥。”

④岫（xiù秀）：峰峦。列岫：陈元龙注引谢朓《郡内高斋闲望》：“窗中列远岫。”这句是指许多青色的山峰呈现在烟霭之中。

⑤这句是说傍晚时分雁背上承受着夕阳暗红的斜晖。

夜飞鹊别情

河桥送人处，凉夜何其[①]。斜月远堕余晖。铜盘烛泪已流尽，霏霏凉露沾衣。相将散离会[②]，探风前津鼓[③]，树杪参旗[④]。花骢会意，纵扬鞭，亦自行迟[⑤]。　迢递路回清野，人语渐无闻，空带愁归。何意重红满地，遗钿不见，斜径都迷[⑥]。兔葵燕麦，向残阳、影与人齐[⑦]。但徘徊班草，欷歔酹酒，极望天西[⑧]。

【说明】

题目是“别情”。上片起句点出“送人”，这是全词中心。“河桥”是送别地点。接着便从事件、地点引出离别情景。“斜月”三句，具体介绍离别之夜。“斜月”是夜景，“烛泪”表明这是饯别之会，“凉露沾衣”是“散离会”之时。“探风前”几句说明行人匆匆上船，自己骑马再送上一程。

下片写归途。经过分手之处，已是人迹杳然，只见斜阳映照荒草，徘徊留恋之余，不禁远望行人所去的西边，以寄托自己无限深情。

【注释】

①凉夜何其：即“夜未央”，意为夜已深但尚未到天明。《诗·小雅·庭燎》：“夜如何其？夜未央。”孔颖达疏：“言夜未央者，谓夜未至旦……未旦，夜半是也。”

②相将：相随。离会：分别前饯行的聚会。

③探：注意。津鼓：渡头击鼓，这是开船的信号。

④杪（miǎo秒）：树木的末梢。参（shēn申）旗：星名，即天旗。

⑤花骢（cōng匆）：花马。李贺《代崔家送客》：“恐随行处尽，何忍重扬鞭。”这两句不说自己骑马送行时为离愁所苦而无精打采，却说花马也懂得别恨，即使挥鞭催促，它也只是慢吞吞地走着。

⑥重红：形容落花之多。钿：女子所戴的首饰。这三句写归途经过清晨饯别之地，只见斜阳凄迷，照着满地落花。

⑦兔葵燕麦：路旁的野葵、野麦。《古歌》：“田中兔丝，如何可络；道旁燕麦，如何可获。”这两句连接上文，指出离会既散，人亦远去，此地唯见长得一人高的野草在残阳之下空自摇荡。

⑧班草：将草铺开，坐在地上。《后汉书·逸民列传》：“陈留张升去官归乡里，道逢友人，共班草而言。”注曰：“班，布也。”欷歔（xī xū西须）：悲叹声。这三句写自己因伤别而徘徊不忍离此，独自铺开野草，借地而坐，一面叹气一面将酒洒在地上（表示无心饮酒），同时极目遥望西方远天，对离去的行人表示无限思念之情。

关河令

秋阴时晴渐向暝[1]。变一庭凄冷。伫听寒声[2]，云深无雁影。　更深人去寂静。但照壁、孤灯相映。酒已都醒，如何消夜永[3]。

【说明】

先从气候、环境说起，这是时阴时晴的秋天，由于天已将晚，使得院落显得格外凄清冷寂，这又道出了作者内心的索寞之感。他伫立庭中，倾听天边有无雁鸣之声，这是希望雁儿能带给他一纸平安书信。由于云深，连雁影也看不到，那么雁儿传书的希望显然是落空了。

下片是写书信都无，只有借酒浇愁；但夜深酒醒，万籁俱寂，一灯相对，灯光将自己孤独的身影映照到墙壁上面。此时此刻，真有长夜漫漫、何以为遣的感叹。

【注释】

①向暝：指天色将晚。

②寒声：指雁鸣声。

③消夜永：消磨这长夜的光阴。

李　廌（一首）

李廌（zhì至）（一〇五九——一〇九），字方叔，华州（今陕西渭南市华州区）人，父李惇与苏轼同年举进士。他曾以文章谒苏轼于黄州，苏轼认为他的文章笔墨澜翻，有飞沙走石之势。著有《济南集》，自《永乐大典》中辑出。

虞美人令

玉栏杆外清江浦。渺渺天涯雨[①]。好风如扇雨如帘[②]。时见岸花汀草、涨痕添[③]。　青林枕上关山路。卧想乘鸾处[④]。碧芜千里信悠悠。惟有霎时凉梦、到南州[⑤]。

【说明】

本词不仅写初夏雨景颇具特色，还善于即景抒写自己闲卧枕上、游目骋怀时的思想活动。《蕙风词话》称赏“好风”两句，认为“春夏之交，近水楼台，确有此景。‘好风’句绝新，似乎未经人道”。对结末两句也很推重，誉之为“尤极淡远清疏之致”。

【注释】

①浦：水滨。渺渺：水远貌。这两句是说玉石栏杆外面就是江水之滨，由此远望水天相连之处，雨意很浓。

②这句是写清风过处，带来帘幕样的细雨。

③汀草：水边绿草。这句是指江水逐渐上涨，漫过了岸边花草。

④鸾：鸟名。《广雅·释鸟》：“鸾鸟，凤凰属也。”乘鸾：意为仙去（即出世）。向子諲《水龙吟》：“金钿半落，宝钗斜坠，乘鸾归去。”这两句是说闲卧枕上，遥念关山万里，翩然有出尘之想（形容自己闲适的心情）。

⑤碧芜：绿草。南州：泛指南方。这两句是说碧草连天，情思无限，只能在梦中互叙别情。

毛　滂（一首）

毛滂，字泽民，衢州（今浙江衢州市）人，生卒年未详。宋哲宗元祐年间任杭州法曹（司法官）。元符二年（一〇九九）任武康知县。徽宗政和中，任嘉禾（今浙江嘉兴市）知州。有《东堂词》。

惜分飞富阳僧舍代作别语[1]

泪湿阑干花着露[2]。愁到眉峰碧聚。此恨平分取[3]。更无言语空相觑[4]。　断雨残云无意绪。寂寞朝朝暮暮。今夜山深处。断魂分付。潮回去。

【说明】

本词写离别时的情态和别后的心绪。周辉认为写得

“语尽而意不尽，意尽而情不尽，何酷似乎少游也”。（《清波杂志》）

上片描绘临别之时无言相对，只见恋人泪眼如露滴花上，愁眉似碧峰簇聚。下片形容别后情绪低落，夜深不寐，由于怕听潮声而分付“潮回去”。

【注释】

①富阳：今浙江杭州市富阳区。

②阑干：眼泪纵横的样子。

③取：助词，即“着”。

④觑（qù去）：细看。

谢克家（一首）

谢克家（？—一一三四），字任伯，上蔡（今河南上蔡县）人。宋哲宗绍圣四年（一〇九七）中第。高宗建炎四年（一一三〇）任参知政事。绍兴四年（一一三四）卒。

忆君王

依依宫柳拂宫墙。楼殿无人春昼长。燕子归来依旧忙。忆君王。月破黄昏人断肠。

【说明】

本词是作者在北宋末年王朝覆灭、中原沦丧、自己在乱离中来到南方以后所作。宫柳宫墙，是指汴京的北宋故宫，楼殿无人则暗示国破人亡，只有燕子仍在忙着经营旧巢。这三句都是想象之辞。后两句是通过抒写景色流露出不能忘情乎故国的沉痛心情。

叶梦得（三首）

叶梦得（一〇七七——一四八），字少蕴，自号石林居士。乌程（今浙江湖州市）人。宋哲宗绍圣四年进士。他的前期词受贺铸婉丽词风的影响。靖康之难以后，他曾两度任建康（今江苏南京市）留守，曾表彰骂敌而死的杨邦乂，也曾为岳飞等人率领的北伐队伍做支援补给等工作。这些具体行动说明他当时的思想状态，并影响了他的创作，促使他的词由个人闲愁转为家国之感，亦即由婉丽的风格转而为简淡雄杰，成为豪放派的后继者之一。这也反映了南渡之际文人词的转变。著有《石林集》。

贺新郎

睡起流莺语。掩青苔、房栊向晚，乱红无数[1]。吹尽残花无人见，惟有垂杨自舞②。渐暖霭③、初回轻暑。宝扇重寻明月影④，暗尘侵、尚有乘鸾女⑤。惊旧恨⑥，遽如许⑦。　江南梦断横江渚⑧。浪黏天、葡萄涨绿⑨，半空烟雨⑩。无限楼前沧波意⑪，谁采蘋花寄取⑫。但怅望、兰舟容与⑬。万里云帆何时到，送孤鸿、目断千山阻⑭。谁为我，唱金缕⑮。

【说明】

刘昌诗《芦浦笔记》说作者“赋此词时年方十八”。与叶梦得同时的关注对他早期词的评价是“婉丽绰约有温（庭筠）、李（商隐）之风”（关注《石林词跋》）。而本词则是他婉丽之作的代表。

上片记初夏薄暮，见宝扇、思恋人，引起无限新愁旧恨。下片写江天在望，归舟不见，又有谁能解除我这孤寂怅恨之情呢？

【注释】

①栊（lóng龙）：窗上棂木。房栊：窗户。向晚：傍晚。这两句是指傍晚时窗户下面的青苔被无数落花所掩盖。

②这两句是说花已落尽，柳枝成荫。

③暖霭：暖雾。

④宝扇：团扇，形状像圆月。明月影：即团扇之影。汉乐府《怨歌行》：“裁为合欢扇，团团似明月。”这句有睹扇思人之意。

⑤乘鸾女：月中仙女，暗喻所恋之人。《龙城录》："九月望日，明皇游月宫见素娥千余人，皆皓衣乘白鸾。"这句是以扇上仙女被尘灰侵蚀喻恋人的不幸遭遇。

⑥旧恨：指与恋人离别。

⑦遽（jù句）：骤然。如许：如此。这是说由宝扇触动旧恨，引起情绪上很大的波动。

⑧横江：即横江浦，在今安徽和县东南，与采石矶隔江相对。渚：水中小洲。

⑨葡萄涨绿：见苏轼《满红红》注②，第204页。

⑩半空烟雨：形容浪花向空飞溅，如同雨雾一般。

⑪这句是说楼前江水悠悠，别意无穷。

⑫萍花：柳宗元《酬曹侍御过象县见寄》："春风无限潇湘意，欲采蘋花不自由。"寄取：寄得。这句承上面句意叹息又有谁采蘋花以寄我相思之意。

⑬容与：安闲的样子。《汉书·礼乐志》："淡容与，献嘉觞。"颜师古注：容与，言闲舒也。这两句是说怅望江上舟船来往，而恋人所在的客舟却不知何日开到。

⑭送孤鸿：嵇康《赠秀才入军》诗："目送归鸿，手挥五弦。"这句是说极目远望孤鸿，终于被山峰阻隔，不见踪影。

⑮金缕：乐曲名。

水调歌头

秋色渐将晚，霜信报黄花[①]。小窗低户深映，微路绕欹斜[②]。为问山翁何事[③]，坐看流年轻度[④]，拚却鬓双华[5]。徙倚望沧海，天净水明霞[6]。　念平昔[7]，空飘荡，遍天涯。归来三径重扫，松竹本吾家[8]。却恨悲风时起，冉冉云间新雁，边马怨胡笳[9]。谁似东山老，谈笑静胡沙[10]。

【说明】

在靖康之难以前，叶梦得几次因获罪于宦官而落职闲居，面对日益严重的边患和腐败的朝政，他的心头极不平静。本词反映了他关心现实的思想倾向。

上片写秋日黄花的闲居生涯。作者虽然自伤流年轻度，鬓发双华，在纵目远眺时却表现出开朗的襟抱。

下片“却恨”三句，写出他对敌人猖獗的忡忡忧心。接着又自恨不能如东晋谢安那样在谈笑之间指挥若定地歼灭敌人，建立奇勋：“谁似东山老，谈笑净胡沙。”这类词在他的作品中为数较少，读来声情豪壮、堂庑特大。

【注释】

①霜信报黄花：黄花开、霜降至。作者在《临江仙》中所说：“碧瓦新霜侵晓梦，黄花已过清秋。”亦即此意。

②小窗低户：形容房屋简陋。这两句是说小屋掩映于秋色黄花之中，屋外是曲折倾斜的小路。指作者居处的幽静。

③为问：“为”是助词。山翁：指晋代山简，是山涛之子，耽于酒而易醉，时人称为“山公”。见《晋书·山涛传》。这里作者以山简自比。

④坐看：白白地看着。

⑤拚却：甘愿。这句有反诘意，是说岂甘年华老去？

⑥徙倚：徘徊流连。沧海：指谢安拟泛海东还的退隐之志。《晋书·谢安传》："安虽受朝寄，然东山之志，始终不渝。及镇新城……造泛海之装，欲须经略初定，自江道还东。"苏轼《水调歌头》亦说："安石在东海，从事鬓惊秋……一旦功成名遂，准拟东还海道，扶病入西州。"这里作者又以谢安自比，并用"天净水明霞"来反映他退居后的开阔心胸。

⑦平昔：往日。

⑧陶渊明《归去来兮辞》："三径就荒，松竹犹存。"这两句是说他在久宦之后退隐家园。

⑨这三句是说身在江湖，但并未悠然物外，对边境敌人的侵扰，感到十分忧虑。

⑩东山老：指谢安。静胡沙：消灭敌人。东山（今江苏南京市江宁区）是谢安隐居之处。在淝水之战中，他指导作战，打败了前秦苻坚的南侵之师。当捷报传来时，他正在别墅里下棋，见驿报后仍不动声色。见《通鉴》卷一〇五。这里用李白《永王东巡歌》诗意："但用东山谢安石（谢安字），为君谈笑静胡沙。"

点绛唇 绍兴乙卯登绝顶小亭

缥缈危亭，笑谈独在千峰上。与谁同赏。万里横烟浪。　老去情怀，犹作天涯想。空惆怅。少年豪放。

莫学衰翁样。

【说明】

绍兴五年乙卯（一一三五），作者五十九岁，家居吴兴。他登上卞山（吴兴西北）之顶的小亭，放目四望，但见云浪如烟，不禁豪兴大发，真想跃马横戈，为国建勋。但老去情怀，空使自己惆怅不已。希望有为的少年，努力报国，不要学他这样无用的衰翁。

朱敦儒（八首）

朱敦儒（一〇八一——一一五九），字希真，洛阳（今河南洛阳市）人。少年时代以“清都山水郎”自命，过着插花醉歌、逍遥林下的生活。北宋末年，战乱频仍，他辗转流离，从江西跋涉到两广岭南。宋高宗绍兴五年赐进士出身，曾任秘书省正字兼兵部郎官等职。后被劾，罪名是“专立异论，与李光交通”。因而罢任。李光是反对秦桧而被黜的大臣，朱敦儒与他往来，说明两人政治主张有相近之处。晚年因畏避窜逐而应秦桧征召任鸿胪少卿，这也反映出他思想已逐步趋向于消极。

朱敦儒“以词章擅名，天资旷远”（黄昇《唐宋诸贤绝妙词选》）。他的作品中婉丽清畅的小词所占的比重很大。这些作品有的反映了傲视权贵或劫后余生的思想，有一定现实意义，但同时又夹杂一定的消极因素。有词三卷，名《樵歌》。

水龙吟

放船千里凌波去[1]。略为吴山留顾[2]。云屯水府[3]，涛随神女[4]，九江东注[5]。北客翩然[6]，壮心偏感，年华将暮[7]。念伊嵩旧隐，巢由故友[8]，南柯梦、遽如许[9]。　回首妖氛未扫[10]，问人间、英雄何处。奇谋报国，可怜无用，尘昏白羽[11]。铁锁横江，锦帆冲浪，孙郎良苦[12]。但愁敲桂棹，悲吟梁父，泪流如雨[13]。

【说明】

这首词是在金兵南侵之后所作。上片于放船千里来到江南时，念及往昔在洛阳“好景何曾虚过，胜友是处相留。向伊川雪夜，洛浦花朝，占断狂游”。（《雨中花》）回想起来，正如南柯一梦。下片从三国时东吴亡于西晋的史实，引到“妖氛未扫”，偏安南方的目前情况，又以“奇谋报国”的诸葛亮自比，并叹息英雄无用武之地。这反映他在离乱之后，对于过去诗酒逍遥的生活仍不能忘怀，但也能正视国家多难的现实而想有所作为。

【注释】

①放船：乘船远出。凌波去：趁波泛浪而远去。

②吴山：泛指江南一带的山。留顾：停留一下。

③水府：古代星名。《晋书·天文志》："东井西南四星曰水府，主水之官也。"这句是说云层聚集在水府星附近，指即将下雨。

④神女：指洛水女神宓妃。曹植《洛神赋序》："黄初三年，余朝京师，还济洛川，古人有言，斯水之神，名曰宓妃。感宋玉对楚王神女之事，遂作此赋。"其辞曰："……臣闻河洛之神，名曰宓妃。"这句是说作者从洛阳乘船南下，波涛奔腾，如有神女出没其间。

⑤九江：众水汇流而成的大江。九：言其多。东注：向东流去，注入大海。

⑥北客：作者自称。翩然：自得其乐。

⑦壮心：指自己的报国之心。这两句有感于自己报国之志未能实现，人却已经老了。

⑧伊：伊阙（今河南洛阳市南）。嵩：嵩高（今河南登封市北）。伊、嵩都是名山。巢父、许由都是古代隐士。这两句说作者怀念往昔在洛阳时的友人，这是指那些幽居名山，如上古巢父、许由般的隐士。

⑨南柯梦：唐李公佐《南柯太守传》记淳于棼家有古槐一株，树下有一蚁穴。他醉后梦入蚁穴，到了"槐安国"，娶王女金枝公主，后又出任为南柯郡太守。在郡二十余年，因公主亡故而罢任还京，被王遣回本里。觉来方知是一梦。遽：就。如许：如此。这两句是说归隐名山的旧事就像是南柯一梦（指目前中原乱离，已无处可归隐）。

⑩妖氛：凶气。指南侵的金统治者。

⑪白羽：箭名。或说指白羽扇，用以指挥作战。苏轼《祭

常山回小猎》：“圣明若用西凉簿，白羽犹能效一挥。”这句形容烽烟弥漫。

⑫铁锁横江：指晋武帝派王濬造大船东下伐吴，东吴用铁锁（索）横断江面，阻挡晋船，晋军用火烧熔了铁锁，战船乘风破浪，攻下了建康，东吴孙皓出降。刘禹锡《西塞山怀古》：“王濬楼船下益州，金陵王气黯然收。千寻铁锁沉江底，一片降幡出石头。”这三句以东吴（孙皓）被西晋所灭比喻南宋受金威胁的困境。

⑬櫂：即“棹”。本为摇船用具，这里泛指船。苏轼《前赤壁赋》：“桂棹兮兰桨，击空明兮溯流光。”梁父：即《梁父吟》。《三国志·蜀书·诸葛亮传》说，诸葛亮好为《梁父吟》。这三句是说自己敲着桂棹、朗诵《梁父吟》，以隐居南阳的诸葛亮自比，为忧心国事而泪下如雨。

临江仙

直自凤凰城破后[①]，擘钗破镜分飞[②]。天涯海角信音稀。梦回辽海北，魂断玉关西[③]。　月解重圆星解聚，如何不见人归。今春还听杜鹃啼。年年看塞雁[④]，一十四番回[⑤]。

【说明】

天涯海角，辽海玉关，是说各居天一方，相会不可能。星月能重聚再圆，亲人却不能随塞雁南归，这又是何等可悲。全词概括地反映了中原动乱时无数家庭妻离子散的悲惨遭遇，寄寓了作者深沉的家国之痛，具有一定的现实意义。

【注释】

①直：当。直自：自从。凤凰城：指汴京。这句写北宋钦宗靖康二年（一一二七）汴京陷落。

②擘（bò）钗：分钗。爱人离别时分钗作为纪念。白居易《长恨歌》："钗留一股合一扇，钗擘黄金合分钿。"破镜：指南朝陈后主妹乐昌公主与丈夫徐德言在陈亡后打破一镜，各取其半，约他日（正月望日）卖于都市。后公主为隋杨素所得。德言在约定时间到京，见老仆卖半镜，就出所藏半镜相合，题《破镜诗》。公主见诗悲泣不食。杨素知此事后，召徐至，使夫妻重聚。见孟棨《本事诗》。这句借分钗破镜说明多少夫妻在乱离中被迫分散。

③辽海北：泛指东北海边。玉关：玉门关。泛指西北地区。这两句泛写离散后天各一方音书难通的相思之情。

④塞雁：秋天雁从塞上飞回，故称塞雁。

⑤一十四番回：指看见雁南归已经十四次了。即作者南来已有十四个年头。

鹧鸪天 西都作[1]

我是清都山水郎[2]。天教分付与疏狂[3]。曾批给雨支风券，累上留云借月章[4]。 诗万首，酒千觞[5]。几曾著眼看侯王。玉楼金阙慵归去[6]，且插梅花醉洛阳。

【说明】

本词很具有个性特色。《宋史·文苑传》说："敦儒志行高洁，虽为布衣而有朝野之望。靖康中，召至京师，将处以学官，敦儒辞曰：'麋鹿之性，自乐闲旷，爵禄非所愿也。'固辞还山。"

词中不仅写他在洛阳时"行歌不记流年，花间相过酒家眠"（《临江仙》），过着流连风月的疏狂生涯，也反映他"几曾著眼看侯王"，即傲视权贵、不愿在朝的思想。但那时正值北宋王朝即将覆亡的前夕，而作者却仍以"山水郎"自居，这种避世的态度是消极的。

【注释】

①西都：宋以洛阳为西京，即西都。

②清都：传说中天帝的居处。《列子·周穆王》："王实

以为清都紫微，钧天广乐，帝之所居。”山水郎：为天帝管理山水的侍从。这是说自己不乐尘世而留恋于山水自然的生活。

③疏狂：不受礼法拘束。

④券（quàn劝）：天帝给予的凭证。章：上给帝王的奏章。这两句是说自己能支使风云月露，这是天帝批给的，也是屡次要求得到的（假设之辞）。

⑤觞（shāng伤）：古时盛酒器。

⑥玉楼金阙：指汴京宫殿。慵（yōng拥）：懒。这句指他不愿回朝做官。

好事近 渔父词

摇首出红尘，醒醉更无时节。活计绿蓑青笠[1]，惯披霜冲雪。　晚来风定钓丝闲，上下是新月。千里水天一色，看孤鸿明灭[2]。

【说明】

朱敦儒的《渔父词》共六首，这是其中之一。词中渔父的形象，实际就是作者晚年的写照。他长期住在嘉禾（今浙江嘉兴市）的鸳鸯湖（今南湖）畔："莼菜鲈鱼留我，住鸳鸯湖侧。"（《好事近》）过着远离俗世的生活。所谓醒醉无时，披霜冲雪，都是指自在而无拘束。特别是新月初升的湖上，水天一色，孤鸿明灭，更反映出作者潇洒疏放的襟抱。

【注释】

①活计：生计。这句是说渔夫靠打鱼为生。

②这句描写月光之下孤鸿的身影时隐时现。

减字木兰花

刘郎已老[1]。不管桃花依旧笑[2]。要听琵琶。重院莺啼觅谢家[3]。　曲终人醉。多似浔阳江上泪[4]。万里东风。国破山河落照红[5]。

【说明】

以老去的刘郎自比，听琵琶而下泪，并不只是为本身的沦落，而是痛心于故国山河的残破。这样，作者的感喟就具有一定的现实意义。

【注释】

①刘郎：指唐诗人刘禹锡。他曾被贬至南方连州、朗州等地。作者因战乱而流浪南方，故以刘郎自比。

②崔护《题都城南庄》诗有“桃花依旧笑春风”之句。这

句是说诗人已老，花月繁华引不起他的兴致。

③重院：深院。谢家：指歌伎居处。张泌《寄人》：“别梦依依到谢家。”

④浔阳江上：白居易《琵琶行》：“浔阳江头夜送客，枫叶荻花秋瑟瑟……凄凄不似向前声，满座重闻皆掩泣。座中泣下谁最多？江州司马青衫湿。”这两句是说自己像白居易那样听琵琶后落泪伤心。

⑤杜甫《春望》诗：“国破山河在，城春草木深。”这句是说面对落日映照下的大地河山，想到国破家亡，不禁感慨万端。

采桑子 彭浪矶[1]

扁舟去作江南客，旅雁孤云。万里烟尘[2]。回首中原泪满巾。　碧山对晚汀洲冷[3]，枫叶芦根。日落波平。愁损辞乡去国人[4]。

【说明】

上片自比旅雁孤云，在战乱中作客江南，遥望沦陷敌手的中原，不禁泪落如雨。下片描绘江南山水，满目秋意，使离乡去国的客子特别难受。

【注释】

①彭浪矶：在江西彭泽县的长江边。苏轼《李思训画长江绝岛图》："山苍苍，水茫茫，大孤小孤江中央。"小孤即小孤山，与彭浪矶相对。

②烟尘：指战争。

③这句指傍晚时碧山相对，汀洲冷落无人。

④愁损：愁坏。去国：离开了京师。

卜算子

旅雁向南飞①，风雨群初失②。饥渴辛勤两翅垂，独下寒汀立③。 鸥鹭苦难亲④，矰缴忧相逼⑤。云海茫茫无处归，谁听哀鸣急⑥。

【说明】

唐代白居易亦有《旅雁》诗，是写旅雁的不幸遭遇："雪中啄草冰上宿，翅冷腾空飞动迟。江童持网捕将去，手携入市生卖之。"且由此引起身世感喟："我本北人今谴谪，人鸟虽殊同是客，见此客鸟伤客人，赎汝放汝飞入云。"可说是借雁自伤。

在这首词里，作者以旅雁自喻。旅雁在风雨交加时失群掉队，由于饥渴劳瘁而被迫降落在汀洲之上。它被鸥鹭疏远，又怕遭到捕捉。在茫茫的云海中哀鸣不已而找不到归宿。这里所写的旅雁实际上是作者本身流离迁徙、历尽艰辛的写照。

【注释】

①旅雁：旅途中的雁。雁在春季向北飞，秋季向南飞，是经常在旅途中的候鸟。

②这句是说在暴风雨中与雁群相离失。

③寒汀：冷僻的水边。

④这句是说由于鸥鹭难于接近而感到为难。

⑤矰缴（zēng zhuó增浊）：猎取飞鸟的射具。矰：用丝绳系住的短箭。缴：系在箭上的丝绳。这句是说旅雁忧虑被人捕获。

⑥这两句写旅雁失群以后的苦痛。下片以旅雁暗喻自己南来以后孤危困难的处境。

相见欢

金陵城上西楼。倚清秋[①]。万里夕阳垂地、大江流。

中原乱。簪缨散[②]。几时收[③]。试倩悲风吹泪[④]、过扬州。

【说明】

这首小词气魄极大，寄慨很深。“万里”两句，写夕阳西沉、大江奔流的壮阔气势，较之杜甫的“月涌大江流”（《旅夜书怀》不见逊色。“试倩”两句，与李白诗：“我寄愁心与明月，随风直到夜郎西。”（《闻王昌龄左迁龙标遥有此寄》）手法很相似。他要托悲风向中原父老传达自己的忧国之泪，这是何等沉痛的语言。

【注释】

①这两句是写自己在金陵城的西楼上纵目远眺秋天的景色。

②簪缨：古代达官贵人帽子上的装饰，用来把帽子固着在头上。这里的簪缨借指官僚、贵族。这两句是说靖康之难后，中原乱离，贵族士大夫们都奔亡逃难。

③收：收复。这句是说几时能收复中原失地。

④倩：请求。

周紫芝（二首）

周紫芝，字少隐，宣城（今安徽宣城市）人，生卒年不详。宋高宗绍兴十七年为枢密院编修官。自号竹坡居士。有《竹坡诗话》。

鹧鸪天

一点残红欲尽时[①]。乍凉秋气满屏帏[②]。梧桐叶上三更雨[③]，叶叶声声是别离。　调宝瑟[④]，拨金猊[⑤]。那时同唱鹧鸪词。如今风雨西楼夜[⑥]，不听清歌也泪垂。

【说明】

毛晋说：“紫芝尝评王次卿诗云：‘如江平风霁，微波不兴，而汹涌之势，澎湃之声，固已隐然在其中。’

其词约略似之。”从本词来看，先是写秋夜卧听三更梧桐雨，叶叶声声都像在诉述离情。继而回想当时对坐调瑟、同唱小词的柔情蜜意，末两句写风雨之夜、垂泪忆当年的感慨，则显得心潮汹涌，愁思难平。

【注释】

①残红：指将熄灭的灯焰。

②乍凉：天气骤然凉下来。

③三更雨：温庭筠《更漏子》：“梧桐树，三更雨，不道离情正苦。一叶叶，一声声，空阶滴到明。”

④调：抚弄乐器。

⑤金猊（ní尼）：狮形的铜制香炉。这句是指拨去炉灰。

⑥西楼：作者住处。

踏莎行

情似游丝[①]，人如飞絮。泪珠阁定空相觑[②]。一溪烟柳万丝垂，无因系得兰舟住[③]。　雁过斜阳，草迷烟渚[④]。如今已是愁无数。明朝且做莫思量，如何过得今宵去。

【说明】

“泪珠阁定空相觑”，形容两人离别之时泪眼相看、无语凝噎的情状。而万丝垂柳系不住兰舟，正好说明人如飞絮、情似游丝。离别以后，景色凄迷，愁思无限。末两句是说哪里还顾得去想明天的事，今晚的离愁就无法排遣，暗示出别恨之深。

【注释】

①游丝：在空中飞扬的蜘蛛、青虫一类所吐的丝。

②阁：同“搁”，停止。觑：细看。这句是指离别前两人眼中含泪空自对面相看。

③无因：没有法子。

④渚：水中小洲。这两句是写雁儿在夕阳余晖下向天边飞去，青草蔓生在烟雾笼罩的小洲上。

赵　佶（一首）

赵佶（一〇八二——一三五），即宋徽宗。在一一〇〇年即位后，任用蔡京、童贯、朱勔等奸臣，加紧对人民进行剥削，并创“花石纲”，以寻找奇花异石为名，大肆搜刮骚扰，弄得民不聊生。统治阶级的荒淫腐朽，导致民生凋敝，国力衰微。当金兵南侵时，他又只知苟安求和而不思振作抗御，致使中原沦陷，王朝覆亡。徽、钦二宗及后妃、宗室都全被俘北去。赵佶本人擅长书画，词亦有名。近人曹元忠辑有《宋徽宗词》。

燕山亭

裁剪冰绡，打叠数重，冷淡胭脂匀注①。新样靓妆，艳溢香融，羞杀蕊珠宫女②。易得凋零，更多少、无情风雨。愁苦。闲院落凄凉，几番春暮。　凭寄离恨重重，这双燕，何曾会人言语③。天遥地远，万水千山，知他故宫何处。怎不思量，除梦里、有时曾去。无据。和梦也、有时不做④。

【说明】

本词上片描绘杏花开放时的妍艳及被风雨摧残后的凋零。下片写离恨。宋无名氏说：“‘天遥地阔’，‘和梦也、有时不做’，真似李主（李煜）‘别时容易见时难’声调也。”（《朝野遗记》）这是说两个亡国之君怀念故国的心情大致相同。

【注释】

①绡：似缣而较疏的薄绸。冰绡：洁白的绸。王勃《七夕赋》：“引鸳杼兮割冰绡。”这三句形容杏花像是那白绸经过裁剪成瓣状而迭成数重，又淡淡地施上胭脂。

②靓（jìng敬）妆：粉黛妆饰。司马相如《上林赋》：“靓妆刻饰。”蕊珠：道家称天上宫阙为“蕊珠”。《十洲记》：“玉晨大道君治蕊珠贝阙。”这三句描写杏花妆饰时新、色丽香浓，连天上仙女都自愧弗如。

③这三句是指双燕不懂言语，不能托它带去万重离恨。

④和：连。这四句是说自己怎么不思念故国呢？（但实际上已不可能回去了。）除非梦里有时还曾经去过，再说如今连这种梦也不做一个，则思念之情更无法寄托了。这是深一层的写法。

李　纲（四首）

李纲（一〇八三——一四〇），字伯纪，福建邵武人。宋徽宗政和二年进士，历任朝官。宣和七年，金兵分道侵犯，宋徽宗惊慌万状，急于逃避。李纲刺臂血上书，宋徽宗传位于太子，即宋钦宗。宋钦宗以李纲为兵部侍郎，后为尚书右丞。李纲亲身督战，并屡陈御敌作战计划，但因宋钦宗听信谗言而被贬。南宋王朝建立后，宋高宗召李纲为相。李纲积极备战，敌不敢犯。后因宋高宗听信主和派奸臣的谗言，遭到罢免。绍兴二年（一一三二）被起用为湖南宣抚使兼知潭州，不久被罢免。绍兴十年卒于福州。所著有《梁溪集》和《梁溪词》。

李纲的词作不多，现存仅五十多首，但他的七首咏史词很出色，形象鲜明生动，风格沉雄劲健。作者借古喻今，充满了坚持抗战的爱国热情。

喜迁莺 晋师胜淝上[①]

长江千里。限南北、雪浪云涛无际[②]。天险难踰[③]，人谋克敌[④]，索虏岂能吞噬[⑤]。阿坚百万南牧[⑥]，倏忽长驱吾地[⑦]。破强敌，在谢公处画[⑧]，从容颐指[⑨]。　奇伟。淝水上。八千戈甲[⑩]，结阵当蛇豕[⑪]。鞭弭周旋[⑫]，旌旗麾动[⑬]，坐却北军风靡[⑭]。夜闻数声鸣鹤[⑮]，尽道王师将至[⑯]。延晋祚[⑰]，庇烝民[⑱]，周雅何曾专美[⑲]。

【说明】

本词写公元三八三年历史上著名的秦、晋淝水之战。词的上片写秦王苻坚率兵百万，大举南侵；东晋谢安策划抗敌。下片写晋军奋勇作战，符合人民意愿，结果以少胜多，击退秦兵。词中一面激励当今皇帝要效法历史上的英雄人物，大敌当前毫不畏惧，同时作者也以谢安自比，期望获得重用，为抗金大事建立功业。

【注释】

①淝：淝水，在今安徽寿县境内。

②限：界。这句是说，千里长江，雪浪翻滚，风起云涌，

一望无际，但南北界限分明。

③踰：越。

④人谋：指大臣的谋略。

⑤索虏：南北朝时，南朝骂北朝人为索虏。吞噬（shì示）：吞食。这几句是说，长江的天险难以越过，而大臣的谋略又能制胜强敌，北方的秦王苻坚难道能够并吞东晋吗？

⑥阿坚：即秦王苻坚。南牧：侵占南方的土地。

⑦倏（shū梳）忽：极快的意思。

⑧谢公：指东晋谢安，采取了积极抗敌的战略措施。

⑨颐：面颊。颐指：形容指挥进退皆如人意。

⑩八千戈甲：指晋军前锋都督谢玄等将领带精兵八千，争渡淝水，击杀秦兵。

⑪蛇豕：长蛇和大猪，比喻贪暴残害者。《左传·定公四年》："吴为封（大）豕长蛇，以荐食上国。"注："言吴贪害如蛇豕。"

⑫弭（mǐ米）：弓末梢，用骨头做的，用来助驾车者解开缵结。鞭弭：驾车前进。周旋：辗转相从，这里是交战的意思。晋公子重耳答楚成王时，说过"左执鞭弭"和"以与君周旋"的话。见《左传·僖公二十三年》。

⑬麾动：这里指战旗招展。

⑭北军：秦兵。这句是说，坐谈之间，北方秦国苻坚的军队顺风倒下，很快被打败。

⑮鸣鹤：即风声鹤唳（lì利）。秦国军队大败后逃跑，看见八公山上的草木，以为都是东晋的士兵，路上听到风声和鹤叫的声音也以为是晋兵追来。见《晋书·谢安传》。

⑯王师：东晋的军队。

⑰晋祚（zuì坐）：东晋的皇位。

⑱烝民：众多的百姓。

⑲周雅：指周宣王命大臣征西戎、伐猃狁（xiǎnyǔn险允，古代北方的一个民族），使周室中兴。这句说，周宣王使周室中兴的美事，并不是专有的，东晋谢安等以弱势战胜强秦，使晋朝转危为安，也是值得赞美的。

念奴娇 宪宗平淮西[①]

晚唐姑息[②]，有多少方镇，飞扬跋扈[③]。淮蔡雄藩联四郡[④]，千里公然旅拒[⑤]。同恶相资[⑥]，潜伤宰辅[⑦]，谁敢分明语。媕婀群议[⑧]，共云旄节应付[⑨]。　於穆天子英明[⑩]，不疑不贰处[⑪]，登庸裴度[⑫]。往督全师威令使，擒贼功名归愬[⑬]。半夜衔枚[⑭]，满城深雪，忽已亡悬瓠[⑮]。明堂坐治[⑯]，中兴高映千古[⑰]。

【说明】

本词是写唐宪宗李纯平定淮西方镇割据的史实。唐代自安史之乱后，宦官专权，方镇割据，连年内战，破坏了社会经济，削弱了国势。到唐宪宗时，为了巩固封建政权，采取了一些恢复经济的措施，并对方镇割据势力展开了激烈的斗争。词中写唐宪宗英明果断，能够信任裴度，在元和十二年（八一七），消灭了飞扬跋扈的淮西藩镇势力。宋钦宗曾把《裴度传》赐给李纲，似乎是信任他，但实际上是甘心屈膝求和。词里歌颂这场平定淮西方镇的战争，反映了作者渴望宋王朝能够真正信任他来抗击金兵的急切心情。

【注释】

①淮西：唐代方镇名，全称是淮南西道。

②姑息：无原则的宽容。

③飞扬跋扈：形容极端横暴放肆。这句是说，安史乱后，唐代姑息养奸，方镇林立，各占一方，自立为王，根本不听中央政府的调度。

④淮蔡：指淮西方镇的治所蔡州，在今河南汝南县附近。联四郡：指淮西方镇割据的吴元济为害作乱，和山南东道梁崇义、淄青（今山东）李纳、魏博（今山东聊城市）田悦、成德（今河北）李惟岳四镇联合抗唐是一样的。

⑤旅拒：即旅距，聚众相抵抗。

⑥同恶：共同作恶的人。这句是说，他们互相勾结起来，共同作乱，对抗朝廷。

⑦潜：隐藏。宰辅：即宰相。这句是说，暗地里还伤害宰相。

⑧媕（ān庵）婀：犹豫不决的样子。

⑨旄节：使臣所持之节，表示守信。唐代制度方镇节度使皆赐节，专掌军权。

⑩於穆：赞叹词。《诗·周颂·清庙》：“於穆清庙。”於（wū巫）：叹辞；穆：美好；天子：指唐宪宗李纯。

⑪不疑不贰：没有二心，不再疑惑。

⑫登庸：大用的意思。裴度：字中立，进士出身，唐宪宗任用其为宰相，令讨淮、蔡。

⑬愬（sù素）：李愬，字元直，善战而有谋略，当时任唐、邓（在今河南邓州市一带）节度使。李愬在统帅裴度的指挥下，雪夜奇袭，夜入蔡州，活捉了淮西节度使吴元济，讨平了淮西之乱。

⑭衔枚：古代行军袭击时，令士兵衔枚，枚的形状如筷，横衔口中，可以止声。

⑮悬瓠：亦作悬壶，城名，在今河南汝南县，自古为兵家必争之地，这里比喻李愬奇袭，很快地破了蔡州城。

⑯明堂：周朝天子宣明政教的地方。

⑰中兴：衰而复兴。

喜迁莺 真宗幸澶渊①

边城寒早②。恣骄虏、远牧甘泉丰草③。铁马嘶风④，毡裘凌雪⑤，坐使一方云扰⑥。庙堂折冲无策⑦，欲幸坤维江表⑧。叱群议，赖寇公力挽⑨，亲行天讨⑩。　缥缈。銮辂动⑪，霓旌龙旆⑫，遥指澶渊道。日照金戈，云随黄缴⑬，径渡大河清晓⑭。六军万姓呼舞⑮，箭发敌酋难保⑯。虏情詟⑰，誓书来⑱，从此年年修好⑲。

【说明】

本词是作者举本朝的故事，劝告当时皇帝。词的上片写敌人侵犯，朝臣纷纷建议逃避，唯有寇准力劝宋真宗亲征。下片写宋真宗渡河亲征，百姓欢呼，使敌人恐惧，愿意退兵讲和。虽然李纲抗敌的劝告和鼓励并无成效，南宋王朝仍然屈辱求和，但是，在这首咏史词里充分反映了作者坚持抗金的爱国热情。

【注释】

①澶渊：古湖泊的名称。这里指澶州，亦名澶渊郡，因澶渊得名，治所在河南顿丘（今清丰县西）。北宋时与辽会盟于此，史称“澶渊之盟”。

②边城：指北方边塞的城镇。

③骄虏：这里是对北方辽贵族入侵者的蔑称。这句是说，恣意骄横的辽军犯边侵占甘美的泉水、丰茂的草原。

④嘶：马鸣。

⑤毡裘：北方辽军所穿的以毛织制的衣服。这句是说，辽军的毛皮衣服上都积满了雪。

⑥云扰：形容辽军入侵扰乱，如云而起。

⑦庙堂：这里指朝廷。折冲：指击退敌军。见《吕氏春秋·召类》。

⑧坤：地。江表：长江以南的地方。这句是说，他们想去的地方是长江以南，也就是准备逃避。

⑨叱（chì斥）：怒责。寇公：即宰相寇准。他指责南逃议论，竭力主战，力挽狂澜，使动摇不定的宋真宗亲征。

⑩天讨：天罚，古代指帝王奉天讨伐暴乱。这里指宋真宗亲征。

⑪辂：通“路”，这里指车。銮辂：皇帝的车驾。

⑫霓旌：皇帝的仪仗之一。龙旆（pèi沛）：画着龙的大旗。

⑬黄繖（sǎn 伞）：即黄伞，皇帝出征用。

⑭大河：指澶渊河。

⑮六军：泛指北宋王朝的军队。

⑯敌酋：这里指前来侵犯的辽贵族统治者。在澶州城下，辽军主将萧挞凛曾被北宋军队射死。

⑰詟（zhé折）：恐惧。指敌人的士气大受挫折。

⑱誓书：撤兵议和的盟誓、条件。

⑲这句是说，自从订立“澶渊之盟”后，辽和北宋两个政权在一个世纪中，基本上维持了和平的状态。

苏武令

塞上风高①，渔阳秋早②，惆怅翠华音杳③。驿使空驰④，征鸿归尽⑤，不寄双龙消耗⑥。念白衣⑦、金殿除恩⑧，归黄阁⑨、未成图报⑩。　谁信我、致主丹衷⑪，伤时多故⑫，未作救民方召⑬。调鼎为霖⑭，登坛作将⑮，燕然即须平扫⑯。拥精兵十万，横行沙漠⑰，奉迎天表⑱。

【说明】

本词作于北宋灭亡以后。词的上片写作者思念宋徽宗、宋钦宗被虏北方，叹息自己还不能复仇雪耻；下片表达自己为国救民的抱负和抗敌必胜的信心。词的最后“拥精兵十万，横行沙漠，奉迎天表”，表现了作者强烈的爱国精神和豪迈的英雄气概。

【注释】

①塞（sài赛）上：指边境防线上。

②渔阳：古郡名。唐时河北道的蓟州改称为渔阳郡，在今北京市东地区。这里泛指北方。

③惆怅：伤感。翠华：指皇帝仪仗队中用翠鸟羽毛作装饰的旗子。

④驿（yì义）使：古代传递公文、信件的人员。

⑤征鸿：南归的鸿雁。

⑥双龙：指宋徽宗、宋钦宗。消耗：音信。

⑦白衣：古代称呼无官职的平民。

⑧金殿：即皇室内的金銮殿。除恩：指授官。

⑨黄阁：汉代丞相听事的门叫黄阁。这里指作者授官至宰相。

⑩图报：图谋报答。这里指还没有能复仇雪耻。

⑪丹衷：即丹心、忠心。这句是说，有谁能相信我献给皇上的一片忠心呢？

⑫多故：指宋钦宗听信谗言，使李纲多次罢官、遭贬。

⑬方召：即方叔与召虎，二人为辅佐周宣王中兴之大臣。《晋书·王鉴传》：“愚谓尊驾宜亲幸江州，然后方召之臣，其力可得而宣；熊罴之士，其锐可得而奋。”后以方召为国家重臣之代称。

⑭调鼎：比喻宰相治理天下，掌管百事，好像鼎之调味。霖：对农田有益的雨。这里比喻有益于百姓。

⑮坛：用土所筑的高台，古代盟誓、封拜大将等均用之。

⑯燕然：见无名氏《捣练子》注①，第14页。这里比喻北方金兵的侵扰就要平定。

⑰横行：这里是横扫的意思，形容宋朝大军不费力气地打败金兵。

⑱天表：旧指天生的仪表，常以此称帝王。这里指宋徽宗、宋钦宗。

李清照（十首）

李清照（一〇八四——一一五五？），号易安居士，济南（今山东济南市）人。南渡之前，她过着平静的家庭生活。丈夫赵明诚是有名的金石家，李清照作有《金石录后序》，记载了两人收集、钻研金石书画的经过。靖康之难以后，她亲身经历了颠沛流离的乱离生活，亲眼看到哀鸿遍野的惨酷现实，她的家庭中又发生了一连串不幸变故，先是丈夫病逝，接着便是被诬陷为通敌，和“改嫁涉讼”的诽谤。晚年无依无靠，流落异地。

李清照是著名的女词人。她的前期词多写离愁别恨和自然景物；后期词（南渡以后）表现了自己在国破家亡、颠沛流离的生活历程中的内心感受，具有一定的社会意义。她的一些诗文亦反映了当时的社会现实。

在词的理论方面，李清照提出了词“别是一家，知之者少”的说法，并以“协音律”而又典重高雅为当行出色。这种忽视词作内容的论点，是比较片面的。词著有《漱玉集》，今不传。

渔家傲

天接云涛连晓雾[①]。星河欲转千帆舞[②]。仿佛梦魂归帝所[③]。闻天语[④]。殷勤问我归何处。　我报路长嗟日暮[⑤]。学诗谩有惊人句[⑥]。九万里风鹏正举。风休住。蓬舟吹取三山去[⑦]。

【说明】

《蓼园词选》说：本词“无一毫钗粉气，自是北宋风格”。认为是李清照前期词中风格疏放的一篇。

本词富于强烈的浪漫气息。一开始就展示出一幅晓雾弥天、星河移转的壮阔场景，接着写作者进入梦境，与天帝对答。由此表现了她要乘长风高飞远举，直向仙山蓬岛，也即在理想的国度中求得精神的慰藉。

【注释】

①云涛：云起如波涛汹涌。孟浩然《宿天台桐柏观》：“日夕望三山，云涛空浩浩。”

②星河：即银河。星河欲转指夜已深。

③归帝所：到天帝的居处，即天上。

④闻天语：听见天帝说话。

⑤报：回答。嗟：感叹词。日暮：指前途黯淡。《楚辞·离骚》："欲少留此灵琐兮，日忽忽其将暮……路漫漫其修远兮，吾将上下而求索。"这句是回答天帝的话，指出前途茫茫，内心彷徨。

⑥谩有：徒然有。惊人句：杜甫《江上值水如海势聊短述》诗："为人性僻耽佳句，语不惊人死不休。"

⑦九万里：《庄子·逍遥游》："鹏之徙于南冥也，水击三千里，抟扶摇而上者九万里。"蓬舟：开往蓬莱的船。三山：传说海上有蓬莱、方丈、瀛洲三座仙山。这三句是说大鹏鸟正乘长风奋飞，希望风不要停，把自己吹向海上仙山。

如梦令

常记溪亭日暮[①]。沉醉不知归路。兴尽晚回舟，误入藕花深处[②]。争渡[③]。争渡。惊起一滩鸥鹭。

【说明】

这里记一次春日郊游，兴尽醉归，不认归路；桨声、笑语声以及受惊飞起的鸥鹭拍翅声，构成一幅欢乐的画面。

【注释】

①常：通“尝”，曾经。溪亭：近水的亭台。

②藕花：即荷花。

③争：通“怎”，怎么。

如梦令

昨夜雨疏风骤[①]。浓睡不消残酒[②]。试问卷帘人，却道海棠依旧。知否。知否。应是绿肥红瘦[③]。

【说明】

本词前四句用孟浩然“夜来风雨声，花落知多少”（《春晓》）诗意，通过问答，暗示出作者惜春而又不伤春的内心感受。《蓼园词选》指出：“一问极有情，答以‘依旧’，答得极淡。跌出‘知否’二句来，而‘绿肥红瘦’，无限凄婉，却又妙在含蓄，短幅中藏无数曲折。”

【注释】

①风骤：风急。

②浓睡：沉睡。

③绿肥：形容叶子茂密。红瘦：指花儿稀少。

凤凰台上忆吹箫

香冷金猊，被翻红浪①，起来慵自梳头。任宝奁尘满②，日上帘钩。生怕离怀别苦③，多少事、欲说还休。新来瘦，非干病酒④，不是悲秋。 休休⑤。这回去也，千万遍阳关⑥，也则难留。念武陵人远，烟锁秦楼⑦。惟有楼前流水，应念我、终日凝眸⑧。凝眸处，从今又添，一段新愁。

【说明】

本词上片写临别时的心情。“生怕”两字，点出不焚香、懒梳头的原因。“欲说”“非干”“不是”，都是以旁敲侧击的间接手法来烘托离愁。

下片写别后情景。则是人去难留，爱而不见，满怀愁思无人领会，流水念我，又添新愁，这又进一步诉述了别后的孤独感，内心感受被描绘得十分细腻。

【注释】

①金猊：涂金的狮形香炉，中空，香气从狮口喷出。这两句先描写香炉不焚香，再形容红被乱摊在床上，指未曾铺床叠被。

②宝奁（lián连）：贵重的镜匣（梳妆用具）。

③生怕：最怕。

④非干：不关。病酒：醉酒、中酒。

⑤休休：罢了，罢了。

⑥阳关：指送行时所唱的曲子。王维《渭城曲》末二句为："劝君更尽一杯酒，西出阳关无故人。"

⑦武陵：郡名（今湖南常德市），这里用来借指作者丈夫所去的地方。晋陶渊明《桃花源记》写武陵人到桃花源事。后来由于桃花、溪水、仙境等与刘晨、阮肇入天台遇二女事相类似而牵合。又将刘、阮二人称为武陵人。秦楼：《陌上桑》："日出东南隅，照我秦氏楼。"这里作者自比与丈夫别离的秦罗敷。这两句先借刘阮指爱人已经远去，再说自己的居处被烟云笼罩，望不见爱人。

⑧凝眸：注视。

一剪梅

红藕香残玉簟秋[①]。轻解罗裳，独上兰舟。云中谁寄锦书来[②]，雁字回时[③]，月满西楼。　花自飘零水自流。一种相思，两处闲愁。此情无计可消除，才下眉头，却上心头。

【说明】

本词先写清秋时节与爱人别离后，独上兰舟以排遣愁怀，西楼望月恨雁来无书。再以两地相思之情如同花儿飘零、水流向东那样出之自然，来说明此情无由消除。写来明白如话，不事雕饰。

【注释】

①玉簟（diàn店）：光滑如玉的席子。

②锦书：书信的美称。李白《久别离》："别来几春未回家，玉窗五见樱桃花。况有锦字书，开缄使人嗟。"

③雁字：指雁群飞行时排列成"一"或"人"字形，称"雁字"。秋天雁回，相传雁能传书，所以"谁寄锦书"之后就说"雁字回时"。

醉花阴

薄雾浓云愁永昼[①]。瑞脑消金兽[②]。佳节又重阳[③]，玉枕纱厨[④]，半夜凉初透。　东篱把酒黄昏后[⑤]。有暗香盈袖[⑥]。莫道不消魂，帘卷西风，人比黄花瘦。

【说明】

这是一首有名的重阳词。作者长于在自然景物的描写中加进自己浓重的感情色彩，使客观环境和内在情绪融和交织，从而创造了以她为主体的人物形象。“莫道”三句，用黄花来比喻人的憔悴；消瘦，以瘦暗示相思之深。形象与环境显得十分调和，给人的印象也很深刻。

【注释】

①薄雾浓云：况周颐云：“中山王《文木赋》：‘奔电屯云，薄雾浓雰！易安《醉花阴》首句用此。”（《蕙风词话》）永昼：长日。

②金兽：兽形的铜香炉。

③重阳：节令名。曹丕《九日与钟繇书》：“岁往月来，忽复九月九日。九为阳数，而日月并应，俗嘉其名，以为宜于长久，故以享宴高会。”

④纱厨：即纱帐。

⑤东篱：陶渊明《饮酒》：“采菊东篱下，悠然见南山。”东篱泛指采菊之地。

⑥暗香：幽香，本指梅花。林逋《山园小梅》：“疏影横斜水清浅，暗香浮动月黄昏。”这里承上句“东篱把酒”而来，指菊花。

念奴娇

萧条庭院[1]，又斜风细雨，重门须闭。宠柳娇花寒食近[2]，种种恼人天气[3]。险韵诗成[4]，扶头酒醒[5]，别是闲滋味。征鸿过尽[6]，万千心事难寄。　楼上几日春寒，帘垂四面，玉栏干慵倚。被冷香消新梦觉[7]，不许愁人不起。清露晨流，新桐初引[8]，多少游春意。日高烟敛，更看今日晴未。

【说明】

本词上片写“心事难寄”，从阴雨寒食、天气恼人，引出以诗酒遣愁。下片说“新梦初觉”，从梦后晓晴引起游春之意。

《蓼园词选》说：“只写心绪落寞，近寒食更难遣耳。陡然而起，便尔深邃，至前段云：‘重门须闭’，后段云：‘不许不起’，一开一合，情各戛戛生新。起处雨，结处晴，局法浑成。”

【注释】

①萧条：形容庭院寂寞冷落。

②宠柳娇花：受到春天宠爱的柳和花。

③恼人天气：指寒食节前后的阴雨气候。

④险韵诗：以冷僻难押的字做韵脚的诗。

⑤扶头酒：易醉的酒。贺铸《南乡子》：“易醉扶头酒，难逢敌手棋。”

⑥征鸿：飞行途中的大雁。

⑦香消：香炉中的香已烧完。

⑧初引：初长。《世说新语·赏誉》：“于时清露晨流，新桐初引。”这两句形容春日清晨，露珠晶莹欲滴，桐树初展嫩芽。

永遇乐

落日熔金[①]，暮云合璧[②]，人在何处。染柳烟浓。吹梅笛怨[③]，春意知几许。元宵佳节[④]，融和天气，次第岂无风雨[⑤]。来相召，香车宝马，谢他酒朋诗侣[⑥]。　中州盛日[⑦]，闺门多暇[⑧]，记得偏重三五[⑨]。铺翠冠儿[⑩]，捻金雪柳[⑪]，簇带争济楚[⑫]。如今憔悴，风鬟霜鬓[⑬]，怕见夜间出去[⑭]。不如向，帘儿底下，听人笑语。

【说明】

张端义《贵耳集》说，李清照“南渡以来，常怀京洛旧事。晚年赋元宵《永遇乐》词云：‘落日熔金，暮云合璧’，已自工致。至于‘染柳烟轻，吹梅笛怨，春意知几许’，气象更好。后叠云：‘于今憔悴，风鬟霜鬓，怕见夜间出去’，皆以寻常语言度入音律，炼句精巧则易，平淡入调者难”。

本词通过不堪回首忆当年的心情，诉述了作者对中原沦丧的哀痛。以昔年汴京的繁华热闹来对照目前的孤寂，使人不仅叹服其字句之工，还能进一步理解作者沉痛的心情。

【注释】

①落日熔金：落日的颜色好像熔化的黄金。廖世美《好事近》词："落日水熔金。"辛弃疾《西江月》："一川落日熔金。"

②合壁：像壁玉一样合成一块。江淹杂体诗《拟僧惠休怨别》："日暮碧云合，佳人殊未来。"

③吹梅笛怨：指曲中有《梅花落》的调子。

④元宵：正月十五夜。

⑤次第：接着，转眼。

⑥谢：辞谢。这句是说谢绝友人的邀请。

⑦中州：河南是古代九州的中心，故称中州，这里指北宋汴京。

⑧闺门：内室之门，借指女子。

⑨三五：指元宵节。

⑩铺翠冠儿：装饰着翠羽的女人帽子。

⑪捻金雪柳：元宵节女子头上的装饰。《大宋宣和遗事》："少刻京师民有似雪浪，尽头上戴着玉梅、雪柳、闹蛾儿，直到鳌山下看灯。"陈元靓《岁时广记·十一》引《岁时杂记》："又卖玉梅、雪梅、雪柳、菩提叶及蛾蜂儿等，皆缯楮为之。"

⑫簇带：妆扮之意。济楚：齐整。

⑬风鬟霜鬓：发髻蓬乱。这是说无心修饰打扮。

⑭怕见：怕得，懒得。

武陵春 春晚

风住尘香花已尽[①]，日晚倦梳头。物是人非事事休。欲语泪先流。　闻说双溪春尚好[②]，也拟泛轻舟。只恐双溪舴艋舟[③]。载不动、许多愁。

【说明】

在这首词中，处处流露出徐缓顿挫、回荡不尽的韵味。对着异乡的春晚，这位女词人只觉得心情沉重而毫无欢乐之感；活跃的春日景象，也曾激起她泛舟出游的意兴，但刹那间就又被深沉的忧伤所淹没了。

作者运用三组口语词“闻说”“也拟”“只恐”，曲折地反映出她那种极难以笔墨形容的内心活动。此外，词中还运用了极其鲜明而形象的比拟：“只恐双溪舴艋舟。载不动、许多愁。”使得作者在环境压力下所产生的不能明言、难以排遣的身世之悲，飘零之痛得到了深刻的表达。这种通俗而又自然的比拟，曾引起后世文人的注意和学习。如《西厢记》第四本第三段的“遍人间烦恼填胸臆，量这些大小车儿如何载得起？”也是通过同样的描写手段，刻画出长亭送别时崔莺莺的无限愁绪。

【注释】

①尘香：花落在地，连尘土都沾到香气。

②双溪：水名，在今浙江金华市丽泽祠前。由永康、东阳两港之水流到金华城东南后并入婺江，在两水交汇处的一段名叫双溪。

③舴艋（zé měng责猛）舟：小船。张志和《渔父》词："钓台渔父褐为裘，两两三三舴艋舟。"

声声慢

寻寻觅觅，冷冷清清，凄凄惨惨戚戚①。乍暖还寒时候，最难将息②。三杯两盏淡酒，怎敌他、晚来风急。雁过也，正伤心，却是旧时相识③。　满地黄花堆积。憔悴损，如今有谁堪摘。守着窗儿，独自怎生得黑④。梧桐更兼细雨，到黄昏，点点滴滴。这次第⑤，怎一个、愁字了得。

【说明】

本词是清照后期词中的杰作。在这里，作者以精炼的语言，概括而集中地反映了南渡以后她自己的生活特征和精神面貌。在这九十七个字中，她运用了惊人的描写手腕，展示出自己曲折复杂的内心世界。虽然哀愁满目，调子凄苦，但又无一处不是她饱经忧患后低沉的倾诉，无一处不是她历尽折磨后急促的忧叹。

在凄风苦雨的秋日黄昏，她若有所思，如有所待。乍暖还寒的时节，晚来的寒风，雁儿南来，黄花憔悴，样样都触动着词人的满怀愁绪。接着来的梧桐更兼细雨，像是洒不完的伤心泪，又引起她无限的感叹。郁积在心头的坎坷沦落的忧思，正随着点点滴滴的雨声在翻腾。在词里，作者的思潮是起伏不定的，情绪是对抗不平的："怎敌他、晚来风急。""怎一个愁字了得？"这两句都是以反诘的口吻，反映出词人不满现实的思想。至于她的"愁"则是在颠沛流离、历尽挫折以后的产物，其中充满了作者的身世之感、沦落之悲。全词虽然迫促愁苦，但仍流露出词人对生活的执着，以及不甘心走向绝境的心情。

作者在这里充分利用了双声、叠字等等语言特点，使之在声音、节奏和情调、气氛各方面都与内容密切配合，达到真切反映特定思想感情的要求。像一开头连下的十四个叠字，真如珠走玉盘。"寻寻觅觅，冷冷清清"八个叠字，抒写出作者如有所思、若有所待，而终又恍有所失的心情；"凄凄惨惨戚戚"，是六个双声字，又属齿音，读起来给人以凄冷的感觉；后面"点点滴滴"四个双声字，写尽词人在黄昏梧桐雨声中如怨如慕、如泣如诉的天涯沦落之悲。全篇多用齿声、舌声字，像"清清""凄凄""惨惨""戚戚""乍"等，是连续下来的九个齿声字，“点点滴滴”为四个舌声字。这是作者为加深读者对她那种忧郁不平的愁绪的印象而着意经营的。张端义在《贵耳集》中对她这种使用叠字的手腕，称之为“公孙大娘舞剑手”，也即指出了作者能结合内容，以变化万态、用力锻炼而又不着痕迹的功夫，发挥了这些双声叠字的作用；可见作者在运用这些具有音乐性的语言时，不仅能使之尽量表达内容，还从而丰富了内容，使全篇产生了感染力极其强烈的艺术效果。

【注释】

①戚戚：忧愁的样子。

②将息：将养休息。

③雁过也：赵嘏《寒塘》诗：“乡心正无限，一雁度南楼。”这是说雁过伤客心。吴均《赠杜容成》诗：“一燕海上来，一燕高堂息；一朝相逢遇，依然旧相识。”这是说两燕相逢曾相识。这三句是说正当伤心时，有雁儿飞过，原来是去年曾飞来过的旧相识。

④怎生：怎样。生是语助词。

⑤这次第：这些经历情况。

吕本中（一首）

吕本中（一〇八四——一一四五），字居仁。其先河南人，南渡后为金华（今浙江金华市）人。宋高宗绍兴六年（一一三六）赐进士出身。任中书舍人（起草有关诏令，承办各项文书的官吏），权直学士院（在翰林学士院值班，草拟机密诏令）。因忤秦桧而罢职。学者称东莱先生。他是始倡"江西诗派"这个名称的人。有《紫微词》。

采桑子

恨君不似江楼月，南北东西。南北东西。只有相随无别离。　恨君却似江楼月，暂满还亏。暂满还亏。待得团圆是几时。

【说明】

这是一首富于民歌情调的小词，用重叠、对比等手法，诉述了别时多、团圆少的离恨。

胡世将（一首）

胡世将（一〇八五——一四二），字承公，晋陵（今江苏常州市武进区）人。宋徽宗崇宁五年（一一〇六）进士。南渡后，官至中书舍人，后出知镇江府，又任四川安抚制置使（负责边防及军事民政的长官）等职。绍兴十二年卒。胡世将在政治上是竭力主战的人物。他不是词人，但现存的一首《酹江月》，在南宋初期爱国词篇中颇有特色。

酹江月（即念奴娇）

秋夕兴元使院作，用东坡赤壁韵[①]。

神州沉陆[②]，问谁是、一范一韩人物[③]。北望长安应不见，抛却关西半壁[④]。塞马晨嘶，胡笳夕引[⑤]，赢得头如雪[⑥]。三秦往事[⑦]，只数汉家三杰[⑧]。　试看百二山河[⑨]，奈君门万里[10]，六师不发[11]（朝议主和）。阃外何人回首处[12]，铁骑千群都灭（富平之败）[13]。拜将台攲[14]，怀贤阁杳[15]，空指冲冠发[16]。栏干拍遍，独对中天明月[17]。

【说明】

本词大约写于绍兴八、九年间，作者任四川安抚制置使。词的上片写北宋范仲淹、韩琦长期守卫边疆，抵御西夏的侵扰，如今已被金兵占领；下片写爱国志士因南宋朝廷主和，不能实现收复中原的满腔悲愤。词的风格沉郁悲壮。

【注释】

①兴元：府名，治所在南郑（今陕西汉中市东）。赤壁韵：即用苏轼《念奴娇》（赤壁怀古）词韵。

②沉陆：即陆沉，比喻世上战乱不堪。这里指金兵入侵，中原沦陷。

③一范一韩：指范仲淹和韩琦。他们都曾守卫西北边疆，抵制西夏的侵扰，建立了功业。

④关西：指函谷关以西的地方。这两句是说，抬头向北方远望，长安是看不见了，函谷关以西的一大片地方也已抛弃了。

⑤夕引：晚上吹起的胡笳声，指宿营。

⑥头如雪：指头发白如飞雪。

⑦三秦往事：秦朝灭亡后，项羽三分关中，以秦降将章邯为雍王，在咸阳以西（今陕西中部西境）；司马欣为塞王，在咸阳以东（今陕西中部东境）；董翳为翟王，在上郡（今陕西北

部），号称三秦。

⑧汉家三杰：指协助刘邦打天下的功臣张良、萧何、韩信。

⑨百二山河：百二，指以二敌百，一说是百的一倍。《史记·高祖本纪》：“秦，形胜之国，带河山之险，县（悬）隔千里，持戟百万，秦得百二焉。”这是说秦地形势险固，二万人足以抵挡诸侯百万军队。另一说是指诸侯虽有百万军队，但秦地处险要，他的百万军队能抵得上诸侯的二百万。这里指南宋王朝空有山河之险。

⑩君门万里：指在临安（今浙江杭州市）的南宋朝廷。

⑪六师：即六军，泛指南宋王朝军队。这几句是说，凭着秦地险要的山河也无法作战，因为南宋朝廷主张议和，所以前方的军队就不能出战。

⑫阃（kǔn捆）外：即城郭郊外，古代将军出征在郭外。

⑬富平：地名，故城在今陕西富平县。富平之败：指宋高宗建炎四年张浚率军至富平被金兵击败。

⑭拜将台：古代封拜大将用土筑的高台。这里指刘邦拜韩信为大将处。攲（qī栖）：指拜将台倾斜。

⑮怀贤：招来贤者。怀贤阁：宋代为怀念诸葛亮出师的功绩而建造。苏轼《怀贤阁》诗：“有怀诸葛公，万骑出汉巴。”杳：没有音信。

⑯冲冠发：指头发直竖能把帽子顶起来，形容愤怒到极点。

⑰中天：这里指天空。

赵　鼎（一首）

赵鼎（一〇八五——一四七），字元镇，自号得全居士。解州闻喜（今山西闻喜县）人。宋徽宗崇宁五年（一一〇六）进士。绍兴初累官签书枢密院事，拜尚书左仆射，同中书门下平章事。他是南宋名臣，与李纲、张浚先后居相位，竭力主战抗金，后遭秦桧排挤；忧愤国事，遂不食而卒。

赵鼎的词作不多，现存仅四十多首，但词中反映了故国山河不堪回首的哀思和抗战抱负难以伸展的悲愤。词的风格比较柔婉。所著有《得全居士词》。

满江红

丁未九月南渡，泊舟仪真江口作[①]

惨结秋阴[②]，西风送、霏霏雨湿[③]。凄望眼、征鸿几字[4]，暮投沙碛[5]。试问乡关何处是[6]，水云浩荡迷南北。但一抹、寒青有无中[7]，遥山色[8]。 天涯路，江上客。肠欲断，头应白。空搔首兴叹[9]，暮年离拆[10]。须信道消忧除是酒，奈酒行有尽情无极[11]。便挽取长江入尊罍，浇胸臆[12]。

【说明】

本词作于宋高宗建炎元年（一一二七）。是年，金兵大举南侵，北宋灭亡，中原大乱。宋高宗即位后，无力抵抗。九月，作者避乱南渡至仪真，对国破家亡，感慨深沉，写下这首凄婉、悲愤的词作。词的上片写秋风细雨中想念被金兵占领的故乡；下片写作者在旅途中想起国事艰危、壮志难伸，要借酒浇愁的痛苦、悲愤的心情。词的表现手法比较委婉、含蓄。

【注释】

①丁未：即宋高宗建炎元年（一一二七）。仪真：今江苏仪征市。

②结：凝聚。

③霏霏（fēi非）：形容下雨细密。这句是说，阴沉惨惨的天空，刮起的秋风挟带着迷迷细雨，把地上都沾湿了。

④征鸿：飞归的大雁。几字：鸿雁成群飞行，在天空结成几字形。

⑤沙碛（qì泣）：荒漠。杜甫《送人从军》：“今君渡沙

碛，累月断人烟。”

⑥乡关：作者家乡在解州闻喜，已被金兵占领，现在避乱南方，故说那里是自己的家乡。

⑦一抹：这里指涂抹一笔。

⑧遥山色：指远山一片青色。

⑨搔首：指人心烦急时用手搔头。兴叹：发出叹息。

⑩离拆：分散开。

⑪酒行：即行酒，酌酒相饮。这两句是说，纵然知道酒能消忧，但自己胸中郁积的忧愁，又非饮酒所能解除。

⑫挽：牵引。长江：指长江水。尊罍（léi雷）：古代盛酒的器具。

向子諲（二首）

向子諲（一〇八五——一五二），字伯恭，自号芗林居士。临江（今江西樟树市）人。宋高宗时任徽猷阁直学士，知平江府。有《酒边集》。

阮郎归 绍兴乙卯大雪行鄱阳道中[1]

江南江北雪漫漫。遥知易水寒[2]。同云深处望三关。断肠山又山[3]。　天可老，海能翻。消除此恨难[4]。频闻遣使问平安。几时鸾辂还[5]。

【说明】

绍兴乙卯是宋高宗绍兴五年（一一三五），这时由于名将岳飞、韩世忠等屡次击败金及伪齐的军队，南宋的军事形势显得十分有利，有力量进取中原；但由于宋高宗等畏敌主和，致使北伐成为泡影，拘禁在北方的帝后也不可能南返。作者就是在这种情况下写作此词，词中的“易水寒”“断肠山又山”“消除此恨难”，都是写帝后被俘、国耻未雪的隐恨。

【注释】

①鄱阳：今江西鄱阳县。

②易水寒：易水是水名，源出今河北易县附近，是战国时燕国的南面疆界。这里以“易水寒”暗喻北方沦陷。

③同云：亦作“彤云”。指下雪前遍布天空的阴云。三关：泛指中原关塞。这两句是说遥望阴云深处的北方关塞，只见连绵不断的山脉，使人肠断欲绝。

④这三句是说要使“天老”“海翻”是不容易的事，但要消除此恨（指亡国）则更为困难（指收复失地）。

⑤遣使问平安：宋高宗建炎三年（一一二九）五月，以洪皓为大金通问使。绍兴二年遣潘致尧等为金国军前通问使，附茶、药、金币进二帝（指徽、钦二宗）。绍兴四年遣章谊等为金国通问使。銮辂（lù路）：指帝王所乘之车，这里借指二帝。銮：銮铃。辂：驾车之横木。这两句是说经常听说朝廷派遣使者到北方去向二帝问候，什么时候他们才能返回南宋呢？

秦楼月

芳菲歇[①]。故园目断伤心切[②]。伤心切。无边烟水，无穷山色。　可堪更近乾龙节[③]。眼中泪尽空啼血。空啼血。子规声外[④]，晓风残月。

【说明】

本词从春暮花谢联想到中原故园。自从战乱以后，与故园相隔万水千山，真可说是目断心伤，泪尽继之以血，这不仅表明作者对故园的萦念，同时也反映了他对中原沦丧的痛心。

【注释】

①芳菲：指百花。

②故园：作者在《西江月》小序中说："政和（宋徽宗年号）间，余卜筑宛丘（今河南淮阳县）……建炎（宋高宗年号）初……中原俶扰，故庐不得返……"作者虽是临江人，但他在中原（宛丘）有"故庐"（即词中的"故园"），北宋覆亡后，他就不能返回故园，空自目断心伤。

③可堪：哪堪。乾龙节：宋钦宗生日。《东京梦华录》卷九："钦宗四月十三日生，为乾龙节。"

④子规：即杜鹃。

蒋兴祖女（一首）

蒋兴祖女，宜兴（今江苏宜兴市）人。父兴祖，为阳武（今河南原阳县）县令。靖康初年金兵南侵时，蒋兴祖力战而死，妻子、儿子都死难，女儿被掳北去。

减字木兰花题雄州驿

朝云横度。辘辘车声如水去[①]。白草黄沙。月照孤村三两家[②]。　飞鸿过也。万结愁肠无昼夜[③]。渐近燕山[④]。回首乡关归路难。

【说明】

这是写被掳北去时所见的途中景物以及自己的万结愁肠。国破家亡，自身被俘，何年何月才能返回南方的家乡呢？《蕙风词话续编》以“步步留恋，步步凄恻”来说明词中所流露的低徊凄楚的感情。

【注释】

①辘（lù路）辘：车行声。

②白草：边地草名。《汉书·西域传》颜师古注：“白草似莠而细，无芒，其干熟时正白色，牛马所嗜也。”这两句是写月光照着荒凉的边地上的孤村。

③飞鸿：指南归之雁。无昼夜：不分日夜。这两句是指看见飞鸿南归，而自己却在往北走，因此愁肠百结，日夜不解。

④燕山：在今河北平原北侧。这里泛指遥远的边地。另一说指燕京（今北京市）。因雄州在今河北雄县，故云渐近北地。

蔡　伸（一首）

蔡伸（一〇八八——一五六），字伸道，莆田（今福建莆田市）人。宋徽宗政和五年（一一一五）进士。有《友古居士词》。

苍梧谣

天。休使圆蟾照客眠①。人何在，桂影自婵娟②。

【说明】

《苍梧谣》是最短的词调，通称《十六字令》。本词写圆月普照，月影婆娑，引起客子望月怀人，长夜不眠。不仅写月色，也反映出人物的内心活动。

【注释】

①圆蟾（chán蝉）：圆月。蟾：蟾蜍。屈原《天问》有“顾菟在腹”之句，即蟾蜍在月亮腹中。后来就以蟾蜍为月亮的代称。

②桂影：月影。婵娟：美好貌。这两句是说月中桂影空自婆娑，而月下却不见伊人佳影。

李重元（一首）

李重元，生平不详。《唐宋诸贤绝妙词选》卷七录他的《忆王孙》（春、夏、秋、冬）词四首。

忆王孙春词

萋萋芳草忆王孙[1]。柳外楼高空断魂。杜宇声声不忍闻[2]。欲黄昏。雨打梨花深闭门。

【说明】

四首《忆王孙》，都是以女子口吻道出富于季节色彩的景色和思想活动。秋、冬两首都是月夜怀人之作。本词写春日见芳草而念王孙，登高不见伊人归来，唯闻杜鹃哀鸣。末两句渲染出黄昏时分凄恻的气氛，伤离意绪也就浮现纸上。

【注释】

①萋萋：草茂盛貌。刘安《招隐士》赋："王孙游兮不归，春草生兮萋萋"。

②杜宇：见苏轼《西江月》注⑫，第207页。

陈与义（一首）

陈与义（一〇九〇——一一三八），字去非，号简斋。本蜀人，后徙居河南叶县。是南宋有名的受江西诗派影响的诗人。官至参知政事。有《无住词》。

临江仙夜登小阁，忆洛中旧游

忆昔午桥桥上饮①，坐中多是豪英②。长沟流月去无声③。杏花疏影里，吹笛到天明。　二十余年如一梦，此身虽在堪惊。闲登小阁看新晴④。古今多少事，渔唱起三更⑤。

【说明】

本词用今昔对比之法，上片回忆二十四岁以前在洛阳欢聚的日子，下片感慨战乱以后自己辗转南方各地，艰辛备尝。《词源》说：“末句最当留意，有有余不尽之意始佳……至若陈简斋‘杏花疏影里，吹笛到天明’之句，真是自然而然。”亦即认为这两句词韵味深长而又无雕琢之痕。

【注释】

①午桥：在洛阳之南。《唐书·裴度传》说，裴度“治第东都集贤里……午桥作别墅，具燠馆凉台，号绿野堂，激波其下。”

②豪英：有气魄、有才干的人物。

③长沟：指大江大河。全句是指夜深水流，投在水中的月影也仿佛随着静静流去。梁何逊《胡兴安夜别》诗有“月映清淮流”之句，与本句意思相近。

④新晴：是久雨之后，夜月晶明。

⑤这两句是说古往今来多少兴亡之事，都不过作为三更时分渔唱樵歌的材料罢了。

张元幹（六首）

张元幹（一〇九一——一一六一），字仲宗，号芦川居士，又号真隐山人，福建永福县（今永泰县）人。他是北宋末年的太学生，做过小官吏。金兵南侵时，张元幹为李纲幕府的僚属，积极支持李纲抗金，反对朝廷议和。后因宋钦宗听信谗言，罢免李纲，张元幹也因此而获罪。

绍兴元年（一一三一），张元幹以将作监丞致仕，先后闲居二十多年。其间因作词送主战派李纲、胡铨，遭秦桧迫害，于绍兴二十一年下狱被削籍。秦桧死后，张元幹又来到临安，并漫游吴兴等地，后客死异乡。

张元幹的词作约一百八十多首，被认为压卷之作的二首《贺新郎》（送李纲和胡铨）词最为著名。风格豪放、悲壮，但也有不少清新、婉丽之作，词风多样。所著有《芦川归来集》和《芦川词》。

贺新郎 寄李伯纪丞相[①]

曳杖危楼去[②]。斗垂天、沧波万顷[③]，月流烟渚[④]。扫尽浮云风不定，未放扁舟夜渡[⑤]。宿雁落、寒芦深处[⑥]。怅望关河空吊影[⑦]，正人间。鼻息鸣鼍鼓[⑧]。谁伴我，醉中舞[⑨]。　十年一梦扬州路[⑩]。倚高寒、愁生故国[⑪]，气吞骄虏[⑫]。要斩楼兰三尺剑[⑬]，遗恨琵琶旧语[⑭]。谩暗涩、铜华尘土[⑮]。唤取谪仙平章看[⑯]，过苕溪[⑰]、尚许垂纶否[⑱]。风浩荡，欲飞举[⑲]。

【说明】

宋高宗绍兴八年（一一三八），南宋向金屈膝求和已成定局，但朝廷内外的主战官员仍纷起反对。这时李纲知洪州（今江西南昌市），闻讯上书，反对和议，后罢居长乐（今福建福州市长乐区）。张元翰当时寓居福州，为李纲上书坚持抗金的精神所感动，写了这首词送他，表示支援，反映了作者坚定的抗金爱国立场和主持正义、不怕投降派压制打击的斗争精神。词的风格豪迈，感情悲壮、激愤。

【注释】

①李伯纪：即李纲。

②曳（yè夜）杖：拖着手杖。这句是说，拖着手杖慢慢地走上高楼。

③斗垂天：北斗星座仿佛在夜空中低低地挂在那里。

④烟渚（zhǔ主）：烟雾迷漫的水边小洲。

⑤扁舟夜渡：唐韦应物《滁州西涧》：“春潮带雨晚来急，野渡无人舟自横。”这里是说，大风刮散了浮云，还是吹刮不停，我不能坐小船夜渡来和你相会。

⑥寒芦：指深秋的芦苇。这句是说，秋天的大雁停栖在芦苇的深处。

⑦吊影：形影相吊，这里指孤单无靠。

⑧鼍（tuó驼）：亦称“扬子鳄”。鼍鼓：用鼍皮蒙的鼓。这里形容鼾声如鼓。这两句是说，看到祖国山河被金统治者侵占，而朝廷却主张妥协议和，心中感到无限悲伤。人们如此沉睡不醒，自己这样孤独无依，只能空有伤感而已。

⑨这两句用东晋祖逖和刘琨闻鸡起舞的故事。见《晋书·祖逖传》。

⑩十年一梦：宋高宗赵构建炎元年（一一二七）在南京应天府（今河南商丘市）称帝，建立南宋王朝后，准备迁至扬州。李纲曾反对。建炎三年，金兵南侵，宋高宗从扬州出逃，最后定都临安（今浙江杭州市）。从建炎元年到绍兴八年（一一三八），大约有十年光景。路：宋代行政大区的名称。这句是说，回顾从扬州仓皇出逃以来的十年光景，仿佛是做了一场梦。

⑪高寒：高楼寒气袭人。

⑫骄虏：骄横的金兵。

⑬要斩楼兰：李白《塞下曲》："愿将腰下剑，直为斩楼兰。"西汉傅介子出使西域，曾设计在宴席上刺杀攻击汉使者的楼兰王。这里以楼兰王比喻金统治者。

⑭琵琶旧语：汉元帝时，宫女王昭君出塞嫁于匈奴。相传王昭君善于弹琵琶，后有乐曲《昭君怨》。这里作者借用这个典故是讽刺南宋朝廷向金统治者屈辱投降。

⑮谩：同"漫"，徒然的意思。涩（sè色）：不滑润。铜华：即铜锈。这句是说，白白地使宝剑蒙上尘土，生了铜锈，显得没有光泽。

⑯谪仙：唐代大诗人李白的称号，见《新唐书·李白传》。这里以李白比喻李纲。平章：评论。

⑰苕溪：水名，在浙江，源出天目山，流经吴兴入太湖。这是两宋文人游览的风景区。

⑱垂纶（lún仑）：即垂钓。纶：钓鱼用的丝线。传说商朝的吕尚曾在渭水垂钓，后来遇见了周文王，故后世又以垂钓指隐居。这里是说，请你发表评论吧，在朝廷主和派得势、国难当头的情况下，我们怎么能够不问国事，在苕溪游览过着隐居的生活呢?

⑲这句是说，要乘风高飞，就是希望李纲要为抗金事业再做贡献。

贺新郎 送胡邦衡待制赴新州①

梦绕神州路②。怅秋风、连营画角③，故宫离黍④。底事昆仑倾砥柱⑤，九折黄流乱注⑥。聚万落、千村狐免[7]。天意从来高难问[8]，况人情、老易悲难诉[9]。更南浦[10]，送君去。　凉生岸柳催残暑。耿斜河[11]，疏星淡月，断云微度[12]。万里江山知何处，回首对床夜语[13]。雁不到，书成谁与[14]。目尽青天怀今古[15]，肯儿曹、恩怨相尔汝[16]。举大白[17]，听金缕[18]。

【说明】

这首词写于绍兴十二年（一一四二），作者寓居三山（今福建福州市）。绍兴八年十一月，枢密院编修胡铨（邦衡）因上书请斩王伦、秦桧、孙近三人而获罪。祸国害民的秦桧利用手中的权势，把胡铨降职到外地。绍兴十二年又加以陷害，把他押到新州（今广东新兴县）管制。张元幹激于义愤，不顾生命危险，写了这首词送行。这不仅表现了作者对胡铨坚持正义的斗争精神的支持和深切的同情，而且谴责了金统治者对南宋的侵犯，表达了他对祸国殃民的投降派的无比痛恨。词中写送别时的离愁别恨寄寓着深沉的爱国精神，风格豪放而又苍凉、悲壮，在南宋初期爱国词中可称是独树一帜。

【注释】

①胡邦衡：胡铨，字邦衡，南宋初期坚持抗金的著名爱国人士。待制：皇帝的顾问官。按：据《凤墅残帖文》卷四张元幹此词真迹拓本，并无词题。淳熙年间，元幹长子靖编家刻本时，胡

铨已于宋孝宗乾道七年（一一七一）除宝谟阁待制，故加此词题。

②神州：一般称中国，这里指中原地区。这句是说，连做梦也在想念被金统治者占领的中原地区。

③怅（chàng唱）：失意哀伤。画角：有彩饰的军中号角。

④故宫：这里指汴京（今河南开封市）的宫殿。离黍：《诗经·王风·黍离》："彼黍离离。"写周平王东迁以后，西周故都荒废，宫殿旧址长满了庄稼。后世以此表现故国之思。这两句是说，在萧瑟的秋风中心情伤感、烦闷，仿佛听到无数的兵营吹起了悲哀的号角，而汴京的宫殿已经长满庄稼，荒凉不堪。

⑤底事：何事。昆仑：昆仑山。砥（dǐ底）柱：砥柱山，亦称底柱山，黄河急流中的山岛，在今河南三门峡。倾砥柱是比喻宋王朝的颠危。

⑥九折：极言河道迂回曲折之多。建安诗人应玚《别诗》："浩浩长河水，九折东北流。"

⑦狐兔：这里比作金兵。

⑧天意：杜甫《暮春江陵送马大卿公恩命追赴阙下》："天意高难问，人情老易悲。"这里借用来指皇帝身居高位，用心难测，表示对朝廷议和的不满。

⑨人情、老易：指人们忘记了亡国大仇。

⑩南浦：见和凝《春光好》注②，第71页。这几句的意思是说，宋高宗忍辱求和的意图是没法了解的，况且人们忘掉了亡国大仇，人老很容易，悲却无处诉说，又在这水边码头和你辞别，心里更是难受。

⑪耿：明亮。斜河：天河斜转，表示夜已深了。

⑫断云微度：几片浮云慢慢地飘过。

⑬对床夜语：白居易《招张司业》："能来同宿否？听雨对床眠。"这里是作者回想从前同宿畅谈的友情。

⑭雁不到：大雁飞不到的地方。古代传说，雁能带书信，

但北雁飞到衡阳就不南飞了。现在胡铨要到衡阳以南的新州去，那里雁儿飞不到。谁与：托交给谁呢？这是说，别后音讯难通。

⑮目尽青天：这句是说，遥望天空，思索着古往今来世态的变化。

⑯儿曹：儿辈。尔汝：你。这句是说，我们谈的是国家大事，岂能像小儿女那样只是说个人的恩怨得失呢！

⑰大白：酒杯。

⑱金缕：即《金缕曲》，《贺新郎》词调的别名。

石州慢 己酉秋吴兴舟中作

雨急云飞，惊散暮鸦，微弄凉月。谁家疏柳低迷[1]，几点流萤明灭。夜帆风驶，满湖烟水苍茫，菰蒲零乱秋声咽[2]。梦断酒醒时，倚危樯清绝[3]。　心折[4]。长庚光怒[5]，群盗纵横，逆胡猖獗[6]。欲挽天河，一洗中原膏血[7]。两宫何处[8]，塞垣只隔长江[9]，唾壶空击悲歌缺[10]。万里想龙沙[11]，泣孤臣吴越[12]。

【说明】

宋高宗建炎三年己酉（一一二九）秋天，金兵大举向南宋侵犯，作者在浙江吴兴逃难途中，深感国破家亡的悲痛，写下了这首词。词的上片写作者在凄切的秋风急雨和迷茫的水面上夜驶的愁闷情怀；下片写作者在国家危亡的时刻，“欲挽天河，一洗中原膏血”的豪迈气概。最后用击壶悲歌的典故来抒发自己爱国抱负不能实现的悲愤，更加深了词篇慷慨悲凉的气氛。

【注释】

①低迷：模糊不清。

②菰：俗称“茭白”。蒲：蒲柳，即水杨。这句是说，萧瑟的秋风吹刮着杂乱的茭白和蒲柳发出凄切悲哀的声音。

③危樯（qiáng墙）：船上高高的桅杆。

④心折：比喻伤心之极。

⑤长庚：即金星，又名太白星。（《史记·天官书》载金星主兵戈之事。）

⑥逆胡：这里指侵犯南宋的女真奴隶主统治者。猖獗：猖狂。

⑦天河：即银河。杜甫《洗兵马》：“安得壮士挽天河，净洗甲兵长不用。”这里的意思是，要击退金兵，收复中原。

⑧两宫：指宋徽宗与宋钦宗，被金兵虏去。张元幹《挽少师相国李公（纲）》：“不从三镇割，安得两宫迁。”

⑨塞（sài赛）垣：边界。这句是说，当时宋与金的分界只隔一条长江。

⑩唾壶句：《世说新语·豪爽》：“王处仲每酒后，辄咏‘老骥伏枥，志在千里。烈士暮年，壮心不已。’（按：曹操《龟虽寿》诗句）以铁如意打唾壶，壶口尽缺。”这里借用来抒发抗金抱负不能实现的悲愤。

⑪龙沙：沙漠，泛指塞外。这里指宋徽宗、宋钦宗被囚禁的地方。

⑫孤臣：孤立之臣。这里是作者自称。吴越：古代国名，在今江苏、浙江一带。这两句是说，想到皇帝还被囚禁在遥隔万里的北方，自己在南方船上，心中感到无比悲伤。

水调歌头 追和

举手钓鳌客[①]，削迹种瓜侯[②]。重来吴会三伏[③]，行见五湖秋[④]。耳畔风波摇荡，身外功名飘忽，何路射旄头[⑤]。孤负男儿志[⑥]，怅望故园愁。　梦中原，挥老泪，遍南州[⑦]。元龙湖海豪气，百尺卧高楼[⑧]。短发霜粘两鬓，清夜盆倾一雨，喜听瓦鸣沟[⑨]。犹有壮心在，付与百川流[⑩]。

【说明】

本词的写作年月不详，但从他的《登垂虹亭》诗中“一别三吴地，重来二十年”来看，大约作于绍兴二十三年（一一五三）左右。当时作者年过六十，两鬓斑白，但壮心不已。词的上片写他重来吴县，功名未就而报国无路的感慨；下片写作者做梦也不忘记中原地区，虽有抗金豪气，但是往来奔波，壮志难酬，心中感到无比沉痛、悲愤。

【注释】

①钓鳌客：唐代大诗人李白自称“海上钓鳌客”。宰相问

他，你钓巨鳌用什么作钓线？李白回答说："以虹霓为丝，以明月为钩。"事见《侯鲭录》。这里比喻豪情壮举。

②削迹：匿迹，表示隐居。种瓜侯：指秦朝东陵侯邵平失侯为布衣，种瓜于长安城东。事见《史记·萧相国世家》。

③吴会：今江苏苏州市吴中区。清代赵翼《陔余丛考》："会，读若贵，西汉会稽郡治本在吴县，时俗郡县连称，或读为都会之会，非。"三伏：夏季夏至后第三庚为初伏，第四庚为中伏，立秋后初庚为后伏，亦称终伏，合称为"三伏"。

④五湖：这里指太湖。

⑤旄头：星名，即昴宿，古代也作胡星。这里射旄头是比喻抗击金兵的侵犯。

⑥孤负：即辜负的意思。

⑦南州：泛指南方。

⑧元龙：陈登，字元龙，东汉末年人。当时刘备与许汜共论道天下英雄，许汜说，"陈元龙湖海之士，豪气不除"。而他自己只知求田问舍，作个人打算，故元龙与许汜不多讲话，让他睡下床。刘备批评了许汜的自私，并且说，要是我的话，自己睡在百尺高楼上，叫你睡地上。事见《三国志·魏书·陈登传》。这里借用来表示作者忧国忘家的豪情。

⑨瓦鸣沟：即瓦沟鸣，急雨在瓦沟中流淌的声音。

⑩百川流：壮心随水东流，是愤激的比喻。

卜算子

风露湿行云[①]，沙水迷归艇[②]。卧看明河月满空[③]，斗挂苍山顶[4]。　万古只青天，多事悲人境[5]。起舞闻鸡酒未醒[6]，潮落秋江冷。

【说明】

本词写作者退居福建时游览山水的生活，抒发了国事多难而北伐中原的爱国抱负不能实现的苦闷心情。

【注释】

①湿：衣服沾湿。

②沙水：即沙溪，闽江上源之一。归艇：归来的小舟。

③明河：即银河。

④斗：指北斗星。

⑤多事：这里指国家多难、多事故。

⑥起舞闻鸡：晋代祖逖与刘琨俱为司州主簿，共被同寝，中夜闻鸡起舞。晋元帝时，祖逖自请统兵北伐，渡江时击楫立誓说，不靖中原而复渡者，有如此江。事见《晋书·祖逖传》。这里借用来抒发作者不能实现北伐中原的爱国抱负而感到愁苦的心情。

菩萨蛮 三月晦送春有集[1]，坐中偶书

春来春去催人老。老夫争肯输年少[2]。醉后少年狂。白髭殊未妨[3]。　插花还起舞。管领风光处[4]。把酒共留

春。莫教花笑人。

【说明】

本词写送春而又留春的复杂心情，反映了作者年事虽高但豪气不衰的旷达乐观的精神面貌。词的语言明白晓畅。

【注释】

①晦：阴历月末。

②输：负。

③白髭（zi姿）：嘴边的胡子发白了。

④管领：主管的意思。

吕渭老（一首）

吕渭老，一作滨老，字圣求，嘉兴（今浙江嘉兴市）人，生卒年不详。宣和、靖康年间朝士。所著有《圣求词》。他的词作平易，但也有刻画工丽、描写生动之作。

好事近

飞雪过江来[①]，船在赤栏桥侧[②]。惹报布帆无恙[③]，著两行亲札[④]。　从今日日在南楼，鬓自此时白。一咏一觞谁共[⑤]，负平生书册[⑥]。

【说明】

本词写作者在风雪中回到南方，长期闲居家乡，没有志同道合的朋友饮酒赋诗，不能为国立功，辜负了平生读书的志气。词的语言平淡而爱国思想极为深切。

【注释】

①江：指长江。

②赤栏桥：在安徽合肥市。姜夔《淡黄柳》词序：“客居合肥南城赤栏桥之西。”

③布帆无恙：恙：病，此指损伤。《晋书·顾恺之传》：“仲堪在荆州，恺之尝因假还，仲堪特以布帆借之，至破冢，遭风大败。恺之与仲堪笺曰：‘地名破冢，真破冢而出。行人安稳，布帆无恙。’”后用以指船行无事，旅途平安的典故。

④著：加上。亲札：亲笔写的书信。

⑤一咏一觞：王羲之《兰亭集序》：“一觞一咏，亦足以畅叙幽情。”这里指有谁来同饮酒赋诗。

⑥书册：即书籍。这句是说，不能为国建立功业，辜负了一生读书的志向。

胡　铨（一首）

胡铨（一一〇二——一一八〇），字邦衡，江宁（今江苏南京市）人。避地居庐陵（今江西吉安市）。宋高宗建炎二年进士。绍兴五年，任枢密院编修官，坚持抗金，曾上书请斩秦桧等三人，后遭秦桧迫害。孝宗时官至资政殿学士。所著有《澹庵文集》和《澹庵词》。他的词作仅十六首，但有反对议和的愤世之作。

好事近

富贵本无心，何事故乡轻别。空使猿惊鹤怨[①]，误薜萝风月[②]。　囊锥刚要出头来[③]，不道甚时节。欲驾巾车归去[④]，有豺狼当辙[⑤]。

【说明】

本词作于绍兴十二年（一一四二），作者编管新州（今广东新兴县）。据王明清《挥麈录·后录》卷十记载，当时“郡守张棣缴上之，以谓讥讪，秦（桧）愈怒，移送吉阳军编管”。这首词充分反映了作者身虽遭贬，但不畏权势，坚持反对屈辱求和的斗争精神。

【注释】

①猿惊鹤怨：孔稚珪《北山移文》：“蕙帐空兮夜鹤怨，山人去兮晓猿惊。”指山中的夜鹤晓猿都哀怨惊恐隐者抛弃它们出来做官。

②薜（bì闭）：薜荔，常绿灌木，蔓生植物。萝：女萝，即松萝。古代以薜萝称隐者所居。

③囊锥（zhuī追）：口袋中的一种尖锐的钻孔用的工具。这里比喻贤士才能突出。战国时，赵平原君将去楚定约，毛遂自荐从行。平原君说：“夫贤士之处世也，譬若锥之处囊中，其末立见。”即锥子的尖端立刻显露出来。他认为毛遂没有什么突出才能，可以留下。毛遂回答说：“臣乃今日请处囊中耳。使遂早得处囊中，乃颖脱而出（指整体挺出），非特其末见而已。”后来毛遂跟平原君同去。事见《史记·平原君虞卿列传》。这两句是说，我本来可以像毛遂那样显露自己的才能，但由于不了解权奸在位的时势，所以不合时宜。

④巾车：有披盖的车。

⑤豺狼：比喻残害主战派的权奸秦桧。辙：车轮所碾的痕迹。当辙：当道。

岳　飞（三首）

岳飞（一一〇三——一一四一），字鹏举，相州汤阴（今河南汤阴县）人。二十岁时从军，在南宋初期抗金战争中屡建奇勋，是抗金四大名将之一。因力主北伐、反对和议而被秦桧所害。宋孝宗初年，复飞官，淳熙六年（一一七九）赐谥“武穆”，宁宗嘉定四年（一二一一），追封鄂王。有集，是后人所编。

小重山

昨夜寒蛩不住鸣[①]。惊回千里梦，已三更[②]。起来独自绕阶行。人悄悄，帘外月胧明。　白首为功名[③]。旧山松竹老，阻归程[④]。欲将心事付瑶琴。知音少，弦断有谁听[⑤]。

【说明】

本词即景抒情，隐忧时事，用比兴手法曲折地道出心事。赵鼎《花心动》中“绿琴三叹朱弦绝，与谁唱阳春白雪”，与本词末两句词意情调都很接近。

【注释】

①寒蛩（qióng穷）：深秋的蟋蟀。

②这两句是说梦中仿佛回到千里外的中原，惊醒后已是三更时分了。

③这句是指功名未就，白发已经满头。

④旧山：故乡，这里泛指中原故土。阻归程：回乡的路程被阻。这两句是指由于敌人占领中原而归程被阻，致使故园松竹日益凋零。

⑤这三句是暗指自己抗金的主张得不到朝廷上多数人的支持，没有人理会他内心的焦虑。

满江红写怀

怒发冲冠[①]，凭栏处、潇潇雨歇。抬望眼、仰天长啸，壮怀激烈。三十功名尘与土[②]，八千里路云和月[③]。莫等闲、白了少年头，空悲切。　靖康耻[④]，犹未雪。臣子恨，何时灭。驾长车踏破，贺兰山缺[⑤]。壮志饥餐胡虏肉，笑谈渴饮匈奴血[⑥]。待从头、收拾旧山河，朝天阙[⑦]。

【说明】

岳飞的《满江红》是一首振奋人心的壮词，词中洋溢着勇赴国难、气吞万里的豪情壮志，不仅能激发起人们爱国主义的崇高情操，还使人们对这位中兴名将铁马金戈、横槊中原的业绩获得形象的认识。可以说，词中激扬蹈厉的爱国精神和岳飞本人的英雄气概确实是相得益彰、相映成辉；正因为这样，《满江红》一向被人们看作是岳飞的代表作品，是一首充满爱国豪情的战歌。

【注释】

①怒发冲冠：头发因愤怒而竖起，把帽子往上顶。《史记·廉颇蔺相如列传》："相如因持璧却立倚柱，怒发上冲冠。"

②三十功名：自己三十多岁，也立了一些功名，但这是微不足道的。岳飞在三十多岁时就已被任命为宣抚副使、少保、太尉等职，说"尘与土"，是自谦之词。

③八千里路：指道途悠长。这句是说自己披星戴月，转战南北，跋涉数千里。

④靖康：北宋钦宗年号。靖康耻：指靖康二年（一一二七）金兵攻陷汴京，徽、钦二宗被掳走。

⑤贺兰山：宁夏和内蒙古的界山，这里泛指宋、金边界的界山。缺：缺口。这句是说要驾战车长驱北上，踏过边界关山，

收复中原失地。

⑥壮志二句：《汉书·王莽传》校尉韩威进称："臣愿得勇敢之士近五千人，不赍斗粮，饥食虏肉，渴饮其血，可以横行。"作者用以表达对故人入侵罪行的憎恨和报仇雪耻的决心。

⑦天阙：宫殿前的楼观。这两句是说要在收复失地之后，到朝廷上去告捷。

满江红 登黄鹤楼有感[①]

遥望中原，荒烟外、许多城郭。想当年、花遮柳护，凤楼龙阁。万岁山前珠翠绕，蓬壶殿里笙歌作[②]。到而今、铁骑满郊畿[③]，风尘恶[④]。　兵安在，膏锋锷[⑤]。民安在，填沟壑[⑥]。叹江山如故，千村寥落。何日请缨提锐旅，一鞭直渡清河洛[⑦]。却归来、再续汉阳游[⑧]，骑黄鹤。（岳武穆墨迹）[⑨]

【说明】

元末谢升孙在他得到的《满江红》两首后面（其中之一即本词）的跋中，说本词"似金人废刘豫时，公（岳飞）欲乘机以图中原而作此以请予朝贵者"，并说"可见公为国之忠"。

宋高宗绍兴七年（一一三七），伪齐刘豫被金国所废后，岳飞曾向朝廷提出请求增兵，以便伺机收复中原，但他的奏请未被采纳。次年春，岳飞奉命从江州（今江西九江市）率领部队回鄂州（今湖北武汉市）驻屯。本词大概是在回鄂州之后所作。

上片是以中原昔年的繁华来对比如今在敌骑蹂躏之下的满目疮痍。下片是叹息南宋王朝统治之下士兵牺牲、人民死亡，景况十分萧条。最后希望率师北伐，收复中原，然后回来重登黄鹤楼，庆祝全国统一。

【注释】

①黄鹤楼：旧址在黄鹤山（武昌之西）西北的黄鹄矶上。陆游《入蜀记》："黄鹤楼旧传费祎飞升于此，后忽乘黄鹤来归，故以名楼。"

②万岁山：即万岁山艮岳，宋徽宗政和年间所造，消耗了大量民力民财。据洪迈《容斋三笔》说："（万岁）山周十余里，最高一峰九十尺，亭堂楼阁不可殚记。"蓬壶殿：疑即北宋故宫内的蓬莱殿。这四句形容北宋汴京宫室壮丽，富庶繁华。

③铁骑：指金国军队。郊畿（jī击）：指汴京所在处的千里地面。

④风尘：指战乱。杜甫《赠别贺兰铦》诗："国步初返正，乾坤尚风尘。"风尘恶：是说敌人占领中原，战乱频仍，形势十分险恶。

⑤膏：滋润，这里作被动词。锋：兵器的尖端。锷（è）：剑刃。《庄子·说剑》："天子之剑，以燕谿石城为锋，齐岱为锷。"这两句是说兵士们在哪儿呢？他们（的血）滋润了兵器的尖端（意为被刀剑击中而死亡）。

⑥沟壑：溪谷。杜甫《醉时歌》：“但觉高歌有鬼神，焉知饿死填沟壑。”这两句是说老百姓在哪儿呢？他们已因饥寒交迫而死，被丢在溪谷中了。

⑦缨：绳子。请缨：请求杀敌立功的机会。《汉书·严朱吾丘主父徐严终王贾传》记终军向汉武帝“自请愿受长缨，必羁南越王而致之阙下”。河洛：黄河、洛水。这里泛指中原。这句是说哪一天能向皇帝请求，并得到他的命令率领精锐部队，挥鞭渡过长江，收复中原。

⑧汉阳：今湖北武汉市（在武昌西北）。

⑨此墨迹见近人徐用仪所编《五千年来中华民族爱国魂》卷端。原系照片；在本词下面，并有谢升孙、宋克、文征明等人的跋。

韩元吉（二首）

韩元吉（一一一八—一一八七），字无咎，号南涧，许昌（今河南许昌市）人。官至吏部尚书。晚年徙居上饶（今江西上饶市）。有《焦尾集词》一卷，今佚。

霜天晓角 蛾眉亭①

倚天绝壁。直下江千尺。天际两蛾凝黛②，愁与恨、几时极。　怒潮风正急。酒醒闻塞笛③。试问谪仙何处④，青山外⑤，远烟碧。

【说明】

词人站在位于绝壁之上的蛾眉亭中，下临大江，远望两山对峙，这就是李白所歌咏的天门山："天门中断楚江开，碧水东流至此回。两岸青山相对出，孤帆一片日边来。”在词人的眼里，这东西两山正如两条蛾眉，凝聚着无穷的愁恨。换头指出愁恨的缘由，是听见了“塞笛”。原来这地方在南宋已是边地，经常受到敌人的威胁和进扰，宋高宗绍兴三十一年（一一六一），虞允文曾在此大破金兵，即所谓“采石之捷”。在此地听见“塞笛”，使人不由对国事日非感到忧心如焚。怒潮急风，也正象征着词人的心情。最后几句是怀念长眠青山的大诗人李白，而有不胜沧桑之感。

【注释】

①蛾眉亭：《安徽通志》说：“蛾眉亭在当涂县北二十里，据牛渚绝壁，前直二梁山，夹江对峙如蛾眉然，故名。”牛渚是山名，山北突入江中，名采石矶。梁山：即天门山。

②两蛾凝黛：将东西梁山比之为凝愁含恨的眉黛。

③塞笛：边声。

④谪仙：李白到长安，贺知章读他的文章，称他为“谪仙人”。见《新唐书·李白传》。

⑤青山：在安徽当涂县东南。李白于唐代宗宝应元年（七六二）死于当涂令李阳冰家，初葬采石矶，后人遵照诗人遗志，改葬青山。陆游《入蜀记》：“（青山李太白）祠在青山之西北……有唐刘全白所作墓碣。”

好事近 汴京赐宴闻教坊乐有感[①]

凝碧旧池头，一听管弦凄切[②]。多少梨园声在，总不堪华发[③]。　杏花无处避春愁，也傍野烟发。惟有御沟声断，似知人呜咽。

【说明】

在沦陷将近半个世纪的旧都汴京，作者以南宋使臣身份参加了金国的宴会，席间听到北宋官廷旧教坊弟子的演奏，想起安史乱时乐工雷海青在凝碧池头大骂安禄山的史事，不禁百感交集。这时正值北地三月，杏花带愁开。往日水流潺潺的御沟，如今已干枯无声，似乎是在倾听那暗伤亡国的呜咽。

【注释】

①汴京：本北宋首都，这时是金国首都。赐宴：这里指招待南宋使臣的宴会。《金史·交聘表》："大定十三年三月癸巳朔，宋遣试礼部尚书韩元吉，利州观察使郑裔兴等贺万春节。"按宋孝宗乾道九年为金世宗大定十三年，韩元吉此词当作于本年（一一七三）。教坊乐：唐代开始设置"教坊"，是专管宫廷中雅乐以外的音乐、歌舞以及百戏的教习、排练、演出等事务的官

署，宋代亦有教坊。这里的教坊乐指原属北宋宫廷的音乐。

②凝碧旧池头：凝碧池在唐东都洛阳神都苑内。《唐两京城坊考》卷五说：“苑内最东者凝碧池……禄山入东都，宴其群臣于凝碧池。”《明皇杂录》：“天宝末，禄山陷西京，大会凝碧池，梨园子弟，欷歔泣下。乐工雷海青掷乐器西向大恸。王维陷贼中，潜赋诗云：‘秋槐叶落深宫里，凝碧池头奏管弦。’”宋时汴京亦有凝碧池，辛弃疾《声声慢》词小序中指出：“余儿时尝入京师禁中凝碧池，因书当时所见。”

③梨园：唐玄宗时乐队演奏的地方。唐玄宗选坐部伎子弟三百，教于梨园，号皇帝梨园弟子。宫女数百，亦称梨园弟子。见《唐书·礼乐志》。这两句是说听到当年梨园弟子的演奏，禁不住自伤年华老去。

袁去华（一首）

袁去华，字宣卿，奉新（今江西奉新县）人。绍兴十五年（一一四五）进士。曾任善化（今湖南长沙市）知县，因反对郡守于荒年向百姓征赋而被谪为醴陵（今湖南醴陵市）县丞（县令的辅佐），后又知石首县（今湖北石首县）。他学问渊博，文笔精健，尤长于词赋。有《袁宣卿词》一卷。

安公子

弱柳丝千缕。嫩黄匀遍鸦啼处。寒入罗衣春尚浅，过一番风雨[①]。问燕子来时，绿水桥边路。曾画楼、见个人人否。料静掩云窗，尘满哀弦危柱[②]。　庾信愁如许。为谁都著眉端聚。独立东风弹泪眼，寄烟波东去[③]。念永昼春闲[④]，人倦如何度。闲傍枕、百啭黄鹂语。唤觉来厌厌[5]，残照依然花坞。

【说明】

本词内容是惜别伤离，在作者的词篇中有一定代表性。上片从景到人，向归燕打听暗示双方音问不通。下片由人到景，写自身相思之苦。结末以花坞残照衬托怀人心情。

作者还有一些词反映怀才不遇、报国无路的慨恨，风格与这类词不同。

【注释】

①这四句写早春风光，嫩黄的柳丝中传出阵阵鸦啼，风雨过后，春寒料峭觉衣单。

②人人：指作者爱人。哀弦危柱：指乐器上的弦和支柱。这五句先问归燕有否见到他的爱人，继而又想象她的住处一定是窗户紧闭，屋里灰尘堆聚在她弹过的残破乐器上。这是指人去楼空。

③庾信曾作《愁赋》。宋人有记载。刘辰翁《须溪词》中《兰陵王》（丙子送春）：“更江令恨别，庾信愁赋。”此赋今已不传。这四句自问为谁愁上眉端？又因无法解除愁怀，只好请流水带走相思之意。

④永：长。永昼：即昼永、日长之意。

⑤厌厌：见贺铸《石州引》注④，第271页。

陆　游（九首）

陆游（一一二五—一二一〇），字务观，号放翁，越州山阴（今浙江绍兴市）人。由于北方金统治者南侵，陆游从小过着逃难的生活。他早年受到家庭的爱国思想教育，曾立下从军杀敌的壮志。三十岁参加礼部考试，名列第一，因语触秦桧而被黜落。绍兴三十一年（一一六一），宋孝宗召见，并赐进士出身。乾道六年（一一七〇）入蜀，后在四川宣抚使王炎幕府办理军务，到过前线，扩大了视野，使他的诗词创作进入新的阶段，内容丰富多彩。以后又任四川制置使范成大幕府参议官，因不拘礼法，被人认为“恃酒颓放”，故自号“放翁”。东归后，先后任地方官，不久罢归，退居二十年，恢复中原的意志始终不能实现。诗人怀着“死前恨不见中原”的民族悲愤与世长辞。

陆游是南宋杰出的爱国诗人，诗歌近万首，但词作不多，现存共一百三十多首。词的风格多样，既有充满爱国思想感情的豪放之作，又有婉丽飘逸、感情深沉的词作。所著有《陆放翁全集》。

水调歌头 多景楼

江左占形胜[1]，最数古徐州[2]。连山如画，佳处缥渺著危楼[3]。鼓角临风悲壮[4]，烽火连空明灭，往事忆孙、刘[5]。千里曜戈甲，万灶宿貔貅[6]。　露沾草，风落木，岁方秋。使君宏放[7]，谈笑洗尽古今愁。不见襄阳登览[8]，磨灭游人无数，遗恨黯难收。叔子独千载，名与汉江流[9]。

【说明】

本词是作者在隆兴二年（一一六四）任镇江通判时作。是年八月，烽火未息，作者随镇江知府方滋游北固山，登多景楼，面临江山景色，想起汉末三国时代的英雄人物孙权、刘备联合战胜强敌的往事，联系张浚北伐抗金受到挫折，而金兵又将渡淮侵犯的形势，感慨深沉。下片以晋代名将羊祜比喻方滋，希望他能为抗金事业做出一番贡献，充分表露了作者抗金爱国的思想感情。词的风格沉郁、悲壮。

【注释】

①江左：长江最下游的地方，即今江苏等地。

②古徐州：东晋侨置徐州于京口（今江苏镇江市），称为南徐州。

③著：显明的意思。

④鼓角：指军中的战鼓与号角。

⑤孙、刘：指汉末三国时代的英雄人物孙权和刘备。

⑥貔貅（pí xiū皮休）：猛兽，这里比喻勇猛的士兵。这句是说，无数的军营里住宿着作战勇猛的士兵。

⑦使君：即镇江知府方滋，字务德。张孝祥《题陆务观多景楼长句》："多景楼，天下胜处。废以为优婆塞（佛教徒）之居，不知几年。桐庐方公（滋）尹京口，政成暇日，领客来游，慨然太息。寺僧识公意，阅月楼成，陆务观赋《水调》歌之，张安国书而刻之崖石。"（见《于湖居士文集》卷二十八）这两句是说，方滋的议论宏大而放纵，谈笑之间，使人仿佛抛掉了古今的忧愁。

⑧襄阳登览：襄阳，在今湖北襄阳市。晋大将羊祜镇守襄阳，常登岘山，饮酒赋诗，终日不倦。他镇守襄阳十年，开屯田，储军粮，为一举灭吴做准备。羊祜死后二年而东吴灭。《晋书·羊祜传》说他每登览，"尝慨然叹息，谓从事中郎邹湛曰：'由来贤达胜士，登此远望，如我与卿者多矣，皆湮灭无闻，使人悲伤。'"这里借羊祜登览的政治抱负，抒写自己抗金壮志受压抑的不平心情。

⑨叔子：羊祜，字叔子。他镇守襄阳有政绩，名声传播江、汉。这句是说，羊祜虽去世，但他的名声如江、汉之水千古长流。

钗头凤

红酥手[①]。黄縢酒[②]。满城春色宫墙柳[③]。东风恶。欢情薄[④]。一怀愁绪[⑤]，几年离索[⑥]。错。错。错。　春如旧。人空瘦[⑦]。泪痕红浥鲛绡透[⑧]。桃花落。闲池阁[⑨]。山盟虽在[⑩]，锦书难托[⑪]。莫[⑫]。莫。莫。

【说明】

陆游初娶表妹唐琬，夫妇感情很好，但母亲不喜欢唐琬。陆游迫于母命，忍痛分离。后来，陆游另娶王氏，唐琬也改嫁。十年后，绍兴二十五年（一一五五）春天，陆游到山阴城东南的沈氏园游玩，又与唐琬相遇。她以黄封酒殷勤相待，陆游深感其情，当时在沈园墙上写下了这首词，表达了不忍分离的痛苦和哀怨的心情，反映了在封建礼教残酷压抑下的婚姻悲剧。

【注释】

①酥：柔软。

②黄縢（téng疼）酒：即黄封酒，古代官家酿的一种酒。

③宫墙柳：南宋以山阴为陪都，故有宫墙。这里指沈氏园

内一片嫩绿的柳树。

④欢情薄：美好愉快的夫妇生活情意消失了。这句是说，东风无情，把年轻美满的婚姻吹散了。这里以东风的无情比喻封建家长的专断。

⑤一怀：满怀。

⑥离索：分离后的孤单生活。

⑦人空瘦：只是由于白白地相思使人变得清瘦了。

⑧浥（yì亿）：湿润。鲛绡（jiāo xiāo交宵）：古代神话中鲛人所织的丝绢，后指丝织的手帕。这句是说，淌下的泪水带着胭脂把手帕都湿透了。

⑨闲池阁：这两句是说，鲜艳的桃花败落了，美丽的沈园里一片荒凉、冷落的景象。

⑩山盟：立下永远相爱的誓言。

⑪锦书：锦字回文书，这里指情书。难托：难以寄出。

⑫莫：罢了，表示感叹的句末语气助词。

卜算子 咏梅

驿外断桥边[①]，寂寞开无主[②]。已是黄昏独自愁，更著风和雨[③]。　无意苦争春[④]，一任群芳妒[⑤]。零落成泥碾作尘[⑥]，只有香如故[⑦]。

【说明】

陆游一生喜爱梅花，曾写过一百多首诗词，赞赏梅花是“花中气节最高坚”，而这首咏梅词却别具一格。词中的梅花孤独、清冷，又遭受到风雨的侵袭，但依然独自吐着芬芳，散发着幽香。这正是作者抗金的抱负不得实现而又遭受朝廷中妥协投降派忌妒、排挤和打击的命运的写照，也是作者寂寞愁闷而又坚强不屈、孤芳自赏性格的象征。

【注释】

①驿（yì义）：古代设的交通站，供传送公文的人员或官员、行人休息。

②无主：没有人来过问。

③更著：更，又。著：同“着”，遭受的意思。

④苦：这里作竭力的意思。

⑤一任：完全听凭。群芳：指百花，这里比喻朝廷中的妥协投降派。妒：忌妒。

⑥零落：指梅花凋谢。碾（niǎn捻）：压碎。

⑦香如故：梅花的清香依然和过去一样。

汉宫春 初自南郑来成都作①

羽箭雕弓②，忆呼鹰古垒③，截虎平川④。吹笳暮归，野帐雪压青毡[5]。淋漓醉墨，看龙蛇、飞落蛮笺[6]。人误许，诗情将略，一时才气超然[7]。　　何事又作南来[8]，看重阳药市[9]，元夕灯山[10]。花时万人乐处[11]，欹帽垂鞭[12]。闻歌感旧，尚时时、流涕尊前[13]。君记取，封侯事在[14]，功名不信由天[15]。

【说明】

本词是乾道九年（一一七三）春天，作者从南郑前线调回后方，任成都府安抚司参议官时作。词的上片是作者对从军南郑弯弓打猎，挥笔赋诗的军营生活的珍惜和怀念。下片写成都的药市灯山，万花如锦，令人沉醉。但作者抗金抱负不得实现，心中无比悲愤，只能樽前流涕。词的最后，作者指出，抗金报国功名的取得不是靠天，而是靠人的力量，反映了作者坚定的抗金信念和壮志未酬的悲愤而慷慨的心情。

【注释】

①南郑：四川宣抚使王炎的行政办公地点兴元府南郑县，在今陕西汉中市。

②羽箭：插着鸟羽毛的箭。

③呼鹰：作者在南郑打猎时，曾用老鹰追逐猎物。陆游《忽忽》诗："呼鹰汉庙秋。"自注："南郑汉高帝庙，予从戎时，多猎其下。"古垒：古时的营垒。

④截虎：截断老虎的去路。这句是说，在平广的原野上拦

住老虎的去路，把它射死。陆游在南郑猎虎的壮举，诗中屡有记载，如：《三月十七日夜醉中作》："去年射虎南山秋，夜归急雪满貂裘。"又，《十月二十六日夜，梦行南郑道中；既觉恍然，揽笔作此诗时且五鼓矣》中更有北山刺虎的描写，可供参阅。

⑤笳（jiā加）：古代西北地区的一种民族乐器，军中所用。青毡（zhān沾）：青色的兽毛毡。这两句的意思是说，在暮色苍茫中听着军号的声音，回到雪花压满的野外营帐。

⑥龙蛇：形容草书笔势的飞舞生动。蛮笺：古时四川所产的纸笺，亦称蜀笺，因古代蜀地是少数民族蛮族的居地，故称蛮笺。这句是说，作者在军营中酒醉时还能淋漓酣畅地挥笔草书，飞舞生动的笔墨洒落在彩色的纸笺上。

⑦许：赞许。全句是说，别人过分地推颂我，这样写诗的豪情和带兵的谋略，可以说是才气纵横，一时超群出众。

⑧何事：什么原因。

⑨药市：指成都街头定期买卖药材的集市。陆游《老学庵笔记》卷六记载了成都九月九日重阳节药市的情况。

⑩元夕：即元宵，也叫灯节，在阴历的正月十五日。

⑪花时：成都春天百花盛开，以海棠花最著名。陆游《花时遍游诸家园》诗即专写海棠。

⑫攲（qī欺）帽：歪斜着帽子。垂鞭：骑在马上垂下鞭子，从容缓行的样子。

⑬尊：同"樽"，酒器。全句是说，听到歌女的清唱，想起了南郑的军营生活，感叹国事，常常在酒席前掉下悲伤的眼泪，无心取乐。

⑭封侯：见晁补之《摸鱼儿》注⑫，第274页。这里指取得功名，事在人为，要靠自己的努力。

⑮由天：我不相信为国建立功业的事要靠天来安排。

夜游宫 记梦，寄师伯浑[①]

雪晓清笳乱起[②]。梦游处、不知何地。铁骑无声望似水[③]。想关河，雁门西，青海际[④]。　睡觉寒灯里[⑤]。漏声断、月斜窗纸[⑥]。自许封侯在万里[⑦]。有谁知，鬓虽残，心未死[⑧]。

【说明】

乾道九年（一一七三）夏天，作者赴嘉州（今四川乐山市），路经眉山，与隐士师伯浑相识，后作此词相赠。陆游写过许多富有爱国激情的记梦诗词，这是其中的一首。这首词的上片写梦游中的境界；下片写梦醒后的感慨，上下片一气呵成，意境壮阔，风格豪迈。

【注释】

①师伯浑：师浑甫，字伯浑，蜀隐士。陆游《渭南文集》卷十四《师伯浑文集序》："乾道癸巳（九年），予自成都适犍为（嘉州），识隐士师伯浑于眉山，一见知其天下伟人。"

②雪晓：下雪的早晨。这句是说，在雪花纷飞的清晨，军营四周吹起了清晰响亮的笳声。

③铁骑（jì记）：身披铁甲的骑兵。这句是说，一长列披着

铁甲的骑兵，肃静无声，看去就像水流那样整齐。

④想关河：想起关塞山河。雁门：即雁门关，在今山西代县西北。青海际：即青海湖边，在今青海东北部，当时都沦陷于金。全句是说，梦境里不知是什么地方，听到清笳的声音，见到铁骑的阵容，不由联想起沦陷中的雁门关，青海湖的边塞风光。

⑤睡觉（jué决）：睡醒。这句是说，一觉睡醒，人还在寒灯淡光的深夜里。

⑥漏：即漏壶，古代计时的用具。漏声断：漏壶里的水滴光了，表明夜将尽，天快亮了。

⑦封侯万里：见晁补之《摸鱼儿》注⑫，第274页。

⑧鬓：脸颊两边的头发。全句是说，有谁能知道我呢？鬓发虽然已经斑白掉落，但抗金报国的壮志雄心还没有丧失。

渔家傲 寄仲高[1]

东望山阴何处是。往来一万三千里。写得家书空满纸。流清泪。书回已是明年事。　寄语红桥桥下水[2]。扁舟何日寻兄弟[3]。行遍天涯真老矣。愁无寐[4]。鬓丝几缕茶烟里[5]。

【说明】

本词是作者在四川成都时作。这首词是寄给罢归在家的堂兄仲高的，词里流露了作者思念家乡的愁苦心情。其实，他是借乡愁以表达自己受到投降势力排挤打击的满腔悲愤。词的笔力委婉、深沉。

【注释】

①仲高：名升之，陆游的堂兄，比陆游大十二岁。他在政治上投靠秦桧，桧死后罢归，淳熙元年（一一七四）卒。

②红桥：桥名，在今浙江绍兴市。

③扁舟：小船。

④愁无寐：由于愁绪而失眠。

⑤鬓丝：形容鬓发斑白而稀疏。这句是说，额边出现了斑白的头发，而时光都消磨在茶水雾气的生涯中。

鹊桥仙夜闻杜鹃[1]

茅檐人静，蓬窗灯暗，春晚连江风雨。林莺巢燕总无声[2]，但月夜、常啼杜宇。　催成清泪，惊残孤梦，又拣深枝飞去。故山犹自不堪听[3]，况半世、飘然羁旅[4]。

【说明】

本词是作者在四川时作。词的上片写暮春月夜杜鹃的啼叫，下片写听到杜鹃叫声的感受。词的最后，比较含蓄地表达了作者壮志未酬而身世苍茫的苦闷。

【注释】

①杜鹃：见苏轼《西江月》注⑫，第207页。

②林莺巢燕：在风雨交加的夜晚，树林中的黄莺和鸟窝里的燕子，都没有发出一点叫声。

③故山：指故乡山阴。

④半世：陆游自南郑调回成都时已四十九岁，半生漂泊，客居他乡。全句是说，家乡杜鹃的凄厉声音犹不能再听下去，更何况自己是年已半百远离故乡的旅客呢！

诉衷情

当年万里觅封侯①。匹马戍梁州②。关河梦断何处③，尘暗旧貂裘④。 胡未灭，鬓先秋⑤。泪空流。此生谁料，心在天山⑥，身老沧洲⑦。

【说明】

本词写作年月不详，大概是作者晚年闲居家乡时所作。词里写自己当年从军南郑，想为收复中原建功立业，直到如今终不忘恢复中原，但是年老身衰，壮志未酬，反映了作者“身老沧洲”的悲愤愁苦的心情。

【注释】

①觅（mì密）：寻求。觅封侯：寻求建立功业，取得较高的爵位。这里指为抗金事业建立功名。

②戍（shù树）：防守。梁州：古代陕西地名，在今陕西汉中市一带。

③关河：关口与河防。这里指汉中前线险要的地方。梦断：即梦醒。

④尘暗旧貂（diāo刁）裘：形容貂皮制作的军服积满了灰尘，比喻没有机会再从军建立功业了。

⑤鬓先秋：形容鬓发早已像秋霜那样白了。

⑥天山：指祁连山，在今新疆境内。《汉书·卫青霍去病传》：“去病至祁连山，捕首虏甚多。”师古注：“祁连山即天山，匈奴呼天为祁连。”这里比喻南宋与金对峙的西北前线。

⑦沧洲：水边的地方，旧指隐者所居。这里作者指自己晚年一直住在绍兴乡下镜湖的边上。

谢池春

壮岁从戎[①]，曾是气吞残虏[②]。阵云高，狼烽夜举[③]。朱颜青鬓[④]，拥雕戈西戍[⑤]。笑儒冠自来多误[⑥]。　功名梦断，却泛扁舟吴楚[⑦]。漫悲歌[⑧]、伤怀吊古。烟波无际，望秦关何处[⑨]。叹流年又成虚度。

【说明】

本词写作年月不详，大概是作者晚年闲居山阴时所作。词的上片写投笔从军南郑的战斗生活。下片写闲居家乡、虚度年华的哀愁。词的风格豪迈而又悲壮。

【注释】

①壮岁从戎：指作者在乾道八年（一一七二）四十八岁时从军南郑的生活。

②残虏：残余的金统治者的军队。

③狼烽：古代边境上燃起烽火，报告敌情。因用狼粪作燃料，烟火直上，故称狼烽。

④朱颜青鬓：红润的脸色和黑黑的头发。

⑤雕戈：这句是说，拿着雕弓、长矛在西北前线防守。

⑥儒冠：读书人戴的帽子。这里指古代书生。

⑦吴楚：古代吴国和楚国在江、浙一带地方，这里泛指南方。

⑧漫：徒然的意思。

⑨秦关：即函谷关，在今河南灵宝市西。战国时秦国所建，故又称秦关。

范成大（二首）

范成大（一一二六——一一九三），字致能，号石湖居士，吴郡（今江苏苏州市）人。宋孝宗时出使金国，交涉收复河南“陵寝”以及更改南宋皇帝向金使跪拜受书之礼，表现出不畏强暴的凛然气节。后官至参知政事。诗与陆游、杨万里、尤袤齐名。有《石湖集》。

秦楼月

楼阴缺。栏干影卧东厢月①。东厢月。一天风露②，杏花如雪。　隔烟催漏金虬咽③。罗帏暗淡灯花结④。灯花结。片时春梦，江南天阔。

【说明】

郑文焯指出："范石湖《忆秦娥》'片时春梦，江南天阔'，乃用岑嘉州'枕上片时春梦中，行尽江南数千里'诗意。"（《绝妙好词校录》）作者用岑诗句意却又别具风味。"片时春梦"，是说梦中相会，好景苦短。"江南路遥"则指故乡路远，离愁偏多。

【注释】

①楼阴缺：高楼被树荫遮蔽，只露出未被遮住的一角。栏干影卧：由于高楼东厢未被树荫所蔽，因此当月照东厢时，栏杆的影子就被投到地上。

②一天：满天。

③金虬（qiú求）："虬"是"虬"的异体字，金虬即铜龙，指计时的漏器上所装的铜制龙头（水从龙口中流出）。李商隐《深宫》诗："金殿销香闭绮笼，玉壶传点咽铜龙。"这句是说隔着迷蒙的雾气，听着铜龙滴水时幽咽的声音。

④罗帏：罗帐，这里借指闺房。灯花结：旧俗认为灯结花，表示将有喜信，而房中则因结花时灯光聚敛而显得昏暗。

浣溪沙 江村所见

十里西畴熟稻香[①]。槿花篱落竹丝长。垂垂山果挂青黄。 浓雾知秋晨气润，薄云遮日午阴凉。不须飞盖护戎装[2]。

【说明】

题目是“江村所见”，也即旅途观感。上片是丰收的秋野，稻子熟、槿花开、山果黄。下片写秋晨雾浓，午云遮日。最后方始点出作者戎装上道，舍车骑马，秋色满眼，观赏不尽。

【注释】

①畴（chóu愁）：田亩。

②飞盖：飞驰的车子。戎装：军装。这里指穿军装者（即作者）。

杨万里（二首）

杨万里（一一二七—一二〇六），字廷秀，吉水（今江西县名）人。宋高宗绍兴二十四年（一一五四）进士。在永州做零陵县丞时，得见谪居在此的主战派张浚，张浚勉之以“正心诚意”之学，因而自号“诚斋”。有《诚斋集》。

昭君怨

赋松上鸥晚饮诚斋[①]，忽有一鸥来泊松上，已而复去，感而赋之[②]。

偶听松梢扑鹿[③]。知是沙鸥来宿。稚子莫喧哗。恐惊他。　俄顷忽然飞去[④]。飞去不知何处。我已乞归休。报沙鸥[⑤]。

【说明】

作者写诗重“活法”。元代刘祁说：“晚甚爱杨万里诗，曰：‘活泼刺底人难及也’。”（《归潜志》卷八）本词刻画沙鸥来去的动态，也是十分生动活泼。末尾两句，则归结到自己目前已告老还乡，闭居江湖，可与沙鸥做伴。

【注释】

①松上鸥：《列子·黄帝篇》记海上有人好与鸥鸟游，后其父命他去捕捉。“明旦之海上，鸥鸟舞而不下。”

②赋之：作词以记此事。这三句是说人无机心，才能感动鸥鸟。黄庭坚《登快阁》：“万里归船弄长笛，此心吾与白鸥盟。”

③扑鹿：象声词。形容鸟飞起飞落时翅膀振动的声音。

④俄顷：一刻儿。

⑤乞归：请求“致仕”，即辞官回乡。休：句末助词，相当于“了”。这两句是说自己辞官隐居，特地告诉沙鸥约它做伴。

昭君怨咏荷上雨

午梦扁舟花底。香满西湖烟水①。急雨打篷声。梦初惊②。　却是池荷跳雨。散了真珠还聚③。聚作水银窝。泻清波。

【说明】

上片先写午梦，梦中泛舟荡漾在西湖的荷花下，真是满湖烟水满湖飘香。忽然被急雨声惊醒，起初还以为身在船中，雨打船篷。下片接着指出原来身在家中，只见急雨打在荷叶上，如同珍珠般散而复聚，迸跳不停，当雨珠聚成一窝而荷叶承受不住时，便如同清波般泻了下来。这里写的雨打荷叶，活泼而不受拘束。

【注释】

①扁舟：小船。花底：荷花下面。这两句写梦境。

②这两句写梦中因听见急雨打船篷而惊醒过来。

③却是：原来是。跳（tiào佻）雨：指急雨落在荷叶上四面迸射的状态。这两句是说并不是雨打船篷，原来是雨打池上荷叶，好像珍珠那样散开去又聚拢来。

张孝祥（七首）

张孝祥（一一三二——一一六九），字安国，别号于湖居士，历阳乌江（今安徽和县）人。绍兴二十四年（一一五四）进士，廷试第一。曾任中书舍人，显谟阁直学士，又做过建康（今江苏南京市）留守，因赞助张浚北伐而被免职。后任荆南湖北路安抚使，治水有政绩。所著有《于湖词》二卷。他的词作，既有强烈的爱国思想内容，也有写景抒情、潇洒自如的作品。词风接近苏轼，气势豪迈，境界阔大。

六州歌头

长淮望断[1]，关塞莽然平[2]。征尘暗[3]，霜风劲，悄边声。黯销凝[4]。追想当年事[5]，殆天数[6]，非人力，洙泗上[7]，弦歌地[8]，亦膻腥[9]。隔水毡乡[10]，落日牛羊下，区脱纵横[11]。看名王宵猎[12]，骑火一川明[13]。笳鼓悲鸣[14]。遣人惊。 念腰间箭，匣中剑[15]，空埃蠹[16]，竟何成。时易失，心徒壮，岁将零[17]。渺神京[18]。干羽方怀远[19]，静烽燧[20]，且休兵。冠盖使[21]，纷驰骛[22]，若为情。闻道中原遗老，常南望、翠葆霓旌[23]。使行人到此，忠愤气填膺[24]。有泪如倾。

【说明】

本词作于宋孝宗隆兴元年（一一六三）。这时，南宋北伐失败，朝廷主和派得势，急于向金屈辱求和。在建康任留守的张孝祥，对此十分愤慨，写下了这首“忠愤气填膺”的著名词篇。词的上片写中原沦陷区的凄凉情景，同时揭露了金贵族统治者的骄横；下片写作者同情渴望北伐的中原人民但又报国无路的满腔悲愤。张孝祥是在一个宴会上即席赋下这首淋漓痛快的词作。当时，主战名将张浚读了很受感动，竟为之罢席。

【注释】

①长淮：即淮河。

②关塞（sài赛）：边境上防守的地方。莽然：草木茂密的样子。

③征尘：前方飞扬的尘土。

④黯：这里指心里难受。销凝：指想得出神。

⑤当年事：指一一二七年金兵侵犯中原，宋徽宗、宋钦宗被掳北去。

⑥殆（dài怠）：差不多。

⑦洙、泗：即洙水、泗水，流经山东曲阜市，是孔丘讲学的地方。

⑧弦歌：弹琴唱歌。古人讲学常常一边弹琴一边吟诵。

⑨膻（shān山）腥：一种羊腥味。这句是说，当年孔子讲学的文化之地被金统治者糟蹋了。

⑩毡（zhān沾）乡：北方少数民族住在毡毛做的帐篷里，故称毡乡。

⑪区（ōu瓯）脱：古代北方民族在边境筑的土室，以供军事上防守侦察。

⑫名王：这里指金贵族统治者。宵猎：夜间打猎。

⑬骑（jì计）：骑兵。

⑭笳鼓：指敌军中的笳声、鼓声。

⑮匣：指剑鞘。

⑯埃蠹（dù杜）：指宝剑长期不用，积满灰尘，剑鞘也被虫蛀蚀。

⑰零：尽。

⑱渺：渺远。神京：指北宋京城开封。

⑲干羽：古代舞者手拿的舞具。干：木盾；羽：旗帜。怀远：指安抚北方少数民族，实际上是宋向金屈辱求和。

⑳烽燧：古代边境上用来报告紧急敌情的烽火。

㉑冠盖使：即派遣向金求和的使臣。

㉒驰骛（wù务）：奔走。

㉓翠葆：皇帝使用的旗子，以翠色羽毛装饰。霓旌：皇帝的仪仗之一。这里指沦陷区人们渴望南宋军北伐。

㉔填膺：满胸。

水调歌头 泛湘江[1]

濯足夜滩急[2]，晞发北风凉[3]。吴山楚泽行遍[4]，只欠到潇湘[5]。买得扁舟归去[6]，此事天公付我，六月下沧浪[7]。蝉蜕尘埃外[8]，蝶梦水云乡[9]。　制荷衣[10]，纫兰佩[11]，把琼芳[12]。湘妃起舞一笑[13]，抚瑟奏清商[14]。唤起九歌忠愤[15]，拂拭三闾文字[16]，还与日争光。莫遣儿辈觉，此乐未渠央[17]。

【说明】

本词抒写泛游湘江的感受。面对清幽的自然景色，作者以优美的语言、丰富的想象来表达自己的胸怀。他写“蝉蜕尘外”和“湘妃起舞”，不仅表现了作者要像屈原那样身处浊世而不愿同流合污的高尚品质，而且具有鲜明的浪漫色彩。

【注释】

①湘江：即湘水，湖南的一条大江。

②濯足：洗脚。

③晞（xī希）发：晒干头发。

④吴山：在浙江杭州市。吴山楚泽：这里泛指南方的山水。

⑤潇湘：湘水与潇水合流处称为潇湘。这里指湘江。

⑥扁舟：小舟。

⑦沧浪：水名，一说汉水，在湖北境内。

⑧蝉蜕：即蝉衣，亦名蝉壳。《史记·屈原贾生列传》："蝉蜕于浊秽，以浮游尘埃之外"。就是以蝉脱皮来比喻屈原身处浊世而不愿同流合污。

⑨蝶梦：即梦蝶，庄子做梦为蝴蝶的故事见《庄子·齐物论》。

⑩荷衣：古代传说中神的服饰。后世也指隐士的衣服。

⑪纫（rèn认）兰佩：即联缀秋兰而佩带在身上。

⑫把琼芳：手中握着美玉似的花朵。

⑬湘妃：即湘夫人，湘水中的女神。

⑭瑟：古代乐器。清商：即清商曲，古乐府之一。

⑮九歌：这里指屈原作品，从《东皇太一》到《礼魂》共十一篇，由屈原根据民间祭神乐歌改作或加工而成，以寄托理想追求未遂而遭放逐（一说放逐前）的哀思。

⑯拂拭：抹去尘垢，比喻识拔真才。三闾：即三闾大夫，屈原曾做过楚国的三闾大夫。这里指屈原。

⑰未渠央：渠：同"遽"，急遽；央：尽。这句是说，这种神仙起舞歌唱的乐趣没有很快消失。

水调歌头金山观月[1]

江山自雄丽，风露与高寒[2]。寄声月姊[3]，借我玉鉴此中看[4]。幽壑鱼龙悲啸[5]，倒影星辰摇动[6]，海气夜漫漫[7]。涌起白银阙[8]，危驻紫金山[9]。　表独立[10]，飞霞珮[11]，切云冠[12]。漱冰濯雪[13]，眇视万里一毫端[14]。回首三山何处[15]，闻道群仙笑我，要我欲俱还。挥手从此去，翳凤更骖鸾[16]。

【说明】

本词是作者在镇江金山寺夜间观月时作。词中描写雄丽的长江倒映着月亮、星星，随波摇动，壮阔的水光月色，令人心旷神怡。词的下片着重写作者欲登仙而去，笔力自在，潇散出尘，富有浪漫的想象，显示了作者的心胸开阔和英气奇特。

【注释】

①金山：金山寺，在今江苏镇江市。

②风露：指秋风、白露。

③月姊：谓嫦娥。李商隐《楚宫》之一："月姊曾逢下彩蟾，倾城消息隔重帘。"

④玉鉴：镜。

⑤幽壑：指深沟。

⑥星辰：即星。

⑦海气：指海上蜃气，俗称海市蜃（shèn慎）楼。古代传说海旁蜃能吐气形成楼台城市的景物，实际上是由于光线的折射而形成的一种自然景象。漫漫：遥远，无边际。

⑧白银阙：指月宫。

⑨驻：车马停留。紫金山：这里指金山，在镇江市。

⑩表独立：表，特。形容山神的处境高渺幽远，隔绝人世。见屈原《九歌·山鬼》。

⑪飞霞珮：古时系在衣带上的装饰。珮：同“佩”，玉饰。

⑫切云：高冠名。见屈原《涉江》。

⑬漱冰濯雪：指作者浸沉在如冰雪那样洁白的月光里。

⑭眇视：小视。毫端：这里比喻细微。

⑮三山：古代传说海上有三神山，即方丈、蓬莱、瀛洲。

⑯翳（yì亿）凤更骖鸾：即以凤羽做华盖，用鸾鸟来驾车。

念奴娇 过洞庭[1]

洞庭青草[2]，近中秋、更无一点风色。玉界琼田三万顷[3]，著我扁舟一叶[4]。素月分辉，明河共影[5]，表里俱澄澈[6]。怡然心会[7]，妙处难与君说。　　应念岭海经年[8]，孤光自照[9]，肝胆皆冰雪。短发萧骚襟袖冷，稳泛沧浪空阔[10]。尽挹西江[11]，细斟北斗[12]，万象为宾客⑬。扣舷独啸⑭，不知今夕何夕。

【说明】

本词作于宋孝宗乾道二年（一一六六），作者从广西落职北归，在中秋前夕路过洞庭时写下这首词。上片写湖光水色、交相映辉的壮丽的自然景色；下片写作者怡然心会的坦荡高洁的胸怀。词中作者完全沉醉在大自然的优美境界中，兴会洋溢。他以江水作酒浆，把北斗当酒杯，一切自然景象为宾客，富有浓厚的浪漫主义色彩，表现了作者独特的艺术造就和风格。

【注释】

①洞庭：即洞庭湖，在今湖南境内。

②青草：湖名，以湖中多生青草，故名青草湖。在今湖南岳阳市西南，和洞庭湖相连。

③玉界琼田：形容湖中月光皎洁。三万顷：形容湖面的广阔。

④扁舟：小船。一叶：形容小船像一片树叶在水面飘荡。

⑤明河：即天河。

⑥表里：这里指上下。

⑦怡然：愉快的样子。

⑧岭海：一作“岭表”，指两广之地。作者曾任静江知府兼广南西路经略安抚使，罢官后，又起知潭州（今湖南长沙市）。经年：经过了一年。

⑨孤光：这里指月亮。

⑩萧骚：萧条凄凉，这里指头发稀疏。这句是说，尽管我

的头发越来越稀疏，衣服也单薄，但却是安稳地坐着船儿在广阔的湖面上漂泊。

⑪挹（yì义）：舀取出来。

⑫细斟：慢慢地往杯子里倒酒。北斗：星名，有七颗星排成像舀酒的斗形。

⑬万象：外界的一切自然景象。

⑭舷（xián弦）：船的左右边。这句是说，感情激动地敲打着船边独自长啸。

浣溪沙

霜日明霄水蘸空①。鸣鞘声里绣旗红②。澹烟衰草有无中③。　万里中原烽火北④，一尊浊酒戍楼东⑤。酒阑挥泪向悲风⑥。

【说明】

本词是宋孝宗乾道四年（一一六八）作者在荆州（今湖北江陵县）做官时登城楼观塞而写的。词中表现了作者不忘中原遗老的爱国抗敌的思想感情。

【注释】

①霜日：指秋天。霄：指天空。这句是说，秋天的太阳在天空像蘸了水似的明亮。

②鞘：即鞭鞘。鸣鞘：指用力挥鞭发出的声音。绣旗：锦绣的军中旗子。

③澹烟：即淡烟。

④烽火：古时报警的烟火。这里指战争。

⑤一尊：即一杯。戍楼：指边防城楼所驻的军队。

⑥阑：尽。挥泪：掉泪。

西江月

问讯湖边春色[1]，重来又是三年。东风吹我过湖船。杨柳丝丝拂面[2]。　　世路如今已惯[3]，此心到处悠然[4]。寒光亭下水如天[5]。飞起沙鸥一片[6]。

【说明】

本词写作者后期重来江南，看惯了人世多艰辛而淡然处之的消极闲适心情。

【注释】

①湖：指三塔湖。清厉鹗《绝妙好词笺》引有“题溧阳三塔寺”。三塔湖在溧阳县西。

②丝丝：形容柳条轻柔细致地拂打面孔。

③世路：指人世间一切行动和经历的各种情态。这里有世路艰辛的意思。

④悠然：闲散的样子。

⑤寒光亭：在三塔寺内。

⑥沙鸥：水鸟，即鸥鸟。

西江月 阻风三峰下

满载一船秋色，平铺十里湖光。波神留我看斜阳[1]。放起鳞鳞细浪[2]。　　明日风回更好[3]，今宵露宿何妨。水晶宫里奏霓裳[4]。准拟岳阳楼上。

【说明】

本词是作者在宋孝宗乾道三年（一一六七）离官潭州（今湖南长沙市）时作。张孝祥在给友人的信中说，“离长沙且十日，尚在黄陵庙（在湖南湘阴县北的黄陵山上）下。”词中写作者在途中为风雨所阻，但却旷达乐观而富于想象。

【注释】

①波神：即水神。这里指行船为风浪所阻。

②鳞鳞：形容水浪波纹像鱼鳞。

③风回：指风向转成顺风。

④水晶宫：指古代传说中的水府。霓裳：即唐代流行的歌曲《霓裳羽衣曲》。

李处全（一首）

李处全（一一三四——一一八九），字粹伯，徐州丰县人。宋高宗绍兴三十年（一一六〇）进士。曾做过殿中侍御史和袁州（今江西宜春市）、处州（今浙江丽水市）等地地方官。他的词作不多，但也有少数词作表现了抗敌爱国的热情和壮志难酬的悲愤。所著有《晦庵词》一卷，共四十七首。

水调歌头 冒大风渡沙子[①]

落日暝云合[②]，客子意如何[③]。定知今日，封六巽二弄干戈[④]。四望际天空阔，一叶凌涛掀舞[⑤]，壮志未消磨。为向吴儿道，听我扣舷歌。　　我常欲，利剑戟[⑥]，斩蛟鼍[⑦]。胡尘未扫[⑧]，指挥壮士挽天河[⑨]。谁料半生忧患，成就如今老态，白发逐年多。对此貌无恐，心亦畏风波⑩。

【说明】

本词写作者在途中冒大风浪渡河的感受。词中深刻地表现了作者要一扫胡尘的爱国思想感情。由于朝廷主和派掌权，抗敌抱负不能实现。词的最后写自己不怕白发增多，只担心国事的动乱，反映了作者爱国壮志得不到伸展的愤慨和忧愁的心情。

【注释】

①沙子：疑即沙水，今称明河。

②暝云：黄昏的乌云。

③客子：作者自称。

④封六巽二：唐代牛僧孺《玄怪录》载：萧志忠欲出猎，群兽求哀于山神，云："若祈封六降雪，巽二起风，即不复游猎矣。"（引自《太平广记》卷四百四十一）封六、巽二：古代传说中的雪神和风神。

⑤掀舞：指小船随波动荡。

⑥利剑戟：使宝剑和长矛发生作用。

⑦斩蛟鼍：把蛟龙、扬子鳄都杀掉。这里以蛟鼍比喻金统治者。

⑧胡尘：指金统治者占领的地方。

⑨挽：牵引。天河：即银河。

⑩风波：水上的风波。这里比喻国势的动荡不安。

辛弃疾（三十首）

辛弃疾（一一四〇—一二〇七），原字坦夫，改字幼安，后自号稼轩居士。山东济南人。二十一岁时（一一六一），金主完颜亮大举南侵，他毅然投身于战斗，组织了一支两千多人的队伍，在济南以南举起了义旗，随即又率领队伍加入了以耿京为首的农民起义军，担任“掌书记”之职，掌管书檄文告。

在完颜亮被部下所杀，金兵北还后，辛弃疾向耿京建议去与南宋朝廷取得联系，以便配合作战。宋高宗绍兴三十二年正月，耿京派贾瑞、辛弃疾等南下。在他们离开后，起义军中发生了变故：叛将张安国暗害了耿京，投降于金，起义军大都被遣散。辛弃疾等在北还途中（海州），得知张安国叛变及已被金政权任命为济州钜野（今山东巨野县）知州的消息，就约了起义军五十多人骑马驰至济州，闯入张安国营中，把他绑在马背上，并宣称大军即将到来，劝大家起而反正，当场响应的有万余人。辛弃疾带了这上万人马南下。

辛弃疾回南方后，南宋朝廷任他为江阴签判。次年，即孝宗隆兴元年（一一六三），主战派张浚被起用，由于符离之战失败，主和派在政府支持下罢张浚、撤战备。辛弃疾曾在一一六五年上《美芹十论》，建议朝廷积极备战，待机收复失地，但未被重视。几年匆匆过去，他又于一一六八年被授以建康府通判这一闲职，这时他心情之沉重亦可想见。

一一七〇年，辛弃疾曾向南宋抗金名相虞允文上《九议》，提出有关恢复中原的建议，极言抗战之必要。这以后，他曾在江西、湖北、湖南等地任地方官。自一一八二年到一二〇三年这段时期，主要退居上饶家中。

一二〇三年夏，辛弃疾被起用为浙东安抚使，次年春初又改命任镇江知府。这时正值韩侂胄执政，想借伐金以巩固自己的地位。辛弃疾一方面断言金国必乱必亡，另外也指出不能草率从事，而是要加强准备。韩侂胄等对此非但不予采纳，反而在不久后就把辛弃疾罢免。以后虽又几次派他任其他官职，他都力辞不受。一二〇七年夏，辛弃疾在铅山得病，延至九月十日逝世。据说他临死时，还大呼“杀贼”。

在词坛上，辛弃疾一向与苏轼并称。他们的词风都以豪放见长，能够打破一切拘束，自由地运用多种多样的手法表达自己真实的思想情感。辛弃疾在中原沦丧、人民水深火热之时，毅然投身起义军队伍，在南归以后也时刻不忘恢复中原。他词作中的主要内容是感慨国事、指斥奸邪、自伤身世和怀念陷区人民。这些内容充分显示出他是一位杰出的爱国词人。以后的陈亮、刘过、刘克庄等，词作也多豪迈的爱国之音，被称为“辛派词人”。

辛弃疾还写了不少描写农村生活的词，这是退居乡间时的作品。词中使用白描手法，构成质朴清新的格调，反映出农家生活的片段和农民们的音容笑貌。此外，他在寄情山水之余，也写了不少内容消极的作品，反映出他思想倾向中的另一个方面。

辛词的艺术特点主要表现在语言的运用上。首先，他善于熔铸古人的语言。苏轼开始用经史语入词，用散文笔调写词；到辛弃疾，更是大量地熔铸经史诸子中的语言入词。他在词中，巧妙地运用史事和典故借古喻今，寄托甚深。其次，他还注意使用人民的口头语言，说来如道家常而又含意深长。辛词的另一艺术特点是善于运用比拟的手法借物抒情。作者将客观世界中静态的物体，想象成有思想情感的对象。这种手法苏轼的咏杨花一词已开其端，到辛弃疾手里又有了发展。此外，在词体上他还善于向前人学习，如《玉楼春》效白乐天体，《丑奴儿》效李易安体，说明他善于使用各种各样的方式来表现词中富于现实意义的思想内容。

现存辛词共六百多首，有《稼轩词》四卷本及十二卷本传世。

水龙吟 登建康赏心亭[1]

楚天千里清秋，水随天去秋无际[2]。遥岑远目，献愁供恨，玉簪螺髻[3]。落日楼头，断鸿声里，江南游子[4]。把吴钩看了[5]，栏杆拍遍，无人会，登临意。　休说鲈鱼堪脍，尽西风、季鹰归未[6]。求田问舍，怕应羞见，刘郎才气[7]。可惜流年[8]，忧愁风雨，树犹如此[9]。倩何人[10]，唤取红巾翠袖[11]，揾英雄泪[12]。

【说明】

本词作于宋孝宗乾道三年（一一六七）。这时，辛弃疾南归已有五年。

上片一开始就点染出一幅江南秋景：流向天边的江水，苍翠凝愁的峰峦，夕阳垂地，孤雁哀鸣……这满眼秋色，引起词人无穷的感喟：七年前自己“突骑渡江”，满心以为报国的志向即将实现，哪里知道腰间宝刀空悬，至今一事无成。想到这里，不禁悲愤难禁，“把栏杆拍遍”，但还是没有人能领会自己的心情。

下片运用三个典故，将“登临意”曲曲道出。作者表示既不愿意像西晋张翰那样为莼菜鲈鱼而弃官南归，以名士风流自炫；也不想效法三国许汜只知购营产业而被有识之士耻笑。他赞赏东晋桓温的振旅北征，也迫切期待能提兵北伐，收复失地。可叹的是朝廷以主和为得计，主战派不受重用，作者也被投闲置散，难展抱负。如今登高望远，只能发出“树犹如此，人何以堪”的慨叹，与张孝祥《六州歌头》的“忠愤气填膺，有泪如倾”相比，两人的爱国之情是一致的。

本词以写景入手，然后融情入景，汇成一片，孤愤直抒，豪气凌云。下片采用反衬手法，层层阐述，通过历史人物，反衬出自己“匈奴未灭，何以家为”的心情。“休说”“怕应”都是否定疑问的语气。末三句以反诘照应上片结句，开阖顿挫，显示出辛词雄浑悲壮的风格。

【注释】

①赏心亭：北宋丁谓重建。在当时建康下水门的城上，下临秦淮河。见《景定建康志》卷二十二。遗址在今南京水西门。

②秋无际：一片秋光，无边无际。

③遥岑（cén涔）：远山。目：眺望，动词。这三句是说作者举头远望，群山也似含愁带恨。山形不一，好像人头上的玉簪和螺髻（jì计）。

④江南游子：辛弃疾是山东济南人，作词时在建康，所以自称客居江南的游子。

⑤吴钩：刀名。据说这是吴王阖闾时的一对金钩（宝刀）。见《吴越春秋·阖闾内传》。这里泛指普通的佩刀。

⑥脍（kuài快）：把鱼、肉切细叫脍，动词。尽：尽管。归

未：归来没有。季鹰：西晋时人张翰的字。见苏轼《满庭芳》注⑩，第219页。“休说”两字，是不同意张翰弃官退隐的做法。

⑦求田问舍：见张元幹《水调歌头》注⑧，第384页。刘郎：指刘备。这三句表示不愿只为个人打算而去置买田地房屋，致被有识之士耻笑。

⑧流年：岁月匆匆过去，如同逝去的流水。

⑨树犹如此：借树比人，慨叹岁月空度，壮志难酬。见《世说新语·言语》：“桓公北征，经金城，见前为琅玡时种柳，皆已十围，慨然曰：‘树犹如此，人何以堪！’攀枝折条，泫然流泪。”桓公，即东晋桓温，庾信《枯树赋》作“树犹如此”。

⑩倩（qìng庆）：请。

⑪红巾翠袖：原指女子妆束，这里指歌伎。

⑫揾（wèn问）：揩拭。

念奴娇 登建康赏心亭[1]，呈史致道留守[2]

我来吊古，上危楼、赢得闲愁千斛[3]。虎踞龙蟠何处是，只有兴亡满目[4]。柳外斜阳，水边归鸟，陇上吹乔木[5]。片帆西去，一声谁喷霜竹[6]。　却忆安石风流，东山岁晚，泪落哀筝曲。儿辈功名都付与，长日惟消棋局[7]。宝镜难寻，碧云将暮，谁劝杯中绿[8]。江头风怒，朝来波浪翻屋[9]。

【说明】

这首词约作于宋孝宗乾道五年（一一六九）左右，这时他正任建康府通判。南来已有七年。眼看隆兴和议（一一六四）之后朝廷苟安、不思恢复，自己所上《美芹十论》中的收复中原之策，亦被搁置。史致道是主张抗战的人物，曾向宋高宗上《恢复要览》五篇，辛弃疾对他是颇为推重的。

上片以危楼所见的山川形胜、斜阳归鸟，引出兴亡满目的感慨。下片借用谢安指挥儿辈破贼及善处君臣之间二事，对史致道表示推重，同时也有所期望。

【注释】

①赏心亭：见辛弃疾《水龙吟》注①，第441页。

②史致道：名正志。宋高宗绍兴二十一年进士。曾向高宗上《恢复要览》五篇。又建议高宗“无事则都钱塘，有事则幸建康”。反对苟安怯敌。

③赢得：落得。闲愁：指家国之恨。斛（hú胡）：古代以十斗为一斛。这句是说登上赏心亭凭吊古迹，却勾起自己无限家国之恨。

④虎踞龙蟠：《金陵图经》：“石头城在建康府上元县西五里。诸葛亮谓吴大帝曰：‘秣陵地形，钟山龙蟠，石城虎踞，真帝王之都也。’”这两句是说昔年在此建都的六朝，如今又在何处呢？（指都已覆亡）登高望远，不胜兴亡盛衰之感。句意来自李商隐《咏史》诗：“北湖南埭水漫漫，一片降旗百尺竿；

三百年间同晓梦，钟山何处有龙蟠。”

⑤陇上：泛指中原一带。乔木：高大的树木。《孟子·梁惠王下》：“孟子见齐宣王，曰：‘所谓故国者，非谓有乔木之谓也，有世臣之谓也。”后来往往以故国乔木并称。或以乔木代表故国。这三句是从眼前的斜阳归鸟，想到陷入敌手的中原故国。

⑥喷霜竹：吹笛。霜竹：寒笛。马融《长笛赋》：“近世双笛从羌起，羌人伐竹未及已。”这两句是说帆船西去，船上有人在吹笛子。

⑦安石：即东晋谢安。哀筝曲：东晋孝武帝嫉谢安功高。桓伊在宴会上歌怨诗：“为君既不易，为臣良独难。忠信事不显，乃有见疑患……”谢安听后泣下，孝武帝则甚有愧色。见《晋书·桓伊传》。这五句写谢安虽退隐东山、下棋消遣而仍关心国事，帮助子侄辈在淝水之战获得胜利，也曾因功名太盛而受到皇帝的疑忌。

⑧杯中绿：指杯中绿酒。

⑨这两句用杜甫《观李固请司马弟山水图诗》：“高浪垂翻屋，崩崖欲压床。”是以怒浪翻屋比喻世途险恶。

太常引 建康中秋为吕叔潜赋[①]

一轮秋影转金波[②]。飞镜又重磨[③]。把酒问姮娥[④]。被白发、欺人奈何。　乘风好去，长空万里，直下看山河。斫去桂婆娑。人道是、清光更多[⑤]。

【说明】

这是一首中秋词。上片问月。问为何白发早生。这与陆游《长歌行》中“金印煌煌未入手，白发种种来无情”的句意相似，是由于功业未就、白发欺人而感到十分忧虑。下片写乘长风、上月宫，斫去树影婆娑的桂树，使人间清光更多。这里是有所寓意，如周济就说：“所指甚多，不止秦桧一人而已。”（《宋四家词选》）则斫桂乃是暗喻去除朝廷奸邪之辈。

【注释】

①建康中秋：约为作者第二次在建康做官时所作（淳熙元年，一一七四）。吕叔潜：名大虬，见陈岩肖《庚溪诗话》卷下。

②金波：指月。

③飞镜：指月。这句是说月儿像重新磨过的铜镜那样明亮。

④姮娥：即嫦娥，月神。

⑤婆娑：即扶疏，形容枝叶纷披。桂婆娑：指月中桂影扶疏。杜甫《一百五日夜对月》诗：“斫却月中桂，清光应更多。”

摸鱼儿 观潮上叶丞相[1]

望飞来、半空鸥鹭[2]。须臾动地鼙鼓[3]。截江组练驱山去[4]，鏖战未收貔虎[5]。朝又暮。诮惯得、吴儿不怕蛟龙怒[6]。风波平步。看红旆惊飞，跳鱼直上，蹙踏浪花舞[7]。 凭谁问，万里长鲸吞吐[8]。人间儿戏千弩[9]。滔天力倦知何事，白马素车东去[10]。堪恨处。人道是、子胥冤愤终千古[11]。功名自误。谩教得陶朱，五湖西子，一舸弄烟雨[12]。

【说明】

北宋潘阆、苏轼都写过观潮词，其中颂扬了吴儿踏浪为戏的灵活勇敢。而本词，先是纵笔极写江潮之盛，并用鸥鹭、鼙鼓、组练、貔虎等形容浪涛的汹涌。然后展示出江南踏浪儿的绝技。以下述史事，以吴国伍子胥因进忠谏招祸冤愤而死，越国范蠡则能功成身退，说明功名误人，不如早作退隐之计。这是作者因不受重用而发的愤激之语。

【注释】

①叶丞相：即叶衡，字梦锡。宋孝宗淳熙元年春，叶衡自建康被召至临安，为右丞相，次年秋罢相。辛弃疾是由叶衡推荐而被孝宗召见，任仓部郎官。本词应是辛弃疾到临安后所作。

②这句是以鸥鹭来形容汹涌而至，上下四溅的白色浪花。

③须臾：一会儿。鼙（pí皮）：古代军中所击的小鼓。白居易《长恨歌》："渔阳鼙鼓动地来，惊破霓裳羽衣曲。"这句写涛声如同万人击鼓，震动大地，转眼间滚滚而来。

④组练：古代乘车的战士用阔带（组）缀甲，称"组甲"；步行的战士用白练缀甲，称"练甲"。见《左传·襄公三年》。组练连用，本指白色服饰的军队，这里指白浪。苏轼《催试官考较戏作》诗："八月十八潮，壮观天下无。鹍鹏水击三千里，织练长驱十万夫。"这句是说江水被拦截，浪花犹如千军万马涌过山头。

⑤鏖（áo敖）战：激战。貔（pí皮）：古书中所载的一种猛兽。这句是说浪涛如同激战不停的猛兽。

⑥诮（qiào窍）惯得：简直纵容得，这里指练水性。吴儿：《武林旧事·观潮》："吴儿善泅者数百，皆披发文身，手持十幅大彩旗，争先鼓勇，泝迎而上，出没于鲸波万仞中，腾身百变，而旗尾略不沾湿，以此夸能。"

⑦蹙（cù促）：同"蹴"，踩。这五句是形容踏浪吴儿手持红旗，鱼跃而上，足踏浪花翻舞。

⑧长鲸吞吐：《吴都赋》："长鲸吞航，修鲵吐浪。"这是形容潮来和潮退时的水势。

⑨千弩：《宋史·河渠志》："梁开平中，钱武肃王始筑捍海塘，在候潮门外。潮水昼夜冲激，版筑不就，因命强弩数百以射潮头，又致祷胥山祠。既而潮避钱塘，东击西陵，遂造竹器，积巨石，植以大木。"这句是说以千弩射潮如同儿戏（认为

潮是射不退的）。

⑩《太平广记》卷二九一“伍子胥”条：“伍子胥累谏，吴王赐属镂剑而死……自是，自海门山潮头汹高数百尺，越钱塘渔浦方渐低小……时有见子胥乘素车白马在潮头之中，因立庙以祠焉。”属镂：剑名。这句是说滔天大浪的倦乏（指退潮），是因为乘素车白马的伍子胥要东去。

⑪子胥冤愤：指伍子胥劝吴王拒绝越国求和及停止伐齐，被吴王赐属镂之剑而死。见《史记·吴太伯世家》。这两句是由观潮而产生的感慨，认为伍子胥因忠谏而死是千古冤愤。

⑫谩：徒然。陶朱：即范蠡，曾献西施给吴王。他在助越王勾践灭吴后，携带珠宝出走，改姓名为陶朱公，以经商致富。见《史记·越王勾践世家》。又相传吴亡后，范蠡与西施同舟泛五湖而去。杜牧《杜秋娘》诗：“西子下姑苏，一舸逐鸱夷（范蠡曾自号鸱夷子皮）。”这三句接功名自误之后，联系伍子胥功高而受戮事，认为这是范蠡功成而退隐的原因。作者于此用“自误”“谩教得”表示同情和遗憾。

菩萨蛮 书江西造口壁①

郁孤台下清江水②。中间多少行人泪③。西北望长安。可怜无数山④。　青山遮不住。毕竟东流去。江晚正愁予⑤。山深闻鹧鸪⑥。

【说明】

辛弃疾在淳熙二、三年任江西提点刑狱，官署在赣州。造口是他常经之地。本词先回忆四十多年前金兵侵扰时人民遭受的苦难。如今向北远望，中原仍然沦陷敌手，而南宋朝廷文恬武嬉，不思恢复。“青山”两句，以江水奔逝，隐喻国势陵夷，难以收拾。自己远处客地，时值薄暮，耳边响起鹧鸪“行不得也哥哥”的叫声，心头更因忧国忧时而悲愤难禁。词中那种痛心于国事日非的思想感情，曾经感动了后代许多爱国志士。

【注释】

①造口：在今江西万安县西南六十里，有皂口溪。皂口即造口。据《宋史》等史书记载，宋高宗建炎三年（一一二九），金兵南侵，一路由金兀术率军占领建康、临安，并追击高宗，侵扰浙东。另一路金兵从湖北大冶间道袭击洪州，追踪隆祐太后至太和县，隆祐退往虔州（治所在今江西赣州市）。罗大经《鹤林玉露》卷四则说：“南渡之初，虏人追隆祐太后御舟至造口，不及而还。”当以《宋史》等为准，即金兵实未到造口。

②郁孤台：在今江西赣州市赣县区西南，是形胜之地。赣江经此向北流去。清江：赣江与袁江合流处一名清江，此处指赣江。

③行人：指金兵侵扰时流离失所的人民。

④长安：借指汴京。这两句是说在台上遥望，由于被群山遮蔽而看不见汴京。

⑤愁予：使我愁苦。《楚辞·九歌·湘夫人》：“目眇眇

兮愁予。”注云：“予，屈原自谓也。”

⑥鹧鸪：古时传说此鸟飞必南向而不往北，作者借此影射南宋统治者奔窜南逃而不思北伐。《本草纲目》卷四十八载《禽经》云：“随阳，越雉也，飞必南翥。”

水调歌头 舟次扬州，和杨济翁、周显先韵[①]

落日塞尘起[②]，胡骑猎清秋[③]。汉家组练十万[④]，列舰耸高楼[⑤]。谁道投鞭飞渡[⑥]，忆昔鸣髇血污，风雨佛狸愁[⑦]。季子正年少，匹马黑貂裘[⑧]。　今老矣，搔白首，过扬州。倦游欲去江上，手种橘千头[⑨]。二客东南名胜[⑩]，万卷诗书事业，尝试与君谋。莫射南山虎，直觅富民侯[⑪]。

【说明】

本词作于宋孝宗淳熙五年（一一七八）。小题目中指出是在扬州舟中和韵之作。杨炎正（字济翁）与他同过镇江时，曾作《水调歌头》（登多景楼），其中有这样几句：“忽醒然，成感慨，望神州。可怜报国无路，空白一分头。”写出有心报国但又不被重用的苦闷。辛弃疾的和词，是船到扬州时写成，两人的心情是一致的。

上片是回忆。先写宋高宗绍兴三十一年（一一六一），完颜亮大举南侵；再写南宋军队在采石水陆并进，击退敌人。江上楼船来回游弋，防卫十分严密。然后写残酷贪婪的完颜亮，妄想一举灭宋，“立马吴山第一峰”。遭到阻击后，他在进退维谷的情势下被杀。那时辛弃疾刚到南方，年少气盛，看见这种胜利的场面，认为恢复有望，因而十分兴奋。

下片写目前。自从“隆兴和议”以后，恢复大计遥遥无期。这时辛弃疾南归已十六年，但却仍得不到重用。如今两鬓已白，功业未建。此次重游旧地，想起当年情景，真有不堪回首之感。眼看国事日非，要想退隐吧，心尚有所不甘。结尾几句，通过“尝试与君谋”，反映出彼此矛盾复杂的心情。

【注释】

①次：停留。杨济翁：名炎正，江西吉水人。祖父杨邦乂，宋高宗建炎年间在建康被敌所俘，不屈而死。周显先，未详。

②塞尘：边地敌骑奔驰，卷起滚滚黄尘。这句是指边地发生战事。

③猎：借指作战，动词。

④汉家：汉王朝，这里借指南宋王朝。

⑤舰：指南宋的楼船（兵舰）。这句是说江上排列着耸立如高楼的兵舰。

⑥投鞭：《晋书·苻坚载记》说：“坚曰：以吾之众，投鞭于江，足断其流。”飞渡：指西晋杜预遣将率领奇兵夜间渡江，东吴都督孙歆认为：“北来诸军乃飞渡江也。”见《晋

书·杜预列传》。这句认为投鞭不足以断流，敌人不能飞渡大江。

⑦鸣髇（xiāo消）：即鸣镝，一种响箭，射时发声。佛狸：北魏太武帝拓跋焘的小名，这里借指完颜亮。这两句先用匈奴头曼单于的儿子冒顿（mòdú莫独）曾带领部下在打猎时一齐用鸣镝射死了头曼的典故，再写完颜亮之死。

⑧季子：苏秦的字。李兑曾送给苏秦明月之珠，和氏之璧，黑貂之裘，黄金百镒。苏秦得了这些，就能入秦游说。见《战国策·赵策》。这里以苏秦的少年得意来比喻自己当年南下时的心情。

⑨橘千头：吴丹阳太守李衡曾在龙阳（今湖南汉寿县）泛洲上建宅，种橘树千株，临死前告诉儿子说，他在州里有千头木奴（指橘树），每年能生产出匹绢以供日常用度。见《襄阳耆旧传》。这两句写作者旧地重游，想起当年抗战壮志，至今未能实现，非常愤慨，而对于目前自己的游宦生活，则觉得于国事无补，认为还不如退隐江上为好。

⑩名胜：知名之士。

⑪南山虎：指汉李广罢官住在蓝田南山家中，听说本地有虎，就亲自去把它射杀。见《史记·李将军列传》。富民侯：《汉书·食货志》："武帝末年，悔征伐之事，乃封丞相为富民侯。"这三句是说，我与两位商量，目前投降派弭兵求和，不思北伐。即使如李广那样的射虎、习武，又有什么用呢？还不如到朝廷中做一个苟安于世的富民侯算了（这是针对统治者不思征伐重用主和大臣的愤激反语，并非真的改变自己的意图）。

摸鱼儿

淳熙己亥[1]，自湖北漕移湖南[2]，同官王正之置酒小山亭[3]，为赋。

更能消、几番风雨。匆匆春又归去。惜春长恨花开早，何况落红无数。春且住。见说道、天涯芳草迷归路[4]。怨春不语。算只有殷勤，画檐蛛网，尽日惹飞絮[5]。　长门事[6]，准拟佳期又误。蛾眉曾有人妒[7]。千金纵买相如赋，脉脉此情谁诉。君莫舞。君不见，玉环飞燕皆尘土[8]。闲愁最苦。休去倚危楼，斜阳正在，烟柳断肠处[9]。

【说明】

本词忧时感世，全用比兴。开头“更能消”两句概括上片词意，下面说因惜春而怕花开早，如今落红无数，则更为可惜。“春且住”是留春，并告以无归去之路。留春不住而怨春。这里隐指国势危弱，偏安之局，恐也不能长保，“画檐”两句，是以蛛网惹絮喻朝廷奸佞用卖国求和的谬论蛊惑君心。

下片转到自身遭遇。“长门事”几句，反用《长门赋序》之意，说自己虽入长门，还拟重新得宠，由于遭到妒忌，以致又耽误了佳期。这就是他在朝中的处境。他在《论盗贼札子》中曾说：“平生刚拙自信，年来不为人所容，恐言未脱口，而祸不旋踵。”下面提到纵以千金买得一赋，此情终无处可诉，这是和“怨春不语”呼应，同是怨到极处的诉述。“君莫舞”又作顿挫，警告奸小不要猖狂得意，正如玉环、飞燕，即使得宠也不会长久，仍是不平之语。最后是自己无可奈何的忧国之情，以斜阳烟柳、一片惨淡迷离，暗示国家前途的危险，但仍以劝慰之语作结，这也是“脉脉此情谁诉”之意。

辛弃疾写本词时年四十，这时他南来已有十几年，又适值调任之际，深感岁月掷人而去，报国又苦无路。在词里通过比兴寄托他对国事的忧愤之情，自己遭受压抑排挤的苦闷，从而透露出对执政者的怨恨。宋人罗大经在《鹤林玉露》中指出本词：“词意殊怨……闻寿皇（孝宗）见此词颇不悦。”说明词风虽因运用暗喻而显得委婉凄恻，但蕴含的情感却比较激烈。

【注释】

①淳熙己亥：宋孝宗淳熙六年（一一七九）。

②漕：转运使的省称。这句指作者从湖北转运副使改任湖南转运副使。

③同官：同僚。小山亭：在湖北转运使官衙之内。

④见说道：听说。这两句是留春之语。不希望春归，所以说天边长满芳草，春去已无归路。

⑤这四句是怨春之语。蛛网惹飞絮指小人误国。

⑥长门：汉代宫名。长门事：是指汉武帝陈皇后，失宠后住在长门宫。曾送黄金百斤给司马相如，请他代写一篇赋送给武帝，陈皇后因而重新得宠。见司马相如《长门赋序》（这篇序文系后人假托）。后世就把“长门”作为失宠后妃居处的专用名词。

⑦蛾眉：本为飞蛾的触须，借以指美人的眉。屈原《离骚》：“众女嫉余之蛾眉兮，谣诼谓余以善淫。”

⑧玉环：唐玄宗贵妃杨氏的小字。飞燕：姓赵，汉成帝的皇后。两人都得宠且善妒忌。

⑨这两句是说夕阳正在那烟柳凄迷、令人断肠的处所。

祝英台近晚春

宝钗分[1]，桃叶渡[2]。烟柳暗南浦[3]。怕上层楼，十日九风雨。断肠片片飞红，都无人管，倩谁唤、流莺声住[4]。　鬓边觑。试把花卜归期，才簪又重数[5]。罗帐灯昏，哽咽梦中语。是他春带愁来，春归何处。却不解、将愁归去。

【说明】

前人认为这首词写的是“闺怨”，实际是借闺怨以抒其志。词中先写晚春烟雨凄迷、落红片片，而莺啼不止；末尾又写花卜归期，音问难通，春光将尽而忧思未尽。这是用托物比兴的手法，通过写春意阑珊、写闺怨别情，比喻国事日非，恢复无期，从而表达出作者对国事的深切关怀和忧虑。

【注释】

①钗：妇女发饰。分钗：用作离别的纪念。王明清《玉照新志》卷四：“绍兴己卯……春日，诸友同游西湖，至普安寺，于窗户间得玉钗半股，青蚨半文，想是游人欢洽时所分授，偶遗之者。”这里反映出南宋时还有分钗赠别的习俗。

②桃叶渡：在南京秦淮河和青溪合流之处。这里泛指男女送别之处。《隋书·五行志》：“陈时，江南盛歌王献之《桃叶》之词曰：‘桃叶复桃叶，渡江不用楫。但渡无所苦，我自迎接汝。’”桃叶是王献之妾。

③南浦：见和凝《春光好》注②，第71页。这句是说在昔日分别的南浦水边已是垂柳笼烟，一片绿荫。

④飞红：指落花。流莺：黄莺。张惠言《词选》认为“飞红”喻君子，“流莺”指小人。

⑤觑（qù去）：斜视。这三句是说斜眼看看鬓边插戴着的花儿，拿下来数数花片以占卜归期，才插上又忘了是几片，因而取下来重数一遍。

水龙吟 为韩南涧尚书寿甲辰岁[①]

渡江天马南来[②]，几人真是经纶手[③]。长安父老[④]，新亭风景[⑤]，可怜依旧。夷甫诸人，神州沉陆，几曾回首[⑥]。算平戎万里[⑦]，功名本是，真儒事，君知否[⑧]。 况有文章山斗[⑨]。对桐阴、满庭清昼[⑩]。当年堕地[⑪]，而今试看，风云奔走[⑫]。绿野风烟，平泉草木，东山歌酒[⑬]。待他年，整顿乾坤事了[⑭]，为先生寿。

【说明】

辛弃疾退居带湖时，经常与韩元吉来往。韩元吉曾经奉命出使金国，并于便中察看敌情以及中原人心，准备待机恢复。后来看到朝政腐败，不能有所作为，便引退于上饶的南涧。

本词作于淳熙十一年（一一八四），词中先写“长安父老”盼望恢复；次斥主和权臣无视“神州沉陆”；再期望韩元吉“平戎万里”，把韩比作前代名相；最后表示自己也要“整顿乾坤”，为国效劳。

【注释】

①南涧：韩元吉的上饶住所前有涧水，故号南涧。甲辰：宋孝宗淳熙十一年。

②这句指宋高宗南渡。天马：本为两边来的骏马，这里借用《宋书·五行志》中有关晋室南渡之前童谣“五马游渡江，一马化为龙”的说法（指琅邪王司马睿南渡后为东晋元帝），天马即指宋高宗。

③经纶：原为整理乱丝，一向用作规划或处理政事解。

④长安：古都名。这里借指宋都汴京。

⑤新亭：东晋时从中原渡江而来的名士常在新亭赏花饮酒。有一次周颉叹息道：“风景不殊，正（只）自有山河之异。”讲得大家都流起泪来。见《世说新语·言语》。新亭，一名劳劳亭，在建康，三国吴时筑。

⑥夷甫：西晋王衍的字。《晋书·王衍传》说他“口不论世事，唯雅咏玄虚而已……众共推衍为元帅……俄而举军为石勒所破，勒呼王公，与之相见……使入夜排墙填杀之。衍将死，顾而言曰：‘呜呼，吾曹虽不如古人，向若不祖尚浮虚，戮力以匡天下，犹可不至今日。’”这句是借西晋王衍等清谈亡国事来指斥南宋主和权臣对中原的沦丧漠不关心。

⑦平戎：指北伐。

⑧这两句是说建功立业本来是真正有学问的人的根本大事。

⑨山斗：即泰山、北斗。《新唐书·韩愈传赞》：“自愈之没，其言大行，学者仰之如泰山、北斗云。”这句是称扬韩元吉的文章有名于时，受人重视，尊之如泰山、北斗。

⑩韩元吉是颍川韩氏，在京师宅第门前多种桐木，世称“桐木韩家。”韩元吉有《桐阴旧话》十卷，记其家世旧事。

⑪堕地：出生。

⑫风云奔走：指奋发有为。《后汉书·朱景王杜马刘傅坚马

列传》："中兴二十八将……咸能感会风云，奋其智勇。"

⑬绿野：唐宰相裴度退居洛阳，其别墅名绿野堂。平泉：唐宰相李德裕在洛阳城外三十里筑平泉庄，种名花奇草，著有《平泉草木志》。东山：东晋谢安隐居东山时，常带着妓女出外游赏。这三句是把韩元吉比之为前代名相。

⑭整顿乾坤：指收复中原，统一全国。乾坤：指天下。

清平乐 独宿博山王氏庵[①]

绕床饥鼠。蝙蝠翻灯舞。屋上松风吹急雨[②]。破纸窗间自语。　平生塞北江南[③]。归来华发苍颜[④]。布被秋宵梦觉，眼前万里江山[⑤]。

【说明】

辛弃疾罢居上饶带湖以后，附近名胜如南岩、鹅湖等地都是他常游之处。博山本身状如庐山玉炉峰，近旁有雨岩、卓锡泉等，因此他也经常前往游赏。本词写他独宿博山的感怀，上片说室内的凄寂光景，只见饥鼠出没，蝙蝠翻飞，加上室外风骤雨急，"破纸"句写作者把风吹窗上破纸的瑟瑟抖动声当作是"自语"，更加突出他独自一人无聊的心情。下片说自己足迹遍及大江南北，如今已垂垂老矣。"布被"句笔力陡转，展示出一幅开阔的画面：

"眼前万里江山"，说明作者日夜不能释怀的是祖国大好河山，即使被罢斥退隐，壮心仍然如初。

【注释】

①博山：在江西永丰县西南。《舆地纪胜》："博山在永丰西二十里，古名通元峰，以形似庐山玉炉峰，故改今名。"

②松风：山风吹群松发出波涛般的声音称松风或松涛。

③塞北：辛弃疾十八岁到二十一岁期间，曾两次随计吏到燕山（今北京市）。

④苍颜：苍老的容颜。

⑤万里江山：指包括塞北江南的祖国大好河山。

鹧鸪天 鹅湖归[1]，病起作

枕簟溪堂冷欲秋[2]。断云依水晚来收。红莲相倚浑如醉[3]，白鸟无言定自愁。　书咄咄[4]，且休休[5]。一丘一壑也风流[6]。不知筋力衰多少，但觉新来懒上楼[7]。

【说明】

新秋的傍晚，略有凉意，红莲白鸟，悄然无声。"浑如醉""定自愁"，是写自然景物，也是作者自身的写照。自从罢归以来，虽拟寄情山水，但毕竟不能忘情物外。感叹自己病后精力衰退，正是切望为国效力的表现。

【注释】

①鹅湖：山名。在江西铅山县东北。山顶积水成湖，东晋人龚氏曾在此养鹅，故名曰鹅湖。山下有鹅湖寺，景色幽美。

②这句是说在溪边堂中的枕席上休息，凉飕飕的微觉秋意。

③浑如：简直像。这句是形容莲花之红，简直如同喝醉了一样。

④书咄咄：晋殷浩被废黜后，整天书空（用手在空中书写），作“咄咄怪事”四字。咄咄：失意的感叹。见刘义庆《世说新语·黜免》。

⑤休休：罢休。唐司空图作亭名“休休”。并说：“量才一宜休，揣分二宜休，耄而聩，三宜休。”见《唐书·卓行传》。

⑥丘壑（hè贺）：指山水幽深之处。这句是说山水深处，风光都极佳美。

⑦这两句是说不知病后精力衰退了多少，只是觉得近来懒得上楼。这是自伤衰老，怕不能为国出力。

鹧鸪天 送人

唱彻阳关泪未干[①]。功名余事且加餐。浮天水送无穷树，带雨云埋一半山[②]。　今古恨，几千般。只应离合是悲欢。江头未是风波恶，别有人间行路难。

【说明】

这是一首送行词。先劝人以身健为重，不要介意功名得失之事；再说人生以离别为恨事；末以世途艰险胜过江上风波作结。

【注释】

①阳关：即《阳关三叠》，送行之歌。

②这两句先说水流接天，岸边树亦无尽。再说云雾弥漫，把山都遮住了一半。

青玉案元夕①

东风夜放花千树②。更吹落、星如雨③。宝马雕车香满路。凤箫声动，玉壶光转④，一夜鱼龙舞⑤。　蛾儿雪柳黄金缕⑥。笑语盈盈暗香去⑦。众里寻他千百度。蓦然回首⑧，那人却在，灯火阑珊处⑨。

【说明】

本词先写元宵灯节的场面。花千树、星如雨、玉壶转和鱼龙舞，都是形容巧夺天工的各色明灯。接着写观灯之人，有的是乘坐宝马雕车的贵眷，更多的是头戴蛾儿、雪柳的平民，大家都在凤箫声动、明灯漫舞中到鳌山下看灯。结末四句，借伊人的孤高自赏来表明自己不肯同流合污的高尚品格。

【注释】

①元夕：旧历正月十五日为上元，上元的晚上称元夕、元宵或元夜，也即是灯节。

②花千树：形容灯多。这是以花比灯。唐苏味道《看灯》诗："火树银花合，星桥铁锁开。"

③星如雨：也是形容灯多。这里以星比灯。

④凤箫：即排箫。《风俗通·声音》："《尚书》舜作《箫韶》九成，凤凰来仪，其形参差，象凤之翼。"玉壶：玉雕的灯。周密《武林旧事·元夕》："其后福州所进，则纯用白玉，晃耀夺目，如清冰玉壶，爽澈心目。"

⑤鱼龙：鱼形、龙形的灯。鱼龙舞：鱼龙本为古代百戏（类似杂技）的一种。《汉书·西域传》颜师古注："鱼龙者……漱水化成比目鱼……化成黄龙八丈，出水敖（同遨）戏于庭，炫耀日光。"这里是指在街上舞动那些鱼形、龙形的灯。

⑥蛾儿、雪柳黄金缕：二种都是元宵夜女子头上的饰物。

⑦暗香：本指梅花，这里借喻美人。

⑧蓦（mò末）然：忽然。

⑨阑珊：零落稀少。

清平乐

茅檐低小。溪上青青草。醉里蛮音相媚好[①]。白发谁家翁媪。　大儿锄豆溪东。中儿正织鸡笼。最喜小儿亡赖[②]，溪头卧剥莲蓬。

【说明】

这里先写农家茅屋，次写农家附近有流水青草，再写老农夫妇白发苍苍，且饮且谈。下片写他家三个儿子，大儿锄豆，中儿编鸡笼，小儿年幼，正在溪头剥莲蓬吃，寥寥几笔，写出这一家五人的活动，简洁而又自然。

【注释】

①蛮音：泛指南方话。媚好（hǎo）：软柔悦耳。这两句写白发的老公公、老婆婆带着酒意，用很好听的南方话在谈天。

②亡赖：《汉书·高帝纪》："始大人常以臣亡赖，不能治产业。"注云："江淮之间，谓小儿多诈、狡狯为亡赖。"亡：同无。这里的亡赖，是说小儿嬉皮笑脸的样子。

贺新郎

陈同甫自东阳来过余[①]，留十日，与之同游鹅湖，且会朱晦庵于紫溪[②]，不至，飘然东归。既别之明日，余意中殊恋恋，复欲追路。至鹭鹚林则雪深泥滑[③]，不得前矣。独饮方村[④]，怅然久之，颇恨挽留之不遂也。夜半，投宿泉湖吴氏四望楼，闻邻笛悲甚[⑤]，为赋《贺新郎》以见意。又五日，同甫书来索词。心所同然者如此，可发千里一笑。

把酒长亭说[⑥]。看渊明、风流酷似，卧龙诸葛[⑦]。何处飞来林间鹊，蹙踏松梢微雪。要破帽、多添华发[⑧]。剩水残山无态度，被疏梅、料理成风月[⑨]。两三雁，也萧瑟[⑩]。　佳人重约还轻别[⑪]。怅清江、天寒不渡，水深冰合。路断车轮生四角[⑫]，此地行人销骨[⑬]。问谁使、君来愁绝？铸就而今相思错，料当初、费尽人间铁[⑭]。长夜笛，莫吹裂。

【说明】

宋孝宗淳熙十五年（一一八八）冬，陈亮与辛弃疾两人同游鹅湖，“长歌相答，极论世事”，盘桓十日。分别以后，又曾互相唱和，《贺新郎》五首反映出两人对“世事”的看法及深厚的友谊。词中充满着忧时爱国的感情，读来动人肺腑。

在小序中，先将写词经过介绍清楚，并以极富感情色彩的语言，从二人相会、同游、分别，一直写到别后两地思念之情。上片极写陈亮，比之为陶渊明与诸葛亮。后者是陈亮素来推许的“英雄之士”，还特别肯定其用兵之道；辛弃疾誉陈亮为孔明，足见其推崇之高。与这样一位人物在相会十日以后把酒话别，自然是不胜依依。两人所关心的无非是国家大事，最令人遗憾的是南宋朝廷奸佞当道，偏安一隅，不思恢复，正如瑟缩在严冬中的残水剩山，只靠几朵梅花增添颜色，但毕竟如两三雁儿在宽阔的长空中回翔，太嫌孤单。

下片由人到景，由景到事，从剩山残水引出天寒、水深、冰合、路断的行路难之叹。这是写别后景况，又是对眼前局势的影射。令人焦虑的现实，使作者更为怀念志同道合的友人。

【注释】

①东阳：今浙江东阳市。过：访问，探望。

②朱晦庵：即朱熹，南宋著名理学家。紫溪：镇名。在江西铅山县南四十里。

③鹭鹚林：未详所在。浙江常山县有鹭鹚山。鹭鹚林可能在此山附近。

④方村：《常山县志》中有芳村溪，方村可能在此附近。

⑤邻笛：向秀《思旧赋序》指出他经过嵇康、吕安的竹林旧居时，“日薄虞渊，寒冰凄然，邻人有吹笛者，发声寥亮，追思曩昔游宴之好，感音而叹，故作赋云。”这句是说夜闻笛声，使他格外兴起思念陈亮之情。

⑥把酒：手持酒杯。这句是说在驿亭里饮酒话别。

⑦卧龙：东汉末，诸葛亮隐居隆中，时人称为卧龙。这两句先把陈亮比为东晋时诗酒自适的陶渊明，又觉得他胸怀恢复大志，可以和未出仕前的诸葛亮相比。

⑧这三句指树林里的鹊子把松枝上的残雪踏落，洒在作者的破帽上，好像增添了许多白发。这里借写景以喻人，自伤日渐衰老而壮志难酬。

⑨料理：安排措置。这两句写冬天的山水景色凋敝枯残，黯无光彩，全仗几枝梅花点缀得生意盎然。这里以剩水残山暗喻偏安江南的朝廷。以疏梅暗喻爱国志士。说明国事艰危，赖有少数志士挽回颓局。

⑩萧瑟：秋灭风吹草木声。引申为孤单凄凉。这两句以冬天雁儿稀少，暗示主战派力量不足。

⑪佳人：即佳士，国士。这里指陈亮。

⑫车轮生四角：是说车轮好似长了四只角，不能转动。陆龟蒙《古意》诗：“愿得双车轮，一夜生四角。”这句指路上雪深泥滑，车子不能前进。

⑬销骨：因惜别而销魂入骨。孟郊《答韩愈李观因献张徐州》诗：“富别愁在颜，贫别愁销骨。”

⑭错：本指错刀。借指错误。这里的“相思错”系反语，是以“费尽人间铁”来铸成的错刀（喻错误很大），反衬出两人

相思之情的无比深厚。

贺新郎 同甫见和，再用前韵

老大犹堪说。似而今、元龙臭味，孟公瓜葛[①]。我病君来高歌饮，惊散楼头飞雪。笑富贵、千钧如发[②]。硬语盘空谁来听[③]，记当时、只有西窗月。重进酒，唤鸣瑟。 事无两样人心别。问渠侬、神州毕竟，几番离合[④]。汗血盐车无人顾[⑤]，千里空收骏骨[⑥]。正目断、关河路绝。我最怜君中宵舞[⑦]，道男儿、到死心如铁。看试手，补天裂。

【说明】

辛弃疾在得到陈亮的和词后，就“再用前韵”写了一首词，这是对陈亮和词中视自己为知音，以恢复大计相勉励的答复。

上片自比好客的陈遵（孟公），而以忧国忘家的陈登（元龙）来比陈亮，并认为彼此气味相投，政治见解相同。由此回忆相聚时两人高歌痛饮，视富贵如毛发之轻；所谈论的是横空而来，不合时宜的“硬语”。

下片痛斥畏敌苟安的思想。朝廷弃中原之地，而爱国志士却报国无路，正如骏马无所施展其千里之足。辛弃疾自淳熙九年被弹劾落职家居，而陈亮也因主战而受到诋毁，甚至被诬入狱；所谓“汗血盐车无人顾”，正是他两人遭遇的写照。但他们并不介意个人得失，仍然毫不气馁地期望被识拔任用。最后几句，勾勒出爱国志士陈亮的形象，作者比之为击楫中流，渡江北伐的祖逖，并期望他能担负起收复失地、统一全国的重任。

【注释】

①元龙：见张元幹《水调歌头》注⑧，第384页。臭（xiù秀）味：气味。彼此意气相合称为“臭味相投”。孟公：汉陈遵字孟公，嗜酒好客，“每大饮，宾客满堂。辄关门，取客车辖投井中，虽有急，终不得去。”见《汉书·游侠传》。瓜葛：牵连关系。这四句是以陈元龙和孟公来比陈亮和自己，说明两人意气相投。

②钧：三十斤为钧。千钧如发：韩愈《与孟尚书书》：“其危如一发引千钧。”这句是以居富贵为可危之事。

③硬语盘空：发表耿直的议论。韩愈《答孟东野书》：“横空盘硬语，妥帖力排奡。”

④渠侬：吴语自称我侬，称他人为渠侬（指主和派）。离合：偏义复词，指离。即中原沦陷敌手。这两句是说中原沦丧之事前朝亦有，但如何对待此事却各有不同。并责问主和派究竟还要让中原沦陷多久？

⑤汗血：汗血马，即千里马。《汉书·武帝纪》应劭注：“大宛旧有天马种，蹋石汗血，汗从前肩膊出如血，号一日千里。”盐车：《战国策·楚策》：“骥之齿至矣，服盐车而上太

行，蹄申膝折，尾湛胕溃，漉汁洒地，白汗交流，中阪迁延，负辕而不能止。”这句是说让千里马去拖笨重的盐车而无人顾惜，比喻人才的被埋没。

⑥千里：指千里马。骏骨：骏马的尸骨。这句承上面句意，说千里马被折磨而死，暗喻当今人才横遭贬斥压抑。

⑦怜：爱重。中宵舞：指晋祖逖与刘琨中夜闻鸡起舞。见《晋书·祖逖传》。

贺新郎 用前韵送杜叔高[1]

细把君诗说。怅余音、钧天浩荡，洞庭胶葛[2]。千尺阴崖尘不到，惟有层冰积雪。乍一见、寒生毛发[3]。自昔佳人多薄命，对古来、一片伤心月。金屋冷，夜调瑟[4]。　去天尺五君家别[5]。看乘空、鱼龙惨淡，风云开合[6]。起望衣冠神州路，白日销残战骨[7]。叹夷甫、诸人清绝[8]。夜半狂歌悲风起，听铮铮、阵马檐间铁。南共北，正分裂[9]。

【说明】

陈亮对杜叔高的诗作评价很高："叔高之诗，如干戈森立，有吞虎食牛之气……可谓一时之豪。"（《龙川文集·复杜仲高书》）本词开头就从读杜叔高诗谈起，并以余音不绝的美妙之乐来形容，又极称其诗风的“奇崛森立”。借佳人薄命说明知音之难得。下片由于目前士大夫趋尚清谈，不思恢复，慨叹他们不以西晋清谈亡国为戒。夜半悲风起处，铁马铮铮作声，更使爱国志士不能释怀于南北分裂的局面而忧愤难禁。

【注释】

①杜叔高：名斿（yóu由）。金华兰豀人。弟兄五人都博学能文。杜叔高并以诗著名。

②钧天：即“钧天广乐”的简称，神话中天上的音乐。见《史记·赵世家》。洞庭：传说黄帝在洞庭之野设《咸池》之乐。见《庄子·天运篇》。胶葛：空旷深远的地方。见《汉书·司马相如传》这两句指杜叔高的诗韵味无穷，如天上人间最动听的音乐，余音袅袅，不绝于耳。

③这三句是指杜叔高的诗：“如干戈森立，有吞虎食牛之气，而左右发春妍以辉映于其间”。诗风十分“奇崛”。

④这四句是以佳人自古薄命，对月独自调瑟，比喻知音之难得。

⑤去天尺五：《辛氏三秦记》：“城南韦、杜，去天尺五。”是指唐代韦、杜两家权势熏天。这句是说杜叔高兄弟五人以学术文词著名，人称“金华五高”，与“去天尺五”倚权仗势的杜氏不同。

⑥鱼龙：辛弃疾《水龙吟》（过南剑双溪楼）：“待燃犀下看，凭栏却怕，风雷怒，鱼龙惨。”《晋书·温峤传》说：“（峤）至牛渚矶，水深不可测，世云其下多怪物，峤遂燃犀角而照之，须臾见水族覆火，奇形异状，或乘马车、著赤衣者。”

则以鱼龙指妖魔怪物。本词以鱼龙影射奸佞小人。风云开合：指能左右朝政，影响局势。这两句是说朝廷中奸佞之辈如水里妖魔翻腾其中，他们左右朝政，使局势愈趋混乱。

⑦衣冠：指士大夫。这两句是说昔年冠盖相望的中原大道，如今只见一些残存的骸骨（指曾为战场）。

⑧夷甫：见辛弃疾《水龙吟》注⑥，第458页。这句是说西晋王衍等人清谈误国，应以为戒（南宋时士大夫亦有清谈风气）。

⑨檐间铁：《芸窗私志》："（元）帝为作薄玉龙数十枚，以缕线悬于檐外，夜中因风相击，听之与竹无异。民间效之，不敢用龙，以什骏代。今之铁马，是其遗制。"末四句写半夜风吹檐间铁马，铮铮作声，想到南北分裂，中原沦丧，悲思如潮，难以入睡。

破阵子 为陈同甫赋壮语以寄

醉里挑灯看剑[①]，梦回吹角连营[②]。八百里分麾下炙[③]，五十弦翻塞外声[④]。沙场秋点兵[⑤]。　马作的卢飞快[⑥]，弓如霹雳弦惊[⑦]。了却君王天下事[⑧]，赢得生前身后名[⑨]。可怜白发生。

【说明】

题目说是壮词，内容就是他当年在起义军中战斗生活的回忆。以此寄给陈亮，则是由于后者能够理解他写作此词的心情。

首两句从醉中不忘建功立业到酒醒梦回，耳边似乎还回荡着响亮的号角声，梦中的一段往事又浮现在词人的耳际眼前。号角声中展开了进行得很激烈的战斗场景：广阔的原野上，起义军的营盘星罗棋布，战士们用快刀分割熟牛肉尽情啖食，军乐声响彻四野。秋高马肥，正是沙场点兵、长驱出征的大好时节。

下片继续梦中情景：作者年少英勇，他身骑战马，迅若流星；拓开大弓，声如雷鸣。他斗志昂扬，所向披靡。末句一落千丈，既叹息陈亮的不遇，也感慨自己的失意。

这首词的结构密切配合内容，打破了上下片分述一事的传统写法。结尾一句，词意陡转，梦境消失，从过去回到现实，一声忧愤的长叹不仅结束了全词，而且又与起首的醉眼看剑互相呼应。

【注释】

①挑灯：挑亮油灯。

②角：号角。这句指出从醉梦中醒来，回忆起梦里所听见的，即起义军营盘里响起的接连不断的号角声。

③八百里：指牛。晋王恺有牛名八百里驳（bó驳）。见《世说新语·汰侈》篇。麾（huī灰）下：部下。炙：烤熟的肉。这句指战士们分到犒赏给他们的牛肉。

④五十弦：古瑟。这里泛指军中乐器。翻：演奏。塞外声：边地悲壮的战歌。

⑤点兵：检阅军队。

⑥的卢：马名。相传刘备在樊城曾乘的卢“一踊三丈”跃过檀溪，得脱离险境，免遭刘表暗害。见《三国志·蜀书·先主传》注引《世语》。

⑦霹雳：雷声。这句指射箭时，弓弦发出雷鸣般的响声。

⑧天下事：指收复中原这件大事。

⑨赢得：博得。

鹊桥仙 山行书所见

松冈避暑。茅檐避雨。闲去闲来几度。醉扶孤石看飞泉，又却是、前回醒处[①]。　东家娶妇。西家归女[②]。灯火门前笑语。酿成千顷稻花香，夜夜费、一天风露。

【说明】

这是写晚间山行，作者眼前出现了农村里娶妇嫁女、灯火笑语的镜头。接着又展开了更为广阔的千顷稻香的场面。在这里，作者不仅怀着欣悦的心情描绘了生动的农村风习，还对即将来到的丰收季节表示出极大的关注。

【注释】

①这两句写作者醉后出游，在飞泉之前扶住怪石小憩，待

到酒意渐消时，发现前回酒醒也是在此处。

②归女：嫁女儿。古时女子出嫁叫归。

鹧鸪天 黄沙道中①

句里春风正剪裁。溪山一片画图开。轻鸥自趁虚船去，荒犬还迎野妇回。　松菊竹，翠成堆。要擎残雪斗疏梅。乱鸦毕竟无才思，时把琼瑶蹴下来②。

【说明】

上片写初春时节，溪山如画。轻鸥、荒犬、虚船、野妇，使画面生意盎然。下片写松菊竹经冬不衰，还要“擎残雪”与疏梅斗妍，这一局面却被乱鸦破坏了。作者以松菊竹暗喻爱国志士，疏梅、乱鸦则隐指权贵、奸佞；字里行间，寄寓着退隐期间不忘国难的沉重心情。

【注释】

①黄沙道中：指黄沙岭附近。黄沙岭在上饶市西四十里乾元乡。辛弃疾在这里建有“书堂”。

②才思：本指才情。这两句是说乱鸦没有松菊竹擎残雪的雅量，经常跳上去把琼瑶（指残雪）踢落下来。

西江月 夜行黄沙道中

明月别枝惊鹊[1]，清风半夜鸣蝉。稻花香里说丰年。听取蛙声一片[2]。　七八个星天外，两三点雨山前。旧时茅店社林边。路转溪桥忽见[3]。

【说明】

作者以宁静的笔调描写了充满着活跃气氛的夏夜。一路行来，有清风、明月、疏星、微雨，也有鹊声、蝉声，还闻到了稻花香。走得久了，忽然看到那家熟识的小店，可以进去歇歇脚，愉悦之情，油然而生。

【注释】

①苏轼《杭州牡丹诗》：“月明惊鹊未安枝。”周邦彦《蝶恋花》词：“月皎惊乌栖不定。”都是说月明则惊鹊，要离枝飞去。

②听取：听着。这两句是说蛙声一片，似乎在告诉人们丰收在望。

③社林：土地庙附近的树林子。这两句是说转弯过桥，忽然看见了在土地庙边上的那家熟悉的小店。

贺新郎

邑中园亭，仆皆为赋此词。一日，独坐停云[①]，水声山色，竞来相娱，意溪山欲援例者，遂作数语，庶几仿佛渊明思亲友之意云。

甚矣吾衰矣[②]。怅平生、交游零落，只今余几。白发空垂三千丈，一笑人间万事。问何物、能令公喜[③]。我见青山多妩媚[④]，料青山、见我应如是。情与貌[⑤]，略相似。　一尊搔首东窗里。想渊明、停云诗就，此时风味[⑥]。江左沉酣求名者，岂识浊醪妙理[⑦]。回首叫、云飞风起[⑧]。不恨古人吾不见，恨古人、不见吾狂耳[⑨]。知我者，二三子[⑩]。

【说明】

辛弃疾退居期间以陶渊明为榜样，“待学渊明，更手种门前五柳。”（《洞仙歌》）本词题目中亦点明是与陶渊明《停云》诗“思亲友”之意相仿佛。上片说与自己志同道合的友好已寥寥无几，只有水声山色，互相慰藉。下片写陶渊明闲饮东窗，不慕荣利，远胜醉中争名夺利的江东士人。自己深愿步陶后尘，但又深惜知音太少。

【注释】

①邑中：指铅山县东二十里期思渡。停云：亭名。陶渊明《停云》诗说："停云，思亲友也。"作者用以为亭名。

②甚矣吾衰矣：《论语·述而》："子曰：'甚矣吾衰也，久矣吾不复梦见周公。"这句有吾道不行即壮志无法实现之意。

③白发：李白《秋浦歌》："白发三千丈，缘愁似个长。"公：这里是作者自称。公喜：王恂、郗超有奇才，为大司马桓温所赏识。当时荆州人说："髯参军（郗超），短主簿（王恂），能令公喜，能令公怒。"见《世说新语·宠礼》。这三句是说如今自己白发垂垂，凡事一笑置之，什么事能使自己感兴趣呢？

④《新唐书·魏徵传》："帝曰：'人言徵举动疏慢，我但见其妩媚耳。"妩媚：姿态自然可爱。

⑤情：指感情。貌：外表。

⑥尊：同"樽"，酒杯。陶渊明《停云》诗："有酒有酒，闲饮东窗。"这两句是写自己此时的心情犹如陶渊明写了《停云》诗后，一杯在手，搔首东窗，悠然自得。

⑦江左：指江东。沉酣：沉湎于饮酒。醪：酒酿。引申为浊酒。苏轼《和陶渊明饮酒》诗："江左风流人，醉中亦求名。渊明独清真，谈笑得此生。"杜甫《晦日寻崔戢李封》诗："浊醪有妙理，庶用慰沉浮。"这两句是说江东风流人物连醉中都在追求名利。哪能知道饮酒的妙处。

⑧这句形容自己的豪气和狂态。

⑨《南史·张融传》："融常叹曰：'不恨我不见古人，所恨古人不见我。'"

⑩这两句是说理解我的只有二三个知心朋友。

鹧鸪天

有客慨然谈功名，因追念少年时事，戏作。

壮岁旌旗拥万夫。锦襜突骑渡江初[①]。燕兵夜娖银胡䩮，汉箭朝飞金仆姑[②]。　追往事，叹今吾。春风不染白髭须。却将万字平戎策[③]，换得东家种树书[④]。

【说明】

题目中的“少年时事”，即是宋高宗绍兴三十二年（一一六二）这段往事。正月，作者从起义军中南下，正值金完颜亮先被虞允文大败于采石，又被部下杀死于扬州。他一路行来，看到南宋军队士气很盛，使他十分振奋，准备北返后加紧杀敌。但想不到耿京被叛徒张安国暗害，致使起义军溃散。辛弃疾闯入金营，捉住叛徒，并率万余人直奔南宋，这一英勇的举动是他生平难忘的壮举，直到晚年时想起此事，还是十分振奋。

面对现实，又引起作者深长的叹息。年华老去不能恢复青春，自己的“平戎之策”又不被采纳，只能种树栽花，消磨光阴，想来十分痛心。

【注释】

①襜（chān搀）：系在衣服前面的围裙。锦襜：泛指锦衣。突骑：指精锐骑兵。这两句是说当年率领万人南来的壮举。

②燕兵：指金兵。娖（chuò绰）：同“龊”，整理。银胡鞣（lù路）：银色或镶银的箭袋。胡鞣亦作弧箓。《广韵》：“弧箓，箭室也。”金仆姑：箭名。这两句是写金兵与南宋军队作战情况。

③平戎策：指辛弃疾所写《美芹十论》等议论恢复的奏疏。

④东家：指东邻。种树书：《史记·秦始皇本纪》：“所不去者，医药卜筮种树之书。韩愈《送石洪》诗：“长把种树书，人云避世士。”这句是指退隐家居，以种树栽花消遣时日。

贺新郎

别茂嘉十二弟[①]。鹈鴂、杜鹃实两种，见《离骚补注》[②]。

绿树听鹈鴂。更那堪、鹧鸪声住，杜鹃声切。啼到春归无寻处，苦恨芳菲都歇[③]。算未抵、人间离别。马上琵琶关塞黑[④]，更长门、翠辇辞金阙[⑤]。看燕燕，送归妾[6]。 将军百战身名裂[7]。向河梁、回头万里，故人长绝[8]。易水萧萧西风冷，满座衣冠似雪。正壮士、悲歌未彻[9]。啼鸟还知如许恨，料不啼、清泪长啼血。谁共我，醉明月[10]。

【说明】

本词借古代许多离别之事概括出蕴蓄着无限血泪的家国之恨。以暮春季节引人思念家国的几种啼鸟作为发端；末尾又以不知别恨的啼鸟作结，再一次衬托出国仇家恨的深重。

上片主要写汉代王昭君的辞别汉宫和陈皇后的退居冷宫，而以鹈鴂、鹧鸪、杜鹃等啼鸟作为陪衬，反映出远嫁和幽居的愁怨。下片借李陵别苏武、荆轲别燕太子来寄托自己南归以后报国无路的心情。主要是以此抒发那“旧恨春江流不尽，新恨云山千叠”（《念奴娇》）的国仇家恨，词意至此显得悲壮激昂，读后使人十分感奋。

【注释】

①茂嘉：作者族弟。这时他将去桂林（今广西桂林市）做官，辛弃疾作此送别。

②鹈鴂（tíjué啼决）：鸟名。《离骚》：“恐鹈鴂之先鸣兮，使夫百草为之不芳。”洪兴祖补注：“子规一名杜鹃……子规、鹈鴂（即鹈鴂），二物也。”鹧鸪：鸟名。

③芳菲：指花。芳菲都歇：指百花凋落。《广韵》：“鹈

鴂，关西曰巧妇，关东曰鸋鴂。春分鸣则众芳生，秋分鸣则众芳歇。”

④马上琵琶：傅玄《琵琶赋》说：“汉遣乌孙公主嫁昆弥，念其行道思慕，故使工人知音者裁琴、筝、筑、箜篌之属，作马上之乐。今观其器……柱十有二，配律吕也；四弦，法四时也。以方语目之，故云琵琶。”石崇《王明（昭）君辞序》说：“昔公主嫁乌孙，令琵琶马上作乐，以慰其道路之思，其送明君亦必尔也。”这句是说王昭君骑在马上弹着琵琶，向前看是黑压压的一片关塞。

⑤长门：见辛弃疾《摸鱼儿》注⑥，第455页。翠辇（niǎn碾）：用翠羽作装饰的宫车。金阙：指帝王的宫殿。这句另起词意，指陈皇后从宫中乘车出来向汉帝辞别，退居长门宫。

⑥燕燕：《诗经·邶风》有《燕燕》诗：“燕燕于飞，差池其羽。之子于归，远送于野。瞻望弗及，涕泣如雨。”《毛传》以为这是卫庄公的妻子送归妾戴妫（guī规）的诗。

⑦将军：指汉武帝时李陵屡次与匈奴作战，但后来投降了匈奴，落得个身败名裂。

⑧梁：桥。苏武被匈奴拘四十九年，不屈，后得回国。临行前李陵曾置酒贺苏武说：“异域之人，壹别长绝。”见《汉书·李广苏建传》。《文选》载李陵《与苏武诗》：“携手上河梁，游子暮何之？”这两句是说李陵送别苏武，别后回头看看两人同游的河桥，想到将和苏武相隔万里、永远地分别了。

⑨壮士：指荆轲。未彻：没有结束。《史记·刺客列传》载燕太子丹派刺客荆轲出使秦国，准备行刺秦王。临行时太子丹等都着白衣戴白冠送行，高渐离击筑，荆轲和而歌，歌曰：“风萧萧兮易水寒，壮士一去兮不复还。”这三句写燕太子丹在易水边上和荆轲诀别，荆轲唱的是一去不返的悲歌。

⑩还：如果。如许恨：指以上那许多离别恨事。这四句联

系起首说啼鸟有知，亦当啼血，则我的别恨，可以想见，但又有何人来与我一起以酒消恨呢？

木兰花慢

中秋饮酒将旦，客谓前人诗词有赋待月，无送月者，因用《天问》体赋[1]。

可怜今夕月，向何处、去悠悠[2]。是别有人间，那边才见，光影东头。是天外，空汗漫[3]，但长风浩浩送中秋。飞镜无根谁系[4]，姮娥不嫁谁留。　谓经海底问无由。恍惚使人愁。怕万里长鲸，纵横触破，玉殿琼楼[5]。虾蟆故堪浴水，问云何玉兔解沉浮[6]。若道都齐无恙，云何渐渐如钩[7]。

【说明】

这是作者中秋之夜饮酒到天将亮时的送月词，并模仿《天问》的格式提出了六个问题：

一问月儿悠悠，向何处去？

二问是否另外还有人间（地方），在那里这时（指地球上天快亮时）才见到月儿出现在东边？

三问天外（指宇宙）广阔无边，浩浩长风将把月亮吹到哪里去？

四问月儿如镜，又是谁把它系住？嫦娥不嫁，又是谁把她留在月中？

五问月中玉兔为什么能像虾蟆般地在海水中沉浮？（上文有月经海底之传说）

六问假如它们都安然无事，那么为何圆月又渐渐变成了一钩残月呢？

从这些提问中，表现作者对有关月亮的传说抱有一些怀疑，但又得不到解决。

【注释】

①《天问》：《楚辞》篇名，其中向“天”提出一百七十多个问题，屈原所作。天问体即采用《天问》的形式。

②可怜：可爱。悠悠：遥远。晋张华《励志诗》：“大仪斡运，天回地游。”《文选》注引《河图》曰：“地常移动而人不知，譬若闭舟而行，不知舟之运也。”起首三句问月儿的去处，说明作者对月球运行的注意。

③天外：指茫茫宇宙。汗漫：广阔无边际。

④飞镜：指月亮。《天问》中问到缚住天的绳子，另一头系在哪里？这句意思同此。

⑤谓：据说。无由：无从，没有门路。恍惚：模糊隐约。这五句是说听说月儿运行要经过海底，深怕鲸鱼横冲直撞，把月中宫殿破坏掉。

⑥故堪：本来能够。云何：为什么。解沉浮：识水性。玉

兔：《天问》说："顾菟在腹"，即兔子在月亮腹中。这两句是说只知虾蟆能浮水，为什么（当月儿经过海底时）兔子也会沉浮于水中（指兔子是陆生动物，入水即死）。

⑦若道：假如说。无恙：安好无损。如钩：指缺月。

鹧鸪天 代人赋

陌上柔条初破芽。东邻蚕种已生些[1]。平冈细草鸣黄犊，斜日寒林点暮鸦。　山远近，路横斜。青旗沽酒有人家。城中桃李愁风雨，春在溪头野荠花。

【说明】

这首词写江南农村而又有所寄托。上片写陌上桑树已经发芽，邻家也孵出了蚕种。绿草映着黄犊，红日照着乌鸦，构成一幅色彩鲜艳的图画。下片写远近的山峰、弯曲的道路和清澈的溪流。路边青旗招展，这儿是卖酒的人家。最后两句，是由溪头荠菜花想到城中的桃李花，显然有很深的寄托：生长野外的荠菜花活力如此旺盛，而城中的桃李花却禁不起风雨摧残而零落不堪。这是对抗战力量的歌颂，也是对苟安求和思想的讽刺。

【注释】

①些（sā）：句末语气助词。

西江月 遣兴

醉里且贪欢笑，要愁那得工夫。近来始觉古人书。信著全无是处[1]。　昨夜松边醉倒，问松我醉何如。只疑松动要来扶。以手推松曰去。

【说明】

题目是遣兴，似乎是随意之笔，但作者先从借酒浇愁说起，再谈不能尽信古书，其中蕴含着对现实中许多问题的看法和不满。接着写醉后与松树交谈，运用拟人化手笔，显得活泼而又有谐趣。并用以反衬出退居生活的寂寞无聊。

【注释】

①《孟子·尽心下》：“尽信书，则不如无书。”这两句是说近来才晓得古人书上的话不能全信。如果全信则还不如不信。

永遇乐京口北固亭怀古①

千古江山，英雄无觅，孙仲谋处②。舞榭歌台③，风流总被、雨打风吹去④。斜阳草树，寻常巷陌，人道寄奴曾住⑤。想当年，金戈铁马，气吞万里如虎⑥。　元嘉草草，封狼居胥，赢得仓皇北顾⑦。四十三年，望中犹记，烽火扬州路⑧。可堪回首，佛狸祠下，一片神鸦社鼓⑨。凭谁问，廉颇老矣，尚能饭否⑩。

【说明】

宋宁宗开禧元年（一二〇五年），辛弃疾六十六岁，在镇江做知府。有一次他登上京口北固亭，面对滚滚不尽的长江，追缅往事，遥想将来，不由心涛澎湃，写下了这首千古传诵的杰作。

上片赞扬了历史人物孙权、刘裕。孙权统治江南、击退强敌。刘裕（寄奴）起兵京口，两度北伐，收复沦陷百年的长安。尽管事随境迁，但当年喑呜叱咤的英雄，却一直使人倾慕。很明显，作者对历史人物的向往，也就是对当前主战派的期望和对苟安求和者的讽刺。

下片引用南朝刘义隆北伐，来和上片刘裕北伐相比较，指出刘裕由于准备充分而取得了胜利，刘义隆则因草率从事而招致失败；并希望当时准备大举北伐的韩侂胄能吸取历史经验以夺取北伐胜利。接着用四十三年来抗金形势的变化，表示收复中原的决心。结尾以老将廉颇自比，表达出老当益壮的战斗意志。

【注释】

①京口：今江苏镇江市。北固亭：在镇江城北的北固山上，下临长江。南朝梁武帝时曾改名为北顾亭。

②孙权：字仲谋，曾在丹徒（后改名为京口）建立吴国首都。这两句说当时的少年英雄孙仲谋已无处可以找到他。

③舞榭歌台：歌舞的台榭。榭指台上的屋子。

④风流：这里指英雄的业绩。这两句是说当年的繁华盛况和英雄业绩都随着时光的流逝，在风吹雨打中消失。

⑤斜阳草树，寻常巷陌：指刘裕故居是在草木丛生的普通街巷里。这三句是说南朝宋武帝刘裕小字寄奴，他的故居已是斜阳草树下的寻常巷陌。

⑥气吞万里如虎：形容气壮如虎，足以吞灭万里之外的强敌。这三句是向往刘裕北伐中原的气概和成就。即指东晋安帝时刘裕曾两次北伐，先后灭掉南燕、后秦，收复洛阳、长安等地。

⑦元嘉：宋文帝年号。封狼居胥：指汉代霍去病战胜匈奴，追击至狼居胥（今蒙古国境内），封山而还（见《史记·卫将军骠骑列传》）。仓皇北顾：元嘉二十七年，王玄谟北伐失败，北魏太武帝拓跋焘（小名佛狸）乘胜南侵到瓜步（今江苏南京市六合区东南），扬言要渡江。宋文帝登烽火楼，因畏敌而否定了这次北伐。见《南史·宋文帝纪》。又早在元嘉八年，宋文

帝因滑台失守作诗有“北顾涕交流”之句。这三句是指南朝宋文帝刘义隆（刘裕之子）北伐，因草率从事而招致失败。

⑧这三句是说回顾四十三年前，即宋高宗绍兴三十二年正月，作者奉耿京之命南来联系，经过扬州时，正值完颜亮南侵失败身死，抗金烽火弥漫。

⑨可堪：感叹语，较“那堪”深刻些。佛狸祠：在今南京市六合区瓜步山上。陆游《入蜀记》：“瓜步山蜿蜒蟠伏，临江起小峰，颇巉峻，绝顶有元魏太武庙。”神鸦：祭神时飞来吃祭品的乌鸦。社鼓：社日祭神时的鼓声。这三句是作者回忆当年淮扬一带烽烟四起，如今隔江远望，仿佛看到佛狸祠前在迎神赛会，一片太平景象，真有不堪回首之感。

⑩廉颇：战国时赵国大将，被人陷害而出奔到魏国。后来赵王想再起用他，派使者去察看情况。廉颇的仇人郭开贿赂了使者，要他回赵后说廉颇的坏话。使者回去后就捏造说廉颇虽然年老，饭量还很大，但一顿饭工夫就拉了三次屎。赵王听后认为廉颇已经不中用了，便不去召他回赵。见《史记·廉颇蔺相如列传》。这三句是说作者老当益壮，以廉颇自比，期望能得到重用，为国效劳，但又有谁来给予重视和关怀呢？

南乡子 登京口北固亭有怀

何处望神州。满眼风光北固楼。千古兴亡多少事？悠悠。不尽长江滚滚流[①]。　年少万兜鍪。坐断东南战未休[②]。天下英雄谁敌手？曹刘[③]。生子当如孙仲谋[④]。

【说明】

本词即景抒情，借古喻今，歌颂了汉末三国时期的英雄人物，暗讽了南宋朝廷的妥协苟安。至于以坐断东南的年少英雄孙仲谋自喻，适足显出作者老当益壮的豪气。词中三用问答，自相呼应，活泼生动，如闻其声。

【注释】

①用杜甫《登高》诗句："无边落木萧萧下，不尽长江滚滚来。"

②兜鍪（móu谋）：军士作战时所戴的头盔，这里借指士兵。坐断：占据住。这两句是说吴主孙权当时年少有为，兵士众多，占据东南一带，是曹操、刘备的敌手。

③曹刘：《三国志·蜀书·先主传》："是时曹公（曹操）从容谓先主（刘备）曰：'今天下英雄唯使君与操耳，本初之徒不足数也。'"

④《三国志注》引《吴历》："（曹）公见舟船、器仗、军伍整肃，喟然叹曰：'生子当如孙仲谋（孙权字），刘景升（刘表字）儿子若豚犬耳。'"（曹操引兵南下时，刘表之子刘琮望风而降。）

生查子 题京口郡治尘表亭①

悠悠万世功，矻矻当年苦②。鱼自入深渊，人自居平土。 红日又西沉，白浪长东去。不是望金山[3]，我自思量禹。

【说明】

大禹治水，万世之功。作者在《汉宫春》中说："吹不断，斜阳依旧，茫茫禹迹都无。"亦是慨叹禹虽有大功，如今连凭吊处都没有，可说是极为沉痛了。上片写大禹当年风尘劳苦，疏浚河道，使人民免遭水灾之苦，而鱼亦得优游于深渊。下片写目前红日西沉，大浪滔天，放目远望，并非为了观赏风景，而是在思量大禹治水对后代所产生的巨大作用。

【注释】

①京口：宋镇江府官署所在地。郡治：即府治。

②矻矻（kū哭）：劳筋骨。这句是指大禹当年治水时的劳苦。

③金山：《舆地纪胜》卷七"镇江府景物上"："金山，在江中，去城七里。旧名浮玉，唐李锜镇润州，表名金山。因裴头陀开山得金，故名。"

程　垓（二首）

程垓，字正伯，眉山（今四川眉山市）人。有《书舟词》。

酷相思

月挂霜林寒欲坠。正门外、催人起。奈离别、如今真个是[①]。欲住也[②]、留无计。欲去也、来无计。　马上离魂衣上泪。各自个、供憔悴[③]。问江路梅花开也未。春到也、须频寄。人到也、须频寄[④]。

【说明】

毛晋《书舟词跋》指出“其（程垓）《酷相思》诸阕，词家皆极欣赏，谓秦七、黄九莫及也”。本词能采用民歌回环复沓的格调，抒写出离别时欲留不得、欲去不舍的矛盾心情，别后两地相思，无可排遣，只能折梅以寄深情，给人的印象是不落俗套而又清新可喜。

【注释】

①奈：奈何。真个是：即真是。个字无义。这句是说如今离别在即，真是无可奈何。

②住：居住。

③供：供奉。这里指脸色显得憔悴。

④这几句暗用陆凯寄赠梅花事。见舒亶《虞美人》注⑥，第228页。

卜算子

独自上层楼，楼外青山远。望到斜阳欲尽时，不见西飞雁[1]。　独自下层楼，楼下蛩声怨[2]。待到黄昏月上时，依旧柔肠断。

【说明】

先写上楼望断云山、直到夕阳西下，不见雁归传书。再写下楼听蛩声、见月上，由于形单影只而肠断泪落。

【注释】

①西飞雁：从两边飞回的雁（相传雁足能传书）。

②蛩（qióng穷）：蟋蟀。

陈　亮（八首）

陈亮（一一四三——一一九四），字同甫，永康（今浙江县名）人。宋光宗绍熙四年（一一九三）考取进士第一名。授签书建康府判官厅公事，未赴任就去世了。由于陈亮力主抗金，倡恢复中原、统一南北之议，触怒了主和议的贵官幸臣，因此曾几次遭受迫害。他是辛派词人，与辛弃疾交谊亦很深。所作爱国壮词豪气磅礴，读之令人感奋。有《龙川文集》三十卷，现存词七十四首。

水调歌头 送章德茂大卿使虏[①]

不见南师久，谩说北群空[②]。当场只手，毕竟还我万夫雄[③]。自笑堂堂汉使，得似洋洋河水，依旧只流东[④]。且复穹庐拜，会向藁街逢[⑤]。　尧之都，舜之壤，禹之封[6]。于中应有，一个半个耻臣戎[7]。万里腥膻如许[8]，千古英灵安在[9]，磅礴几时通[10]。胡运何须问，赫日自当中[11]。

【说明】

自从宋高宗以来，朝廷一贯媚敌求和，派往金国的使者亦多屈节辱命，对于这种可耻行径，陈亮深感不满。在本词中，他以乐观豪迈的语调指出：南宋的“堂堂汉使”，虽然在目前还免不了要躬身向“穹庐拜”，但深信将来必定会有报仇雪耻、扬眉吐气的一天。词中的情调与当时朝廷上萎靡不振的气氛恰成鲜明的对照。陈廷焯《白雨斋词话》认为这首词“可作中兴露布读”，足见爱国之情，溢于言表。

【注释】

①章德茂：名森。他在淳熙十二年十二月以“试户部尚书”的名义再次使金贺万春节。大卿：魏、晋以后，朝廷各部的尚书相当于秦，汉时的九卿，这里就尊称为大卿。

②南师：南宋的军队。作者《上孝宗皇帝第一书》：“南师之不出，于今几年矣。”谩说：随便说。北群空：据说古代伯乐善于相马，他经过冀北，这里的良马就被他选光了。借喻没有人才。这两句是说长久不见南师北伐，就随便说南宋没有人才。

③当场只手：独当一面。这两句称赞章森是能够独当一面的杰出人物。

④堂堂：庄严正大。得似：哪得似，哪能像。洋洋：形容水势浩大。这三句是陈亮设想章德茂自己会失笑，说我堂堂大使，哪能像河水东流那样，还年年向金廷朝拜呢？

⑤且复：暂且。穹（qióng穷）庐：北方少数民族居住的圆形毡帐。藁（gǎo搞）街：汉代长安城内专供外族人居住的地方。这两句是要章森暂且向金廷低头，将来总有一天会把他们俘获，然后送到京师。

⑥尧、舜、禹都是传说中古代贤君。壤：土地。封：疆域。这三句指中原地区是尧、舜、禹传下来的疆土。

⑦耻臣戎：耻于向敌人称臣。这句是指中原应该有人耻于向敌人称臣（一个半个是反意，实际是相信绝不止一个半个）。

⑧腥膻（shān山）：腥臊的臭味。这里借指金人占领地区。

⑨千古英灵：以前抗敌的英雄人物。安在：何在。

⑩磅礴：浩然正气。这句是说浩然正气何时能得到伸张？

⑪胡运：敌人的国运。赫：火赤貌。这两句是说敌人的国运何须细问（指必然覆亡），南宋国运如同红日当空，前程万里。

满江红 怀韩子师尚书

曾洗乾坤[①]，问何事、雄图顿屈[②]。试著眼、阶除当下，又添英物[③]。北向争衡幽愤在[④]，南来遗恨狂酋失[⑤]。算凄凉部曲几人存，三之一[⑥]。　诸老尽[⑦]，郎君出[⑧]。恩未报，家何恤[⑨]。念横飞直上，有时还戢[⑩]。

笑我只知存饱暖[11]，感君原不论阶级[12]。休更上百尺旧家楼，尘侵帙[13]。

【说明】

韩彦古，字子师，南宋抗金名将韩世忠的儿子，官至户部尚书。本词颂扬了韩世忠的北伐“雄图”，也慨叹他因力排和议而遭到压抑。上片主要写韩世忠，韩曾建议乘金人废傀儡刘豫这个机会，出师北伐，恢复中原。因秦桧主和议而未能付诸实现。他也曾在黄天荡之战中以少敌多，使金军受困几十日，后以侥幸脱逃。词中的“幽愤”“遗恨”，就是指上列二事而言，这样，韩世忠的“忠勇”也就可以想见了。下片不仅寄厚望于韩子师，并对自己报国无路、失意沦落的处境表示悲愤难平。

【注释】

①洗：荡涤，澄清。乾坤：指天地。这句是说韩世忠是抗敌安国的元勋。

②何事：为什么？雄图：指韩世忠坚决抗金，曾于金人废伪齐傀儡刘豫时建议北伐，因秦桧阻挠，这个“雄图”终于未能实现。

③著眼：即着眼，注目之意。阶除：台阶。当：底。阶除当下：台阶底下。引申为门庭之中。英物：英俊的人物。这两句是说人们注意到韩氏门庭又添加了杰出的人才。

④争衡：争强斗胜。幽愤：郁积心头的悲愤。这句是说韩

世忠北伐建议受阻，满腔悲愤仍然遗留人间。

⑤遗恨：指韩世忠未能生擒金帅兀术，是一大恨事。狂酋：宋高宗建炎三年（一一二九）冬，金兀术大举南侵，攻陷建康，从广德、安吉直趋临安。次年，韩世忠率领八千兵士，在镇江截住金兵的退路，双方相持于黄天荡（镇江附近）达四十八日，宋军海船高大，船上战士拿着带有大钩的铁索，在水战时把金人小船逐只钩沉。兀术穷蹙无计，要求会谈，被韩严拒。后因军中内奸教兀术连夜开大渠连江口，并利用风小宋军海船难以行进，以小船纵火，焚毁海船；兀术等趁此渡江逃走。又韩世忠曾设埋伏于金山寺，几乎生擒兀术，所谓“遗恨”，即指此。

⑥部曲：指韩世忠所率领的军队。这两句是说当年韩世忠率领的抗金部队已经零落散失，所余约三分之一。

⑦诸老：指与韩世忠同辈的抗金老将。

⑧郎君：公子，即韩子师。

⑨恩未报，家何恤：绍兴十一年，秦桧为了与金议和，着手收三大将（韩世忠、张俊、岳飞）兵权，几个月后又阴谋暗害了岳飞。韩世忠上疏指斥秦桧误国，反对和议，但毫无效果，因而辞去官职，绝口不言兵。绍兴十二年，宋金和议成。韩世忠北伐的建议不能实现，报国之志落空，所以说是恩未报。家何恤（xù序）：《宋史·本传》说韩世忠“勇敢忠义，事关庙社（国家），必流涕极言”。并赞扬他“抵排和议，触桧尤多”。而不肯“畏祸苟同”。这是表彰韩世忠不顾惜家庭私人的小利。

⑩横飞直上：鸟飞冲天。指韩世忠的赫赫武功，被称为“中兴第一”。戢（jí吉）：停止飞翔。指韩反对和议，退隐家居。

⑪存饱暖：关心自身温饱。这句是反语。感叹不能发挥自己的才能。

⑫阶级：等级官位。这句是说感念你并不介意官位等级的

尊卑高低。

⑬百尺旧家楼：见张元幹《水调歌头》注⑧。帙（zhì至）：书套，用布帛做成。这两句是说休要再上百尺高楼，那上面已经久无人住，书套上也已盖满了灰尘。言外之意是说自己曾经豪气满怀，博览群书，有经略四方的爱国壮志。不料却因此而备受挫折中伤，所以才愤极而出此反语。

念奴娇 登多景楼[①]

危楼还望[②]，叹此意、今古几人曾会[③]。鬼设神施[④]，浑认作、天限南疆北界[⑤]。一水横陈[⑥]，连岗三面[⑦]，做出争雄势[⑧]。六朝何事[⑨]，只成门户私计[⑩]。　因笑王谢诸人，登高怀远，也学英雄涕[⑪]。凭却长江管不到，河洛腥膻无际[⑫]。正好长驱，不须反顾，寻取中流誓[⑬]。小儿破贼[⑭]，势成宁问彊对[⑮]。

【说明】

本词作于淳熙十五年（一一八八）。由于上一年十月宋高宗去世，反对抗战的阻力有所减退，因此陈亮就抓紧时机，在这年春天来到建康和镇江观察形势，为向朝廷上书寻找具体依据。词中表达了作者坚决主张北伐、反对苟安江左的明确立场，还直接指斥以长江为南北天然分界的谬论。后此一年，诗人杨万里曾以金国贺正旦使的接伴使的身份来到镇江，因为感叹朝廷依赖天险，不自奋发图强，而有“大江端的替人羞，金山端的替人愁”之句，可说是微婉多讽，慨恨良深。二人所用的手法有所不同，若论针对时势，陈述政见，可说是所见略同。

【注释】

①多景楼：在江苏镇江市北固山上的甘露寺内。

②还：通“环”。这句是说在高楼上四面远望。

③此意：指自己登楼远望的用意（即凭借长江形势进取中原）。今古：古往今来。这句是说自己登楼的用意很少有人能够领会。

④鬼设神施：指形势险要不是人工所能办到的。

⑤浑：全都。这句是说很多人都认为长江是天设的界限，用来划分南北的疆界。

⑥一水：指长江。

⑦连岗三面：镇江北临长江，东、南、西三面有山岗环绕。

⑧做出争雄势：指这一带临江环山，进可以北上争雄于中原。

⑨六朝：吴、东晋、宋、齐、梁、陈六朝，都建都于南京。

⑩门户私计：指六朝偏安，统治者为贪图私利而不思进取。这里间接批评了南宋统治者。

⑪王谢：指东晋时以王、谢两姓为主要人物的士大夫们。这三句对东晋士大夫偏安江左后在南京新亭据高望远时只知悲泣表示不屑。

⑫凭却：依靠。河洛：黄河、洛水。泛指中原。腥膻：牛羊的腥臊气。这两句是指依凭长江天险，而不想收复被敌人占领

的中原广阔地区（按南宋与金是以淮水为界）。

⑬中流誓：指东晋祖逖于三一七年统兵北伐，渡江时击楫发誓，表示决心收复中原。见《晋书·祖逖传》。

⑭小儿破贼：指淝水之战时，谢玄等军队击败苻坚，“有驿书至，（谢安）方对客围棋，看书既竟，便摄放床上，了无喜色，棋如故。客闻之，徐答云：‘小儿辈遂已破贼。’”见《晋书·谢安传》。

⑮势成：大势已定。宁：难道。彊：通强。彊对：即对抗之强敌。这句是指南宋一定能收复中原，难道还怕强敌吗？

贺新郎 寄辛幼安和见怀韵

老去凭谁说①。看几番、神奇臭腐，夏裘冬葛②。父老长安今余几，后死无仇可雪③。犹未燥、当时生发④。二十五弦多少恨⑤，算世间、那有平分月⑥。胡妇弄，汉宫瑟⑦。　树犹如此堪重别⑧。只使君、从来与我，话头多合⑨。行矣置之无足问，谁换妍皮痴骨⑩。但莫使、伯牙弦绝⑪。九转丹砂牢拾取，管精金，只是寻常铁⑫。龙共虎，应声裂⑬。

【说明】

陈亮在淳熙十五年冬，曾至上饶与辛弃疾相叙十日。

别后辛弃疾很为怀念，写了《贺新郎》一词，陈亮去信索得此词后，依原韵举和，所以称为“和见怀韵”。两人又以此调相和了几首，计辛弃疾两首，陈亮三首。

本词从辛词中的慨叹生发，先是对世事的愤慨心情，再抒两人的友谊。

上片一开始所谓神奇腐朽、夏裘冬葛，与屈原的“变白以为黑兮，侧上以为下；凤凰在笯兮，鸡鹜翔舞”（《九章·怀沙》）是一个意思。作者以满腔愤怒控诉了南宋朝廷的是非不分、贤愚倒置，并不胜感慨地指出，如今北方沦陷区中经历过靖康年间亡国之痛的老年人已所余无几。年纪较轻的对敌人的仇恨不及前辈那么深。而敌人倒自以为统治北方是理所当然。接着更痛斥了那种“南北分治”的谬论，指出“世间那有平分月”，决不容许敌人长期盘踞北方。

下片笔锋一转，回忆起前些时候两人别情依依，其原因只是由于两人“话头多合”。由于彼此的友谊建筑在对国事的共同见解上，因此只要不改初衷，即使各处一方也无须牵念。最后更以“九转丹砂”互相勉励，希望能经得起锻炼，使“寻常铁”炼成龙虎般的“精金”，干出一番事业。

【注释】

①凭谁说：向哪个诉说？

②几番：几次三番。神奇臭腐：指巨大而频繁的变故。见《庄子·知北游》：“臭腐复化为神奇，神奇复化为臭腐。”夏裘冬葛：是说夏天穿皮衣、冬天穿葛衣（夏衣多用葛布制成）。形容事情的颠倒离奇。这两句是说作者看够了世事的变化反复，颠倒离奇。

③父老：老一辈人。长安：借指汴京及北方广大陷区。这两句是说在沦陷区中饱经沧桑的老人还余下几个？年轻的一辈则因未经亡国之初的深重灾难，对誓雪国耻的观念已逐渐淡薄，甚至感到无仇可报。

④生发：南朝宋文帝刘义隆派人向北魏太武帝拓跋焘索回失地。拓跋焘大怒说：“我从生发未燥（胎发没干）的时候起，就知道河南是我国土地，难道能让你们随便拿去吗？”见《资治通鉴·宋纪三》。这句是说金统治者更以为中原一带长期以来即是他们的领土。

⑤二十五弦：指瑟，通常有二十五弦。

⑥平分月：把月亮对半分开。指南北分裂。

⑦胡妇：指金国女子。汉宫：指北宋故宫。这两句是说中原旧物被敌人所占用。

⑧树犹如此：见辛弃疾《水龙吟》注⑨，第442页。

⑨使君：对州郡长官的尊称。这里指辛弃疾。话头：本为禅宗用语。这里指两人有关国事的议论。

⑩妍皮痴骨：古代谚语说：“妍皮不裹痴骨。”妍是美好，痴是傻。陈亮因奔走呼吁抗战事业而被人目为“狂怪”。这里是说改不了被人视为狂怪的傻劲。

⑪伯牙：春秋时俞伯牙善于鼓琴，钟子期能听出琴中寓意。钟死后，伯牙劈琴绝弦，永不再弹。见《列子·汤问》。这句是希望两人友谊不断绝。

⑫九转丹砂：指多次炼制的灵丹。管：即使。这句是说精

金也是平常铁所炼成，还要像灵丹那样经得起多次炼制。

⑬龙共虎：指龙虎仙丹。这两句是指只要火候一到，丹炉中裂响，龙虎丹就制成了，这是比喻意志如精金，必须经受锻炼。

贺新郎 酬辛幼安再用韵见寄

离乱从头说①。爱吾民、金缯不爱，蔓藤累葛②。壮气尽消人脆好③，冠盖阴山观雪④。亏杀我、一星星发⑤。涕出女吴成倒转⑥，问鲁为齐弱何年月⑦。丘也幸，由之瑟⑧。　斩新换出旗麾别⑨。把当时、一桩大义⑩，拆开收合⑪。据地一呼吾往矣⑫，万里摇肢动骨⑬。这话霸、又成痴绝⑭。天地洪炉谁扇鞴⑮，算于中、安得长坚铁⑯。淝水破，关东裂⑰。

【说明】

上片一开始就指出“离乱”的原因，责任在于最高统治者。为了掩饰他们苟安求和的嘴脸，统治者胡说什么输送金帛给敌人是为了爱惜老百姓。而屈膝事敌的结果，使局势愈趋混乱。接着指出南宋朝廷“壮气尽消”、怯战畏敌，奉命北上的使臣，到了金国后毫无作为，只是“阴山观雪”，甚至辱命而返。这样，更形成强弱倒转的局面，辜负了作者殷切的期待。

下片大声疾呼，要亮出旗帜，打开新局面，反复宣扬爱国大道理，然后振臂一呼，长驱北上，中原人民自会起来响应。“这话霸”一句，突然转过话头，指出统治者决不容许自己舒展抱负。但作者对此毫不气馁，决定要以天地为洪炉，熔掉那些妨碍中兴大业的“杂铁”。这样就必然能像东晋破苻坚大军、秦破六国联盟一样地取得胜利。

【注释】

①离乱：由于金统治者发动战事，致使人民辗转流离。

②缯：丝织品。累（lèi泪）：缠绕牵连。这两句讽刺南宋朝廷只知用财物来换得苟安的局面，却说为了老百姓而“不爱金缯”，真如藤上缠藤，纠缠不清。

③这句是说爱国壮气全都消去，士大夫一个个养得脆弱娇嫩，不思进取。

④冠盖：本指冠服和车盖，这里借指南宋使臣。阴山：今内蒙古、宁夏一带。泛指中原群山。这句是说南宋派去金国的使臣畏敌庸懦，只是看看山上雪景而已。

⑤亏杀：辜负。辜负了我头上星星白发。意谓盼望北伐把我头发都等白了。

⑥涕出女吴：春秋时，齐君怕吴国来攻打而流着泪把女儿嫁到吴国，希望吴国不要出兵。女吴：把女儿嫁给吴国。女是动词。成倒转：齐国本来强于吴国，所以这样说。这句是说南宋向金国求和的现象是颠倒反常的。

⑦鲁为齐弱：《左传·哀公十四年》：“鲁为齐弱久矣！”这句是说鲁（南宋）弱于齐（金）的情况，何时能改变过来。

⑧丘也幸，由之瑟：语出《论语·述而》："丘也幸，苟有过，人必知之。"又《论语·先进》："由之瑟，奚为于丘之门。"丘：孔丘。由：仲由，字子路，孔子学生，性刚勇，弹起瑟来有"杀伐之声"。孔丘因此责备他为什么在孔门内弹奏。陈亮反用其意，鼓励、赞扬抗战的"杀伐之声"。

⑨斩新：同崭新。旗麾：旗帜。别：别树一帜。

⑩一桩：一件。大义：指抗金这一正义事业。

⑪拆开收合：比喻反复地加以说明。

⑫这句是指要振臂一呼，奔赴抗金前线。

⑬摇肢动骨：大显身手。

⑭话霸：话柄。痴绝：极端的痴心妄想。这句是说作者向往北伐，奔走宣传，反被视为痴心妄想，传为话柄，受尽打击。

⑮扇：拉动。鞴（bèi倍）：炼铁鼓风皮囊。这句是问天地这座大洪炉，是什么人在拉动那鼓风囊的呢？

⑯这句是说熔炉之中算来哪会有熔化不掉的坚铁呢？比喻天地之间没有克服不了的困难。

⑰淝水破：指前秦苻坚于三八三年被东晋大败于淝水。淝水战后，前秦发生内乱，关东（函谷关以东，原前秦国土）四分五裂，各族首领纷起建国，前秦于三九四年为西秦所灭。这两句借淝水之战的史事说明强敌并不可畏，只要能齐心协力地予以痛击，就能取得战争胜利，从而促使敌国内部分裂。

贺新郎 怀辛幼安用前韵

话杀浑闲说[①]。不成教、齐民也解，为伊为葛[②]。尊酒相逢成二老，却忆去年风雪。新著了、几茎华发[③]。百世寻人犹接踵[④]，叹只今、两地三人月[⑤]。写旧恨，向谁瑟[⑥]。　男儿何用伤离别。况古来、几番际会，风从云合[⑦]。千里情亲长晤对，妙体本心次骨[⑧]。卧百尺、高楼斗绝[⑨]。天下适安耕且老，看买犁、卖剑平家铁[⑩]。壮士泪，肺肝裂。

【说明】

本词先是回忆去年两人杯酒相逢、纵谈国事，并联想到本来朱熹也要来和他们相会，结果没有来成，但三人对于抗战的态度还是一致的。下片赞扬刘备与诸葛亮的君臣关系。刘备能以国事为重，而诸葛亮则始终辅佐刘备，恢复汉室。再看南宋朝廷，只知苟安，不图进取，使爱国志士无能为力、退居终身，想来悲愤之极，肺肝都为之开裂。

【注释】

①话杀："杀"是极甚之辞，犹言"死"。"话杀"即"说杀"。浑闲说：还不在乎。这句意为说得再多也等于白说。指两人对国事的见解已谈得够多了，但却不发生作用。

②齐民：平民，这里指一般老百姓。《汉书·食货志下》："世家子弟富人，或斗鸡走狗马，弋猎博戏，乱齐民。"颜师古注引如淳曰："齐，等也。无有贵贱，谓之齐民，若今言平民矣。"伊：即伊尹，商初辅佐汤王建国的大臣。葛：即葛天氏。传说中远古的部落名。古代文人常称隐逸之士为葛天氏之民。这两句是说难道一定要普通老百姓也知道什么伊尹之功高位显，葛天氏之民的优游闲散。另一说，"葛"谓诸葛亮。见姜书阁《陈亮龙川词笺注》第58页。

③这三句是写辛、陈二人去年鹅湖相会之乐，风雪中分别之恋恋不舍，别后又添了几根白发，暗示事不顺利。

④百世：《孟子·尽心下》："圣人，百世之师也。"苏轼《潮州韩文公庙碑》："匹夫而为百世师，一言而为天下法。"人：指品德学问能做百代表率的人。接踵：踵，脚后跟。足踵相接，形容人多。这句是说寻求"百世师"的人们接连不断。

⑤两地：指辛、陈两地以词唱和。三人：指辛弃疾、陈亮、朱熹。淳熙十五年陈亮至江西访辛弃疾，并约朱熹同游鹅湖，朱未至。三人月：三人各处一方，同时望月。这句接上面词意说师法"圣贤"的人不少，但真正关心国事的却只我们三人（言人数之少）。

⑥这两句是说谱写出旧恨（指中原沦丧）后，又去交付给谁的鸣瑟呢？（叹知音稀少）。

⑦际会：遇合。风从云合：《易·乾·文言》："云从龙，风从虎，圣人作而万物睹。"是同类相感，比喻人的际遇。这两句是说人的遇合本是只求志同道合。暗指刘备、诸葛亮。

⑧妙体：微妙地体会出。本心：《孟子·告子上》："此之谓失其本心。"指天赋的"善性"。亦指人的伦理道德观。次骨：入骨。这两句是说只要两人思想一致，虽然相隔千里，犹如对面会晤，且能深切地体会对方的"本心"。

⑨斗绝：即陡绝。这句是说要学陈元龙卧百尺高楼，忧国而忘家。

⑩买犁、卖剑：汉宣帝时，龚遂任渤海太守；当时农民因饥荒持刀剑起义，龚遂诱使农民"卖剑买牛，卖刀买犊"，即放弃武装斗争，从事耕种。见《汉书·循吏传》。后用来作为改业务农之意。

点绛唇 咏梅月

一夜相思，水边清浅横枝瘦①。小窗如昼②，情共香俱透。　清入梦魂，千里人长久③。君知否。雨僝云僽。格调还依旧④。

【说明】

题目是咏梅月，也即月下咏梅；不仅以梅咏志，而且还借月抒怀。

上片写月光映照着水边梅影，自己小坐窗前，幽情、暗香交织融会。

下片写清辉幽芳伴我入梦，梦中向千里外的友人致意，并表示即使风雨摧残，自己高洁的情操也不会改变。

【注释】

①“水边”句：用林逋《山园小梅》“疏影横斜水清浅，暗香浮动月黄昏”诗意。

②小窗如昼：指月光明亮，照得窗前如同白昼。

③这句用苏轼《水调歌头》“但愿人长久，千里共婵娟”词意。

④僝僽（chán zhòu蝉宙）：摧残。雨僝云僽：指风吹雨打。格调：指自己的品格。这三句暗用陆凯寄赠梅花事，以抒情言志。见舒亶《虞美人》注⑥，第228页。

水龙吟 春恨

闹花深处层楼[①]，画帘半卷东风软。春归翠陌，平莎茸嫩[②]，垂杨金浅[③]。迟日催花[④]，淡云阁雨[⑤]，轻寒轻暖。恨芳菲世界，游人未赏，都付与、莺和燕[⑥]。　寂寞凭高念远。向南楼、一声归雁。金钗斗草，青丝勒马，风流云散。罗绶分香[⑦]，翠绡封泪[⑧]，几多幽怨。正销魂，又是疏烟淡月，子规声断[⑨]。

【说明】

看起来，这是一幅由闹花、平莎、垂杨以及莺燕等组成的春景，实际上却是托物比兴，意有所寓。刘熙载《艺概》中也强调了这一点："同甫《水龙吟》云：'恨芳菲世界，游人未赏，都付与，莺和燕。'言近旨远，直有宗（泽）留守大呼渡河之意。"可见词人是以"芳菲世界"来比喻中原锦绣河山，而"莺和燕"，则系暗指苟安求和的奸邪之辈。很明显，本词和辛弃疾的名篇《摸鱼儿》是同一风格，若论婉丽含蓄，意境深远，二词也可说是相映生辉。

【注释】

①闹花：繁花。这句是说高楼掩映于繁花之中。

②平莎：平原上的莎草。茸（róng容）嫩：形容初生之草十分柔嫩。

③金浅：浅黄色。

④迟日：指春天昼长。《诗·豳风·七月》："春日迟迟，采蘩祁祁。"这句是说春天白昼很长，像在催着花儿快开。

⑤淡云：云层愈来愈薄。阁雨：止雨。这句为云消雨霁之意。

⑥这三句是说男女游客郊野春游的盛况都已过去了。

⑦罗绶：罗带。这句写分别，是说以香罗带送给爱人。

⑧绡：本指薄绸、薄纱。这里指丝巾。句意是说绿丝巾中还留着分别时的泪痕。

⑨末两句是说月下听见子规鸟凄厉的鸣声，不由感触万端、黯然魂消。

杨炎正（一首）

杨炎正（一一四五—？），字济翁，庐陵（今江西吉安市）人。诗人杨万里族弟。宋宁宗庆元二年登进士第，年已五十二。曾任大理司直（司法机构的审判官），又曾知藤州（今广西藤县）、琼州（今海南）。有《西樵语业》。

水调歌头 登多景楼

寒眼乱空阔[①]，客意不胜秋[②]。强呼斗酒[③]，发兴特上最高楼。舒卷江山图画，应答龙鱼悲啸[④]，不暇顾诗愁[⑤]。风露巧欺客，分冷入衣裘[⑥]。　忽醒然[⑦]，成感慨，望神州。可怜报国无路，空白一分头。都把平生意气，只做如今憔悴[⑧]，岁晚若为谋[⑨]。此意仗江月，分付与沙鸥[⑩]。

【说明】

淳熙五年，杨炎正与辛弃疾等同舟过镇江，登多景楼时有感而作此词。辛弃疾亦有和词（即“落日塞尘起”一词）。

上片写携酒登上最高楼，纵目远眺，但见江山如画。脚下波涛拍岸，似闻鱼龙吟啸。天际风露，使游客感到了寒意。下片写北望中原，叹息自己等闲白了少年头，而不能为恢复失地出力，因而憔悴失意，只好逍遥于江湖之上，表示出无可奈何的苦衷。

【注释】

①寒眼：作者等乘舟过镇江，被江上冷风吹得眼睛发涩，所以说是寒眼。这句是说空阔江天使自己的双眼感到缭乱。

②不胜秋：禁不起秋天的情调（指易于动感情）。

③强（qiǎng抢）：勉强。斗酒：斗是古代酒器。《史记·项羽本纪》载樊哙见项羽，项羽赐给他斗卮酒与彘（zhì至）肩（猪蹄膀）。

④这两句是说江山如画卷似的展开，鱼龙在相互悲啸应和。

⑤这句是说被眼前的景色和耳际的吟啸所吸引，没有空暇考虑寻章摘句。

⑥这两句写风露欺人，衣服都沾上寒气。

⑦然：作助词，表状态。

⑧只做：只使。这两句承上面而来，是说平生报国的豪情只使得自己憔悴终老。

⑨岁晚：指暮年。若为：怎样。这句是说头白无成，往后的日子怎样度过呢？

⑩分付：交付。这句是说要将余生与沙鸥一起度过。

刘　过（四首）

刘过（一一五四—一二〇六），字改之，号龙洲道人，吉州太和（今江西泰和县）人。曾经上书朝廷，陈述恢复中原的计划，未被采用。放浪于江湖之间。辛弃疾曾招他为座上客。

刘过是辛派词人，他的词有专学稼轩体的如《六州歌头》，得其豪放而多作壮语。小词如《唐多令》又写得韵协语俊。另外也写了一些咏美人指甲之类的庸俗之作。有《龙洲集》。

沁园春寄稼轩承旨[1]

斗酒彘肩，风雨渡江，岂不快哉[2]。被香山居士[3]，约林和靖[4]，与东坡老[5]，驾勒吾回[6]。坡谓西湖，正如西子，浓抹淡妆临镜台[7]。二公者，皆掉头不顾，只管衔杯。　白云天竺去来[8]。图画里、峥嵘楼观开。爱东西双涧，纵横水绕，两峰南北，高下云堆[9]。逋曰不然，暗香浮动，争似孤山先探梅[10]。须晴去，访稼轩未晚，且此徘徊[11]。

【说明】

这是对辛弃疾邀他离杭相会的答复。通篇运用想象。通过三位诗人的对话描绘西湖风光，说明自己被诗情画意所留住。这些对话实际上是将该诗人的诗句予以融化，因此也表明了他们与西湖的关系。岳珂《桯史》卷二称此词为“效辛体”，又说其“下笔便逼真”。还说辛弃疾得到本词后“大喜”。可见两人词风有相似之处。本词不仅设想新奇，而且不受格律束缚，又能运用口语，可说是自成一格。

本词作于宋宁宗嘉泰三年（一二〇三），辛弃疾被起用知绍兴府兼浙东安抚使，招刘过去和他相会。作者在杭州寄此词给他。

【注释】

①稼轩承旨：即辛弃疾。宋宁宗开禧三年（一二〇七），朝廷进他为枢密都承旨，他未受命，不久就去世。刘过写本词在一二〇三年，因此不会称“承旨”，恐系后人误加。

②渡江：指渡过钱塘江到绍兴。这三句与末三句互相照应。作者自称要过江拜访辛弃疾。

③香山居士：是白居易晚年的号。他曾做过杭州刺史。

④林和靖：林逋字君复，死后谥和靖先生。他是杭州人，隐居孤山二十年。

⑤东坡：苏轼自号东坡居士，他的诗词“高处出神入天，平处尚临镜笑春，不顾侪辈”。（《碧鸡漫志》卷二）他曾两次在杭州做官。

⑥驾勒吾回：强拉着我回来。即“勒吾驾回”。

⑦苏轼《饮湖上初晴后雨》诗：“水光潋滟晴方好，山色空蒙雨亦奇。欲把西湖比西子，淡妆浓抹总相宜。”

⑧白居易《西湖》诗：“湖上春来似画图。”天竺在西湖西面。去来，即“去啊”。

⑨白居易《寄韬光禅师》诗：“东涧水流西涧水，南山云起北山云。”西湖灵隐有东西两涧。西湖附近有南高峰、北高峰。

⑩孤山：在西湖的后湖与外湖之间，孤峰耸起，林逋曾隐居于此，山上多植梅树。

⑪须：待。这三句联系前面风雨渡江，未能成行，所以说待放晴后访稼轩也为时未晚，目前且在此流连赏玩一番。

唐多令

安远楼小集，侑觞歌板之姬黄其姓者[①]，乞词于龙洲道人，为赋此《唐多令》，同柳阜之、刘去非、石民瞻、周嘉仲、陈孟参、孟容，时八月五日也。

芦叶满汀洲。寒沙带浅流。二十年、重过南楼。柳下系舟犹未稳，能几日、又中秋。　黄鹤断矶头[②]。故人今在不[③]。旧江山、浑是新愁[④]。欲买桂花同载酒，终不似、少年游[⑤]。

【说明】

《蓼园词选》说："按宋当南渡，武昌系与敌分争之地，重过能无今昔之感，词旨清越，亦见含蓄不尽之致。"这是认为词意与当时局势有关。联系到作者几次上书论恢复之事，但没有结果，因而浪迹江湖，这次重过南楼，其感慨的主要是"旧江山浑是新愁"，亦即国事日非之叹。"终不似，少年游。"又充满着沉重之感。这说明其今昔之感是与时事密切有关的。

【注释】

①安远楼：又名南楼，在武昌（今湖北武汉市）。姜夔《翠楼吟》题目中说："淳熙丙午（十三年）冬，武昌安远楼成。"小集：小宴。侑觞（yòu shāng右伤）：劝酒。歌板：执板奏歌。

②黄鹤断矶头：《南齐书·州郡志下》："夏口城据黄鹄矶，世传仙人子安乘黄鹄过此上也。"黄鹄矶，即湖北武昌城西长江南岸蛇山的黄鹤矶。

③不：即“否”。

④浑是：全是。

⑤这两句是说即使买花载酒，同游江上，终归不同于少年时的心情。

六州歌头 题岳鄂王庙[①]

中兴诸将，谁是万人英[②]。身草莽[③]，人虽死，气填膺[④]。尚如生。年少起河朔[⑤]，弓两石[⑥]，剑三尺[⑦]，定襄汉[⑧]，开虢洛[⑨]，洗洞庭[⑩]。北望帝京。狡兔依然在，良犬先烹[⑪]。过旧时营垒，荆鄂有遗民。忆故将军。泪如倾。　说当年事，知恨苦，不奉诏，伪耶真[⑫]。臣有罪，陛下圣，可鉴临。一片心[⑬]。万古分茅土，终不到，旧奸臣[⑭]。人世夜，白日照，忽开明。衮佩冕圭百拜，九泉下、荣感君恩[⑮]。看年年三月，满地野花春。卤簿迎神[⑯]。

【说明】

岳飞是南宋中兴四将之一。词中叙述了岳飞抗金的业绩，国耻未雪的遗恨，遗民对他的怀念。接着还对奸臣的诬陷进行辩驳。最后是说岳飞沉冤得雪，朝廷建造了岳鄂王庙来纪念他。字里行间，充满了对误国权奸的切齿痛恨，对忠贞为国的英雄的无限钦仰，对于畏敌苟安的宋高宗，亦暗寓不满之意。

【注释】

①岳鄂王庙：宋孝宗时为岳飞建庙于鄂（武昌），号忠烈，淳熙六年，谥武穆，宁宗嘉定四年，追封鄂王。

②万人英：万人之中的英豪。

③身草莽：指岳飞家境贫寒，曾做过人家的庄客。

④膺：胸。气填膺：是说忠愤之气，填塞胸臆。

⑤河朔：泛指黄河以北。

⑥弓两石：能开两石之弓。古代以一百二十斤为一石。《汉书·律历志上》："三十斤为钧，四钧为石。"《宋史·岳飞传》说他"生有神力，未冠，挽弓三百斤，弩八石"。两石是指其约数。

⑦剑三尺：提三尺之剑。

⑧定襄汉：指岳飞在宋高宗绍兴初年平定襄阳、汉阳等六郡，为恢复中原打下基础。

⑨虢：今河南荥阳。洛：今河南洛阳，泛指河南即北宋汴京一带。开虢洛：指绍兴十年岳飞郾城大捷、进军朱仙镇，距汴京仅四十五里。

⑩洗洞庭：指岳飞镇压了以杨幺为首的聚集在洞庭湖的农民起义军。

⑪狡兔：指金统治者。良犬：指岳飞。《史记·越王勾践世家》："飞鸟尽，良弓藏，狡兔死，走狗烹。"

⑫不奉诏：指秦桧指使谏官万俟卨等诬陷岳飞"受诏不救淮西罪"，赐死狱中。见《宋史·奸臣传》。这两句是说秦桧等诬陷岳飞不奉行皇帝诏书，是真是假都不分清，就杀害忠良。

⑬这四句是说臣子是有罪还是忠心为国，如果皇帝明察，是可以辨别清楚的。

⑭分茅土：古代皇帝分封诸侯时，把一种颜色的泥土用茅草包好授给受封的人，作为分得土地的象征。见《尚书·禹贡》。这三句是说自古以来，分封诸侯，论功行赏，再也轮不到奸臣身上。

⑮衮（gǔn滚）：古代皇帝及上公的礼服。冕：古代帝王、诸侯、卿大夫的礼帽，后专指皇冠。佩：贵族身上佩带的玉器。圭：贵族上朝手中所执的玉制礼器。这五句是指岳飞死后，到宋孝宗时为飞建庙，如长夜尽，白日见，九泉之下，亦当整肃衣冠，百拜谢恩。

⑯卤（lǔ鲁）簿：本为帝王仪仗。这三句是说每年三月在庙前迎神赛会。

西江月

堂上谋臣帷幄[①]，边头猛将干戈[②]。天时地利与人和[③]。燕可伐与曰可[④]。　此日楼台鼎鼐，他时剑履山河[⑤]。都人齐和大风歌。管领群臣来贺[⑥]。

【说明】

本词又见辛弃疾《稼轩词》。吴师道《吴礼部诗话》认为，虽然“世传”这是“辛幼安寿韩侂胄词也”，但其实是刘过所作。

韩侂胄在宋宁宗嘉泰四年（一二〇四）决定北上伐金，当时爱国之士如辛弃疾等都赞成北伐，但亦希望做好充分准备，以期获得全胜。作者在词里亦是充满信心，预祝胜利，但对韩侂胄的推崇则未免过高。

【注释】

①谋臣：富于智谋的大臣。帷幄（wéiwò围沃）：军帐，商议军事之处。《史记·高祖本纪》：“（张良）运筹帷幄之中，决胜千里之外。”这句是说朝廷之上有谋臣在策划军事、准备北伐。

②边头：边界。指宋、金两国交界的边境。干戈：指武器。这句是说前方猛将如云，枕戈待命北伐。

③这句出自《孟子·公孙丑下》，意思是说南宋当时具备天时、地利、人和这三个条件。

④这句见《孟子·公孙丑下》：“沈同以其私问曰：‘燕可伐与？’孟子曰：‘可。’”燕：借指金国。这句是说南宋可以出师伐金。

⑤楼台：指宰相府第。鼎鼐（nài耐）：指两件古器，本来是烹调用具，由于古时把宰相管理朝政比喻为用鼎鼐和羹调味，因此后来就以鼎鼐喻相位。剑履：《史记·萧相国世家》：“于是乃令萧何赐剑履上殿。”履：鞋。山河：《史记·高祖功臣侯者年表》：“封爵之誓曰：‘使河如带，泰山若厉，国以永宁，爰及苗裔’。”句意是说即使有朝一日黄河狭小如衣带，泰山小如砺石（磨刀石），现在的封国将仍然存在，并传之子孙。山河是封国土地永远存在。这两句是说韩侂胄目前身为相位，待到北

伐胜利以后，将受到皇帝的隆重礼遇，并赐以传之久远的爵位封地。

⑥都：都城。此指北宋汴京。管领：准得率领。这两句是说当收复中原，皇帝回到汴京之日，大家唱起凯歌，韩侂胄将率领群臣朝贺。《大风歌》：刘邦建立汉王朝后，回乡时所唱的歌。

朱淑真（一首）

朱淑真，号幽栖居士，钱塘（今浙江杭州市）人。关于她生活的时代，历来有南宋、北宋两说并存。相传因对婚姻不满，抑郁而死。她善绘画，通音律，是宋代著名的女诗人。有《断肠诗集》《断肠词》，今存词二十余首。

谒金门春半

春已半。触目此情无限①。十二栏干闲倚遍。愁来天不管②。　好是风和日暖。输与莺莺燕燕③。满院落花帘不卷。断肠芳草远④。

【说明】

这是一首写闺中女子春愁的小词。仲春时节，风和日暖，一个闺中少妇见到大好的春光和成双成对的鸟儿，想起自己离家远出的人，不禁愁绪万端。

【注释】

①此情无限：即春愁无限。

②以上两句是说她无论如何消遣，也无法摆脱春愁。

③输与：比不上，还不如。以上两句是说在这大好的春光中，自己还不如成双成对的鸟儿。

④以上两句是说，她思念离家远出的人而心如刀绞，害怕看到残花飘零的春归景色。

姜　夔（十一首）

姜夔（约一一五五—约一二二一），字尧章，自号白石道人。鄱阳（在江西境内）人。他早年随父居汉阳（今属湖北武汉市），父死依姊而居。以后漫游湘、鄂、苏、杭等地，一生落拓困顿，在贫病交迫中死于西湖之畔。

姜夔少年时就以擅长诗词著称，且又深通音律，能自创新声；他还工于翰墨、精于赏鉴。许多文人学士都和他有往来，诗人萧德藻、尤袤、范成大和杨万里等，看重他的品德、学识、才华，都尽力对他加以提携誉扬。其他如词人辛弃疾也佩服他的长短句，朱熹则爱他精通礼乐。

在他生活的年代里，南宋王朝国势危弱，长江以北的淮河一带都成为荒芜的边地，但大多数士大夫却只顾宴安逸乐，不思恢复。在词人早期直至晚年的部分作品中，针对这种情况，反映了一定的爱国精神和不满现实的思想，特别是晚年时，他那力主恢复、同情陷区人民的思想倾向，较之早期有着进一步的发展。

姜夔的著名词作如《扬州慢》《八归》《点绛唇》《暗香》《疏影》《鹧鸪天》和《长亭怨慢》等，有的抒写家国之恨，有的自抒襟抱，也有些是描绘恋情的，它们能从各个角度体现出姜词独具的艺术特征。宋末张炎提出“清空”两字来概括姜词的风格特色，并说“姜白石如野云孤飞，去留无迹”。（《词源》）这即是说，在姜词中，其个性特征表现为词人忧国感时、高洁清旷的思想倾向，还表现为托物比兴、想象丰富的描写手法以及凝练灵动、响亮自然的语言特点。

在南宋词坛，姜夔与辛弃疾、吴文英鼎足而立，是“清空”词派的代表作家。他的词作不仅影响了宋末的王沂孙、张炎等人，而且还下开清初朱彝尊等浙派词人，在宋词发展史中具有重要的地位。有《白石词》，其中有十七首词附有旁谱，这是宋词中仅存的乐谱。

点绛唇 丁未冬过吴松作[①]

燕雁无心，太湖西畔随云去。数峰清苦。商略黄昏雨[②]。　第四桥边[③]，拟共天随住[④]，今何许。凭栏怀古。残柳参差舞。

【说明】

燕子春来秋去，大雁秋来春去，随云来往，飘流不定，这是作者以燕、雁自比。他的《一萼红》云："南去北来何事，荡湘云楚水，目极伤心。"便是最好的本证。接着形容山雨欲来之时，数峰似相低语，是拟人化的写法。下片推许陆龟蒙，并想和他结邻，借此揭出怀古之情，最后通过残柳道出无限沧桑之感。

【注释】

①丁未：即宋孝宗淳熙十四年（一一八七）。吴松：即今吴江。本年春，姜夔曾由杨万里介绍到苏州去见范成大。

②商略：酝酿。这里指遥望山峰，雨意很浓。

③第四桥：指吴江城外的甘泉桥。郑文焯《绝妙好词校录》："宋词凡用四桥，大半皆谓吴江城外之甘泉桥……《苏州志》：甘泉桥旧名第四桥。"

④天随：晚唐陆龟蒙字鲁望，自号天随子。居松江甫里。作者常以陆龟蒙自比："三生定是陆天随，又向吴松作客归。"（《除夜自石湖归苕霅》）

鹧鸪天 元夕有所梦

肥水东流无尽期①。当初不合种相思②。梦中未比丹青见[3]，暗里忽惊山鸟啼[4]。 春未绿，鬓先丝[5]。人间别久不成悲[6]。谁教岁岁红莲夜，两处沉吟各自知[7]。

【说明】

这是一首恋情词，作者通过元夕一梦诉述他的思恋之情。他写本词是在宋宁宗庆元元年（一一九五），时年四十多岁，距离两人初见已有二十多年，但记忆之中她的形象仍是十分鲜明。在上年的《江梅引》中，他说：“几度小窗幽梦手同携。”“今夜梦中无觅处，漫徘徊，寒侵被，尚未知。”可见她是经常入梦的。但事实上两人已是不可能相会：“朱门深闭，再见无期。”（《月下笛》）本词所流露的伤感和悲思就为此而发。

【注释】

①肥水：源出安徽合肥市西南紫蓬山，北流三十里分为二：一条东流经合肥入巢湖；一条西北流至寿州入淮水。见《嘉庆一统志》。

②种相思：种下相思之情。“种”字本与相思树相关，这里是引申。

③丹青：泛指画像。见：同“现”，显现。这句是说梦中所见未必比画像真切。

④这句是说啼鸟把他从梦中惊醒。

⑤春未绿：本词作于正月，这时气候很冷，草未发芽，所以说春未绿。鬓先丝：鬓发先已成为细丝，指衰老。

⑥这句是说离别时间一长，内心反而逐渐麻木，倒不感到

悲哀了，这是极其深刻的体会。

⑦红莲：指灯。欧阳修《蓦山溪》（元夕）：“纤手染香罗，剪红莲满城开遍。”这两句是说谁使两人在每年元宵灯节之夜，各自默默沉思，在心头重温当年相恋的情景。

踏莎行

自沔东来[①]，丁未元日至金陵[②]，江上感梦而作。

燕燕轻盈，莺莺娇软[③]。分明又向华胥见[④]。夜长争得薄情知，春初早被相思染[⑤]。　别后书辞，别时针线。离魂暗逐郎行远[⑥]。淮南皓月冷千山，冥冥归去无人管[⑦]。

【说明】

本词亦是恋情之作。上片描绘梦中与恋人相会。下片揣想恋人的相思之情。结尾以凄寂无人的月下千山来点出词人孤独的心境。用一“冷”字将自然界的静态转化成词人缠绵悱恻的情意；显示出作者在对语言运用方面既富于暗示性而又极其凝练。

【注释】

①沔东：唐、宋时州名。即今湖北武汉市。

②丁未：宋孝宗淳熙十四年（一一八七）。元日：年初一。

③燕燕、莺莺：指作者所恋的女子。

④华胥：传说之中的国名。《列子·黄帝》："（黄帝）昼寝，而梦游于华胥之国。"后因此将华胥作为梦境的代称。这三句写恋人入梦。

⑤争得：怎得。薄情：薄情郎，即指作者。这两句追忆梦中恋人诉说别后相思之情。

⑥针线：指亲自缝制的活计。郎行（háng杭）：郎边。这三句是写梦醒后遥忆她别时赠送亲手做的活计，别后又亲自作书相寄；想象她的魂魄追随于情郎左右。这里暗用"倩女离魂"事：陈玄祐《离魂记》叙唐代张镒之女倩娘与表兄王宙相恋。后镒将女许配别姓，王宙悲恨赴京，倩娘因而卧病闺中，其魂魄化形为人，随宙至四川，生二子。五年后夫妇归宁，病中的倩娘闻讯出迎，两女翕然合为一体。

⑦冥冥：遥空。这两句以皓月千山衬托恋人离魂于夜里寂寞归去，同时又暗示了作者的相思之情。

齐天乐

丙辰岁与张功父会饮张达可之堂[①]，闻屋壁间蟋蟀有声，功父约予同赋，以授歌者。功父先成，辞甚美。予裴回末利花间[②]，仰见秋月，顿起幽思，寻亦得此[3]。蟋蟀，中都呼为促织[4]，善斗。好事者或以三二十万钱致一枚，镂象齿为楼观以贮之[5]。

庾郎先自吟愁赋[6]。凄凄更闻私语。露湿铜铺[7]，苔侵石井，都是曾听伊处[8]。哀音似诉。正思妇无眠，起寻机杼[9]。曲曲屏山[10]，夜凉独自甚情绪。　西窗又吹暗雨。为谁频断续，相和砧杵[11]。候馆迎秋，离宫吊月，别有伤心无数[12]。豳诗漫与[13]。笑篱落呼灯，世间儿女[14]。写入琴丝[15]。一声声更苦。

【说明】

小序指出本词是赋蟋蟀之作，也即通过蟋蟀哀音抒发个人愁思，慨恨统治者“玩物”丧国。

上片先点出“愁”字，并以吟诗声、私语声、机杼声来形容蟋蟀声。“西窗”句承上接下，再用雨声、砧杵声、琴声来比喻蟋蟀声。候馆、离宫，是进一步刻画怨思，而篱落儿女的笑乐，更反衬出词人内心的凄苦。

本词善于运用虚字以使前后两句互相呼应，如“先自”和“更闻”。换头“西窗”句联系上下片词意，在句中使用“又”字使句意显得更为灵活。

【注释】

①丙辰：宋宁宗庆元二年（一一九六）。张功父：即张

镃，张俊之曾孙。有《南湖集》。达可或系功父之昆季。

②裴回：即徘徊。末利花：即茉莉花。

③寻：不久。

④中都：指北宋汴京。促织：即蟋蟀。《汉书·王褒传》：“蟋蟀俟秋吟。”师古注：“蟋蟀，今之促织也。”

⑤象齿：象牙。这句是说将象牙雕镂成楼台来贮放蟋蟀。

⑥庾郎：指庾信。见袁去华《安公子》注③，第402页。

⑦铜铺：铜制的铺首（装在门上用以衔住门环）。这句是指露水沾湿了大门上的铜铺。铜铺、石井都是借以泛指人家的庭院篱落。

⑧伊：即蟋蟀。这句是说屋外院落中，处处能听到蟋蟀的鸣声。

⑨这两句是说闺中思妇听见鸣声，无法入睡，起来寻觅纺织的机杼。

⑩屏山：屏风。

⑪砧杵：捣衣用具。这两句是说蟋蟀的鸣声为什么经常断断续续地和捣衣声唱和呢?

⑫候馆：郊外的宾馆。离宫：帝王行宫。这三句是说秋夜月下，在客舍、行宫中听到蟋蟀鸣声会引起无限悲思。

⑬豳（bīn宾）诗：指《诗经·豳风·七月》：“七月在野，八月在宇，九月在户，十月蟋蟀入我床下。”漫与：随意成篇。这句是说将蟋蟀写入了诗篇。

⑭这两句描写儿童夜里点了灯到篱边井旁去捉蟋蟀时的情态。

⑮琴丝：指乐曲。

念奴娇

予客武陵[①]，湖北宪治在焉[②]。古城野水，乔木参天。予与二三友日荡舟其间，薄荷花而饮[③]。意象幽闲，不类人境。秋水且涸，荷叶出地寻丈[④]，因列坐其下，上不见日，清风徐来，绿云自动。间于疏处窥见游人画船[⑤]，亦一乐也。朅来吴兴[⑥]，数得相羊荷花中[⑦]。又夜泛西湖，光景奇绝，故以此句写之。

闹红一舸[⑧]，记来时、尝与鸳鸯为侣[⑨]。三十六陂人未到[⑩]，水佩风裳无数[⑪]。翠叶吹凉[⑫]，玉容销酒[⑬]，更洒菰蒲雨[⑭]。嫣然摇动，冷香飞上诗句[⑮]。　日暮青盖亭亭[⑯]，情人不见，争忍凌波去[⑰]。只恐舞衣寒易落，愁入西风南浦[⑱]。高柳垂阴，老鱼吹浪，留我花间住。田田多少，几回沙际归路[⑲]。

【说明】

通首写荷花，并以荷寄托身世。小序写赏荷时的情景，是幽闲不类入境，从而衬托出绿荷的高洁，也暗示了词人的襟抱。这种描叙在本词的内容表达方面起着相互配合的作用，也有助于对全词的理解和领会。

调中将荷花比成姿态袅娜的美女，并认为她的微笑弥漫着高洁的情调和清新的气息，从而启发了词人的诗兴。至于描写荷花零落迟暮，则不仅是伤美人的身世，亦是词人的自伤。结束寄托心情于自然景物，不仅达意，且能传神。

【注释】

①武陵：宋时名朗州武陵郡，即今湖南常德市。

②湖北宪治：指湖北提点刑狱的官署。

③薄（pò破）：迫近。这句是说把船驶近荷花，在它旁边饮酒。

④寻：一寻为八尺。寻丈：指八尺到一丈。

⑤间：间或。

⑥朅（qiè窃）来：即来到之意。朅是发语词。吴兴：今浙江吴兴。

⑦相羊：同“徜徉”，游戏之意。这句是说屡次在荷花之下游赏。

⑧舸（gě葛）：大船。闹：作动词用。指打破荷花丛中的静寂境界。红：指红荷花。这句是说乘着游船荡进红荷丛中观赏。

⑨尝：曾。鸳鸯：指小序中所说“游人画船”中的男女游客。

⑩陂：池塘。三十六陂：宋人诗词中常用“三十六陂”，这是虚指而非实地，说三十六是言其多。王安石《题西太乙宫壁》：“三十六陂春水，白头想见江南。”

⑪水佩风裳：本指美人衣饰，这里指荷叶、荷花。李贺《苏小小墓》诗：“风为裳，水为珮。”珮同佩。全句写水上荷花、荷叶，一望无际。

⑫翠叶：荷叶。这句写清风送来了荷叶的清香。

⑬玉容：荷花。这句指花瓣浅红，好似酒意方酣。

⑭孤蒲：即菰蒲，浅水生植物。菰即茭白。

⑮嫣然：形容花容如同美女的微笑。这两句写荷花随着清风摇动，像是美女在微笑，弥漫着高洁的情调和清新的气息，从而启发了词人的诗兴。

⑯青盖：指荷叶。这句形容荷叶好似亭亭玉立的仙女。

⑰争忍：怎忍。凌波：形容女子步履轻盈。这两句以荷比人，说她不忍翩然离去，是由于还未和情人相会。

⑱舞衣：即荷叶。南浦：见和凝《春光好》注②，第71页。这两句是说只怕秋风一起，就要翠销香残，只剩下败荷残叶。李璟《浣溪沙》词："菡萏香销翠叶残，西风愁起绿波间。还与韶光共憔悴，不堪看。"这两句意思与李词相近。

⑲田田：形容水面荷叶茂密。几回：几次，再三。《古乐府》："江南可采莲，莲叶何田田。"沙际：沙滩边。这两句写荷叶长得青翠茂密，使人走在沙滩边的归途上，犹屡屡回头遥望，欲去还留。

八归 湘中送胡德华①

芳莲坠粉，疏桐吹绿，庭院暗雨乍歇②。无端抱影销魂处③，还见篠墙萤暗，藓阶蛩切④。送客重寻西去路，问水面琵琶谁拨⑤。最可惜、一片江山，总付与啼鴂。　长恨相从未款，而今何事，又对西风离别⑥。渚寒烟淡，棹移人远，缥缈行舟如叶。想文君望久，倚竹愁生步罗袜。归来后、翠尊双饮，下了珠帘，玲珑闲看月⑦。

【说明】

作者啸傲湖山，自标高致，他的为人既不同于苟安求和的奸佞之辈，也不同于庸俗的清客文人，这样的思想行为，使他的作品能具有一定的现实意义，但也存在着较大的局限性。这首在湘中所写的《八归》，是他早期的作品，其中感慨系之地道出了对国事的忧念，表现了词人思想倾向中不忘现实的一面。

本词主要借江上送客之时，面对大好河山，因而引起无限家国之叹。“最可惜、一片江山，总付与啼鴂。”与陈亮的“恨芳菲世界，游人未赏，都付与、莺和燕”，都以声情激越见长，而又寓意深远。

【注释】

①湘中：作者曾客湖南长沙一带。胡德华：事迹不详。

②这三句写雨后静夜，莲花落粉，梧桐摇落的景致。

③这句写自己平白无故地顾影神伤。

④篠（xiǎo小）：小竹。蛩（qióng穷）：蟋蟀。这两句写雨后院落中竹墙边闪闪的流萤和苔阶上唧唧的虫声。是写夜景。

⑤水面琵琶：白居易《琵琶行》：“忽闻江上琵琶声，主人忘归客不发。”这两句写送客时闻水面琵琶声而感叹。

⑥未款：指交谊不是太深。这三句写两人相交未深，就又

匆匆分别。

⑦文君：即汉司马相如之妻卓文君。这里借指胡德华之妻。翠尊：酒杯。这五句遥想胡德华家人望归心切，以及他回家后两人团聚之乐。又这五句系从李白和杜甫诗运化而来："玉阶生白露，夜久侵罗袜。却下水晶帘，玲珑望秋月。"（《玉阶怨》）杜甫："天寒翠袖薄，日暮倚修行。"（《佳人》）

扬州慢

淳熙丙申至日[1]，予过维扬[2]，夜雪初霁，荠麦弥望[3]，入其城，则四顾萧条，寒水自碧，暮色渐起，戍角悲吟。予怀怆然，感慨今昔，因自度此曲[4]。千岩老人以为有黍离之悲也[5]。

淮左名都[6]，竹西佳处[7]，解鞍少驻初程[8]。过春风十里，尽荠麦青青[9]。自胡马窥江去后[10]，废池乔木，犹厌言兵[11]。渐黄昏、清角吹寒[12]，都在空城。　杜郎俊赏[13]，算而今、重到须惊。纵豆蔻词工，青楼梦好，难赋深情[14]。二十四桥仍在[15]，波心荡、冷月无声[16]。念桥边红药[17]，年年知为谁生。

【说明】

本词作于宋孝宗淳熙三年（一一七六），是姜夔词中最早的作品，全词通过比兴手法，以谐婉的音节、精妙的字句和自然景物的衬托，反映了作品中寄慨很深的家国之恨。

上片首句“淮左名都”，概括了扬州在全国所居的地位；次句“竹西佳处”，又概括了竹西在扬州的地位。“解鞍”句，记词人初次经过扬州。“过春风”两句，是以遍地野草来概括眼前的荒凉景象。这里上承起首八字，点出往昔何等繁华的扬州，如今却已变得屋宇荡然、人烟稀少，这座雪后芜城，使人触景伤情。“自胡马”三句，进一层形容战乱之惨酷，破坏之彻底，就连废池乔木，似乎也对敌人的侵略残杀感到十分厌恨，则人们在伤乱之余对此种战乱的痛心疾首，当亦不言自明。这是借物比人，深透无匹。“渐黄昏”三句，又进一层点出空城中的号角之声，是静中见动，用来反衬周围的一片沉寂，从而暗示敌骑威胁未除，可是朝廷却只图苟安江南，竟以空城防边；这种现象，使词人不仅深感凄寂，且又忧心忡忡，哀不可抑。这里指明空城，用来和起首的“佳处”“名都”相比，并由此生发出下片词意。

下片用杜牧诗意，表示忆昔伤今的感慨。作者落魄江湖，常以杜牧风流自喻，表现出封建文人的局限面。“算而今”句是一层，写往年何等繁华的扬州，如今化为废墟，所以说是“惊”。“纵豆蔻”三句又深一层，想象这位韵事流传的诗人如果重来此地，恐也难再有逸兴抒写儿女恋情。“算”字、“纵”字，都是虚拟，借此透露出极为沉痛的含意。下面再写眼前波荡冷月的夜景，也是静中见动，表达出繁华衰歇、触目伤怀的悲凉情调。最后，词人叹息桥边芍药，年年花开烂漫，但又有何人来欣赏领略呢？

本词从起到结，脉络分明。上、下两片采用抚今思昔、景中见情的对比手法进行描叙，此外还运用衬托及虚笔勾勒等手法，暗示出作者对国事的关注、对朝政的不满，从而抒发了封建文人身逢乱离之世的“黍离之悲”。宋翔凤《乐府余论》评论姜夔：“其流落江湖，不忘君国，皆借托比兴，于长短句寄之。”这是很有见地的话。

【注释】

①至日：即冬至日。

②予过维扬：姜夔二十多岁时沿长江东下，路过扬州，这时（一一七六）距金主亮南侵（一一六一），扬州受到敌骑蹂躏已有十六年。维扬即扬州。

③荠麦弥望：野草满眼，即望出去只见遍地野草。一说荠即荠菜。《淮南子·地形训》：“麦秋生夏死，荠冬生中夏死。”

④自度此曲：自己创制了《扬州慢》这支词调。

⑤千岩老人：即南宋名诗人萧德藻，他的侄女是作者之妻。黍离之悲：见张元幹《贺新郎》注④，第380页。表示家国残破之痛。

⑥淮左：即淮东。方位以东方为左，扬州一带，在宋时属

淮东路，故称“淮左”。

⑦竹西：地名兼亭名。苏轼《广陵逢同舍刘贡父》诗：“竹西已挥手，湾口犹屡送。”自注：“竹西、湾口，皆扬州之地。”扬州旧有竹西亭，在北门外五里，今废。

⑧解鞍：解开马鞍。程：里程。这句是指作者长途旅行的第一阶段已经结束，可以稍事休息。

⑨春风十里：形容扬州的繁华。杜牧《赠别》诗：“春风十里扬州路，卷上珠帘总不如。”这两句是说作者所经过之处本是扬州繁华的地区，如今却是野草遍地、满目荒凉。

⑩胡马窥江：指宋高宗绍兴三十一年（一一六一），金兵南犯至长江边的采石。到孝宗隆兴二年（一一六四），金兵又复渡淮河南侵。

⑪这两句用拟人法，是说连荒废的池沼和高大的树木也对敌人的侵略残杀感到十分厌恨。

⑫清角吹寒：寒风送来了清亮的号角声。

⑬杜郎：指唐代诗人杜牧。俊赏：风流逸兴。

⑭纵：即使。杜牧《赠别》诗：“娉娉袅袅十三余，豆蔻梢头二月初。”又《遣怀》诗：“十年一觉扬州梦，赢得青楼薄幸名。”这三句是说即使杜牧再来此地，想重续豆蔻梢头之诗，薄幸青楼之梦，亦将由于这里人迹寥落而无此逸兴歌咏儿女缠绵之情。

⑮二十四桥：扬州在唐时极为富盛，城内可纪的桥共二十四座，北宋时还存七座。见沈括《梦溪笔谈·补笔谈》卷三。

⑯这句是说唯见一丸冷月，摇荡波心，寂然无箫声可听。杜牧《寄扬州韩绰判官》：“二十四桥明月夜，玉人何处教吹箫。”

⑰红药：芍药。北宋初年，扬州始以芍药著名。见《能改斋漫录·芍药谱条》卷十五。

淡黄柳

客居合肥南城赤栏桥之西[①]，巷陌凄凉，与江左异[②]。唯柳色夹道，依依可怜。因度此阕，以纾客怀[③]。

空城晓角。吹入垂杨陌。马上单衣寒恻恻[④]，看尽鹅黄嫩绿，都是江南旧相识。　正岑寂[⑤]。明朝又寒食。强携酒、小桥宅[⑥]。怕梨花落尽成秋色。燕燕飞来，问春何在，唯有池塘自碧[⑦]。

【说明】

通篇写柳。先写空城陌上垂杨的凄凉景色，接着联系到自己在陌上的感受，再由人物转到景色，写眼前柳色与江南相似。“正岑寂”三字承上转下，由江南柳色转入寒食时节，而环境如此凄凉，已无心饮酒访人，所以用“强”字作转语。“怕”字又一转，写唯恐梨花落尽，春亦成秋，燕子飞来，已是春意阑珊。写春景而反映边城凄凉，作者伤时感世的慨恨，也在不言之中。

【注释】

①客居合肥：时在宋光宗绍熙二年（一一九一）。赤栏桥：作者有《送范仲讷往合肥》："我家曾住赤栏桥，邻里相过不寂寥。君若到时秋已半，西风门巷柳萧萧。"

②江左：泛指江南。

③纾（shū书）：宽解。这两句是说自己制作了这支曲子，来宽慰客中的愁思。

④恻（cè册）恻：凄悲。

⑤岑寂：高静。《文选》鲍照《舞鹤赋》："去帝乡之岑寂。"注："岑寂，犹高静也。"

⑥小桥：后汉桥玄的次女为"小桥"。这里指作者在合肥的情人。这两句是说寒食节近，为应景而勉强携酒到情人处过节。

⑦这句是惋惜春光之意。

长亭怨慢

予颇喜自制曲，初率意为长短句①，然后协以律，故前后阕多不同。桓大司马云②：昔年种柳，依依汉南。今看摇落，凄怆江潭。树犹如此，人何以堪③。此语予深爱之。

渐吹尽、枝头香絮。是处人家，绿深门户④。远浦萦回，暮帆零乱向何许[⑤]。阅人多矣。谁得似、长亭树[⑥]。树若有情时，不会得、青青如此[⑦]。 日暮。望高城不见[⑧]，只见乱山无数。韦郎去也，怎忘得、玉环分付[⑨]。第一是早早归来，怕红萼[⑩]、无人为主。算空有并刀，难剪离愁千缕[⑪]。

【说明】

全词通篇写离别，而又处处都与柳有关。在小序中先点明借垂柳抒离情的托物比兴之意。上片通过“远浦”和“长亭”，将垂柳和离别联系起来。下片由长亭柳转到折柳赠别之后，在旅途念及恋人临别叮咛之言，从而兴起无限离愁。

【注释】

①率（shuài帅）意：随便。

②桓大司马：指桓温。桓温事见辛弃疾《水龙吟》注⑨，第442页。

③汉南：汉水之南。这六句见庾信《枯树赋》。

④香絮：即柳絮。这三句是说当柳絮飘尽以后，垂柳成荫，遮住恋人的住所。

⑤远浦：远处送别的水边。萦回：形容船开后水波回旋的样子。何许：何处。这两句描绘开船以后，风帆摇曳，不知驶向何处。

⑥长亭树：即种在大路边长亭旁的柳树。这两句是说大道上行人来往不绝，柳树阅历之多，人所不及。

⑦这两句套用李贺“天若有情天亦老”句意。

⑧高城：《青泥莲花记》引唐欧阳詹《赠太原妓》诗：“驱马渐觉远，回头长路尘。高城已不见，况复城中人。”

⑨韦郎：即韦皋。这两句写韦皋与玉箫女分别时，赠以玉指环，约七年再会，八年，不至，女绝食而殁。见范摅《云溪友议》。

⑩红萼：红梅。这里即指玉箫，亦即以梅喻恋人。

⑪并刀：见周邦彦《少年游》注①，第287页。这两句说并剪虽然锋利，也难剪断离愁。亦即李煜“剪不断，理还乱，是离愁，别是一般滋味在心头”（《相见欢》）之意。

暗香

辛亥之冬[①]，予载雪诣石湖[②]。止既月[③]，投简索句[④]，且征新声[⑤]。作此两曲，石湖把玩不已[⑥]，使工伎隶习之[⑦]，音节谐婉，乃名之曰《暗香》《疏》《影》[⑧]。

旧时月色。算几番照我，梅边吹笛。唤起玉人，不管清寒与攀摘[⑨]。何逊而今渐老，都忘却、春风词笔[⑩]。但怪得、竹外疏花，香冷入瑶席[⑪]。　江国[⑫]。正寂寂。叹寄与路遥[⑬]，夜雪初积。翠尊易泣。红萼无言耿相忆[14]。长记曾携手处，千树压、西湖寒碧[15]。又片片、吹尽也，几时见得。

【说明】

小序说明作者是应范成大之请，写下《暗香》《疏影》两词。范成大晚年退居苏州石湖，因性之所爱而广种梅树。这两首词是由眼前之梅想到爱梅赏梅之人的诗笔清操，是写梅，也是写范成大的品格气节，另外也表达了作者自己的家国身世之感。

周济评《暗香》词说："前五句为盛时如此，'何逊而今渐老'四句，为衰时如此。'长记曾携手处'二句，为想其盛时。'又片片'二句，为感其衰时。"全词以爱梅赏梅之人为主，以婉曲的笔法，叙述他在梅花盛时、衰时、开时、落时的感想。词中不见寄托的痕迹，只从梅花的典故中暗示赏梅者的心事。

【注释】

①辛亥：宋光宗绍熙二年。

②诣（yì忆）：前往。石湖：范成大晚年自号石湖居士。

③止：住。既：食尽，引申为完尽。止既月：指住满一个月。

④简：纸。这句是说请他填词。

⑤征新声：征求新的词调。

⑥把玩：欣赏。

⑦工伎：乐工、歌伎。隶习：学习。

⑧《暗香》《疏影》：用林逋《山园小梅》诗句：“疏影横斜水清浅，暗香浮动月黄昏。”

⑨这两句是回忆过去与美人一起冒着霜露之寒攀折梅花的往事。贺铸《浣溪沙》词：“玉人和月摘梅花，东风寒似夜来些。”可以参看。

⑩何逊：南朝梁诗人，早年曾任南平王萧伟的记室。在扬州有《咏早梅》诗。杜甫《和裴迪登蜀州东亭送客逢早梅相忆见寄》诗：“东阁官梅动诗兴，还如何逊在扬州。”这两句叹息自己衰老，并以何逊作比喻，认为诗兴大不如前。

⑪但怪得：无可奈何。竹外疏花：即梅花。苏轼《和秦太虚梅花》：“江头千树春欲暗，竹外一枝斜更好。”瑶席：指座席。这两句写梅香随着清寒透入室内。无奈人老易忘，诗兴不高。

⑫江国：江乡。

⑬寄与路遥：路远音问难通。这里暗用陆凯寄赠梅花事。见舒亶《虞美人》注⑥，第228页。

⑭翠尊：翠绿酒杯，这里指酒。易泣：《绝妙好词》及洪正治本《白石诗词》作“易竭”。红萼：红梅。耿：心中不宁。这两句写对酒赏花而怀人。

⑮这两句写雪后湖上梅花盛开时节花朵繁密、湖水寒碧的境界。

疏影

苔枝缀玉[①]。有翠禽小小，枝上同宿。客里相逢[②]，篱角黄昏，无言自倚修竹[③]。昭君不惯胡沙远，但暗忆、江南江北。想佩环、月夜归来，化作此花幽独[④]。　犹记深宫旧事，那人正睡里，飞近蛾绿[⑤]。莫似春风，不管盈盈[⑥]，早与安排金屋[⑦]。还教一片随波去，又却怨，玉龙哀曲[⑧]。等恁时、重觅幽香[⑨]，已入小窗横幅[⑩]。

【说明】

本词以美人为喻，比拟梅花的孤洁，并显示范成大的清高品格。起句写梅，次写梅花之神，引出昭君月夜归来化作梅花，由此联系到梅花飘落寿阳公主额上事。“莫似”“不管”，是照应二人之事而以虚笔出之，则“安排金屋”也不是实指，而是与“此花幽独”前后呼应，以示慰藉之情。最后又作跌宕，写落梅在玉笛哀音中随波远逝。但见小窗横幅、梅影疏淡，空留无限怅恨。

历来多认为本词有所寄托，特别是“昭君不惯胡沙远”之语，多谓指徽、钦二宗及其后妃。如张惠言说本词“更以二帝之愤发之，故有‘昭君’之句”。（《词选》）郑文焯校《白石道人歌曲》中亦说："此盖伤心二帝蒙尘，诸后妃相从北辕，沦落胡地，故以昭君托喻，发言哀断。考唐王建《塞上咏梅》诗曰：'天山路边一株梅，年年花发黄云下。昭君已没汉使回，前后征人谁系马？'白石词意本此。"其实《暗香》《疏影》是应范成大之请而作的咏梅词。咏梅而意在赏梅之人，并结合范成大的经历、品格、爱好寄托了家国之恨。《暗香》直接写赏梅之人。《疏影》以美人喻梅，并将梅花与历史上的美人联系运化，借此透露出赏梅之人的高洁情操与家国隐恨。

【注释】

①苔枝缀玉：梅花像玉一般地点缀在长满苔须的梅枝上。《武林旧事》说苔梅有两种：一种苔藓特厚，花很香；一种苔如细丝，长尺余。

②客里相逢：隋代赵师雄在罗浮松林酒店旁遇一淡装素服的女子，时天寒日暮，残雪对月，两人到酒店同饮，稍待有一绿衣童来笑歌戏舞，久而醉寝。天明起视，则身在大梅树下，上有翠鸟。见《龙城录》。这故事中说淡妆女子是梅花所化，绿衣童即翠羽鸟。"客里相逢"用的就是赵师雄与淡妆女（梅花）相逢的这一典故。

③这句以梅比孤洁的佳人，明用杜甫《佳人》诗："天寒翠袖薄，日暮倚修竹。"暗用苏轼诗，"竹外一枝斜更好"。

④佩环：即环佩，女子饰物。这里借指王昭君。杜甫《咏怀古迹》之三："画图省识春风面，环佩空归夜月魂。"这四句

用王昭君事。说她远嫁匈奴，怀念家国，只能魂归故乡，化作月下素梅。

⑤深宫旧事：指寿阳公主梅花妆事。见无名氏《鱼游春水》注⑧，第16页。那人：即公主。蛾绿：即眉黛。

⑥盈盈：《古诗》："盈盈楼上女。"盈盈本为容态美好之意，借指美女。这两句是说不要像春风那样不爱惜名花美女。

⑦金屋：汉武帝为胶东王时对他姑母说："若得阿娇，当作金屋贮之。"见《汉武故事》。

⑧玉龙：笛名。韩偓《梅花》："龙笛远吹胡地月，梅花初试汉宫妆。"上用昭君事，下用寿阳事。

⑨恁时：何时。

⑩横幅：画幅。唐崔橹《梅花》诗："初开已入雕梁画，未落先愁玉笛吹。"这两句写画里的梅花。

刘仙伦（一首）

刘仙伦，一名儗，字叔儗，号招山，庐陵（今江西吉安市）人，生卒年不详。有《招山小集》一卷。

念奴娇感怀呈洪守

吴山青处[①]，恨长安路断，黄尘如雾[②]。荆楚西来行堑远，北过淮堧严扈[③]。九塞貔貅，三关虎豹[④]，空作陪京固[⑤]。天高难叫，若为得诉忠语[⑥]。　追念江左英雄，中兴事业，枉被奸臣误[⑦]。不见翠华移跸处，枉负吾皇神武[⑧]。击楫凭谁[⑨]，问筹无计[⑩]，何日宽忧顾[⑪]。倚筇长叹[⑫]，满怀清泪如雨。

【说明】

本词主要是痛中原沦丧、报国无门，并慨叹权奸误国，谈北伐又无祖逖般的击楫英雄。因此忧思难平，清泪如雨。作者在另一首《念奴娇》中，也提到“勿谓时平无事也，便以官兵为讳。眼底山河，楼头鼓角，都是英雄泪”。充分表现出时刻不忘恢复中原的爱国思想。

【注释】

①吴山：指江南的山峰。

②长安：这里借指故都汴京。黄尘：形容烽烟不断。这两句是说从江南北望，烽烟弥漫（指宋金间经常有战事），但恨到汴京去的道路已经不通。

③堧（ruán软）：河边之地。淮堧：指淮河宋金边界。扈（hù护）：护从。严扈：指边界戒备森严。

④九塞：本为古代九个要塞。《吕氏春秋·有始》：“何谓九塞？大汾、冥阸、荆阮、方城、殽、井陉、令疵、句注、居庸。”这里泛指宋金交界处的要塞。貔貅：猛兽名，亦借指勇士。三关：泛指宋金边界的关口。虎豹：借指壮士。这两句指驻守边关的南宋战士勇猛善战。

⑤陪京：陪都，指建康。这句是承上面边界防守严密而进一步说不能光是防边，而不能收复中原。

⑥天高：指帝王高不可及。若为：怎样。这两句是说与皇帝隔绝难通，怎么样才能向他诉说自己的尽忠为国的话？

⑦这三句是指中兴名将岳飞被害、韩世忠投闲置散，北伐大计被秦桧等奸臣所阻挠。

⑧翠华：皇帝的旗子，上面以翠羽作装饰。这里用作帝王

的代称。跸（bì必）：皇帝出宫时，禁止通行。这里指帝王的车驾。这两句是说不见徽、钦二宗移跸的所在（指汴京），使皇帝空有着神武的威名。意思是说如果不去恢复中原就不能称之为有为之君。

⑨击楫：指祖逖击楫中流、恢复中原。这句是说目前谁能担当北伐重任。

⑩问筹：谋划。《史记·留侯世家》："臣请借前箸为大王筹之。"这句是说对恢复事业又拿不出计划和措施。

⑪宽忧顾：宽解自己的忧念顾虑。这句是说哪一天能兴师北上，收复失地，不再为国事而焦虑。

⑫筇（qióng穷）：即筇杖。筇本竹名，出四川西昌市，节高中实，可作手杖。

俞国宝（一首）

俞国宝，临川（今江西抚州市）人。宋孝宗淳熙年间为太学生。有《醒庵遗珠集》，不传。

风入松

一春长费买花钱。日日醉花边。玉骢惯识西湖路①，骄嘶过，沽酒垆前。红杏香中箫鼓，绿杨影里秋千。　暖风十里丽人天。花压鬓云偏②。画船载取春归去，余情寄、湖水湖烟。明日重扶残醉，来寻陌上花钿③。

【说明】

据周密《武林旧事》记载，这首词是淳熙间太学生俞国宝为西湖断桥畔小酒家所作，并书写在酒家的素色屏风上面，被出游西湖的太上皇赵构所称赏，且将“明日重携残酒”改为“明日重扶残醉”。在词中，作者通过自身的所见所闻，描绘出一幅暖风繁花、箫鼓喧天的西湖游乐图。

【注释】

①玉骢：白马。

②髻云：像乌云般的发髻。

③花钿：以金翠珠宝等制成花朵形的首饰。

程　珌（一首）

程珌（一一六四——一二四二），字怀古。休宁（今安徽休宁县）人。宋光宗绍熙四年（一一九三）进士。曾为翰林学士知制诰，知福州，兼福建安抚使。封新安郡侯。有《洺水词》一卷。

水调歌头登甘露寺多景楼望淮有感

天地本无际，南北竟谁分[①]。楼前多景，中原一恨杳难论[②]。却似长江万里，忽有孤山两点，点破水晶盆[③]。为借鞭霆力，驱去附昆仑[④]。　望淮阴，兵冶处，俨然存[⑤]。看来天意，止欠士雅与刘琨[⑥]。三拊当时顽石，唤醒隆中一老，细与酌芳尊[⑦]。孟夏正须雨，一洗北尘昏[⑧]。

【说明】

上片点出“中原一恨”，是“南北竟谁分”；对于那“点破水晶盆”的“孤山”，则主张以驱策雷霆的威力把它驱走。而“水晶盆”“孤山”等显然隐有所指。这里对敌骑蹂躏并占领中原表示极度愤恨，同时也表示出收复失地的决心。

下片说恢复事业有待于祖逖、刘琨般的爱国志士，和足智善谋如诸葛亮般的人物。看来作者对北伐十分重视并且深信一定能够成功。

作者有《六州歌头》一首，题为“送辛弃疾”，说明两人的交谊，他的词风也与辛词接近。

【注释】

①这两句是说天地之中（指中国）本来没有交界，是谁竟然将其分为南北两部分。

②杳：深远。这两句是说登镇江多景楼北望，对中原沦丧感到有难以言述的慨恨。

③这三句是说长江本来犹如水晶盆那样完美，却因上有两点孤山使之白璧有瑕。这里暗指金瓯有缺。

④鞭霆力：鞭挞雷霆的力量。这两句是说要用鞭策雷霆的力量把小山驱赶到昆仑（大山）下面去。这里暗指收复失地。

⑤兵冶处：冶炼兵器之处。这里指冶城（今江苏南京市六合区东），汉代吴王濞在此冶铸钱币兵器；淮阴在此北面。

⑥士雅：祖逖字士雅。这两句是说收复中原是天意（必然趋势），只是缺少像晋代祖逖、刘琨那样的爱国之士。

⑦隆中一老：指诸葛亮，他早年隐居隆中（今湖北襄阳市西）。拊：击、拍。顽石：这三句东坡《甘露寺诗自注》：寺有石如羊，相传谓之“狠石”，云诸葛孔明与孙仲谋论曹公处。是说要再三拊击甘露寺里的那块“狠石”，与诸葛亮般的战略家酌酒细论。

⑧孟夏：夏季第一个月。雨：南宋军队。北尘：指金国。这两句是说正如夏天需要雨水。当时局势亦需要南宋军队出师北上，把金国统治下的中原人民从苦难中解救出来。

郑　域（一首）

郑域，字中卿，号松窗。三山（今福建福州市）人。淳熙十一年（一一八四）进士。宋宁宗庆元二年（一一九六）曾出使金国。有《燕谷剽闻》二卷，今不传。

昭君怨

道是花来春未。道是雪来香异[①]。竹外一枝斜[②]。野人家。　冷落竹篱茅舍。富贵玉堂琼榭。两地不同栽。一般开[③]。

【说明】

这首词咏梅而不点破“梅”字。词中写梅花冲寒而开，幽香袭人。又赞扬它对茅舍、玉堂，不分轩轾的品格，并以此暗示自己的操守。

【注释】

①来：语助词。这两句可参看林逋咏梅诗。

②竹外句：见苏轼《和秦太虚梅花》诗："竹外一枝斜更好。"

③这四句是指不管是栽在贫寒或富贵之家，梅花都一样开放。

戴复古（二首）

戴复古（一一六七—？），字式之。天台黄岩（今浙江台州市黄岩区）人。家于石屏山下，因自号石屏。江湖诗派的前辈之一。有《石屏集》，词一卷。

水调歌头 题李季允侍郎鄂州吞云楼[①]

轮奂半天上[②]，胜概压南楼[③]。筹边独坐，岂欲登览快双眸[④]。浪说胸吞云梦[⑤]，直把气吞残虏，西北望神州[⑥]。百载一机会，人事恨悠悠。　骑黄鹤[⑦]，赋鹦鹉[⑧]，谩风流[⑨]。岳王祠畔，杨柳烟锁古今愁[⑩]。整顿乾坤手段，指授英雄方略，雅志若为酬[⑪]。杯酒不在手，双鬓恐惊秋[⑫]。

【说明】

本词约作于宋宁宗嘉定十四年（一二二一）。上片写吞云楼胜概。登楼北望，真有吞灭残敌的气概。可惜南渡百年以来，多少北伐机会都被人事所误。下片缅想古人，追念先烈，只有寄厚望于当今，也即来任沿江制置制使的李季允。

戴复古曾从陆游等诗人学诗，又浪游东南一带，作品流传江湖。词共四十多首，其中亦颇有爱国之思，有些词风格豪放，接近苏、辛。他自己也说“歌词渐有稼轩风”。（《望江南》）

【注释】

①李季允：名埴。曾任礼部侍郎，沿江制置副使并知鄂州知府。鄂州：今湖北武汉市。吞云楼：楼名。

②轮奂（huàn患）：形容建筑物高大众多。《礼记·檀弓下》：“美哉轮焉，美哉奂焉。”这句形容吞云楼高耸入云，十分壮观。

③南楼：在武昌黄鹤山上。这句指吞云楼壮观的气概足以压倒南楼。

④筹边：筹划边事。这两句是说自己登上此楼只是想筹划考虑边防之事，哪里是为了开拓一下眼界、观赏一下景色而已。

⑤浪说：谩说。胸吞云梦：云梦，古大泽名，在湖北境内，面积约八九百里。司马相如有《子虚赋》，记齐国的乌有先生对楚国使者子虚夸说齐地广阔，并形容道：“吞若云梦者八九，予其胸中，曾不蒂介（指毫不在乎）。”吞云楼的名称就

由此概括而来。

⑥直把：就把。残虏：指敌人。这两句是说西北远望中原，就不由生出吞灭残敌的气概。

⑦骑黄鹤：见岳飞《满江红》注①，第395页。

⑧赋鹦鹉：指写《鹦鹉赋》的祢衡。

⑨谩风流：这句承接上两句而来，是说崔颢、祢衡写下了有关本地风光的名作，至今空余下他们的流风遗韵。

⑩岳王祠：在鄂州。《宋史·岳飞传》："孝宗诏复飞官……建庙于鄂，号忠烈……（宁宗）嘉定四年，追封鄂王。"

⑪雅志：平素的志向。若为酬：怎么能够实现。这三句是说李季允有着治理国家的才干，指挥将士的谋略，只是他平素的大志恐怕难以实现。

⑫这两句是说假如没有杯酒消忧，秋风起处，恐怕鬓发都要愁白了。

柳梢青 岳阳楼

袖剑飞吟①。洞庭青草②，秋水深深。万顷波光，岳阳楼上，一快披襟③。　不须携酒登临。问有酒、何人共斟。变尽人间，君山一点，自古如今④。

【说明】

作者平生流落江湖，期望朝廷有为之士能以"一片忧国丹心”（《大江西上曲》）“击楫长江……为国洗河湟。”（《满庭芳》）也即早日北伐中原，一洗国耻。这种远大抱负，在本词中是通过登楼纵目、俯仰今古时有所流露。

【注释】

①袖剑：衣袖里藏着短剑。飞吟：临风吟唱。

②青草：见张孝祥《念奴娇》注②，第431页。

③披襟：散开衣襟。宋玉《风赋》：“有风飒然而至，王乃披襟而当之，曰：‘快哉此风！’”这三句是说在岳阳楼上，看到洞庭湖上万顷波光，披襟当风，长吟一曲，真是平生快事。这里表现出词人的豪情壮志。

④君山：在洞庭湖中，相传是湘君出没之处，故名。一点：很小。这三句是说世事变迁历尽沧桑，只有湖中君山，自古到今，一直如此。这里也是对国势日趋衰颓的感慨。

史达祖（二首）

史达祖，字邦卿，号梅溪，汴京（今河南开封市）人。《四朝闻见录》说他依附韩侂胄，韩败后亦受黥刑。他的词工巧轻圆，长于咏物。有《梅溪词》一卷。

绮罗香咏春雨

做冷欺花[①]，将烟困柳[②]，千里偷催春暮。尽日冥迷，愁里欲飞还住[③]。惊粉重、蝶宿西园[④]，喜泥润、燕归南浦。最妨它、佳约风流，钿车不到杜陵路[⑤]。　沉沉江上望极[⑥]，还被春潮晚急，难寻官渡[⑦]。隐约遥峰，和泪谢娘眉妩[⑧]。临断岸、新绿生时，是落红、带愁流处。记当日、门掩梨花[⑨]，剪灯深夜语[⑩]。

【说明】

题目是咏春雨，但全词没有明用“雨”字，正如《词洁》所说：“无一字不与题相依，而结尾始出‘雨’字。”作者描绘春雨，使用手法亦很多样，如“做冷欺花，将烟困柳”，是四字对句，用字十分凝练。“尽日冥迷”，则是暮春迷离雨景，写得笔墨淋漓。“蝶惊”“燕喜”是拟人写法。“和泪”句，以和泪眉妩比雨中遥峰。最后两句，则是化用前人咏雨诗句。周济说：“梅溪甚有心思，而用笔多涉尖巧，非大方家数，所谓一钩勒即薄者。”（《介存斋论词杂著》）即是对作者过分注意技巧表示了不满。

【注释】

①做冷欺花：春寒多雨，妨碍了花儿的开放。

②将烟困柳：春雨迷蒙，如烟雾般环绕在柳树四周。

③孟郊《喜雨》诗：“朝见一片云，暮成千里雨。”这三句是写整日春雨绵绵，蝶燕等因暮云凄迷而栖息不飞。

④粉重：蝴蝶身上多粉。这句是说蝶身上的粉被雨沾湿后就飞不起。

⑤杜陵：汉宣帝陵墓所在地，在今西安东南，当时附近一带住的多是富贵之家，故用来借指繁华的街道。这两句是说春雨妨碍情人的密约佳期，华美的车子到不了杜陵路（指约会的地方）。

⑥这一句是说远望江上，暮霭沉沉，茫无边际。

⑦官渡：以公家的渡船来运送行旅客人。韦应物《滁州西

涧》："春潮带雨晚来急，野渡无人舟自横。"野渡，与官渡相对而言。

⑧谢娘：唐代歌伎名，后泛指歌伎。妩：媚好。这两句是写烟雨笼罩远处的山峰，像谢娘被泪沾湿的眉毛那样妩媚好看。

⑨门掩梨花：李重元《忆王孙》诗："雨打梨花深闭门。"

⑩剪灯深夜语：李商隐《夜雨寄北》："何当共剪西窗烛，却话巴山夜雨时。"

双双燕 咏燕

过春社了①，度帘幕中间②，去年尘冷③。差池欲住④，试入旧巢相并。还相雕梁藻井⑤。又软语⑥，商量不定。飘然快拂花梢⑦，翠尾分开红影⑧。　芳径⑨。芹泥雨润⑩。爱贴地争飞，竞夸轻俊⑪。红楼归晚⑫，看足柳昏花暝⑬。应自栖香正稳⑭。便忘了、天涯芳信⑮。愁损翠黛双蛾，日日画栏独凭⑯。

【说明】

此调是作者所创制。用题目作为调名。上片是燕归寻巢图，首两句从燕来时节到寻觅旧巢。下面写双燕飞入旧巢，又徘徊呢喃，飘然飞出。下片极写衔泥衔草时的形态。再写归巢情状，《花庵词选》说“姜尧章（白石）极称‘柳昏花暝’之句”。这句是写燕，也是在写人。“栖香稳”，以燕子的双双安居引出思妇的凭栏凝思。

【注释】

①春社：春分前后祭社神的日子叫春社。燕子在春社前后飞来江南一带。

②度：飞过。晏殊断句：“楼台侧畔杨花过，帘幕中间燕子飞。”（《青箱杂记》卷五引）

③尘冷：指旧巢冷落，布满尘灰。

④差（cī疵）池：指燕羽参差不齐。《诗经·邶风·燕燕》：“燕燕于飞，差池其羽。”

⑤相：细看。藻井：俗称天花板。这句是指燕子细看雕花的画梁和画着花纹的天花板，有似曾相识之感。

⑥软语：指燕子在一起的呢喃声。

⑦这句形容燕子轻捷地拂掠过花梢。飘：别作“翩”。

⑧红影：指花影。

⑨芳径：花草芬芳的小径。

⑩芹泥：燕子所衔之泥。杜甫《徐步》：“芹泥随燕嘴。”

⑪这两句是说天阴欲雨，燕子在芳径和水边忽先忽后地贴地而飞，争着显出它们的轻盈俊俏。

⑫红楼：指富贵人家，也即燕子筑巢的地方。归晚：回巢已晚。

⑬柳昏花暝：形容暮霭苍茫之中花柳凄迷的情状。

⑭应自：该当。栖香正稳：指燕子安稳地眠息。自：别作“是”。

⑮这句是说燕子忘了给思妇带回征夫的讯息。王仁裕《开元天宝遗事》有燕子为思妇传书的记载。

⑯愁损：愁坏。翠黛：画眉所用的青绿之色。双蛾：双眉。这两句是说思妇独自凭栏，只见双燕，不得来书，心中极其愁闷。别本少二字，作“愁损玉人”。

岳　珂（一首）

岳珂（一一八三—一二四三），字肃之，号亦斋、倦翁、东几，岳飞之孙。著有《棠湖诗稿》《愧郯录》《桯史》《金佗粹编》等书。

祝英台近北固亭

淡烟横，层雾敛[1]。胜概分雄占[2]。月下鸣榔[3]，风急怒涛飐[4]。关河无限清愁，不堪临鉴[5]。正霜鬓[6]、秋风尘染。　漫登览。极目万里沙场，事业频看剑[7]。古往今来，南北限天堑[8]。倚楼谁弄新声，重城正掩。历历数、西州更点[9]。

【说明】

作者在《桯史》中提到他在镇江时曾为辛弃疾座上客，并说："稼轩有词名，每燕（宴）必命侍姬歌其所作……既而又作一《永遇乐》，序北府事。"作者亦有《祝英台近》两首记镇江事，其一是"登多景楼"，写登楼北望的感慨："断肠烟树扬州，兴亡休论。"另一即本词。这是写月夜登北固亭，作者遥望万里沙场，激起了收复中原、建功立业的强烈愿望；自己虽有雄心壮志，但又有无法施展之感。

【注释】

①这两句是写层层重雾已经收去，只有淡淡轻烟横在天空。

②胜概：胜景、美景。这句是说当前胜景曾是英雄豪杰分占之地。

③鸣榔：见柳永《夜半乐》注⑥，第124页。

④飐（zhǎn展）：风吹物使动。这句是指疾风吹得怒涛汹涌。

⑤鉴：照。关河：山河。这两句是说山河清奇，使人举目生愁而不愿凭水观赏。

⑥霜鬓：指两鬓雪白。

⑦这两句是指登楼北望中原，都是作战的沙场，自己想要为国建功，所以频频地看着所带的宝剑。

⑧这句是说自古到今，长江天堑把南北分开。

⑨西州：晋扬州刺史治所（今江苏南京市江宁区西）。《通鉴》胡三省注："扬州治所，在台城西，故谓之西州。"这句是说夜深人静，西州城中敲更之声历历在耳。

黄　机（二首）

黄机，字几仲，一说字几叔。东阳（今浙江东阳市）人。生活年代约当宋宁宗时（十二世纪末、十三世纪初）。做过几任州郡小官。他曾作《乳燕飞》词寄给辛弃疾。又与岳珂以长调唱和，内容悲壮激昂，说明他是一位具有爱国思想的词人。

满江红

万灶貔貅①，便直欲、扫清关洛②。长淮路、夜亭警燧③，晓营吹角④。绿鬓将军思饮马，黄头奴子惊闻鹤⑤。想中原、父老已心知，今非昨⑥。　狂鲵剪⑦，於菟缚⑧。单于命，春冰薄⑨。政人人自勇，翘关还槊⑩。旗帜倚风飞电影⑪，戈铤射月明霜锷⑫。且莫令、榆柳塞门秋，悲摇落⑬。

【说明】

南宋于一二三三年与蒙古军合围蔡州（今河南汝南县），次年城陷金亡。这首词大约写于此时。上片写南宋精兵长驱北上，敌军毫无斗志，中原父老也都知道金统治者日趋衰弱，形势与前大不相同。下片说金国必然灭亡，希望南宋朝廷要激励士气，发动军民，一鼓作气地收复失地。

【注释】

①万灶：军中搭灶支锅烧饭，说万灶是指军士人数众多。这句是说南宋军队兵强马壮。

②关洛：关即关中（今陕西），洛即洛阳（今河南）。这句是说宋军将北上驱除盘踞在关洛（即中原之地）一带的敌军。

③长淮路：指当时的淮南西路和淮南东路，也即是淮河地区。淮河是宋、金分界线。亭：即亭堠，用来侦察、瞭望。燧：告警的烽烟。这句是说淮河一带岗亭上夜里亦有兵士瞭望，一有警报，便燃起烽火告警。

④这句是说早上可以听到军营里嘹亮的号角声。

⑤绿鬓：乌黑光亮的鬓发，比喻盛年。黄头：指女真族的一个部落，即黄头女真。奴子：是对敌人的蔑称。闻鹤：指淝水之战，苻坚部下士兵溃逃，“闻风声鹤唳，皆以为王（晋）师。”见《晋书·谢玄传》。这两句是指金国将士已无斗志，准备逃跑。

⑥这两句是说中原人民都已看出形势变化，今昔不同。也

即指金国已成强弩之末，即将覆亡。

⑦狂鲵（ní泥）：鲵是大鱼名，狂鲵借指残暴的敌人。《左传·宣公十二年》："古者明王伐不敬，取其鲸鲵而封之，以为大戮。"杜预注："鲸鲵，大鱼名，以喻不义之人吞食小国。"剪：灭。

⑧於菟（wūtú污图）：虎的别名，这里借指虎狼之国，即金国。缚：受困。

⑨单于：这里指金国之君。这两句是说金国国势危在旦夕，像春冰那样即将消融。

⑩翘关：举关。关：门闩。《文选·吴都赋》："翘关扛鼎。"李善注："列子曰：'孔子劲能招国门之关，而不肯以力闻。'招，与翘同。"还：同"旋"，盘弄。槊：长柄矛。政：同"正"。这句是说南宋勇士力能扛鼎举关，舞弄长矛。

⑪这句是指南宋军旗迎风翻飞，光影闪动，如有闪电掠过其上。

⑫戈：横刃装上长木柄叫戈。铤（chán蝉，又读yán延）：小矛。矛是直刺装上木柄。铤似矛而用铁柄。锷：刀锋。这句是说戈铤映照在月光之下，刀锋雪亮。（比喻武器精良）。

⑬榆柳塞：因边塞多种榆柳，故称榆塞。摇落：衰落，暗喻人民失望。宋玉《九辩》："草木摇落而变衰。"这两句是期望朝廷抓紧时机，一举收复失地，不要使边塞秋老，人民失望。

霜天晓角 仪真江上夜泊[①]

寒江夜宿。长啸江之曲[②]。水底鱼龙惊动，风卷地，浪翻屋[③]。　诗情吟未足。酒兴断还续。草草兴亡休问[④]，功名泪、欲盈掬⑤。

【说明】

本词写江上夜泊的情景，反映出作者仕途坎坷、壮志未酬，伤时感事、悲愤难平的心情。他在《六州歌头》（次岳总干韵）中说："将军（指岳珂）何日，去筑受降城……百年事，心未语，泪先倾……偏安久，大义谁明。倚危栏欲遍，江水亦吞声。"可以帮助我们了解作者在本词中的心情。

【注释】

①仪真：宋代州名，在长江北岸（今江苏仪真市）。

②江之曲：江水曲折之处。这两句是说夜宿长江，寒意袭人，在江上北望中原，不胜感慨，因而长啸寄意。

③这两句是说江水被鱼龙翻动，狂风卷地而来，浪涛拍岸，冲翻江边小屋。

④草草兴亡：在另一首《霜天晓角》（金山吞海亭）中，有"却笑英雄自苦，兴亡事、类如此"。是故作豁达之语。这里是从正面说，指国家兴亡大事，却被轻率处理。说"休问"，亦是愤极之语。

⑤功名泪：指自己忠诚为国，曾经有"书生万字平戎策"。（《虞美人》）结果是国事日非，功名未就，空余泪满襟。盈掬：满握，形容眼泪很多。

刘克庄（五首）

刘克庄（一一八七——二六九），字潜夫，号后村，莆田（今福建莆田市）人。宋理宗淳祐六年（一二四六）赐进士出身，官龙图阁直学士。早年曾写《落梅》诗，被言官指为讪谤，因而贬官。有《后村大全集》，词名《后村长短句》。

冯煦说："后村词与放翁、稼轩犹鼎三足，其生丁南渡，拳拳君国，似放翁；志在有为，不欲以词人自域，似稼轩。"（《六十一家词选例言》）这是认为他的词具有爱国思想，能与陆游、辛弃疾相提并论。其实，他是辛派词人，能以"壮语"入词，写来豪气淋漓，不受格律束缚。张炎指出他"负一代时名"，但他的词却是"直致近俗，效稼轩而不及者"。（《词源》）认为在艺术成就方面不及辛弃疾。

沁园春梦孚若[1]

何处相逢，登宝钗楼，访铜雀台[2]。唤厨人斫就，东溟鲸脍[3]，圉人呈罢[4]，西极龙媒[5]。天下英雄，使君与操，余子谁堪共酒杯[6]。车千两，载燕南赵北，剑客奇才[7]。　饮酣画鼓如雷。谁信被晨鸡轻唤回[8]。叹年光过尽，功名未立，书生老去，机会方来。使李将军，遇高皇帝，万户侯何足道哉[9]。披衣起，但凄凉感旧，慷慨生哀[10]。

【说明】

这首词为悼怀亡友而作，受辛词影响很大。上片写梦境，与友人登访名胜，摆上筵席，二人都是英雄好汉，所结交的也是剑客奇才。下片欢饮正酣，被晨鸡唤醒，自叹老去无成，披衣四顾，又极感慨。上片梦境，繁华欢乐，下片现实，凄凉失意，对比极其强烈。作者对朝政的不满，对怀才不遇的慨叹，在词中表现得十分强烈。

【注释】

①孚若：方信孺，字孚若，福建莆田人，是作者好友。他

曾三次出使金国，抗节不屈。

②宝钗楼：宋时咸阳（今陕西西安市西北）酒楼。陆游《剑南诗稿》卷十三《对酒》："但恨宝钗楼，胡沙隔咸阳。"自注："宝钗楼，咸阳旗亭也。"旗亭：即酒楼。铜雀台：曹操所造。故址在今河北临漳县西南。这两处当时在中原沦陷区，作者并未到过，只是于梦中出现。

③这两句是说叫厨师把东海的大鱼去鳞后细切成片。

④圉（yǔ宇）人：管理养马之事的人。

⑤西极龙媒：从极西方来的骏马。《汉书·礼乐志》："天马徕（同'来'），从西极……天马徕，龙之媒。"古时认为天马和神龙都是神物，因此天马可以作为招致龙的媒介，所以把骏马称为"龙媒"。

⑥《三国志·蜀先主传》："是时曹公从容谓先主曰：'天下英雄，惟使君与操耳'。"这三句是把方信孺和自己比作刘备、曹操。认为其余的人都碌碌不足道。

⑦燕南：指河北之南。赵：今河北一带。剑客奇才：《汉书·李广苏建传》："（陵）自请曰：'臣所将屯边者皆荆楚勇士，奇材剑客也……愿得自当一队，以分单于兵。"韩愈《送董邵南序》："燕赵古称多感慨悲歌之士。"这三句是说要用千辆车子来招请燕赵的志士，以便发挥他们的才能，共谋恢复。

⑧画鼓：画有文彩的更鼓。晨鸡：用祖逖闻鸡起舞的典故。这两句是说好梦正浓，连雷鸣般的更鼓都惊不醒，哪知一下就被晨鸡唤醒了，这里表示对国事的关心。

⑨李将军：即李广。《史记·李将军列传》载汉文帝曾对他说："惜乎，子不遇时，如令子当高帝时，万户侯岂足道哉！"高皇帝，指汉高祖刘邦。万户侯：指封地食邑有万户人家的侯爵。这三句是叹息李广生不逢时，兼以自伤不遇。

⑩慷慨生哀：古诗《西北有高楼》："一弹再三叹，慷慨

有余哀。不惜歌者苦，但伤知音稀。”这三句写追念往事，悼怀亡友，但恨世少知音。

贺新郎 送陈真州子华[1]

北望神州路。试平章、这场公事[2]，怎生分付[3]。记得太行山百万[4]，曾入宗爷驾驭。今把作、握蛇骑虎[5]。君去京东豪杰喜[6]，想投戈、下拜真吾父[7]。谈笑里，定齐鲁[8]。　两河萧瑟惟狐兔[9]。问当年、祖生去后，有人来否[10]。多少新亭挥泪客，谁梦中原块土[11]。算事业、须由人做。应笑书生心胆怯，向车中、闭置如新妇[12]。空目送，塞鸿去[13]。

【说明】

词中突出了南宋初年太行山义军的实力和声势，希望陈铧能够北上和义军联系，为恢复中原做出贡献；另外也对朝中胆怯的“新亭挥泪客”，投之以蔑视的一瞥。杨慎所谓“壮语足以立懦”（《词品》），也即指其慷慨陈词、以国事为重的气概。

【注释】

①陈真州子华：陈韡字子华，有谋划军事的才能。这时受命知真州兼淮南东路提点刑狱。真州（今江苏仪征市），在长江北岸，是当时前线之地。作者期望他能担当起收复失地的重任。

②平章：评论、筹划。公事：指抗金大事。

③怎生分付：怎样办理。

④太行山百万：指活动在太行山一带以王彦为首的“八字军”。宗泽曾授予王彦以“忠州防御使”的头衔。见《三朝北盟会编》卷一九八。宗爷：即宗泽。他在建炎元年（一一二七）被南宋朝廷任命为开封尹兼东京留守，金人呼为宗爷爷，不敢进犯。这两句是说宗泽当时善于和义军配合，在中原一带抗击敌人。

⑤握蛇骑虎：比喻左右为难。这句是说当前朝廷把义军当作不可信任的对手。

⑥京东：指汴京以东。宋代京东路包括现在的山东、河南东部和江苏北部地区。这句是说陈韡到任后会和京东一带义军取得联系。

⑦投戈、下拜：指带有五万人马出没于江、淮、湖北一带的张用，接到岳飞的招降书后说“真吾父也”，便投降。

⑧齐、鲁：春秋时国名，在山东。这两句是说陈韡能轻而易举地平定山东地区。

⑨两河：黄河两岸。一说是指河北东路和河北西路（今河北及黄河以北的河南地区）。狐兔：指敌人。

⑩祖生：即祖逖。这两句是借祖逖北伐而联系到目前未能收复中原。

⑪新亭：见辛弃疾《水龙吟》注⑤，第458页。这两句是说多少南下的士大夫，谁还做梦回到中原大块土地（暗指这些人连北伐的梦也不做一个）。

⑫这两句是以胆怯如新妇的书生自嘲，借此显示陈铧的豪勇。

⑬塞鸿：鸿雁生活于北方边塞之地，故名。这里是说自己目送陈铧北去而感到惭愧。

贺新郎九日①

湛湛长空黑②。更那堪、斜风细雨，乱愁如织。老眼平生空四海③，赖有高楼百尺④。看浩荡、千崖秋色⑤。白发书生神州泪，尽凄凉、不向牛山滴⑥。追往事，去无迹。　少年自负凌云笔⑦。到而今、春华落尽，满怀萧瑟⑧。常恨世人新意少，爱说南朝狂客。把破帽、年年拈出⑨。若对黄花孤负酒，怕黄花、也笑人岑寂⑩。鸿北去，日西匿⑪。

【说明】

这首词写作者重阳节登高远望引起的愁思感慨。上片写正当重阳佳节，却又长空黑云，斜风细雨，令人乱愁如织，但作者不以失意半生而悲，而是忧念国事，关心恢复。下片先以自己少年自负，老来萧瑟相对照，再以世俗标榜的名士风流与忧国志士的杯酒浇愁做对比，作者“老眼平生”的感慨也就跃然纸上。

【注释】

①九日：指九月九日重阳节。

②湛（zhàn战）湛：本来形容水深，这里指满天黑云。

③空：望尽。这句是说作者年事已高，想平生目空天下，极其自负。

④高楼百尺：这里指爱国志士登临之所。见张元幹《水调歌头》注⑧，第384页。

⑤这句是说千山万壑秋色无边。

⑥牛山：在山东淄博市临淄区南。《晏子春秋·内篇谏上》："（齐）景公游于牛山，北临其国城而流涕曰：'若何滂滂去此而死乎？'"杜牧《九日齐山登高》诗："古往今来只如此，牛山何必独沾衣。"这句是说尽管自己失意沦落，但不为个人的得失而流泪。

⑦凌云笔：《史记·司马相如列传》："相如既奏《大人》之颂，天子大说，飘飘有凌云之气。"这句是说作者自许有下笔千言的手笔。

⑧春华：指少年时的才华。萧瑟：杜甫《咏怀古迹》诗："庾信平生最萧瑟，暮年诗赋动江关。"这两句是说到现在少年才气消磨殆尽，只有满怀家国之恨。

⑨南朝狂客：指东晋孟嘉，他在九月九日随桓温游宴龙山，风吹孟嘉帽落，孟自己不觉得。桓温命人作文章嘲笑他，他亦写文回答。见《晋书·孟嘉传》。这三句是说流俗之人爱把孟嘉落帽当作名士风流，每年当作重阳佳话来复述一遍。

⑩若：假若。孤负：辜负。这两句是说假如赏黄花而不饮酒，只怕黄花也要笑人太孤寂（指满怀悲凉，只能借酒浇愁）。

⑪鸿北去，日西匿：江淹《恨赋》："白日西匿，陇雁少飞。"这两句是说鸿雁北飞，事业落空，白日西下，国势危殆。

玉楼春戏林推[1]

年年跃马长安市[2]。客舍似家家似寄[3]。青钱换酒日无何[4]，红烛呼卢宵不寐[5]。　易挑锦妇机中字。难得玉人心下事[6]。男儿西北有神州，莫滴水西桥畔泪[7]。

【说明】

先说林推跃马京城，长期作客，过的是喝酒、赌博的日子，再劝他顾念妻子，并要以恢复中原为重，不要为妓女而浪费眼泪。这里语重心长，是劝慰语，也是激励语。

【注释】

①林推：姓林的推官，作者的同乡和友人。

②长安：指临安。这句是说每年都在临安街上纵马观赏。

③这句是说住客舍的日子多，住在家里的日子少。

④日无何：《汉书·袁盎晁错传》：“南方卑湿，丝（即盎）能日饮无何。”这句是说把青钱去换了酒来，每日只是吃酒。更无别事。

⑤呼卢：指呼“卢”的声音。古代赌具的骰子，五子全黑称为卢，掷得卢便获全胜，所以赌徒们都连连呼卢。

⑥锦妇：前秦窦滔之妻苏蕙，因丈夫在外娶妾，便用锦绣

织成回环可读的回文诗给窦，使他感悟。挑：挑出花纹。玉人：指妓女。这两句是说妻子的爱情十分真挚，而妓女的心事却难于捉摸。

⑦水西桥：泛指妓女居处。这句是说不值得去为妓女抛泪。

忆秦娥

梅谢了。塞垣冻解鸿归早①。鸿归早。凭伊问讯，大梁遗老②。 浙河西面边声悄③。淮河北去炊烟少④。炊烟少。宣和宫殿，冷烟衰草⑤。

【说明】

梅谢冻解，春回大地。作者心中惦念北方沦陷区，只能请雁儿带信问候汴京的父老。作者忧虑的是朝廷不思北伐，使中原长期被敌人占领而残破不堪。

【注释】

①塞垣：泛指中原边塞地区。

②大梁：战国时魏国首都名，即北宋时的汴京。遗老：遗民。

③浙河西面：指浙江西路。包括镇江一带即当时的接近前线之地。边声悄：指这一带接近边界而平静无事（暗指朝廷无意

恢复中原）。

④这句是说淮河以北是金人占领区，人烟稀少，一片荒凉。

⑤宣和：宋徽宗年号（一一九一——一一二五）。宣和宫殿是代表北宋末年汴京的繁华。这两句是说昔年繁华的京师，如今已是一片凄凉，也即不堪回首之意。

吴　渊（一首）

吴渊（一一九〇—一二五七），字道夫，号退庵，德清（今浙江县名）人。宋宁宗嘉定七年（一二一四）进士。曾任江西安抚使、兵部尚书、福建安抚使、参知政事等官职。有《退庵集》。

念奴娇

我来牛渚[①]，聊登眺、客里襟怀如豁[②]。谁著危亭当此处，占断古今愁绝[③]。江势鲸奔，山形虎踞，天险非人设[④]。向来舟舰，曾扫百万胡羯[⑤]。　追念照水燃犀，男儿当似此，英雄豪杰[⑥]。岁月匆匆留不住，鬓已星星堪镊[⑦]。云暗江天，烟昏淮地，是断魂时节。栏干捶碎，酒狂忠愤俱发[⑧]。

【说明】

作者来到牛渚山，登上危亭，纵眺长江天险，不禁想起几十年前在这里发生的激烈战斗：虞允文指挥下的南宋军队，大败由完颜亮亲自率领渡江侵犯的金军。这就是著名的采石矶大捷。在怀想英雄的抗敌业绩时，作者面对着“开禧（一二〇六）北伐”以来，国势愈趋衰弱的现实，满腔忠愤，无处发泄，几乎将栏杆击碎，其内心之苦闷可以想见。

【注释】

①牛渚：山名。在今安徽当涂县西北。山北突入江中，称采石矶。李白有《夜泊牛渚怀古》诗，是写晋镇西将军谢尚与袁宏定交之事，并自叹世无知音。

②这句是说自己登临远眺，胸襟为之一爽。

③占断：占住。这两句是问谁在此高处盖了亭子，占住了这个古往今来使人慷慨生哀的形胜之地。

④鲸奔：如巨鲸奔驰，形容江涛翻滚。这三句是写江山形势，不是人为的天然险要。

⑤胡、羯（jié节）：少数民族。这里借指金兵。这两句是说南宋的舟船，曾在此地大败了众多的金兵。

⑥照水燃犀：见辛弃疾《贺新郎》注⑥，第471页。这里用燃犀角照水中妖魔比喻驱除敌人。这三句是说男儿应当效法英雄豪杰一举扫荡敌军。

⑦星星：指鬓发花白。镊（niè聂）：拔除（毛发）。

⑧这三句是以江天云雾昏暗隐指边境敌患，兼以表达自己内心对国事的忧愤。

李好古（二首）

李好古，自署乡贡免解进士，自称“江南客”（《八声甘州》）。有《碎锦词》。

江城子

平沙浅草接天长。路茫茫。几兴亡[①]。昨夜波声，洗岸骨如霜[②]。千古英雄成底事，徒感慨，谩悲凉[③]。　少年有意伏中行[④]。馘名王[⑤]。扫沙场。击楫中流，曾记泪沾裳。欲上治安双阙远[⑥]，空怅望，过维扬[⑦]。

【说明】

作者写了好几首在扬州、镇江一带怀古伤今的词作，其中或夸扬州的壮丽、或叹故土沦丧。本词上片先写兴亡之感，再为古来英雄的遭遇发出慨叹。下片抒写自己少年时立志沙场杀敌，可惜功业未成，如今路经扬州，回首前尘，不胜怅恨之至。

【注释】

①这三句是作者经过扬州时，但见平沙浅草，征途茫茫，而这条北通中原的大路又经过了多少次战事，经历了几度兴亡。

②这两句是写夜间听到涛声拍岸，使人激奋而气节凛然。骨：指人的气骨节操。

③谩：徒然。这三句是徒然悲叹千古以来的英雄亦难以建成功业。

④伏：佩服。中行：原为春秋时晋国六卿之一。这里泛指军官。

⑤馘（guó国）：战时割下敌人的左耳以计功。这句是指杀死敌人的统帅。

⑥治安：指汉贾谊的《治安策》，内容是评议时政。双阙：本为宫殿前左右各一的高台。这里借指帝王上朝之处。这句是说自己想要上书但又恨离朝廷太远，只好作罢。

⑦维扬：即扬州。

清平乐

瓜州渡口[①]。恰恰城如斗[②]。乱絮飞钱迎马首。也学玉关榆柳[3]。 面前直控金山。极知形胜东南[4]。更愿诸公著意，休教忘了中原[5]。

【说明】

瓜州渡，是长江北岸的渡口，据此可以渡江直抵镇江。南宋时，这里是金兵南侵的冲要之地。所以，这个“乱絮飞钱”的南方小镇，如今已成了从前的边塞玉门关。接着说瓜州南控金山，形势十分重要，提醒朝廷诸公加意经营，不要忘了中原地区。

【注释】

①瓜州：在今江苏扬州市邗江区南。州，或作“洲”。

②城如斗：指城形如北斗。

③玉关：泛指边塞。

④这两句是说瓜州直接控制镇江金山，是东南的要冲。

⑤休教：休要，不要。

吴　潜（二首）

吴潜（一一九六—一二六二），字毅夫，号履斋，德清（今浙江县名）人。宋宁宗嘉定十年（一二一七）进士第一。曾任参知政事，拜右丞相兼枢密使（枢密院长官）。后被劾贬化州团练使（州军事长官），死于循州（广东惠州市）。他与姜白石、吴文英等词人都有交往。他的词写得风致翩翩，但亦很注重内容，在不少词中都吐露出忧国之思。有《履斋诗余》。

满江红 送李御带珙[1]

红玉阶前，问何事、翩然引去[2]。湖海上，一汀鸥鹭，半帆烟雨[3]。报国无门空自怨，济时有策从谁吐[4]。过垂虹亭下系扁舟，鲈堪煮[5]。　拚一醉，留君住。歌一曲，送君路。遍江南江北，欲归何处。世事悠悠浑未了，年光冉冉今如许⑥。试举头、一笑问青天，天无语⑦。

【说明】

本词是借送客抒发感慨，客人由于一心想要济时报国而不可得，因此只能远去江湖。然而世事未了，退隐亦非长策，“欲归无处”“问天无语”，写出了主、客两人所共有的心情。

【注释】

①李御带珙：李珙字开伯，吴郡人，官国子司业，有《春秋王霸列国世纪编》。御带：官名。

②红玉阶：红色玉石砌成的台阶，这里代表宫殿朝堂。翩然：即飘然。这两句是问李珙为何离开朝廷，飘然引退。

③这两句写李珙将过着江上烟波，与鸥鹭做伴的隐居生涯。

④这两句写空有报国之心而不能实现，虽怀济时奇策而无处吐露。

⑤垂虹亭：在吴江（今江苏苏州市吴江区）。《吴郡图经续志（中）》：“吴江利往桥，庆历八年，县尉王廷坚所建也。……桥有亭曰垂虹。苏子美尝有诗云：‘长桥跨空古未有，大亭压浪势亦豪。’非虚语也。”这里是泛指。鲈堪煮：见苏轼《满庭芳》注⑩，第219页。这两句是说在桥亭之下系住小舟，煮鲈鱼脍，过着逍遥的生活。

⑥浑：全。冉冉：慢慢地。如许：如此，这样。这两句是

说世事都未了结，而岁月如流，人亦垂老。

⑦这两句是说举头问天，天亦无语，即是说自己的感慨无人理解。

满江红 齐山绣春台[①]

十二年前，曾上到、绣春台顶。双脚健、不烦筇杖[②]，透岩穿岭[③]。老去渐消狂气习，重来依旧佳风景。想牧之，千载尚神游，空山冷[④]。　山之下，江流永[⑤]。江之外，淮山暝[⑥]。望中原何处，虎狼犹梗[⑦]。勾蠡规模非浅近[⑧]，石苻事业真俄顷[⑨]。问古今，宇宙竟如何，无人省[⑩]。

【说明】

唐杜牧在池州刺史（今安徽池州市贵池区）任上（八四四—八四六）曾有《九日齐山登高》诗："江涵秋影雁初飞，与客携壶上翠微。尘世难逢开口笑，菊花须插满头归。但将酩酊酬佳节，不用登临恨落晖。古往今来只如此，牛山何必独沾衣。"

这首词上片回忆十二年前上齐山登台顶的少年狂兴。如今重游旧地，风景依然，狂气渐消。怀想杜牧昔曾来此登临赋诗。下片写山下江水奔流，山北淮山暝暝，中原一带仍然被敌人盘踞。作者认为敌人貌似强大而不可能持久，因而期望朝廷上下能效法越王勾践做长期备战打算。这里反映出他对国事的关心。

【注释】

①齐山：在今安徽池州市贵池区东。绣春台：在齐山顶上。

②筇杖：竹杖。

③透岩穿岭：穿山越岭。

④这两句是说，如果唐代杜牧在千载之下还来神游故地，将只见寂寞空山。

⑤永：水流悠长。这两句是说齐山之下江水长流。

⑥淮山：指淮水两岸的山。宋、金以淮水为界。暝：日暮。这两句是说江北淮山笼罩在暮色之中。

⑦虎狼：喻敌人。梗：阻塞。这两句是说中原一带敌人还盘踞在那里。

⑧勾蠡：指越王勾践和他的大臣范蠡。勾践曾大败于吴，屈服请和。此后他卧薪尝胆，并用范蠡、文种等整顿朝政，十年生聚，十年教训，终于攻灭吴国。这句是说勾践和范蠡的灭吴规划是长远之计。

⑨石苻：指后赵石勒和前秦苻坚，他们在位时间都很短。俄顷：一会儿。这里暗以石苻喻金国。

⑩宇宙：天地万物的总称。这两句是说古往今来、兴亡盛衰的道理，又有谁能理解呢？

淮上女（一首）

淮上女，姓名及生平事迹不详。在宋宁宗嘉定年间（金宣宗兴定末年一二二〇年左右），金人南侵时被掠去。

减字木兰花

淮山隐隐。千里云峰千里恨。淮水悠悠。万顷烟波万顷愁。　山长水远。遮住行人东望眼。恨旧愁新。有泪无言对晚春。

【说明】

在公元一二二〇年左右，金国北面受到蒙古军队的进攻，被迫将首都南迁到开封，国力日趋衰微，但与此同时，却仍连年攻宋，妄图夺取南宋领土来作为补偿。在金军屡次进犯及狼狈退却之际，不知多少人民遭到杀戮掳掠，不知多少财物遭受破坏掠夺。淮上女就是不幸的牺牲者之一。

词中写淮上女与亲爱的故乡永别之际，她依恋的目光看着故乡的山水，云雾缭绕的山峰和烟波缥渺的江水似乎都充满了愁恨。旅途是那样漫长，她泪眼模糊地不断回望故乡，对着暮春的晚景，多少新仇旧恨一起涌上了心头。

黄孝迈（一首）

黄孝迈，字德文，号雪舟，生平事迹不详。

湘春夜月

近清明。翠禽枝上消魂。可惜一片清歌，都付与黄昏。欲共柳花低诉，怕柳花轻薄，不解伤春。念楚乡旅宿[1]，柔情别绪，谁与温存。　空樽夜泣，青山不语，残月当门。翠玉楼前[2]，惟是有、一波湘水[3]，摇荡湘云。天长梦短，问甚时、重见桃根[4]。这次第[5]，算人间没个并刀，剪断心上愁痕[6]。

【说明】

《艺蘅馆词选》认为本词有所寄托："时事日非，无可与语，感喟遥深。”词中先以翠鸟拟人化，说它苦于清歌无人领会，柳花又不解自己伤春之意，更有谁体贴自己的柔情。这是借以表现作者忧心国事的心情无人了解。在作者眼里，空樽、青山、残月都是有情之物，一起为国事日非而悲恨落泪。

刘克庄认为他的词写得清丽绵密，风格与秦观词接近（《后村集·跋雪舟长短句》）。

【注释】

①楚乡：指长江以南一带。

②翠玉楼：指装饰着绿色玉石的高楼。

③湘水：在今湖南境内。

④桃根：晋代王献之与妾桃叶分别之时，作《桃叶歌》：“桃叶复桃叶，渡江不用楫；但渡无所苦，我自迎接汝。”又：“桃叶复桃叶，桃树连桃根；相怜两乐事，独使我殷勤。”相传桃根是桃叶之妹，这里借指作者恋人。

⑤这次第：这许多情况。

⑥并刀：见周邦彦《少年游》注①，第287页。这两句与姜夔词“算空有并刀，难剪离愁千缕”意思相近。

方　岳（一首）

方岳（一一九九—一二六二），字巨山，自号秋崖，祁门（今安徽县名）人。绍定五年（一二三二）进士，官至吏部侍郎，历任饶州、抚州、袁州的知州。著有《秋崖先生小稿》。

水调歌头平山堂用东坡韵[①]

秋雨一何碧，山色倚晴空。江南江北愁思，分付酒螺红[②]。芦叶蓬舟千重，菰菜莼羹一梦，无语寄归鸿[③]。醉眼渺河洛，遗恨夕阳中[④]。　蘋洲外[⑤]，山欲暝，敛眉峰。人间俯仰陈迹，叹息两仙翁。不见当时杨柳，只是从前烟雨，磨灭几英雄[⑥]。天地一孤啸，匹马又西风。

【说明】

苏轼在黄州时曾作《水调歌头》，其中说，“长记平山堂上，欹枕江南烟雨，杳杳没孤鸿。认得醉翁语，山色有无中。”这是想起扬州平山堂，怀念欧阳修其人其词。作者来到平山堂，用东坡韵写了这首词。先是从眼前秋色引出愁思。酒后遥望中原，但见夕阳满山，更有遗恨无穷之感。下片叹息欧、苏两翁的遭际。岁月如流，英雄老去，匹马孤啸于西风之中，真有不胜吊古伤今之感。

【注释】

①平山堂：在扬州，欧阳修建。他在《朝中措》中说：“平山栏槛倚晴空，山色有无中。”

②酒螺红：红螺酒。

③蓬舟：小船。菰菜莼羹：用晋张翰弃官回南的典故。这三句是说南归退隐已不可能，鸿归北方也无话可寄。暗指南北不相通。

④河洛：黄河、洛水，这里泛指中原。这两句是说自己醉中北望，不胜故国之痛。

⑤蘋洲：指江中长满白蘋的小洲。敛眉峰：形容山峰逐渐隐入暮霭之中。

⑥当时杨柳：欧阳修曾在平山堂前种植杨柳，人称为“欧公柳”。这三句是说不见当年欧公手植的杨柳，只是雨打风吹，岁月匆匆，消磨了多少古往今来的英雄。

萧泰来（一首）

萧泰来，字则阳，号小山，临江（在今江西）人。宋理宗绍定二年（一二二九）进士。有《小山集》。

霜天晓角 梅

千霜万雪。受尽寒磨折。赖是生来瘦硬①，浑不怕，角吹彻②。　清绝。影也别③。知心惟有月。原没春风情性，如何共、海棠说。

【说明】

这是一首咏梅词，词中以梅喻人。先写梅天生有骨气，受得住霜雪严寒，却不为角声中传出的离别之音所动。再写它孤芳自赏，不想和盛开在春风中的海棠争妍斗胜。

【注释】

①赖是：亏得。

②浑：全。角：军中乐器。

③影也别：指疏影横斜，别有风致。

许　棐（二首）

许棐，字忱父。海盐（今浙江县名）人。宋理宗嘉熙中，居于秦溪，自号梅屋。多与江湖派诗人交游，诗风亦接近，多咏歌闲适、摹写山林。词共十八首，都是小令。有《梅屋诗稿》及《梅屋诗余》。

喜迁莺

鸠雨细，燕风斜①。春悄谢娘家②。一重帘外即天涯。何必暮云遮③。　钏金寒，钗玉冷④。薄醉欲成还醒。一春梳洗不簪花。孤负几韶华⑤。

【说明】

这首闺怨词，写得清丽缠绵而又哀怨欲绝。先说幽居闺中，与恋人相隔咫尺，也不能会面。再说由于辜负大好年华而产生的幽恨，即使有酒也无法消除。

【注释】

①这两句形容鸠鸟和燕子在斜风细雨中来回飞翔。

②谢娘：指思妇。

③暮云：指傍晚时天涯上空的云霞。这两句是说咫尺天涯，两人相隔虽只一重帘子，就无法相见，不必有断肠人在天涯之叹。

④这两句即金钏寒，玉钗冷，形容春寒。

⑤孤负：即辜负。韶华：美好的春光，这两句是说春来梳洗时无心插戴花儿，辜负了几许春光。

后庭花

一春不识西湖面。翠羞红倦[①]。雨窗和泪摇湘管[②]。意长笺短。　知心惟有雕梁燕。自来相伴。东风不管琵琶怨。落花吹遍[③]。

【说明】

作者在这首词中抒发了伤春念远、凄凉孤独之情。本词颇有宋初小令气息。试看晏殊《清平乐》的写相思：

“红笺小字，说尽平生意，鸿雁在云鱼在水，惆怅此情难寄。”张先《一丛花》的写离愁：“离愁正引千丝乱，更东陌，飞絮濛濛。”比较之下，可以看出格调的近似。

【注释】

①这两句是说一春未曾出游，想来湖上已是叶密花谢，春意阑珊。

②湘管：用湘竹做笔管的毛笔。

③琵琶怨：琵琶奏出幽怨的乐曲。李颀《古从军行》：“行人刁斗风沙暗，公主琵琶幽怨多。”这两句是说东风不管琵琶中传出伤春相思之曲，仍然将枝头的花儿吹落满地。

吴文英（八首）

吴文英（一二〇〇—一二六〇），字君特，号梦窗，晚号觉翁。四明（今浙江宁波市）人。曾在苏州、浙江一带当幕客。词有《梦窗甲乙丙丁稿》四卷。

吴文英词远承温庭筠，近师周邦彦，在辛弃疾、姜夔词之外自成一格。尹焕推重他说："求词于吾宋，前有清真，后有梦窗。"（《花庵词选》引）吴词注重音律，善炼字面，多用代字而且雕琢工丽；但因过分研炼，有的词流于晦涩。张炎《词源》就认为吴词"如七宝楼台，眩人眼目，拆碎下来，不成片段"。这是南宋两派词论在评析具体词家时看法上的分歧。实际上他在艺术技巧方面有独创之处，不能片面否定。吴词的主要缺陷是和历来写艳词的作家一样，即内容比较狭小，较少反映社会现实而多个人身世之感。

清代浙西词派以吴文英为姜派词人。到清中叶以后，周济《宋四家词选》则将吴文英与辛弃疾、周邦彦、王沂孙列为四家，以总领两宋的词人。这一看法影响到晚清的许多词人。他们对吴词展开了更为认真深入的研究。

祝英台近 春日客龟溪游废园①

采幽香，巡古苑，竹冷翠微路②。斗草溪根，沙印小莲步③。自怜两鬓清霜，一年寒食，又身在、云山深处④。　昼闲度。因甚天也悭春，轻阴便成雨⑤。绿暗长亭，归梦趁风絮⑥。有情花影阑干，莺声门径，解留我、霎时凝伫⑦。

【说明】

本词写寒食节客游废园时的身世之感，写来含蓄沉着，情韵特胜。上片先叙巡游废园时见到的清幽景象，并因佳节而兴起自身孤独、浪迹云山的慨叹。下片写寒食天气，轻阴成雨，引起旅人归思，而花影、莺声又像在含情挽留，寥寥几句，勾勒出他流连美景，欲行又止的形象。

【注释】

①龟溪：在今浙江德清县。《德清县志》：“龟溪古名孔愉泽，即余不溪之上流。昔孔愉见渔者得白龟于溪上，买而放之。”

②幽香：指清香袭人的花枝。巡：行游。古苑：即“废园”。翠微：指青翠的山气。翠微路：指山间苍翠的小路。这三句是指在荒废的园林中漫步，边摘花，边穿过苍竹绿丛掩映下的小路。

③溪根：溪边。小莲步：指女子的脚印。《南史·齐东昏侯记》：“凿金为莲华以帖地，令潘妃行其上，曰：‘此步步生莲华也。’”这两句是说女伴们在溪边斗草嬉游，在沙地上留下了脚印。

④这三句是说一年易过，又届寒食节，自己年华老去，却还在他乡浪游。

⑤因甚：为什么。悭（qiān千）：吝啬。这三句是说为什么老天也吝惜春光，稍阴便又下雨，致使春日虚度，无法尽情游赏园景。

⑥这两句是说春光易老，已是绿满长亭归路，自己的思乡之梦也随着飞絮远去（指思归而不可得）。

⑦这三句是指花影摇曳、莺声婉啭，似乎含着无限情思，使我不禁伫立凝想，为它们的挽留而暂时流连。

祝英台近 除夜立春[①]

剪红情，裁绿意，花信上钗股[②]。残日东风，不放岁华去[③]。有人添烛西窗，不眠侵晓，笑声转、新年莺语[④]。　旧尊俎。玉纤曾擘黄柑，柔香系幽素[⑤]。归梦湖边，还迷镜中路[⑥]。可怜千点吴霜，寒销不尽，又相对、落梅如雨[⑦]。

【说明】

题目是除夕又兼立春日。上片写人家除夕守岁以及迎接新春之乐。先写头上春幡。《岁时风土记》说："立春之日，士大夫之家，剪裁为小旛，或悬于家人之头，或缀于花枝之下。"春幡表明春已来到，添烛不眠则是极写守岁之乐。

下片指出立春所用的春盘黄柑，是伊人所置办。如今春已归来而客犹未归，归梦苦自萦绕，相对唯有落梅如雨。这里上下片对照，设想细致入微。

【注释】

①除夜：除夕。立春：周密《武林旧事》说："立春前一日，临安府进大春牛，用五色丝彩杖鞭牛，掌管预造小春牛数十，饰彩旛雪柳……是月后苑办造春盘供进，及分赐……翠缕、红丝、金鸡、玉燕，备极精巧。"

②红情、绿意：剪彩为红花绿叶，即春幡，可以戴在头上。辛弃疾《汉宫春》有："春已归来，看美人头上，袅袅春幡。"花信："花信风"的简称，即花期。此处指彩幡。这三句是说立春日妇女头上戴着新制的彩幡。

③这两句是指残阳照，东风吹，不放旧岁的年华逝去，兼指立春与除夕。

④西窗：指昔日自己和伊人晤谈的地方。李商隐《夜雨寄北》诗："何当共剪西窗烛，却话巴山夜雨时。"侵晓：天刚

亮。新年莺语：杜甫诗："莺入新年语。"这三句是说除夕之夜与伊人点烛守岁，在笑语声中迎来了新年。

⑤尊俎：偏义复词。这里指俎，即砧板。玉纤：玉色的纤手。擘（bāi掰）：剖分。黄柑：春盘中的果子。辛弃疾《汉宫春》："浑未办、黄柑荐酒，更传青韭堆盘。"幽素：幽情素心。这三句是回忆旧时伊人曾手剖黄柑，准备春盘，那种温馨的芳香绾住了自己的幽情。

⑥这两句写自己归家心切，梦魂如能飞返故乡，徜徉在那波平如镜的湖边，恐也将迷离失路。

⑦结尾三句，写眼前天寒，孤身作客，两鬓苍白，好像沾上千点吴霜，与乱落如雨的梅花相对无语，可说是景中见情，倍增凄寂之感。吴霜：李贺《还自会稽吟》："吴霜点归鬓"。

风入松

听风听雨过清明。愁草瘗花铭①。楼前绿暗分携路②，一丝柳、一寸柔情。料峭春寒中酒③，交加晓梦啼莺④。　西园日日扫林亭。依旧赏新晴。黄蜂频扑秋千索，有当时、纤手香凝。惆怅双鸳不到，幽阶一夜苔生⑤。

【说明】

这是清明怀人之作。听风听雨，景中有情。清明时在风雨中葬花，表示情已深；愁写葬花之铭，说明情更深。楼前就是分携（手）之路，柳一丝，情一寸，是极写伤离惜别，而意犹未尽。下面再即景写情，申说中酒是为了消愁，莺啼却依然惊梦。

下片说日日扫林亭，是天天盼望伊人再来。依旧赏新晴，是人面不知何处之意。人去亭空，不胜惆怅，甚至见秋千而思纤手，见黄蜂频扑而疑秋千索上凝有余香。“惆怅”两句用来点明“分手”题意，而又自含蓄不尽。

【注释】

①草：起草。瘗（yì忆）：埋葬。庾信有《瘗花铭》。铭：文体的一种。

②绿暗：形容绿柳成荫。分携：分手。

③料峭：形容春天的寒冷。中（zhòng）酒：醉酒。

④交加：杂乱纷多貌。

⑤双鸳：指女子的绣鞋，这里兼指女子本人。双鸳不到：即伊人未来。幽阶一夜苔生：指苔生石阶，遮住了上面的足印。庾肩吾《咏长信宫中草》：“全由履迹少，并欲上阶生。”这两句是为伊人不来相会而感到惆怅失望。

莺啼序

残寒正欺病酒，掩沉香绣户[1]。燕来晚，飞入西城，似说春事迟暮。画船载、清明过却，晴烟冉冉吴宫树[2]。念羁情游荡，随风化为轻絮[3]。　十载西湖，傍柳系马，趁娇尘软雾[4]。溯红渐、招入仙溪[5]，锦儿偷寄幽素[6]。倚银屏、春宽梦窄[7]，断红湿、歌纨金缕[8]。暝堤空，轻把斜阳，总还鸥鹭[9]。　幽兰旋老，杜若还生[10]，水乡尚寄旅[11]。别后访、六桥无信[12]，事往花委，瘗玉埋香，几番风雨[13]。长波妒盼，遥山羞黛，渔灯分影春江宿[14]。记当时、短楫桃根渡[15]。青楼仿佛[16]，临分败壁题诗，泪墨惨淡尘土[17]。　危亭望极[18]，草色天涯，叹鬓侵半苎[19]。暗点检、离痕欢唾，尚染鲛绡[20]，亸凤迷归[21]，破鸾慵舞[22]。殷勤待写，书中长恨，蓝霞辽海沉过雁[23]，漫相思、弹入哀筝柱[24]。伤心千里江南，怨曲重招，断魂在否[25]。

【说明】

《莺啼序》是词中最长调，共四叠，二百四十字。这种调子作者曾写过三首。

第一段以暮春景色兴起离情，归燕、画船、吴宫是用来概括清明以后的湖上景致。

第二段追叙西湖旧游，也即回忆当时湖上的一次艳遇，以及聚会之后又匆匆分别。

第三段写别后物是人非。自身寄寓水乡，因思念而追访旧地，得知爱人已经长逝，只余下当初分别时的壁间题诗。

第四段抒发相思愁绪。目极天边，爱人不见；自叹年华老去，空留遗物，想把此情写入书信而苦于无处可寄，想以悲思弹入哀筝而叹息断魂难招。这是第二、三两段所记离合情事的结局。第一段所写的离情，亦在此收束。

本词以大开大阖之笔，叙悲欢离合之情。结构布局，做到曲折尽致而又舒卷自如。又十分注意炼字琢句。追求新奇，显得过分修饰辞藻，且多使用典故，这样就在一定程度上妨碍了内容的表达。

【注释】

①沉香：沉香木。这两句是说自己因醉酒得病后又为春寒所苦，百无聊赖地关好那雕花的沉香木窗户。

②吴宫：泛指南宋宫苑。临安旧属吴地，五代时吴越王在此建都，故云。这两句写清明以后坐画船游西湖，但见两岸晴丝缭袅，宫室园林都掩映在丛树之中。

③羇：同“羁”。羇情：离情，旅思。这两句是形容自己客游的情思，也随着春风化成轻絮飘然而去。

④娇尘软雾：指西湖上的尘雾，这是形容车马游人来往不绝的热闹景象。这三句叙作者客居杭州十年，曾在西湖畔的柳下系马，到处尽情游赏。

⑤这句用王维《桃源行》诗意："坐看红树不知远，行尽青溪忽值人。"溯：沿流而上。仙溪：暗用刘晨、阮肇入天台山遇到仙女的故事。见《幽明录》。本句记作者的一次艳遇，即游览途中被引入"仙溪"。

⑥锦儿：是钱塘妓女杨爱爱的侍婢。这里泛指侍婢。见洪遂《侍儿小名录》。这句写侍儿又暗暗向他传达主人的情意。

⑦银屏：镀银的屏风。春宽梦窄：指春长梦短。这句写两人聚会时间的短促。

⑧断红湿：即泪湿。歌纨：歌唱时所用的绢扇。金缕：金线绣成的舞衣。这句是指分别时恋人惜别的泪珠沾湿了歌扇舞衫。

⑨这三句是说夜色渐至，堤上游人散去，夕阳映射下的湖面风光，都归鸥鹭领受。叙述由人事转到写景，暗示二人已经分离。

⑩幽兰：即兰花。旋：不久。杜若：香草名。这两句以花开花落、草衰草长表示岁月匆匆逝去。

⑪这句是说自己还客居在江南水乡，漂泊不定。

⑫六桥：指西湖的堤桥。外湖六桥是苏轼所建，名映波、锁澜、望山、压堤、东浦、跨虹。里湖六桥为明代杨孟映所建，名环壁、流金、卧龙、隐秀、景竹、濬源。这句是说自己在别后曾到六桥一带打听，恋人消息全无。

⑬花委：即花萎，花谢。"委"通"萎"。"花""玉""香"，都借指恋人。这三句是说时光流转、往事如烟，自己所眷恋的女子已经死去。

⑭长波妒盼：古人将美目称为"横波目"，这里说水波也妒忌她的美目流盼，是进一步写她的美目。遥山羞黛：古人将秀

眉称为“远山眉”，这里说遥山也羞见她那远山似的眉黛。这三句是在渔灯分影的水乡夜泊春江之时，因看见流波和远山而引起对死者的忆念。

⑮楫：划船的用具。桃根渡：泛指离别之处。见黄孝迈《湘春夜月》注④，第598页。

⑯青楼：泛指妓女居处。这句是说恋人住过的青楼依稀如旧（暗示人亡楼空）。

⑰这两句是说回忆两人分别时在破壁上题诗，到今天那和泪磨墨写成的字已蒙上一层尘灰，显得惨淡失色。

⑱危亭望极：登上高耸的亭子极目远望。

⑲苎：白色的苎麻，比喻白发。这句是感叹鬓发已经半白。

⑳离痕欢唾：泪痕唾迹，借指悲欢之事。鲛绡：薄纱手绢。

㉑亸：同“軃”（duǒ），下垂。这句是说孤凤垂下它的双翅，仿佛迷失了归路。

㉒破鸾：见温庭筠《菩萨蛮》注⑤，第34页。这句是说孤鸾见镜也懒得起舞。“亸凤”“破鸾”系作者自喻，两句实指失掉恋人以后的憔悴痛苦。

㉓蓝霞：蔚蓝色的云霞，指天。这句是说雁儿飞过云霞映照下的辽阔海面，似乎沉入其中（指人已亡故，雁不传书）。

㉔哀筝：筝音调凄怨，故称哀筝。柱：用来系弦。这句是说徒然将相思苦情弹入哀弦（指无人能领略）。

㉕《楚辞·招魂》：“目极千里兮伤春心，魂兮归来哀江南。”这里用《招魂》词意悼念爱人。

八声甘州 陪庾幕诸公游灵岩[1]

渺空烟四远，是何年、青天坠长星[2]。幻苍厓云树，名娃金屋，残霸宫城[3]。箭径酸风射眼[4]，腻水染花腥[5]。时靸双鸳响，廊叶秋声[6]。　宫里吴王沉醉[7]，倩五湖倦客，独钓醒醒[8]。问苍天无语，华发奈山青[9]。水涵空、阑干高处，送乱鸦、斜日落渔汀[10]。连呼酒，上琴台去，秋与云平[11]。

【说明】

本词咏怀古迹，借吴王盛衰发抒对国事的感慨。上片凭吊吴宫旧迹，即夫差西施等游宴之地。下片斥责夫差因沉溺声色而亡国，赞许范蠡能功成身退。借此暗示，北宋失国之痛，南宋偏安之岌岌可危，同时还反映了自己白发无成的慨恨。束句“秋与云平”与“空烟四远”相呼应。写来气魄雄浑，语言凝练、流畅。

【注释】

①庾：仓库。幕：帐幕。本指将军所住的地方，后泛称官衙。庾幕：指提举常平仓司的幕僚。灵岩：江苏苏州市吴中区西

三十里，天平山之南，上本有吴馆娃宫、琴台、响屧廊等古迹，见《吴郡志》。

②坠长星：指大星化而为石（灵岩）。这两句是写长空一色，渺远地延展到四边，脚下的灵岩山不知是哪年从空中坠落下来的大星。

③幻：想象之意，总领下面三句。厓：同“崖”，山边。名娃：指越国献给吴王夫差的美女西施。金屋：本指汉武帝要给表妹阿娇（即陈皇后）居住的宫室。见《汉武故事》。这里借指西施所住的馆娃宫。残霸：吴王夫差一度和晋国争霸中原，后被越国所灭，不能完成霸王之业，故称残霸。这三句是幻想远古时长星落下化作苍岩丛树。历史上吴王在此造下称霸不长的宫城，盖了给西施居住的宫室（这里暗示吴王功业不长是由于宴安佚乐）。

④箭径：灵岩山上有采香径，即箭径。范成大《吴郡志》卷八：“采香泾（径）在香山之傍，小溪也。吴王种香于香山，使美人泛舟于溪以采香。今自灵岩山望之，一水直如矢，故俗名箭泾。”酸风射眼：冷风吹过来使眼睛发酸。

⑤腻水：杜牧《阿房宫赋》：“渭流涨腻，弃脂水也。”花腥：花的气味。这句是指花朵上染了脂粉水的香味。

⑥靸（sǎ洒）：拖鞋。这里作动词用，即穿拖鞋。陶宗仪《辍耕录》卷十八“靸鞋”：“西浙之人，以草为履，而无跟，名曰靸鞻。”双鸳：妇女的绣鞋。廊：指响屧廊。《吴郡志》：“响屧（木屐）廊在灵岩山寺。相传吴王令西施辈步屧，廊虚（空）而响，故名。”这两句是说现在听到叶落廊上的声音，仿佛是当年西施的木屐响。

⑦吴王沉醉：指夫差沉溺声色，如在醉梦之中。

⑧五湖倦客：指范蠡。赵晔《吴越春秋》记大夫范蠡辅佐越王灭吴后，“乘扁舟，出三江入五湖，人莫知其所适。”韦昭

注："胥湖、蠡湖、洮湖、滆湖就太湖而五。"（灵岩山面临太湖）。独钓醒醒：指范蠡功成身退，乘舟垂钓湖上，十分清醒。《楚辞·渔父》："众人皆醉我独醒。"这两句是指越王派范蠡灭吴，事成后范蠡不居功、不贪高官，保持清醒的头脑。

⑨这两句是说湖上苍茫的波涛不管世事沧桑，黯然无语。山色总是长青，无奈自己却是鬓发花白，年华老去。

⑩涵：沉浸。渔汀：水边捕鱼处。这三句是说站在高处的栏杆边，但见空水漫漫，斜日下乱鸦纷纷飞向渔汀。

⑪琴台：在灵岩山上。这三句是说携酒上琴台遥望，但见秋云随着秋光舒展远去，一望无际。

踏莎行

润玉笼绡①，檀樱倚扇②。绣圈犹带脂香浅③。榴心空叠舞裙红④，艾枝应压愁鬟乱⑤。　午梦千山⑥，窗阴一箭⑦。香瘢新褪红丝腕⑧。隔江人在雨声中⑨，晚风菰叶生秋怨⑩。

【说明】

本词上片描绘端午节所梦歌伎的姿貌、装饰、形容，细腻入微。换头写午后梦回，自繁华跌入凄凉，暗示事随人去，犹如一梦。而隔江雨声，菰叶晚风，意境又是何等悠远，词人愁思亦即在此曲曲传出。

【注释】

①润玉：光润如玉的肌肤。笼绡：笼罩着薄纱，即穿着薄纱舞衣。

②檀樱：浅红色的樱桃小口。这句是指将歌扇轻掩住樱桃小口。

③绣圈：绣花妆饰。

④这句形容歌伎的红色舞裙，上面印着重叠的石榴子花纹。

⑤艾枝：端午节将艾做成虎形，或剪彩为小虎，粘艾叶以戴。见《荆楚岁时记》。这句是写歌伎舞罢艾枝斜插、发鬟散乱的情态。

⑥这句是写梦醒楼空，两人已远隔千山。

⑦这句以窗前日影移动表示光阴似箭，两人分别已久。

⑧香瘢（bān班）：指手腕的印痕。红丝腕：五月五日以五彩丝系臂，辟鬼及兵。一名长命缕，一名续命缕，一名辟兵缕。见《风俗通》。这句是指端午节手腕上所系的红丝新近褪下，说明消瘦情况。

⑨隔江：为江水所阻隔。与上面两人远隔千山意思相同。这句是说闻雨声而怀远人。

⑩晚风菰叶生秋怨：菰（gū孤），茭白。菰叶摇动于晚风之中，非秋而又似秋，这句是写触景怀人，怨情极深。

唐多令 惜别

何处合成愁。离人心上秋[①]。纵芭蕉，不雨也飕飕[②]。都道晚凉天气好，有明月、怕登楼。　年事梦中休。花空烟水流[③]。燕辞归、客尚淹留[④]。垂柳不萦裙带住，漫长是，系行舟[⑤]。

【说明】

本词就眼前秋景，抒离别之情。全词接近民间小调，不用典故，通俗易懂。王士祯已看出这一特点："与龙辅《闺怨》诗：'得郎一人来，便可成仙去，'同是《子夜》变体。"（《花草蒙拾》）也即认为本词与南朝民歌有相似之处。

【注释】

①心上秋：合起来成一"愁"字。这两句点明"愁"字来自惜别伤离。下面四句从秋凉月明怕登楼点出惜别题意。

②飕（sōu搜）飕：风雨声。这句是说即使不下雨，芭蕉仍然发出飕飕的秋声。

③年事：往年的情事。这两句是说往事如梦，似花落水流。

④曹丕《燕歌行》："群燕辞归鹄南翔，念君客游多思肠。慊慊思归恋故乡，君何淹留寄他方。"客：作者自称。淹留：停留。这句是说燕归人犹未归。

⑤萦：旋绕。裙带：指别去的女子。这两句是说柳丝系不住她，却徒然把客船系住。

金缕歌陪履斋先生沧浪看梅[1]

乔木生云气。访中兴、英雄陈迹，暗追前事[2]。战舰东风悭借便[3]，梦断神州故里[4]。旋小筑、吴宫闲地[5]。华表月明归夜鹤，叹当时、花竹今如此。枝上露，溅清泪[6]。　遨头小簇行春队[7]。步苍苔、寻幽别坞，问梅开未[8]。重唱梅边新度曲，催发寒梢冻蕊[9]。此心与、东君同意[10]。后不如今今非昔，两无言、相对沧浪水。怀此恨，寄残醉。

【说明】

宋理宗嘉熙三年（一二三九）正月，作者在苏州曾与吴潜等人赴沧浪亭看梅，因作此词。《金缕歌》即《贺新郎》。

上片先写沧浪亭。由于沧浪亭是韩世忠别墅，故从他在宋高宗建炎四年（一一三〇）的黄天荡大捷说起，并写他虽于吴地置下别墅，但仍怀念着中原故乡。在此作者通过枝头清泪表达了对中兴英雄的悼念。

下片先写赏梅，从赏梅转到“后不如今今非昔”，也即对南宋国势日趋危殆表示忧虑。这是向身为地方官（知平江）的吴潜表达了自己的慨恨。这首词寄托国事，慷慨悲凉。上片沧浪起，看梅结；下片看梅起，沧浪结，章法完整。

【注释】

①履斋先生：即吴潜。沧浪：即沧浪亭，在今苏州市南。五代十国时，此处是吴越广陵王钱元璙的池馆。北宋苏舜钦买得此地，筑亭其上，即沧浪亭，南宋时为韩世忠别墅。

②乔木：高大的树木。这里指韩世忠的故里。江淹《别赋》：“视乔木兮故里。”这三句写来到韩世忠沧浪亭别墅，但见树木苍翠，烟霭缭绕，不禁怀想起韩的功业。

③悭：吝惜。杜牧《赤壁》：“东风不与周郎便，铜雀春深锁二乔。”这句是指韩世忠率领几千兵士，驾海船在镇江截住金兵的退路，并用大钩搭住敌船，取得了黄天荡大捷。这里反用杜牧诗意，意为即使不得东风之助，韩世忠的战舰仍然可以获胜。

④此承上句，暗指战胜后未能乘胜收复中原。而中原故乡是将士们魂梦萦思之处。

⑤旋：随即。这句是说韩在前吴王贵臣的宫室，即苏舜钦的沧浪亭一带建起了别墅。

⑥华表：指设在宫殿、城垣等前面作为标志、装饰之用的大柱。《搜神后记》说：“丁令威本辽东人……后化鹤归辽，

集郡城门华表柱……鹤乃飞，徘徊空中而言曰：‘我是丁令威，去家千年今来归；城郭如故人民非，何不学仙去，空见冢垒垒’。”这四句是指韩世忠如能化鹤归来，也必叹息当年花竹繁茂而今日却冷落如此。眼前唯见疏梅之上清露滴滴，似在向人溅泪。

⑦遨头：太守称“遨头”，见《成都记》。吴潜这时知平江，故称之为“遨头”。这句是说来园行游的宾客们簇拥着吴潜一起观赏。

⑧这句是指大家踏上人迹不到的青苔小径，来到幽深的花坞，探看梅花开了没有。

⑨新度曲：新创制的曲调。这两句是说在梅树边一再唱新曲，催促那枝头因寒冷未开的花苞能冲寒怒放。

⑩东君：原指春神，这里即指吴潜。这句是说两人对南宋国事的每况愈下看法相同。

王　谌（二首）

王谌（chén臣），字子信，阳羡（今江苏宜兴市）人。有《潜泉蛙吹集》。

渔父词

嘉熙戊戌季春一日[①]，画溪吟客王子信为亚愚诗禅上人作《渔父词》七首。

兰芷流来水亦香[②]。满汀鸥鹭动斜阳[③]。声欸乃，间鸣榔[④]。侬家只合岸西旁[⑤]。

渔父词

湘妃泪染竹痕斑[6]。风雨连朝下钓难。春浪急，石矶寒。买得茅柴味亦酸[7]。

【说明】

这两首词都是隐士生活的写照。在景色描绘方面显得生动自然。其中不仅有悠闲自得的心情，也有艰苦辛酸的生活。从这两首词中可以看出，南宋文人的《渔父词》，在内容和句法等方面都与唐五代没有出入。

【注释】

①嘉熙戊戌：宋理宗嘉熙二年（一二三八）。

②兰芷：兰花、香草。

③这句是形容夕阳下水边鸥鹭纷飞的景象。

④欸（ǎi矮）乃：摇橹声。呜榔：见柳永《夜半乐》注⑥，第124页。这两句是说摇橹声中夹着呜榔声。

⑤侬：我。只合：只应。

⑥湘妃：舜妃娥皇女英。《述异记》："舜南巡不返，而葬于苍梧之野。尧之二女娥皇、女英追之不及，相与恸哭，泪下沾竹，竹文悉为之斑斑然。"

⑦这句指生活的艰辛。

陈　郁（一首）

陈郁，字仲文，号藏一，临川（今江西抚州市）人。宋理宗时任东官讲堂（太子上学之处）掌书。

念奴娇

没巴没鼻，霎时间、做出漫天漫地①。不论高低并上下，平白都教一例②。鼓动滕六，招邀巽二③，一任张威势。识他不破，只今道是祥瑞④。　却恨鹅鸭池边，三更半夜，误了吴元济⑤。东郭先生都不管，关上门儿稳睡⑥。一夜东风，三竿暖日，万事随流水。东皇笑道⑦，山河原是我底。

【说明】

这首咏雪词，暗指宋理宗时宰相贾似道。他权势熏天，擅作威福，翻手为云，覆手为雨；而又善于虚张声势，使人识他不破，把败类当作祥瑞。下片以下雪贻误军机和东郭先生不屑迎合，暗示贾似道的专权误国以及为正直人所不齿。末尾指出雪融冰化，终归失败。

【注释】

①没巴没鼻：没来由。做出：指下雪。

②一例：一样。

③滕六：雪神。巽二：见李处全《水调歌头》注④，第436页。

④祥瑞：指瑞雪兆丰年。这句为反语。

⑤吴元济：唐宪宗时蔡州节度使。唐宪宗命大将李愬攻蔡州（今河南汝南），夜半大雪，愬命士兵惊动城边鹅鸭池中鹅鸭，引起一片鸣叫声，将行军声掩盖住，从而攻下蔡州，捉住吴元济。见《通鉴》。

⑥东郭先生：传说此人不畏冰雪，秉性正直。《初学记》卷二："东郭先生……贫寒，衣履不完，行雪中，履有上无下，足尽践地。"

⑦东皇：太阳神。

陈人杰（一首）

陈人杰（？—一二四三），一作陈经国，号龟峰，长乐（今福建福州市）人。曾应江东漕试，以后流落两淮江湖，最后又回到杭州。所著有《龟峰词》。

沁园春 丁酉岁感事

谁使神州，百年陆沉，青毡未还[①]。怅晨星残月，北州豪杰，西风斜日，东帝江山[②]。刘表坐谈[③]，深源轻进[④]，机会失之弹指间[⑤]。伤心事，是年年冰合，在在风寒[⑥]。　说和说战都难。算未必江沱堪宴安[⑦]。叹封侯心在，鳣鲸失水[⑧]，平戎策就，虎豹当关[⑨]。渠自无谋，事犹可做[⑩]，更剔残灯抽剑看。麒麟阁，岂中兴人物，不画儒冠[⑪]。

【说明】

丁酉岁，是南宋理宗嘉熙元年（一二三七）。这时，金国已被蒙古和宋所灭（一二三四）。蒙古先约宋攻金，金亡后却趁宋收复西京洛阳时进行袭击，宋军败还；自此展开蒙古侵宋的序幕。两淮、荆襄一带，经常受到蒙古军队的侵袭。就在这丁酉岁秋七月，蒙古兵自光州、信阳进至合肥。人民流离失所，朝廷惊惶失措。面对这样的局势，作者不禁感慨万端。他先是叹息中原长期沦陷，而当前朝廷上又不思振作，或“坐谈”，或“轻进”，其结果是国事日趋危殆。至于作者自己，尽管有志难伸，也还没有完全失望，他以麒麟阁中的功臣自期，这是他爱国热情的表露，是值得予以肯定的。

【注释】

①陆沉：指西晋王衍等人清谈误国，使中原沦亡。《晋书·桓温传》：“温自江陵北伐……与诸寮属登平乘楼眺瞩中原，慨然曰：‘遂使神州陆沉，百年丘墟，王夷甫诸人不得不任其责’。”青毡未还：指“旧物”（中原故土）未收回。《晋书·王献之传》：“夜卧斋中，而有偷人入其室，盗物都尽。献之徐曰：‘偷儿，青毡吾家旧物，可特置之。’”这三句是说北宋覆亡已百年有余，中原故土始终没有收复。

②东帝：在楚地。《楚辞·九歌·东皇太一》注：“太一，星名，天之尊神，祠在楚东，以配东帝，故云东皇。”这里指南宋王朝。这四句是感慨中原豪杰寥若晨星，南宋王朝岌岌可危。

③刘表：字景升。汉献帝时为荆州刺史。《三国志·魏书·王卫二刘傅传》载王粲对刘表的评价："刘表雍容荆楚，坐观时变，自以为西伯可规。士之避乱荆州者，皆海内之俊杰也；表不知所任，故国危而无辅。"又《魏书·郭嘉传》载郭嘉的话："（刘）表坐谈客耳，自知才不足以御（刘）备，重任之则恐不能制，轻任之则备不为用。"这句是说刘表不能知人善任，坐失兴复良机。

④深源：东晋殷浩字深源，穆帝时为中军将军、扬州刺史，连年北伐，后因先锋姚襄叛变而丧师败绩，因此被废为庶人，见《晋书·殷浩传》。

⑤弹指：形容时间短暂。这句是指空谈坐观时变或轻易出师北伐，都会使恢复中原的机会失之于弹指之间。

⑥冰合：辛弃疾《贺新郎》："怅清江、天寒不渡，水深冰合。"这两句是以气候的寒冷比喻局势的艰危。

⑦沱（tuó驼）：江水的支流。江沱：这里指江南。这两句是说"和""战"都不是轻易出之，而置身江南也未必能长久地宴安游乐。

⑧鳣（zhān沾）：大鱼名。这两句是指自己如鱼失水，空有立功封侯之心。

⑨虎豹：指朝廷奸佞之臣。当关：把关阻挡进贤之路。平戎策：收复中原的计划。这两句是指奸佞当道，即使有"平戎策"也无法上达。

⑩渠：指朝廷执政之辈。可做：可为。

⑪麒麟阁：阁名。汉初萧何所造，"以藏秘书，处贤才也。"见《三辅黄图》。汉宣帝为中兴之主，图功臣霍光、张安世等十一人于阁上。这四句是说自己虽然是个文人，但亦能提剑杀敌，建功立业，做一个留名麒麟阁上的中兴人物。儒冠：指书生、文人。

文及翁（一首）

文及翁，字时学，号本心，绵州（今四川绵阳市）人，移居吴兴。登宝祐元年（一二五三）进士第。宋理宗景定年间因论公田事，有名于世。宋亡不仕。

贺新郎 西湖

一勺西湖水[1]。渡江来、百年歌舞，百年酣醉[2]。回首洛阳花世界，烟渺黍离之地[3]。更不复、新亭堕泪[4]。簇乐红妆摇画艇[5]，问中流、击楫谁人是。千古恨，几时洗[6]。　余生自负澄清志[7]。更有谁、磻溪未遇，傅岩未起[8]。国事如今谁倚仗，衣带一江而已。便都道、江神堪恃[9]。借问孤山林处士[10]，但掉头、笑指梅花蕊。天下事，可知矣[11]。

【说明】

先说南宋小朝廷渡江一百多年，沉溺于酣饮狂舞，朝士不再因国事垂泪，也无人击楫北伐。再写自己空有抱负，可叹的是众人都以长江为天险，一味宴安逸乐。也有人自命清高，不谈国事。作者对此表示出极大的愤慨。

【注释】

①勺：容量单位名。古以十撮为一勺，十勺为一合。今一（市）勺等于一厘升。又古代舀酒的器具。一勺极言其少。

②北宋王朝于公元一一二七年春覆亡。同年六月，赵构即位南京（今河南商丘市），建立了南宋王朝。到作者生活的年代，已有一百多年。元李（东）有《古杭杂记》说：“蜀人文及翁登第后，期集游西湖，一同年戏之曰：‘西蜀有此景否？’及翁即席赋《贺新凉》。”这两句是指南宋统治阶级渡江来此已一百多年，只知享乐，不思恢复。

③洛阳：东周都洛阳，这里借指汴京。黍离：见张元幹《贺新郎》注④，第380页。这两句是说昔日繁华热闹的汴京，如今已是荒烟残草，回头北望，不胜故国沦丧之悲。

④新亭：见辛弃疾《水龙吟》注⑤，第458页。

⑤簇：聚集。红妆：指歌伎。这句是说荡舟湖上，在船里听歌伎们奏乐唱曲子。

⑥这三句是问还有什么人像祖逖那样击楫中流，北上收复失地呢？千古恨事、亡国之耻，又何时能洗刷得清呢？

⑦澄清志：《后汉书·党锢列传》：“（范）滂登车揽辔，慨然有澄清天下之志。”这句是说自己颇有治理国家使趋于统一的志向。

⑧磻（pán盘）溪未遇：相传吕尚（姜子牙）在磻溪（今陕西宝鸡市）钓鱼，遇到周文王，后成为周朝齐国的始祖。傅岩未起：傅说是商王武丁的大臣，相传他本是傅岩地方从事版筑的奴隶，今山西平陆县有其故迹。这两句是说朝廷不用贤才。

⑨衣带一江：《南史·陈后主纪》载隋文帝将出兵攻陈，对高颎说："我为百姓父母，岂可限一衣带水，不拯之乎？"这三句是指国事无人顾问，防守敌人只靠衣带般的一条长江，其实是守不住的，朝士们还都以为有江神护佑而放心作乐。

⑩借问：假设的发问。林处士：林逋。这里借指自命清高的士大夫。这两句是说，问问那些自命风雅的人物，他们掉过头不屑听有关国事的议论，只是手指梅花，以清高自赏。

⑪这两句是说天下大势，不问可知，也即国事不可收拾的意思。

刘辰翁（四首）

刘辰翁（一二三二——一二九七），字会孟，号须溪，庐陵（今江西吉安市）人。宋理宗景定三年（一二六二）考进士时，以廷试对策忤权臣贾似道，因而列入丙等。任濂溪书院山长（主持人），宋亡隐居不仕。有《须溪集》。

况周颐指出须溪词“风格遒上，略与稼轩旗鼓相当”。刘辰翁生当宋亡之时，由于痛悼山河破碎，百姓流离，反映在某些词中是悲咽凄苦，不胜怨愤，同时也流露出词人深挚的故国之思，黍离之悲。这些作品是遗民词中的优秀作品。

柳梢青 春感

铁马蒙毡①，银花洒泪②，春入愁城③。笛里番腔，街头戏鼓④，不是歌声。　那堪独坐青灯⑤。想故国、高台月明。辇下风光⑥，山中岁月⑦，海上心情⑧。

【说明】

作者在宋亡后隐居山中，但对于故国河山却是无时或忘。元将伯颜在一一七六年攻占临安，宋恭帝和太后妃嫔等被俘北上。宋臣陈宜中、张世杰、陆秀夫等先后拥立帝昺、帝昰，继续在福建、广东一带抗元。这是作者极为关切的大事。

词中先写被敌人占领的“愁城”中的悲惨景象，再写怀想故国当年的繁华情况，最后对抗元的爱国志士寄托以殷切的期望。

【注释】

①铁马：指元朝兵士的坐骑。蒙毡：天气寒冷，在战马身上披上一层毡子。

②银花：亮银色的花灯。洒泪：指烛泪。

③愁城：比喻愁苦的境地。陆游《山园》诗：“狂吟烂醉君无笑，十丈愁城要解围。”

④番腔：蒙古人吹和唱的腔调。戏鼓：蒙古人在街头耍百戏。

⑤那堪：不堪。青灯：油灯点时发青光，故名。

⑥辇（niǎn捻）下：即辇毂之下，犹言在皇帝车驾之下，旧指京都。这两句怀念故都繁华，不能忘情。

⑦山中岁月：指自己于国亡后隐居不仕。

⑧海上心情：指南宋爱国志士在临安陷落后多从海上辗转到广东、福建一带，继续抗元，作者对他们表示十分关注。

兰陵王 丙子送春[1]

送春去。春去人间无路。秋千外、芳草连天，谁遣风沙暗南浦[2]。依依甚意绪[3]。漫忆海门飞絮[4]。乱鸦过，斗转城荒，不见来时试灯处[5]。　春去。最谁苦。但箭雁沉边，梁燕无主[6]。杜鹃声里长门暮[7]。想玉树凋土[8]，泪盘如露[9]。咸阳送客屡回顾[10]。斜日未能度。　春去。尚来否。正江令恨别，庾信愁赋[11]。苏堤尽日风和雨[12]。叹神游故国[13]，花记前度[14]。人生流落，顾孺子，共夜语[15]。

【说明】

题目是送春。三片都从“春去”开头，暗寓故国沦丧之痛。《白雨斋词话》说：“题是送春，词是悲宋，曲折说来，有多少眼泪。”第一段问人间已无归路，春将去何处？这是指故都陷落，幼帝飘流海边，前途难料。第二段问春去后谁最苦？这是亡国之后君臣被俘北上，去国离家时的无限凄苦之情。第三段问春去后还会回来否？暗示恭帝不得南归，南宋难于复国。末尾写自己如今只能神游故都，空忆繁华，不胜天涯沦落的家国之感。

【注释】

①丙子：即宋恭帝德祐二年（一二七六），这年三月，临安被元军所破，恭帝及太后妃嫔被俘往北方。本词作于暮春，以送春暗示亡国。

②风沙：比喻敌人。南浦：泛指送别之地，这里借指江南水乡。这句话是说敌人的骚扰。

③甚：什么。这句是指还有什么情绪。

④海门：海边。海门飞絮：指南下的幼帝。

⑤斗转：北斗转则春回。试灯：正月十五日灯节前预赏灯节。这三句是说斗转春回，而临安已经残破荒芜，致使乱鸦飞过时看不见有赏灯节的景象。

⑥箭雁：被箭射中受伤的雁。这句指被俘虏的南宋君臣。梁燕：梁上寻觅旧巢的燕子。这两句指留在临安等地散落无主的士大夫。

⑦长门：见辛弃疾《摸鱼儿》注⑥，第455页。这里借指宋亡后临安的宫殿。

⑧玉树凋土：《晋书·庾亮传》："亮将葬，何充（会之）叹曰：'埋玉树于土中，使人悄何能已！'"这里是指那些为国牺牲的人。

⑨泪盘如露：指汉武帝在建章宫前造神明台，上有铜人手托盛露铜盘。魏明帝命人把铜人从长安搬到洛阳，在拆卸时据说铜人眼中流下泪来。这里以铜人泪滴露盘表示亡国之痛。

⑩咸阳送客：李贺在《金铜仙人辞汉歌》中说："衰兰送客咸阳道，天若有情天亦老。"这里借以说明被俘之人的故国之思。

⑪江令：即江淹。他曾被黜任建安吴兴令。见《梁书·江淹传》。他著有《别赋》。庾信：见袁去华《安公子》注③，第402页。这两句是说南宋士大夫被俘北上，满怀离愁别恨。

⑫这句是指西湖上一直是悲风惨雨。暗喻沦陷后遭受敌骑蹂躏。

⑬神游故国：被俘北上的人不可能南归，对故国（指临安）的繁华只能神游而已。

⑭花记前度：见周邦彦《瑞龙吟》注⑩，第278页。这句是指离散各地的人回到沦陷之后的临安，见昔日如花美景已荡然无存，不禁目击心伤。

⑮孺子：指作者的儿子将孙。这三句是说因故国沦亡而流落山中，只能和儿子夜语，共诉胸中哀痛之情。

宝鼎现 春月①

红妆春骑②。踏月影、竿旗穿市③。望不尽、楼台歌舞，习习香尘莲步底④。箫声断、约彩鸾归去⑤，未怕金吾呵醉⑥。甚辇路、喧阗且止。听得念奴歌起⑦。　父老犹记宣和事⑧。抱铜仙、清泪如水⑨。还转盼沙河多丽⑩。滉漾明光连邸第⑪。帘影冻、散红光成绮⑫。月浸葡萄十里⑬。看往来、神仙才子。肯把菱花扑碎⑭。　肠断竹马儿童，空见说、三千乐指⑮。等多时春不归来，到春时欲睡⑯。又说向、灯前拥髻。暗滴鲛珠坠⑰。便当日、亲见霓裳，天上人间梦里⑱。

【说明】

这首词作于元大德元年（一二九七），这时距宋亡（一二七六）已二十年。作者悲恸祖国恢复无望，心情十分凄苦沉重。全词共三叠，第一、二两段是父老回忆昔年京师喧阗繁华的景象。第三段则是写眼前冷落悲凉，无可排遣，思念故国，黯然神伤。杨慎《词品》认为本词："词意凄婉，与《麦秀》歌何殊？"

【注释】

①春月：即元宵节。

②红妆：指浓妆的妇女。春骑（jì）：指游春的车马。

③竿旗：竿上所挂的旗。穿市：穿过市中街道。

④习习：本指微风，习习香尘是说尘土飞扬。莲步：女子的行步足迹。这句是说女伴经过之处，地上飞起的尘土都带着香气。

⑤彩鸾：据《唐人传奇集》记载，太和末年，有书生文箫遇仙女彩鸾，吟诗道："若能相伴陟仙坛，应得文箫驾彩鸾；自有绣襦并甲帐，琼台不怕雪霜寒。"两人后来登仙而去。这里彩鸾指游春之女。这句是说乐声幽咽，游人纷杂，书生在与游女私下约会。

⑥金吾：官名，掌管京城的守卫防务。韦述《西都杂记》："西都京城街衢，有金吾晓暝传呼，以禁夜行，惟正月十五日夜敕许金吾弛禁。"呵醉：指汉李广夜饮回家，被霸陵一喝醉的尉官呵责并将他扣留在驿亭下。见《史记·李将军列传》。这句是说不怕金吾前来阻止通行（指元宵没有宵禁）。

⑦甚：为什么。辇路：皇帝车马经过的道路。喧阗（tián

田）：人声喧闹。念奴：见晏殊《山亭柳》注③，第143页。这里借指歌女。这两句是指皇帝经过时歌女唱起美妙的歌儿，登时四周一片静寂。

⑧这句是从北宋倾覆引到南宋亡国之恨。

⑨铜仙：即金铜仙人。李贺《金铜仙人辞汉歌》："空将汉月出宫门，忆君清泪如铅水。"这里借指亡国恨。

⑩沙河：即沙河塘，在钱塘（杭州市）南五里。田汝成《西湖游览志余》说："沙河宋时居民甚盛，碧瓦红檐，歌管不绝。"多丽：形容沙河的繁华。这句是说还要回头看看沙河一带是多么繁盛。

⑪滉（huàng）漾：即汪洋，形容水势很大。滉漾明光：是指明亮的灯光反映在水面上闪烁不停。邸第：富贵之家的住宅。周密《武林旧事·元夕》："邸第好事者，如清河张府，蒋御药家，闲设雅戏烟火。花边水际，灯烛灿然。"

⑫这两句是说帘影投在水上，波平则凝止不动，波动时随着闪闪发光的水面形成各种涟漪。

⑬葡萄：形容水的颜色深碧如葡萄。见苏轼《满红红》注②，第204页。这句是写元宵夜西湖的水色月影。

⑭菱花：镜子。菱花扑碎：暗用陈亡后乐昌公主和其夫徐德言将镜扑碎"各分其半"，作为分离后互相探访的凭信。这两句是指当年元夜时游人欢乐玩赏，望之如同神仙（要不是战乱），他们怎么肯与家人"扑碎菱花"而各奔一方呢？这里指宋亡老百姓妻离子散，国破家亡，被逼得辗转流亡。

⑮竹马儿童：指出生于宋亡后的儿童。竹马：以竹杖当马骑。李白《长干行》："郎骑竹马来，绕床弄青梅。"三千乐指：三百人的乐队。指：用来计算人数（一人有十指）。南宋高宗绍兴年间恢复教坊："凡乐工四百六十人。"招待金国使节"旧例用乐工三百人。"见《宋史·乐志》。这两句叹息宋亡后

的儿童，只能听人形容南宋宫廷宴会时大乐队演奏的盛况。

⑯这两句先以春不归来比喻为宋亡不可能复国，再以目前春日比喻为亡国之后的春天，只能使人昏然思睡。

⑰灯前拥髻：《飞燕外传·伶玄自叙》："通德（伶玄妾）占袖顾视烛影，以手拥髻，凄然泪下，不胜其悲。"拥髻表示愁苦。鲛珠：泪下如珍珠。《述异记》："南海中有鲛人室，水居如鱼，不废机织。其眼能泣，则出珠。"这两句指故宫旧人言前朝遗事，不胜哀痛。

⑱《霓裳》：唐代乐曲名，即《霓裳羽衣曲》。借以指宋代的歌舞。这两句是说即使当年亲眼看到歌舞升平的繁华景象，如今想来，已是天人永隔，"流水落花春去也，天上人间"。（李煜《浪淘沙》）故国旧事如同逝去的春天，只有在梦里才会出现。

永遇乐

余自己亥上元诵李易安《永遇乐》[①]，为之涕下。今三年矣，每闻此词，辄不自堪。遂依其声[②]，又托之易安自喻。虽辞情不及[③]，而悲苦过之。

璧月初晴[④]，黛云远淡[⑤]，春事谁主。禁苑娇寒[⑥]，湖堤倦暖[⑦]，前度遽如许[⑧]。香尘暗陌[⑨]，华灯明昼，长是懒携手去。谁知道，断烟禁夜[⑩]，满城似愁风雨。　宣和旧日[11]，临安南渡[12]，芳景犹自如故[13]。缃帙流离，风鬟三五，能赋词最苦[14]。江南无路，鄜州今夜，此苦又谁知否[15]。空相对，残釭无寐，满村社鼓[16]。

【说明】

作者在宋亡前一年曾因诵李清照怀念京洛旧事的《永遇乐》词而为之涕下。三年之后，宋亡已经二年，每听到李清照的这首词就忍不住自己的亡国之痛。在本词中，作者从回忆临安盛时来反衬出目前国亡家破的心情。由于作者感恨极深，因此本词内容也较李清照词“悲苦过之”。

【注释】

①己亥：即宋恭帝德祐元年（一二七五），宋亡前一年。上元：即元宵节。

②依其声：按照李清照原词的声律填词。

③辞情：指文辞情采。

④璧月：圆月。璧：圆形的玉。这句是写雨后初晴，圆月升起。

⑤黛云：青绿色的云。

⑥禁苑：皇家园林禁止人入内，故称禁苑。娇寒：轻寒。

⑦湖堤：西湖上的长堤。倦暖：暖和得使人思睡。

⑧前度：见周邦彦《瑞龙吟》注⑩，第278页。遽：忽然。这句是说这回再来（临安），变化真是太突然而又迅速。

⑨香尘暗陌：尘雾遮暗了街道，指车马众多。李白《古风》：“大车扬飞尘，亭午暗阡陌。”

⑩断烟：炊烟断，是指京城里居民很少。禁夜：禁止夜行。

⑪宣和旧日：《东京梦华录》中叙述了北宋汴京的繁华热闹。

⑫临安南渡：南宋渡江后建都临安（杭州）。

⑬芳景：风景。这句用《世说新语·言语》“风景不殊，举目有山河之异”语意，即指宋亡后都城风景与李清照时的汴京、临安相比，并无多大改变（暗示朝代已经更换）。

⑭缃帙（zhì志）：浅黄色书套。这句是指许多可贵的古书都散失了。李清照在《金石录后序》中记述了她在战乱时丧失了许多古书。风鬟三五：三五，即正月十五，也即上元灯节。李清照《永遇乐》词中说：“中州盛日，闺门多暇，记得偏重三五……如今憔悴，风鬟雾鬓，怕见夜间出去。”这三句是写李清照在南渡以后流离辛苦，书物丧失，在元宵之夜抚今忆昔，写出情调凄怨的小词。

⑮江南无路：指写本词时宋亡已久，江南一带都陷入敌手。鄜（fū夫）州：杜甫《月夜》诗：“今夜鄜州月，闺中只独看。”作者此时亦离家在外，故以身陷长安围城中的杜甫思念在鄜州（陕西北部）的妻子来说明自己的心情。这三句是说国亡家破，自己心中的悲苦又有谁能了解？

⑯社鼓：节日祭神的鼓声。这三句写自己空对残灯，在社鼓声中忧思难平，不能成寐的情景。

周　密（三首）

周密（一二三二—一二九八），字公谨，号草窗，济南（今山东济南市）人，流寓吴兴（今浙江湖州市），居弁山，自号弁阳啸翁，又号四水潜夫。曾做过义乌（今浙江义乌市）令，入元不仕。有《草窗词》《蘋洲渔笛谱》《齐东野语》《癸辛杂识》《志雅堂杂钞》《浩然斋雅谈》《武林旧事》《澄怀录》《云烟过眼录》各若干卷传于世。

周密善书画，词与王沂孙、张炎齐名。《绝妙好词》七卷是周密所编选，共选录南宋初张孝祥至宋亡时的仇远共一百三十二人的词作三百八十五首。选录标准偏重于音律精严、清丽圆美的雅词，亦即注重在形式方面。戈载说周词“与梦窗旨趣相侔……其于律亦极严谨”。（《七家词选》）陈廷焯说“周公谨词刻意学清真，句法、字法居然合拍”。（《白雨斋词话》）是指出周密与吴文英、周邦彦等一脉相承之处是那些音律技巧，至于内容方面，则显得较单薄，不能反映深刻的社会现实。

曲游春

禁烟湖上薄游[1]，施中山赋词甚佳[2]，余因次其韵。盖平时游舫，至午后则尽入里湖，抵暮始出，断桥小驻而归，非习于游者不知也。故中山极击节余“闲却半湖春色”之句[3]，谓能道人之所未云。

禁苑东风外，飏暖丝晴絮，春思如织[4]。燕约莺期，恼芳情偏在，翠深红隙[5]。漠漠香尘隔。沸十里、乱弦丛笛[6]。看画船，尽入西泠，闲却半湖春色[7]。　柳陌。新烟凝碧。映帘底宫眉，堤上游勒[8]。轻暝笼寒，怕梨云梦冷，杏香愁幂[9]。歌管愁寒食。奈蝶怨、良宵岑寂[10]。正满湖、碎月摇花，怎生去得[11]。

【说明】

本词写寒食节西湖上画船游春的盛况。对此，作者在小序中有所说明，在《武林旧事》中介绍得更为详细。马臻《西湖壮游》诗说：“画船过午入西泠，人拥孤山陌上尘。应被弁阳（周密号）模写尽，晚来闲却半湖春。”这是指本词能将寒食西湖的景色艺术地再现出来。

【注释】

①禁烟：陈元靓《岁时广记十五》引《岁时杂记》："去冬至一百三日为炊食熟，以将禁烟，则饔飧当先具也"。薄游："薄"是句首助词。

②施中山：名岳，字仲山，吴人。能词，精于声律。

③击节：节，本为乐器名。击节：用以调节乐曲。后也用其他器物或拍掌来替代，即"点拍"。这里是形容对作者词作的赞赏。

④禁苑：指皇宫园林。临安（杭州）是南宋都城，西湖一带被称为禁苑。飏："扬"的异体字。这三句形容西湖一带东风骀荡，游丝飘絮飞扬，引起人们无限春愁。

⑤燕、莺：借指女子。翠深红隙：指深闺。这三句是指深闺女伴，约期春游。

⑥乱丝丛笛：丝、笛指弦乐器和管乐器。乱和丛形容丝竹之声的嘈杂。这两句是形容湖上尘雾弥漫，丝竹歌吹之声绵延十余里。

⑦西泠（líng灵）：在西湖白堤上。按西湖有白堤、苏堤，将湖面分为里湖、外湖、后湖。这两句是说游船在中午都进入西泠桥里湖，外湖空无一船。

⑧宫眉：描成宫中式样的眉毛。这里借指女子。游勒：勒即马笼头。这里借指骑马的游人。

⑨幂（mì密）：覆盖。这三句是说薄暮时湖上轻寒，堤上花树隐入夜幕。

⑩这两句是说湖上歌吹之声似乎惋惜寒食节的过去，而游人散尽，更使蜂蝶感到春夜的寂寞。

⑪怎生：务须、设法之意。作者认为西湖入夜人静，而波

光碎月，水影摇花，境界清幽，值得前往一游。这里点明作者喜好的是湖上静景。

一萼红登蓬莱阁有感①

步深幽②。正云黄天淡，雪意未全休。鉴曲寒沙③，茂林烟草，俛仰千古悠悠④。岁华晚、漂零渐远，谁念我、同载五湖舟⑤。磴古松斜⑥，崖阴苔老⑦，一片清愁。　回首天涯归梦，几魂飞西浦，泪洒东州⑧。故国山川，故园心眼，还似王粲登楼⑨。最怜他，秦鬟妆镜，好江山，何事此时游⑩。为唤狂吟老监，共赋销忧⑪。

【说明】

作者登楼赋词，主要是抒发千古兴亡之感以及故国之思。这时正当元兵长驱南下，情势岌岌可危，作者在词里表露出他对故国的深切眷恋之情，并隐然以旧朝的士大夫自命，表示将从此归隐江湖。

【注释】

①蓬莱阁：旧址在今浙江绍兴市卧龙山下。唐元稹《以州宅夸于乐天》诗有“我是玉皇香案吏，谪居犹得近蓬莱”之句，蓬莱阁由此得名。

②步深幽：指登上蓬莱阁时所行经的两旁景色。

③鉴曲：鉴湖边。《新唐书·贺知章传》：“有诏赐镜湖剡川一曲。”鉴湖本名镜湖，北宋初改称鉴湖。

④俛仰：即俯仰。“俛”同“俯”。俯仰指观察天文地理。《易经·系辞上》：“仰以观于天文，俯以察于地理。”这句是说观察千载以来自然界和世事的变化。

⑤范蠡在辅佐越王勾践灭吴以后就泛舟于五湖之上，不知所终。见《国语·越语》。这两句是发抒自己的退隐思想。

⑥磴（dèng邓）：山路的石级。

⑦崖（旧读ái）：山边。

⑧西浦、东州都是绍兴地名。此词尾原有作者自注：阁在绍兴、西浦、东州皆其地。这三句是说漂泊异乡，回忆往事，几次心伤泪落。

⑨王粲登楼：王粲是汉末建安诗人，他在荆州避乱时，作《登楼赋》，抒发忧国思乡之情。这三句是说自己与王粲一样，登楼四望，忧国念家之情，油然而生。

⑩秦鬟：绍兴有秦望山，因秦始皇曾登临而得名。山形很像妇女鬟髻，故称秦鬟。妆镜：指鉴湖。形容湖水清如妆镜。这两句是说辜负了佳丽的山水，为什么这时才来欣赏这大好江山呢？（意谓目前已无心赏山玩水了）

⑪狂吟老监：即唐诗人贺知章，晚号“四明狂客”，于唐玄宗天宝初年归隐镜湖。他曾任秘书监，故称“狂吟老监”。销忧：王粲《登楼赋》：“登兹楼以四望兮，聊假日以销忧。”这两句是借古人酒杯浇自己忧念家国的块垒。

高阳台 送陈君衡被召①

照野旌旗，朝天车马②，平沙万里天低。宝带金章，尊前茸帽风攲③。秦关汴水经行地④，想登临、都付新诗。纵英游，叠鼓清笳，骏马名姬⑤。　酒酣应对燕山雪，正冰河月冻，晓陇云飞⑥。投老残年，江南谁念方回⑦。东风渐绿西湖柳，雁已还、人未南归⑧。最关情，折尽梅花，难寄相思⑨。

【说明】

作者在宋亡后隐居不仕，以“无所责守而志节不屈著称”。（王行《题周草窗画像卷》）对于陈允平的被召北上，心中感慨很深，在词里也多所透露。如秦关、汴水，都是北宋旧地，而如今，却已人事全非了。至于“谁念方回”“人未南归”“难寄相思”，都含有难言之意，亦即对陈允平的仕元有所指摘。

【注释】

①陈君衡：名允平，一字衡仲，号西麓。宋亡后，曾被元王朝征召到大都（今北京）。

②朝天：朝见天子。这两句是指元王朝派遣车马仪仗命陈允平北上。

③宝带：系印纽的丝带。金章：金印。尊前：即樽前，酒樽的前面。茸帽：皮帽。攲（qī七）：通“欹”，倾斜。这两句写临别之时对着酒樽，但见陈允平身佩印章，头上的皮帽被风吹得略带倾斜。

④秦关汴水：泛指中原一带。

⑤纵英游：纵情畅游。叠鼓：一遍一遍地击鼓。清笳：笳是管乐器，音调悠扬。这三句是说在中原击鼓吹笳，骑骏马、携美女，纵情游乐。

⑥酒酣：指朝廷召宴。燕山：泛指燕地（今河北北部和辽宁西端）的山。燕山雪：写四周环境。这三句是指陈允平在大都的生涯。这时正当结了冰的河上冻月一轮，拂晓的陇头白云齐飞。

⑦投老：垂老。残年：晚年。方回：贺铸字。黄庭坚诗：“解道江南肠断句，世间惟有贺方回。”（《寄方回》）这里作者是以贺铸自比。这两句是说自己已是垂老余年，隐居江南，又有谁念及我呢？这个“我”代表江南遗民。

⑧这两句是说西湖柳绿，南归的雁儿已往北飞，而人（指陈允平）却未南归。

⑨关情：关心。这两句用陆凯寄赠梅花事。见舒亶《虞美人》注⑥，第228页。而又有所不同，照字面看是说相思之深，即使折尽梅花也难以表达，言外之意怀疑对方不知是否还有故国之思。

文天祥（二首）

文天祥（一二三六—一二八二），初名云孙，字天祥，后改字宋瑞，一字履善。吉安（今江西吉安市）人。宋理宗宝祐四年（一二五六）进士第一（状元）。恭帝德祐初除右丞相兼枢密使，并奉使与元军议和，不屈被拘，设法遁归。后又招集义军在江西一带抵抗元军，兵败被执。囚居燕京四年，坚贞不屈，以身殉国，死时年四十七岁。有《指南》《吟啸》等集。

在文天祥的诗、文、词中，主要反映他强烈的爱国思想和大节不亏的崇高品德。他的词作仅寥寥几首，但却能给人以深刻的印象。

酹江月 和

乾坤能大，算蛟龙、元不是池中物[①]。风雨牢愁无著处，那更寒虫四壁[②]。横槊题诗，登楼作赋，万事空中雪[③]。江流如此，方来还有英杰[④]。　堪笑一叶漂零，重来淮水，正凉风新发[⑤]。镜里朱颜都变尽，只有丹心难灭[⑥]。去去龙沙，江山回首，一线青如发[⑦]。故人应念，杜鹃枝上残月[⑧]。

【说明】

本词是和作。原词是邓剡所写。邓剡字光荐，号中甫，庐陵人。曾与文天祥同被俘，到建康后邓剡因病寓居天庆观（今南京市朝天宫）就医，留不行。崖山南宋兵溃以后，邓剡向张弘范投降，教其次子，因得放还。清雍正三年文天祥的十四世孙家刻本《文山全集·指南录》中载有此首，题作“驿中言别”，下署“友人作”，即以为是邓剡所写。今录原词于下：

水天空阔，恨东风、不借世间英物。蜀鸟吴花残照里，忍见荒城颓壁。铜雀春情，金人秋泪，此恨凭谁雪。

堂堂剑气，斗牛空认奇杰。　那信江海余生，南行万里，属扁舟齐发。正为鸥盟留醉眼，细看涛生云灭。睨柱吞嬴，回旗走懿，千古冲冠发。伴人无寐。秦淮应是孤月。

邓剡在词里，称文天祥为“世间英物”“奇杰”，比文天祥为气吞秦昭襄王的蔺相如、吓走司马懿的诸葛亮，这些不可能是文天祥自我赞誉之词。末两句是说自己留下就医，而文天祥则将被押送北上，只有秦淮河上的孤月来陪伴夜不成寐的我了。

文天祥的和词先是承原词句意，而又有提高，他认为当前正是人才辈出，大有可为之时。至于自身虽被俘北上，但却是历尽艰辛，“只有丹心难灭”，亦即决心为国牺牲，垂名千秋，这便是他给邓剡原词“此恨凭谁雪”的响亮答复。

【注释】

①能：摹拟辞，“这样”之意。乾坤能大：天地这样大。蛟龙：指豪杰之士。池中物：比喻蛰居一隅，无远大抱负的人。《晋书·刘元海载记》：“蛟龙得云雨，非复池中物也。”这两句是说天地这样广大，算来英豪之辈本就不会局处一隅，而是要待时而出。

②牢愁：愁闷。那更：兼之。这两句是说风雨凄迷，自身愁闷无处诉说，再加上四面秋虫唧唧，更是难以排解。

③横槊题诗：苏轼《赤壁赋》中说曹操在赤壁之战前气概不可一世，曾“酾酒临江，横槊赋诗”。槊：即长矛。登楼作赋：

指王粲在荆州作《登楼赋》。见周密《一萼红》注⑨，第648页。这三句是说古代的英雄文士，他们的事业已如空中飘雪般过去了。

④方：将。这两句是说江水奔流不停，将来还会有杰出人物涌现。

⑤堪笑：可笑，这里有自嘲意。这三句指自己如同一张飘零的叶子，在秋风送爽之际重又来到淮水一带。

⑥朱颜：年轻的容颜。这两句是说揽镜自照，昔日年轻的面貌已经变得衰老，只有一颗赤诚为国的丹心却似熊熊烈火难以熄灭。

⑦龙沙：泛指塞外沙漠之地。一线青如发：苏轼《澄迈驿通潮阁》："杳杳天低鹘没处，青山一发是中原。"这三句是说自己将北去塞外，回头遥望祖国江山，但见青山隐隐，如同一发。

⑧故人：指邓剡。杜鹃：见苏轼《西江月》注⑫，第207页。这句隐有思念故君的故国之痛。

沁园春 题潮阳张许公庙[①]

为子死孝，为臣死忠，死又何妨[②]。自光岳气分，士无全节，君臣义缺，谁负刚肠[③]。骂贼睢阳，爱君许远，留得声名万古香[④]。后来者，无二公之操[⑤]，百炼之钢。　人生翕欻云亡[⑥]。好烈烈轰轰做一场。使当时卖国，甘心降虏，受人唾骂，安得留芳。古庙幽沉，仪容俨雅[⑦]，枯木寒鸦几夕阳。邮亭下，有奸雄过此，仔细思量[⑧]。

【说明】

这是文天祥经过潮阳张、许双忠庙所作。唐代张巡、许远在安史之乱时，曾坚守睢阳城，屏蔽江淮，后因粮尽城陷，三十六人壮烈牺牲。文天祥在《正气歌》里就有“为张睢阳齿”之句。在本词中作者称扬张、许二人能顾全君臣大义、保持自身操守，成为后世士人的榜样。接着还表示要在短促的人生历程中做出流芳百世的事业，同时对那些卖国投降的奸雄予以极度蔑视，全词充满了昂扬的爱国精神。

【注释】

①潮阳：今广东汕头市潮阳区。

②文天祥主张以孔孟之道立身行事。这三句就提出应该为忠、孝而死。

③光岳：高大的山。光岳气分：指国土分裂，即亡国。君臣义缺：指君臣之间欠缺大义。刚肠：指坚贞的节操。这四句是说自宋室沦丧以来，士大夫不能保全节操，君臣之间欠缺大义，是谁辜负了凛然不屈、刚正不阿的品德。

④骂贼睢阳：指张巡，他与睢阳（今河南商丘市）太守许远共守危城，城陷后两人先后被害，他们英勇抗敌、宁死不屈的精神受到后人敬仰。

⑤后来者：指以后的士大夫。操：操守。

⑥翕欻（xī xū西虚）：即倏忽，如火光之一现。云亡：死去。“云”字无义。

⑦古庙：即张、许公庙。仪容：指张、许两人的塑像。

⑧邮亭：古代设在沿途、供给公家送文书及旅客歇宿的馆舍。这三句是对卖国投降的宋末奸臣的警告。

汪元量（一首）

汪元量，字大有，号水云，钱塘人。宋度宗时以善琴为宫廷琴师。宋亡，随幼帝及太后等被元军带到大都，后为道士南归。有《水云集》《湖山类稿》。

莺啼序 重过金陵

金陵故都最好，有朱楼迢递[①]。嗟倦客、又此凭高，槛外已少佳致[②]。更落尽梨花，飞尽杨花，春也成憔悴[③]。问青山、三国英雄，六朝奇伟。　麦甸葵丘，荒台败垒。鹿豕衔枯荠[④]。正潮打孤城，寂寞斜阳影里[⑤]。听楼头、哀笳怨角，未把酒、愁心先醉[⑥]。渐夜深，月满秦淮，烟笼寒水[⑦]。　凄凄惨惨，冷冷清清，灯火渡头市[⑧]。慨商女不知兴废。隔江犹唱庭花，余音亹亹[⑨]。

伤心千古，泪痕如洗。乌衣巷口青芜路，认依稀、王谢旧邻里[10]。临春结绮。可怜红粉成灰，萧索白杨风起[11]。　因思畴昔，铁索千寻，漫沉江底[12]。挥羽扇、障西尘，便好角巾私第[13]。清谈到底成何事[14]。回首新亭，风景今如此。楚囚对泣何时已[15]。叹人间、今古真儿戏[16]。东风岁岁还来，吹入钟山，几重苍翠[17]。

【说明】

本词的题意是吊古伤今，借六朝兴废来表达自己的亡国之恨。

全词共四段。首先点出金陵故都，自己重游此地，想当年六朝的多少英雄豪杰，兴亡盛衰，也已事随世迁，只有青山如旧。

次段承上文描绘出古城的残破景象：荒台败垒、孤城旧楼、秦淮寒水……在这些地方，使人怀想起一幕又一幕的史事，心头涌起无限哀愁。

接着写眼前一片冷落凄凉，那不知亡国之恨的商女歌声，更引起无限伤心；六朝遗迹，还依稀可以辨认，只是人事已非了。

末段写西晋清谈亡国，东晋苟安江左，借此隐喻南宋政局如同儿戏，并以此指斥荒淫失国的统治者。

全篇多用有关金陵故都史事的典故，以此从怀古而引入伤今的境地。作者在另一首《水龙吟》中说：“目断东南半壁，怅长淮、已非吾土。”同样是暗伤亡国，但相比之下，所采用的手法是并不相同的。

【注释】

①岧递：高貌。谢朓《隋王鼓吹曲》十首之四《入朝曲》：“江南佳丽地，金陵帝王州。逶迤带绿水，岧递起朱楼。”

②槛：窗户或长廊旁的栏杆。王勃《滕王阁序》：“阁中帝子今何在？槛外长江空自流。”

③梨花：郑谷《下第退居》二首之一：“落尽梨花春又了。”杨花：李白《闻王昌龄左迁龙标遥有此寄》：“杨花落尽子规啼。”这两句形容花落以后，凄然春暮。

④甸：古时郭外称郊，郊外称甸。这里麦甸即指郊外野麦。葵丘：长着葵菜的丘陵。鹿豕句：见《史记·淮南衡山列传》载伍被言：“臣闻子胥谏吴王，吴王不用，乃曰：‘臣今见麋鹿游姑苏之台也。’”许浑《姑苏怀古》：“荒台麋鹿争新草。”这三句是指昔年豪华竞逐的金陵如今已是蔓草遍野，鹿和猪衔着枯荠菜出没在荒台旧垒之中。

⑤刘禹锡《金陵五题》之一《石头城》：“山围故国周遭在，潮打空城寂寞回。”又《乌衣巷》：“乌衣巷口夕阳斜。”

⑥杜牧《台城曲》：“门外韩擒虎，楼头张丽华。”这两句是说听见哀怨的笳声，耳边似乎响起南朝亡国之音，未曾举杯已像中酒那样难过起来。

⑦杜牧《泊秦淮》：“烟笼寒水月笼沙，夜泊秦淮近酒家。商女不知亡国恨，隔江犹唱《后庭花》。”

⑧周邦彦《夜游宫》：“看黄昏，灯火市。”又《西河》（金陵怀古）：“酒旗戏鼓甚处市。”

⑨亹（wěi伟）亹：同“娓娓”。本训行进貌，这里作久而不止解。《世说新语·赏誉》：“谢太傅未冠始出，西诣王长史（濛），清言良久。去后，苟子（修）问曰：‘向客何如尊？’长史曰：‘向客亹亹，为来逼人。’”这三句是慨叹商女不知亡国之恨，她们的歌声袅袅不绝于耳。

⑩刘禹锡《乌衣巷》：“旧时王谢堂前燕，飞入寻常百姓家。”周邦彦《西河》：“想依稀王谢邻里。”

⑪临春结绮：临春阁、结绮阁是陈后主、张丽华所居的宫殿。见《南史·后妃传》。刘禹锡《台城》：“结绮临春事最奢。”苏轼《次韵杨公济梅花》：“临春结绮荒荆棘。”红粉成灰：指女子死亡。白居易《和关盼盼感事诗》：“见说白杨堪作柱，争教红粉不成灰。”白杨：古代墓地以种松、柏、白杨最为普遍。古诗《去者日以疏》：“白杨多悲风，萧萧愁杀人。”这三句是说南朝彻夜笙歌的宫殿已化为乌有，后妃也埋骨于坟墓之中。

⑫漫：徒然。铁索千寻，漫沉江底：见朱敦儒《水龙吟》注⑫，第317页。

⑬《世说新语·轻诋》：“庾公（亮）权重，足倾王公（导），庾在石头，王在冶城。坐大风扬尘，王以扇拂尘曰：‘元规尘污人。’”又《雅量》载庾有东下意，王曰：“若其欲来，吾角巾径还乌衣，何所稍严。”这两句都是东晋王导事，这里借用来说敌氛很恶而不做防备。

⑭《晋书·王衍传》：“终日清淡。”又说王衍“妙善玄言，唯谈老庄为事”。这句借西晋王衍清谈亡国指空谈可以误国。

⑮楚囚：指楚钟仪被囚在晋国。见《左传·成公九年》。新亭：见辛弃疾《水龙吟》注⑤，第458页。这三句认为东晋苟安江左不足为训。

⑯这句以六朝喻南宋，认为南宋政局犹如儿戏。

⑰钟山：在南京东北。一名蒋山，又名紫金山。这三句是抒发江山依旧，人事已非的感慨。

王清惠（一首）

王清惠，南宋度宗（一二六五——一二七四）昭仪（宫中女官名）。恭帝德祐二年（一二七六），临安沦陷后被俘往大都，后自请为女道士，号冲华。

满江红

太液芙蓉，浑不似、旧时颜色[①]。曾记得、春风雨露，玉楼金阙[②]。名播兰簪妃后里[③]，晕潮莲脸君王侧[④]。忽一声、鼙鼓揭天来，繁华歇[⑤]。　龙虎散，风云灭[⑥]。千古恨，凭谁说。对山河百二，泪盈襟血[⑦]。客馆夜惊尘土梦，宫车晓碾关山月[⑧]。问嫦娥、于我肯从容，同圆缺[⑨]。

【说明】

这首词是作者被俘北上途中所作，抒写了国破家亡、今非昔比的哀愁痛楚。据传文天祥有和作一首，还代她重作一首，题目中说："王夫人至燕题驿中云，中原传诵，惜末句欠商量，代王夫人作。"这是由于末句有幸免苟安之意。代作末二句为"算妾身、不愿似天家，金瓯缺"。自誓大节不亏，这是对南宋妃嫔和对自身的勗勉之词。

【注释】

①太液芙蓉：太液池本汉代宫苑中池名，唐代长安大明宫中亦有太液池。白居易《长恨歌》有"太液芙蓉未央柳，芙蓉如面柳如眉"之句，是以芙蓉和柳比喻女子容貌。浑不似：全不似。这两句是以花比人，说自己本是宫中女官，容颜美丽，现在（亡国后）已面貌枯悴，完全失去旧时的风姿。

②春风雨露：比喻君恩。玉楼金阙：泛指南宋宫殿。

③兰簪：本为女子插在髻上的首饰，这里借喻宫中后妃。这句是说自己在宫中美名四播。簪：一作"馨"。

④晕（yùn运）潮：形容脸上泛起羞红的光彩。莲脸：指面貌美如莲花。这句是指自己得到君王宠爱。

⑤鼙鼓：军中小鼓。这两句是指战鼓声响入云霄，敌兵攻陷临安，繁华顿时消歇。

⑥龙虎、风云：见王安石《浪淘沙令》注④，第167页。后人以龙虎比喻明君，风云比喻贤臣。这两句是指王朝覆亡。

⑦山河百二：见胡世将《酹江月》注⑨，第360页。这两句是说对着险固的山河要塞，痛惜它们沦入敌手。

⑧这句是说后妃们坐的车子清晨上路，车轮碾压上被月光

洒遍的大地。

⑨从容：舒缓不迫。这两句是希望不致受到胁迫侮辱，能够被容许到一清静所在安度余年。

王沂孙（四首）

王沂孙，字圣与，号碧山，又号中仙，又号玉笥山人。会稽（今浙江绍兴市）人。宋亡后与周密、张炎等同结词社。《延祐四明志》说他入元后曾任庆元路学正（学官），词名《碧山乐府》，又名《花外集》。

周济认为“碧山胸次恬淡，故《黍离》《麦秀》之感，只以唱叹出之，无剑拔弩张习气”。又说：“咏物最争托意，隶事处以意贯串，浑化无痕，碧山胜场也。”（《四家词选序论》）这里指出王沂孙的亡国之悲是通过咏物等手段，以隐晦曲折的方式表达出来，使事用典能做到上下一气相连而了无痕迹。正由于他的词字句工雅而又多含蓄不尽之意，凄然自伤之情，因而受到清代很多词人的推重，认为他词风接近张炎而意境极其深远。实际上，王沂孙擅长写咏物词，其中寄托了家国之恨，但又如秋蝉之哀鸣，充满着凄苦消沉的幽怨，反映出作者思想上消极的一面。

眉妩 新月

渐新痕悬柳，淡彩穿花，依约破初暝[1]。便有团圆意，深深拜，相逢谁在香径[2]。画眉未稳，料素娥。犹带离恨[3]。最堪爱、一曲银钩小，宝帘挂秋冷[4]。　千古盈亏休问[5]。叹慢磨玉斧，难补金镜[6]。太液池犹在，凄凉处、何人重赋清景[7]。故山夜永[8]。试待他、窥户端正[9]。看云外山河，还老尽、桂花影[10]。

【说明】

这是一首咏物词。张惠言《词选》指出："碧山咏物诸篇，并有君国之忧，此喜君有恢复之志，而惜无贤臣也。"细看词意，是咏物而有所寄托，有其弦外之音。

上片开始就描绘新月，"便有"句，是从一弯新月预示团圆满月。"谁在"句，是暗示拜月人的心愿。"素娥离恨"，是从"画眉"引出而又下接"银钩小"，并以"秋冷"贯穿上下片。

过变从大处着手，"磨玉斧""补金镜"，都是重整山河，恢复故国之意。"太液"两句，暗用宋太祖宰相卢多逊《咏月》诗，使人不胜今昔之叹，故山夜永"，折回本题，且以“故山”与“太液池”相对照。至于“窥户端正”，是指月已团圆，且从月中山河之影引起作者对恢复故国河山的期望。

【注释】

①新痕：一弯新月。淡彩：浅淡的月色。依约：仿佛。初暝：指天刚黑下来。这三句写一弯新月悬挂柳梢，淡淡的月光透过花丛，好像冲破了昏暗的暝色。

②团圆意：开始有团圆的迹象。深深拜：指拜月祝祷。李端《新月》诗：“开帘见新月，即便下阶拜；细语人不闻，北风吹裙带。”这三句是写一弯新月预兆团圆，拜月是祝祷月圆人好，所以有“谁在香径”之问。

③这两句是指新月像画得不太妥帖的弯眉，想来这是由于嫦娥怀着离恨时的手笔。

④一曲银钩：银色帘钩，指一弯新月。杜甫《咏月》诗：“尘匣初开镜，风帘自上钩。”是以帘钩比月。宝帘：这里借指夜幕。这两句是说最动人的是新月一弯如帘钩般冷清地挂在夜幕之上。

⑤盈亏：圆缺。

⑥慢：同“谩”，徒然之意。玉斧：相传汉代吴刚学仙时有过失，被罚砍月中桂树，树随砍随合。（见《酉阳杂俎》卷一）又唐代郑仁本表弟曾见一人说月是七宝合成，其凸处常有八万二千户在修补，他即其中之一，并出示包袱中钩头等物。（同上）金镜：指月亮。李贺《七夕》诗：“天上分金镜，人间望玉钩。”

⑦太液池：本汉、唐宫内池名，这里泛指宋宫苑池沼。宋太祖时宰相卢多逊有《咏月》诗：“太液池头月上时，晚风吹动

万年枝。何人玉匣开金镜，露出清光些子儿。”这两句是说太液池还在，但已是残破荒废，一片亡国后的凄凉景象，又有谁能赋写出当年盛时的清景呢？

⑧故山：故国。夜永：夜长。

⑨窥户：指月光照进窗户。端正：形容月已正圆。韩愈《和崔舍人咏月二十韵》：“三秋端正月，今夜出东溟。”这句是与前面呼应，意为等待月儿团圆。

⑩云外山河：《酉阳杂俎》说：“佛氏谓月中所有，乃大地山河影。”还老尽，桂花影：一作“还老桂花旧影”。这两句是说月圆时可以看到故国山河之全影（完整无缺）和桂花的旧影。

齐天乐蝉

一襟余恨宫魂断①，年年翠阴庭树。乍咽凉柯②，还移暗叶，重把离愁深诉。西窗过雨。怪瑶佩流空，玉筝调柱③。镜暗妆残，为谁娇鬓尚如许④。　铜仙铅泪似洗，叹携盘去远，难贮零露⑤。病翼惊秋，枯形阅世，消得斜阳几度⑥。余音更苦。甚独抱清高，顿成凄楚⑦。谩想薰风，柳丝千万缕⑧。

【说明】

本词以“宫魂”两字点题，指出蝉是齐女之魂所化。

以下用拟人法写蝉鸣庭树，深诉离愁。而雨后蝉声，又极清脆动听；镜中蝉鬓，还是缥缈动人。下片由蝉饮露水联系到铜仙铅泪，暗示亡国之痛；接着从“病翼”“枯形”说明秋蝉之悲苦，余音之哀抑；并结合自身境遇，以独抱清高而满怀凄楚，暗示故国之思。结尾回溯薰风吹拂，蝉鸣于万缕柳丝的盛时，句意含蓄曲折，言外之意是说回首往事，已是无魂可断，而作者心情之沉痛，也可想见。周济说本词有“家国之恨”。（《宋四家词选》）端木埰也说：“详味词意，殆亦碧山黍离之悲也！”（张惠言《词选》评）而词意也正如秋蝉的哀鸣，充满着辛酸颓丧的情调。

【注释】

①宫魂断：传说齐后怨王而死，尸变为蝉，见马缟《中华古今注》。这句是说齐后死去，余恨不断，魂化为蝉。蝉为宫中之后的魂魄所化，所以称为宫魂。

②凉柯：初秋的树枝。这句是说才在枝头发出凄咽的鸣声。

③调柱：调弄乐器弦柱。这三句写西窗雨后，听到蝉声像玉珮声在空中流逝，又像弹奏玉筝时的乐声。

④镜暗妆残：本指女子容颜衰老，这里借喻秋蝉。娇鬓：指女子发鬟薄如蝉翼。魏文帝宫人莫琼树曾制“蝉鬓”，缥缈有如蝉翼。见崔豹《古今注》。

⑤铜仙铅泪：指魏明帝折托承露盘的铜人，铜人眼中流泪。铅泪：泪流得像铅融化成水一样，形容泪水很多。这三句是说蝉以饮露为生，承露盘已随铜仙远去，蝉也日趋衰颓。

⑥病翼：残病的翅膀。枯形：枯了的形骸（指蝉蜕）。这三句是说残病的蝉翼已禁不住秋霜的侵袭，枯败的形骸还经历着人世的沧桑，就不知还能当得起几多岁月？咏蝉也是作者自比。

⑦甚：正。这三句是说以清高的操守自勉，但正如秋蝉一样，发出的余音却凄楚而令人不忍再听下去。

⑧谩：徒然。薰风：南风。这两句是说空自向往柳丝万缕的薰风盛夏，叹息美好的时光已经一去不复返了。

高阳台 和周草窗寄越中诸友韵①

残雪庭阴，轻寒帘影，霏霏玉管春葭②。小帖金泥，不知春在谁家③。相思一夜窗前梦，奈个人、水隔天遮④。但凄然、满树幽香，满地横斜⑤。　江南自是离愁苦，况游骢古道，归雁平沙⑥。怎得银笺，殷勤与说年华⑦。如今处处生芳草，纵凭高，不见天涯⑧。更消他，几度东风，几度飞花⑨。

【说明】

本词上片点出“相思”，下片借游骢归雁抒写离愁。张惠言则认为其中有所寄托：“此伤君臣晏安，不思国耻，天下将亡也。”（《词选》）并以为此是宋亡之前的作品。

【注释】

①周草窗：即周密。

②玉管：玉制的管状乐器。春葭（jiā加）：春天初生的芦苇。古时为了预测节气，将苇芦翳烧成灰，放在律管内，到了某一节气，相应律管内的灰就会自行飞出。见《后汉书·律历志》。这三句是说庭院还余残雪，轻寒时袭帘幕，但玉管内灰飞霏霏，说明春气已经发动。

③小帖金泥：唐代进士及第，以泥金书帖向家中报登科之喜。见《卢氏杂记》。这两句是说不知谁能有小帖金泥之喜，“春”是双关语，指人事亦指节令。

④个人：那个人。这两句是说一夜相思只余窗前绮梦，无奈那个人远在天涯，不能相见。

⑤这三句承上而来，说自己满怀相思，凄然四顾，但见满树梅花，满地疏影。卢同《有所思》：“相思一夜梅花发，忽到窗前疑是君。”

⑥骢：泛指马。游骢：指旅途上的马。这三句是说人在江南已自苦于离愁，又何况是西风瘦马，空见雁归的北国游子。

⑦银笺：泛指精良的信笺。年华：时光。这两句表面指要仔细诉说别后光阴而苦于没有精美的信笺，实际上是说这种愁苦难以用文字表达。

⑧苏轼《蝶恋花》词：“枝上柳绵吹又少，天涯何处无芳草。”这两句翻用苏轼词意，是说处处生满芳草，即使登高也望不见天边。指春将残而人不见。

⑨更消他：禁不起。这两句是说春意阑珊，哪里还经得住东风频吹，落花乱舞。

长亭怨 重过中庵故园[①]

泛孤艇、东皋过遍[②]。尚记当日，绿阴门掩。屐齿莓阶，酒痕罗袖事何限[③]。欲寻前迹，空惆怅、成秋苑[④]。自约赏花人[⑤]，别后总、风流云散[⑥]。　水远。怎知流水外，却是乱山尤远[⑦]。天涯梦短。想忘了、绮疏雕槛[⑧]。望不尽、苒苒斜阳，抚乔木、年华将晚[⑨]。但数点红英，犹识西园凄婉[⑩]。

【说明】

从重过故园而念及故人，又从故人远去天涯而引起自己的故国之思。上片是回忆当日在此的欢聚，叹息别后就此风流云散。下片写水远山长，天涯故人想已忘却故园楼台。独立斜阳，寂寞园林，不胜故国乔木之思。

【注释】

①中庵：即刘敏中，元代散曲家，有《中庵乐府》。

②东皋：东山。

③屐（jī机）齿：木屐底上有齿，供游山时用。莓阶：绿草长满土阶。罗袖：指歌女。这四句是说乘着小船独自泛游，绕过了东边小山，想起当日在这里酒宴欢聚，绿荫掩映小门，屐齿印

上土阶，真是乐事没有个完时。

④秋苑：形容故园花残叶枯，这里不仅指节令，也指因为人去而园废，所以有空自惆怅之叹。

⑤赏花人：指当时同游的友人。

⑥风流云散：是说分别以后，各奔东西，不再相聚。

⑦这三句是指故人所去之处远隔万水，在流水之外的乱山深处。这里乱山与下面天涯并提，暗指元代大都。

⑧绮疏：窗户上的镂空花纹。雕槛（jiàn见）：雕花的栏杆（指窗户下或长廊旁的栏杆）。这两句是说客居梦短，梦中恐怕也不会忆及故园的旧馆。

⑨苒苒：慢慢地。乔木：指故乡。江淹《别赋》："视乔木兮故里。"也指故国，见辛弃疾《念奴娇》注⑤，第444页。这两句是说望着缀缓落下去的夕阳，怅恨又将岁暮，不胜故国乔木之思。

⑩红英：红花。识（zhì志）：通"志（誌）"，记住。西园：即刘敏中故园。末两句是说只有那几朵开残的红花，使人不能忘怀故园凄清婉丽的风光。

醴陵士人（一首）

一剪梅

宰相巍巍坐庙堂。说着经量[1]。便要经量。那个臣僚上一章。头说经量。尾说经量[2]。　轻狂太守在吾邦。闻说经量。星夜经量[3]。山东河北久抛荒。好去经量。胡不经量[4]。

【说明】

南宋理宗淳祐年间实行“经量”，目的是要增加赋税，加重人民负担。当时饶州、信州（都属江西）实行“经量”制，在番阳学校还设“经量局”。有人在墙上题了两诗一词（即《一剪梅》），用来讽刺“经量”。事见《江湖纪闻》。本词辛辣而深刻地讽刺了从中央到地方各级官吏借“经量”为名，搜刮盘剥人民的情形。

【注释】

①巍巍：高大貌。庙堂：朝廷。经量：丈量土地。这三句是说宰相高坐朝廷之上，禀承皇帝意旨，口里才提到经量，便马上要下面去执行。

②臣僚：臣下。章：奏章。这三句是说哪个臣子马上写了一封奏章，从头到尾都是说要行经量（这是指朝臣秉承宰相意志赞成经量）。

③轻狂太守：形容地方官的阿谀奉承。这三句写地方官接到上级命令，就连夜进行丈量。

④这三句是指中原一带沦陷已久，田地荒芜没人管，也该去丈量，你们为什么又不去了呢？这是讽刺朝廷各级官吏只知丈量江南土地以剥削人民，却不想收复中原沦陷区的大片土地。与这首词一起题在壁上的诗中说："失淮失蜀失荆襄，却把江南寸寸量。一寸纵教添一丈，也应不是旧封疆。"也是谴责朝廷不思收复失地，却来把江南土地细细丈量，准备加紧搜刮。

徐君宝妻（一首）

徐君宝妻，岳州（今湖南岳阳市）人。宋末被元将虏掠到杭州，住韩蕲王府（韩世忠旧宅）。元将几次要侮辱她，都被她设法避免。一日元将发怒地表示要用强迫手段，她便说要祭告亡夫，主人答应了。她就梳妆焚香，再拜默祝，向南哭泣，题《满庭芳》（本词）在壁上，然后投水而死。见陶宗仪《辍耕录》。

满庭芳

汉上繁华①，江南人物②，尚遗宣政风流③。绿窗朱户，十里烂银钩④。一旦刀兵齐举，旌旗拥、百万貔貅。长驱入，歌台舞榭，风卷落花愁⑤。　清平三百载，典章人物，扫地俱休⑥。幸此身未北，犹客南州[7]。破鉴徐郎何在，空惆怅、相见无由[8]。从今后，梦魂千里，夜夜岳阳楼[9]。

【说明】

作者是个被掳掠不屈而死的女子。在词中她先指出南宋都会繁华、人才辈出，国力还算富；但当敌人长驱南下时，竟如风卷落花无力抵抗，使人慨恨不已。以下再说自身遭遇，叹息丈夫不知下落，在死前不能再见一面；自己不能生还故乡（岳阳），死后魂魄还是恋念着那个地方。

【注释】

①汉上：指汉水至长江一带，南宋时是商业经济很发达的地区，有襄阳、鄂州等大都市。这里汉上系泛指。

②江南人物：指南宋的许多人才。

③宣、政：宣和、政和都是北宋徽宗的年号。这句是指南宋的都市和人物还保持着宋徽宗时的流风余韵。

④烂银钩：光亮的银制帘钩，代表华美的房屋。这两句是指都市中街道整齐，房屋华美。

⑤歌台舞榭：借指南宋歌舞繁华的大都市。风卷落花：指元军占领临安，南宋灭亡。这四句是说一旦战争发生，百万大军长驱南侵，势如风卷落花，南宋就此灭亡。

⑥三百载：指北宋建国至南宋灭亡（九六〇——一二七九）共三百多年，这里指成数。典章：制度法令。这三句是说宋代三百年累积教养而成的典章和人物，到此全部被毁坏无遗。

⑦这两句是说自己幸好被掳后没有北上，而仍在南方（指临安）。

⑧破鉴：即破镜。徐郎：指作者丈夫徐君宝。这两句先用陈亡后乐昌公主与丈夫徐德言“破镜重圆”的典故，指出自己夫妻分离，无法重逢。

⑨岳阳楼：湖北岳阳市西，这里是作者故乡。

蒋　捷（七首）

蒋捷，字胜欲，阳羡（今江苏宜兴市）人。宋度宗咸淳十年（一二七四）进士。自号竹山。入山后隐居不仕。有《竹山词》。

蒋捷在宋亡以后所写的词作中，充满着沉痛的故国之思，特别是写兵乱以后国亡家破，自己到处流浪的苦况，思想意义较为深刻。

另外他也有一些倩妍秀逸的小词，用白描手法写景抒情，亦别具一格。刘熙载说他的词“洗练缜密，语多创获”。（《艺概》）这是指他善于炼字炼句，语言方面亦多创新之处。

贺新郎

梦冷黄金屋[①]。叹秦筝、斜鸿阵里，素弦尘扑[②]。化作娇莺飞归去，犹认纱窗旧绿。正过雨、荆桃如菽[③]。此恨难平君知否，似琼台、涌起弹棋局[④]。消瘦影，嫌明烛[⑤]。 鸳楼碎泻东西玉。问芳踪、何时再展，翠钗难卜[⑥]。待把宫眉横云样，描上生绡画幅。怕不是、新来妆束[⑦]。彩扇红牙今都在，恨无人、解听开元曲[⑧]。空掩袖，倚寒竹[⑨]。

【说明】

本词通过隐喻透露出作者深沉的亡国之痛。上片写梦回故宫。“恨难平”指痛心亡国，“弹棋局”指世事变幻。并以身影消瘦反映心中苦情。下片以鸳楼碎玉、芳踪何在暗喻亡国，并以无人解听两宋盛时的音乐为遗憾。如今歌扇牙板都在，只是人事全非，家国之恨也就隐然可见。

【注释】

①黄金屋：指南宋临安故宫。

②秦筝：古筝。斜鸿阵里：指秦筝弦柱斜列如飞雁，所以

说“斜鸿阵里”。张先《生查子》词：“雁柱十三弦，一一春莺语。”这两句是指故宫里的乐器上蒙上一层灰尘。

③荆桃如菽：野桃长得像豆一样。这四句是说梦魂化为莺儿飞回故宫，还能认得旧时纱窗，窗外却是雨洒野桃，不胜黍离之悲。

④琼台：琼玉砌成的台，这里指宫殿，代表南宋王朝。弹棋：古代博戏，汉武帝时已有。见《述异记》。这两句是说世事变幻如棋局（暗示南宋被元所灭），此恨（亡国之恨）又有谁知?

⑤这两句是说不愿看到烛光下自己消瘦的身影。

⑥鸳楼：酒楼。东西玉：指酒器。见《词统》：“山谷诗：‘佳人斗南北，美酒玉东西。’注：酒器也。”翠钗难卜：翠玉钗难以占卜出伊人踪迹。这两句是回忆酒楼分别时杯碎酒泻（暗指国破），难知何时再见伊人踪迹。

⑦宫眉横云：双眉如同纤云横陈额前。生绡：薄纱。这三句是说准备把她的面容画在薄纱画幅之上，只怕还是旧宫人的妆束（不忘故国）。

⑧开元：唐玄宗年号。开元曲：盛唐歌曲。这里借指南宋盛时。这两句是说歌扇牙板都在，只恨无人能了解亡国后聆听前朝旧曲时的心情。

⑨这两句是写独自倚竹，暗伤亡国。

贺新郎 兵后寓吴①

深阁帘垂绣。记家人、软语灯边，笑涡红透②。万叠城头哀怨角③，吹落霜花满袖。影厮伴、东奔西走。望断乡关知何处④，羡寒鸦、到著黄昏后。一点点，归杨柳⑤。　相看只有山如旧。叹浮云、本是无心，也成苍狗⑥。明日枯荷包冷饭，又过前头小阜⑦。趁未发、且尝村酒。醉探枵囊毛锥在⑧，问邻翁。要写牛经否⑨。翁不应，但摇手。

【说明】

词中以两种迥然不同的生活境遇，说明战乱使作者无家可归，漂泊流浪。他不仅慨叹江山依旧，国事已非；还诉述了自己国亡后不肯觍颜在元朝做官，以致衣食无着，到处奔波的艰辛生涯。

【注释】

①兵后寓吴：指元军攻陷临安（一二七六）后，作者离开家乡，流寓在苏州一带。

②帘垂绣：即绣帘垂。涡：酒涡。这三句是写兵乱之前，作者舒适美满的家庭生活。

③万叠：指乐曲反复不停地吹奏。城头哀怨角：城头上传来哀怨的号角声。

④影厮伴：只有影儿相伴。这两句写自己在江南陷区的寒风中到处奔走，极目远望，故乡知在何处？

⑤这三句是羡慕寒鸦到晚上还有杨柳枝可供栖息，自己却连歇宿之处也没有。

⑥浮云、苍狗：比喻世事变幻无常。杜甫《可叹》诗：

“天上浮云如白衣，斯须改变如苍狗。”

⑦小阜（fù父）：小土山。

⑧枵（xiāo消）囊：空口袋（指没有钱）。毛锥：毛笔。

⑨牛经：关于牛的知识的书。《三国志》注引《相印书》，说汉代有《牛经》。《唐书·艺文志》载窜戚《相牛经》一卷。

女冠子 元夕

蕙花香也。雪晴池馆如画。春风飞到，宝钗楼上，一片笙箫，琉璃光射①，而今灯漫挂。不是暗尘明月，那时元夜②。况年来、心懒意怯，羞与蛾儿争耍③。　江城人悄初更打。问繁华谁解，再向天公借④。剔残红灺⑤。但梦里隐隐，钿车罗帕⑥。吴笺银粉砑。待把旧家风景，写成闲话⑦。笑绿鬟邻女，倚窗犹唱，夕阳西下⑧。

【说明】

上片写元夕。昔年是笙箫嘹亮、灯光明灿，如今灯儿零乱，心懒意怯。今昔不同，非常明显。

下片是作者的内心活动。繁华已随流水去，谁能去向天公借来当年盛事呢（指南宋复国）？梦里的旧日风光，只等用纸笔写下来。听到邻女在唱宋代的元夕词，心中浮上无限故国之思，真有说不出的滋味。“笑”字含有无限凄楚。李煜《乌夜啼》中说：“剪不断，理还乱，是离愁，别是一般滋味在心头。”两者都是亡国哀音。

【注释】

①宝钗楼：本为咸阳酒楼。这里泛指酒楼。琉璃：指灯。周密《武林旧事》：“又有幽坊静巷多设五色琉璃泡灯，更自雅洁。”这六句写南宋盛时元夕的繁华。

②暗尘明月：指车马众多，扬起的飞尘遮暗了明月光辉。这两句是说如今已不是南宋时热闹、繁华的那种元夜。

③蛾儿：即闹蛾，用彩纸剪成的饰物。周密《武林旧事》：“妇人皆戴珠翠、闹蛾、玉梅、雪柳、菩提叶、灯毬。”这两句是说近年来（指亡国后）心灰意懒，不愿出去看灯。

④这两句是问谁能向天公借来旧日的繁华呢？

⑤灺（xiè泻）：同炧，烧残烛灰。

⑥钿车：华丽的车子。罗帕：香罗手帕。这两句是说醒来剔去红烛的残灰，记起梦里车马喧阗、游人如织的元夕盛况。

⑦吴笺：吴地出产的笺纸。砑（yà亚）：碾。银粉砑：碾上银粉，使之发光。旧家：故国。这三句是说作者要用纸把故国的元夕风光用漫话的方式写下来。

⑧绿鬓：黑发，形容年轻。夕阳西下：范周《宝鼎现》咏元夕词，开头几句是：“夕阳西下，暮霭红隘，香风罗绮。”这三句是说夜深听邻女在唱宋时的元夕词，心头涌上夹杂着又悲又喜的凄楚之情。“笑”，是写此时无可奈何的感情。

一剪梅舟过吴江[1]

一片春愁待酒浇。江上舟摇。楼上帘招。秋娘度与泰娘娇[2]。风又飘飘。雨又萧萧。　何日归家洗客袍。银字笙调[3]。心字香烧[4]。流光容易把人抛。红了樱桃。绿了芭蕉[5]。

【说明】

上片写客愁。船过吴江时客在船上，远望岸边酒楼。“春愁待酒浇”，是想借酒浇愁而不可得，只有风雨增添愁思。下片写离情。想到闺人在家调笙焚香。如今流光易逝，一年又过，不知何时才能归家团聚。

【注释】

①吴江：今江苏苏州市吴江区，在苏州之南，太湖之东。

②秋娘度与泰娘娇：作者另一首《行香子》中说：“过窈娘堤，秋娘渡，泰娘桥。”度：应作“渡”。娇：应作“桥”。秋娘渡、泰娘桥，都是吴江地名。

③银字笙：笙上镶用银作的字以表示音色。白居易《南园试小乐》诗：“高调管色吹银字，慢拽歌词唱《渭城》。”调：调弄乐器。

④心字香：褚人获《坚瓠集》：“按心字香，外国以花酿香，作心字焚之。”杨慎《词品》：“所谓‘心字香’者，以香末萦篆成心字也。”

⑤这三句是说岁月飞驰催人老去，如今初夏又到，归家还未有日期。

昭君怨卖花人

担子挑春虽小。白白红红都好。卖过巷东家。巷西家。　帘外一声声叫。帘里鸦鬟入报①。问道买梅花。买桃花。

【说明】

题目是卖花人。先写他的小小担子，满是春色。再写帘外叫卖，帘内入报。绘声绘形，生趣无限。陆游《临安春雨初霁》中的“小楼一夜听春雨，深巷明朝卖杏花”与本词相比，虽都写卖花，前者是人在小楼听卖杏花。后者则以卖花人口吻穿街走巷叫卖鲜花，显得更活泼些。

【注释】

①鸦鬟：即“丫环”，婢女。

虞美人 听雨

少年听雨歌楼上。红烛昏罗帐①。壮年听雨客舟中。江阔云低、断雁叫西风②。　而今听雨僧庐下③。鬓已星星也。悲欢离合总无情。一任阶前、点滴到天明④。

【说明】

词中通过人生三个时期，抒写听雨者在不同时期中的活动和心情。先是少年听雨歌楼时的蜜意柔情，次写壮年听雨客舟时的慷慨豪情，再写老年听雨僧舍下的遁世幽情。概括性很强。

【注释】

①昏：指烛光昏暗。

②断雁：离群的孤雁。薛道衡《出塞曲》：“寒夜哀笳曲，霜天断雁声。”

③僧庐：僧房。

④星星：指白发很多。

霜天晓角

人影窗纱[1]。是谁来折花。折则从他折去，知折去，向谁家。　檐牙[2]。枝最佳。折时高折些。说与折花人道，须插向、鬓边斜。

【说明】

先以窗纱上的人影，点明外面有人来折花。然后通过自问自答，反映作者的思想活动；先是想不知哪个来折花；再想随她去折吧，知道这是折给谁的呢？但一想还得告诉她檐前的那枝最好，折时手要伸得高些。末尾以人面与花枝相映，作为对折花人的期许。

【注释】

①这句是说纱窗上印着个折花人的影子。

②檐牙：屋檐边上。

陈德武（一首）

陈德武，三山（今福建福州市）人，生平事迹不详。词集名《白雪遗音》。

水龙吟 西湖怀古

东南第一名州[①]，西湖自古多佳丽[②]。临堤台榭，画船楼阁，游人歌吹[③]。十里荷花，三秋桂子[④]，四山晴翠。使百年南渡，一时豪杰，都忘却，平生志[⑤]。　可惜天旋时异[⑥]。藉何人、雪当年耻[⑦]。登临形胜，感伤今古，发挥英气[⑧]。力士推山，天吴移水[⑨]，作农桑地。借钱塘潮汐，为君洗尽，岳将军泪[⑩]。

【说明】

上片用柳永《望海潮》词意，咏赞西湖的繁华秀丽，但也点出这种景象只能消磨英雄的志气。作者在另一首《望海潮》（钱塘怀古）中也慨叹道："乐极西湖，愁多南渡，他都是梦魂空。"

下片感伤今古，叹息无人能雪当年南渡偏安之耻。末尾气势磅礴，反映了作者盼望能出现报仇雪耻、励精图治、改造山河的局面。

【注释】

①东南第一名州：柳永《望海潮》开头就说："东南形胜，三吴都会，钱塘自古繁华。"

②谢朓《入朝曲》诗说："江南佳丽地，金陵帝王州。"这句是说西湖自古多佳丽胜景。

③这三句写西湖上的亭台楼阁、画船歌吹。

④"十里"两句是柳永《望海潮》词中语。

⑤这四句是说，西湖的繁胜使南渡（一一二七）百年以来的著称于时的豪杰都为之志气消沉。

⑥天旋时异：指北宋覆亡，偏安江南，时势也与南渡之前不同。

⑦这句是说依靠何人来洗刷当年（指北宋亡国）的耻辱。

⑧英气：英雄才气。

⑨天吴：水神名。《山海经·海外东经》："朝阳之谷，神曰天吴，是为水伯。其为兽也，八首人面，八足八尾，皆青黄。"这三句是写盼望神人改变西湖为农桑之地。

⑩岳将军：即岳飞。

张　炎（六首）

张炎（一二四八——一三二〇？），字叔夏，号玉田，又号乐笑翁。是南宋初大将张俊六世孙。先世凤翔（今陕西县名）人，寓居临安。宋亡后，落拓浪游，曾北上元京大都，失意而回。词集名《山中白云》。

张炎著有《词源》一书，其中除讨论词乐外，还有“句法”“字面”“用字”“咏物”等有关形式方面的论述。另外他又提出“词要清空，不要质实；清空则古雅峭拔，质实则凝涩晦昧”。并以姜夔词为“清空”的代表，而对吴文英词的“质实”表示不满。他自己作词是宗尚白石而偏重形式。周济说“叔夏所以不及前人处，只在字句上着功夫，不肯换意”。（《介存斋论词杂著》）指出张词的弊病是内容方面较少变动。

在张炎的一些词作中，反映出悲凉激楚的亡国哀音和身世之感，具有一定的现实意义。可惜的是这些词为数不多，而又过分哀伤，情调过于低沉。

高阳台 西湖春感

接叶巢莺[1]，平波卷絮[2]，断桥斜日归船[3]。能几番游，看花又是明年。东风且伴蔷薇住，到蔷薇、春已堪怜。更凄然。万绿西泠，一抹荒烟[4]。 当年燕子知何处，但苔深韦曲，草暗斜川[5]。见说新愁，如今也到鸥边[6]。无心再续笙歌梦，掩重门、浅醉闲眠。莫开帘。怕见飞花，怕听啼鹃[7]。

【说明】

本词借咏西湖来抒写亡国的哀感，情调沉哀凄怨。先从湖中归船叙述春暮景物，“能几番游”两句叹息花时已过，盛会难再。“东风”句写此时还有蔷薇可看，接着转出下句，是说到蔷薇开时，春事已了，留下西泠荒烟，更令人凄然神伤。下片“当年燕子”句，承上片西泠荒烟句意而来写燕子已不知飞向何处。以下抒发黍离之悲，写昔年湖上佳胜已经苔深草暗，无复旧时景象，甚至使鸥鸟也生新愁。鸟儿尚且如此，则作者之愁可以想见。歌舞旧梦已无心再续，只有借醉忘情。末三句是深一层写新愁，可说一字一泪。

在章法上，作者能做到换头而词意不断，起首两句，琢句极工，被《词旨》列为奇对。至于蔷薇、笙歌梦、飞花、啼鹃，亦似有所比喻寄托，不足之处是缺乏慷慨悲歌的气概，只有微弱可怜的哀叹。

【注释】

①接叶巢莺：莺儿将巢筑在密集的叶丛里。杜甫《陪郑广文游何将军山林》诗："卑枝低结子，接叶暗巢莺。"

②平波卷絮：轻絮飞落湖上，被微波缓缓地卷入水中。

③断桥：在孤山侧面白沙堤东，里湖和外湖之间。这句是指夕晖照在驶过断桥之下的归舟。

④西泠（líng灵）：桥名，在孤山下，将里湖和后湖分开。这两句写西泠一带冷落荒芜的景象。

⑤韦曲：在陕西长安城南皇子陂西，唐时韦氏世居此地，故名韦曲。斜川：在江西星子、都昌两县之间。陶渊明有《游斜川》诗写斜川的风景。这两句借韦曲、斜川的景致叙写西湖苔深草盛的冷落景象。

⑥见说：听说。鸥边：即白鸥。这两句是说听说连优游湖上的白鸥也有了新愁。

⑦飞花：落花。啼鹃：鹃即杜鹃，啼声凄哀。这里隐有故国之思。

甘州

辛卯岁，沈尧道同余北归[①]，各处杭、越[②]。逾岁，尧道来问寂寞，语笑数日，又复别去。赋此曲，并寄赵学舟[③]。

记玉关、踏雪事清游。寒气脆貂裘[④]。傍枯林古道，长河饮马，此意悠悠。短梦依旧江表，老泪洒西州[⑤]。一字无题处，落叶都愁[⑥]。　载取白云归去[⑦]，问谁留楚佩，弄影中洲[⑧]。折芦花赠远，零落一身秋[⑨]。向寻常野桥流水，待招来、不是旧沙鸥[⑩]。空怀感，有斜阳处，却怕登楼[⑪]。

【说明】

本词主要是写作者北游归来的失意和离别的愁情。前五句追溯北上时枯林古道，雪深寒重，饮马长河的情景。“短梦”两句，写回南以后，触景有感，不胜悲恸。“一字”句，从上面“此意悠悠”而来，意既不可吐，字亦不可题；所以说“落叶都愁”。反映出作者内心之沉痛。换头记沈尧道才到又别。“留佩”“弄影”，是以湘君、湘夫人事抒家国沦丧的寂寞之感，因此折花相送。“零落一身秋”，写芦花兼以写人，由芦花而推及野桥流水，寻常所在，遇到的恐已不是旧友。这是人事已非之意。末句说明对家国沦丧，抱着无限的隐恨。

【注释】

①辛卯岁：元世祖至元二十八年（一二九一）。沈尧道：据江昱《山中白云疏证》说：“沈尧道即沈秋江，名钦；曾心传名遇，至元庚寅九月与玉田同以写经入上都。”北归：从北方回到南边。

②各处杭越：回南后沈尧道在杭州，张炎在越州（今浙江绍兴市）。

③赵学舟：名与仁，字元父，北宋宗室。别本赵学舟作曾心传。

④玉关：玉门关。这里泛指北方。脆：形容严寒似乎要把貂裘都冻得脆裂了。这两句记辛卯岁在严寒时节踏雪北上。

⑤江表：江南。西州：古城名，在今南京市西。《晋书·谢安传》说羊昙受到谢安的推重。谢安扶病还都时曾从西州城门而入，谢死后羊昙就避而不走西州路，曾因大醉不知不觉走到西州城门，发现后便恸哭而去。这里借羊昙事自伤怀才而难遇知音。老泪：作者时年四十五岁。这两句是说北游事如同一梦，醒来此身仍在江南，感慨平生，不禁有西州之痛。

⑥这两句翻用唐人红叶题诗的典故。从上面“此意悠悠”“泪洒西州”，暗示有难以吐露的衷情，因此也就无法题书，所以说连落叶都由于不着一字而生愁了。

⑦白云：象征隐居山林。《庄子·天地》：“乘彼白云，

至于帝乡。”后常以白云乡喻退隐之所。这句是说沈尧道来访后，将“乘彼白云”，回到他归隐之地。

⑧楚佩：楚女（指湘夫人）的玉佩（玉制的佩饰）。弄影：楚女低徊顾影。《楚辞·湘君》：“捐余玦兮江中，遗余佩兮澧浦。”“君不行兮夷犹，蹇谁留兮中洲。”这两句是借留佩与弄影喻故土丧失后的失意彷徨。

⑨这句本来描写秋天的芦花，这里并以形容自己身世零落如同衰飒的秋天。

⑩旧沙鸥：喻旧日友人。这两句是说野桥流水，还像平常一样，只是人事已经不同（指旧友星散）。

⑪登楼：王粲有《登楼赋》抒思乡怀人之情。末三句说怕上层楼，怕见烟柳凄迷处的夕阳，怕由此引起自己的故国之思，身世之感。显然从辛词《摸鱼儿》中“休去倚危栏，斜阳正在、烟柳断肠处”句化出。

解连环 孤雁

楚江空晚①。怅离群万里，怳然惊散②。自顾影，欲下寒塘，正沙净草枯，水平天远③。写不成书，只寄得、相思一点④。料因循误了，残毡拥雪，故人心眼⑤。　谁怜旅愁荏苒。漫长门夜悄，锦筝弹怨⑥。想伴侣、犹宿芦花，也曾念春前，去程应转⑦。暮雨相呼，怕蓦地，玉关重见⑧。未羞他、双燕归来，画帘半卷⑨。

【说明】

作者以咏物词见称于世，刻画新警而有所寄托。本词借写孤雁失群，孤独凄凉的情形，抒发出自己羁旅行役，漂泊潦倒的愁思，也暗含家国之痛的哀音。由于这首词喻意贴切深刻，描绘生动曲折，受到人们的称赞，作者也因本词而得“张孤雁”之号。孔行素《至正直记》说：“钱唐张叔夏……尝赋孤雁词，有‘写不成书，只寄得相思一点，’人皆称之曰‘张孤雁’。”其实，很多人称赏的“写不成书”两句，已开纤巧之端。倒是“残毡拥雪”“长门夜悄”等意有所指的内容，不仅以孤雁比喻自己漂泊潦倒的生涯，还蕴含着国破家亡的哀思，是值得予以注意的。

【注释】

①楚：泛指南方。

②怳（huǎng谎）然：惆怅失意的样子。

③欲下寒塘：唐崔涂《孤雁》诗：“暮雨相呼失，寒塘欲下迟。”这三句是指江南秋暮，水天相接，沙净草枯，受惊离群成为孤雁，欲飞下寒塘又顾影而自伤孤单。

④写不成书：雁群在飞行时，常排列成行，队形如字，故称“雁阵”。孤雁在天上只有一点，排不成字，所以说写不成书信，而只能带回来一点相思之意。

⑤因循：拖延。残毡拥雪：指汉苏武被匈奴所拘，不屈，因“幽武置大窖中，绝不饮食。天雨雪，武卧啮（niè聂）雪与毡毛并咽之，数日不死”。见李煜《清平乐》注①，第92页。这三

句是指孤雁因离群而拖延误事，没能传达久困胡地的故人的艰危处境。

⑥荏苒：辗转，指时光流逝。长门：见辛弃疾《摸鱼儿》注⑥，第455页。杜牧《早雁》诗：“仙掌月明孤影过，长门灯暗数声来。”锦筝：钱起《孤雁》诗：“二十五弦（瑟）弹夜月，不胜清怨却飞来。”这里以筝代瑟。这三句承上片“故人心眼”而来，是指光阴流逝，被幽闭的故人空自在深夜弹筝抒怨，他的愁思就更加深了。

⑦伴侣：指归雁，即孤雁离群之前的伴侣。这三句是指归雁还宿在芦苇丛中，可曾想到孤雁在来春将飞回北方。

⑧怕蓦（mò末）地：倘忽然。玉关：玉门关，泛指北方。这两句是说孤雁设想与伴侣在北地忽然重逢，于暮雨中互相招呼时的欣悦心情。

⑨这两句是说旧侣重逢，孤雁不孤，则当双燕飞归楼前时，就不会有形单影只之叹了。

月下笛

孤游万竹山中[①]，闲门落叶，愁思黯然，因动《黍离》之感。时寓甬东积翠山舍[②]。

万里孤云，清游渐远，故人何处。寒窗梦里，犹记经行旧时路。连昌约略无多柳，第一是，难听夜雨[③]。漫惊回凄悄，相看烛影，拥衾谁语[4]。　张绪。归何暮。半零落，依依断桥鸥鹭。天涯倦旅[5]。此时心事良苦。只愁重洒西州泪，问杜曲、人家在否。恐翠袖、正天寒，犹倚梅花那树[6]。

【说明】

小序指出作者是因孤游愁思而“动《黍离》之感”，也即起故国之思。作者的故乡临安是南宋旧都。他在“寒窗梦里”“天涯倦旅”都频频忆念那故宫杨柳、断桥鸥鹭，当然，他更不能忘怀的是那独倚寒梅的遗民。

【注释】

①万竹山：《赤城志》云：“万竹山在（天台）县西南四十五里。绝顶曰新罗，九峰回环，道极险隘。岭上丛薄敷秀，平旷幽窈，自成一村。薛左丞昂诗所谓：‘万竹源中数百家，重重流水绕桑麻’是也。”（《山中白云词》江昱注引）

②甬东：今浙江舟山市定海区。

③连昌：唐行宫名，高宗时所建，在今河南宜阳县西。宫中柳树很多。元稹有《连昌宫词》，写安史乱后行宫的荒凉残破。这里借指南宋故宫。约略：大概。这四句承上面述说故人星散，自己如孤云远游，如今在梦里还记得旧时的路途，只怕故宫柳树所余无几，故人远去，因此不能共在一室，同听夜雨（苏轼诗有“他年夜雨独伤神”之句）。

④惊回：梦醒。这三句是指醒来悄然无人，但见烛影摇曳，只好独自拥着被子，一言不发。这是照应上面“故人何处”

之句，点出自己的孤独。

⑤张绪：字思曼，南齐时吴郡人，官至国子祭酒，风姿清雅。《南齐书》有传：南齐刘悛之为益州刺史，曾献蜀柳数株，枝条曼长如丝缕。武帝命植于灵和殿前，常叹息云："此柳风流可爱似张绪当年。"这里作者以张绪自比。天涯倦旅：指作者自己是个倦游之客。郑思肖说张炎"三十年汗漫数千里"。（《山中白云词序》）这五句是说如今自己倦游客中，追溯那次回到沦亡后的临安，只见西湖断桥上的鸥鹭也零落无几，对人依依不舍。一念及此，情何以堪！

⑥西州泪：指晋羊昙于谢安死后洒泪不入西州城门。杜曲：在唐长安城南，因杜氏世居于此，故名。是当时名胜之地。这里借指故都临安的游览胜地。翠袖：指隐居的故人。杜甫《佳人》诗："天寒翠袖簿，日暮倚修竹。"这四句是说旧地重游，慨恨良深，就不知故人还在否？"犹倚梅花那树"，是对故人的节操表示钦佩。

清平乐

候蛩凄断①。人语西风岸。月落沙平江似练②。望尽芦花无雁③。　暗教愁损兰成④，可怜夜夜关情。只有一枝梧叶，不知多少秋声。

【说明】

作者在《南楼令》中说：“风雨怯殊乡。梧桐又小窗。甚秋声、今夜偏长。”这也是说秋声使他感触无限。而“芦花无雁”，暗指北方故人杳无音讯，这也就是他感慨的原因。

【注释】

①候蛩（qióng穷）：指蟋蟀。

②江似练：形容江平如白绸带子。谢朓《晚登三山还望京邑》诗中有“澄江静如练，余霞散成绮”之句。

③秋日归雁多栖宿于沙滩芦花之中，说“望尽芦花无雁”，是用“雁足传书”事，无雁即无音书，即不知北方故人近况。

④兰成：庾信，字子山，小字兰成。梁朝诗人，后出使北周被扣，留在北方。

清平乐

采芳人杳[①]。顿觉游情少。客里看春多草草[②]。总被诗愁分了。　去年燕子天涯。今年燕子谁家[③]。三月休听夜雨，如今不是催花[④]。

【说明】

自称“客里”，自比“燕子”，诉说“游情少”，“诗愁分了”，这是作者飘零南北、异乡倦旅的反映。而如今暮春夜雨，不是催花季节，则更蕴含着对现实的反感，也即对故国的怀恋。

【注释】

①采芳：采花。杳：不见踪影，即无人。

②草草：马虎。

③谁家：何处。这两句是说自己如同燕子般漂泊不定。

④这两句是说休听暮春三月雨打繁花之声，如今已不是初春催花开放的时节了。

杨佥判（一首）

杨佥判，不知其名，宋度宗时人。

一剪梅

襄樊四载弄干戈。不见渔歌。不见樵歌[1]。试问如今事若何。金也消磨。谷也消磨[2]。　柘枝不用舞婆娑。丑也能多。恶也能多[3]。朱门日日买朱娥，军事如何。民事如何[4]。

【说明】

从宋度宗咸淳四年（一二六八）到咸淳九年（一二七三），元军大举南侵。襄阳地处水陆要冲，是元军进攻的重点。襄阳及樊城军民英勇抵御，并屡次请援，但窃居相位的贾似道却置之不理，致使名城沦陷敌手。《宋史·奸臣传》说：“时襄阳围已急，似道日坐葛岭，起楼阁亭榭，取宫人娼尼有美色者为妾，日淫乐其中。”这首词就是借襄樊的战事对贾似道卖国求和，输绢纳币，割土称臣的罪恶进行了尖锐地抨击。

【注释】

①弄干戈：指战争。这三句是说襄樊一带战事进行了多年，人民的和平生活（渔歌、樵歌）都被破坏了。

②金和谷指贾似道与忽必烈所订的密约中有纳“岁币”银绢等财物。这三句是指财物消耗掉这么多，如今国事究竟演变到什么程度了呢？

③柘枝：舞名。能多：这样多。朱门：权贵之家，这里指贾似道。朱娥：年轻貌美的女子。这四句是讥刺贾似道荒淫无度，指斥他买进美女，纵情行乐，他的丑恶罪行也就够多的了。

④军事：指襄樊被围，贾似道不发援兵。民事：指贾似道对人民加重剥削，而襄樊一带的民兵却勇敢地参加了保卫襄阳城的战斗。

无名氏（二十二首）

九张机

一

一张机。织梭光景去如飞[1]。兰房夜永愁无寐[2]。呕呕轧轧[3]，织成春恨，留着待郎归。

【说明】

《九张机》共两组二十首，载于《乐府雅词》。第一组有小序，序中指出“《九张机》者，才子之新调”。点明是文人创制的新调。其内容是“写掷梭之春怨”。亦即写织女的春日怀人的怨思。

本词写织女不仅在织锦，而且还把自己怀人的春恨织入锦中。

【注释】

①光景：景况。这句形容织锦时梭子来去如飞的情况。

②这句是说闺房夜长，因愁思而不能入睡。

③呕轧（ōu yà欧亚）：象声词。形容织机的声音。

二

两张机。月明人静漏声稀①。千丝万缕相萦系②。织成一段，回纹锦字③。将去寄呈伊④。

【说明】

本词写织女在月明人静之时织锦，其中织出锦字回文诗，准备寄给远方的爱人，借此表达自己真挚的情意。

【注释】

①漏：用水计算时间的器具。漏声稀：夜深漏中水渐少，漏得较慢。

②这句是说千丝万缕，相互缠绕。

③回纹：指回文诗，可以回环往复地阅读的诗。回文锦字，指窦滔妻苏氏曾“织锦为回文旋图”。见《晋书·窦滔传》。

④将去：拿去。这句是说把这段回文织锦拿去寄给他（指织女的爱人）。

三

三张机。中心有朵耍花儿①。娇红嫩绿春明媚。君须早折，一枝浓艳，莫待过芳菲[2]。

【说明】

从锦中织出的花儿，暗示青春如同花儿；花儿不折要凋谢，青春虚度人必老。

【注释】

①耍：本有“动”的意思，这里形容织出的花儿栩栩如真。

②芳菲：花草鲜美。这三句以折花不能错过芳菲时节，比喻人不能虚度青春。

四

四张机。鸳鸯织就欲双飞。可怜未老头先白，春波碧草，晓寒深处，相对浴红衣[1]。

【说明】

“可怜未老头先白”是写鸳鸯也在写自己，但鸳鸯头虽白而仍双双相对，自己却未老而形单影只，对比之下，其心情不言自明。

【注释】

①红衣：彩色羽毛。杜牧《齐安郡后池绝句》：“尽日无人看微雨，鸳鸯相对浴红衣。”

五

七张机。春蚕吐尽一生丝。莫教容易裁罗绮。无端剪破，仙鸾彩凤，分作两般衣。

【说明】

蚕丝来之不易，织成罗绮更不易，不要轻易剪裁，致使本在一匹上的鸾凤，分别做成两件衣服。这里暗指她与爱人分隔两地，如同鸾凤不能相聚。

六

春衣。素丝染就已堪悲[①]。尘世昏污无颜色[②]。应同秋扇，从兹永弃。无复奉君时[③]。

【说明】

素丝染后失去洁白的本色，织成春衣后被玷污践踏而灰黯无光，这是多么可悲！至于织女的命运，也和素丝春衣一样，被弃如同秋扇，那就更加可叹了。

【注释】

①素丝：白色的丝。《淮南子·说林训》：“墨子见练丝而泣之，为其可以黄，可以黑。”练丝：白丝。这句以素丝比喻人的品格本来是纯洁的。

②这句是指织女辛苦织锦，制成春衣，而穿它的人却毫不爱惜，致使它被糟蹋得不像样子。这句是以春衣的遭遇暗示织女的命运。

③秋扇：见王建《调笑令》注①，第30页。后世以秋扇见捐比喻妇女被人遗弃。这三句是说织女如同秋扇那样被爱人所弃，再也不会侍奉他了。

九张机

一

一张机。采桑陌上试春衣[①]。风晴日暖慵无力。桃花枝上，啼莺言语，不肯放人归。

【说明】

这一组《九张机》与前一组相较，内容基本相同，亦以抒情为主，但时间、次序、脉络都比较清楚，并且讲究辞藻，运用典故，说明已经有过一番加工。

本词是写织女在陌上采桑的情景。

【注释】

①采桑陌上：指织女在田间小路上采桑。汉乐府有《陌上桑》，写采桑女罗敷拒绝太守的调戏。

二

两张机。行人立马意迟迟[①]。深心未忍轻分付[②]，回头一笑，花间归去，只恐被花知[③]。

【说明】

这首写织女与爱人分别。千言万语，无法倾吐，“回头一笑”，其中蕴蓄着她依依惜别的“深心”，末句实际上是写无人能了解她心中的苦衷。

【注释】

①行人：行旅之人，即织女的爱人。立马：驻马。迟迟：迟缓。意迟迟：舍不得与织女离别。

②深心：深厚的情意。轻分付：想诉说而又怕难为情。

③只恐被花知：只怕被花看出自己难以诉述的心事。

三

三张机。吴蚕已老燕雏飞[①]。东风宴罢长洲苑[②]，轻绡催趁[③]，馆娃宫女[④]，要换舞时衣。

【说明】

这里借古代吴王宫女要更换舞衣，说明初夏吴蚕老时，就是织女紧张劳动的开始。

【注释】

①吴蚕：吴地（今江苏南部）是产丝之区。李白诗："吴地桑叶绿，吴蚕已三眠。"

②长洲苑：吴王的宫苑。长洲在今苏州市西南。苑：宫中的苑圄。

③这句是说催促着早些把轻绡织出来。

④馆娃宫：吴王夫差所造，在苏州灵岩山。

四

四张机。咿哑声里暗颦眉[①]。回梭织朵垂莲子[②]。盘花易绾[③]，愁心难整，脉脉乱如丝[④]。

【说明】

本词运用民歌中谐音双关的手法，通过纺织过程的描写，表现出织女因思念爱人而心乱如丝。

【注释】

①咿哑：纺织时织机发出的声响。颦（pín贫）：皱眉。

②垂莲子。"垂爱于你"的谐音双关语。"莲""怜"是谐音，子是男子的美称，这里指织女的爱人。

③绾（wǎn碗）：盘结回绕。这句是说莲花是比较易于回环盘织出来的。

④整：安排。脉脉：含情欲诉。这两句是说织女看到织成的莲子，想起了远别的爱人，愁思无法安排，心乱得像一团丝。

五

五张机。横纹织就沈郎诗[①]。中心一句无人会[②]。不言愁恨，不言憔悴。只恁寄相思[③]。

【说明】

织女在她寄给爱人的诗中，不说自己的离愁别恨，憔悴可怜，这种“无声胜有声”的手法，恰好反衬出愁恨之深，相思之切。

【注释】

①织就：织成。沈郎：梁代沈约的诗写得工整，人家称他“沈郎”。这里借指织女爱人。

②中心一句：汉苏伯玉妻作《盘中诗》寄夫，末尾说：“与其书，不能读，当从中央周四角。”无人会：无人领会了解。

③只恁：只这样。

六

六张机。行行都是耍花儿。花间更有双蝴蝶，停梭一晌[①]，闲窗影里。独自看多时。

【说明】

对着自己精心织成的艺术品，织女感到十分满意，不禁停下梭子，在窗下独自仔细地观赏这段“双蝶穿花锦”。

【注释】

①一晌：吃一顿饭的时间。

七

七张机。鸳鸯织就又迟疑。只恐被人轻裁剪，分飞两处，一场离恨，何计再相随①。

【说明】

刚织好一对鸳鸯，心中就犹豫起来，只怕它们马上被人用剪刀裁开。末两句以鸳鸯分飞比喻自己与爱人不能相随的“离恨”。

【注释】

①何计再相随：有什么法子能再在一起呢？

八

八张机。回文知是阿谁诗①。织成一片凄凉意。行行读遍，厌厌②无语，不忍更寻思。

【说明】

在织完无名氏的回文诗以后，诗中的凄凉愁思使这位织女受到了感染，她将回文诗一行一行读过后，默默无言，不忍再去仔细思量。

【注释】

①阿谁：犹言谁，何人。

②厌厌：见贺铸《石州引》注④，第271页。

九

九张机。双花双叶又双枝。薄情自古多离别，从头到底，将心萦系，穿过一条丝。

【说明】

薄情郎总是流浪他乡，妻子只好独守空闺。因此，织女们织成的双花锦，都是从头到底，用一条丝把花心萦系起来，使它们永远连在一起。

水调歌头

平生太湖上，短棹几经过[①]。如今重到，何事愁与水云多[②]。拟把匣中长剑，换取扁舟一叶，归去老渔蓑[③]。银艾非吾事，丘壑已蹉跎[④]。　脍新鲈[⑤]，斟美酒，起悲歌。太平生长，岂谓今日识兵戈[6]。欲泻三江雪浪，净洗胡尘千里，不用挽天河[7]。回首望霄汉，双泪堕清波[8]。

【说明】

据曾敏行《独醒杂志》记载，宋高宗绍兴年间有人在吴江长桥上题词一首（即本词），不写姓名。以后这首词传入官内，高宗派人大力查访。秦桧请高宗降黄榜招请，可作者竟然不到。人们议论说，作者是隐士，不屑做官。秦桧请降黄榜，并非真心寻求，而是居心叵测。

这首词之所以受到统治者的注意和不满，是由于其中洋溢着慷慨悲歌的爱国豪情，这对当时急于跟敌人议和的统治者来说是一种强有力的鞭挞与讽刺。据近人考证，疑此首为张元幹的隐名之作。

【注释】

①太湖：在江苏、浙江之间。短棹：这里指小船。这两句是说自己平生曾几次泛舟经过太湖。

②愁与水云多：指自己的愁恨像湖云湖水那样多。这两句自问为何如今重来此地，但觉愁思无究（暗指中原沦陷的国仇家恨）。

③老：终老。渔蓑：渔钓之事，即隐居江上。这三句是说遭逢国难后，本想收起长剑，退隐江上。

④银：银印。艾：如艾草般的绿色丝带（用来拴印）。丘壑：山谷，泛指山水。蹉跎：光阴虚度。这两句是说掌管印信本不是我的事（即无意仕途）。想寄情山水，也因被琐事耽误而未能成行。

⑤鲙（kuài快）：通“脍”，把鱼肉切细。鲈鱼：是松江名产。

⑥岂谓：难道说。这两句是说自己虽本生长在太平之世（指北宋未亡时），难道说到今天才了解什么叫作战争吗（指早就注意及此）？

⑦三江：太湖支流有吴淞江、娄江、东江。挽天河：卷起天河之水（用以洗净甲兵），暗指休战。杜甫《洗兵马》诗：“安得壮士挽天河，净洗甲兵长不用。”这三句是说要倾三江之浪，净洗千里边境，即决定要北上收复失地，决不能休战求和。

⑧霄汉：高空（指朝廷）。这两句隐指朝廷无意北伐，空使志士垂泪。

青玉案

年年社日停针线[①]。怎忍见、双飞燕。今日江城春已半。一身犹在，乱山深处，寂寞溪桥畔。　春衫著破谁针线。点点行行泪痕满[②]。落日解鞍芳草岸[③]。花无人戴，酒无人劝，醉也无人管。

【说明】

上片是写身在深山溪桥边的游子，遥念家乡闺中在停做针线的社日，看到双双飞燕而自伤孤单。下片写游子长期流浪在外，春衫已破，泪痕都满，却还不知归期。

末尾接连三个“无人”，点出不仅赏花、饮酒都无心情，甚至醉了也受不到照顾。将孤身在外的羁旅凄凉况味娓娓道出，真可以说是“语淡而情浓，事浅而言深”。（贺裳《皱水轩词筌》）先著《词洁》则认为这是词中的“妙语”：“‘花无人戴，酒无人劝，醉也无人管。’与晁补之《忆少年》起句：‘无穷官柳，无情画舸，无根行客。’同一警绝，唐以后特地有词，正以有如许妙语，诗家收拾不尽耳。”

【注释】

①社日：指立春以后的春社。停针线：《墨庄漫录》说：“唐、宋妇人社日不用针线，谓之忌作。”唐张籍《吴楚词》：“今朝社日停针线。”

②这两句是说春衫已经穿破，这是谁做的针线活计呢？这里的“谁针线”与“停针线”相呼应，由著破的春衫想起那制作春衫的人儿，不觉凄然泪下，泪痕沾满了破旧的春衫。

③这句是说傍晚时在芳草萋萋的岸边解下马鞍，准备休息。

一剪梅

漠漠春阴酒半酣①。风透春衫。雨透春衫。人家蚕事欲眠三②。桑满筐篮。柘满筐篮③。　先自离怀百不堪。樯燕呢喃。梁燕呢喃④。篝灯强把锦书看⑤。人在江南。心在江南。

【说明】

暮春时节，风雨交加；春蚕已老，桑柘满篮。这是作者思念中的江南春景。燕儿呢喃，离愁满怀，点灯细看来信，信是从江南写来，作者的心也向往着江南。

本词善用复叠句式，具有回环往复的特色。词语虽然重复，含意却并不相同。

【注释】

①漠漠：寂静无声。

②蚕事欲眠三：蚕儿已快三眠。

③柘：亦名“黄桑”，叶可饲蚕，故多桑柘并用。

④樯（qiáng墙）：船上桅杆。樯燕：旅燕。梁燕：家中梁上之燕。

⑤篝（gōu沟）灯：把灯烛放在笼中。强：强自。这句承上面离愁满怀、百无聊赖而来，点起灯烛再用心看看家书，表示对于写信者和其故乡的深切感情。

采桑子

年年才到花时候，风雨成旬[①]。不肯开晴。误却寻花陌上人。　今朝报道天晴也，花已成尘。寄语花神。何似当初莫做春②。

【说明】

先说花时风雨，耽误寻花，再说天晴而花已谢，因此寄语花神，埋怨她开花不得其时。

【注释】

①成旬：一作“经旬”，即连续下雨十来天。

②这句是说当初还不如不要做春（指开花）。

长相思

去年秋。今年秋。湖上人家乐复忧。西湖依旧流①。　吴循州。贾循州。十五年间一转头②。人生放下休③。

【说明】

宋理宗景定元年（一二六〇），侍御史沈炎在贾似道的授意下弹劾宰相吴潜，吴被贬到循州（今广东惠州市）。贾似道旋即继为宰相，并于景定三年派人将吴毒死。恭帝德祐元年（一二七五），贾似道在率师抗敌时临阵求和不得，不战而溃，因而被罢免贬循州。当路经漳州

（今福建漳浦县）时，为县尉郑虎臣锤死于木棉庵，人心大快。本词对贾似道的专权误国、残害无辜进行了鞭挞。末句语意比较消极。

【注释】

①湖上人家：主要指南宋官僚贵戚，这四句是说年复一年，湖水依旧，但湖上人家却因世事无常而有盛有衰。

②十五年间：景定元年（一二六〇）吴潜被劾贬循州，二年后又被贾毒死，德祐元年（一二七五）贾似道亦被锤死，相隔十五年。这句是说十五年间光阴迅速，好像仅仅一转头就过去了。

③放下休：放下罢。休：语气词。这句是说人生还是看得开一些吧。

御街行

霜风渐紧寒侵被。听孤雁，声嘹唳[①]。一声声送一声悲，云淡碧天如水。披衣起，告雁儿略住，听我些儿事。　塔儿南畔城儿里。第三个、桥儿外。濒河西岸小红楼[②]，门外梧桐雕砌[③]。请教且与，低声飞过，那里有、人人无寐[④]。

【说明】

在碧天如水、霜风凄紧的寒夜，孤雁嘹亮的鸣声引起游子无限愁思，他披衣起床，叫住那正往南飞的雁儿，要它低声飞过他爱人所住的河边小红楼，因为她也正为相思而夜不成眠。

这是一首抒情气氛极浓的小词，作者借与雁儿招呼，娓娓道出内心真切的情意。委婉浅显，十分动人。

【注释】

①嘹唳（lì利）：指高声鸣叫。

②濒：靠近。

③雕砌：雕花的台阶。

④人人：那个人，指爱人。

南乡子

洪迈被拘留。稽首垂哀告彼酋[①]。七日忍饥犹不耐，堪羞。苏武争禁十九秋[②]。　厥父既无谋[③]。厥子安能解国忧。万里归来夸舌辨[④]，村牛[⑤]。好摆头时便摆头[⑥]。

【说明】

宋高宗时洪迈出使金国，屈辱而回。本词对洪迈使金时的丑态进行了鞭挞，对于他归朝后的表现也加以讽刺。

【注释】

①洪迈：洪皓之子。宋高宗绍兴三十二年，洪迈以翰林学士身份出使金国，抵达金都后因他不肯在国书中自称“陪臣”，又不肯用屈辱的旧礼朝见金国国主，金人便闭锁使馆，“自旦及暮水浆不进，三日乃得见”。洪迈就在这种威胁之下屈服了。见《宋史·洪迈传》。稽首：跪拜。

②苏武：汉武帝时，派中郎将苏武出使匈奴，由于苏武不肯屈服，被单于流放至北海放羊，十九年后才得返回汉朝。争禁：怎么受得了。杜牧《边上闻笳》诗：“游人一听头堪白，苏武争禁十九年。”

③厥父：即洪皓。厥：即“其”。无谋：《宋史·本传》说：“（洪）皓留北十五年，忠节尤著，高宗谓苏武不能过，诚哉。然竟以忤秦桧谪死，悲夫！”对洪皓的“忠节”表示敬佩，而对他南归以后的遭遇表示同情。词中主要批评洪迈，从而也指责洪皓对恢复中原无具体贡献。

④解国忧：解除国家的困难。夸舌辨：自夸能说会道。这两句是指洪迈使金辱命，不能解除国忧，但回来后却还自夸善辨。

⑤村牛：蠢货。

⑥这句是说洪迈在金国不敢摆头表示反抗，而是低头屈服。回国后却得意扬扬，大摆其头。洪迈“素有风疾，头常微掉。”见罗大经《鹤林玉露》。这里不仅指他生理上的毛病，还批评了他政治上的畏敌情绪。

修订后记

本书自1982年问世以来，深受广大读者青睐，有些读者还提出不少宝贵意见。我们随即对书中差错做了必要的修改，并于1983年、1985年和1995年多次重印，均告售罄。但限于水平和历史条件，尚有一些疏误未能及时改正和补充。如唐先生指出岳飞《满江红》“壮志饥餐胡虏肉，笑谈渴饮匈奴血”二句，乃用《汉书·王莽传》中的典故。为纠谬补正，弥补缺憾，今由我汇集圭璋师生前修订手稿和潘先生的修订稿，进一步做全面深入的核对校改，同时吸纳近年来学界的研究成果。如张元幹卒年问题，原书为（一〇九一——一一七〇？），现改作（一〇九一——一一六一）。又如张元幹《贺新郎》（梦绕神州路）词真迹的发现，对照通行本“九地黄流乱注”中“九地”，真迹作“九折”，可备一说，而内涵更切合词意，故此采用。总之，此次修订，力求完善，然学识有限，讹误难免，尚祈读者不吝赐教，匡我不逮。谨此表示由衷的谢忱。

曹济平

2017年12月18日

图书在版编目（CIP）数据

唐宋词选注 / 唐圭璋，潘君昭，曹济平选注. — 北京：北京十月文艺出版社，2019.7
ISBN 978-7-5302-1867-9

Ⅰ. ①唐… Ⅱ. ①唐… ②潘… ③曹… Ⅲ. ①唐宋词—选集 Ⅳ. ①I222.84

中国版本图书馆 CIP 数据核字 (2018) 第 196257 号

唐宋词选注
TANGSONGCI XUANZHU
唐圭璋　潘君昭　曹济平　选注

出　　版　北京出版集团公司
　　　　　北京十月文艺出版社
地　　址　北京北三环中路 6 号
邮　　编　100120
网　　址　www.bph.com.cn
发　　行　新经典发行有限公司
　　　　　电话（010）68423599
经　　销　新华书店
印　　刷　北京盛通印刷股份有限公司
版　　次　2019 年 7 月第 1 版
　　　　　2019 年 8 月第 2 次印刷
开　　本　880 毫米 ×1230 毫米　1/32
印　　张　24
字　　数　347 千字
书　　号　ISBN 978-7-5302-1867-9
定　　价　88.00 元
质量监督电话　010-58572393
如有印装质量问题，由本社负责调换。